연암산문 정독

2

박지원朴趾源(1737~1805)

조선 후기의 문호이자 실학자로, 자는 중미仲美, 호는 연암燕巖이다. 그밖에 공작관孔雀舘·무릉도인武陵道人·박유관주인薄遊館主人·성해星海·좌소산인左蘇山人 등의 호를 사용하였다. 『열하일기』를 저술하여 당시 중국의 정세를 살피고, 그 선진 문명을 소개하는 한편, 조선에 대한 심도 있는 내부 비판을 시도하였다. 1786년 음직으로 처음 선공감 감역이라는 벼슬을 지냈으며, 이후 여러 말단 벼슬을 거쳐 1792년 안의 현감에 임명되었고, 1797년 면천 군수가 되었다. 1800년 양양 부사에 승진, 이듬해 벼슬에서 물러났다.

홍대용과 함께 조선의 주체성에 대한 깊은 고민 위에서 이용후생의 실학을 모색했으며, 창조적이고 성찰적인 글쓰기를 통해 당시 조선의 사대부들이 갖고 있던 미망과 편견, 허위의식과 위선을 통렬하게 비판하면서 새로운 사유와 미의식의 지평을 몸소 열어 나갔다.

문집으로 『연암집』이 전한다.

연암산문 정독 2 역주譯注·고이考異·집평輯評

박희병·정길수·박경남·강국주·김하라·최지녀·김수영 편역

2009년 12월 30일 초판 1쇄 발행

펴낸이 한철희 | 펴낸곳 돌베개 | 등록 1979년 8월 25일 제406-2003-018호
주소 (413-756) 경기도 파주시 교하읍 문발리 파주출판도시 532-4
전화 (031)955-5020 | 팩스 (031)955-5050
홈페이지 www.dolbegae.com | 전자우편 book@dolbegae.co.kr

책임편집 이경아·이옥란 | 편집 조성웅·김희진·김형렬·오경철·신귀영
표지디자인 민진기 | 본문디자인 박정영·이은정
제작·관리 윤국중·이수민 | 마케팅 심찬식·고운성 | 인쇄 한영문화사 | 제본 경일제책

ISBN 978-89-7199-370-5 94810
ISBN 978-89-7199-371-2(세트)

이 도서의 국립중앙도서관 출판시도서목록(CIP)은 e-CIP 홈페이지
(http://www.nl.go.kr/cip.php)에서 이용하실 수 있습니다. (CIP제어번호:CIP2009004064)

역주譯注 · 고이考異 · 집평輯評

연암산문 정독

2

박희병 · 정길수 외 편역

돌베개

책머리에

아마 2002년 가을이지 싶다, 연암산문 강독을 시작한 건. 이후 나는 박사 과정에 있거나 박사 과정을 마친 나의 학우들 몇 명과 매주 수요일마다 연암산문을 읽고 음미하는 일을 해 오고 있다. 이 책은 이렇게 공부한 우리가 내놓는 첫 성과다.

공부란 궁극적으로 혼자 하는 것이지만, 경우에 따라선, 그리고 공부의 단계에 따라선, 같이 어울려 하는 것이 필요할 때도 있다. 나는 연암산문 강독 같은 것이 그런 공부라고 생각한다. 이 공부를 제 혼자서 할 수 있었겠는가? 같이 어울려 공부하는 바람에 연암 글의 이본異本들을 면밀히 검토할 수 있었고, 난해한 구절이나 미묘한 구절에 대해 많은 의심을 품은 채 요리조리 그 의미를 샅샅이 따져볼 수 있었으며, 논란이 될 수 있는 구절에 대하여는 기왕에 이루어진 연암 글의 번역을 일일이 확인해 그 동이同異를 밝혀 줄 수 있었다.

특히 번역의 동이를 밝혀 주는 일은 몹시 성가시고 품이 드는 일이었는데, 한국학술사에서 처음 시도되는 이 작업이 과연 적절하고 필요한가 하는 회의도 없지 않았으나, 다른 글도 아니고 우리나라 최고의 산문가散文家라 할 연암의 글인 만큼, 그리고 연암의 일부 글들에 대해서는 꽤 다양한 번역이 나와 있고 그 중에는 오역도 적지 않은 만큼, '번역'을 엄정한 '학문'의 수준으로 끌어올리기 위해서는 이 작업이 필요하다는 결론에 이르렀다. 뿐만 아니라, 독자들은 이 책에 제시된 번역의 동이를 대조해 가며 읽음으로써 하나의 구절이 이렇게 다양한 뉘앙스로 번역될 수 있다는 사실을 새삼 '발견'할 수 있을 것이고, 이를 통해 연암산문을 좀더 풍부하게 이해함과 더불어, 이 책의 번역까지 포함해 연암산문의 모든 번역을 좀더 비판적으로, 그리고 주체적으로 읽어 낼 수 있는 실마리를 얻을 수 있지 않을까 한다. 적어도 이 책의 독자들은 필시 연암산문의 애호가愛好家가 아니면 전문 연구자일 터인데, 이런 비판적이고 주체적인 '음미'가 한국학의 수준과 연암 연구의 수준을 향상시키는 데 큰 힘이 된다는 사실을 이 자리에서 굳이 환기시키고 싶다.

여기서 잠시 독자들의 양해를 구할 일이 하나 있다. 지난해 간행된 나의 책 『연암을 읽는다』와 본서에 실린 연암산문은 그 대상 작품도 같을 뿐 아니라, 번역문에도 차이가 없다는 사실이다. 『연암을 읽는다』의 서문에서 밝힌 대로 이 두 책은 같은 손에서 나온 것이기 때문에 그럴 수밖에 없다 하겠다. 이 두 책은, 비록 이런 공통점을 갖고 있기는 하나, 전혀 다른 성격의 책이다. 『연암을 읽는다』가 일반 독자를 상대로 연암의 글에 대한 나의 생각을 말하는 데 주안을 둔 책이라면, 이 책은 전문 연구자나 한문을 읽을 수 있는 독자를 염두에 둔 책이다. 그래서 이 책에서는 연암산문의 원문에 표점을 붙여 번역문과 나란히 수록함으로써 서로 대조해 가며 읽을 수 있게 했고, 이본들을 자세히 교감하여 그 결과를 각주로 제시했으며, 번역의 동이異를 밝혔고, 고사나 전거典據가 있을 경우 학문적인 견지에서 그 내용을 최대한 자세히 밝혀 주었다.

연암은 자신의 작품을 몇 번이고 퇴고하면서 글의 완성도를 높여 간 작가였다. 이 책에서 수행한 면밀한 이본 교감은 연암의 이런 퇴고 과정을 여실히 보여준다. 그러므로 눈이 밝은 독자라면 이를 통해 연암이 글의 어떤 대목에서 이리저리 주저하며 생각에 골똘히 잠겨 글을 다듬고 표현을 고쳤는지, 어떤 대목에서 특히 마음이 흔들리고 고심을 했는지 알아보고는 입가에 잠시 미소를 띨지도 모를 일이다. 요컨대, 얼핏 보면 지리하고 쓸데없는 것처럼 여겨질 수도 있을 이 책의 이본 교감은 기실 연암의 창작 심리와 창작 방법에 대한 이해를 높이는 데 큰 도움을 주리라 생각한다. 뿐만 아니라, 그것은 한 편의 완성작을 퇴고의 '전 과정 속에서' 동태적으로 그리고 입체적으로 읽어 내게 해 줌으로써 작품 분석과 이해에 새로운 방법론적 지평을 열어 줄 것으로 기대한다.

기존의 연암 번역서와 이 책 사이에는 비단 이런 차이만 있는 것이 아니다. 이 책은 연암산문에 대한 '평점 비평'評點批評을 함께 수록하고 있다는 점에서 이전의 그 어떤 번역과도 다르다.

'평점 비평'評點批評이란, 동아시아의 전근대 시기에 전개되어 온 문학비평 방식으로, 그 형태가 자못 다양하다. 극히 개략적으로 말해, 평점 비평의 존재방식에는 다음의 몇 가지가 있다: 문두평文頭評, 미평眉評, 후평後評, 미비眉批, 행비行批, 원권圓圈, 첨권尖圈, 방점傍點. 이들에 대한 풀이는 이 책의 '일러두기'를 참고하기 바란다. 연암산문 중에는 연암 당대에, 그리고 그 이후에, 평점 비평의 대상이 된 작품들이 상당수 존재한다. 이들 평점 비평은 그 자체로서도 읽거나 보는 재미가 쏠쏠하지만, 연암산문이 이전에 미학적으로 어떻게 수용되고 읽혔는지를 알게 해 준다는 점에서도 중요하고, 더 나아가 연암산문을 정당하게 이해하고자 고심하는 오늘날의 우리에게 좋은 길잡이가 된다는 점에서 더욱 중요하다. 왜냐면 이들 비평은 이덕무, 이재성李在誠(연암의 처남), 김택영金澤榮 등등 문학에 대한 탁월한 식견과 교양은 물론이려니와 높은 비평적 통찰력을 지닌 사람들에 의해 수행된 것으로서, 연암산문의 묘의妙意와 정수精髓를 한두 마디 말로 예리하게 지적하고 있는 경우가 허다하기 때문이다. 이 점에서 얕은 식견에다 눈까지 어두운 오늘날의 연구자들이 종종 발하는 망발妄發이나 너절한 소리와는 그 유類가 다르다. 그러므로 이들 비평은 우리가 연암산문을 읽다가 혹 길을 잃거나 미로를 헤맬 때 나침반 구실을 할 수 있다. 우리는, 그동안 우리가 입수한 모든 평점 비평을 이 책에 수록하였다. 연암산문에 대해서 한 것처럼 이들 평점 비평에 대해서도 그 번역문과 원문을 함께 제시했으며, 주석이 필요한 경우 일일이 주석을 달아 주었다. 앞으로 새로운 평점 비평 자료가 입수되면 책에 추가로 반영할 수 있을 것이다.

지금까지, 기존의 연암 관련 서적들과 구별되는 이 책의 특징들에 대해 간단히 언급했지만, 이 책의 부제副題에 '고이'考異라든가 '집평'輯評이라는 별로 익숙하지 않은 말을 사용한 것도 이 책이 갖는 이런 특징의 일단을 드러내기 위함이다. '고이'考異란, '차이를 상고詳考했다'는 뜻이니, 이본의 교감 및 번역의 동이를 가리키는 말이요, '집평'輯評은 '평점評點을 수집했다'는 뜻이니, 평점 비평을 모아 놓은 것을 가리키는 말이다. 아무쪼록, 이 책이 국내외 연암학燕巖學의 수준을 끌어올리는 데 조금이나마 기여하고, 연암을 애호하는 독자들이 좀더 정세精細하게 연암의 글을 감상하는 네 도움을 준다면 그보다 더 큰 다행이 없겠다. '연암산문 정독'은 총 다섯 권을 계획하고 있는바, 이 책에 이어 곧 두 번째 책이 간행될 예정이다.

이 책을 내기까지 많은 분들의 도움을 받았다. 임형택 선생께서는 당신이 소장하고 계신, 지금까지 누구도 열람한 적이 없던 망창창재본莽蒼蒼齋本('망창창재'는 선생의 서재명) 갑본甲本과 을본乙本 두 종種의 『연암집』의 복사를 허락하는 은혜를 베풀어 주셨으며, 연암 후손가에 전해져 온 자료들의 복사본과 사진판을 이용할 수 있게 해 주셨다. 그리고 숭실대학교 한국기독교박물관의 학예과장이신 최은주 씨와 학예사인 전영철 씨는 귀중본인 자연경실본自然經室本('자연경실'은 실학자 서유구徐有榘의 서재명) 『연암집』의 복사를 허락해 주셨다. 이밖에도 영남대학교 임완혁 교수는 영남대에 소장된 『연암집』을 복사해 보내 주었고, 계명대학교 김영진 교수는 단국대 퇴계기념도서관에 소장된 연민기증본淵民寄贈本 자료인 『엄계집』罨溪集의 복사본을 보내 주었으며, 한국학중앙연구원의 신익철 교수는 장서각 소장의 『백척오동각집』百尺梧桐閣集을, 경성대학교의 김철범 교수는 경상도 함양의 모씨가 소장한 『운산만첩당집』雲山萬疊堂集의 복사본을 각각 보내 주었다. 이분들의 도움이 없었다면 이 책은 나올 수 없었을 것이다. 이 자리를 빌려 이분들 모두에게 깊은 감사를 드린다.

나는 돌베개의 이경아 팀장만큼 한국 고전에 대한 식견을 갖춘 편집인을 알지 못한다. 그 노고에 감사드린다. 그리고 색인 작업을 하느라 수고한 김수영 군의 고마움도 잊을 수 없다.

끝으로, 이 작업에 '한국학 장기기초연구비'를 지원해 준 서울대학교 한국문화연구소에 사의를 표한다.

2007년 7월
박희병

제2책을 펴내며

『연암산문정독』제1책을 낸 지 어언 2년이 흘렀다. 그 책의 원고를 마무리할 즈음 단국대 연민문고淵民文庫에 연암의 각종 문고文藁들이 수장收藏되어 있음을 알게 되었다. 『연암산문정독』제2책 원고는 2007년에 이미 탈고된 상태였지만, 이 새로운 자료들로 인해 보완이 불가피하게 되었다. 하지만 자료가 공개되지 않아 손을 놓고 기다릴 수밖에 없었다. 마침내 단국대 도서관은 작년에 자료의 일부를 피디에프 파일로 공개하였다. 실물에의 접근은 여전히 허용되지 않았지만, 우리는 이 피디에프 파일을 이용해 필요한 보완 작업을 진행하였다. 이에 『연암산문정독』제2책을 상재上梓한다.

연민문고의 새로운 자료들은 박영철본 『연암집』에 수록된 글들과 비교해 자구字句의 출입出入이 적지 않으며, 표현상 중요한 차이를 보여주기도 한다. 이를 통해 연암이 얼마나 집요하게 글을 고치고 또 고쳤는지 알 수 있다. 한편 연민문고의 자료들에는 대부분 평점評點이 첨부되어 있으며, 이전에 보지 못한 새로운 평어評語들이 적지 않게 발견된다. 우리는 본서에 새로운 자료들의 이런 면모를 하나도 빠뜨리지 않고 고스란히 반영하였다. 이 작업은 연암 글의 번역 못지않게 시간과 품이 많이 들고, 고심苦心이 필요하였다. 그럼에도 이런 종류의 작업은 별로 빛이 나지 않는다. 하지만 그런 건 상관없다. 중요한 것은, 이런 작업이야말로 우리 학문의 기초를 단단히 하고 우리 학문의 내공을 쌓는 일과 직결된다는 점일 터이다. 이 점에서 나를 비롯한 '연암산문정독'의 참여자들은 시류時流에 개의치 않고, 사명감과 책임감을 갖고 앞으로도 계속 묵묵히 매진코자 한다.

우리는 『연암집』에 없는 두 편의 글을 찾아 이 책에 실었다. 「초정에게 보낸 편지」(與楚亭)와 「형암에게 보낸 편지」(與炯菴)가 그것이다. 짧은 척독尺牘이지만, 천기天機의 유동이 느껴지는 글이다. 한편, 『연암집』에 「어떤 사람에게 주다」(與人)라고 모호하게 되어 있는 글제를 본서에서는 「관재觀齋에게 윤회매輪回梅 사라고 보낸 편지」로 바꾸었다. 그리고 이 글과 관련된 이덕무의 『윤회매 십전十箋』의 일부를 부록으로 첨부하였다. 「『초록빛 앵무새의 모든 것』서문」(綠鸚鵡經序)과 관련해서도 이규경李圭景의 『오주연문장전산고』五洲衍文長箋散稿의 일부를 부록으로 첨부하였다. 한편, 『연암집』에는 「「이몽직 애사」 뒤에 적은 글」(題李夢直

哀辭後)이 「이몽직 애사」에 부기되어 있으나, 하나의 독립된 글로 보는 것이 옳으므로, 본서에서는 각기 따로 수록하였다.

새로운 자료가 대거 쏟아져 나와 연암 연구가 바야흐로 새로운 단계로 접어드는 느낌이다. 연암산문을 정독하는 일이 그만큼 더 힘들고 복잡하고 중요해졌지만, 우직한 자들에게야 이만큼 보람 있고 신나는 일이 또 있겠는가.

끝으로, 이 작업에 '한국학 장기기초연구비'를 지원해 준 서울대학교 규장각 한국학연구원에 사의를 표한다.

2009년 11월
박희병

일러두기

1. 이 책은 연암燕巖 박지원朴趾源의 산문 중 문예성이 높은 작품 25편에 대하여 원문을 교감校勘하고 번역·주석한 것이다.
   - 『연암집』燕巖集의 알려진 모든 이본異本을 수합·대조하여 원문을 교감함으로써 연구자들에게 '정본'을 제공하고자 하였다.
   - 난해한 구절이나 논란이 되는 구절의 경우 기존 번역서의 번역을 함께 제시함으로써 독자의 이해를 돕고자 하였다.
   - 난해한 구절에 상세한 주석을 달아 원문의 문의文義를 정확히 이해할 수 있게 하였다. 특히 기존의 주석서와는 달리 전고典故의 원출처를 일일이 찾아 상세한 내용을 밝히는 방식을 취하였다.
   - 『연암집』의 제반 이본에 실려 있는 평문評文을 최초로 모두 번역하고 주석하였다.

2. 번역의 동이同異를 밝히는 데 쓰인 기왕 번역서의 서지사항을 제시하면 다음과 같다.

   홍기문, 『박지원 작품선집 1』(평양: 국립문학예술서적출판사, 1960)
   이동환, 『국역 여한십가문초』(민족문화추진회, 1977)
   _____, 『한국의 실학사상』(삼성출판사, 1990)
   이익성, 『朴趾源』(한길사, 1992)
   리가원·허경진, 『연암 박지원 산문집』(한양출판, 1994)
   김혈조, 『그렇다면 도로 눈을 감고 가시오』(학고재, 1997)
   정민, 『비슷한 것은 가짜다』(태학사, 2000)
   신호열·김명호, 『연암집 상』(돌베개, 2007)
   _____, 『연암집 중』(돌베개, 2007)
   _____, 『연암집 하』(돌베개, 2007)

   - 해당 번역서의 내용을 그대로 옮기는 것을 원칙으로 하였다. 따라서 북한에서 간행된 『박지원 작품선집 1』의 경우 우리 맞춤법과 다르더라도 원문 그대로 옮겼다. 다만 『비슷한 것은 가짜다』의 경우 괄호 없이 병기한 한자를 괄호 속에 넣었다. 한편 오식誤植이 명백한 경우 바로잡았다.
   - 번역서의 면수를 제시할 때는 맨 처음에만 책 이름과 인용 면수를 표시하고, 이후에는 인용 면수만 괄호 속에 표시하였다.

3. 원문 교감은 박영철본朴榮喆本 『燕巖集』(박영철 편, 17권 6책, 1932)을 저본으로 삼고, 이본 대조시 '박영철본'을 '저본'으로 지칭하였다. 이 책에서 사용한 『연암집』 이본 명칭과 이본의 원제목 및 서지 사항을 제시하면 다음과 같다.

   『종북소선』鍾北小選: 연암 후손가 소장본, 1책.

『겸헌만필』謙軒漫筆 갑: 단국대 연민기념관 소장본, 1책.

『겸헌만필』謙軒漫筆 을: 단국대 연민기념관 소장본, 1책.

『영대정집』映帶亭集 갑: 단국대 연민기념관 소장본, 1책.

『영대정집』映帶亭集 을: 단국대 연민기념관 소장본, 1책.

『면양잡록』沔陽雜錄: 단국대 연민기념관 소장본, 6책〔零本〕.

『연암고략』燕巖稿略: 단국대 연민기념관 소장본, 1책.

『연암산고』燕岩散稿: 단국대 연민기념관 소장본, 5책〔零本〕.

『하풍죽로당집』荷風竹露堂集 갑: 단국대 연민기념관 소장본, 1책.

『하풍죽로당집』荷風竹露堂集 을: 성균관대 소장본, 1책.

『연상각집』煙湘閣集 갑: 연암 후손가 소장본, 1책.

『백척오동각집』百尺梧桐閣集 갑: 단국대 연민기념관 소장본, 2책.

『백척오동각집』百尺梧桐閣集 을: 한국학중앙연구원 장서각 소장본, 1책.

자연경실본自然經室本: 『燕巖集』, 숭실대 소장본, 11책〔零本〕.

계서본溪西本: 『燕巖集』, 단국대 연민기념관 소장본, 21책〔零本〕.

한씨문고본韓氏文庫本: 『燕巖集』, 연세대 한씨문고 소장본, 16권 6책.

창강초편본滄江初編本: 『燕巖集』, 김택영金澤榮 편, 6권 2책, 1900.

창강초편본滄江初編本 속집續集: 『燕巖續集』, 김택영 편, 3권 1책, 1901.

창강중편본滄江重編本: 『重編燕巖集』, 김택영 편, 7권 3책, 1917.

승계본勝溪本: 『燕巖集』, 국립중앙도서관 승계문고勝溪文庫 소장본, 21책〔零本〕.

영남대본嶺南大本: 『燕巖集』, 영남대 소장본, 8책〔零本〕.

용재문고본庸齋文庫本: 『燕巖集』, 연세대 용재문고 소장본, 20책〔零本〕.

망창창재본莽蒼蒼齋本 갑: 『燕巖集』, 임형택 교수 소장본〔표제 '燕巖集'〕, 16권 7책.

망창창재본莽蒼蒼齋本 을: 『燕巖集』, 임형택 교수 소장본〔표제 '燕岩集'〕, 13권 6책.

■ 『연암집』이본 외에 연암의 일부 작품을 수록하여 교감의 대상이 된 책들의 명칭과 서지 사항을 제시하면 다음과 같다.

『병세집』幷世集: 윤광심尹光心 찬撰, 국립중앙도서관 소장본, 4권 4책.

『흠영』欽英: 유만주兪晚柱 저, 서울대 규장각 소장본, 144권 24책; 서울대 규장각 영인, 1997.

『정유집』貞蕤集: 박제가朴齊家 저; 국사편찬위원회 편, 탐구당 영인, 1971.

동양문고본東洋文庫本 『북학의』北學議: 박제가 저, 일본 동양문고東洋文庫 소장본(이우성 편, 『초정전서』楚亭全書 하, 아세아문화사 영인, 1992 소수所收).

규장각본奎章閣本 『북학의』北學議: 박제가 저, 서울대 규장각 소장본, 1책.

『자문시하인언』自問是何人言: 이서구李書九 저, 개인 소장본, 1책; 임형택 편, 『강산전서』薑山全書, 성균관대 대동문화연구원 영인, 2005.

『동문집성』東文集成: 송백옥宋伯玉 찬撰, 한국학중앙연구원 장서각 소장본.

『시가점등』詩家點燈: 이규경李圭景 찬, 후손가 소장본, 1책; 한국학문헌연구소 편, 아세아문화사 영인, 1981.

『여한십가문초』麗韓十家文鈔: 김택영 편, 1921.

■ 다음의 약자略字나 이체자異體字에 대해서는 교감을 생략하였다(괄호 속은 본자).

脚(腳) 間(閒) 减(減) 盖(蓋) 擄(據) 釖·劍(釖·劒) 刧(劫) 決(決) 更(叓) 経(經)
継(繼) 雇(雇) 舘(館) 搆(構) 群·羣 躬(躳) 窮(窮) 歸·敀(歸) 叫(叫) 規(規) 竒(奇)
奈·奈 廼(酒) 荅(答) 闌(闌) 畧·畧(略) 歴(歷) 礼(禮) 隣(鄰) 綿·緜 庙(廟) 畝(畝)
眉(眉) 髮(髮) 旁(旁) 榜(榜) 軰(輩) 幷·並 實(賓) 辝(辭) 散(散) 嘗·甞 喪·喪
殼·聲(聲) 卋(世) 踈·踈(疎·疏) 収(收) 数(數) 笑(笑) 随(隨) 深(深) 财(財) 然·然
灵(靈) 泩·徃(往) 欝(鬱) 园(園) 隠(隱) 滛(淫) 冝(宜) 冄·尓(爾) 潜(潛) 塲(場)
腸(腸) 臟·臟(臟) 摘(摘) 錢(錢) 莭(節) 従(從) 拾(指) 遲(遲) 眞(眞) 秦(秦) 軨(軫)
処(處) 軆(體) 聡(聰) 麃(麃) 笄(築) 稗(稗) 耻(恥) 沉(沈) 稱·称(稱) 寒(寒) 媚(媚)
觧(解) 虎·虎(虎) 號(號) 畵(畫) 恢(懷)

4. 이 책에서 사용한 비평 용어 및 그 의미는 다음과 같다.
■ 수비首批: 제목 아래에 기재된 평어.
■ 미비眉批: 상단 난외欄外의 평어.
■ 방비旁批: 본문의 행간에 있는, 작품의 일부 구절에 대한 평어.
■ 말비末批: 작품의 맨 끝에 있는, 작품 총평의 성격을 지닌 평어. 본래 '미비'尾批라고 부르나 '미비'眉批와 한글 음이 같아 혼동되기 쉬우므로 '말비'라는 명칭을 새로 붙였다.
■ 묵권墨圈: 글자 오른쪽에 있는 검은색 원권圓圈('○' 표시). 문장이 몹시 아름답거나 빼어난 곳에 사용한다.
■ 청권靑圈: 글자 오른쪽에 있는 푸른색 원권. 문장이 몹시 아름답거나 빼어난 곳에 사용한다.
■ 주권朱圈: 글자 오른쪽에 있는 붉은색 원권. 문장이 몹시 아름답거나 빼어난 곳에 사용한다.
■ 묵점墨點: 글자 오른쪽에 있는 검은색 방점旁點(' 丶' 표시). 문장이 상당히 아름답거나 빼어난 곳에 사용한다.
■ 청점靑點: 글자 오른쪽에 있는 푸른색 방점. 문장이 상당히 아름답거나 빼어난 곳에 사용한다.
■ 주점朱點: 글자 오른쪽에 있는 붉은색 방점. 문장이 상당히 아름답거나 빼어난 곳에 사용한다.
■ 첨권尖圈: 속이 하얗게 빈 '丷' 표시. 문장이 조응照應하는 곳에 사용하기도 하고, 문장이 아름답거나 빼어난 곳에 사용하기도 한다. 본에 따라 묵색墨色으로 된 것도 있고, 청색靑色이나 주색朱色으로 된 것도 있다.

초정에게 보낸 편지

與楚亭

[1]   공자孔子가 진陳, 채蔡에서 곤액을 겪었듯이 심한 곤액을 겪고 있지만 도를 행하다가 이렇게 된 건 아니라네. 망령되이 나를 누추한 동네에서 산 안회顔回에 견주면서, 즐거워하는 바가 무엇인지 묻는다네. 오랫동안 무릎을 꿇지 않은 것이 좋은 벼슬을 함만 못한 듯하니 어쩌겠나. 구차하게 자주 신세를 지네만 많이 보내면 많이 보낼수록 좋겠네. 또한 술 단지를 보내니 가득 채워 보내 주면 어떻겠나?

厄甚陳‧蔡, 非行道而爲然. 妄擬陋巷, 問所樂而何事. 久此膝之不屈, 奈好官之莫如? 僕僕亟拜, 多多益善. 玆又送壺, 滿送如何?

역문풀이

초정楚亭에게 보낸 편지: '초정'은 박제가朴齊家(1750~1805)의 호號다. 이 편지는 박지원의 문집인 『연암집』에는 보이지 않고, 박제가의 문집인 『정유각집』貞㽔閣集 권4에 보인다. 『정유각집』에는 이 편지에 대한 박제가의 답서인 「공작관孔雀館에게 보낸 답장」答孔雀館의 뒤에 '원래 받은 편지를 부기附記한다'(附原書)라는 제목으로 이 편지가 실려 있다. 이 점을 감안하여 본서에서는 이런 제목을 붙였다.

공자孔子가 진陳, 채蔡에서~건 아니라네: 양식이 떨어져 굶고 있다는 말이다. 이 말은 다음 고사에서 유래한다: 공자가 초楚나라에 초빙되자, 진陳나라와 채蔡나라의 대부大夫들은 초나라가 공자를 중용重用함으로써 장차 자신들에게 해가 돌아올까 두려워 군대를 보내 국경 지대에서 공자 일행을 포위하였다. 그리하여 공자 일행은 더 이상 길을 가지 못한 채, 양식이 떨어져 굶는 지경에 이르렀다. 자신이 몹시 빈궁하다는 것을 공자의 말에 빗대어 표현한 것이다.

망령되이 나를~무엇인지 묻는다네: 안회顔回는 누추한 동네에서 몹시 가난하게 살면서도 자신의 가난을 걱정하지 않고 공부의 즐거움을 고치지 않았다. 공자는 안회의 이런 태도에 대해 "안회는 참 어질구나!"라고 말하면서 몹시 탄복한 바 있다. 한편 정자程子는 이에 대해 말하기를, "안회의 즐거움은 누추한 동네에서의 가난한 삶에 그 본질이 있는 것이 아니고, 가난에도 불구하고 의연히 그 즐거워하는 바를 바꾸지 않은 데에 그 본질이 있다"라고 하였다. 정자는 또 말하기를, "옛날에 내가 주무숙周茂叔(주렴계周濂溪를 이름)에게 수학할 때, 주무숙은 늘 공자와 안회가 즐거워한 경지가 무엇인지 찾아보라고 하셨는데, 즐거워한 바가 과연 무엇일까?"라고 하였다. 정자의 말 중 "즐거워한 바가 과연 무엇일까?"의 원문은 "所樂何事"다. 연암은 이 구절에서 자신이 비록 몹시 가난하기는 하나 가난 때문에 공부하는 즐거움을 바꾸지 않고 있음을 안회에 견주어 자부하고 있다.

무릎을 꿇지: 약간의 녹봉을 얻기 위해 말단 벼슬을 하면서 상사上司에게 머리를 조아리는 일을 가리킨다. 일찍이 도연명陶淵明은 녹봉 때문에 윗사람에게 허리를 숙이는 것이 싫다고 하여 벼슬을 던져 버리고 고향으로 돌아간 바 있다.

구차하게 자주 신세를 지네만: 원문은 "僕僕亟拜"(복복기배)로 '구차하게 자주 절한다'는 뜻이다. 이 말은 『맹자』孟子 「만장」萬章 하下에 보인다. '僕僕'은 '번거롭고 구차한 모습'을 이르는 말이고 '亟'는 '자주'라는 뜻이다. 『맹자』의 해당 대목을 간단히 소개하면 다음과 같다: 육공繆公이 자사子思에게 자주 문안하고, 또 자주 삶은 고기를 보내 주었다. 하지만 자사는 기뻐하지 않고 종국에는 사자使者를 대문 밖으로 쫓아내 버렸다. 그러고는 말하기를 "군주께서 개와 말로 나를 기른다는 걸 알겠노라"라고 하였다. 맹자는 이에 대해 다음과 같이 논평하였다: "사자使者가 군주의 명에 따라 물건을 가져오면 신하는 재배再拜하고 머리를 조아리며 받아야 하나니, 그 다음부터 관리는 군주의 명과 관계없이 고기나 곡식을 갖다 줘야 한다. 그러면 받는 사람이 매번 번거롭게 재배하고 머리를 조아리지 않아도 된다. 자사는, 삶은 고기를 가져올 때마다 번거롭게 절해야 했기에 이는 군자를 봉양하는 예禮가 아니라고 본 것이다."

많이 보내면 많이 보낼수록 좋겠네: 빌려주는 돈이 많으면 많을수록 좋겠다는 말. 이 편지의 용건은 바로 이 문장에 있다. 연암은, 그럼에도 불구하고 '돈'이라는 말을 한마디도 직접 입에 올리지 않으면서 자신의 처지가 몹시 어려우니 가능한 한 많은 돈을 빌려 달라는 메시지를 전달하고 있는바, 이 점이 흥미롭다.

술 단지를 보내니~주면 어떻겠나: 빈 술 단지를 보내니 술을 가득 담아 보내 달라는 뜻이다.

원문풀이

與楚亭:『정유각집』에는 원래 '附原書'라는 제목으로 수록되어 있다.

厄甚陳蔡:『사기』史記 「공자 세가」孔子世家에 다음의 내용이 보인다: "孔子遷于蔡三歲, 吳伐陳. 楚救陳, 軍于城父. 聞孔子在陳、蔡之間, 楚使人聘孔子. 孔子將往拜禮, 陳、蔡大夫謀曰: '孔子賢者, 所刺譏皆中諸侯之疾. 今者久留陳、蔡之間, 諸大夫所設行, 皆非仲尼之意. 今楚, 大國也, 來聘孔子. 孔子用於楚, 則陳、蔡用事大夫危矣.' 於是乃相與發徒役圍孔子於野. 不得行, 絶糧. 從者病, 莫能興."

妄擬陋巷, 問所樂而何事:『논어』論語 「옹야」雍也에 다음 구절이 보인다: "子曰: '賢哉, 回也! 一簞食, 一瓢飮, 在陋巷, 人不堪其憂, 回也不改其樂. 賢哉, 回也!'" 한편 주희朱熹의『논어집주』論語集註에 다음과 같은 말이 보인다: "程子曰: '顔子之樂, 非樂簞瓢陋巷也, 不以貧窶累其心而改其所樂也. 故夫子稱其賢.' 又曰: '簞瓢陋巷非可樂, 蓋自有其樂爾. 其字當玩味, 自有深意.' 又曰: '昔受學於周茂叔, 每令尋仲尼、顔子樂處, 所樂何事?'"

僕僕亟拜:『맹자』「만장」下의 다음 구절에서 유래하는 말이다: "萬章曰: (…) '君餽之則受之, 不識, 可常繼乎?' 曰: '繆公之於子思也, 亟問, 亟餽鼎肉. 子思不悅. 於卒也, 摽使者出諸大門之外, 北面稽首再拜而不受, 曰: 「今而後, 知君之犬馬畜伋.」 蓋自是, 臺無餽也. 悅賢不能擧, 又不能養也, 可謂悅賢乎?' 曰: '敢問國君, 欲養君子, 如何斯可謂養矣?' 曰: '以君命將之, 再拜稽首而受. 其後, 廩人繼粟, 庖人繼肉, 不以君命將之. 子思以爲鼎肉使己僕僕爾亟拜也, 非養君子之道也.'"

多多益善:『사기』「회음후 열전」淮陰侯列傳의 다음 구절에서 유래하는 말이다: "上問曰: '如我能將幾何?' 信曰: '陛下不過能將十萬.' 上曰: '於君何如?' 曰: '臣多多而益善耳.' 上笑曰: '多多益善, 何爲爲我禽?' 信曰: '陛下不能將兵, 而善將將, 此乃信之所以爲陛下禽也. 且陛下所謂天授, 非人力也.'"

✽ 공작관에게 보낸 답장
答孔雀館

열흘 간 계속된 장마에 밥을 싸들고 찾아가는 벗이 되지 못해 부끄럽습니다.
두 냥을 편지 전하는 하인 편에 보냅니다. 술은 없습니다. 세상에 '양주학'揚州鶴
이 어디 있답니까.

> 十日霖雨, 愧非裹飯之朋. 二百孔方, 爰付傳書之僕. 壺中從事烏有? 世間揚[1]
> 州鶴無.

역문풀이

공작관孔雀館: 박지원의 또다른 호. 박지원은 32세 때인 1768년, 백탑白塔(원각사 탑을 말함. 지
금의 서울시 종로구 탑골공원에 있음) 근처로 집을 옮겼으며 그 집 당호堂號를 '공작관'이라
고 짓고는 이를 자호自號로 삼았다. 박지원은 1772년 인근의 전의감동典醫監洞(지금의 종
로구 견지동堅志洞)으로 이사했으며, 이 무렵부터 '연암'이라는 호를 사용하였다. 한편 박
제가는 스무 살 때인 1769년 영변도호부사寧邊都護府使로 부임하는 장인 이관상李觀祥을
따라 영변으로 가서 1년쯤 체류한 바 있다. 이런 점을 감안하면 박제가의 이 편지는 1768
년에서 1772년 사이의 어느 시기에 쓰인 것으로 생각된다.

공작관孔雀館에게 보낸 답장: 박제가의 이 편지는 「초정楚亭에게 보낸 편지」에 대한 답으로
『정유각집』권4에 실려 있다. 여기에 참고 자료로 제시한다.

---

1) **揚** 『정유각집』에는 "楊"으로 되어 있으나 오기이다.

세상에 '양주학'揚州鶴이 어디 있답니까: 원하는 바를 전부 이룰 수는 없다는 말. 여기서는 박
지원이 돈과 술 두 가지를 부탁했던 데 대해, 박제가가 돈은 보내지만 술은 보내지 못한
다는 뜻으로 한 말이다. 본래 '양주학'揚州鶴이란 말은 다음 고사에서 유래한다: 각자 소
원을 말하는 자리에서, 어떤 이는 양주자사揚州刺使가 되고 싶다고 했고, 어떤 이는 재물
을 많이 갖고 싶다고 했으며, 어떤 이는 학鶴을 타고서 노닐고 싶다고 했다. 이때 한 사
람이 나서며 말하기를, "나는 허리에 십만 금을 차고 학을 타고서 양주로 날아가고 싶
다"라고 했다.

원문풀이

二百孔方: '공방'孔方은 엽전을 가리킨다. 가운데에 네모난 구멍이 나 있는 데서 비롯된 말이
다. 그러므로 '이백공방'二百孔方은 이백 푼, 즉 두 냥이다.

壺中從事: 술을 가리킨다.

世間揚州鶴無: 이 구절은 소식蘇軾이 쓴 시 「녹균헌」綠筠軒 중의 "世間那有揚州鶴"이라는 구
절에서 따온 표현으로 보인다. 한편 '양주학'揚州鶴 고사는 남조南朝 양梁나라 은운殷芸의
『소설』小說에 보인다: "有客相從, 各言所志, 或願爲揚州刺史, 或願多貲財, 或願騎鶴上昇.
其一人曰: '腰纏十萬貫, 騎鶴上揚州.'"

초정에게 보낸 편지

　　공자가 진陳, 채蔡에서 곤액을 겪었듯이 심한 곤액을 겪고 있지만 도를 행하다가 이렇게 된 건 아니라네. 망령되이 나를 누추한 동네에서 산 안회顔回에 견주면서, 즐거워하는 바가 무엇인지 묻는다네. 오랫동안 무릎을 꿇지 않은 것이 좋은 벼슬을 함만 못한 듯하니 어쩌겠나. 구차하게 자주 신세를 지네만 많이 보내면 많이 보낼수록 좋겠네. 또한 술 단지를 보내니 가득 채워 보내 주면 어떻겠나?

공작관에게 보낸 답장

　　열흘 간 계속된 장마에 밥을 싸들고 찾아가는 벗이 되지 못해 부끄럽습니다.
　　두 냥을 편지 전하는 하인 편에 보냅니다. 술은 없습니다. 세상에 '양주학'揚州鶴이 어디 있답니까.

초책에게 보낸 편지

與楚幘

☐ 그대는 똑똑하고 재치가 있다고 해서 남을 깔보거나 다른 생물을 멸시해
선 안 될 것이네. 만약 저들에게도 얼마간 똑똑함과 재치가 있다면 어찌 스스로
부끄럽지 않겠나? 그리고 만약 저들이 똑똑하지 않다고 한다면 저들을 깔보고 멸
시한들 뭣하겠나?

우리들은 냄새나는 가죽주머니 속에 든 문자가 남보다 조금 많은 데 지나지 불과
하다네. 나무에서 들리는 매미 소리와 땅 속에서 들리는 지렁이 울음소리가 시를
읊조리고 책을 읽는 소리가 아닌 줄 어찌 알겠나?

足下無以靈覺機悟, 驕人而蔑物. 彼若亦有一部靈悟, 豈不自羞; 若無靈覺,
驕蔑何益? 吾輩臭皮帒中, 裹¹⁾得幾箇字, 不過稍多於人耳. 彼蟬噪於樹, 蚓鳴於竅, 亦
安知非誦詩讀書之聲耶?

역문풀이

초책楚幘: 초정楚亭 박제가朴齊家를 가리키지 않나 생각된다.

냄새나는 가죽주머니: 사람의 몸뚱이를 가리킨다.

본서에서 검토하는, 이 작품이 수록된 주요한 이본은 다음과 같다: 계서본, 한씨문고본, 창강초편본, 승계본, 영남대본, 용
재문고본, 망창창재본 갑, 망창창재본 을.

1) **裹** 계서본, 승계본, 영남대본, 용재문고본, 망창창재본 갑, 망창창재본 을에는 "褁"로 되어 있다.

지렁이 울음소리: 옛날에는 지렁이가 운다고 생각했기에 이런 말을 썼다. 당나라 한유韓愈
(768~824)의 「저물녘 비가 오다」(晩雨)라는 시에 "부슬부슬 저녁비는 개지를 않고 / 언덕
가 풀밭에선 지렁이 우네"(廉纖晚雨不能晴, 池岸草間蚯蚓鳴)라는 구절이 보인다.

우리들은 냄새나는~어찌 알겠나: 이 구절은 인물성동론人物性同論의 철학적 입장에서 인간
과 사물의 본성을 근원적으로 동일한 것으로 간주하면서 인간을 상대화하고 사물의 세
계에 대한 감수성을 한껏 열어간 연암의 면모를 보여주는 것으로 주목된다. 연암의 이
런 입장은 『열하일기』熱河日記의 「호랑이의 꾸짖음」(虎叱)과 『연암집』 권5에 수록된 「아
무개에게 보낸 답장」(答某)에서도 확인된다.

원문풀이

靈覺: '마음의 밝은 작용'을 이르는 말. 한편 불교에서는 이 말을 중생이 본래 구비하고 있는
밝고 지혜로운 본성을 가리킬 때 쓴다. 양명학陽明學에서도 이 말을 쓰는바, 왕양명王陽
明은 "양지良知는 바로 소명영각昭明靈覺한 천리天理"(良知, 是天理之昭明靈覺處)라고 말하였
다. 나흠순羅欽順은 『곤지기』困知記라는 책에서 영각靈覺이 곧 지도至道는 아닌바, 선학禪
學이나 육상산陸象山의 학문은 '영각지묘'靈覺之妙를 지도至道로 착각했다고 비판하면서
격물궁리格物窮理를 새삼 강조하였다. 즉 단박에 마음을 깨치는 것을 배격하고 사유 작
용과 학습과 지식을 통해 성性과 이理를 깨닫는 것이 중요하다고 본 것이다. 여기서 '영
각'靈覺은 이런 다양한 의미 가운데 첫 번째 의미로 사용된 것으로 보인다.

機悟: '기민하고 영리함' 혹은 '기지機智가 있음'을 이르는 말. 대개 순발력이 있고 기지가 있
어 재치 있게 응대를 잘할 때 이 말을 쓴다.

靈悟: '靈覺機悟'의 준말.

臭皮㒲: '냄새나는 가죽주머니'라는 뜻으로, 사람의 몸뚱이를 비유한 말이다. '취피낭'臭皮囊
이라고도 한다. 원래 불교와 도교에서, 인체 내에 담·땀·오줌·똥과 같이 더럽고 불결한
것이 많다고 해서 쓴 말이다. 송나라 유극장劉克莊(1187~1269)의 「우언」寓言이라는 시에
"赤肉團終當敗壞, 臭皮袋死尚貪饞"(붉은 몸뚱아리 필경 썩고 말거늘 / 냄새나는 주머니는 죽을
때까지 탐욕스럽고 어리석네)라는 말이 보인다. 또 명나라 이지李贄(1527~1602)의 「경초공耿
楚倥에게 보낸 편지」(與耿楚倥書)에 "世間萬事皆假, 人身皮袋亦假也"(세상만사는 모두 환영
幻影이거늘, 사람의 냄새나는 몸뚱아리도 또한 환영이라오)라는 말이 보인다.

竅규: 원래 구멍이라는 뜻인데, 여기서는 지렁이가 흙을 뚫고 들어가 생긴 구멍, 즉 '지렁이
구멍'을 말한다.

번역의 동이

1-1   그대는 똑똑하고~멸시한들 뭣하겠나

▪ 그대는 행여 신령한 지각과 민첩한 깨달음이 있다 하여 남에게 교만하거나 다른 생물을 업신여기지 말아 주오. 저들에게 만약 약간의 신령한 깨달음이 있다면 어찌 스스로 부끄럽지 않겠으며, 만약 저들에게 신령한 지각이 없다면 교만하고 업신여긴들 무슨 소용이 있겠소. 신호열·김명호, 『연암집 중』, 431면

1-2   우리들은 냄새나는~어찌 알겠나

▪ 우리들은 냄새나는 가죽부대 속에 몇 개의 문자를 지니고 있는 것이 남들보다 조금 많은 데 불과할 따름이오. 그러니 저 나무에서 매미가 울음 울고 땅 구멍에서 지렁이가 울음 우는 것이 시를 읊고 책을 읽는 소리가 아니라고 어찌 장담할 수 있겠소. 신호열·김명호, 431면

초책에게 보낸 편지

　　그대는 똑똑하고 재치가 있다고 해서 남을 깔보거나 다른 생물을 멸시해선 안 될 것이
네. 만약 저들에게도 얼마간 똑똑함과 재치가 있다면 어찌 스스로 부끄럽지 않겠나? 그리고
만약 저들이 똑똑하지 않다고 한다면 저들을 깔보고 멸시한들 뭣 하겠나?

　　우리들은 냄새나는 가죽주머니 속에 든 문자가 남보다 조금 많은 데 불과하다네. 나무
에서 들리는 매미 소리와 땅 속에서 들리는 지렁이 울음소리가 시를 읊조리고 책을 읽는 소
리가 아닌 줄 어찌 알겠나?

관재에게 윤회매 사라고 보낸 편지

與人*

⊡　　나는 집이 가난한 데다 집안 살림에도 오활하니, 산수에 은거한 방공龐公을 배우고 싶긴 하나, 무능하다고 가족들한테 핀잔을 들은 소진蘇秦이 그랬듯이 탄식만 하고 있사외다. 허물 벗는 건 이슬을 마시고 사는 매미보다 더디고, 지조는 흙을 먹고 사는 지렁이한테 부끄럽구려. 옛날 삼백예순다섯 그루의 매화나무를 심어 두고 하루에 하나씩 대하며 소일했던 이가 있건만, 지금 나는 셋방에 사는 처지로 고산孤山과 같은 동산이 없으니 어쩌면 좋단 말이오?

　　僕家貧, 計拙營生, 欲學龐公, 歎同蘇季. 蛻遲吸露之蟬, 操憼[1]飮壤之蚓. 昔有樹梅三百六十五本, 日以一樹自度者,[2] 今僕寄身僦屋, 園無孤山, 將若之何?[3]

본서에서 검토하는 이 작품이 수록된 주요한 이본은 다음과 같다: 『종북소선』, 계서본, 한씨문고본, 창강초편본, 승계본, 영남대본, 용재문고본, 망창창재본 갑, 망창창재본 을.

＊ 與人　『종북소선』에는 "蘖梅牘"으로 되어 있고, 계서본, 한씨문고본, 창강초편본, 승계본, 용재문고본에는 "與人"으로 되어 있으며, 영남대본에는 "與人輪回梅"로 되어 있다. 한편 계서본, 한씨문고본, 승계본, 영남대본, 용재문고본의 목차에는 본문과 달리 제목이 모두 "與同人"으로 되어 있다.

1) **憼**　창강초편본에는 "慚"으로 되어 있다.
2) **昔有樹梅三百六十五本, 日以一樹自度者**　『종북소선』에는 "昔林和靖, 樹梅三百六十五本, 日以一樹自度"로 되어 있다.
3) **今僕寄身僦屋~將若之何**　『종북소선』에는 "今僕僑屋庇躬, 遷徙無常, 旣無孤山, 惡能種藝"로 되어 있다.

역문풀이

관재觀齋에게 윤회매輪回梅 사라고 보낸 편지: 저본(박영철본)에는 제목이 '어떤 사람에게 준 편지'(원제는 '여인'與人)로 되어 있으나 『종북소선』에는 '매화 사라고 보낸 편지'(원제는 '육매독' 鬻梅牘)로 되어 있다. 저본에는 글 제목에서 편지의 수신인을 밝히지 않았으나 이덕무李德懋(1741~1793)의 『청장관전서』靑莊館全書 권62에 수록된 『윤회매 10전』輪回梅十箋이라는 작품을 통해 그 수신인이 관재觀齋 서상수徐常修(1735~1793)임을 확인할 수 있다. 이런 점을 감안하여 본 역서에서는 이런 제목을 붙였다.

『윤회매 10전』에는 윤회매의 제작방법 및 관련된 일화가 열 개 항목에 걸쳐 서술되어 있다. '윤회매'는 밀랍으로 만든 매화로, '윤회매'라는 말을 붙인 사람은 이덕무이다. 이덕무는 이 사실을 『청장관전서』 권10에 수록된 「이아탕주인爾雅宕主人(김사의金思義의 호)의 '윤회매'輪回梅 시 운韻에 화답하여 정이옥鄭耳玉에게 함께 보임」(和爾雅宕主人輪回梅韻, 兼示鄭耳玉)이라는 시의 서序에 밝혀 놓고 있다. 윤회매 만드는 방법은 이덕무가 십칠팔 세 무렵 처음 고안해 냈다. 이덕무는 이 윤회매의 제작법을 박지원, 유득공柳得恭(1749~1807), 박제가 등에게 가르쳐 준 바 있다.

방공龐公: 후한後漢의 은자隱者인 방덕공龐德公을 말한다.

소진蘇秦: 원문은 "蘇季"인데, 전국시대戰國時代의 이름난 유세가遊說家 소진蘇秦을 말한다. 그 자字가 '계자'季子여서 소계蘇季로도 불렸다. 그는 일찍이 자신이 태어난 나라인 연燕나라를 떠나 수년간 여러 나라를 떠돌며 유세하다가 실패한 뒤 고향으로 돌아왔다. 이때 형제와 처첩妻妾 등 가족들이 모두 그를 외면해 깊이 탄식했다고 한다.

방공龐公을 배우고~탄식만 하고 있사외다: 방공처럼 은자隱者가 되어 깨끗하게 살고 싶지만 그렇게 하지 못하고 있으며, 뜻은 크지만 그것을 실현하지 못한 채 무능한 사람으로 치부되어 소진처럼 깊이 탄식한다는 말. 이 무렵 연암이 실제로 은거하고자 하는 뜻을 지녔음은 이 글을 쓴 이듬해인 1769년에 쓴 「황윤지黃允之에게 사례한 편지」(謝黃允之書)에서 확인된다. 부친의 대상大祥을 마치고 쓴 이 편지에서 연암은 장차 은둔하고자 하는 뜻을 피력하고 있다.

허물 벗는~매미보다 더디고: 학업에 성취가 없는 것을 겸손하게 이른 말.

지조는 흙을~지렁이한테 부끄럽구려: 생계를 위해 어쩔 수 없이 염치를 저버리는 일이 있다는 말.

옛날 삼백예순다섯~이가 있건만: 송나라의 은자隱者인 임포林逋(967~1028)의 고사를 말한다. 임포는 매화와 학鶴을 몹시 사랑하여 매화나무를 아내로 삼고, 학을 자식으로 삼아 평생 독신으로 살았다. 이 때문에 '매처학자'梅妻鶴子라는 말이 생겨났다. 임포는 고산孤

山(절강성 항주에 있는 서호西湖의 작은 섬)에 방학정放鶴亭과 소거각巢居閣을 짓고, 그 주위에 매화나무 삼백육십 그루를 심어 아취 있는 생활을 하다 그곳에서 생을 마쳤다. 이런 생활 속에서 나온 임포의 매화시는 높은 격조와 정신적 깊이를 담고 있어 후대에 매화를 거론하거나 매화시를 짓는 시인들에게 최고의 전범이 되었다.

셋방: 당시 연암은 형님 내외와 함께 백탑 부근에 세 들어 살고 있었다.

원문풀이

歎同蘇季: 『사기』史記 「소진 열전」蘇秦列傳에 다음의 내용이 보인다: "出游數歲, 大困而歸, 兄弟、嫂妹、妻妾, 竊皆笑之曰: '周人之俗, 治産業, 力工商, 逐什二以爲務. 今子釋本, 而事口舌, 困不亦宜乎?' 蘇秦聞之而慙自傷."

蛻遲吸露之蟬: 『순자』荀子 「대략」大略에 "君子之學如蛻, 幡然遷之"라는 말이 보인다.

操憨飮壤之蚓: 『맹자』 「등문공」滕文公 하下에 다음 내용이 보인다: "充仲子之操, 則蚓而後可者也. 夫蚓上食槁壤, 下飮黃泉."

昔有樹梅三百六十五木, 日以一樹自度者: 『흠정남순성전』欽定南巡盛典 권86에 다음 내용이 보인다: "梅林歸鶴在孤山之陰, 宋處士林逋隱此, 構放鶴亭及巢居閣, 又於孤山植梅三百本."

번역의 동이

1-1　　　옛날 삼백예순다섯~어쩌면 좋단 말이오

▪ 옛날에 매화 삼백예순다섯 그루를 심어 날마다 한 그루씩 보면서 세월을 보낸 사람이 있었는데, 지금 나는 셋방살이 신세가 되어 고산(孤山)과 같은 동산이 있을 턱이 없으니, 장차 어찌하면 좋지요? 신호열·김명호, 『연암집 중』, 418~419면

2　　　벼루맡의 아이종이 손재주가 하도 빼어나 나도 가끔 그 애를 따라, 글 짓고 공부하는 사이에 매화나무 가지를 꺾어다 가지를 삼고, 촛농으로 꽃잎을 만들며, 노루털로 꽃술을 만들고, 부들 가루로 꽃술머리를 만들고는 이름을 '윤회매'輪回梅라고 했소이다. 왜 '윤회'輪回란 말을 썼냐고요? 생화生花가 나무에 있을 때 그것이 밀랍이 될 줄 어찌 알았겠으며, 밀랍이 벌집에 있을 때 그것이 꽃이 될 줄 어찌 알았겠소? 하지만 노전魯錢과 원이猿耳의 꽃봉오리는 꼭 진짜 같고 규경窺鏡과

영풍迎風의 자태는 너무나 자연스러워, 땅에 있지 않다뿐 매화의 정취를 듬뿍 풍기는구려. 황혼의 달 아래에서 그윽한 향기를 내지는 않지만 눈 가득한 산중에 고사高士가 유유자적하며 지내는 풍모를 떠올리기에는 족하니, 바라건대 그대에게 먼저 가지 하나를 팔아 값을 정했으면 싶구려.

硯北小僮, 手藝工玄,[1] 僕亦時從,[2] 偸暇硯[3]田, 梅成折枝, 燭淚成瓣, 鬟毛爲藥,[4] 蒲黃爲珠, 爲名輪回花.[5] 何謂輪回? 夫生花在樹, 安知爲蠟; 蠟在蜂房, 安知爲花?[6] 然而魯錢·猿耳, 菩蕾天成, 窺鏡·迎風, 體勢自然,[7] 惟其不根於地, 乃[8]見其天. 黃昏月下, 雖無暗香之動, 雪滿山中, 足想高士之臥, 願[9]從足下, 先售[10]一枝, 以第[11]其價.[12]

역문풀이

매화나무 가지를~가지로 삼고: 『윤회매 10전』의 '육지조'六之條('제6장 가지'라는 뜻)에 "가지는 반드시 매화나무 가지나 벽도碧桃의 가지를 써야 한다"(條必梅條或碧桃條)라는 구절이 보인다. '벽도'는 복사나무의 일종인데 작은 열매가 열린다. 열매는 먹지 못하며 꽃을 보기 위해 심는다.

부들 가루: 원문은 "포황"蒲黃으로, 황갈색을 띤 고운 꽃가루를 말한다. 밀랍매화를 만들 때 석자황石紫黃(유황과 비소의 화합물로, 안료나 약으로 씀) 가루와 부들 가루를 고루 섞은 다음 대꼬챙이에 풀을 묻혀 가볍게 꽃술의 끝부분에 바르고는 이 위에다 그것을 고루 묻힌다.

---

1) 玄 창강초편본에는 "妙"로 되어 있다.
2) 硯北小僮~僕亦時從 『종북소선』에는 없다.
3) 硯 『종북소선』에는 "研"으로 되어 있다.
4) 藥 『종북소선』에는 "蘂"로 되어 있다.
5) 蒲黃爲珠, 爲名輪回花 『종북소선』에는 "蘸以蒲黃, 廼名輪回花"로 되어 있다.
6) 花 『종북소선』에는 "梅"로 되어 있다.
7) 然 『종북소선』에는 "狀"으로 되어 있다.
8) 乃 『종북소선』에는 "廼"로 되어 있다.
9) 願 『종북소선』에는 "顚"으로 되어 있다.
10) 售 영남대본은 "賞"이라고 고쳐 썼다. 승계본에는 "售一作賞"(어떤 본에는 '售'가 '賞'으로 되어 있다)이라고 적힌 첨지籤紙가 붙어 있다.
11) 第 영남대본은 "題"라고 고쳐 썼다.
12) 價 영남대본은 "品"이라고 고쳐 썼다. 승계본에는 "價一作品"(어떤 본에는 '價'가 '品'으로 되어 있다)이라고 적힌 첨지가 붙어 있다.

이렇게 하여 노란색의 작은 구슬이 맺힌 듯이 보이게 한다. 이상은 『윤회매 10전』 '사지예'四之蘂('제4장 꽃술'이라는 뜻)에 보인다.

윤회매輪回梅: 원문은 "輪回花"인데, 윤회매의 다른 이름이다.

노전鲁錢: 『윤회매 10전』 '오지화'五之花('제5장 꽃'이라는 뜻)에 "다섯 개의 꽃잎이 약간 벌어져 있고, 아직 꽃술이 나와 있지 않은 것을 고노전古鲁錢이라 한다"(五瓣卷而中不吐蘂者, 曰古鲁錢)라는 설명이 보인다.

원이猿耳: 『윤회매 10전』 '오지화'五之花에 "세 개의 꽃잎이 이미 떨어지고 나머지 두 개도 떨어지려고 하는데 꽃술만 그대로인 것을 원이猿耳라고 한다"(三瓣已落, 二瓣將殘, 蘂獨茂茂, 曰猿耳)라는 설명이 보인다.

규경窺鏡과 영풍迎風: 『윤회매 10전』 '오지화'五之花에 "다섯 개의 꽃잎이 모두 활짝 핀 것을 규경窺鏡 혹은 영면迎面이라고 한다"(五瓣匀滿, 曰窺鏡, 曰迎面)라는 설명이 보인다. 한편 '영풍'은 바람을 맞고 있는 매화의 자태를 가리키는 것으로 추정된다.

눈 가득한~지내는 풍모: 임포를 가리킨다.

그대: 서상수徐常修를 말한다. 호는 관재觀齋·기공旂公이고, 자字는 여오汝五·백오伯五다. 연암 일파의 한 사람으로 서화書畵와 골동骨董에 대한 감식안이 높아 당대에 이 방면의 제1인자로 꼽혔다. 연암은 「필세 이야기」筆洗說('필세'는 붓 씻는 그릇)라는 글에서 서상수가 서화·골동에 대한 감상을 하나의 학문 차원으로 끌어올린 인물이라고 높이 평가한 바 있다. 아마도 연암은 서상수의 이런 감식안을 신뢰하여 그에게 이 편지를 보내 자기가 만든 밀랍매화의 값을 정해 달라고 한 것 같다.

원문풀이

硯田: 벼루를 밭에 비유한 말로 '문필로써 생활한다'는 뜻이다. 비슷한 표현으로 글 짓는 일을 쟁기질에 비유한 '筆耕'이 있다. 청나라 대명세戴名世가 쓴 「연장기」硯庄記에 다음 내용이 보인다: "世之人以授徒賣文稱之曰筆耕, 曰硯田. 以筆代耕, 以硯代田, 於義無傷, 而藉是以供俯仰, 此貧窮之士不得已之所爲也."

夫生花在樹~安知爲花: 『윤회매 10전』 일지원一之原('제1장 유래'라는 뜻)에 "夫生花生樹頭, 安知爲蜜與蠟; 蜜與蠟在蜂房, 安知爲輪回梅?"라는 구절이 보인다. 아마도 연암은 이덕무의 이 표현을 더욱 다듬고 압축한 듯하다. 그런데 이 네 구절은 연암이 서상수에게 보낸 원래 편지에는 들어 있지 않으며, 나중에 연암이 이 편지를 문예문으로 재작성하는 과정에서 보충되었다.

黃昏月下: 이 구절은 인구에 회자되는 임포의 매화시 경구驚句(빼어난 시구) "暗香浮動月黃昏"

(그윽한 향기 나네 황혼의 달 아래)에서 따온 말이다.

以第其價: 연암이 서상수에게 보낸 원래 편지에는 이 뒤에 "惟足下圖之"(그대는 그렇게 좀 해 주구려)라는 한 구절이 더 있다.

菩蕾: 꽃봉오리.

번역의 동이

2-1　　　벼루맡의 아이종이~ '윤회매'輪回梅라고 했소이다

▪ 벼루맡의 어린 종은 손재주가 하도 교묘하므로 나 역시 때때로 그를 따라서 연전(硯田)의 겨를을 내어 절지(折枝)의 매화를 만드는데, 촛눈물은 화판(花瓣)이 되고 고라니털은 꽃술이 되고 부들의 꽃가루는 꽃술의 구슬이 되어, 이름을 윤회화(輪回花)라 했지요. 신호열·김명호, 419면

2-2　　　왜 '윤회'輪回란~듬뿍 풍기는구려

▪ 왜 '윤회'라 일렀냐하면, 무릇 나무에 붙어 있는 생화(生花)가 밀랍이 될 걸 어찌 알며, 밀랍은 벌집에 있는데 그것이 꽃이 될 줄 어찌 알리요? 그러나 노전(魯錢)과 원이(猿耳)는 꽃봉오리가 천연스럽게 이루어졌고 규경(窺鏡)과 영풍(迎風)은 그 자세가 아주 자연스럽지요. 오직 땅에 박히지 않았을 뿐 바로 자연의 정취를 볼 수 있지요. 신호열·김명호, 419면

③　　　만약 가지가 가지답지 않고, 꽃이 꽃답지 않고, 꽃술이 꽃술답지 않고, 꽃술머리가 꽃술머리답지 않고, 책상 위에 두었을 때 자태가 빛나지 않고, 촛불 아래에 두었을 때 성긴 그림자를 드리우지 아니하고, 거문고와 짝했을 때 기막히지 아니하고, 시의 제재로 삼았을 때 운치가 나지 않는 등, 만일 이런 일이 하나라도 있다면 영원히 물리치더라도 끝내 원망하는 말이 없을 거외다. 이만 줄이외다.

若枝不如枝, 花[1]不如花,[2] 蘂[3]不如蘂,[4] 珠不如珠,[5] 牀[6]上不輝, 燭下不踈,[7] 伴琴不奇, 入詩不韻,[8] 有一於此, 永賜斥退, 終無怨言. 不宣.

역문풀이

운치: 매화 감상에서는 '운치'와 '격조'를 최고로 친다. 송나라 범성대范成大의 『매보』梅譜 「후서」後序에 다음과 같은 말이 보인다: "매화는 운치가 빼어나고 격조가 높기 때문에 가

로 비낀 가지, 성근 가지, 수척한 가지, 기이한 늙은 가지를 고귀한 것으로 여긴다."(梅以 韻勝以格高, 故以橫斜疎瘦與老枝怪奇者, 爲貴.)

원문풀이

不宣: 편지에서 글을 마무리할 때 쓰는 관용구이다. 비슷한 표현으로 '不備' '不具' 등이 있다.

---

1) 花   『종북소선』에는 "苍"로 되어 있다.
2) 花   『종북소선』에는 "苍"로 되어 있다.
3) 藥   『종북소선』에는 "蘂"로 되어 있다.
4) 藥   『종북소선』에는 "蘂"로 되어 있다.
5) **珠不如珠**   『종북소선』에는 없다.
6) **牀**   창강초편본에는 "床"으로 되어 있다.
7) **疎**   계서본에는 "疎"로 되어 있다.
8) **韻**   망창창재본 갑에는 "韵"으로 되어 있다.

✾ 이덕무의 『윤회매 10전』
輪回梅十箋

■ 연암이 관재에게 보낸 편지

나는 집이 가난한 데다 집안 살림에도 오활하니, 산수에 은거한 방공龐公을 본받고 싶긴 하나, 무능하다고 가족들한테 핀잔을 들은 소진蘇秦이 그랬듯이 탄식만 하고 있사외다. 허물 벗는 건 이슬을 마시고 사는 매미보다 더디고, 지조는 흙을 먹고 사는 지렁이한테 부끄럽구려. 옛날 임화정林和靖은 삼백예순다섯 그루의 매화나무를 심어 두고 하루에 하나씩 대하며 소일했거늘, 지금 나는 그를 배우고 싶어도 고산孤山과 같은 동산이 없으니 어쩌면 좋단 말이오?

벼루맡의 아이종이 절지折枝의 매화를 잘 만드니, 촛농으로 꽃잎을 만들고, 노루털로 꽃술을 만들며, 부들 가루를 꽃술머리에 바르면, 노전魯錢과 원이猿耳의 꽃봉오리는 꼭 진짜 같고, 규경窺鏡과 영풍迎風의 자태는 너무나 자연스러워, 땅에 있지 않다뿐 매화의 정취를 듬뿍 풍기는구려. 황혼의 달 아래에서 그윽한 향기를

이 글은 『청장관전서』 권62에 수록되어 있다. '10전'이란 '열 개의 장으로 나누어 한 설명'이라는 뜻이다. 이 제목에 상응하게 이 글은 다음과 같은 열 개의 장, 즉 '제1장 유래' '제2장 꽃' '제3장 꽃받침' '제4장 꽃술' '제5장 꽃' '제6장 가지' '제7장 꽃꽂이' '제8장 편지' '제9장 매매계약서' '제10장 에필로그'로 구성되어 있다. 주목되는 것은 이 글의 제8장에 연암이 서상수에게 보낸 원래의 편지가 소개되고 있으며, 제9장에 서상수에게 윤회매를 판 매매계약서가 첨부되어 있다는 사실이다. 현재 박영철본 『연암집』에 수록된 「관재에게 윤회매 사라고 보낸 편지」는 연암이 보낸 원래 편지와 상당히 다른바, 원래 편지와 매매계약서를 결합하여 새로운 문예문을 만들어 놓았다. 그래서 여기에 참고 자료로 원래의 편지와 매매계약서 등을 부기한다.

내지는 않지만, 눈 가득한 산중에 고사高士가 유유자적하며 지내는 풍모를 떠올리기에는 족하니, 바라건대 그대에게 먼저 가지 하나를 팔아 값의 고하高下를 정했으면 싶구려. 그대는 그렇게 좀 해 주구려.

僕家貧, 計拙營生, 欲效龐公, 歎同蘇季. 蛻遲吸露之蟬, 操憼飮壤之蚓. 昔林和靖樹梅三百六十五本, 日以一樹自度, 今僕雖欲學之, 無孤山之園, 若之何?[1] 其硯北小童, 善作折枝之梅, 燭淚成瓣, 獐毛爲蕊, 蘸以蒲黃, 魯錢·猿耳, 菩蕾天成, 窺鏡·迎風, 體勢自然, 惟其不根於地, 乃見其天.[2] 黃昏月下, 雖無暗香之動, 雪滿山中, 足想高士之臥, 願從足下, 先售一枝, 以第價之高下.[3] 惟足下圖之.[4]

역문풀이

연암이 관재에게 보낸 편지: 이 글은 『윤회매 10전』 팔지첩八之帖('제8장 편지'라는 뜻)의 일부분이다. 여기서 편의상 제목을 부여했다.

임화정林和靖: 임포를 말한다. '화정'은 임포의 시호諡號.

절지折枝의 매화: '절지'는 꺾은 가지를 이르는 말이다. '절지의 매화'란 꺾은 매화나무 가지에 달려 있는 매화를 말하는데, 여기서는 밀랍으로 만든 매화를 뜻한다.

■ 무자년戊子年 섣달 무신일戊申日 관재에게 판 윤회매에 대한 매매계약서

이 계약서는 임화정林和靖이 매화 판 일을 본받은 것임. 윤회매 세 가지에 크고 작은 열아홉 개의 꽃송이를 꽂았음. 복사나무를 꺾어 가지를 만들고, 밀랍을 끓여 꽃봉오리를 만들었으며, 노루털을 베어 꽃술을 만들었음. 꽃송이 하나당 1푼의

---

1) **昔林和靖~若之何** 저본(박영철본)에는 "昔有樹梅三百六十五本, 日以一樹自度者, 今僕寄身傺屋, 園無孤山, 將若之何"로 되어 있다.
2) **其硯北小童~乃見其天** 저본에는 "硯北小僮, 手藝工玄, 僕亦時從, 偸暇硯田, 梅成折枝, 燭淚成瓣, 獐毛爲蘂, 蒲黃爲珠, 爲名輪回花. 何謂輪回? 夫生花在樹, 安知爲蠟; 蠟在蜂房, 安知爲花? 然而魯錢·猿耳, 菩蕾天成, 窺鏡·迎風, 體勢自然, 惟其不根於地, 乃見其天"으로 되어 있다.
3) **以第價之高下** 저본에는 "以第其價"로 되어 있다.
4) **惟足下圖之** 저본에는 빠져 있다.

값을 쳐 관재의 돈 도합 19푼을 받고, 윤회매 사라고 보낸 편지 한 통을 첨부하여 한낮에 거래함.

만약 가지가 가지답지 않고, 꽃이 꽃답지 않고, 꽃술이 꽃술답지 않고, 책상 위에 두었을 때 자태가 빛나지 않고, 촛불 아래에 두었을 때 성긴 그림자를 드리우지 아니하고, 거문고와 짝했을 때 기막히지 아니하고, 시의 제재로 삼았을 때 운치가 나지 않는 등, 만일 이런 게 하나라도 있다면 동인同人들에게 일제히 알려 영원히 꽃을 사지 못하게 할 것임.

  윤회매 소유주: 박유관주인薄遊館主人
  증인: 형암炯菴, 영재泠齋
  글씨 쓴 이: 초정楚亭

歲戊子月之臘日戊申, 觀齋賣輪回梅券文

  右文, 效林和靖鬻梅事. 輪回梅凡參本, 揷大小拾玖瓣者. 折桃爲枝, 煮蠟爲蕾, 剪獐爲蕊. 每瓣折壹文式, 餌觀齋錢合拾玖文了, 幷付賣花牘壹度, 日中交易事.[1] 若枝不如枝, 花不如花, 蕊不如蕊,[2] 牀上不輝, 燭下不踈, 伴琴不奇, 入詩不韻, 有一於此, 齊告社中, 永杜買花事.[3]

  梅主: 薄遊館主人.
  證: 炯齋, 泠菴.
  筆: 楚亭.

역문풀이

무자년戊子年: 1768년.

이 계약서는~본받은 것임: 임화정은 절강성浙江省 항주杭州 서호의 고산에 매화를 많이 심었으며, 매화를 판 일이 있다.

윤회매 사라고 보낸 편지: 『윤회매 10전』 팔지첩八之帖('제8장 편지'라는 뜻)에 수록되어 있는

---

1) **右文~日中交易事**　저본에는 빠져 있다.
2) **若枝不如枝~蕊不如蕊**　저본에는 "若枝不如枝, 花不如花, 蘂不如蘂, 珠不如珠"로 되어 있다.
3) **齊告社中, 永杜買花事**　저본에는 "永賜斥退, 終無怨言. 不宣"으로 되어 있다.

「연암이 관재에게 보낸 편지」를 가리킨다.

박유관주인薄遊館主人: 박지원을 말한다. '박유관주인'은 이 무렵 박지원이 사용한 호로 보
　　인다.

형암炯菴: 이덕무의 호.

영재泠齋: 유득공의 호.

초정楚亭: 박제가의 호.

원문풀이

事: 이두로 '일' '것'에 해당하는 말.

折: '결정하다' '값을 얼마로 치다'라는 뜻.

式: 우리말의 '씩'에 해당하는 이두.

餌觀齋錢, 合拾玖文了: '餌' 자字에는 '먹다' '삼키다'라는 뜻과 '미끼로 꾀다' '이익을 얻기
　　위해 꾀다'라는 뜻이 있는데, 여기서는 이 두 가지 뜻이 모두 포함되어 있다고 생각된다.
　　이 글자가 갖는 이런 뉘앙스를 십분 고려할 경우, 이 구절은 '관재의 돈을 먹은 것이 도
　　합 19푼이며'라고 번역되거나, '관재를 꾀어 돈을 받은 것이 도합 19푼이며'라고 번역될
　　수도 있을 것이다.

度: 한 통.

炯齋: '형암'炯庵을 가리킨다.

泠菴: '영재'泠齋를 가리킨다.

■ 연암을 위한 변명

무릉씨武陵氏가 유희삼매遊戲三昧에 빠져 바야흐로 윤회매를 만들기 시작하면 바
짝 화로를 끼고 앉아 밀랍으로 본을 뜨고 노루털을 자르는데 눈빛은 형형하고 손
놀림은 나는 듯하였으며, 아이종에게 이래라저래라 지시하면서 방약무인傍若無人
하였다. 자기가 만든 걸 손님 눈에 보이며 자랑하면서 뽐낼 때에는 마치 대단한
일이라도 한 듯했으나, 시간이 흘러 상황이 바뀌면 언제 그랬냐는 듯 고요히 잊
어버려 마치 토우土偶를 버리듯이 하였다. 그러니 만약 완물상지玩物喪志한다고

그를 기롱한다면 어찌 진정으로 무릉씨를 아는 자라고 하겠는가!

　　　武陵氏遊戲三昧, 方其爲梅, 穹然擁鑪, 範蠟剪毛, 眼炯手飛, 指使童子, 旁若無人. 就照客眼, 誇耀舖張, 視若大事. 然境遷事殊, 寂然相忘, 如棄土梗. 若貼玩物之譏, 豈眞知武陵者也!

역문풀이

연암을 위한 변명: 이 글은 『윤회매 10전』 십지사十之事('제10장 에필로그'라는 뜻)의 일부분이다. 본서에서 편의상 이런 제목을 붙였다. 이덕무는 이 글에서 연암이 윤회매를 만든 일을 변호하고 있다.

무릉씨武陵氏: 박지원의 또다른 호.

유희삼매遊戲三昧: 원래 불교 용어로, '자재무애自在無碍하여 마음이 부동不動함'을 뜻한다. '삼매'는 산스크리트어 'Samādhi'에서 온 말이며 '선정'禪定을 뜻한다. 하지만 이 불교 용어는 유가儒家에 수용되어 이욕利欲을 떠나 무애자재한 경지에서 예술적 창조행위를 일삼거나, 자신을 잊고 대상과 하나가 되어 '진취'眞趣(참된 정취)를 얻는 것을 일컫는 말로 전용轉用되었다. 그리하여 선비가 높은 정신적 경지에서 서화書畵의 창작을 일삼는 것을 이르는 말로 쓴다.

토우土偶: '흙으로 빚은 인형'으로, 아주 하찮고 쓸모없는 물건을 뜻하는 말이다.

완물상지玩物喪志: 사물에 마음을 빼앗겨 담담한 마음 혹은 평정심平靜心을 잃어 버리는 것을 말한다. 이 말은 원래 『서경』書經에 나오는 말인데, 송나라 때 성리학이 성행하면서 외물外物에 미혹되어 참된 마음을 잃어서는 안 된다는 성리학의 도덕철학과 관련하여 핵심적인 단어로 부각되었다.

원문풀이

遊戲三昧: 『육조단경』六祖檀經「돈점」頓漸에 "普見化身, 不離自性, 卽得自在神通, 游戲三昧, 是名見性"이라는 말이 보인다. '遊'는 '游'와 통한다.

玩物: 『서경』 주서周書「여오」旅獒에 다음 구절이 보인다: "玩人喪德, 玩物喪志, 志以道寧, 言以道接."

若貼玩物之譏, 豈眞知武陵者也: 『연암집』 권3에 실린 「필세 이야기」筆洗說에 이와 비슷한 표현이 있다: "誚我以玩物喪志者, 豈眞知我哉!"

鬻梅牘

1 僕家貧, 計拙營生, 欲學龐公, 歎同蘇季. 蛻遲吸露之蟬, 操憨飮壤之蚓. 昔林和靖樹梅三百六十五本, 日以一樹自度. 今僕僑屋庇躬, 遷徙無常, 旣無孤山, 惡能種藝?

2 偸暇硏田, 梅成折枝, 燭淚成瓣, 羶毛爲蕊, 蘸以蒲黃, 廼名輪回花. 何謂輪回? 夫生花在樹, 安知爲蠟; 蠟在蜂房, 安知爲梅? 然而魯錢、猿耳, 菩蕾天成, 窺鏡、迎風, 體勢自肰, 惟其不根於地, 廼見其天. 黃昏月下, 雖無暗香之動, 雪滿山中, 足想高士之臥, 顅從足下, 先售一枝, 以第其價.

3 若枝不如枝, 苍不如苍, 蕊不如蕊, 牀上不輝, 燭下不踈, 伴琴不奇, 入詩不韻, 有一於此, 永賜斥退, 終無怨言. 不宣.

✿『종북소선』의 비평

〖 미비 〗

* 유비劉備는 영웅이지만 모직물 짜는 일을 했고, 혜강嵇康은 광달曠達(마음이 넓어서 사물에 구애받지 않음)한 인물이지만 대장일을 했었다. 안진경顔眞卿은 충신이건만 손수 돌에 글씨를 새기는 일을 했고, 심인사沈麟士는 고사高士이건만 주렴 짜는 일을 업으로 삼았으며, 무담남武澹男은 청광淸狂이건만 불침(불에 달군 쇠꼬챙이)으로 대나무에 그림 새기는 일을 했었다. 서위徐渭같이 비범한 인물도 그림을 팔아 생활했고, 진앙陳昻처럼 빼어난 인물도 시를 팔아 생활했었다. 이는 모두 옛사람이 일에 마음을 붙여 생계를 꾸려간 경우들이다.

　지금 미중美仲은 벽癖이 있는 데다 가난한 사람이다. 혹자는 입술을 삐죽거리고 이마를 찌푸리며 이렇게 개탄할지 모른다.

　"군자가 어찌 벽癖에 휘둘리는가! 군자가 아무리 가난하다 한들 어찌 차마 기예技藝를 팔 수 있단 말인가!"

　나는 그리 말하는 사람에게 이렇게 충고한다.

　"벽癖은 병이거늘 어째서 약을 주어 고쳐 주려고는 않고, 가난은 굶주림이거늘 어째서 돈을 주어 구제해 주려고는 않으며 어째 그저 걱정하고 탄식하기만 하는 게요?"

　劉備之英雄而結氂也; 嵇康之曠達而爲鍛也. 顔眞卿忠臣也而手自刻石; 沈麟士高士也而織簾爲業; 武澹男淸狂也而火尖鏤竹. 徐渭之奇偉, 賣畫自給; 陳昻之耿介, 賣詩爲生. 玆皆古人之寓心而資生也. 今美仲, 癖而又貧者也. 或有人必反脣蹙頞而歎曰: "君子何役於癖! 君子雖貧, 何忍賣技!" 余勸之曰: "癖, 病也, 何不貽藥以療之; 貧, 飢也, 何不與金以周之, 而何徒憂歎之爲?"

역문풀이

유비劉備는 영웅이지만~일을 했고: '유비'(161~223)는 삼국시대 촉한蜀漢의 초대 황제로, 자

字는 현덕玄德이다. 유비에게는 이런 이야기가 전한다: 유비는 모직물 짜기를 좋아했는데 마침 어떤 사람이 소꼬리털을 보내왔다. 유비는 그걸로 뭔가를 짜기 시작했다. 이때 제갈량이 나서서 이렇게 말했다. "장군께서는 큰 뜻을 갖고 계실 터인데 이런 일을 하신단 말입니까?" 이에 유비는 짜던 것을 던져 버리고 웃으며 말했다. "그게 무슨 말이오? 무료해 근심을 덜고자 한 일일 뿐이오."

혜강嵇康은 광달한~대장일을 했었다: '혜강'(223~262)은 삼국시대 위魏나라 사람으로, 자는 숙야叔夜이다. 죽림칠현竹林七賢의 중심인물로 노장사상老莊思想에 심취하였다. 본디 쇠 단련하는 일을 좋아하여 여름마다 자신의 집에 있는 큰 버드나무 아래에서 대장일을 했다고 한다.

안진경顔眞卿은 충신이건만~일을 했고: '안진경'(709~785)은 당대唐代의 대표적인 서예가이자 이름난 충신이다. 평원태수平原太守로 있을 때, 반란을 일으킨 안녹산安祿山에 맞서 직접 의병을 거느리고 싸우는 등의 공을 세우고도 권신權臣들의 미움을 받아 번번이 좌천되었다. 784년 회서淮西의 반장叛將인 이희열李希烈을 설득하러 갔다가 실패하여 살해되기까지 나라에 충성을 다하였다. 한편 해서와 초서에 능했으며 벼슬을 위해 대종代宗 9년(774)에 석고문石鼓文(큰 북 모양의 돌에 새긴 글)을 새긴 일이 있다.

심인사沈麟士는 고사高士이건만~업으로 삼았으며: '심인사'(419~503)는 남조南朝 제齊나라 사람으로, 경서經書와 사서史書에 통달하여 수십 권의 저서를 남겼다. 오차산吳差山에 은거하며 경전을 강의했는데 따르는 제자가 수백 명이었다. 젊은 시절에 가난하여 주렴 짜는 일을 했던바, 손으로 주렴을 짜는 내내 입으로 글 암송하기를 그치지 않아 마을 사람들이 그를 '직렴선생'織簾先生이라 불렀다고 한다.

무담남武澹男은 청광清狂이건만~일을 했었다: '무담남'은 명말청초明末清初의 인물로 운남雲南 무정武定 사람인 '무염'武恬으로 추정된다. 그는 새, 물고기, 화조花鳥, 산수, 인물, 성문, 누각 등의 그림을 불에 달군 작은 쇠꼬챙이로 젓가락 위에다 세밀하게 잘 새긴 것으로 유명했다. 명나라 말에 유적流賊이 운남을 침입하자 머리를 풀어헤치고 미친 척하며 날마다 저자에서 노래하다가 이내 곡哭을 하곤 했는데, 이에 사람들이 그를 '무풍자'武風子라고 불렀다고 한다.

서위徐渭같이 비범한~팔아 생활했고: '서위'(1521~1593)는 명나라 문인으로, 자는 문장文長이고, 호는 천지天池 혹은 청등青藤이다. 시문·서화·음악·희곡에 두루 뛰어나 독창적인 예술 세계를 보여주었다. 본래 그의 집안은 부유한 상층 지주에 속했으나 두 형의 죽음 이후 가세家勢가 기운 데다 수차례 과거에 낙방한 뒤 옥살이까지 하게 되면서 경제적으로 궁핍해져 자신의 그림을 팔아 생활했다.

진앙陳昻처럼 빼어난~팔아 생활했었다: '진앙'은 명나라 문인으로, 자는 이첨爾瞻 혹은 운중
雲仲이고, 호는 백운白雲이다. 문집으로 『백운집』白雲集이 전한다. 왜환倭患을 만나 떠돌
다가 금릉金陵(남경南京)에 머물 때, 사립문에 직접 방榜을 내걸고 손님을 모아 시문詩文을
팔아 생활했다.

미중美仲: 박지원의 자字.

벽癖: 무엇을 지나치게 즐기는 버릇을 말한다.

원문풀이

劉備之英雄而結氂也: 명나라 때 양시위楊時偉가 편찬한 『제갈충무서』諸葛忠武書 권2에 다음
구절이 보인다. "備性好結氂, 時適有人以氂牛尾與備者, 備因手自結之. 亮乃進言曰: '明
將軍當復有遠志, 但結氂而已耶?' 備投氂而起曰: '是何言與? 我聊以忘憂耳.'"

劉備之英雄而結氂也, 嵇康之曠達而爲鍛也: 소식蘇軾의 『동파집』東坡集 권36의 「보회당기」寶
繪堂記에 다음 구절이 보인다. "劉備之雄才也而好結氂, 嵇康之達也而好鍛鍊."

沈麟士高士也而織簾爲業: 『남사』南史 권76에 다음 내용이 보인다. "沈麟士, 字雲禎, 吳興武
康人也. (…) 及長, 博通經史, 有高尙之心. 親亡, 居喪盡禮, 服闋, 忌日輒流淚彌旬. 居貧
織簾誦書, 口手不息, 鄕里號爲織簾先生."

陳昻之耿介, 賣詩爲生: 명나라 때 종성鍾惺이 지은 「백운선생전」白雲先生傳에 다음 구절이 보
인다. "白雲先生 陳昻者, 字雲仲, 福建 莆田 黃石街人也. (…) 其後, 莆田中倭, 城且破, 先
生領妻子奔豫章, 織草屨爲日, 不給, 繼之以蔔. (…) 至金陵, 姚太守稍客之, 給居食. 久之,
姚太守亦死, 無所依. 仍賣蔔秦淮, 或自榜片紙於扉, 爲人傭作詩文. 其巷中人有小小慶弔,
持百錢鬥米與之, 輒隨所求以應."(『隱秀軒集』 권22)

【 권접과 방비 】

- ① 의 "欲學龐公, 歎同蘇季"에 청권靑圈이 쳐져 있다.
- ② 의 "夫生花在樹, 安知爲蠟~窺鏡迎風, 體勢自肰"에 청점靑點이 찍혀 있다.
- ③ 의 "牀上不輝, 燭下不踈~永賜斥退, 終無怨言"에 청색 첨권尖圈이 쳐져 있고, "밝고 깨
끗해 티끌이 없군"(明淨不滓)이라는 방비가 붙어 있다.

【 말비 】

- 가난하지만 아취雅趣가 있는 것이 부유하면서 속된 것보다 훨씬 낫다.

   貧而雅, 絶勝富而俗.

관재에게 윤회매 사라고 보낸 편지

　　나는 집이 가난한 데다 집안 살림에도 오활하니, 산수에 은거한 방공龐公을 배우고 싶긴 하나, 무능하다고 가족들한테 핀잔을 들은 소진蘇秦이 그랬듯이 탄식만 하고 있사외다. 허물 벗는 건 이슬을 마시고 사는 매미보다 더디고, 지조는 흙을 먹고 사는 지렁이한테 부끄럽구려. 옛날 삼백예순다섯 그루의 매화나무를 심어 두고 하루에 하나씩 대하며 소일했던 이가 있건만, 지금 나는 셋방에 사는 처지로 고산孤山과 같은 동산이 없으니 어쩌면 좋단 말이오?

　　벼루맡의 아이종이 손재주가 하도 빼어나 나도 가끔 그 애를 따라, 글 짓고 공부하는 사이에 매화나무 가지를 꺾어다 가지를 삼고, 촛농으로 꽃잎을 만들며, 노루털로 꽃술을 만들고, 부들 가루로 꽃술머리를 만들고는 이름을 '윤회매'輪回梅라고 했소이다. 왜 '윤회'輪回란 말을 썼냐고요? 생화生花가 나무에 있을 때 그것이 밀랍이 될 줄 어찌 알았겠으며, 밀랍이 벌 집에 있을 때 그것이 꽃이 될 줄 어찌 알았겠소? 하지만 노전魯錢과 원이猿耳의 꽃봉오리는 꼭 진짜 같고 규경窺鏡과 영풍迎風의 자태는 너무나 자연스러워, 땅에 있지 않다뿐 매화의 정취를 듬뿍 풍기는구려. 황혼의 달 아래에서 그윽한 향기를 내지는 않지만 눈 가득한 산중에 고사高士가 유유자적하며 지내는 풍모를 떠올리기에는 족하니, 바라건대 그대에게 먼저 가지 하나를 팔아 값을 정했으면 싶구려.

　　만약 가지가 가지답지 않고, 꽃이 꽃답지 않고, 꽃술이 꽃술답지 않고, 꽃술머리가 꽃술 머리답지 않고, 책상 위에 두었을 때 자태가 빛나지 않고, 촛불 아래에 두었을 때 성긴 그림 자를 드리우지 아니하고, 거문고와 짝했을 때 기막히지 아니하고, 시의 제재로 삼았을 때 운 치가 나지 않는 등, 만일 이런 일이 하나라도 있다면 영원히 물리치더라도 끝내 원망하는 말 이 없을 거외다. 이만 줄이외다.

이덕무의 『윤회매 10전』

■ 연암이 관재에게 보낸 편지

나는 집이 가난한 데다 집안 살림에도 오활하니, 산수에 은거한 방공龐公을 본받고 싶긴
하나, 무능하다고 가족들한테 핀잔을 들은 소진蘇秦이 그랬듯이 탄식만 하고 있사외다. 허물
벗는 건 이슬을 마시고 사는 매미보다 더디고, 지조는 흙을 먹고 사는 지렁이한테 부끄럽구
려. 옛날 임화정林和靖은 삼백예순다섯 그루의 매화나무를 심어 두고 하루에 하나씩 대하며
소일했거늘, 지금 나는 그를 배우고 싶어도 고산孤山과 같은 동산이 없으니 어쩌면 좋단 말
이오?

벼룻맡의 아이종이 절지折枝의 매화를 잘 만드니, 촛농으로 꽃잎을 만들고, 노루털로 꽃
술을 만들며, 부들 가루를 꽃술머리에 바르면, 노전魯錢과 원이猿耳의 꽃봉오리는 꼭 진짜 같
고, 규경窺鏡과 영풍迎風의 자태는 너무나 자연스러워, 땅에 있지 않다뿐 매화의 정취를 듬뿍
풍기는구려. 황혼의 달 아래에서 그윽한 향기를 내지는 않지만, 눈 가득한 산중에 고사高士
가 유유자적하며 지내는 풍모를 떠올리기에는 족하니, 바라건대 그대에게 먼저 가지 하나를
팔아 값의 고하高下를 정했으면 싶구려. 그대는 그렇게 좀 해 주구려.

■ 무자년戊子年 섣달 무신일戊申日 관재에게 판 윤회매에 대한 매매계약서

이 계약서는 임화정林和靖이 매화 판 일을 본받은 것임. 윤회매 세 가지에 크고 작은 열
아홉 개의 꽃송이를 꽂았음. 복사나무를 꺾어 가지를 만들고, 밀랍을 끓여 꽃봉오리를 만들
었으며, 노루털을 베어 꽃술을 만들었음. 꽃송이 하나당 1푼의 값을 쳐 관재의 돈 도합 19푼
을 받고, 윤회매 사라고 보낸 편지 한 통을 첨부하여 한낮에 거래함.

만약 가지가 가지답지 않고, 꽃이 꽃답지 않고, 꽃술이 꽃술답지 않고, 책상 위에 두었
을 때 자태가 빛나지 않고, 촛불 아래에 두었을 때 성긴 그림자를 드리우지 아니하고, 거문
고와 짝했을 때 기막히지 아니하고, 시의 제재로 삼았을 때 운치가 나지 않는 등, 만일 이런
게 하나라도 있다면 동인同人들에게 일제히 알려 영원히 꽃을 사지 못하게 할 것임.

윤회매 소유주: 박유관주인薄遊館主人
증인: 형암炯菴, 영재泠齋
글씨 쓴 이: 초정楚亭

■ 연암을 위한 변명

　무릉씨武陵氏가 유희삼매遊戲三昧에 빠져 바야흐로 윤회매를 만들기 시작하면 바짝 화로
를 끼고 앉아 밀랍으로 본을 뜨고 노루털을 자르는데 눈빛은 형형하고 손놀림은 나는 듯하
였으며, 아이종에게 이래라저래라 지시하면서 방약무인傍若無人하였다. 자기가 만든 걸 손님
눈에 보이며 자랑하면서 뽐낼 때에는 마치 대단한 일이라도 한 듯했으나, 시간이 흘러 상황
이 바뀌면 언제 그랬냐는 듯 고요히 잊어버려 마치 토우土偶를 버리듯이 하였다. 그러니 만
약 완물상지玩物喪志한다고 그를 기롱한다면 어찌 진정으로 무릉씨를 아는 자라고 하겠는가!

형암에게 보낸 편지

與炯菴

ㅣ　　화병畫瓶에 윤회매 열한 송이가 달린 가지를 꽂아 동전 스무 닢을 얻어 형수님께 열 닢 드리고, 아내힌테 세 닢 주고, 딸내미한데 한 닢 주고, 형님 방 땔나무 비용으로 두 닢 쓰고, 내 방에도 또한 그렇게 하고, 담뱃값으로 한 닢 쓰고 나니 공교롭게도 딱 한 닢이 남았구려. 그래서 이렇게 보내 드리니 웃으며 받아 주면 좋겠소.

　　畫瓶揷十一花, 得錢二十, 嫂獻十葉, 妻與三, 小女與一, 兄房爨柴二, 吾房亦同, 南草一, 巧餘一. 玆以送上, 笑領大好.

역문풀이

형암炯菴에게 보낸 편지: 이 글은 원래 『연암집』에는 실려 있지 않고 이덕무李德懋가 쓴 『윤회매 10전』輪回梅十箋 팔지첩八之帖('제8장 편지'라는 뜻)에 수록되어 있는데, 문예미가 빼어나 독립된 하나의 작품으로 보아도 좋다고 판단되므로 임의로 이런 제목을 붙여 소개한다. '형암'은 이덕무의 호號다.

화병畫瓶에 윤회매~스무 닢을 얻어: 연암이 이덕무에게서 윤회매 만드는 법을 배운 뒤, 손수 만든 윤회매를 화병에 꽂아 비단 가게에 동전 스무 닢을 받고 판 일을 말한다. 『연암집』권5의 「관재觀齋에게 윤회매 사라고 보낸 편지」로 보건대, 아마도 연암은 자기가 만든 윤회매를 관재(서상수의 호)에게 먼저 보내 일단 값을 정한 다음 거기에 준해 돈을 받았던 것 같다. 말하자면 연암은 수예품手藝品을 만들어 상업행위를 한 셈이다.

닢: '푼'이라고도 한다. 1냥兩은 100닢이다.

딸내미: 연암의 큰딸을 말한다. 이 편지가 수록되어 있는 이덕무의 『윤회매 10전』은 1768년 무렵에 씌어졌다. 당시 연암의 큰딸은 열 살 조금 넘은 나이였다.

형님 방~그렇게 하고: 이 구절로 보아 당시 연암 형제는 한집에서 산 것으로 보인다.

그래서 이렇게~받아주면 좋겠소: 당시 이덕무는 구멍 난 창을 보수해야 했으나 종이만 있고 풀이 없었는데, 박지원이 준 동전 한 닢으로 풀을 사서 종이를 발라 뚫린 곳을 보수할 수 있었다. 이에 "올해 내 귀가 울지 않고 손이 트지 않은 건 모두 무릉씨武陵氏(박지원의 호)의 덕택"(今年耳不鳴、手不皴, 皆武陵之力也)이라며 고마워했다. 이 사실은 『윤회매 10전』의 팔지첩八之帖에 보인다.

원문풀이

與炯菴: 『윤회매 10전』에는 제목이 없지만 본서에서 임의로 이런 제목을 붙였다.

46

형암에게 보낸 편지

    화병畫甁에 윤회매 열한 송이가 달린 가지를 꽂아 동전 스무 닢을 얻어 형수님께 열 닢
드리고, 아내한테 세 닢 주고, 딸내미한테 한 닢 주고, 형님 방 땔나무 비용으로 두 닢 쓰고,
내 방에도 또한 그렇게 하고, 담뱃값으로 한 닢 쓰고 나니 공교롭게도 딱 한 닢이 남았구려.
그래서 이렇게 보내 드리니 웃으며 받아 주면 좋겠소.

황윤지에게 사례한 편지

謝黃允之書

[1]　　　머리 숙여 인사드립니다. 접때 청지기 김가金哥가 형의 편지를 가지고 와서 여러 형제분들이 상중喪中에 잘 계신다는 것을 알았사외다. 온 가족과 함께 시골로 내려가 선영先塋에 의지해 사는 건 이 아우가 지난가을에 미처 이루지 못했던 계획이외다. 편지에 쓰신 이별의 말은 너무도 간절해 제 마음을 이리도 슬프게 하는군요. 줄기차게 오던 비가 문득 그치자 가을도 이미 반은 지나간 듯한데 여러 형제분들은 기력이 어떠하신지요? 돌아가신 부모님을 생각하는 군자의 마음이야 계절이 바뀔 때마다 새록새록 더하겠지만, 새로 거처하신 그곳은 이제 자리를 잡아가는지요? 자꾸 생각키어 서글프고 암담한 심정을 견딜 수 없사외다. 아우는 모진 목숨을 연명延命하며 어느새 삼년상을 다 마쳤는데 천지는 텅 빈 듯하고 신세는 외로워 슬프기 그지없습니다. 평소에 자식 된 도리를 다 하지 못한지라 상중喪中에라도 정성을 다하려고 했지만, 고질병을 앓다 보니 몸소 상식上食하는 일도 며칠밖에 하지 못했거늘 눈 깜짝할 사이에 영좌靈座를 거두게 되어 이제 곡하고자 한들 곡할 영좌가 없으니 이리 애통할 수가 있겠습니까?

　　　某頓首. 頃者金傔袖致兄手疏,[1] 備審斂哀, 孝履支相, 而盡室壟畝, 依倚松楸, 此弟前秋未成之計也. 別語耿耿, 何使我心悲也? 淫潦乍霽, 秋序已半, 斂兄氣力何似? 君子孝思, 感時增新, 新寓凡百, 頗得整頓就緖否? 係係念念, 不勝悵黯之懷. 弟頑喘延到, 奄闋喪制, 天地空廓, 身世[2]孤露, 慟甚慟甚. 平生所以爲子職者幾希矣, 庶其自致於喪紀之間, 而長嬰痼疾, 躬奉饋奠, 亦無[3]幾日, 轉眄之頃, 筵几遽[4]撤, 攀號無[5]地, 痛矣痛矣.

역문풀이

황윤지黃允之: 황승원黃昇源(1732~1807)을 말한다. '윤지'는 그의 자字다. 본관은 장수長水이며, 사촌 형인 황경원黃景源(1709~1787)에게 수학하였다. 1771년(영조 47) 문과에 급제하여, 영조·정조·순조 때 대사성大司成·대사헌大司憲·이조판서 등의 요직을 역임하였다. 연암은 스무 살 전후에 황승원과 과거공부를 함께 하며 친밀히 교유하였다.

사례한 편지: 이 편지는 연암이 부친의 삼년상을 마친 1769년 8월 2일에 쓴 편지로, 황승원의 위문편지에 대한 답이다. 편지 내용과 정황으로 보아, 부친상을 당한 황승원은 여막살이를 위해 선산이 있는 장단長湍(지금의 경기도 파주시 장단면)에 내려가 있으면서 방금 막 담제禫祭(삼년상을 지낸 후 두 달째 되는 달에 지내는 제사)를 지낸 연암을 위로하기 위해 편지를 보냈던 듯하고, 이에 대해 연암이 감사하는 편지를 보낸 것으로 보인다.

여러 형제분들: 황승원은 장남이었으며, 남동생인 창원昌源과 누이 둘이 있었다. 창원은 사옹원 첨정司饔院僉正을 지냈다. 누이 중 한 명은 정양선鄭養善과 혼인했고, 다른 한 명은 김이정金履正(1735~1792)에게 시집갔다.

상중喪中에: 황승원이 부친상을 당한 것을 가리킨다. 황승원의 아버지 황환黃瓛(1713~1769)은 1769년 4월에 병으로 세상을 떠났고, 그 해 6월 장단長湍의 선산에 묻혔다. 이 사실은 『강한집』江漢集 권19에 수록된 「통훈대부 행형조좌랑 증가선대부 이조참판 황공 묘갈명」通訓大夫行刑曹佐郎贈嘉善大夫吏曹參判黃公墓碣銘에 보인다.

돌아가신 부모님을~새록새록 더하겠지만: 돌아가신 어버이를 생각하는 군자의 마음이 계절이 바뀔 때마다 달라짐을 표현한 말. 『예기』禮記「제의」祭義에 "가을에 서리가 내려 군자가 그것을 밟으면 반드시 슬픈 마음이 드는데, 이는 추위 때문이 아니다. 또 봄에 비와 이슬에 젖은 길을 군자가 걸으면 반드시 삼가는 마음이 되면서 마치 장차 부모님을 뵐 듯이 한다"라는 말이 있다.

신세는 외로워: 원문은 "身世孤露"인데, '고로'孤露는 부모를 잃어 조금도 의지할 곳이 없는 사람을 가리킨다. 연암은 1759년(23세)에 모친상을 당했고, 8년 뒤인 1767년(31세)에 부친

본서에서 검토하는, 이 작품이 수록된 주요한 이본은 다음과 같다: 계서본, 한씨문고본, 승계본, 영남대본, 용재문고본, 망창창재본 갑, 망창창재본 을.

1) 疏　저본에는 "書"로 되어 있으나, 한씨문고본, 승계본, 영남대본, 용재문고본, 망창창재본 갑, 망창창재본 을에는 "疏"로 되어 있는바, 이를 따른다.
2) 世　승계본에는 "勢"로 되어 있다.
3) 無　한씨문고본과 용재문고본에는 "无"로 되어 있다.
4) 遽　승계본에는 "遍"로 되어 있다.
5) 無　한씨문고본과 용재문고본에는 "无"로 되어 있다.

상을 당했다.

상중喪中에라도 정성을 다하려고 했지만: 이 구절은 『논어』「자장」子張에서 따온 말이다. 『논어』에 "평소에 부모에게 정성을 다하지 못한 자라도, 친상親喪을 당했을 때는 반드시 그 정성을 다한다"라는 말이 보인다.

영좌靈座: 원문은 "筵几"로, 상중喪中에 죽은 이의 신주神主를 모셔 놓은 의자나 상床을 가리킨다. 상청喪廳, 연궤筵几, 영궤靈几, 영연靈筵, 영실靈室 등으로도 불린다. 대상大祥을 지낸 후에 거둔다.

곡하고자 한들: 원문은 "攀號"로, '측백나무를 붙잡고 슬피 통곡한다'(攀栢悲號)는 뜻이다. 중국 삼국시대 위魏나라의 왕부王裒가 아버지의 죽음을 원통해 하면서 아침저녁으로 묘소 곁의 측백나무를 붙잡고 통곡하자 그 나무가 눈물 때문에 말라죽었다는 고사에서 유래한 말이다.

원문풀이

某頓首: '某'라 하고 이름을 쓰지 않는 것은 상중喪中에는 이름을 말하지 않는 것이 옛날의 예禮였기 때문이다. 당시 연암은 삼년상을 막 마치고 담제禫祭를 지낸 터였지만 탈상한 지 얼마 안 되었기 때문에 '某'라는 표현을 쓴 듯하다. '頓首'는 공경의 표시로 머리를 땅에 조아린다는 뜻으로, 흔히 편지의 첫머리나 끝에 인사말로 쓰인다. 특히 상중에 있는 사람에게 보내는 편지에서는 반드시 '頓首'라는 표현을 써야 하며, 상중에 있는 사람이 누군가에게 편지를 보낼 때는 반드시 '稽首'라고 써야 한다.

傔: 겸인傔人을 이른다. 겸종傔從이라고도 한다. 양반집에서 잡일을 맡아보거나 시중을 들던 사람으로, 신분은 양인良人이다. 수청방守廳房에 거주했기에 청직廳直(청지기)이라고도 한다.

手疏: 상주喪主가 손수 쓴 편지를 말한다. 상중에 있는 사람이 쓴 편지는 '書'라 하지 않고 '疏'라 이른다.

僉哀: 부모상을 당한 여러 형제들을 가리키는 말이다. '僉'은 첨위僉位(여러분)의 뜻이고, '哀'는 부모상을 당한 사람을 뜻한다. 여기서는 부친상을 당한 황윤지와 그의 형제들을 가리킨다.

孝履支相: '상중喪中에 잘 견디며 신령의 가호를 받고 있다'는 뜻이다. '孝履'는 상중에 있는 사람의 근황을 이르는 말이고, '支'는 '버티다' '견디다'라는 뜻이며, '相'은 '돕다'라는 뜻으로 '신령의 가호'를 이른다.

壃畡: 시골을 가리킨다.

松楸: 원래 소나무와 가래나무라는 뜻인데, 무덤 주위에 이 나무를 많이 심었으므로 흔히 '무덤'이나 '선산'을 뜻하는 말로 쓰인다. 여기서는 선영先塋을 이른다.

耿耿: 마음속에서 잊혀지지 않는 모양.

君子孝思, 感時增新: 『예기』「제의」에 다음의 구절이 보인다: "霜露旣降, 君子履之, 必有悽愴之心, 非其寒之謂也. 春雨露旣濡, 君子履之, 必有怵惕之心, 如將見之." 정현鄭玄(127~200)은 이 구절에 "非其寒之謂, 謂悽愴及怵惕, 皆爲感時念親也"라는 주석을 붙였다.

自致: 스스로 정성을 다한다는 뜻. 『논어』「자장」에 "曾子曰: '吾聞諸夫子, 人未有自致者也, 必也親喪乎!'"라는 말이 보인다.

饋奠: 상중에 고인에게 음식을 올리는 일. 상식上食이라고도 한다.

攀栢: 攀栢悲號. 이 고사는 『진서』晉書「효우 열전」孝友列傳의 「왕부전」王裒傳에 실려 있고, 『소학』小學「선행」善行에도 전재轉載되어 있다. 『소학』의 해당 내용을 보이면 다음과 같다: "王裒字偉元. 父儀爲魏 安東將軍司馬昭司馬. 東關之敗, 昭問於衆曰: '近日之事, 誰任其咎?' 儀對曰: '責任元帥.' 昭怒曰: '司馬欲委罪於孤耶?' 遂引出斬之. 裒痛父非命, 於是隱居敎授, 三徵七辟, 皆不就. 廬于墓側, 旦夕常至墓所, 拜跪, 攀栢悲號, 涕淚著樹, 樹爲之枯."

번역의 동이

1-1   돌아가신 부모님을~자리를 잡아가는지요

▪ 군자의 효심에서 우러난 그리움은 계절의 변화에 감개하여 더욱 새로워지겠지만, 새로 거처한 곳의 갖가지 일들은 자못 정돈되어 두서가 잡히셨는지요? 신호열·김명호, 「연암집 중」, 149~150면

2   원발元發은 말단 관리를 하느라 정신없이 바빠 겨를이 없고, 유구悠久는 이미 남쪽으로 내려갔을 테고, 여중汝中은 때때로 보긴 하지만 고작 1년 가운데 서너 번에 불과하외다. 형 또한 상중에 있어 앞으로 삼년간 뵙지 못하겠군요. 이제 형이 산소 곁에 여막廬幕을 지었으니 초췌한 그 모습이 아득하외다. 사람살이에서 만남과 헤어짐, 슬픔과 기쁨에 다 성쇠가 있는 것 같사외다. 멀리 되돌아보면 대릉大陵과 소릉小陵에서 서로 함께 노닐던 일이 마치 꿈결 같으니 어찌 서글프지 않겠습니까?

元發屈首升斗, 滾汨無暇, 悠久想已南下, 汝中時雖相見, 率一歲中不過三數, 兄又惸然在疚, 而不見者且三年[1]矣. 今旣結廬[2]墓畔, 墨容杳然, 人生會散悲歡, 不離乘除. 緬思相隨於大陵·小陵之間, 若一夢境, 寧不慨然?

역문풀이

원발元發: 신광온申光蘊(1735~1785)의 자字. 신광온은 신소申韶(1715~1755)의 아들로, 본관은 평산平山이다. 신광온과 그 아우 신광직申光直(1738~1794)이 모두 연암과 절친했다. 1762년(영조 38) 진사시進士試에 합격하여 함흥부 판관咸興府判官, 사복시 첨정司僕寺僉正 등을 지냈다. 1765년(영조 41)에 박지원, 유언호兪彦鎬(1730~1796) 등과 함께 금강산 유람을 한 적이 있다.

유구悠久: 이영원李英遠(1739~1799)의 자. 이영원은 이연상李衍祥(1719~1782)의 아들로, 본관은 완산完山이다. 1774년(영조 50) 진사시에 합격하여 헌릉 참봉憲陵參奉, 당진 현감唐津縣監 등을 지냈다. 황승원, 신광온 등과 함께 연암이 20대 때 교분을 맺은 친구로 보인다. 『연암집』권3에 수록된 「유구悠久에게 준 서문」(贈悠久序)에서 두 사람의 친밀한 교유가 확인된다.

여중汝中: 이심전李心傳(1738~?)의 자. 대사간大司諫을 지낸 이성수李性遂(1718~?)의 아들로, 본관은 전주이다. 유무柳懋의 사위로 황승원과는 동서지간이다. 1773년(영조 49) 문과에 급제한 후 홍문관弘文館 정자正字에 제수되었고, 이후 사헌부司憲府 장령掌令, 사간원司諫院 정언正言 등을 지냈다.

대릉大陵과 소릉小陵: 대정릉동大貞陵洞과 소정릉동小貞陵洞을 가리킨다. 서울 서대문 안 취현방聚賢坊에 있던 지역으로 현재의 정동貞洞 일대이다.

원문풀이

屈首升斗: 박봉에 구차하게 고개를 숙인다는 뜻으로, 여기서는 미관말직에 종사하는 것을 이른다. 이 말은 원래 『진서』晉書 「도잠전」陶潛傳에 보이듯 도연명의 고사에서 유래한다: "郡遣督郵至縣, 吏白應束帶見之, 潛歎曰: '吾不能爲五斗米折腰, 拳拳事鄕里小人邪!'"

---

1) 年 한씨문고본과 용재문고본에는 "秊"으로 되어 있다.
2) 廬 계서본에는 "庐"로 되어 있다.

滾汨곤골: 몹시 바쁜 모양을 이르는 말.

惸然在疚경연재구: 상喪을 당해 외롭고 울적한 처지에 있음을 가리킨다. 『시경』詩經 주송周頌 「민여소자」閔予小子의 "閔予小子, 遭家不造, 嬛嬛在疚"(슬프다 나는 / 집안의 불행을 만나 / 외롭고 서글프네)에서 따온 말이다. 이 시는 주周나라 성왕成王이 상을 당해 외롭고 슬픈 처지를 노래한 것이다. '嬛'(경)은 '惸'(경)과 통한다.

乘除: 성쇠盛衰라는 뜻.

③　　　부친상을 당한 후로 겉모습은 꼭 매미 허물 같고 바보 같기는 꼭 흙으로 빚은 인형 같아 이승에 붙어살며 오직 꿈에만 빠져 있으니 잠잘 때는 즐겁지만 잠에서 깨면 슬퍼집니다. 30년 동안 서너 번 집을 옮겼지만, 매일 밤 꿈에서 제 혼이 그리워하며 찾아가는 곳은 항상 도성 서쪽의 옛집이랍니다. 꿈에서 저는 살구나무, 배나무, 복사나무 아래에 노닐며 참새 새끼를 잡기도 하고, 매미를 잡거나 나비를 뒤쫓기도 하고, 동쪽 뜨락에 만발한 온갖 꽃들 사이에서 잘 익은 열매를 따기도 하지요. 할아버지와 아버지는 모두 별고 없이 집에 계시고 중부仲父, 계부季父, 종형從兄도 옛날 모습 그대로였습니다. 급기야 잠을 깨면 멍하니 무얼 잃어 버린 것만 같아 거기에 거의 함께 있을 듯하다가 되돌아온 것만 같고, 다시 볼 수 있을 것 같건만 다시 보지 못하니 슬피 울고 가슴을 치며 잠에서 깬 것을 후회하곤 하외다. 살아계셨을 때를 가만히 생각해 보면 꿈속에서처럼 많이 뵙지도 또 살갑게 대하시도 못했사외다. 꿈을 꾸면 이리도 즐거우니, 비록 이대로 그만 영면永眠한다 할지라도 그 즐거움이 꿈보다 더할 수 있을까요?

　　　喪威以來, 形如枯蟬, 癡¹⁾似團塑,²⁾ 寄宿閻浮, 惟是大覼於夢, 其寐³⁾可樂, 其寤⁴⁾可悲. 三十年⁵⁾之間, 轉徙數四, 而每夜得夢, 則魂神悠悠, 常在城西古宅. 身遊杏梨⁶⁾桃樹之下, 或捕黃雀兒, 或捕蟬逐蝶, 東園百花齊發, 又摘黃熟. 某⁷⁾兩世皆無⁸⁾恙⁹⁾在堂, 仲父·季父與¹⁰⁾我從父之兄, 宛¹¹⁾然如平昔, 及旣¹²⁾悟,¹³⁾ 怳然如失, 庶幾¹⁴⁾追而返之也, 如復見之而不可得, 則悲啼擗摽, 悔其覺也. 密數其在世者, 又不如¹⁵⁾夢中之多且親也, 夢則樂矣, 雖¹⁶⁾復因此偃然大寢,¹⁷⁾ 其樂又有甚於其夢否也?

역문풀이

30년 동안~집을 옮겼지만: 연암은 도성 서쪽의 서소문 밖 반송방盤松坊 야동冶洞의 조부 댁
　　에서 태어나 그곳에서 성장하였다. 16세 때 처사 이보천李輔天(1714~1777)의 딸과 혼인하
　　면서 경기도 광주廣州 돌마면突馬面(지금의 경기도 성남시 분당구 율동 일대)의 장인 댁에 머
　　물며 처삼촌인 이양천李亮天(1716~1755)에게 수학하였다. 현재 확인되기로는 31세 때 부
　　친이 돌아가신 후, 서울 삼청동三淸洞 백련봉白蓮峯 아래 이장오李章吾(1714~1781)의 별장
　　에 세 들어 살았고, 32세 때 백탑 근처로 이사하였다. 야동에 있던 본가를 처분하고 삼
　　청동과 백탑 근처로 이사하기 전에 또다른 곳으로 한 번 더 이사했을 가능성이 있지만,
　　그 점은 자료상으로 확인되지 않는다.

도성 서쪽의 옛집: 반송방 야동冶洞의 조부 댁을 가리킨다.

중부仲父, 계부季父, 종형從兄: '중부'는 박사헌朴師憲(1707~1777)이고, '계부'는 박사근朴師近
　　(1715~1767)이다. '종형'은 박사근의 아들인 박진원朴進源과 박유원朴綏源(1738~1811)을
　　말한다. 중부 박사헌은 자식이 없었다.

비록 이대로~더할 수 있을까요: '이대로 그만 영면永眠한다 할지라도'의 원문은 "偃然大寢"
　　이다. 이 말은 『장자』莊子 「지락」至樂에 나오는 말인 "편안하게 큰 집에 잠들다"(偃然寢於
　　巨室)라는 말에서 따온 말이다. 장자는 이 말을 통해 죽음이란 슬퍼하거나 괴로워할 일
　　이 아니라 존재의 근원, 존재의 고향으로 돌아가는 것이기에 기뻐하고 즐거워해야 할 일

---

1) 癡　망창창재본 갑에는 "痴"로 되어 있다.
2) 塑　계서본에는 "槊"으로 되어 있다.
3) 寐　한씨문고본과 용재문고본에는 "寐"로 되어 있고, 계서본, 망창창재본 갑과 망창창재본 을에는 "寐"로 되어 있다.
4) 寤　한씨문고본과 용재문고본에는 "寤"로 되어 있고, 승계본, 망창창재본 갑, 망창창재본 을에는 "寤"로 되어 있다.
5) 年　한씨문고본과 용재문고본에는 "季"로 되어 있다.
6) 梨　한씨문고본과 용재문고본에는 "李"로 되어 있다.
7) 某　승계본에는 "楳"로 되어 있다.
8) 無　한씨문고본과 용재문고본에는 "无"로 되어 있다.
9) 差　계서본, 한씨문고본, 승계본, 영남대본, 용재문고본, 망창창재본 갑, 망창창재본 을에는 "蹉"으로 되어 있다.
10) 與　영남대본에는 "与"로 되어 있다.
11) 宛　계서본에는 "愧"으로 되어 있다.
12) 旣　승계본에는 "其"로 되어 있다.
13) 悟　한씨문고본, 영남대본, 용재문고본에는 "寤"로 되어 있고, 계서본, 승계본, 망창창재본 갑, 망창창재본 을에는 "寤"
　　로 되어 있다. '悟'는 '寤'와 통한다.
14) 幾　한씨문고본과 용재문고본에는 "絴"로 되어 있다.
15) 如　용재문고본에는 "知"로 되어 있다.
16) 雖　계서본에는 "誰"로 되어 있으나 오기이다.
17) 寢　한씨문고본, 영남대본, 망창창재본 갑, 망창창재본 을에는 "寢"으로 되어 있고, 계서본과 승계본에는 "寐"으로
　　되어 있다.

로 보았다.

원문풀이

枯蟬: 매미 허물을 가리키는 말.

團塑: 흙으로 빚은 사람. 토우土偶.

閻浮: 염부주閻浮洲의 약칭. 불교의 우주관에 따르면, 수미산須彌山을 중심으로 광대한 세계
  가 있으며, 인간이 사는 세계는 수미산 남쪽에 위치한 하나의 섬에 불과한데 그 섬이 바
  로 염부주다.

悠悠: 생각하는 모양. 마음이 움직이며 향하는 모양.

偃然大寢: 천지간에 편안히 잠든다는 뜻. 『장자』「지락」의 다음 구절에서 유래한 말이다: "人
  且偃然寢於巨室, 而我噭噭然隨而哭之, 自以爲不通乎命, 故止也."

번역의 동이

3-1   급기야 잠을 깨면~되돌아온 것만 같고

▪ 그러다 꿈에서 깨고 나면 마치 무엇을 잃은 것 같고 쫓아가다가 되돌아온 듯하며 신호열·김명호, 151면

3-2   꿈속에서처럼 많이~더할 수 있을까요

▪ 꿈속에서처럼 많이 뵈시고 친밀하지 못했으니 꿈속이 즐거울 수밖에요. 비록 또한 이 때문에 편
안히 누워 영영 잠들어 버린들 그 즐거움이 또 꿈속보다 더할 수 있을는지요? 신호열·김명호, 152면

4   네 살짜리 제 아이는 이제 조금 사람을 알아봐 남을 보고 아버지나 엄마
라고 하지는 않습니다. 늘 품에 안고 다니며 입으로 수십 글자를 가르쳐 줬는데,
어느 날 이렇게 묻더이다.
"저는 아버지가 있는데 아버지는 왜 아버지가 없나요? 아버지의 엄마는 어디 있
나요? 아버지도 젖을 먹었나요?"
나는 나도 모르게 애를 무릎 아래로 밀쳐 버리고는 한참 엉엉 울었습니다. 이는
모두 아우가 상을 당한 후에 겪은 슬프고 괴로운 심사에 해당하거늘 굳이 다른
사람에게 말할 건 없지요. 지금 형께서 애통한 일을 당해 마음이 울적하고 쓰라

리실 텐데, 필시 저 때문에 또 한 번 눈물을 쏟으실 듯하외다.

幼子四歲, 稍纔辨[1]別, 不呼他人爲父母. 常在懷中, 口授數十字, 忽問: "我有父在, 父何獨無?[2] 我父之母安在? 父亦嘗乳乎?" 不覺推[3]隳[4]膝下, 失聲長呼.[5] 此皆弟喪餘肝膈悲苦之思, 不必爲他人道之. 今哀兄新罹荼毒, 情事憂苦, 想必爲我[6]一泗.

원문풀이

肝膈: 간담肝膽.

哀兄: 친상親喪을 당한 상대방을 부르는 말로, 여기서는 부친상을 당한 황승원을 가리킨다.

荼毒도독: 몹시 심한 고통을 뜻하는 말. '荼'는 원래 씀바귀인데 씀바귀가 몹시 쓰기 때문에 '苦'의 뜻이 추가되었다. 여기서는 '부친상'을 비유적으로 표현한 것이다.

번역의 동이

4-1 늘 품에 안고~엉엉 울었습니다
* 노상 품속에서 떠나려 들지 않으므로 수십 글자를 입으로 가르쳐 주었는데, 갑자기 묻기를, "나는 아버지가 계신데 아버지는 왜 유독 아버지가 없나요? 우리 아버지의 어머니는 어디 계시나요? 아버지도 일찍이 젖을 먹고 크셨나요?" 하여, 나도 모르게 무릎에서 밀쳐 버리고 엉겁결에 목 놓아 한참 울었답니다. 신호열·김명호, 152면

---

1) **辨** 계서본에는 "卞"으로 되어 있다.
2) **無** 한씨문고본과 용재문고본에는 "无"로 되어 있다.
3) **推** 승계본에는 빠져 있다.
4) **隳** 계서본과 영남대본에는 "墮"로 되어 있다.
5) **呼** 계서본, 한씨문고본, 승계본, 영남대본, 용재문고본, 망창창재본 갑, 망창창재본 을에는 "號"로 되어 있다.
6) **我** 승계본에는 "吾"로 되어 있고, "吾一作我"(어떤 본에는 '吾'가 '我'로 되어 있다)라는 첨지가 붙어 있다.

⑤　　　예서禮書를 읽는 틈틈이 또 무슨 책을 읽으시는지 모르겠군요. 이제부터 우리들의 생활은 다만 늘 경서를 읽고 몸소 농사짓는 일일 테지요. 빈풍豳風과 당풍唐風의 시들은 농가農家의 책력冊曆이고, 『논어』論語 한 책은 시골 생활의 지침이며, 『중용』中庸은 섭생攝生을 위한 좋은 처방이니, 늘그막까지 힘써 할 일은 여기서 벗어나지 않을 거외다. 이 아우는 9월 보름 즈음에 사군四郡으로 여행을 떠나 단양丹陽, 영춘永春 부근에 전장田庄을 구할까 하는데, 잘될지 모르겠사외다. 황망하여 할 말을 다 못하오니 부디 슬픔을 참고 몸을 보중하셔서 행여 슬픔이 지나쳐 몸을 해치는 데까지 이르지 않기를 바랍니다. 예禮를 다 갖추지 못합니다.

상중喪中에 있는 윤지允之 대형大兄께
8월 초이튿날, 담제인禫制人 아우 모某 올림

　　　未審讀禮之餘, 復看何書. 吾輩從此方便, 只是帶經躬畊.[1] 豳、唐之什, 農家之時曆, 一部『魯論』, 居鄕之要訣, 『中庸』三十章, 攝生之良方, 暮年[2]究竟, 不出此等. 弟將於季秋望間, 爲上游之行, 求田丹、永之間, 未知其能成否也. 卒卒未能盡意, 唯[3] 冀節哀自護, 毋至傷孝. 不備疏例.[4]

允之大兄禮席, 八月初二日. 禫制人弟某拜

역문풀이

예서禮書를 읽는: 옛날에 상주喪主는 상중喪中에 예서禮書, 즉 예에 관한 책을 읽는 게 관례로 되어 있었다.

빈풍豳風과 당풍唐風의~농가農家의 책력冊曆이고: 『시경』 빈풍豳風의 「칠월」七月과 당풍唐風의 「실솔」蟋蟀을 염두에 두고 한 말이다. 「칠월」은 농촌의 세시풍속을 월령체月令體로 노래한 시로서 월령가月令歌의 효시가 되는 작품이다. 「실솔」은 1년 내내 수고한 백성들이 조금도 쉬지 못하다가 한 해가 저물어 한가해지자 서로 잔치하고 즐거워하면서도 그 분수를 지킴을 노래한 시이다.

---

1) **畊** 한씨문고본, 승계본, 영남대본, 망창창재본 을에는 "耕"으로 되어 있고, 용재문고본에는 "紺"으로 되어 있다.
2) **年** 한씨문고본에는 "秊"으로 되어 있다.
3) **唯** 한씨문고본과 용재문고본에는 "惟"로 되어 있다.
4) **例** 계서본, 승계본, 망창창재본 갑, 망창창재본 을에는 "禮"로 되어 있다.

『논어』論語 한 책은 시골 생활의 지침이며: 『논어』에는 「향당」鄕黨 등 선비가 시골에 살면서
　　지켜야 할 예의와 법도, 생활의 자세 등이 풍부하게 수록되어 있기에 한 말이다.

『중용』中庸은 섭생攝生을 위한 좋은 처방이니: 『중용』에는 마음의 균형과 평정을 어떻게 유
　　지할 수 있는가를 원리적으로 해명해 놓은 구절들이 여럿 포함되어 있다. 예를 들면 다
　　음과 같은 구절들이다: "중中이라는 것은 천하의 큰 근본이요, 화和라는 것은 천하에 두
　　루 미칠 수 있는 도다."(中也者, 天下之大本也; 和也者, 天下之達道也.) "기쁨, 분노, 슬픔, 즐거
　　움이 나타나지 않는 상태를 중中이라 이르고, 그런 감정이 나타나되 모두 절도에 맞는 것
　　을 화和라고 이른다."(喜怒哀樂之未發, 謂之中; 發而皆中節, 謂之和.) 이 밖에도 『중용』에는 천
　　명天命을 따르고, 도道를 따르는 삶을 살 것을 촉구하는 구절들이 보이는바, 여기서는
　　『중용』의 이런 점을 염두에 두고 한 말로 여겨진다.

사군四郡: 원문은 "上游"인데 남한강 상류 일대를 가리킨다. 여기서는 그 중에서도 특히 남
　　한강 상류에 있는 네 고을인 단양丹陽, 청풍淸風, 영춘永春, 제천堤川 일대를 가리킨다. 이
　　지역은 단양팔경 등의 빼어난 산수가 많아 퇴계退溪 이황李滉 등 선현들이 많이 찾은 곳
　　이다. 특히 18세기 전반기에 노론老論의 두 거물인 농암農巖 김창협金昌協(1651~1708)과
　　삼연三淵 김창흡金昌翕(1653~1722)이 이곳을 유람한 이래로 노론 학인學人들의 발자취가
　　계속 이어졌다. 단릉丹陵 이윤영李胤永(1714~1759)과 능호관凌壺觀 이인상李麟祥(1710~
　　1760)이 단양에 은거한 것도 이러한 흐름이었다. 연암의 아들인 박종채朴宗采(1780~1835)
　　가 저술한 『과정록』過庭錄에는, 연암이 1771년 명산을 두루 유람할 때 단양 일대도 다녀
　　온 것으로 되어 있다.

단양丹陽, 영춘永春~구할까 하는데: 연암이 이 편지를 쓴 1769년 8월경 단양, 영춘 부근에 은
　　거지를 구하려는 생각을 갖고 있었음을 바로 이 구절을 통해 알 수 있다. 단양은 일찍이
　　능호관 이인상이 은거했던 곳이다. 연암은 노론의 선배 문인인 이인상의 절개와 맑은 행
　　실에 존중의 염念을 품고 있었던바 이인상이 단양의 사인암舍人巖에 은거했었던 사실은
　　그가 단양 일대를 은거지로 삼고자 한 데 얼마간 영향을 미쳤을지도 모른다.

담제인禪制人: 이제 막 담제禪祭를 끝낸 사람이라는 뜻. '담제'는 대상大祥을 지낸 후 두 달째
　　되는 달 하순의 정일丁日이나 해일亥日을 택하여 지내는 제사를 말한다.

원문풀이

躬畊: 몸소 경작한다는 뜻. 이 말은 전원생활을 하면서 자신이 직접 농사일을 하지 않고 노
비나 전호佃戶에게 농사를 짓게 하는 경우에도 쓸 수 있다. 하지만 당시 연암의 집에 노비가
별로 없었다는 점을 염두에 둔다면 단지 그런 뜻으로만 말한 것이 아니고 실제 연암이 농사

일에 종사할 것을 염두에 두고 한 말일지도 모른다.

『魯論』: 원뜻은 '노魯나라에서 전해오는 논어'이나 여기서는 『논어』를 가리키는 말로 썼다. 『논어』는 원래 『노론』魯論, 『제론』齊論, 『고론』古論의 3종이 전해 왔으나, 한漢나라의 장우張禹(?~기원전 5), 정현鄭玄 등에 의해 『노론』을 중심으로 현재의 『논어』가 편집되었기에 후대에는 『노론』이 곧 『논어』를 지칭하게 되었다.

『中庸』三十章: 『중용』은 원래 전체가 33장인데, 여기서는 문장 작법상 줄여서 30장이라고 했다. 『중용』은 본래 『예기』의 1편인데 주희朱熹가 그 중요성을 부각하여 독립된 책으로 엮은 후, 33장으로 분장分章하였다.

究竟: '궁극에까지 이르다' '필경' 등의 뜻이 있으나, 여기서는 '힘써 하다'라는 뜻으로 썼다.

卒卒: 마음이 급하고 침착하지 못한 모양.

節哀: '슬픔을 절제하다' '슬픔을 아끼다'라는 뜻으로, 과도할 정도로 슬퍼하지 말라는 뜻.

傷孝: '以孝傷孝'의 준말. 효성이 지극하여 부모의 죽음을 너무 슬퍼한 나머지 자기 몸을 상하게 함으로써 도리어 효를 그르치는 일을 가리킨다.

禮席: 편지글에서 상중에 있는 사람의 이름 뒤에 붙이는 말.

번역의 동이

5-1   빈풍豳風과 당풍唐風의~벗어나지 않을 거외다

▪   『시경』 빈풍(豳風)과 당풍(唐風)의 시들은 농삿집의 시력(時曆)이요, 『논어』(論語) 한 질은 시골에 사는 비결이요, 『중용』(中庸) 30장(章)은 섭생(攝生)의 좋은 방법이니, 늘그막까지 힘써 할 일은 여기에서 벗어나지 않을 것입니다. 신호열·김명호, 152~153면

황윤지에게 사례한 편지

　　머리 숙여 인사드립니다. 접때 청지기 김가金哥가 형의 편지를 가지고 와서 여러 형제분들이 상중喪中에 잘 계신다는 것을 알았사외다. 온 가족과 함께 시골로 내려가 선영先塋에 의지해 사는 건 이 아우가 지난가을에 미처 이루지 못했던 계획이외다. 편지에 쓰신 이별의 말은 너무도 간절해 제 마음을 이리도 슬프게 하는군요. 줄기차게 오던 비가 문득 그치자 가을도 이미 반은 지나간 듯한데 여러 형제분들은 기력이 어떠하신지요? 돌아가신 부모님을 생각하는 군자의 마음이야 계절이 바뀔 때마다 새록새록 더하겠지만, 새로 거처하신 그곳은 이제 자리를 잡아가는지요? 자꾸 생각키어 서글프고 암담한 심정을 견딜 수 없사외다. 아우는 모진 목숨을 연명延命하며 어느새 삼년상을 다 마쳤는데 천지는 텅 빈 듯하고 신세는 외로워 슬프기 그지없습니다. 평소에 자식 된 도리를 다 하지 못한지라 상중喪中에라도 정성을 다하려고 했지만, 고질병을 앓다 보니 몸소 상식上食하는 일도 며칠밖에 하지 못했거늘 눈 깜짝할 사이에 영좌靈座를 거두게 되어 이제 곡하고자 한들 곡할 영좌가 없으니 이리 애통할 수가 있겠습니까?

　　원발元發은 말단 관리를 하느라 정신없이 바빠 겨를이 없고, 유구悠久는 이미 남쪽으로 내려갔을 테고, 여중汝中은 때때로 보긴 하지만 고작 1년 가운데 서너 번에 불과하외다. 형 또한 상중에 있어 앞으로 삼년간 뵙지 못하겠군요. 이제 형이 산소 곁에 여막廬幕을 지었으니 초췌한 그 모습이 아득하외다. 사람살이에서 만남과 헤어짐, 슬픔과 기쁨에 다 성쇠가 있는 것 같사외다. 멀리 되돌아보면 대릉大陵과 소릉小陵에서 서로 함께 노닐던 일이 마치 꿈결 같으니 어찌 서글프지 않겠습니까?

　　부친상을 당한 후로 겉모습은 꼭 매미 허물 같고 바보 같기는 꼭 흙으로 빚은 인형 같아 이승에 붙어살며 오직 꿈에만 빠져 있으니 잠잘 때는 즐겁지만 잠에서 깨면 슬퍼집니다. 30년 동안 서너 번 집을 옮겼지만, 매일 밤 꿈에서 제 혼이 그리워하며 찾아가는 곳은 항상 도성 서쪽의 옛집이랍니다. 꿈에서 저는 살구나무, 배나무, 복사나무 아래에 노닐며 참새 새끼를 잡기도 하고, 매미를 잡거나 나비를 뒤쫓기도 하고, 동쪽 뜨락에 만발한 온갖 꽃들 사이에서 잘 익은 열매를 따기도 하지요. 할아버지와 아버지는 모두 별고 없이 집에 계시고 중부仲父, 계부季父, 종형從兄도 옛날 모습 그대로였습니다. 급기야 잠을 깨면 멍하니 무얼 잃어버린 것만 같아 거기에 거의 함께 있을 듯하다가 되돌아온 것만 같고, 다시 볼 수 있을 것 같건만 다시 보지 못하니 슬피 울고 가슴을 치며 잠에서 깬 것을 후회하곤 하외다. 살아계셨을 때를 가만히 생각해 보면 꿈속에서처럼 많이 뵙지도 또 살갑게 대하지도 못했사외다. 꿈을 꾸면 이리도 즐거우니, 비록 이대로 그만 영면永眠한다 할지라도 그 즐거움이 꿈보다 더할 수 있을까요?

네 살짜리 제 아이는 이제 조금 사람을 알아봐 남을 보고 아버지나 엄마라고 하지는 않습니다. 늘 품에 안고 다니며 입으로 수십 글자를 가르쳐 줬는데, 어느 날 이렇게 묻더이다.

"저는 아버지가 있는데 아버지는 왜 아버지가 없나요? 아버지의 엄마는 어디 있나요? 아버지도 젖을 먹었나요?"

나는 나도 모르게 애를 무릎 아래로 밀쳐 버리고는 한참 엉엉 울었습니다. 이는 모두 아우가 상을 당한 후에 겪은 슬프고 괴로운 심사에 해당하거늘 굳이 다른 사람에게 말할 건 없지요. 지금 형께서 애통한 일을 당해 마음이 울적하고 쓰라리실 텐데, 필시 저 때문에 또 한 번 눈물을 쏟으실 듯하외다.

예서禮書를 읽는 틈틈이 또 무슨 책을 읽으시는지 모르겠군요. 이제부터 우리들의 생활은 다만 늘 경서를 읽고 몸소 농사짓는 일일 테지요. 빈풍豳風과 당풍唐風의 시들은 농가農家의 책력冊曆이고, 『논어』論語 한 책은 시골 생활의 지침이며, 『중용』中庸은 섭생攝生을 위한 좋은 처방이니, 늘그막까지 힘써 할 일은 여기서 벗어나지 않을 거외다. 이 아우는 9월 보름 즈음에 사군四郡으로 여행을 떠나 단양丹陽, 영춘永春 부근에 전장田庄을 구할까 하는데, 잘될지 모르겠사외다. 황망하여 할 말을 다 못하오니 부디 슬픔을 참고 몸을 보중하셔서 행여 슬픔이 지나쳐 몸을 해치는 데까지 이르지 않기를 바랍니다. 예禮를 다 갖추지 못합니다.

상중喪中에 있는 윤지允之 대형大兄께
8월 초이튿날, 담제인禫制人 아우 모某 올림

남수에게 보낸 답장

答南壽

① 　　사흘 낮을 비가 줄곧 오는 바람에 애처롭게도 필운동弼雲洞의 다옥한 살구나무 꽃잎이 다 떨어져 붉게 짓이겨져 버렸다네. 이리 될 줄 진작 알았다면, 왜 하루 동안 즐기지 않았는지 모르겠어. 긴긴 날 쓸쓸히 앉아 나 홀로 쌍륙雙陸을 즐기는데 오른손은 갑甲이 되고 왼손은 을乙이 되어 '다섯이요!' '백百이요!' 부르다 보면 나와 남의 구분이 생기고 승부에 집착하여 급기야 서로 맞수가 되니 모를레라, 내가 나의 두 손에 대해서도 사심私心이 있는 걸까. 두 손이란 이미 이 손과 저 손으로 나뉘었으니 그 하나하나를 물物이라 할 수 있겠고, 나는 내 두 손에 관한 한 조물주造物主라 할 수 있겠건만, 사심을 떨치지 못해 편들거나 냉대함이 이와 같네. 이번 비에 살구나무 꽃잎은 떨어졌건만 복사나무는 그 꽃이 화사하게 벙그러졌으니 또한 모를레라, 저 하늘의 조물주가 복사나무를 편들고 살구나무를 냉대하는 것 또한 나무에 사심이 있어서일까.

　　雨雨三晝, 可憐弼雲繁杏, 銷作紅泥. 若早知如此, 豈嫌招邀作一日消閒耶? 永日悄坐, 獨弄雙陸, 右手爲甲, 左手爲乙, 而呼五呼百之際, 猶有物我之間, 勝負關心, 翻成對頭,[1] 吾未知吾於吾兩手, 亦有所私焉歟.[2] 彼兩手者, 旣分彼此, 則可以謂物, 而吾於彼, 亦可謂造物者,[3] 猶不勝私扶抑如此. 昨日之雨, 杏雖衰落, 桃則夭好, 吾又未知彼大造物者,[4] 扶桃抑杏, 亦有所私於彼者歟.[5]

역문풀이

남수南壽: 연암의 족손族孫인 박남수朴南壽(1758~1787)를 말한다. 자字는 산여山如다. 연암의
고조부인 박세교朴世橋 이후 갈라진 동족 간으로, 연암과의 촌수는 아주 멀다. 그 조부는
영조英祖 때 참판을 지낸 박도원朴道原이고, 부친은 영조 때 정언正言·이조좌랑吏曹佐郞
등을 지낸 박상면朴相冕이다. 박남수는 1783년(정조 7) 진사시에 1등으로 급제했으나 대
과大科에는 급제하지 못하고 일찍 죽었다. 『열하일기』「피서록」避暑錄에 연암이 중국에
갈 때 박남수가 주었다는 전별시餞別詩 한 수가 소개되어 있으며, 그가 대단한 미남자였
다는 점이 언급되어 있다. 한편 남공철南公轍의 문집인 『금릉집』金陵集 권17의 「박산여
묘지명」朴山如墓誌銘에는 연암과 박남수 사이에 있었던 다음 일화가 보인다: 어느 달 밝
은 밤에 연암은 남공철, 이덕무, 박제가 등과 박남수의 벽오동정관碧梧桐亭館에 모여 자
신이 지은 『열하일기』를 읽어 주었다. 그때 듣고 있던 박남수가 연암에게 "선생의 문장
은 비록 훌륭하나 패관기서稗官奇書를 좋아하니 이제 고문古文을 일으키지 못할까 두렵
습니다"라고 말했다. 술에 취한 연암은 박남수에게 "네가 뭘 안단 말이냐!"라고 말한 뒤
계속해서 글을 읽었다. 그러자 역시 술에 취한 박남수가 곁에 있던 촛불을 집어 들고 『열
하일기』의 초고를 태우려고 했다. 이에 화가 난 연암은 몸을 돌려 누워 버렸다. 곁에 있
던 다른 이들이 연암의 화를 풀어 보고자 했으나 별 효과가 없었다. 이튿날 날이 새자 연
암은 술에서 깬 채 의관을 정제하고 단정히 앉아 박남수에게 이렇게 말했다. "산여야, 이
리 오너라! 내가 세상에서 불우하게 된 지 오래라, 문장을 빌려 울울하고 불평스러운 기
운을 한 번 토로함으로써 유희를 일삼은 것일 뿐 어찌 정말 즐거워서 그러는 것이겠느
냐? 산여나 원평元平(남공철의 자)은 모두 나이가 젊고 자질이 아름다우니 문장을 지을 때
에는 나를 본받지 말고 정학正學을 일으키는 것을 자신의 임무로 삼아 훗날 나라를 보필
하는 신하가 되기 바란다. 내 이제 제군을 위해 벌을 받지." 그러고는 술을 마시고 이덕
무와 박제가에게도 권하며 대취大醉하였다.

필운동弼雲洞: 지금의 서울 종로구 필운동에 해당한다. 연암은 36세가 되던 1772년 무렵 필
운동에서 멀지 않은 전의감동(지금의 종로구 견지동 일대)으로 이사했다. 『연암집』 권10에

본서에서 검토하는, 이 작품이 수록된 주요한 이본은 다음과 같다: 『겸헌만필』 을, 승계본, 영남대본.

1) 呼五呼百之際~翻成對頭　　『겸헌만필』 을에는 묵점墨點이 찍혀 있다.
2) 吾未知吾於吾兩手, 亦有所私焉歟　　『겸헌만필』 을에는 묵권墨圈이 쳐져 있다.
3) 者　『겸헌만필』 을에는 "主"로 되어 있다.
4) 者　『겸헌만필』 을에는 "主"로 되어 있다.
5) 彼兩手者~亦有所私於彼者歟　　『겸헌만필』 을에는 묵점이 찍혀 있다.

실린 「도화동에서 지은 시들을 적은 두루마리에 부친 발문」(桃花洞詩軸跋)에 필운동 및 도화동(지금의 서울 성북구 성북동에 있는 골짜기)에서 살구꽃과 복사꽃을 구경한 일에 대한 서술이 있어 참조된다.

살구나무 꽃잎이~짓이겨져 버렸다네: 살구나무의 꽃은 연한 붉은빛을 띤다.

쌍륙雙陸: 편을 둘로 갈라 차례로 주사위를 던져서 말을 움직여, 말이 말판의 밖에 있는 궁에 먼저 들어가기를 다투는 놀이. 갑甲은 검은말 16개를, 을乙은 흰말 16개를 말판의 지정된 위치에 놓은 뒤, 주사위 두 개를 던져 나온 눈의 합에 따라 말들을 움직인다. 주사위 두 개는 각각 1에서 6까지의 눈이 있고, 말판에는 한 칸 안에 최대 6개의 말을 세울 수 있게 되어 있다. '雙六'이라고도 한다.

다섯이요 백百이요 부르다 보면: '다섯'은 쌍륙을 할 때 나오는 주사위의 눈을 말하는 듯하다. '백' 역시 쌍륙의 놀이용어로 짐작되나 미상이다.

이번 비에~화사하게 벙그러졌으니: 이와 관련해 '이십사번화신풍'二十四番花信風이 참조가 된다. '이십사번화신풍'이란 '스물네 번 꽃 피는 소식을 알리는 바람'이라는 뜻으로, 소한小寒에서 곡우穀雨 사이의 백여 일 동안 피는 꽃을 24절기에 따라 나누어 놓은 것을 이르는 말이다. 이에 의하면 우수雨水를 지나 닷새쯤 되는 날 살구꽃이 피기 시작하고, 경칩驚蟄 무렵 복사꽃이 피는 것으로 되어 있다. 이십사번화신풍은 중국 남방 지역의 꽃피는 시기를 기준으로 정해진 것이므로 조선의 경우에 그대로 적용할 수는 없으나, 살구꽃이 핀 열흘 뒤쯤에 복사꽃이 핀다는 점을 확인할 수 있다.

하늘의 조물주: 원문은 "大造物者"('큰 조물주')이다. 바로 앞 구절에서 연암이 스스로를 '조물주'(원문은 "造物者")라고 했기에 하늘을 '큰 조물주'라고 표현했다.

사흘 낮을~사심이 있어서일까: 이와 동일한 내용이 『과정록』過庭錄 권4에 보인다. "아버지는 바둑이나 장기 등의 잡기를 할 줄은 아셨지만 손댄 적은 없으셨다. 나는 아버지가 남과 바둑 두시는 걸 딱 두 번 보았다. 비가 주룩주룩 내리는 어느 날이었다. 아버지는 하릴없이 대청을 오가시다가 홀연 쌍륙을 가져와 오른손을 갑甲, 왼손을 을乙로 삼아 교대로 주사위를 던지며 혼자 쌍륙을 두셨다. 당시 곁에 손님이 없는 것도 아니었지만 아버지는 혼자 놀이를 하시는 것이었다. 이윽고 웃으며 일어나시더니 붓을 들고 누군가에게 답장을 쓰셨다. '사흘 낮을 비가 줄곧 오는 바람에 애처롭게도 다욱한 살구나무 꽃잎이 다 떨어져 붉게 짓이겨져 버렸다네. 긴긴 날 쓸쓸히 앉아 나 홀로 쌍륙雙陸을 즐기는데 오른손은 갑甲이 되고 왼손은 을乙이 되어 '다섯이요!' '여섯이요!' 부르다 보면 나와 남의 구분이 생기고 승부에 집착하여 급기야 서로 맞수가 되니 모를레라, 내가 나의 두 손에 대해서도 사심私心이 있는 걸까. 두 손이란 이미 이 손과 저 손으로 나뉘었으니 그 하나하나를 물物이라 할 수 있겠고, 나는 내 두 손에 관한 한 조물주造物主라 할 수 있겠건만, 사심을 떨치지 못해 편들거나 냉대함이 이와 같네. 이번 비에 살구나무 꽃잎은 떨어졌건만 복사나무는 그 꽃이 화사하게 벙그러졌으니 또한 모를레라, 저 조물주가 복사나무를 편들고 살구나무를 냉대하는 것 또한 사심이 있어서일까.' 아버지가 편지 쓰시는 걸 곁에서 지켜보던 손님이 웃으며 말했다. '저는 선생님이 혼자 쌍륙을 치신 게 놀이에 뜻이 있어서가 아니라 글을 구상하기 위해서란 걸 처음부터 알고 있었습니다.'"(先君於博奕諸器, 皆知其法, 特未嘗接手, 不肯惟見与人對某者再. 一日雨中, 徘徊軒堂, 忽引雙陸, 以左右手擲骰, 爲甲乙對局. 時非無客子在傍, 而獨自撫弄. 已而, 笑而起, 援筆答人書牘曰: "雨雨三晝, 可憐繁杏, 銷作紅泥. 永日悄坐, 獨弄雙陸, 右手爲甲, 左手爲乙, 呼五呼六之際, 猶有物我之間, 勝負關心, 翻成對頭, 吾未知吾於吾兩手, 亦有所私焉歟. 彼兩手者, 旣分彼此, 則可以謂物, 而吾於彼, 亦可謂造物者, 猶不勝私扶抑如此, 昨日之雨, 杏雖衰落, 桃則夭好, 吾又未知彼造物者, 扶桃抑杏, 亦有所私者歟." 客笑曰: "我固知先生意, 不在雙陸, 乃爲拈出一段文思.")

원문풀이

對頭: '대적'對敵과 같은 뜻.

翻: '거꾸로' '도리어'라는 뜻.

번역의 동이

1-1 　긴긴 날 쓸쓸히~사심私心이 있는 걸까

▪ 긴긴 날 무료히 앉아 홀로 쌍륙(雙陸)을 즐기자니, 바른손은 갑(甲)이 되고 왼손은 을(乙)이 되어, 오(五)를 부르고 백(百)을 부르는 사이에 그래도 피아(彼我)의 구분이 있어 승부에 마음을 쏟게 되고 번갈아 가며 적수가 되니, 나도 정말 모를 일이지, 내가 나의 두 손에 대하여도 역시 편애하는 바가 있단 말인가? 신호열·김명호, 「연암집 하」 343면

1-2 　이번 비에~사심이 있어서일까

▪ 어저께 비에 살구꽃이 시들어 떨어졌지만 복사꽃은 한창 어여쁘니, 나는 또 모를 일이지, 저 위대한 조물주가 복사꽃을 편들고 살구꽃을 억누른 것 또한 저들에게 사정(私情)이 있어 그런 것인가?
신호열·김명호, 343~344면

2　　　이런 생각을 하다가 문득 주렴 곁을 보니 제비가 '회여지지 지지위지지'
하고 재잘대기에 나도 모르게 웃음이 나와 이렇게 말했네.

"애, 넌 글 읽는 걸 좋아하는구나. 하지만 장기나 바둑도 있지 않니? 장기나 바둑
이라도 두는 게 아무 일도 하지 않는 것보다 낫겠지?"

내 나이 사십이 채 안 되었는데 이미 머리는 허옇게 셌고, 마음과 기력이 하마 노
인과 같아 제비를 손으로 삼아 우스갯소리를 하고 있으니, 이것이 노인이 시간을
보내는 비결이라네.

그러던 차에 문득 자네 편지를 받아 그리운 마음에 얼마나 위안이 되던지. 다만
자줏빛 종이에 쓴 부드러운 필치는 문곡文谷과 너무나 흡사하니, 전아典雅한 맛은
있어도 굳센 기상이 전혀 없더군. 이는 용곡龍谷 윤상서尹尙書가 조정 사대부의 모
범은 될지언정 대가大家의 필법筆法은 못 되는 것과 같으니, 이 점을 몰라선 안 될
걸세.

　　　忽見簾榜, 語燕喃喃,[1] 所謂誨汝知之,[2] 知之爲知之, 不覺失笑曰: "汝好讀書.
然不有博奕者乎? 猶賢乎已." 吾年未四十, 已白頭, 其神情意態, 已如老人, 燕客諧笑,
此老人消遣訣也. 此際淸翰忽墜, 足慰我思, 而紫帖柔毫, 甚似文谷, 雅則有之, 風骨
全乏. 此龍谷 尹尙書雖爲搢紳楷範, 終非大家法意也, 不可不知.

역문풀이

회여지지 지지위지지: 『논어』 「위정」爲政에 "회여지지호, 지지위지지, 부지위부지, 시지야"
誨汝知之乎, 知之爲知之, 不知爲不知, 是知也(너에게 안다는 것이 무엇인지 가르쳐 주마. 아는 것을 안
다고 하고 모르는 것을 모른다고 하는 것, 이게 바로 아는 것이지)라는 말이 보이는데, 이 대목의
한자음이 제비가 지저귀는 소리와 비슷하다고 하여, 흔히 제비가 지저귀는 소리의 회화
적 표현으로 사용하곤 하였다. 판소리 「흥보가」 중에도 이런 표현이 보인다.

장기나 바둑도~것보다 낫겠지: 『논어』 「양화」陽貨의 다음 대목에서 따온 말이다: "배부르게
먹고 하루를 보내면서 마음 쓰는 데가 없다면 곤란하다. 장기나 바둑도 있지 않는가? 그

---

1) **喃喃**　『겸헌만필』 을과 영남대본에는 "諵諵"으로 되어 있다.
2) **之**　『겸헌만필』 을과 영남대본에는 빠져 있다.

런 거라도 하는 게 아무 일도 하지 않는 것보다 낫다." 무료한 중에 제비에게 말을 거는 이 대목은 「소완정이 쓴 '여름밤 벗을 방문하고 와'에 답한 글」(酬素玩亭夏夜訪友記)에서 연암이 까치 새끼에게 말을 건네는 대목을 연상시킨다.

내 나이~보내는 비결이라네: 이 편지가 쓰인 정확한 시기는 미상이다. 다만 '내 나이 사십이 채 안 되었는데'라는 말로 보아, 연암이 삼십대 후반 무렵이던 1772년에서 1775년 사이로 추정된다. 장래의 거취 문제로 번민하던 연암은 1771년, 마침내 과거를 폐하고 재야의 선비로 살아갈 것을 결심했다. 그 해 연암은 절친했던 친구 이희천李羲天(1738~1771)이 정치적 격동 속에서 극형을 당하는 사건을 겪었다. 당시 연암이 느낀 참담한 심정은 『연암집』 권3에 실려 있는 「이몽직 애사」李夢直哀辭 및 「'이몽직 애사' 뒤에 적은 글」(題李夢直哀辭後)에 잘 드러나 있다. 연암은 이희천의 죽음 앞에서 모든 것이 허망해졌음을 고백하며, 아예 사람들과 관계를 끊고 살아가리라 결심하기도 했다. 게다가 연암은 이희천을 잃은 그 해에 큰누이의 죽음까지 겪었다. 따라서 이 대목에서 그려지듯, 노인을 자처하며 무료한 시간을 보내고 있는 연암의 태도에는 그 즈음 연암이 느낀 삶에 대한 깊은 상실감이 배어 있다고 볼 수 있다.

자줏빛 종이: 자줏빛 색깔의 편지지를 말한다.

문곡文谷: 김수항金壽恒(1629~1689)의 호. 김수항은 효종·현종·숙종 때의 문신으로, 자字는 구지久之이다. 노론의 영수로서 송시열宋時烈의 절친한 벗이었으며 관직이 좌의정에 이르렀다. 시문에 뛰어났고, 가풍을 이은 단아한 필법으로 유명했다.

용곡龍谷 윤상서尹尙書: 윤급尹汲(1697~1770)을 말한다. 윤급은 윤두수尹斗壽의 5대손으로, 자는 경유景孺이고, 호는 근암近庵이며, 이재李縡와 박필주朴弼周의 문인이다. 1762년(영조 38) 김상로金尙魯, 홍계희洪啓禧 등과 함께 사도세자를 무고하여 죽게 만든 장본인의 한 사람이다. 소신에 따라 영조의 탕평책蕩平策에 반대하다가 파직되거나 좌천된 일이 많았으나 누차 기용되어 관직이 판서에 이르렀다. 문장이 좋고 글씨를 잘 썼는데, 특히 편지 글씨를 잘 쓰는 것으로 유명했다. 그래서 모방하기 좋아하는 이들이 앞 다투어 그의 편지를 얻으려 했던바 '윤상서체'尹尙書體라는 말이 생겼다고 한다.

원문풀이

誨汝知之, 知之爲知之: 『논어』 「위정」의 다음 구절에서 따온 말이다: "誨汝知之乎, 知之爲知之, 不知爲不知, 是知也."

然不有博奕者乎, 猶賢乎已: 『논어』 「양화」의 다음 구절에서 따온 말이다: "飽食終日, 無所用心, 難矣哉. 不有博奕者乎? 爲之猶賢乎已."

燕客: '제비 손님'이라는 뜻. 제비를 손님으로 높인 말.

清翰: 남의 편지를 높인 말.

帖: 여기서는 편지지를 가리킨다.

搢紳: '홀笏을 허리띠인 신紳에 꽂다'에서 유래한 말로, 그런 복장을 할 수 있는 사람, 즉 조정의 벼슬아치를 일컫는 말이다.

번역의 동이

2-1   그러던 차에~전혀 없더군

▪ 이때에 갑자기 그대의 서찰이 내 앞에 떨어져 나의 그리운 마음을 충분히 위안해 주기는 하였으나, 자줏빛 첩(帖)에 쓴 부드러운 필치는 너무도 문곡(文谷)과 흡사하여 우아한 점은 있지만 풍골(風骨, 웅건한 기상)이 전혀 없네그려. 신호열·김명호, 344면

③   「정존와기」靜存窩記는, 그 글을 찾으러 오겠다고 한 것을 보고서야 기억이 났네. 평소 남의 글 부탁을 선선히 들어주다 보니 이런 독촉을 받게 되는지라 자못 후회되고 부끄럽네. 이제 잘 알았으니 삼가 고요한 마음으로 글을 구상해 보겠네만, 빨리 될지 어떨지는 요량할 수 없네. 이만 줄이네.

　　　「靜存窩記」, 今承來索, 始乃省覺, 平生然諾, 向人易已, 遭此迫[1]隘, 殊令悔赧然. 今旣省存, 謹當靜構, 而第其遲速, 有未可料. 不宣.

역문풀이

「정존와기」靜存窩記: 연암이 박남수에게 써주기로 한 글로, '정존와'靜存窩는 박남수의 당호堂號로 추정된다.

---

1) **迫** 『겸헌만필』을과 영남대본에는 "迫"으로 되어 있다.

원문풀이

然諾: '승낙하다'라는 뜻.

迫隘: '닥치다'라는 뜻. 비슷한 표현으로 '迫脅' '逼迫' 등이 있다.

赧然: 뺨이 붉어지는 모습, 즉 부끄러워하는 모습을 이르는 말.

靜搆: 마음을 고요히 가라앉히고 글을 구상하거나 글을 짓는다는 뜻. 이 단어는 연암의 글 짓는 태도 혹은 자세를 엿보게 해준다.

不宣: 편지에서 글을 마무리할 때 쓰는 관용구이다. 비슷한 표현으로 '不備' '不具' 등이 있다.

남수에게 보낸 답장

사흘 낮을 비가 줄곧 오는 바람에 애처롭게도 필운동弼雲洞의 다옥한 살구나무 꽃잎이 다 떨어져 붉게 짓이겨져 버렸다네. 이리 될 줄 진작 알았다면, 왜 하루 동안 즐기지 않았는지 모르겠어. 긴긴 날 쓸쓸히 앉아 나 홀로 쌍륙雙陸을 즐기는데 오른손은 갑甲이 되고 왼손은 을乙이 되어 '다섯이요!' '백百이요!' 부르다 보면 나와 남의 구분이 생기고 승부에 집착하여 급기야 서로 맞수가 되니 모를레라, 내가 나의 두 손에 대해서도 사심私心이 있는 걸까. 두 손이란 이미 이 손과 저 손으로 나뉘었으니 그 하나하나를 물物이라 할 수 있겠고, 나는 내 두 손에 관한한 조물주造物主라 할 수 있겠건만, 사심을 떨치지 못해 편들거나 냉대함이 이와 같네. 이번 비에 살구나무 꽃잎은 떨어졌건만 복사나무는 그 꽃이 화사하게 벙그러졌으니 또한 모를레라, 저 하늘의 조물주가 복사나무를 편들고 살구나무를 냉대하는 것 또한 나무에 사심이 있어서일까.

이런 생각을 하다가 문득 주렴 곁을 보니 제비가 '회여지지 지지위지지' 하고 재잘대기에 나도 모르게 웃음이 나와 이렇게 말했네.

"얘, 넌 글 읽는 걸 좋아하는구나. 하지만 장기나 바둑도 있지 않니? 장기나 바둑이라도 두는 게 아무 일도 하지 않는 것보다 낫겠지?"

내 나이 사십이 채 안 되었는데 이미 머리는 허옇게 셌고, 마음과 기력이 하마 노인과 같아 제비를 손으로 삼아 우스갯소리를 하고 있으니, 이것이 노인이 시간을 보내는 비결이라네.

그러던 차에 문득 자네 편지를 받아 그리운 마음에 얼마나 위안이 되던지. 다만 자줏빛 종이에 쓴 부드러운 필치는 문곡文谷과 너무나 흡사하니, 전아典雅한 맛은 있어도 굳센 기상이 전혀 없더군. 이는 용곡龍谷 윤상서尹尙書가 조정 사대부의 모범은 될지언정 대가大家의 필법筆法은 못 되는 것과 같으니, 이 점을 몰라선 안 될 걸세.

「정존와기」靜存窩記는, 그 글을 찾으러 오겠다고 한 것을 보고서야 기억이 났네. 평소 남의 글부탁을 선선히 들어주다 보니 이런 독촉을 받게 되는지라 자못 후회되고 부끄럽네. 이

제 잘 알았으니 삼가 고요한 마음으로 글을 구상해 보겠네만, 빨리 될지 어떨지는 요량할 수 없네. 이만 줄이네.

'불이당'이라는 집의 기문
不移堂記

[1]   사함士涵은 자신의 호號를 죽원옹竹園翁이라 지은 후 자기 집 대청에 '불이당'不移堂이라는 편액을 걸고는 나에게 서문序文을 좀 써 달라고 부탁하였다. 나는 언젠가 그의 집 대청에 올라 보고, 그의 집 정원을 거닐어 본 적이 있지만, 대나무라고는 단 한 그루도 보지 못했었다. 그래서 나는 그를 돌아보고는 웃으며 말했다.

"이건 말하자면 존재하지 않는 공간에 거주하는 존재하지 않는 사람의 집 아닌가? 이름이란 실상의 껍데기이거늘, 나더러 껍데기를 위해 글을 쓰란 말인가?"

그러자 사함은 낙담하여 한참 있더니 이렇게 말했다.

"그저 한번 그렇게 당호堂號를 지어 내 뜻을 부쳐 본 걸세."

나는 웃으며 말했다.

"걱정 말게. 내 자네를 위해 실상을 채워 주겠네."

    <u>士涵</u>[1]自號竹園翁, 而扁其所[2]居之堂曰<u>不移</u>, 請余序之. 余嘗登其軒而涉其園, 則不見一挺之竹, 余顧而笑曰: "是所謂無何鄕烏有先生之家耶! 名者, 實[3]之賓, 吾將爲賓乎!"[4] <u>士涵</u>[5]憮然爲間[6]曰: "聊自寓意耳." 余笑曰: "無傷也. 吾將爲子實[7]之也."

역문풀이

불이당不移堂: '불이'不移란 '절개를 바꾸지 않는다', 즉 '지조를 지킨다'는 뜻이다. 『맹자』

72

「등문공」하下에 "부귀가 마음을 방탕하게 하지 못하며, 빈천貧賤이 절개를 바꾸지 못하며, 위무威武가 지조를 굽히게 할 수 없는 사람, 이런 사람을 대장부라 이른다"(富貴不能淫, 貧賤不能移, 威武不能屈, 此之謂大丈夫)라는 구절이 있다. 사함士涵은 이런 뜻을 담아 '불이당'이라는 당호를 지은 듯하다.

사함士涵: 죽원옹竹園翁의 자字이겠는데 누군지는 미상.

이름이란 실상의~쓰란 말인가: 이 대목은 『장자』莊子를 패러디했다. 『장자』 「소요유」逍遙遊에 다음과 같은 말이 나온다: "당신(요임금)이 천하를 다스려 천하는 이미 다스려졌소. 그렇건만 내가 당신을 대신해 임금노릇을 함으로써 내가 장차 이름뿐인 존재가 되란 말이오? 이름이란 실상의 껍데기이거늘 나더러 장차 껍데기가 되란 말이오?" 연암은 『장자』의 이 대목에서 '이름이란 실상의 껍데기이거늘 나더러 장차 껍데기가 되란 말이오?'라는 구절을 '이름이란 실상의 껍데기이거늘, 나더러 껍데기를 위해 글을 쓰란 말인가?'로 환골탈태하였다.

원문풀이

涵: '涵'과 같다.

無何鄕: '무하유지향'無何有之鄕이라고도 한다. '어디에도 없는 마을' 혹은 '어디에도 존재하지 않는 마을'이란 뜻으로, 세상 밖의 이상향을 가리키는 말이다. 이 말은 『장자』 「소요유」의 다음 구절에서 유래한다: "今子有大樹, 患其無用, 何不樹之於無何有之鄕、廣莫之野, 彷徨乎無爲其側, 逍遙乎寢臥其下?"

烏有先生: '오유'烏有란 '어찌 있겠는가'라는 뜻이다. 따라서 '오유선생'이란 세상에 실재하지 않는 가상의 인물이란 뜻이다. 이 말은 한나라 때의 문인인 사마상여司馬相如가 쓴 「자허부」子虛賦에서 유래한다. 「자허부」는 자허子虛('이분은 허구이다'라는 뜻), 오유선생,

---

본서에서 검토하는, 이 작품이 수록된 주요한 이본은 다음과 같다: 『겸헌만필』 갑, 『연암산고』, 한씨문고본, 승계본, 영남대본, 용재문고본, 망창창재본 갑, 망창창재본 을.

1) 涵 『겸헌만필』 갑과 『연암산고』에는 "涵"으로 되어 있다.
2) 所 승계본에는 "新"으로 되어 있다.
3) 實 한씨문고본에는 "案"로 되어 있다.
4) **是所謂無何鄕烏有先生之家耶~吾將爲賓乎** 『겸헌만필』 갑에는 주점朱點이 찍혀 있다.
5) 涵 『겸헌만필』 갑에는 "涵"으로 되어 있고, 『연암산고』에는 "涵"으로 되어 있다.
6) 間 용재문고본에는 "閑"으로 되어 있으나 오기이다.
7) 實 한씨문고본과 용재문고본에는 "案"로 되어 있다.

무시공亡是公('이런 분은 없다'라는 뜻) 등 가공의 세 인물을 등장시켜 문답을 전개함으로써 임금에게 검소한 생활을 촉구한 글이다.

名者~吾將爲賓乎: 『장자』「소요유」의 다음 구절에서 따온 말이다: "子治天下, 天下旣已治也, 而我猶代子, 吾將爲名乎? 名者, 實之賓也, 吾將爲賓乎?"

번역의 동이

1-1   이건 말하자면~쓰란 말인가

- 이야말로 「혜탕 고을」「안 있는 선생」의 댁이 아닌가? 이름이란 것은 실상의 빈 껍질이니 나더러 빈 껍질을 놓고 글을 쓰란 말인가? 홍기문, 『박지원 작품선집 1』, 274면
- 이것은 이른바 무하향(無下鄕) 오류선생(烏有先生)의 집인가. 이름은 실(實)의 빈(賓)인데, 나를 빈으로 할 참인가. 이익성, 『朴趾源』, 175면
- 이거야말로 소위 무하향(無何鄕), 오유(烏有) 선생의 집이 아닌가? 이름이란 알맹이의 껍질인데 나더러 빈 껍질을 두고 글을 지으란 말인가? 김혈조, 『그렇다면 도로 눈을 감고 가시오』, 43면
- 이것은 이른바 무하향(無何鄕)의 오유 선생(烏有先生)의 집이 아니겠는가? 이름이란 것은 실질의 손님이거늘, 나더러 장차 손님을 위하란 말인가? 정민, 『비슷한 것은 가짜다』, 91면
- 이는 이른바 무하향(無何鄕)이요 오유선생(烏有先生)의 집인가? 이름이란 실질(實質)의 손님이니 날더러 장차 손님이 되란 말인가? 신호열·김명호, 『연암집 중』, 61면

1-2   걱정 말게~채워 주겠네

- 상관없네. 내가 장차 자네를 위해서 그 속 알맹이를 채워 줌세. 홍기문, 274면
- 상관없다. 내가 자네를 위해 실(實)하게 하겠네. 이익성, 175면
- 상심하지 말게. 내가 자네를 위해 그 알맹이를 채워줌세. 김혈조, 43면
- 상심하지 말게. 내 장차 자네를 위해 이를 채워 줌세. 정민, 91면
- 상심할 것 없네. 내 장차 자네를 위해 실질이 있게 만들어 줄 테니. 신호열·김명호, 62면

2   예전에 이학사李學士 공보功甫께서 한가로이 지낼 적에 매화시梅花詩를 지은 적이 있다. 심동현沈董玄의 묵매도墨梅圖를 얻자 이 시를 그 그림의 화제畵題로 삼으시고는 웃으며 내게 이렇게 말씀하셨다.

"너무해, 심씨沈氏의 그림은! 실물을 빼닮았을 뿐이야!"

나는 무슨 말씀인가 싶어 이렇게 여쭈었다.

"실물과 비슷하게 그렸다면 훌륭한 화가 아니겠습니까? 왜 웃으시는 거지요?"

그러자 학사는 이렇게 말씀하셨다.

"까닭이 있지. 나는 이원령李元靈과 교유가 있었는데, 한번은 그에게 생초生綃 비단 한 폭을 보내어 제갈공명諸葛孔明 사당 앞의 측백나무를 좀 그려 달라고 부탁한 적이 있네. 원령은 한참 후에 거기다 「눈 풍경」이라는 부賦를 전서篆書로 써서 보냈더군. 나는 그의 전서를 얻자 참 기뻤네. 하지만 빨리 그림을 그려 달라고 더욱 채근했더니 원령은 빙그레 웃으며 이렇게 말하더군.

'그대는 아직도 모르겠소? 이미 보내지 않았소.'

나는 놀라서 이렇게 말했다네.

'예전에 온 건 전서로 쓴 「눈 풍경」뿐이었소. 그대는 혹 잊으셨소?'

원령은 빙그레 웃으며 말했네.

'측백나무는 바로 그 속에 있구려. 바람과 서리가 매서울 때 변하지 않는 게 있겠소? 그대가 측백나무를 보고자 한다면 눈 속에서 찾아야 할 게요.'

나는 그제야 허허 웃으며 이리 말했다네.

'그림을 그려 달랬더니만 전서를 써 주고는, 눈을 보고서 변하지 않는 것을 생각하라니, 측백나무하고는 영 멀구려. 그대가 도道를 행하는 방식은 현실과 너무 동떨어진 것 아니오?'

曩李學士功[1]甫, 閒[2]居爲梅花詩, 得沈董玄墨梅以弁[3]軸,[4] 因笑謂余曰: "甚矣, 沈之爲畵[5]也! 能肖物而已矣!" 余惑之曰: "爲畵[6]而肖, 良工[7]也. 學士何笑[8]爲?" 曰: "有之矣. 吾初與[9]李元靈[10]遊,[11] 嘗遺綃一本, 請畵[12]孔明[13]廟柏.[14] 元靈良久以古篆

---

1) 功 『겸헌만필』 갑, 한씨문고본, 승계본, 용재문고본, 망창창재본 을에는 "功"으로 되어 있다.
2) 閒 승계본, 망창창재본 갑, 망창창재본 을에는 "閑"으로 되어 있다.
3) 弁 승계본, 망창창재본 갑, 망창창재본 을에는 "幷"으로 되어 있다.
4) 軸 승계본에는 "軘"으로 되어 있다.
5) 畵 『겸헌만필』 갑에는 "画"로 되어 있다.
6) 畵 『겸헌만필』 갑에는 "画"로 되어 있다.
7) 工 승계본에는 "畫"로 되어 있고, 망창창재본 갑에는 "画"로 되어 있다.
8) 笑 승계본, 망창창재본 갑, 망창창재본 을에는 "所"로 되어 있다.
9) 與 『겸헌만필』 갑, 영남대본, 용재문고본에는 "与"로 되어 있다.
10) 靈 용재문고본에는 "灵"으로 되어 있다.
11) 遊 한씨문고본과 용재문고본에는 "游"로 되어 있다.
12) 畵 『겸헌만필』 갑에는 "画"로 되어 있다.
13) 明 『겸헌만필』 갑에는 "眀"으로 되어 있다.

書「雪¹⁵⁾」賦」以還, 吾得篆且喜, 益促其畫,¹⁶⁾ 元靈笑曰: '子未喻耶? 昔已往矣.' 余驚曰: '昔者來, 乃篆書「雪賦」耳. 子豈忘之耶?' 元靈¹⁷⁾笑曰: '柏¹⁸⁾在其中矣. 夫風霜刻厲, 而其有能不變者耶? 子欲見柏,¹⁹⁾ 則求之於雪²⁰⁾矣.'²¹⁾ 余乃笑應曰: '求畫²²⁾而爲篆, 見雪²³⁾而思不變, 則於柏²⁴⁾遠矣. 子之爲道也, 不已離乎!'

역문풀이

이학사李學士 공보功甫: 연암의 처숙부인 이양천李亮天(1716~1755)을 말한다. '공보'功甫는 그의 자字이며, 호는 영목당榮木堂이다. 1749년(영조 25)에 장원급제한 이래로 사간원, 홍문관, 세자시강원世子侍講院의 요직을 두루 역임하였다. 1752년 홍문관 교리校理로 있을 때 소론少論에 속했던 이종성李宗城(1692~1759)의 영의정 임명에 반대하는 상소를 올려 직언하다가 흑산도에 유배되었다. 경서經書와 사서史書에 능했으며, 문장에 뛰어났다. '학사' 學士란 예문관藝文館과 홍문관의 청직淸職을 일컫는 말인데, 이양천이 홍문관 교리를 지냈기에 이렇게 불렀다.

한가로이 지낼 적에: 이양천은 1753년 6월에 유배에서 풀려나 흑산도에서 돌아왔고 1755년 4월에 관직을 제수받은바, '한가로이 지낼 때'란 이 사이의 어느 시점으로 보인다.

심동현沈董玄: 심사정沈師正(1707~1769)을 가리킨다. '동현'董玄은 별호인 듯한데, 이는 명말明末의 저명한 문인화가인 동현재董玄宰(동기창董其昌)의 성명을 본뜬 것으로 보인다. 심사정은 동기창의 화풍을 수용했을 뿐 아니라 그를 몹시 경모敬慕한바, 널리 알려져 있는 그의 호 '현재'玄齋 또한 동기창의 호 '현재'玄宰를 본뜬 것이다. 심사정은 소론 명문가의 자손이나, 조부가 역모에 연루되어 폐족廢族이 됨으로써 세상을 버리고 그림에 뜻을 부쳤다. 중국에서 17세기 말경에 성립된 『개자원화전』芥子園畫傳(산수·인물·나무·꽃·벌레 등

---

14) **柏** 『겸헌만필』 갑과 『연암산고』에는 "栢"으로 되어 있다.
15) 雪 『겸헌만필』 갑에는 "䨮"로 되어 있다.
16) 畫 『겸헌만필』 갑에는 "画"로 되어 있다.
17) 靈 『겸헌만필』 갑에는 "霛"으로 되어 있다.
18) 柏 『연암산고』에는 "栢"으로 되어 있다.
19) 柏 『연암산고』에는 "栢"으로 되어 있다.
20) 雪 『겸헌만필』 갑에는 "䨮"로 되어 있다.
21) **柏在其中矣~則求之於雪矣** 『겸헌만필』 갑에는 주점이 찍혀 있다.
22) 畫 『겸헌만필』 갑에는 "画"로 되어 있다.
23) 雪 『겸헌만필』 갑에는 "䨮"로 되어 있다.
24) 柏 『연암산고』에는 "栢"으로 되어 있다.

등을 그리는 다양한 법식法式을 제시하는 한편, 중국 유명작가의 그림, 특히 남종화풍南宗畵風의 그림들을 많이 임모해 놓은 책)으로 그림을 학습했으며 그 결과 남종화풍이 두드러진 그림을 그렸다. 한국미술사에서는 18세기 최고의 남종화가로 꼽히며 동시대의 화가로 실경산수實景山水를 그린 겸재謙齋 정선鄭敾(1676~1759)과 종종 병칭된다.

묵매도墨梅圖: 물감을 쓰지 않고 먹으로만 그린 매화 그림.

화제畵題: '제발'題跋이라고도 한다. 그림의 여백에 써 넣은 시 혹은 산문으로 된 글귀를 말한다. 중국이나 한국의 전통적 그림, 특히 문인화文人畵에서는 화제를 대단히 중시하였다. 그리하여 화제는 그림 밖에 존재하는 것이 아니라 공간 구성에 있어서건 의미에 있어서건 그림의 한 본질적인 부분으로서, 그림에 예술적 심오함과 정신적 깊이를 부여하는 역할을 하였다. 그림에 화제를 붙이는 문화 관습은 북송대北宋代에 들어와 성행하였다.

이원령李元靈: 18세기의 문인화가인 이인상李麟祥(1710~1760)을 가리킨다. '원령'元靈은 그의 자字이며, 호는 능호관凌壺觀 또는 뇌상관雷象觀이다. 그림뿐 아니라 시문과 전서篆書에 뛰어났고 전각篆刻에도 조예가 있었다. 문집으로 『능호집』凌壺集이 전한다. 그는 필묵筆墨을 극도로 아껴 절제와 함축이 빼어난 화풍의 그림을 그렸으며, 담박한 수묵水墨으로 빙옥冰玉처럼 맑고 고결한 선비의 정신세계를 표현한 화가로 유명하다. 후배 문인인 추사秋史 김정희金正喜가 선배 문인화가 중 오직 이인상 한 사람만을 인정한 것도 이 점과 관련된다. 이인상과 이양천의 교유에 관해서는 『능호집』 권4의 「이교리 공보 애사」李校理功甫哀辭가 참조된다.

생초生綃: 생사生絲로 얇고 성기게 짠 비단. 옛날에는 종이 아니면 비단에 그림을 그렸다.

제갈공명諸葛孔明 사당 앞의 측백나무: 두보杜甫의 시 「늙은 측백나무」(古栢行)의 서두에 이런 구절이 보인다: "제갈공명 사당 앞의 저 늙은 측백나무 / 가지는 청동 같고 뿌리는 돌 같네 / 풍상 겪은 둥치는 40아름이요 / 검푸른 빛 하늘에 솟아 2천 척이네."(孔明廟前有老栢, 柯如青銅根如石. 霜皮溜雨四十圍, 黛色參天二千尺.) 이양천은 아마도 두보의 이 시를 통하여 제갈공명 사당 앞의 측백나무를 알게 되었을 것이다. 여기서 언급한 제갈공명의 사당은 중국 당나라 때 기주夔州(사천성四川省 봉절현奉節縣의 옛 지명)에 세워진 것인데, 지금은 남아 있지 않다. 두보는 이 시에서 늙었지만 곧고 장대한 측백나무의 모습을 노래함으로써 제갈공명의 절조와 기개를 표현하는 한편, 너무 큰 재목이라 쓰이지 못하고 쓸쓸히 버려져 괴로이 개미집이 되어 가는 측백나무의 상황을 덧붙임으로써 큰 뜻을 가지고도 세상에 쓰이지 못하는 은자隱者의 마음을 은유적으로 노래하였다. 두보는 이 시 외에도 「촉나라 재상」(蜀相)이라는 시에서 제갈공명 사당의 측백나무를 노래한 바 있다.

「눈 풍경」(雪賦): 중국 남조南朝 송宋나라의 문인 사혜련謝惠連(397~433)이 지은 부賦이다. 겨

울날 저녁 한漢나라의 양효왕梁孝王이 토원兎園에서 빈객賓客들과 주연을 즐기며 눈을 감
상하는 모습을 허구적으로 그렸다. 연회에 모인 문인들이 펼치는, 눈에 대한 다양한 묘
사가 그 주된 내용이다.

전서篆書: 한문 서체의 하나. 대전大篆과 소전小篆의 두 가지가 있는데, 대전은 주周나라의 태
사太史 주籒가 만든 것이라 하고, 소전은 진秦나라의 이사李斯가 만들었다고 한다.

원문풀이

弁변: 원래 고깔이란 뜻인데, 고깔은 머리에 쓰는 것이므로 뒤에 '첫머리'라는 뜻, 혹은 '서
문을 쓰다'라는 뜻도 갖게 되었다.

柏백: '柏'을 흔히들 잣나무로 오해하는데 잣나무가 아니라 측백나무이다. 『논어』「자한」子
罕에 나오는 말인 "歲寒然後, 知松柏之後凋"에 보이는 '柏'도 잣나무가 아니라 측백나무
이다. 잣나무는 한자로 '松子柏' '海松' '果松' '五鬣松' '五粒松' '新羅柏' 등으로 표기
된다.

번역의 동이

2-1   매화시梅花詩를 지은~화제畵題로 삼으시고는

- 매화를 두고 시를 지은 다음 심동현(沈董玄)의 묵매(墨梅) 한 폭을 얻어서 그 우의 화제(畵題)로
썼네. 홍기문, 274면

- 매화시(梅花詩)를 짓고, 심훈현(沈薰玄)에게 묵매(墨梅)를 구해서 화축(畵軸)에 적은 다음, 이익성,
175면

- 매화시를 짓고 심동현(沈董玄, 沈師正)의 묵매도(墨梅圖)를 얻어 화제를 썼지. 김혈조, 43면

- 매화시를 지었는데, 심사정(沈師正)의 묵매(墨梅)를 얻어 시축(詩軸)에 얹었더랬네. 정민, 91면

- 매화시(梅花詩)를 짓고는, 심동현(沈董玄)의 묵매도(墨梅圖)를 얻자 그 시로써 두루마리 그림의
첫머리에 화제(畵題)를 붙이셨지. 신호열·김명호, 62면

2-2   측백나무는 바로~찾아야 할 게요

- 전나무가 그 가운데 있단 말일세. 바람과 서리가 극성스럽게 무서울 적에 변하지 않을 것이 무엇
인가? 자네가 전나무를 보려거든 눈 가운데서 찾게나그려. 홍기문, 275면

- 잣나무 그림도 그 속에 있네. 대저 풍상(風霜)이 사나우면 능히 변하지 않는 것이 있겠는가. 자네
가 잣나무를 보고 싶으면 눈 속에서 구하게. 이익성, 176면

- 측백나무는 그 가운데 있단 말일세. 무릇 모진 바람과 된서리에 능히 변치 않을 것이 있겠는가?
자네가 측백나무를 보려거든 그 눈 속에서 찾아보게. 김혈조, 44면

- 잣나무는 그 가운데 있다네. 대저 바람 서리가 모질다 보니 능히 변치 않을 것이 있겠는가? 자네

잣나무를 보고 싶거든 눈 속에서 구해보게. 정민, 92면

- 측백나무가 그 속에 들었다네. 무릇 바람과 서리가 매섭게 몰아치면 변치 않을 것이 어찌 있겠는가. 그대가 측백나무를 보고 싶거든 눈 속에서 찾아보게나. 신호열·김명호, 63면

2-3 그림을 그려 달랬더니만~동떨어진 것 아니오

- 그림을 청하다가 전자 글씨를 얻으며 눈을 보고 변치 않는 것을 생각하라니 전나무와는 너무나 동떨어지네. 자네의 생각이 아무래도 허황하지 않은가? 홍기문, 275면

- 그림을 요구했는데 전서가 되더니, 눈을 보고 변하지 않는 것을 생각하라니 잣나무하고는 동떨어지는구먼. 자네가 하는 방법은 거리가 너무 있지 않은가 이익성, 176면

- 그림을 구했더니 전서 글씨를 써주고, 눈을 보면서 변치 않는 것을 생각하라고 하니 측백나무하고는 거리가 멀구먼. 자네가 일러주는 방법이란 게 너무 어긋나는 것 아닌가? 김혈조, 44면

- 그림을 구했건만 전서를 써주고, 눈을 보면서 변치 않는 것을 생각하라니, 잣나무와는 거리가 머네그려. 자네의 도(道)란 것이 너무 동떨어진 것이 아닌가? 정민, 92면

- 그림을 그려 달라고 했는데 전서를 써 주고, 눈을 보고서 변치 않는 것을 생각하라고 하다니, 측백나무와는 거리가 너무도 머네그려. 그대가 도(道)를 행하는 것이 너무도 동떨어진 것이 아닌가? 신호열·김명호, 63면

③ 얼마 후 나는 임금님께 간언諫言을 하다 죄를 얻어 흑산도黑山島에 귀양 가게 되었네. 낮과 밤을 꼬박 말을 달려 7백 리를 가는데, 길에서 전해 들으니 금부도사禁府都事가 사약賜藥을 내리라는 어명御命을 받들고 곧 뒤따라올 거라 했네. 이 말에 노복들은 놀라고 겁에 질려 엉엉 울었다네.

당시 추운 날씨에 눈이 펑펑 내리는 데다 낙엽 진 나무들과 낭떠러지가 울쑥불쑥 앞을 가리고 바다는 가이없는데, 바위 앞에 늙은 나무 하나가 거꾸로 드리워져 그 가지가 마치 마른 대나무 같더군. 나는 말을 세우고 도롱이를 걸치다가, 그 나무를 손으로 멀리 가리키며 그 기이함에 탄복했다네. 그러고는 이렇게 중얼거렸지. '원령이 써 준 전서는 혹 저 나무 아닐까.'

유배지에 있는 동안 나쁜 기운을 머금은 안개는 자욱하고 독사와 지네가 침상에 득시글거려 무슨 해를 입을지 알 수 없었네. 그러던 어느 날 밤이었네. 큰 바람이 바다를 뒤흔들어 벼락 치는 듯한 소리가 나는 게 아닌가. 나를 따라 온 하인들은 모두 넋이 나가 구역질을 하며 어지러워 하더군. 하지만 나는 이런 노래를

지었네.

> 남쪽바다 산호珊瑚가 꺾인들 어떠하리
> 걱정되는 건 오늘밤 옥루玉樓가 추울까 하는 것.

그 후 원령이 이런 답장을 보내 왔네.
'이 즈음 보게 된「산호의 노래」는 곡진하기는 하되 슬픔이 절도를 잃지 않았고 원망하거나 후회하는 뜻이 없으니, 환난을 잘 견뎌내고 있는 듯하구려. 지난날 그대는 내게 측백나무를 그려 달라고 했지만 그대 또한 그림을 잘 그린다 할 만 하구려. 그대가 떠난 뒤 측백나무 그림 수십 장이 서울에 남았는데, 그건 모두 도 화서圖畵署 화원畵員들이 몽당붓으로 베껴 그린 것이라오. 그렇건만 그림 속 측백 나무의 굳센 줄기와 곧은 기운은 늠름하여 범접할 수가 없고, 가지와 잎은 빽빽 하여 어찌 그리도 무성하던지요.'
나는 나도 모르게 허허 웃으며 이렇게 말했다네.
'원령은 몰골도沒骨圖를 그렸다 할 만하군.'
이렇게 본다면 그림을 잘 그리는 것이란 대상을 비슷하게 본뜨는 데 있지 않다 네."
이 말씀에 나 또한 웃었다.

既而余言事得罪, 圍籬[1]黑山島中. 嘗一日一夜疾馳七百里, 道路傳言, 金吾郎且至有後命, 僅僕驚怖啼泣. 時天寒雨雪, 其落木崩崖, 嵯砑[2]齾[3]蔽, 一望無垠, 而岩[4]前老樹倒垂, 枝若枯竹, 余[5]方立馬披簔, 遙指稱奇曰:'此豈元靈[6]古篆樹耶.'[7] 旣在籬中, 瘴霧昏昏, 蝮蛇蜈蚣, 糾[8]結枕茵, 爲害不測. 一夜大風振海, 如作霹靂, 從人皆奪魄嘔眩, 余作歌曰:'南海珊瑚折奈何, 秪恐今宵玉樓寒.'元靈[9]書報:'近得「珊瑚曲」, 婉而不傷, 無怨悔之意, 庶幾其能處患也. 曩時足下嘗求畵[10]柏,[11] 而足下亦可謂善爲畵[12]耳. 足下去後, 柏[13]數十本留在京師, 皆曹[14]吏輩禿筆傳寫,[15] 然其勁榦[16]直氣, 凜然不可犯, 而枝葉扶踈, 何其盛也!'余不覺失笑曰:'元靈[17]可謂沒骨圖.'由是觀之, 善畵,[18] 不在肖其[19]物而已."余亦笑.[20]

역문풀이

임금님께 간언諫言을~귀양 가게 되었네: 1752년 10월, 이종성李宗城의 영의정 임명에 반대하는 상소를 올려 직언하다가 흑산도로 유배 간 일을 말한다.

금부도사禁府都事: 의금부義禁府에 속하여 임금의 특명에 따라 중한 죄인을 압송하거나 신문訊問하거나 임금의 사약을 전달하는 일을 맡아보던 종5품 벼슬.

남쪽바다 산호珊瑚가 꺾인들 어떠하리: 이양천 자신이 유배지에서 죽어도 상관없다는 말. '남쪽바다 산호'는 이양천 자신을 은유한 말이다.

걱정되는 건~추울까 하는 것: 자신이 걱정하는 것은 오로지 임금뿐이라는 말. '옥루'玉樓는 백옥루白玉樓라고도 하는데, 원래 천상에 있다는 옥황상제의 궁궐을 뜻하는 말이다. 여기서는 임금이 계신 대궐을 가리킨다.

「산호의 노래」(珊瑚曲): "남쪽바다 산호가 꺾인들" 운운한 시구를 가리킨다. 이 작품의 전문은 현재 전하지 않는다.

그대 또한~할 만하구려: 그림에 대한 이인상의 독특한 미학적 관점을 엿볼 수 있는 대목이다. 이인상은 인간의 행위 혹은 인간의 삶 그 자체가 바로 그림이라고 생각하고 있는바,

---

1) 籬 용재문고본에는 "籩"로 되어 있다.
2) 研 승계본에는 "峨"로 되어 있다.
3) 虒 한씨문고본, 용재문고본, 망창창재본 갑, 망창창재본 을에는 "鱬"로 되어 있고, 『연암산고』, 승계본, 영남대본에는 "鱖"로 되어 있다.
4) 岩 『겸헌만필』 갑, 『연암산고』, 한씨문고본, 영남대본, 용재문고본, 망창창재본 갑, 망창창재본 을에는 "巖"으로 되어 있다.
5) 余 용재문고본에는 "舍"로 되어 있으나 오기이다.
6) 靈 『겸헌만필』 갑에는 "霛"으로 되어 있고, 용재문고본에는 "灵"으로 되어 있다.
7) **時天寒雨雪~此豈元靈古篆樹耶** 『겸헌만필』 갑에는 주점이 찍혀 있다.
8) 糾 『연암산고』, 한씨문고본, 승계본, 용재문고본, 망창창재본 갑, 망창창재본 을에는 "斜"로 되어 있다.
9) 靈 용재문고본에는 "灵"으로 되어 있다.
10) 畵 『겸헌만필』 갑에는 "画"로 되어 있다.
11) 柏 『연암산고』에는 "栢"으로 되어 있다.
12) 畫 『겸헌만필』 갑에는 "画"로 되어 있다.
13) 柏 『연암산고』에는 "栢"으로 되어 있다.
14) 曹 영남대본, 용재문고본, 망창창재본 을에는 "曺"로 되어 있다.
15) 寫 승계본에는 "舄"으로 되어 있으나 오기이다.
16) 幹 『겸헌만필』 갑, 『연암산고』, 한씨문고본, 승계본, 영남대본, 용재문고본, 망창창재본 갑, 망창창재본 을에는 "幹"으로 되어 있다.
17) 靈 『겸헌만필』 갑에는 "霛"으로 되어 있고, 용재문고본에는 "灵"으로 되어 있다.
18) 畫 『겸헌만필』 갑에는 "画"로 되어 있다.
19) 其 승계본에는 빠져 있다.
20) 笑 승계본과 망창창재본 갑에는 이 뒤에 "矣"가 더 있다.

가장 훌륭한 그림이란 자신의 삶 혹은 자신의 내면적 가치와 인격이 대상에 투사된 것이라고 보았다. 이인상은 평소 이런 회화관을 견지했기에, 목숨을 걸고 임금에게 직언했으며 그 결과 험난한 곳으로 유배 가서 곤경에 처한 이양천의 삶의 궤적 그 자체를 한 폭의 빼어난 그림으로 이해하고 있다. 이처럼 이인상은 선비로서의 지조를 지키고 높은 기개를 보여준 이양천의 행위를 그 스스로 측백나무를 그린 것으로 간주하고 있는 셈이다.

그대가 떠난 뒤~그리도 무성하던지요: 이 구절은 농조弄調로 한 말이나 그 함축은 심오하다. 이양천이 스스로 측백나무 그림 한 장을 그린 후 떠나자 그 그림을 어쭙잖은 도화서 화원들이 돌려가며 베껴 그려 이른바 임모작臨摹作 수십 장이 나오게 되었는데 원작이 얼마나 빼어났던지 도화서 화원의 졸필로 베낀 그림조차 측백나무의 늠름한 기상을 보여준다는 뜻이다.

원령은 몰골도沒骨圖를 그렸다 할 만하군: 동아시아의 전통 화법畵法은 일반적으로 사물의 윤곽을 먼저 그린 다음 먹이나 물감을 찍어서 그림을 완성하는데, 이와 달리 윤곽선을 아예 그리지 않고 바로 먹이나 물감을 찍어서 그림을 그리는 기법을 '몰골도'라 한다. 하지만 여기서 쓴 '몰골도'라는 말은 그런 뜻이 아니라 형체가 없는 그림이라는 뜻으로 사용하였다. 이렇게 본다면 이 구절은 앞에서 이인상이 농조로 한 말이 모두 가상의 것이며 실제 그런 그림은 존재하지 않는다는 뜻으로 한 말이다.

원문풀이

圍離: '위리안치'圍離安置를 말한다. 유배형의 한 가지로, 유배지에 특정한 장소를 정해 그곳을 벗어나지 못하게 했다.

後命: 유배 명령을 내려 유배 간 죄인에게 다시 추가로 명령을 내려 의금부에서 보낸 독약을 마시게 한 일.

嵯砑치아: 산의 돌 따위가 울쑥불쑥한 모양. '嵯峨'(치아)라고도 한다. 장유추張維樞가 쓴 「금화의 세 골짜기를 노닌 일을 적다」(金華三洞遊記)의 다음 구절이 참조된다: "觀上洞石, 如亂雲如堆卵, 嵯砑分裂, 勢欲飛墮, 足駭人目."(『明文海』 권358)

南海珊瑚折奈何, 秪恐今宵玉樓寒: 이 시는 이윤영李胤永이 쓴 「이공보 만시」(挽功甫)에도 인용되고 있는데 해당 구절은 다음과 같다: "海底珊瑚樹, 風吹任折殘. 波濤盡未已, 秪恐玉樓寒."(『丹陵遺稿』 권10)

曹吏: 이속吏屬 혹은 서리胥吏. 관아에 속하여 말단 행정 실무에 종사하던 구실아치를 가리키는 말인데, 여기서는 도화서 화원을 가리키는 말로 썼다.

禿筆독필: 몽당붓. 끝이 닳아서 무디어진 붓. 필치가 날카롭지 못함을 비유하는 말이다.

扶踈: 나무의 잎과 가지가 무성한 모양.

번역의 동이

3-1   당시 추운 날씨에~마른 대나무 같더군

- 그 때 날은 춥고 눈은 퍼부어 성근 나무와 무너진 벼랑이 함빡 눈에 덮이고 천지가 아득하니 갓이 보이지 않는데 바위 앞의 늙은 나무가 가지를 축 늘어뜨리고 있는 것이 마치 마른 대나무와 같게 보이데. 홍기문, 275면

- 그때 날씨가 춥고 비와 눈이 뿌렸다. 잎이 떨어진 나무와 무너진 벼랑에 삐죽삐죽하고 움푹하게 패었던 것이 죄다 가리어져서 바라보아도 한계가 없고, 바위 앞 고목이 거꾸로 드리워서 가지가 마른 대나무 같았다. 이익성, 176면

- 그때 날씨는 매섭고 눈발이 퍼부어 앙상한 나무와 무너진 벼랑이 함박눈에 덮이고 천지가 아득하니 끝이 보이지 않는데, 바위 앞 고목이 가지를 축 늘어뜨리고 있는 모양이 마치 마른 대나무 같아 보이데. 김혈조, 44면

- 그때 날씨는 추운데 눈은 내리고, 앙상한 나무와 허물어진 벼랑은 들쭉날쭉 무너져 길을 막아 아무리 바라보아도 가이 없었다네. 그런데 바위 앞의 늙은 나무가 거꾸러져서도 가지를 드리우고 있었는데 마치 마른 대나무와 같지 뭔가. 정민, 92면

- 때마침 날씨는 차고 눈이 내리며, 낙엽진 나무들과 무너진 산비탈이 들쭉날쭉 앞을 가리고 바다는 눈앞에 끝없이 펼쳐졌는데, 바위 앞에 오래된 나무가 거꾸로 드리워져 그 가지가 마른 대나무와 같았지. 신호열·김명호, 64면

3-2   그대가 떠난 뒤~어찌 그리도 무성하던지요

- 자네가 떠난 후 전나무 그림 수십 폭이 서울 안에 남아 있는데 모두 다 서리(書吏)의 무리가 모지라진 붓으로 그린 것이라고는 해도 굳은 줄기의 곧은 기운이 름름해서 만만히 보기가 어려운데다가 가지와 잎새가 한데 어울린 것이 어쩌면 그렇게 무성한가? 홍기문, 276~277면

- 자네가 떠나간 후에 잣나무 그림 수십 벌을 서울에 두었는데, 모두 조(曹)의 아전들이 몽당 붓으로 베껴 그린 것일세. 그러나 그 군센 줄기와 곧은 기세가 늠름해서 범접할 수가 없고 가지와 잎이 엉성해도 어찌 그리 훌륭한지 이익성, 177면

- 자네가 떠난 뒤 측백나무 그림 수십 폭이 도성에 남았는데 모두 서리(胥吏)들이 몽당붓으로 베낀 것들이라네. 그러나 꼿꼿한 줄기의 곧은 기세가 늠름하여 함부로 범할 수 없는데다 사방으로 퍼진 나뭇가지와 잎이 어쩌면 그렇게도 무성하던지 김혈조, 45면

- 그대가 떠난 뒤, 잣나무 그림 수십 폭이 서울에 남았는데, 모두 이조(吏曹)의 벼슬아치들이 끝이 모지라진 붓으로 베껴 그린 것이라네. 그런데도 그 군센 줄기와 곧은 기운은 늠연하여 범할 수가 없고, 가지와 잎은 무성하여 어쩌나 성대하던? 정민, 93면

- 그대가 떠난 후에 측백나무를 그린 그림 수십 본이 서울에 남아 있는데, 모두 조리(曹吏)들이 몽당붓〔禿筆〕으로 서로 돌려가며 베껴 그린 것이라오. 그러나 그 군센 줄기와 꼿꼿한 기상이 늠름하여

4   얼마 안 있어 학사는 돌아가셨다. 나는 학사를 위해 그가 남긴 시문詩文을 책으로 엮었는데, 그 일을 하던 중 학사가 유배지에 계실 적에 그 형님께 보낸 편지를 발견했다. 거기에는 이런 말이 들어 있었다.

"근래 아무개의 편지를 받았는데, 저를 위해 요직에 있는 사람한테 부탁해서 귀양에서 좀 풀리게 해 달라고 하겠다더군요. 저를 어찌 이리 하찮게 여기는지 모르겠군요. 설사 바다 가운데에서 썩다 죽는 한이 있을지언정 저는 그런 짓은 않겠습니다."

나는 이 편지를 쥐고 슬피 탄식했다.

"이학사李學士는 정말 눈 속의 측백나무였구나! 선비는 어려운 상황에 처해서야 비로소 그 본래 뜻이 드러나는 법이거늘 우환을 근심하고 곤액을 서글퍼 하면서도 자신의 지조를 꺾지 않고 고고하게 홀로 우뚝 서서 그 뜻을 굽히지 않는 사람이, 바로 날씨가 추워진 후에야 볼 수 있는 그런 이가 아니겠는가!"

既而學士歿, 余爲編其詩文, 得其在謫中所與[1]兄書, 以爲: "近接某人書, 欲爲吾求解於當塗者, 何待我薄也! 雖腐死海中, 吾不爲也." 吾持書傷歎曰: "李學士眞雪[2]中柏[3]耳. 士竆然後見素志, 患害憸厄而不改其操, 高孤特立而不屈其志者, 豈非可見於歲寒者耶!"

역문풀이
그 남긴 시문詩文을 책으로 엮었는데: 이양천의 문집인 『영목당집』榮木堂集을 말하는데 이 책
    은 현재 전하지 않는다.
형님: 이양천의 형 이보천李輔天을 가리킨다.

---

1) 與 『겸헌만필』 갑, 영남대본, 용재문고본에는 "与"로 되어 있다.
2) 雪 『겸헌만필』 갑에는 "霅"로 되어 있다.
3) 柏 『연암산고』에는 "栢"으로 되어 있다.

아무개: 이양천 주변의 친구로 보인다.

날씨가 추워진 후에야: 이 말은 『논어』의 "날씨가 추워진 후에야 소나무와 측백나무가 다른 나무보다 뒤에 시든다는 것을 알 수 있다"(歲寒然後, 知松柏之後凋)라는 구절에서 따온 말이다. 곧 인간은 엄혹한 상황에 처해서야 비로소 그 지조라든가 평소 닦아온 내면적 가치가 드러난다는 뜻이다.

원문풀이

當塗: '당로'當路라고도 한다. 요직에 있는 사람을 가리킨다.

特立: '홀로 우뚝 서다'라는 뜻. 이 말은 『예기』 「유행」儒行의 "特立獨行"이라는 말에서 유래한다. '特立獨行'이란 '홀로 우뚝 서고 홀로 길을 간다'는 뜻으로 선비가 뜻과 행실이 고결하여 유행이나 시속을 따르지 않고 자기 소신대로 삶을 사는 것을 이르는 말이다. 이런 선비를 맹자는 호걸지사豪傑之士라고 이름한 바 있다.

번역의 동이

4-1   선비는 어려운 상황에~그런 이가 아니겠는가

▪   선비가 곤궁해진 뒤라야 그 집심을 알게 되는 것이다. 위험한 형편에 처하고 곤난한 처지에 빠져서도 그 지조를 고치지 않으며 높고 외로이 우뚝하게 솟아서 그 뜻을 굽히지 않는 것이 추운 철을 당해서만 드러난 것이 아니냐? 홍기문, 277면

▪   선비는 곤궁(困窮)한 다음이라야 평소 뜻이 나타나는데 화해(禍害)를 걱정하고 곤액(困厄)을 민망하게 여기면서도, 그 절조(節操)를 고치지 않고, 고고(高孤)하게 우뚝 서서 그 뜻을 굽히지 않음은, 그해가 추워져야 볼 수 있다는 것이 어찌 아니겠는가? 이익성, 178면

▪   선비는 어려움에 처한 뒤라야 평소의 뜻이 드러난다. 환란·피해·고뇌·재앙의 처지에서도 자신의 지조를 바꾸지 않으며, 높고 외로이 우뚝하게 버텨서서 자신의 뜻을 굽히지 않는 사람이란 정말 날씨가 매서운 철에야 드러나는 것이 아니겠는가? 김혈조, 45~46면

▪   선비는 궁하게 된 뒤에 평소 품은 뜻이 드러나는 법이다. 환난과 재앙을 만나서도 그 절조를 고치지 아니하고, 높고도 외로이 우뚝 서서 그 뜻을 굽히지 않는 것은 어찌 날씨가 추워진 때라야 볼 수 있는 것이 아니겠는가? 정민, 94면

▪   선비란 곤궁해진 뒤라야 평소의 지조가 드러난다. 재난을 염려하면서도 그 지조를 변치 않고, 고고하게 굳건히 서서 그 뜻을 굽히지 않으신 것은, 어찌 추운 계절이 되어야 볼 수 있는 것이 아니겠는가. 신호열·김명호, 66면

5　　지금 우리 사함은 천성天性이 대나무를 사랑한다. 아아! 사함은 정말 대나무를 아는 사람일까. 추위가 닥쳐온 후에 내가 자네 집 대청에 오르고 자네 집 정원을 거닐 때 눈 속의 대나무를 본다면 참 좋지 않겠는가.

今吾上涵,¹⁾ 性愛²⁾竹. 嗚³⁾呼! 士涵,⁴⁾ 其眞知竹者耶! 歲寒然後, 吾且登君之軒而涉君之⁵⁾園, 看竹於雪⁶⁾中, 可乎.

원문풀이

歲寒: 이 말이 단락 4에 이어 두 번째 나왔다.

번역의 동이

5-1　　지금 우리 사함은~참 좋지 않겠는가

- 이제 우리 사함이 대나무를 사랑하네그려. 아하! 사함이야말로 참으로 대나무를 아는 사람인가? 추운 철을 당하거든 내 장차 자네네 댁을 찾아 가서 자네네 후원에서 거닐며 눈 가운데서 대나무를 보면 좋지 않겠는가? 홍기문, 277면
- 지금 우리 사함은 그 참으로 대나무를 아는 자이던가. 이해가 추워진 다음에 나는 그대의 마루에 오르고 그대의 정원에 다녀서 대나무를 눈 속에서 봄이 옳을 듯하다. 이익성, 178면
- 이제 우리 사함의 성품은 대나무를 사랑하는구나. 아하! 사함 자네는 정말 대나무를 아는 사람인가? 날씨가 매서운 철을 만난 뒤 내 장차 자네의 마루에 오르고 자네의 정원을 거닐며 눈 가운데서 대나무를 찾아보아도 되겠는가? 김혈조, 46면
- 이제 우리 사함은 성품이 대나무를 사랑한다. 아아! 사함은 참으로 대나무를 아는 사람이란 말인가? 날씨가 추워진 뒤에 내 장차 그대의 집에 올라보고 그대의 동산을 거닐면서 눈 속에서 대나무를 구경해도 좋겠는? 정민, 94면
- 그런데 지금 우리 사함은 성품이 대나무를 사랑한다. 아아, 사함은 참으로 대나무를 아는 사람인

---

1) 涵　『겸헌만필』 갑에는 "涵"으로 되어 있고『연암산고』에는 "涵"으로 되어 있다.
2) 愛　한씨문고본에는 "爱"로 되어 있다.
3) 嗚　저본에는 "鳴"으로 되어 있으나『겸헌만필』 갑, 『연암산고』, 한씨문고본, 승계본, 영남대본, 용재문고본, 망창창재본 갑, 망창창재본 을에 의거하여 바로잡는다.
4) 涵　『겸헌만필』 갑에는 "涵"으로 되어 있고『연암산고』에는 "涵"으로 되어 있다.
5) 之　용재문고본에는 빠져 있다.
6) 雪　『겸헌만필』 갑에는 "䨮"로 되어 있다.

86

가? 추운 계절이 닥친 뒤에 내 장차 자네의 마루에 오르고 자네의 정원을 거닌다면, 눈 속에서 대나무를 볼 수 있겠는가? 신호열·김명호, 66면

'불이당'이라는 집의 기문

　　사함士涵은 자신의 호號를 죽원옹竹園翁이라 지은 후 자기 집 대청에 '불이당'不移堂이라는 편액을 걸고는 나에게 서문序文을 좀 써 달라고 부탁하였다. 나는 언젠가 그의 집 대청에 올라 보고, 그의 집 정원을 거닐어 본 적이 있지만, 대나무라고는 단 한 그루도 보지 못했었다. 그래서 나는 그를 돌아보고는 웃으며 말했다.

　　"이건 말하자면 존재하지 않는 공간에 거주하는 존재하지 않는 사람의 집 아닌가? 이름이란 실상의 껍데기이거늘, 나더러 껍데기를 위해 글을 쓰란 말인가?"

　　그러자 사함은 낙담하여 한참 있더니 이렇게 말했다.

　　"그저 한번 그렇게 당호堂號를 지어 내 뜻을 부쳐 본 걸세."

　　나는 웃으며 말했다.

　　"걱정 말게. 내 자네를 위해 실상을 채워 주겠네."

　　예전에 이학사李學士 공보功甫께서 한가로이 지낼 적에 매화시梅花詩를 지은 적이 있다. 심동현沈董玄의 묵매도墨梅圖를 얻자 이 시를 그 그림의 화제畵題로 삼으시고는 웃으며 내게 이렇게 말씀하셨다.

　　"너무해, 심씨沈氏의 그림은! 실물을 빼닮았을 뿐이야!"

　　나는 무슨 말씀인가 싶어 이렇게 여쭈었다.

　　"실물과 비슷하게 그렸다면 훌륭한 화가가 아니겠습니까? 왜 웃으시는 거지요?"

　　그러자 학사는 이렇게 말씀하셨다.

　　"까닭이 있지. 나는 이원령李元靈과 교유가 있었는데, 한번은 그에게 생초生綃 비단 한 폭을 보내어 제갈공명諸葛孔明 사당 앞의 측백나무를 좀 그려 달라고 부탁한 적이 있네. 원령은 한참 후에 거기다 「눈 풍경」이라는 부賦를 전서篆書로 써서 보냈더군. 나는 그의 전서를 얻자 참 기뻤네. 하지만 빨리 그림을 그려 달라고 더욱 채근했더니 원령은 빙그레 웃으며 이렇게 말하더군.

'그대는 아직도 모르겠소? 이미 보내지 않았소.'

나는 놀라서 이렇게 말했다네.

'예전에 온 건 전서로 쓴 「눈 풍경」뿐이었소. 그대는 혹 잊으셨소?'

원령은 빙그레 웃으며 말했네.

'측백나무는 바로 그 속에 있구려. 바람과 서리가 매서울 때 변하지 않는 게 있겠소? 그대가 측백나무를 보고자 한다면 눈 속에서 찾아야 할 게요.'

나는 그제야 허허 웃으며 이리 말했다네.

'그림을 그려 달랬더니만 전서를 써 주고는, 눈을 보고서 변하지 않는 것을 생각하라니, 측백나무하고는 영 멀구려. 그대가 도道를 행하는 방식은 현실과 너무 동떨어진 것 아니오?'

얼마 후 나는 임금님께 간언諫言을 하다 죄를 얻어 흑산도黑山島에 귀양 가게 되었네. 낮과 밤을 꼬박 말을 달려 7백 리를 가는데, 길에서 전해 들으니 금부도사禁府都事가 사약賜藥을 내리라는 어명御命을 받들고 곧 뒤따라올 거라 했네. 이 말에 노복들은 놀라고 겁에 질려 엉엉 울었다네.

당시 추운 날씨에 눈이 펑펑 내리는데다 낙엽 진 나무들과 낭떠러지가 울쑥불쑥 앞을 가리고 바다는 가이없는데, 바위 앞에 늙은 나무 하나가 거꾸로 드리워져 그 가지가 마치 마른 대나무 같더군. 나는 말을 세우고 도롱이를 걸치다가, 그 나무를 손으로 멀리 가리키며 그 기이함에 탄복했다네. 그러고는 이렇게 중얼거렸지.

'원령이 써 준 전서는 혹 저 나무 아닐까.'

유배지에 있는 동안 나쁜 기운을 머금은 안개는 자욱하고 독사와 지네가 침상에 득시글거려 무슨 해를 입을지 알 수 없었네. 그러던 어느 날 밤이었네. 큰 바람이 바다를 뒤흔들어 벼락 치는 듯한 소리가 나는 게 아닌가. 나를 따라 온 하인들은 모두 넋이 나가 구역질을 하며 어지러워 하더군. 하지만 나는 이런 노래를 지었네.

남쪽바다 산호珊瑚가 꺾인들 어떠하리
걱정되는 건 오늘밤 옥루玉樓가 추울까 하는 것.

그 후 원령이 이런 답장을 보내 왔네.

'이 즈음 보게 된 「산호의 노래」는 곡진하기는 하되 슬픔이 절도를 잃지 않았고 원망하거나 후회하는 뜻이 없으니, 환난을 잘 견뎌내고 있는 듯하구려. 지난날 그대는 내게 측백나무를 그려 달라고 했지만 그대 또한 그림을 잘 그린다 할 만하구려. 그대가 떠난 뒤 측백나무 그림 수십 장이 서울에 남았는데, 그건 모두 도화서圖畵署 화원畵員들이 몽당붓으로 베껴 그린 것이라오. 그렇건만 그림 속 측백나무의 굳센 줄기와 곧은 기운은 늠름하여 범접할 수가 없고, 가지와 잎은 빽빽하여 어찌 그리도 무성하던지요.'

나는 나도 모르게 허허 웃으며 이렇게 말했다네.

'원령은 몰골도沒骨圖를 그렸다 할 만하군.'

이렇게 본다면 그림을 잘 그리는 것이란 대상을 비슷하게 본뜨는 데 있지 않다네."

이 말씀에 나 또한 웃었다.

얼마 안 있어 학사는 돌아가셨다. 나는 학사를 위해 그가 남긴 시문詩文을 책으로 엮었는데, 그 일을 하던 중 학사가 유배지에 계실 적에 그 형님께 보낸 편지를 발견했다. 거기에는 이런 말이 들어 있었다.

"근래 아무개의 편지를 받았는데, 저를 위해 요직에 있는 사람한테 부탁해서 귀양에서 좀 풀리게 해 달라고 하겠다더군요. 저를 어찌 이리 하찮게 여기는지 모르겠군요. 설사 바다 가운데에서 썩다 죽는 한이 있을지언정 저는 그런 짓은 않겠습니다."

나는 이 편지를 쥐고 슬피 탄식했다.

"이학사李學士는 정말 눈 속의 측백나무였구나! 선비는 어려운 상황에 처해서야 비로소 그 본래 뜻이 드러나는 법이거늘 우환을 근심하고 곤액을 서글퍼하면서도 자신의 지조를 꺾지 않고 고고하게 홀로 우뚝 서서 그 뜻을 굽히지 않는 사람이, 바로 날씨가 추워진 후에야 볼 수 있는 그런 이가 아니겠는가!"

지금 우리 사함은 천성天性이 대나무를 사랑한다. 아아! 사함은 정말 대나무를 아는 사람일까. 추위가 닥쳐온 후에 내가 자네 집 대청에 오르고 자네 집 정원을 거닐 때 눈 속의 대나무를 본다면 참 좋지 않겠는가.

영목당 이공 제문

祭榮木堂李公文

1　　을해년乙亥年(1755) 11월 1일에 반남潘南 박지원이 삼가 술과 과일을 제물로 갖추어 전前 홍문관弘文館 교리校理 이공李公의 영전에 곡하며 영결합니다.

維歲次乙亥十一月庚午朔[1]一日庚午, 潘南 朴趾源, 謹具酒果之奠, 哭訣于弘文舘校理李公靈筵曰:

역문풀이

영목당榮木堂 이공李公: 연암의 처숙부인 이양천李亮天을 말한다. '영목당'은 그의 호다. 연암은 결혼한 후 이양천에게서 사마천司馬遷의 『사기』史記를 배우는 등 지도를 받았다.

2　　제 나이 열여섯에
　　　홀륭한 가문의 사위가 됐지요.

본서에서 검토하는, 이 작품이 수록된 주요한 이본은 다음과 같다: 계서본, 한씨문고본, 창강초편본, 창강중편본, 승계본, 영남대본, 용재문고본, 망창창재본 갑, 망창창재본 을.

1) **朔**　망창창재본 을에는 "翔"로 되어 있다.

형제분 우애 깊어
집안이 참 화기애애하더이다.
빙장님 제게 말씀하셨죠.
"내 아우가 글을 좋아하는데
벼슬길엔 비록 데면데면해도
학문엔 몹시 부지런하니
내 집에 와 머물며
스승으로 삼아 배우게나."
공이 저를 아끼는 마음
장인 못지않으셨고
글을 가르치실 땐
일과日課 몹시 엄격했지요.
공을 스승으로 모신 지
그새 4년이 되었군요.
세도世道 따라 학문이 쇠하자
공께서 쇠퇴한 학문 일으키셨으니
문文은 한유韓愈의 뼈를 취하고
시詩는 두보杜甫의 살을 가져왔지요.
불민한 소자小子는
노둔하고 어리석어
끌어 주시는 공의 은혜 입어
우둔함을 깨치고자 했는데
바야흐로 진전 있자
공께서 그만 세상을 버리셨군요.
막막한 갈림길에서
누구한테 가야 하나요?
열전列傳 한 편 읽는데도
막히는 곳 너무 많습니다.
몇 줄 겨우 읽었는데

온갖 의문 앞을 막아
책을 덮고 큰 한숨 쉬니
슬픈 눈물이 줄줄 흐릅니다.
의심나는 것 뉘에게 묻고
뉘라서 제 게으름 꾸짖어 줄까요.
생각할수록 더욱 슬픈 건
실은 제 신세 때문.
지난여름 무더운 그때
공의 병 처음 나타났지요.
옥암玉巖의 맑은 샘에
공은 갓끈 씻고자 해
기수沂水에 목욕하고 입을 봄옷
그전에 이미 지어 두었지요.
저를 돌아보며 말씀하시길
"자네는 물을 못 보았나.
물은 웅덩이를 채워야 나아가니
일을 이룸도 이와 같아서
흐르는 물처럼 부지런해야 하네."
이 말씀 귓가에 쟁쟁합니다.
지금 생각하니
그것이 마지막 가르침이군요.
하늘이 우리 공 낳으셨건만
수명은 어찌 이리 짧게 주셨는지.
빈소에 자식이 없고
훤당萱堂에 어머니가 계시니
알 수 없는 것 하늘의 이치라
귀신에게도 묻기 어렵군요.
명이 짧고 후사가 없는 건
옛사람도 가엾게 여겼거늘

이렇게 만든 하늘
참 어질지 못합니다.
일찍 장원급제 하셨건만
살림살이 몹시 청빈했고
조정 요직 두루 거쳤어도
고을원 되어 부모님 봉양하진 못했지요.
홍문관의 관직조차
공에겐 영광이 아니었지요.
상소 올려 직언하다
흑산도로 귀양 가게 되셨는데
저는 병으로 배웅치 못해
댁으로 가서 절 올렸더니
벽에다 지도를 거시더니만
가리켜 보이며 눈시울 적셨더랬지요.
멀리 유배 가실 새
산 첩첩 물 겹겹
이 강이며 저 산을
언제 건너고 언제 넘으실지.
생이별도 못 견딜 일이건만
사별死別을 어찌 견딘단 말입니까.
그 옛날 공이 유배 가실 땐
위로의 말씀이라도 드렸었지만
지금 이렇게 떠나가시니
차마 무슨 말을 드려야 할지.
가슴이 콱 막혀 와
저도 몰래 울음을 삼킵니다.
광주廣州라 저 남쪽이
공께서 거하실 유택幽宅이어늘
이 밤 지나면 장례를 치르매

슬픔을 머금고 영결을 고합니다.

글은 비록 보잘것없지만

가슴속에서 나온 것이고

제수祭需는 비록 빈약하지만

정성을 다해 갖춘 것이니

혼령이 계시다면

이 술 드시기 바라옵니다.

상향尚饗.

余年[1]二八, 入贅賢門. 弟兄湛樂, 和氣氤氲. 外舅謂我, 余季好文. 仕宦[2]雖疎, 文學甚勤. 來舍甥舘, 余季汝師. 公之愛我, 視舅亦釆. 授我詩書, 嚴課無私. 陪公周旋, 四年[3]于玆. 文與世降, 公起其衰. 文劈韓骨, 詩斲[4]杜肌. 小子不佞,[5] 才魯性癡.[6] 荷公誘掖, 庶幾愚移. 余方有進, 公奄棄世. 茫茫歧路, 我尙疇詣. 讀古一傳, 已多觝滯. 數行才下, 群疑交蔽.[7] 廢[8]書太息, 繼以悲涕. 我疑何質, 我惰孰勵. 念玆益悲, 實[9]爲我地. 去夏潦暑, 公疾始崇. 玉巖淸泉, 公于[10]濯纓. 浴沂新服, 此日旣成. 顧謂小子, "盍觀於水? 盈科而進, 有爲若是, 逝水其忙." 言猶在耳, 而今思之, 警誨止此. 天生我公, 年[11]命何屯? 苫席無[12]孤, 萱堂有親. 昧昧者理, 難[13]質鬼神. 無年[14]無嗣, 昔人所慇. 孰主張是, 其亦不仁. 早擢魁科, 家甚淸貧. 歷敭華要, 養未專城. 金馬玉堂, 於公非榮. 曩進一疏, 遂竄南荒. 余病未別, 來拜高堂. 壁掛輿圖, 指[15]示泫然. 逖矣遷人, 鬱

---

1) 年　한씨문고본에는 "季"으로 되어 있다.
2) 宦　계서본과 용재문고본에는 "窀"으로 되어 있다.
3) 年　한씨문고본에는 "季"으로 되어 있다.
4) 斲　창강초편본과 창강중편본에는 "斸"으로 되어 있다.
5) 佞　창강초편본, 창강중편본, 영남대본에는 "佞"으로 되어 있다.
6) 癡　망창창재본 갑에는 "痴"로 되어 있다.
7) 蔽　한씨문고본과 용재문고본에는 "弊"로 되어 있다.
8) 廢　한씨문고본과 승계본에는 "癈"로 되어 있다.
9) 實　계서본과 승계본에는 "寔"로 되어 있다.
10) 于　한씨문고본과 용재문고본에는 "子"로 되어 있으나 오기이다.
11) 年　한씨문고본에는 "季"으로 되어 있고, 창강중편본에는 "身"으로 되어 있다.
12) 無　한씨문고본과 용재문고본에는 "无"로 되어 있다.
13) 難　계서본에는 "無"로 되어 있다.
14) 年　한씨문고본에는 "季"으로 되어 있다.
15) 指　망창창재본 갑에는 "持"로 되어 있다.

繆山川. 某水某山, 何時度越. 不忍生離, 況此死別. 昔公謫去, 奉慰有說. 今公此行, 忍作何言?[16] 余懷抑塞, 不覺聲呑. 維廣之陽, 卽公眞宅. 啓殯隔宵, 含哀告訣.[17] 文辭雖拙, 腑肺攸出. 奠物雖薄, 情禮所設. 尊靈不昧, 庶歆玆酌. 尙饗.[18]

역문풀이

제 나이 열여섯에~사위가 됐지요: 연암은 16세 되던 1752년에 전주 이씨 계양군파桂陽君派 이보천李輔天의 딸과 혼인하였다.

형제분: 장인인 이보천과 그 아우 이양천을 가리킨다.

누구한테 가야 하나요: 누구에게 찾아가 모르는 것을 물어야 하느냐는 뜻.

열전列傳 한 편 읽는데도: 연암이 이양천에게 『사기』 열전列傳을 배웠기에 한 말이다. 연암은 이양천으로부터의 『사기』 학습을 통해 본격적으로 문학 공부를 하면서 창작능력을 크게 향상할 수 있었다. 그뿐 아니라 당시 이양천은 연암에게 문학가로서 대성할 자질이 있음을 알아보고 연암을 격려하는 한편 정성스레 지도했던 것으로 보인다.

옥암玉巖: 지명이겠는데 정확히 어딘지는 미상.

기수沂水에 목욕하고~지어 두었지요: 공자가 제자들에게 각자의 바람을 묻자 증점曾點이 봄옷이 완성되면 어른과 동자 몇 명과 더불어 기수沂水에서 목욕하고, 무우舞雩에서 바람 쐬고, 노래하며 돌아오겠다고 말한 일이 『논어』에 보인다. 여기서는 이양천이 봄날에 연암과 물가에 다녀왔음을 뜻한다.

빈소에 자식이 없고: 당시 이양천에게 상주喪主가 될 친자가 없었던 사실을 가리킨다. 이양천의 사후에 이열성李悅誠(이양천의 사촌인 이우천李羽天의 아들)이 양자로 입양되었다.

훤당萱堂에 어머니가 계시니: 이양천의 모친 청송 심씨靑松沈氏는 1692년에 태어나 이양천 사후 10년이 지난 1765년에 세상을 떠났다. 부친 이계화李繼華(1692~1716)는 이양천이 태어나던 해에 세상을 떠났다. '훤당'萱堂('萱'은 원추리를 뜻함)은 본래 어머니의 처소를 뜻하는 말로, 어머니의 처소인 북당北堂 주변에 원추리를 많이 심었던 데서 연유하는 말이다. 그 후 모친의 처소만이 아니라 모친 자체를 가리키는 말로도 사용되었다.

일찍 장원급제 하셨건만: 이양천은 1749년(영조 25)의 춘당시春塘試 문과에 갑과甲科 1등으로

---

16) **壁掛興圖~忍作何言** 창강중편본에는 묵점이 찍혀 있다.
17) **訣** 한씨문고본과 용재문고본에는 "設"로 되어 있다.
18) **饗** 창강초편본과 창강중편본에는 "享"으로 되어 있다.

급제하였다.

조정 요직 두루 거쳤어도: 이양천은 사간원 정언·헌납獻納, 홍문관 부수찬副修撰·부교리副校理·교리校理, 세자시강원 문학文學·필선弼善·찬독贊讀 등을 역임하였다.

상소 올려~귀양 가게 되셨는데: 이양천은 신임사화辛壬士禍 이래로 이어져 온 노론의 의리를 고수하며 소론을 견제하는 입장에 서 있었다. 그는 1752년(영조 28) 언로를 넓힐 것을 주장하는 한편 소론에 속한 이종성이 영의정으로 임명되는 것을 반대하는 상소를 올렸다가 영조의 격노를 사서 흑산도로 귀양을 갔다. 그리고 이듬해인 1753년 6월에, 같은 이유로 추자도로 유배되었던 홍준해洪準海와 함께 유배에서 풀려났다.

광주廣州라 저 남쪽: 이양천의 묘소는 경기도 광주 돌마면突馬面 율리栗里에 있었다. 이곳은 지금의 성남시 분당구 율동에 해당하는데, 전주 이씨의 묘가 있는 지역 일대는 '큰능안 골'이라고 불린다.

원문풀이

甥舘: 사위가 거처하는 방.

濯纓: 굴원屈原의 『어부사』漁父辭에 "滄浪之水淸兮, 可以濯我纓; 滄浪之水濁兮, 可以濯我足"이라는 구절이 있다.

浴沂新服, 此日旣成: 『논어』「선진」先進에 나오는 증점曾點의 다음 말을 변용한 것이다: "莫春者, 春服旣成, 冠者五六人, 童子六七人, 浴乎沂, 風乎舞雩, 詠而歸."

盈科而進, 有爲若是: 『맹자』「이루」離婁 하下에 "徐子曰: '仲尼亟稱於水曰:「水哉! 水哉!」何取於水也?' 孟子曰: '原泉混混, 不舍晝夜, 盈科而後進, 放乎四海. 有本者如是, 是之取爾'"라는 말이 보이고, 『맹자』「진심」盡心 상上에 "觀水有術, 必觀其瀾. 日月有明, 容光必照焉. 流水之爲物也, 不盈科不行; 君子之志於道也, 不成章不達"이라는 말이 보인다.

苫席: 거적자리를 말한다. 거적자리는 띠와 짚 등을 엮어서 만든 자리인데, 부모상을 당했을 때 아들은 중문中門 밖에 여막廬幕을 지어 거적자리를 깔고 흙뭉치를 베개로 삼아 지냈다.

華要: '華'는 화직華職을, '要'는 요직要職을 말한다. '화직'은 예문관藝文館과 홍문관의 벼슬을 말한다.

專城: 지방 수령을 가리키는 말.

金馬玉堂: 한漢나라 때 학사들을 초빙하여 머무르게 했던 금마문金馬門과 옥당서玉堂署를 가리키는 말인데, 후대에는 한림원翰林院이나 한림학사翰林學士를 지칭하는 말로 쓰였다. 여기서는 이양천이 홍문관 교리를 지낸 것을 가리킨다.

啓殯: 장사를 지내기 위해 다시 관을 여는 일. '殯'은 시체를 입관한 후 장사 지낼 때까지 안치하는 것을 가리킨다.

운자

원문에 진하게 표시된 부분이 운자韻字인데, 이 단락의 운자는 아래와 같다.

門, 鼋, 文, 勤: '文' 운韻. '門' 자는 원래 '元' 운인데, '元'은 '文'과 통운通韻이다.

師, 采, 私, 玆, 衰, 肌, 癡, 移: '支' 운.

世, 詣, 滯, 蔽, 涕, 勵: '霽' 운.

地, 崇: '寘' 운.

纓, 成: '庚' 운.

水, 是, 耳, 此: '紙' 운.

屯, 親, 神, 愍, 仁, 貧: '眞' 운. '愍' 자는 '軫' 운.

城, 榮: '庚' 운.

荒, 堂: '陽' 운.

然, 川: '先' 운.

越, 別, 說: '屑' 운. '越' 자는 원래 '月' 운인데, '月'은 '屑'과 통운이다.

言, 呑: '元' 운.

訣, 出, 設: '屑' 운. '出' 자는 원래 '質' 운인데, '質'은 '屑'과 통운이다.

번역의 동이

2-1 내 아우가~삼아 배우게나

- 내 아우 글 좋아하여 / 벼슬에는 비록 소홀해도 / 문학에는 몹시 부지런하니 / 생관에 와 머물거라 / 내 아우가 너의 스승이니라 신호열·김명호, 『연암집 중』, 233~234면

2-2 불민한 소자小子는~세상을 버리셨군요

- 재주 없는 이 소자는 / 어리석고 노둔한데 / 공의 유도에 힘입어서 / 우공이산(愚公移山) 바랐더니 / 내 한창 진취하려는데 / 공이 갑자기 별세하시니 신호열·김명호, 234면

2-3 지난여름 무더운~귓가에 쟁쟁합니다

- 지난여름 장마와 무더위에 / 공의 병이 처음 생겼네 / 아름다운 암벽 맑은 샘에서 / 공은 갓끈을 씻고 / 기수(沂水)에서 목욕할 제 입을 새옷 / 그날에 다 지어졌는데 / 이 소자 돌아보며 이르시길 / 어찌 물에서 보지 않느냐 / 웅덩이를 채우고야 나아가니 / 뜻 이루는 것도 이 같은 법 / 흘러가는 냇물처럼 바빠야 한다 / 그 말씀 아직도 귀에 쟁쟁 신호열·김명호, 235~236면

2-4 하늘이 우리 공~어질지 못합니다

- 하늘이 우리 공을 낳으시고 / 어찌 수명은 짧게 주셨는고 / 거적 자리엔 상주(喪主) 없고 / 북당(北堂)에는 모친 계시네 / 모를 것이 이치라서 / 신에게도 묻지 못해 / 후사 없고 단명한 건 / 옛사람도 슬퍼한 일 / 누가 이를 주장했나 / 그도 또한 잔인하이 신호열·김명호, 236면

2-5 멀리 유배 가실 새~무슨 말을 한단 말입니까

- 아스랗다 귀양 가시는 분 / 산과 물이 얼기설기 / 아무 물 아무 산을 / 어느 제 다 거칠꼬 / 생이별도 못 참거든 / 사별이야 오죽하리 / 전에 공이 귀양 가실 젠 / 위로드릴 말이라도 있었지만 / 지금 공이 이렇게 가실 제는 / 차마 무슨 말을 하오리 신호열·김명호, 237~238면

2-6 광주廣州라 저 남쪽이~드시기 바라옵니다

- 광주(廣州)라 그 남쪽이 / 바로 공의 안식처일레 / 밤 지나면 계빈이라 / 슬픈 영결 고하오니 / 문장 비록 졸렬해도 / 가슴속에서 우러나왔고 / 제물 비록 박하지만 / 정례로써 올린 거니 / 밝으신 영령이시여 / 이 술 한 잔 받으소서 신호열·김명호, 238면

제가의
비평

🌼 김택영의 수비首批

- 이하 세 편의 제문은 모두 아정雅正하면서 진실되고 간절하다.[1]
  以下祭文三篇, 皆夷雅淸切.

- 이 글은 선생이 19세 때 쓴 것이니, 글쓰기의 시작에 해당한다.[2]
  此爲先生十九歲作, 卽文錄之始也.

역문풀이

이하 세 편의 제문: 「영목당榮木堂 이공李公 제문」(祭榮木堂李公文), 「장인丈人 처사處士 유안재
遺安齋 이공李公 제문」(祭外舅處士遺安齋李公文), 「오천梧川 처사處士 이장李丈 제문」(祭梧川處
士李丈文)을 가리킨다. '오천梧川 처사處士 이장李丈'은 연암의 형 박희원朴喜源의 장인인
이동필李東泌(1724~1778)을 말한다.

원문풀이

夷雅: '夷'는 화평和平하다는 뜻이요, '雅'는 바르다는 뜻이다.
淸切: '진절'眞切과 같은 뜻으로, 진실되고 간절하다는 의미이다.

---

1) 이 평은 창강중편본과 승계본에 있다.
2) 이 평은 창강중편본과 승계본에 있다.

영목당 이공 제문

을해년乙亥年(1755) 11월 1일에 반남潘南 박지원이 삼가 술과 과일을 제물로 갖추어 전前 홍문관弘文館 교리校理 이공李公의 영전에 곡하며 영결합니다.

제 나이 열여섯에
훌륭한 가문의 사위가 됐지요.
형제분 우애 깊어
집안이 참 화기애애하더이다.
빙장님 제게 말씀하셨죠.
"내 아우가 글을 좋아하는데
벼슬길엔 비록 데면데면해도
학문엔 몹시 부지런하니
내 집에 와 머물며
스승으로 삼아 배우게나."
공이 저를 아끼는 마음
장인 못지않으셨고
글을 가르치실 땐
일과日課 몹시 엄격했지요.
공을 스승으로 모신 지
그새 4년이 되었군요.
세도世道 따라 학문이 쇠하자
공께서 쇠퇴한 학문 일으키셨으니
문文은 한유韓愈의 뼈를 취하고
시詩는 두보杜甫의 살을 가져왔지요.

불민한 소자小子는
노둔하고 어리석어
끌어 주시는 공의 은혜 입어
우둔함을 깨치고자 했는데
바야흐로 진전 있자
공께서 그만 세상을 버리셨군요.
막막한 갈림길에서
누구한테 가야 하나요?
열전列傳 한 편 읽는데도
막히는 곳 너무 많습니다.
몇 줄 겨우 읽었는데
온갖 의문 앞을 막아
책을 덮고 큰 한숨 쉬니
슬픈 눈물이 줄줄 흐릅니다.
의심나는 것 뉘에게 묻고
뉘라서 제 게으름 꾸짖어 줄까요.
생각할수록 더욱 슬픈 건
실은 제 신세 때문.
지난여름 무더운 그때
공의 병 처음 나타났지요.
옥암玉巖의 맑은 샘에
공은 갓끈 씻고자 해
기수沂水에 목욕하고 입을 봄옷
그전에 이미 지어 두었지요.
저를 돌아보며 말씀하시길
"자네는 물을 못 보았나.
물은 웅덩이를 채워야 나아가니
일을 이룸도 이와 같아서
흐르는 물처럼 부지런해야 하네."

이 말씀 귓가에 쟁쟁합니다.
지금 생각하니
그것이 마지막 가르침이군요.
하늘이 우리 공 낳으셨건만
수명은 어찌 이리 짧게 주셨는지.
빈소에 자식이 없고
훤당萱堂에 어머니가 계시니
알 수 없는 것 하늘의 이치라
귀신에게도 묻기 어렵군요.
명이 짧고 후사가 없는 건
옛사람도 가엾게 여겼거늘
이렇게 만든 하늘
참 어질지 못합니다.
일찍 장원급제 하셨건만
살림살이 몹시 청빈했고
조정 요직 두루 거쳤어도
고을원 되어 부모님 봉양하진 못했지요.
홍문관의 관직조차
공에겐 영광이 아니었지요.
상소 올려 직언하다
흑산도로 귀양 가게 되셨는데
저는 병으로 배웅치 못해
댁으로 가서 절 올렸더니
벽에다 지도를 거시더니만
가리켜 보이며 눈시울 적셨더랬지요.
멀리 유배 가실 새
산 첩첩 물 겹겹
이 강이며 저 산을
언제 건너고 언제 넘으실지.

생이별도 못 견딜 일이건만
사별死別을 어찌 견딘단 말입니까.
그 옛날 공이 유배 가실 땐
위로의 말씀이라도 드렸었지만
지금 이렇게 떠나가시니
차마 무슨 말을 드려야 할지.
가슴이 콱 막혀 와
저도 몰래 울음을 삼킵니다.
광주廣州라 저 남쪽이
공께서 거하실 유택幽宅이어늘
이 밤 지나면 장례를 치르매
슬픔을 머금고 영결을 고합니다.
글은 비록 보잘것없지만
가슴속에서 나온 것이고
제수祭需는 비록 빈약하지만
정성을 다해 갖춘 것이니
혼령이 계시다면
이 술 드시기 바라옵니다.
상향尙饗.

104

『초록빛 앵무새의 모든 것』 서문

綠鸚鵡經序*

[1] 낙서洛瑞가 초록빛 앵무새를 얻었는데 말을 할 듯하면서도 말을 하지 않고, 말을 알아들을 듯하면서도 말을 알아듣지 못하였다. 그래서 낙서가 새장 곁에서 울며 말했다.

"니가 말을 못하면 까마귀와 뭐가 다르겠니? 니 말을 알아듣지 못하는 건 내가 조선 사람이어서겠지?"

그러자 갑자기 앵무새가 말을 알아듣고 말을 하게 되었다. 이에 낙서가 『초록빛 앵무새의 모든 것』이라는 책을 엮고 나에게 서문을 청하였다.

洛瑞[1]得綠鸚鵡, [2] 欲慧不[3]慧, 將悟未悟. 臨籠涕泣[4]曰: "爾之不言, 烏鴉[5]何異? 爾言不[6]曉, 我則彝[7]矣."[8] 於是[9]忽發慧悟, [10] 乃作『綠鸚鵡[11]經』, 請序於[12]余.

본서에서 검토하는, 이 작품이 수록된 주요한 이본은 다음과 같다: 『종북소선』, 『시가점등』, 자연경실본, 계서본, 한씨문고본, 창강초편본, 창강중편본, 승계본, 영남대본, 용재문고본, 망창창재본 갑.

* 綠鸚鵡經序 『종북소선』에는 "綠鸚鴨經序"로 되어 있다. 한편 『시가점등』에는 이 제목 뒤에 "与評"이라는 두 글자가 더 있다.

1) **瑞** 『종북소선』과 『시가점등』에는 "書"로 되어 있다.

2) **鵡** 『종북소선』에는 "鴨"로 되어 있다.

3) **不** 한씨문고본과 용재문고본에는 "未"로 되어 있다.

4) **涕泣** 『종북소선』, 계서본, 한씨문고본, 창강초편본, 창강중편본, 영남대본, 용재문고본, 망창창재본 갑에는 "泣涕"로 되어 있다.

5) **鴉** 『종북소선』과 『시가점등』에는 "雅"로 되어 있고, 한씨문고본, 창강초편본, 창강중편본, 승계본, 망창창재본 갑에는 "鵲"으로 되어 있다.

6) **不** 용재문고본에는 "未"로 되어 있다.

역문풀이

『초록빛 앵무새의 모든 것』: 원문은 "綠鸚鵡經"(녹앵무경)이다. 앵무새에 관한 여러 가지 지식과 전고典故를 모아 엮은 책으로 보인다. 책 제목 중에 '경'經이라는 말을 쓴 것은 서술하고자 하는 대상에 관한 온갖 지식과 역사적 전고 등을 망라했다는 뜻에서다. 중국에는 이런 종류의 책 이름이 일찍부터 보인다. 가령 『산해경』山海經이나 육우陸羽의 『다경』茶經 같은 책이 그러하다. 특히 명말청초에 이르면 고증학풍考證學風의 영향으로 『○○경』이라는 제목의 책을 저술하는 일이 성행하였다. 중국의 영향을 받아 조선에서도 18세기에 유득공의 『발합경』鵓鴿經, 이옥李鈺(1760~1812)의 『연경』煙經 등이 등장하였다.

낙서洛瑞: 이서구李書九(1754~1825)의 자字. 이서구의 호는 강산薑山·척재惕齋·녹천관綠天館·소완정素玩亭 등이다. 연암에게 수학했으며, 문과에 급제하여 전라감사·우의정 등을 지냈다. 문집으로 『척재집』惕齋集이 전한다.

니 말을~조선 사람이어서겠지: 앵무새가 중국에서 들어왔으므로 조선인인 자신의 말을 알아듣지 못한다는 이서구의 푸념이다.

원문풀이

慧: 흔히 '지혜롭다'라는 뜻으로 풀이하는데, 여기서는 '말을 하다'라고 풀이해야 할 듯하다.

悟: 흔히 '깨우치다'라는 뜻으로 풀이하는데, 여기서는 '말을 알아듣다'라는 뜻으로 풀이해야 할 듯하다.

『綠鸚鵡經』: 이덕무의 손자 이규경李圭景(1788~?)이 편찬한 책인 『오주연문장전산고』五洲衍文長箋散稿의 「앵무변증설」鸚鵡辨證說은 『불리비조편』不離飛鳥編('앵무새에 관한 책'이라는 뜻)이라는 책을 인용하고 있는데, 그에 따르면 이 초록빛 앵무새는 1770년(영조 46)에 북경北京에서 들어왔으며, 아래쪽 부리는 검은색이고 위쪽 부리는 붉은색이어서 매우 기이했다고 한다. 「앵무변증설」을 통해 『불리비조편』이라는 책에 이덕무가 비批와 평評을 붙이

---

7) **彝** 『종북소선』, 『시가점등』, 창강초편본, 창강중편본에는 "夷"로 되어 있다. 한편 저본에는 이 뒤에 "彝一本作夷"(어떤 본에는 '彝'가 '夷'로 되어 있다)라는 세주細注가 있고, 승계본에는 "彝一作夷"(어떤 본에는 '彝'가 '夷'로 되어 있다)라는 첨지가 붙어 있다.

8) **爾之不言~我則彝矣** 창강중편본에는 묵점이 찍혀 있다.

9) **於是** 『종북소선』과 『시가점등』에는 없다.

10) **悟** 한씨문고본에는 "語"로 되어 있다.

11) **鵡** 『종북소선』과 『시가점등』에는 "鴟"로 되어 있다.

12) **於** 『종북소선』에는 "于"로 되어 있다.

고, 유득공이 평을 붙였음을 알 수 있다. '불리비조'不離飛鳥라는 말은 『예기』「곡례」曲禮의 '앵무능언장'鸚鵡能言章에 보이는 "앵무새는 말을 할 줄 알지만 새의 범주를 벗어나지 않는다"(鸚鵡能言, 不離飛鳥)라는 구절에서 유래하는데, 『녹앵무경』은 바로 이 『불리비조편』이라고 여겨진다.

번역의 동이

1-1   낙서洛瑞가 초록빛~서문을 청하였다

- 락서(洛瑞)가 파랑 앵무새를 한 마리 얻었는데 슬기로울 듯 슬기롭지 못하고 깨칠 듯 깨치지 못하였다. 새장 앞에 가서 눈물을 흘리면서 말하기를 『네가 말을 하지 못하니 까막까치와 다를 것이 무엇이냐? 네가 말하는 것을 내가 알아 듣지 못한다면 그건 내가 동방 사람이라 그렇다.』 여기서 홀지에 슬기와 깨우침을 얻어 록앵무경(綠鸚鵡經)을 짓고 나더러 서문을 써 달라고 하였다. 홍기문, 『박지원 작품 선집 1』, 195면

- 낙서(洛瑞)가 푸른 앵무새를 구해서 영리하게 하려 해도 영리해지지 않고, 깨우치려 해도 깨우쳐지지 않았다. 새장 가에서 눈물을 흘리면서, "네가 말을 않으면 까마귀·까치와 무엇이 다르겠나. 네가 말을 깨치지 못하면 나는 죽이겠다." 하였다. 이러하다가 문득 슬기롭게 깨쳐서 『녹앵무경』을 짓고 나에게 서문하기를 청했다. 이익성, 『朴趾源』, 141면

- 낙서(洛書, 李書九의 자)가 푸른 앵무새를 얻었는데 말하는 앵무새로 총명하게 만들려 해도 총명해지지 않고, 깨우칠 듯하다가도 깨우치지 못했다. 낙서가 새장 앞에 서서 눈물을 흘리며 말하기를, "네가 말을 못하니 까마귀나 갈가마귀와 다른 점이 뭐냐? 너의 말을 알아들을 수 없으니 내 마음이 괴롭고 언짢구나!" 이러는데 갑자기 앵무새가 총명해지고 깨우쳤다. 그래 『녹앵무경』(綠鸚鵡經)이란 책을 짓고 나에게 책의 서문을 청했다. 김혈조, 『그렇다면 도로 눈을 감고 가시오』, 28면

- 낙서(洛瑞, 이서구李書九)가 푸른 앵무새를 얻었는데, 지혜로울 듯하다가도 지혜로워지지 않고 깨우칠 듯하다가도 깨우치지 못하기에, 새장 앞으로 가서 눈물을 흘리며, "네가 말을 못하면 까마귀와 무엇이 다르겠느냐. 네 말을 알아들을 수 없으니 나야말로 동이(東夷)로구나" 하니, 갑자기 앵무새의 총기가 트였다. 이에 『녹앵무경』(綠鸚鵡經)을 짓고 나에게 그 서문을 청해 왔다. 신호열·김명호, 『연암집 하』, 53~54면

2   나는 언젠가 흰 앵무새 꿈을 꾼 적이 있다. 나는 박수를 불러다가 내가 이런 꿈을 꾸었다는 말을 하면서 해몽을 해 보라고 하며 이런 말을 했다.
"나는 말일세, 평소에 꿈을 꾸는데, 꿈에서는 먹어도 배부르지 않고, 꿈에서는 마셔도 취하지 않으며, 꿈에서는 나쁜 냄새를 맡아도 더럽지 않고, 꿈에서는 향기

를 맡아도 향긋하지 않으며, 꿈에서는 힘을 주어도 힘이 들어가지 않고, 꿈에서는 소리를 쳐도 소리가 안 나더구먼. 어떤 땐 용龍이 하늘을 날기도 하고, 어떤 땐 봉황, 기린, 귀신, 괴상한 동물 따위가 막 치달리면서 앞서거니 뒤서거니 하데. 눈이 넷인 신장神將이 보이기도 하는데 입이 등에 붙어 있고, 이빨로는 칼을 물고 있으며, 손에도 눈이 있고, 눈과 귀는 쬐그맣고 입과 코는 큼직하더구먼. 어떤 땐 넓은 바다에 거센 물결이 일기도 하고, 푸른 산이 불타기도 하고, 어떤 땐 해와 달과 별이 내 몸을 에워싸기도 하고, 어떤 땐 천둥번개가 무섭고 두려워 땀을 뻘뻘 흘리기도 하고, 어떤 땐 맑은 하늘로 올라가 빛나는 구름 위에 타기도 하고, 어떤 땐 아홉 층 누대樓臺에 날아오르는데, 그곳은 아름다운 단청으로 채색되어 있고 유리로 된 창이 있으며, 아름다운 여인들이 눈웃음을 짓고, 간드러진 노랫소리가 맑게 울려 퍼지며, 피리와 젓대가 함께 연주되더구먼. 어떤 땐 몸이 매미 날개처럼 가벼워져 나뭇잎에 착 달라붙기도 하고, 어떤 땐 지렁이와 싸우기도 하고, 어떤 땐 개구리와 함께 울기도 하고, 어떤 땐 담장을 뚫고 들어가는데 그 안에 너른 집이 있기도 하고, 어떤 땐 귀빈이 되어 온갖 깃발이 펄럭펄럭 나부끼는 속에 커다란 파초선芭蕉扇을 받친 경쾌한 수레 백 대의 행렬 속에 있기도 하다네. 무슨 망상妄想이 이렇게 터무니없나?"

박수가 큰소리로 말했다.

"온몸에 소름이 돋는다. 죄과罪過가 두렵다. 너는 잘 생각해 봐라. 네가 만약 단丹을 수련하면 숨을 쉴 때 진기眞氣를 들이마셔 음식을 먹지 않아도 될 것이요, 가족이 점점 싫어져 집도 필요 없게 될 것이다. 그러니 바위굴에 살면서 처자妻子도 버리고 벗들과도 이별한 채 하루아침에 몸이 가벼워져 어깨에 상수리나무 잎을 걸치고 허리에 호랑이 가죽을 두르고서는 아침이면 창해滄海에 노닐고 저녁이면 곤륜산崑崙山에서 노닐다가 그 이튿날 낮이나 밤에 잠시 돌아오는데, 어떤 땐 천년이 경과하고 어떤 땐 팔백 년이 경과한다. 이렇게 오래 살면 그 이름을 신선神仙이라 하는데, 이렇게 되면 어떻겠나?"

나는 얼른 마다하며 말했다.

"그것도 하나의 망상일세. 천 년과 팔백 년을 아침저녁으로 노니는 사이에 다 보내다니 어찌 그리 짧단 말인가? 내가 불로장생한들 누가 나를 다시 볼 것이며, 어떤 친구가 살아 있어 나를 알아보겠는가? 만일 운이 좋아 살던 집이 남아 있고,

마을도 옛날 그대로고, 자손이 번창하여 8대나 9대 심지어 10대까지 이르렀다 할지라도 내가 집에 돌아가면 문을 들어설 때 잠깐 기뻤다가 이내 슬퍼질 걸세. 망연히 앉았다가 작은 목소리로 집안사람에게 넌지시 뒷동산의 배나무와 부뚜막의 솥들과 집안의 패물 가운데 뭐는 남아 있고 뭐는 없어졌다고 말해 그 말이 점점 맞아 들면, 자손들은 크게 화를 내며 웬 노망든 늙은이냐, 웬 미친 영감이냐, 웬 주정뱅이냐 하면서 다가와 나를 욕보이고 작대기로 나를 쫓아내고 몽둥이로 나를 몰아낼 테니 내가 뭘 할 수 있겠나? 나를 증명할 서류가 없으니 관아에 소송하면 뭐 하겠나? 비유컨대, 내 꿈과 같아서 나는 내 꿈을 꾸지만 남은 내 꿈을 꾸지 않으니 누가 내 꿈을 믿어 주겠나?"

박수가 큰소리로 말했다.

"온몸에 소름이 돋는다. 죄과가 두렵다."

그러더니 큰 자비심을 발하여 탄식하며 말했다.

"실은 네 말이 딱 맞다. 너도 알다시피 자손과 처첩妻妾은 잠시만 떨어져 있어도 너를 알아보지 못할 테니 네가 뭣 땜에 연연하겠느냐? 서방西方에 어떤 나라가 있는데 그 세계는 큰 낙원이다. 네가 고행苦行을 하여 각고刻苦의 수양을 하면 그 나라에 극락왕생極樂往生해 삼재三災를 벗어나고, 지옥에 떨어져 뼈가 줄에 쓸리거나 몸이 불에 타는 형벌을 받지 않을 것이니 그 이름을 부처라 하는데, 이렇게 되면 어떻겠나?"

나는 얼른 마다하며 말했다.

"이것도 하나의 망상일세. '왕생'往生이라 했으니 이미 죽었다는 말 아닌가? 다비茶毗를 하여 재를 날려 보냈는데 어떻게 뼈가 줄에 쓸리거나 몸이 불에 타는 것을 면한다는 건가? 현재의 즐거움을 버리고 고행을 하면서 내세來世를 기다린다고 하지만 어둑어둑하고 캄캄한 그곳이 극락極樂인 줄 누가 알겠는가? 만약 내세가 있고 그 세계가 낙원임을 안다면 어째서 현세現世에서는 전생前生을 알지 못한단 말인가?"

이 이야기를 듣고 혹자는 이렇게 말했다.

"박수의 말은 신선과 부처를 이른 게 아닐세. 신선은 신령스럽고 부처는 지혜로운데, 앵무새는 바로 이 두 가지 덕성을 다 지녔으니, 이 때문에 박수는 자네의 꿈에 대해 '신령스럽고 지혜로워 말을 잘한다'는 풀이를 한 걸세. 그대의 문장은 앞으로 계속 발전하겠구먼."

余甞夢白鸚鵡,[1] 乃徵博士, 訴[2]夢占之曰: "我平生夢, 夢食不飽,[3] 夢飮不醉, 夢臭不穢, 夢香不馨, 夢力[4]不强, 夢呼不聲. 或飛龍在天; 或[5]鳳凰[6]麒麟,[7] 鬼物異[8]獸,[9] 駪駪馳逐, 四目神將, 其背有口,[10] 齒嚙其劍,[11] 手又有目,[12] 小目小耳, 大口大鼻; 或大海洶洶,[13] 火焚靑山; 或日月星辰, 繞[14]身圍體; 或雷霆霹靂, 驚怖懼[15]汗; 或昇滭天,[16] 御彼光雲; 或飛騰[17]九層樓臺, 窈窕丹靑, 琉璃[18]牕[19]戶,[20] 美女婦人, 目笑眉成, 妙[21]肉淸颺,[22] 義舌合奏; 或身輕蟬翼, 粘[23]彼樹葉; 或與[24]蚓鬪;[25] 或助蛙[26]哭;[27] 或穿[28]墙[29]壁,

---

1) **鵡** 『종북소선』에는 "鵬"로 되어 있다.
2) **訴** 한씨문고본과 용재문고본에는 "愬"로 되어 있다.
3) **飽** 용재문고본에는 "饒"로 되어 있다.
4) **力** 『시가점등』에는 없다.
5) **或** 『시가점등』에는 이 뒤에 "夢"이 더 있다.
6) **凰** 『종북소선』에는 "皇"으로 되어 있다.
7) **麒麟** 계서본, 승계본, 망창창재본 갑에는 "猉獜"으로 되어 있다.
8) **異** 『종북소선』, 『시가점등』, 계서본, 한씨문고본, 창강초편본, 창강중편본, 승계본, 영남대본, 망창창재본 갑에는 "鬼"로 되어 있다.
9) **獸** 『종북소선』에는 "畱"으로 되어 있다.
10) **口** 『시가점등』에는 "目"으로 되어 있다.
11) **齒嚙其劍** 『시가점등』에는 없다. 이 구절 가운데 '劍'이 자연경실본, 계서본, 한씨문고본, 승계본에는 "釼"으로 되어 있고, 창강중편본과 용재문고본에는 "劍"으로 되어 있다.
12) **其背有口~手又有目** 『종북소선』에는 없다.
13) **洶洶** 『종북소선』, 『시가점등』, 자연경실본, 한씨문고본, 승계본, 영남대본, 용재문고본, 망창창재본 갑에는 "汹汹"으로 되어 있다.
14) **繞** 한씨문고본과 용재문고본에는 "遶"로 되어 있다.
15) **懼** 계서본과 망창창재본 갑에는 "惧"로 되어 있다.
16) **天** 계서본에는 빠져 있다.
17) **騰** 자연경실본에는 "驣"으로 되어 있고, 계서본에는 빠져 있다.
18) **琉璃** 한씨문고본과 용재문고본에는 "璃瓈"로 되어 있다.
19) **牕** 자연경실본, 계서본, 한씨문고본, 승계본, 영남대본, 용재문고본, 망창창재본 갑에는 "囱"으로 되어 있고, 창강초편본에는 "窓"으로 되어 있으며, 창강중편본에는 "窻"으로 되어 있다.
20) **琉璃牕戶** 『종북소선』에는 "牕戶琉璃"로 되어 있고, 『시가점등』에는 "囱戶琉璃"로 되어 있다.
21) **妙** 『종북소선』, 『시가점등』, 한씨문고본, 용재문고본에는 "眇"로 되어 있다.
22) **颺** 『종북소선』에는 "揚"으로 되어 있다.
23) **粘** 한씨문고본과 용재문고본에는 "黏"으로 되어 있다.
24) **與** 『종북소선』, 『시가점등』, 용재문고본에는 "与"로 되어 있다.
25) **鬪** 계서본에는 "鬬"로 되어 있고, 창강초편본과 창강중편본에는 "鬭"로 되어 있으며, 용재문고본에는 "鬪"로 되어 있다.
26) **蛙** 한씨문고본과 용재문고본에는 "鼃"로 되어 있다.
27) **哭** 저본에는 "笑"로 되어 있고, 이 뒤에 "笑一本作哭"(어떤 본에는 '笑'가 '哭'으로 되어 있다)이라는 세주가 있다. 창강중편본과 승계본에는 "哭"으로 되어 있다. 영남대본에는 "笑以哭"('笑'를 '哭'으로)이라는 두주頭注가 있다. '哭'이 옳다고 보아 저본의 글자를 바꾼다.

即有曠室; 或爲上客,[30] 旀旋[31] 麾幢,[32] 芭蕉大扇,[33] 軺車百輪.[34] 即何妄想, 顚倒如是?"
博士大言: "遍[35]身寒栗,[36] 恐懼[37]罪過! 爾善思念. 使汝鍊[38]丹, 吸氣服眞, 而不飮食, 漸
厭[39]室家, 而[40]不棟宇, 處彼岩[41]广, 離妻去子, 別[42]其友朋,[43] 一朝身輕, 肩披橡葉, 腰褌
虎皮, 朝遊滄海, 夕遊崐[44]崙,[45] 明日明夕, 而暫[46]還[47]歸, 或已千歲, 或爲八百, 如彼長
生,[48] 即名爲仙, 則復如何?"[49] 我乃謝[50]言: "是一妄想. 千歲八百, 遊朝遊暮, 何其短
也? 我則長生,[51] 誰復見我, 有誰友朋,[52] 認吾是我? 萬[53]一或幸, 屋室不壞, 鄕里如舊,
子孫蕃衍, 八世九世, 至或[54]十世, 我歸我家, 乍喜入[55]門, 而復悵然.[56] 久坐細聲, 暗謂
家人, 園後[57]梨樹, 厨下鼎錡, 眞珠寶[58]璐, 何在何亡,[59] 徵信有漸, 子孫大怒, 彼何妄翁,

---

28) 穿　망창창재본 갑에는 "窄"으로 되어 있으나 오기이다.
29) 墻　계서본, 승계본, 영남대본, 용재문고본에는 "牆"으로 되어 있다.
30) 客　창강중편본에는 "宰"로 되어 있다.
31) 旋　『시가점등』, 창강초편본, 창강중편본, 승계본, 영남대본에는 "旌"으로 되어 있다.
32) 幢　『종북소선』에는 "旄"으로 되어 있다.
33) 芭蕉大扇　『종북소선』에는 없다.
34) 芭蕉大扇, 軺車百輪　『시가점등』에는 "軺車百輪, 芭蕉大扇"으로 되어 있다.
35) 遍　한씨문고본과 용재문고본에는 "徧"으로 되어 있다.
36) 栗　『종북소선』, 『시가점등』, 자연경실본, 계서본, 창강초편본, 창강중편본, 승계본, 영남대본, 망창창재본 갑에는 "慄"로 되어 있고, 한씨문고본에는 "粟"으로 되어 있다.
37) 懼　『종북소선』, 『시가점등』, 자연경실본, 계서본, 승계본, 영남대본, 망창창재본 갑에는 "惧"로 되어 있다.
38) 鍊　한씨문고본과 용재문고본에는 "煉으로 되어 있다.
39) 厭　『종북소선』, 『시가점등』, 용재문고본에는 "猒"으로 되어 있다.
40) 而　용재문고본에는 "之"로 되어 있다.
41) 岩　『종북소선』, 『시가점등』, 한씨문고본, 창강초편본, 창강중편본, 영남대본, 용재문고본에는 "巖"으로 되어 있다.
42) 別　한씨문고본과 용재문고본에는 "絶"로 되어 있다.
43) 友朋　창강초편본, 창강중편본, 승계본에는 "朋友"로 되어 있다.
44) 崐　한씨문고본, 창강초편본, 창강중편본, 용재문고본, 망창창재본 갑에는 "崑"으로 되어 있다.
45) 崙　『종북소선』, 자연경실본, 승계본, 영남대본에는 "崘"으로 되어 있다.
46) 暫　『종북소선』과 용재문고본에는 "蹔"으로 되어 있다.
47) 還　용재문고본에는 이 뒤에 "而"가 더 있다.
48) 生　창강초편본과 창강중편본에는 "年"으로 되어 있다. 승계본에는 "生一作年. 下仝"(어떤 본에는 '生'이 '年'으로 되어 있다. 아래의 '生'도 같다)이라는 첨지가 붙어 있다.
49) 如何　『시가점등』, 한씨문고본, 용재문고본에는 "何如"로 되어 있다.
50) 謝　『종북소선』에는 "答"으로 되어 있다.
51) 生　창강중편본에는 "年"으로 되어 있다.
52) 友朋　창강중편본, 승계본, 망창창재본 갑에는 "朋友"로 되어 있다.
53) 萬　『시가점등』과 용재문고본에는 "万"으로 되어 있다.
54) 至或　계서본에는 "或至"로 되어 있다.
55) 喜入　『시가점등』에는 이 뒤에 "喜入"이 더 있으나 필사자의 착오에 의한 연자衍字이다.
56) 然　용재문고본에는 "狀"으로 되어 있다.
57) 後　『시가점등』에는 "后"로 되어 있다.
58) 寶　『시가점등』과 계서본에는 "宝"로 되어 있다.

彼何狂叟,[60] 彼何醉夫, 而來辱我, 小杖逐我, 大杖毆我,[61] 我[62]則奈何? 無[63]書證我, 訟官奈何? 譬則我夢, 我夢我夢, 人不我夢, 孰信我夢? 博士大言: "遍[64]身寒慄,[65] 恐懼罪[66]過!" 發大悲心,[67] 歎言: "爾[68]言, 其實[69]大然.[70] 汝則知之, 子孫妻妾, 暫[71]別離捨,[72] 卽[73]不認識, 汝則何戀?[74] 西方有國, 世界大樂, 汝則苦行, 修身大刻, 徃[75]生彼國, 度脫三災,[76] 不入[77]剉燒, 是名爲佛, 卽復如何?"[78] 我乃謝[79]言: "此一妄想.[80] 旣云徃生, 此死可知. 茶毗揚[81]灰, 何免[82]剉燒? 棄[83]今可樂, 就[84]此[85]刻苦, 俟[86]彼他[87]世,[88] 杳杳冥冥, 孰知極樂? 若知他[89]世,[90] 世界極樂, 緣何此世,[91] 不識前[92]生?"[93] 或曰: "非謂其眞

---

59) **我歸我家~何在何亡** 창강중편본에는 묵권이 쳐져 있다. 이 구절 가운데 '亡'이 『종북소선』과 『시가점등』에는 "无"로 되어 있다.

60) **叟** 용재문고본에는 "叜"로 되어 있다.

61) **小杖逐我, 大杖毆我** 『종북소선』과 『시가점등』에는 "大杖毆我, 小杖逐我"로 되어 있다.

62) **我** 『시가점등』에는 없다.

63) **無** 『시가점등』, 한씨문고본, 용재문고본에는 "无"로 되어 있다.

64) **遍** 한씨문고본과 용재문고본에는 "徧"으로 되어 있다.

65) **慄** 한씨문고본에는 "㶚"으로 되어 있고, 용재문고본에는 "栗"로 되어 있다.

66) **懼罪** 『종북소선』, 『시가점등』, 자연경실본, 계서본, 승계본, 영남대본, 망창창재본 갑에는 "罪愳"로 되어 있고, 한씨문고본과 용재문고본에는 "懼大"로 되어 있으며, 창강초편본에는 "愳罪"로 되어 있다.

67) **悲心** 『종북소선』에는 "慈悲"로 되어 있고, 『시가점등』에는 "悲玆"로 되어 있다.

68) **爾** 한씨문고본과 용재문고본에는 "大"로 되어 있다.

69) **實** 『종북소선』, 『시가점등』, 한씨문고본에는 "寔"로 되어 있다.

70) **然** 한씨문고본과 용재문고본에는 "狀"으로 되어 있다.

71) **暫** 『종북소선』, 『시가점등』, 용재문고본에는 "蹔"으로 되어 있다.

72) **捨** 한씨문고본과 용재문고본에는 "舍"로 되어 있다.

73) **卽** 『종북소선』, 『시가점등』, 계서본, 한씨문고본, 창강중편본, 영남대본, 용재문고본, 망창창재본 갑에는 "則"으로 되어 있다.

74) **歎言爾言~汝則何戀** 창강중편본에는 묵점이 찍혀 있다.

75) **徃** 한씨문고본과 용재문고본에는 "迬"으로 되어 있다.

76) **災** 『종북소선』, 『시가점등』, 계서본, 승계본, 망창창재본 갑에는 "灾"로 되어 있고, 한씨문고본과 용재문고본에는 "烖"로 되어 있다.

77) **不入** 『종북소선』과 『시가점등』에는 "以免"으로 되어 있다.

78) **如何** 한씨문고본과 용재문고본에는 "何如"로 되어 있다.

79) **謝** 『종북소선』에는 "答"으로 되어 있고, 한씨문고본과 용재문고본에는 "誚"로 되어 있다.

80) **此一妄想** 『종북소선』에는 이 뒤에 "旣云苦行, 此生不樂"이 더 있다.

81) **揚** 한씨문고본에는 "楊"으로 되어 있다.

82) **免** 한씨문고본과 용재문고본에는 "異"로 되어 있다.

83) **棄** 『시가점등』에는 "弃"로 되어 있다.

84) **就** 용재문고본에는 "孰"으로 되어 있으나 오기이다.

85) **此** 한씨문고본과 용재문고본에는 "彼"로 되어 있다.

86) **俟** 한씨문고본과 용재문고본에는 "竢"로 되어 있다.

87) **他** 한씨문고본에는 "佗"로 되어 있다.

88) **世** 용재문고본과 망창창재본 갑에는 "生"으로 되어 있다.

仙⁽⁹⁴⁾而佛者⁽⁹⁵⁾也. 仙⁽⁹⁶⁾靈⁽⁹⁷⁾而佛慧, 鸚鵡⁽⁹⁸⁾有其性, 則是博士占其靈慧而能言也. 子之文章, 其將日有進乎!"

역문풀이

용龍이 하늘을~코는 큼직하더구먼: 이런 귀신과 괴물들은 중국 고대의 책인 『산해경』山海經
  에 그림과 함께 자세히 수록되어 있다. 연암은 젊은 시절 이 책을 탐독한 바 있다.

신장神將: 신병神兵을 거느리는 장수.

파초선芭蕉扇: 파초잎 모양을 한 긴 타원형의 부채.

단丹: 단丹에는 외단外丹과 내단內丹 두 종류가 있는데, 외단은 수은 등으로 약을 제조해 복용
  하는 것을 이르고, 내단은 운기조식運氣調息이라 하여 단전호흡으로 기氣를 돌리는 것을
  이른다.

창해滄海: 신선이 산다는 바다 속의 섬 이름. 『해내십주기』海內十洲記에 '창해도'滄海島라는 말
  이 보이며 이런 설명이 나온다: "창해도는 북해北海에 있는데 땅은 사방 3천 리요, 뭍에
  서 떨어진 게 21만 리다. 그 섬을 사면으로 바다가 둘러싸고 있는데 바다 각각의 너비 5
  천 리요 물은 모두 푸른색이다. 선인仙人은 이를 '창해'라고 이른다."

곤륜산崑崙山: 중국의 서쪽 변방에 있는 산. 전설에 의하면 이 산에 신선이 산다고 한다.

만일 운이 좋아~소송하면 뭐 하겠나: 이 이야기는 안서우安瑞羽(1664~1735)가 창작한 소설
  「금강탄유록」金剛誕游錄과 비슷할 뿐 아니라 판소리계 소설 「가짜신선타령」과도 유사
  하다.

서방西方: 『아미타경』阿彌陀經에서 말하는 '서방정토'西方淨土를 말한다.

극락왕생極樂往生: 죽어서 극락정토極樂淨土에 다시 태어남.

---

89) 他 한씨문고본과 용재문고본에는 "佗"로 되어 있다.
90) 世 망창창재본 갑에는 "生"으로 되어 있다.
91) 世 용재문고본에는 "生"으로 되어 있다.
92) 前 한씨문고본과 용재문고본에는 "苦"으로 되어 있다.
93) 旣云往生~不識前生 창강중편본에는 묵권이 쳐져 있다.
94) 仙 용재문고본에는 "仚"으로 되어 있다.
95) 佛者 『종북소선』에는 "且佛"로 되어 있다.
96) 仙 용재문고본에는 "仚"으로 되어 있다.
97) 靈 용재문고본에는 "霷"으로 되어 있다.
98) 鵡 『종북소선』에는 "鸭"로 되어 있다.

삼재三災: 불교에서 말하는 화재火災·수재水災·풍재風災의 세 가지 재앙을 가리키는데, 사람마다 각기 삼재가 드는 해가 다르다고 한다.

다비茶毗: 불교에서 시신을 화장火葬하는 것을 이르는 말.

만약 내세가~알지 못한단 말인가: 불교에서는 전세前世·현세現世·내세來世를 3세라 이르며, 전생前生·현생現生·후생後生을 3생이라 이른다.

원문풀이

博士: 박수, 곧 남자 무당을 가리킨다.

妙肉: 사람이 부르는 노래를 뜻하는 말.

義舌: 피리, 퉁소, 젓대 등의 관악기를 일컫는 말.

旅旌麾幢기정휘당: '旟'는 교룡을 그려 넣고 방울을 단 붉은 깃발이고, '旌'은 새털로 장식한 이우犛牛(야크)의 꼬리를 깃대 위에 단 깃발이다. '麾'는 장수가 군대를 지휘하는 데 쓰는 대장 깃발이고, '幢'은 공식 행사에 주로 사용하는 종 모양의 깃발이다.

軺車: 말 하나가 끄는 경쾌한 소형의 수레로, 사신이나 임금의 특명을 받은 자가 탄다.

寒栗: 소름이 돋는 것.

褌곤: 원래는 '잠방이'라는 뜻인데, 여기서는 '두르다'라는 뜻의 동사로 쓰였다.

滄海: 『해내십주기』海內十洲記에 다음 내용이 보인다: "滄海島在北海中, 地方三千里, 去岸二十一萬里, 海四面繞島, 各廣五千里, 水皆蒼色, 仙人謂之滄海也."

鼎錡: '鼎'은 발이 셋에 귀가 둘 달린 솥이고, '錡'는 짧은 발이 셋 달린 가마솥이다.

剉燒: '좌골소신'剉骨燒身, 곧 뼈가 줄에 쓸려 가루가 되고 몸이 불에 탄다는 뜻이다. 절구에 넣고 간다는 뜻의 '용마'舂磨와 결합하여 '좌소용마'剉燒舂磨라는 말로 쓰이기도 한다.

번역의 동이

2-1　어떤 땐 아홉 층~함께 연주되더구면

▪ 혹 아홉층 루다락에 날아 오른즉 울긋불긋 채색을 칠하고 유리로 창문을 만들었으며 그 속에서는 고운 아낙네가 눈웃음을 치면서 눈짓을 하는데 피리 소리에 어울리어 노래 소리가 맑게 굽니다. 홍기문, 196면

▪ 혹 아홉 층 다락집에 날아 올라가니 단청(丹靑)이 아늑하고 창호(惌戶)는 유리였다. 아름다운 부인이 눈웃음이 눈썹같이 고운데 묘한 춤이 하늘거리고 좋은 음악(音樂)을 합주(合奏)하였다. 이익성, 142면

▪ 어떤 때는 아홉층 누각에 날아올라갔지. 울긋불긋한 단청은 아늑하고 창문은 유리로 되었는데 그 속에서 아름다운 부인이 눈웃음을 치며 눈짓을 하고 기묘한 몸놀림이 하늘하늘 날리며, 피리 소리와

노랫소리가 함께 어울리기도 하였네. 김혈조, 29면

- 9층 누대에 날아오르기도 하는데, 아름다운 단청(丹靑)과 유리 창문에 아름다운 여인들이 눈웃음 지으며 즐거워하고 절묘한 노랫소리 맑게 드날리니 피리 젓대 어우러져 반주하기도 하네. 신호열·김명호, 54면

2-2 박수가 큰소리로~이렇게 되면 어떻겠나

- 선생이 거드름피우며 말하기를 『온 몸에 소름이 끼친다. 죄를 받을가봐 두렵다. 네가 잘 생각해 보아라. 네가 련단(鍊丹)을 해서 참다운 정기를 들이마신다면 음식이 필요치 않을 것이요 점차로 집안 도 싫어져서 구들이나 마루에서 거처하지 않고 바위굴 속에 가서 살겠구나! 안해를 내던지고 자식들 을 버리고 친구님네, 벗님네도 다 작별하고 하루 아침에 몸이 가벼워져서 어깨에는 상수리 나무 잎사 귀를 걸치고 허리에는 호랑이 껍질을 두르고 아침에는 동해 바다에 가서 놀다가 저녁에는 곤륜산(崑 崙山)에 가서 놀 것이다. 그 이튿날 낮이나 그 이튿날 밤으로 잠시 잠간 다녀 오는 동안이 혹은 벌써 천 년이 지났다고 하고 혹은 팔백 년이 지났다고 한다. 이렇게 오래 사는 것을 신선이라고 하는데 그 게 그래 어떠냐?』 홍기문, 196~197면

- 박사가 크게 말하는데, 온몸이 싸늘해져서 떨리며 죄과(罪過)가 두려웠다. "너는 잘 생각해보아라. 너에게 단약(丹藥)을 만들도록 해서 기운을 빨아들이고, 진기(眞氣)를 먹게 하면 음식(飮食)하지 않다 가 집에 삶이 점점 싫어져서 집에 있지 않고 바위구멍에 거처하며, 아내와 자식을 버리고 벗과도 이별 하게 된다. 하루아침에 몸이 가벼워져서 어깨에 상수리나무 잎을 걸치고 허리에는 호랑이 껍질을 잠 방이로 한다. 아침에는 창해(滄海)에 놀다가 저녁에는 곤륜산(崑崙山)에 놀이하기도 한다. 다음날이나 다음날 저녁에 잠시 돌아왔으나 혹은 벌써 천 년을 지났고 혹은 8백 년 세월이 되기도 한다. 이와 같 이 오래 사는 것을 곧 신선이라 이르는데 어떤가." 이익성, 142면

- 박수가 큰 소리로 말했다. "온몸에 소름이 돋는다. 죄과(罪過)를 받을까 겁난다. 네가 잘 생각해 보아라. 네가 늙지 않고 죽지 않는 약을 만들고 공기를 호흡하고 신령한 정기를 모아 마시면 음식이 필 요치 않을 것이며, 점차 사는 집에 싫증이 나서 집이 필요치 않아 저 바위굴 속에서 살겠구나. 아내와 자식을 내버리고 붕우와도 이별하고 하루아침에 몸이 가벼워져서 어깨에 상수리나무 잎을 걸치고 허 리에 호랑이 가죽으로 된 잠방이를 두르고 아침에는 푸른 동해바다에서 놀다가 저녁에는 곤륜산(崑崙 山)에서 놀 것이라. 그 이튿날 낮이나 밤에 잠시 돌아와보면 그 사이 천년 세월이, 혹 8백년 세월이 지 나게 된다. 그처럼 불로장생하는 것을 곧 신선이라 이름하니 그리되면 어찌할 텐가?" 김혈조, 29면

- 박수무당이 큰 소리로 외치며 말하기를, "온몸이 덜덜 떨리는구나. 죄를 받을까봐 두렵다. 너는 잘 생각해 보아라. 네가 연단(鍊丹)을 하게 되면 공기 속의 진기(眞氣)만 들이마시고 아무런 음식도 필 요치 않게 될 것이며, 점차 가족도 싫어져 집도 필요치 않게 될 것이다. 저 바위 밑에 거처하면서 아내 와 자식을 다 버리고 친구마저 이별하며, 하루아침에 몸이 가벼워져 어깨에는 도토리 나뭇잎을 걸치 고 허리에는 범 가죽을 두른 채, 아침에는 창해(滄海)에서 노닐고 저녁에는 곤륜산(崑崙山)에서 노닐 다가 그 이튿날 낮이나 저녁이 되어 잠시 만에 돌아오는데, 그 사이에 이미 천 년이 지나기도 하고 혹 은 800년이 지나기도 한다. 저렇듯이 오래 사는 것을 이름하여 신선(神仙)이라 한다. 그렇게 되면 다

2-3 박수의 말은~계속 발전하겠구먼

- 참말로 신선이나 부처를 두고 한 말이 아닐세. 신선은 신령스럽고 부처는 슬기로운 것인데 앵무가 바로 그런 성질을 가지고 있으니까 점치는 선생의 점괘는 신령스럽고 슬기로운 그 점을 맞힌 것일세. 자네의 글 짓는 재주가 앞으로 날마다 발전하겠네. 홍기문, 199면

- "그 참 신선이 부처라고 이른 것은 아니다. 신선은 신통하고 부처도 슬기롭다." 하였다. 앵무에게 그런 성질이 있는 것인즉, 이것은 박사가 그 신통하고 슬기로워서, 말을 할 줄을 점한 것이다. 자네의 문장도 그 장차 날로 진보함이 있을진저. 이익성, 144면

- 박수무당의 말은 정말로 신선이나 부처가 되겠냐고 물은 것은 아니다. 신선은 신령스럽고 부처는 지혜로운 존재여서 한 말이다. 앵무새가 바로 신령스럽고 지혜로운 그런 성향을 가졌다면 이는 박수무당이 앵무새가 신령스럽고 슬기로워 능히 사람의 말을 흉내낼 수 있으리라는 것을 점친 것이네. 자네의 문장 솜씨가 장차 날마다 발전하겠구먼. 김혈조, 31면

- 이는 진짜 신선이나 부처를 두고 말한 것이 아닐세. 신선은 신령스럽고 부처는 지혜로운 존재인데 앵무새가 그러한 본성을 지녔으니, 이는 박수무당이 앵무새가 신령스럽고 지혜로워 사람의 말을 잘하는 것을 점친 것일세. 그대의 문장이 앞으로 날로 진보함이 있을 것이네. 신호열·김명호, 57면

③ 쯧쯧! 이 일이 있고서 이제 18년이다. 나의 도道는 날로 졸렬해지고 문文은 더 나아지지 못했으며, 어리석은 마음과 망상은 꿈을 꾸지 않아도 또한 깨닫게 된다. 지금 이 『초록빛 앵무새의 모든 것』을 보니 앵무새의 둥근 혀와 앞뒤가 나뉜 발가락은 완연히 꿈에서 본 것과 같고, 성품이 신령스러워 사람의 말을 묘하게 잘 알아듣고, 지혜로워 구슬을 굴리듯 말을 또르르 하니 참으로 신선이요 부처라 할 만하다. 박수의 해몽은 앵무새의 이런 점을 말한 것이었으리라.

嗟呼![1] 至今十八年矣, 道日益拙, 而文不加進, 其癡[2]心妄想, 不夢亦覺[3]矣. 今見此經, 圓[4]舌叉[5]趾, 宛如夢見, 而性靈[6]悟妙,[7] 慧語珠轉, 儘[8]乎其仙[9]而佛者也. 博士之徵, 其在是乎.[10]

역문풀이

도道: 여기서는 사유 혹은 사상을 뜻한다.

앞뒤가 나뉜 발가락: 앵무새의 발가락은 앞쪽으로 둘, 뒤쪽으로 둘이 갈라져 나 있다.

원문풀이

不夢亦覺矣: 이 구절은 종전에 대체로 '꿈을 꾸지 않을 때도 꿈을 꿀 때와 똑같다'라고 번역
되었으며, 창강滄江 김택영金澤榮은 자신이 편집한 『연암집』에서 '不夢亦覺矣'를 '不夢
亦夢矣'로 바꾸어 놓고 있다. 하지만 종래의 번역 및 창강이 글자를 바꾼 것은 모두 연
암의 본의를 제대로 이해하지 못해서다. 연암이 이 구절을 통해 말하고자 한 바는, 젊은
시절에는 꿈을 통해 자신의 어리석은 마음과 망상(그 구체적 내용이 단락 ②에 담겨 있음)을
잘 볼 수 있었다면, 중년이 된 지금은 그런 꿈 같은 것을 통하지 않고서도 자신의 어리
석음과 미망을 알 수 있게 되었다는 사실이다. 이 점에서 이 구절은 자신의 내면으로 향
하는 울림이 가득하며 바로 앞 다섯 구절과 연결될 뿐만 아니라 앞의 단락 ②와도 연결
되면서 미묘함과 의미심장함을 담고 있는 구절이라 하지 않을 수 없다. 요컨대 이 구절
은 자아와 생에 대한 연암의 반성적 응시를 담고 있다는 점에서 주목을 요한다.

叉: 갈래진 것을 말한다.

悟: 단락 ①의 '悟'와 대응된다.

慧: 단락 ①의 '慧'와 대응된다.

儘: '참으로'라는 뜻.

번역의 동이

3-1   쯧쯧 이 일이~말한 것이었으리라

---

1) **呼** 『종북소선』, 『시가점등』, 계서본, 창강초편본, 창강중편본, 승계본, 영남대본, 용재문고본, 망창창재본 갑에는 "乎"
로 되어 있다.
2) **癡** 『종북소선』, 『시가점등』, 창강초편본, 창강중편본, 망창창재본 갑에는 "痴"로 되어 있다.
3) **覺** 창강초편본과 창강중편본에는 "夢"으로 되어 있다. 승계본에는 "覺當作夢"('覺'은 '夢'으로 바꾸어야 한다)이라는
첨지가 붙어 있다.
4) **圜** 『종북소선』과 『시가점등』에는 "丸"으로 되어 있고, 용재문고본에는 "圖"로 되어 있다.
5) **叉** 용재문고본에는 "又"로 되어 있으나 오기이다.
6) **霽** 『종북소선』, 『시가점등』, 창강초편본, 망창창재본 갑에는 "霝"으로 되어 있다.
7) **悟妙** 『시가점등』에는 "妙悟"로 되어 있고, 한씨문고본에는 "悟妙"로 되어 있으며, 용재문고본에는 "悟玅"로 되어
있다.
8) **儘** 창강중편본에는 "信"으로 되어 있다.
9) **仙** 용재문고본에는 "氙"으로 되어 있다.
10) **眞仙而佛者也~其在是乎** 창강중편본에는 묵점이 찍혀 있다.

- 아하! 그런 지 이제 一八년에 생활의 묘리는 날마다 졸렬해 들어 가고 글짓는 재주도 더 늘지는 못했다. 그 어리석은 마음과 허망한 생각은 오직 꿈만이 아니요, 생시도 또한 마찬가지다. 이제 이 경(經)을 본즉 둥근 헛바닥과 짜개진 발가락이 꿈에 보던 것과 흡사하며 그 성질이 신령스럽고 슬기로워서 말소리가 구슬 굴듯 한다니 과연 신선답고 부처다운 물건이다. 점치는 선생의 해몽이 바로 이걸 맞힌 것이구나! 홍기문, 199면

- 아아! 지금 18년이건만 도(道)는 날로 더욱 무디어지고 글은 더 진보하지 못했으나, 그 미련한 마음과 망령된 생각이 꿈 아니면 또한 깨칠 것이다. 지금 이 앵무경을 보니 원활한 혀와 갈라진 발꿈치가 완연히 꿈에 본 것과 같은데, 성품이 신통하고 깨침이 현묘(玄妙)하여 슬기로운 말이 구슬처럼 구른다. 참으로 그 신선이며 부처인데, 박사가 중험한 것도 그 여기에 있었던가. 이익성, 144면

- 아아! 그로부터 오늘에 이르기까지 18년이 지났건만 도(道)는 하루하루 더욱 서툴러지고 글은 더 진보하지 못했다. 그 미련한 마음과 망령된 생각은 꿈을 꿀 때뿐 아니라 깨어 있을 때도 마찬가지이다. 지금 이 『녹앵무경』이란 책을 보니 둥근 혀와 갈라진 발가락이 완연히 꿈에 본 앵무새와 같고, 그 성질이 신령스럽고 깨우침이 오묘하여 슬기로운 말을 구슬을 굴리듯 하니, 과연 신선의 신령함과 부처의 지혜로움을 다했도다. 박수무당의 해몽이 바로 여기에 있었던 것인가? 김혈조, 31면

- 아! 그 일이 있은 후로 지금 18년이 지났는데 나의 도덕은 날이 갈수록 졸렬해지고 문장은 조금도 진보되지 못했으며, 어리석은 마음과 망상은 꿈을 꾸지 않을 때도 꿈을 꿀 때와 마찬가지이다. 지금 이 『녹앵무경』을 보니 앵무새의 둥근 혀와 갈라진 발가락이 완연히 꿈에서 본 것과 같으며, 신령한 본성으로 신묘하게 알아듣고 지혜로운 말이 구슬 구르듯 하여, 신선의 신령함과 부처의 지혜로움을 다했다 할 것이다. 박수무당의 해몽은 아마도 이 점을 두고 한 말이리라. 신호열·김명호, 57면

綠鸚鵡經序

1 洛書得綠鸚鵡, 欲慧不慧, 將悟未悟. 臨籠泣涕曰: "爾之不言, 烏雅何異? 爾言不曉, 我則夷矣." 忽發慧悟, 乃作『綠鸚鵡經』, 請序于余.

2 余嘗夢白鸚鵡, 乃徵博士, 訴夢占之曰: "我平生夢, 夢食不飽, 夢飲不醉, 夢臭不穢, 夢香不馨, 夢力不强, 夢呼不祥. 或飛龍在天, 或鳳皇麒麟, 鬼物鬼畳, 駈駈馳逐. 四目神將, 小目小耳, 大口大鼻. 或大海泫泫, 火焚靑山, 或日月星辰, 繞身圍體, 或雷霆霹靂, 驚怖懼汗, 或昇澤天, 御彼光雲, 或飛騰九層樓臺, 窈窕丹靑, 牎戶琉璃, 美女婦人, 目笑眉成, 玅肉淸揚, 義舌合奏. 或身輕蟬翼, 粘彼樹葉, 或与蚓鬪, 或助蛙笑, 或穿墻壁, 即有曠室, 或爲上客, 旋旋麾旌, 軺車百輪, 即何妄想, 顚倒如是." 博士大言: "遍身寒慄, 恐思罪過, 爾善思念. 使汝鍊丹, 吸氣服眞而不飮食, 漸猷室家而不棟宇, 處彼巖广, 離妻去子, 別其友朋, 一朝身輕, 肩披橡葉, 腰褌虒皮, 朝遊滄海, 夕遊崐崙, 明日明夕, 而暫還歸, 或已千歲, 或爲八百, 如彼長生, 即名爲仙, 則復如何?" 我乃答言: "是一妄想. 千歲八百, 遊朝遊暮, 何其短也? 我則長生, 誰復見我, 有誰友朋, 認吾是我? 萬一或幸, 屋室不壞, 鄉里如舊, 子孫蕃衍, 八世九世, 至或十世, 我歸我家, 乍喜入門, 而復悵焂. 久坐細耷, 暗謂家人, 園後梨樹, 廚下鼎錡, 眞珠寶璫, 何在何无, 徵信有漸, 子孫大怒, 彼何妄翁, 彼何狂叟, 彼何醉夫而來辱我, 大杖歐我, 小杖逐我, 我則奈何? 無書證我, 訟官奈何? 譬則我夢, 我夢我夢, 人不我夢, 執信我夢? 博士大言: "遍身寒慄, 恐罪思過." 發大慈悲, 歎言: "爾言, 其寔大焂. 汝則知之, 子孫妻妾, 暫別離捨, 則不認識, 汝則何戀? 西方有國, 世界大樂. 汝則苦行, 修身大刻, 徃生彼國, 度脫三灾, 以免刦燒, 是名爲佛, 即復如何?" 我乃答言: "此一妄想. 旣云苦行, 此生不樂, 旣云徃生, 此死可知. 茶毗揚灰, 何免刦燒? 棄今可樂, 就此刻苦, 俟彼他世, 杳杳冥冥, 孰知極樂? 若知他世, 世界極樂, 緣何此世, 不識前生?" 或曰: "非謂其眞仙而且佛也. 仙靈而佛慧, 鸚鵡有其性, 則是博士占其靈慧而能言也. 子之文章, 其將日有進乎!"

3 嗟乎! 至今十八年矣, 道日益拙, 而文不加進, 其痴心妄想, 不夢亦覺矣. 今見此經, 丸舌叉趾, 宛如夢見, 而性靈悟妙, 慧語珠轉, 儘乎其仙而佛者也. 博士之徵, 其在是乎.

⁂ 「앵무변증설」

『오주연문장전산고』五洲衍文長箋散稿의 만물편萬物篇 조수류鳥獸類 「앵무변증설」鸚鵡辨證說 본문에 다음과 같은 말이 보인다.

- 앵무鸚鵡의 '무'鵡 자는 '무'䳇 자로도 쓴다. 『예기』禮記에서 "앵무새는 말을 할 줄 알지만 새의 범주를 벗어나지 않는다"라고 했는데, 말을 할 줄 아는 새는 앵무새만이 아니다. 『금경』禽經이나 다른 책을 보면 구욕鸜鵒새, 진길료秦吉了, 산구山鳩가 모두 말을 할 줄 안다고 씌어 있다. 그런데 이들이 우리나라에 오면 말을 하지 않고 입을 꿰맨 쇠 인형처럼 잠자코 있어 까막까치와 다를 바가 없으니 무슨 변증辨證할 게 있겠는가? 다만 그 이름만 들어 상고할 수 있는 것을 변증하고자 한다.

    鸚鵡一作鸚䳇. 『禮』稱: "鸚鵡能言, 不離飛鳥." 鳥之能言者, 非獨鸚鵡, 有鸜鵒, 有秦吉了, 有山鳩, 並稱能言, 載於『禽經』及其他諸書. 然出我東者無語, 便作金人三緘, 與烏鵲無別, 何辨之有? 只取其名而略證可據者耳.

역문풀이

앵무새는 말을~벗어나지 않는다: 『예기』「곡례」에 나오는 말.

『금경』禽經: 춘추시대春秋時代 진晉나라의 사광師曠이 지었다는, 새에 관한 책. 사광에 가탁한 후인의 위서僞書다.

구욕鸜鵒새: 때까치 비슷한 새로, 까치가 비운 집에 들어가 산다고 한다.

진길료秦吉了: 구관조九官鳥. 보랏빛 광택이 도는 검은 새로, 다른 새의 울음소리나 사람의 말을 잘 흉내 낸다.

산구山鳩: 멧비둘기라고도 하는 잿빛의 새.

입을 꿰맨 쇠 인형: 말을 잘 하지 않는 존재를 비유하는 말. 『공자가어』孔子家語「관주」觀周에 의하면 후직后稷의 사당 앞에 입을 세 군데 꿰맨 쇠 인형이 있었고, 그 등에는 '옛날에 말을 삼간 사람이다'라는 글이 새겨져 있었다고 한다.

「앵무변증설」에는 이 아래에 다음과 같은 안설按說(저자인 이규경의 설명)이 붙어 있다.

- 상고하건대 앵무새는 그 종류가 매우 많다. 다섯 가지 색이 있으며, 크기가 큰 것은 까

치나 비둘기만 하다. 중국에서는 서남 지역의 농隴과 촉蜀에 서식하는 것이 유명하고, 중국 바깥으로는 임읍林邑과 안남安南 등 여러 나라의 것이 가장 유명하다. 『철위산총담』鐵圍山叢談에 의하면, 앵무새는 흰색을 띤 것, 홍색을 띤 것, 오색을 띤 것이 가장 보기 드물고, 초록빛 앵무새는 그 부리가 붉은가 검은가에 따라 암수를 구별한다. 우리나라의 『불리비조편』不離飛鳥編이라는 책에 의하면 영조 46년인 경인년庚寅年(1770)에 초록빛 앵무새를 북경에서 들여왔다. 녹천관綠天館이 시를 짓기를, "초록빛 앵무새의 부리는 두 가지 색인데 / 아래쪽은 검은색 위쪽은 붉은색"이라 했는데, 참 기이하다 하겠다. 녹천관은 「초록빛 앵무새」(綠鸚鵡) 연작시의 다섯 번째 시에서 그 형상을 빠짐없이 묘사했다.

> 按其種甚多. 有五色, 其大如鵲、如鴿. 中國則出於西南方隴、蜀有聞, 外國則林邑、安南諸國最名. 『鐵圍山叢談』: "鸚武, 白者、紅者、五色者, 最不易見, 綠鸚武, 以喙紅黑爲雌雄." 我東『不離飛鳥編』: "英廟庚寅, 綠鸚武自燕來." 綠天館有詩: "其鸚嘴兼二色, 下嘴如墨上嘴紅", 可異. 綠天館「綠鸚」第五詩, 備盡其名狀.

역문풀이

농隴과 촉蜀: '농'은 중국 섬서성陝西省 일대, '촉'은 사천성四川省 일대.

임읍林邑과 안남安南: '임읍'은 점성占城을 말한다. 현재 베트남의 중남부 지역에 해당한다. '안남'은 현재 베트남의 북부 지역에 해당한다.

『철위산총담』鐵圍山叢談에 의하면~암수를 구별한다: 왕세정王世貞의 『엄주사부속고』弇州四部續稿 권1에 비슷한 구절이 있다. 『철위산총담』은 송나라의 문신 채조蔡條(?~1126)가 쓴 잡기류雜記類의 책이다.

「초록빛 앵무새」(綠鸚鵡) 연작시의 다섯 번째 시: 현재 전하는 이서구의 『강산초집』薑山初集에 수록된 「초록빛 앵무새」 연작시는 총 4수인데, 그 중 첫 번째 시에 해당한다.

원문풀이

『鐵圍山叢談』~以喙紅黑爲雌雄: 왕세정의 『엄주사부속고』 권1에는 다음과 같이 되어 있다:

> "鸚武, 純綠色, 以其喙紅黑爲雄雌, 見『鐵圍山叢談』, 而白者、紅者、五色者, 最不易得."

이규경의 안설 속에는 다음과 같은 말도 보인다.

- 『불리비조편』의 평어評語에 "앵무새는 가슴을 만져주면 좋아하지만 등을 만지면 싫어한

다"[1]라는 말이 보인다.

『不離飛鳥編』批評曰: "鳥性喜摩臆而惡摩背."

「앵무변증설」 중 '진길료'秦吉了에 대한 안설에 다음과 같은 말이 보인다.

- 우리 할아버지 형암공炯庵公(이덕무)께서는 『불리비조편』에 이런 평評을 붙였다: "진길료는 앵무새, 혹은 흰 앵무새와 비슷하다."

我王考炯庵公評 『不離飛鳥編』曰: "秦吉了, 似鸚或白鸚也."

「앵무변증설」 중 '팔가'八哥(구욕새)에 대한 안설에 다음과 같은 말이 보인다.

- 우리 할아버지 형암공炯庵公께서는 『불리비조편』에 이런 평을 붙였다: "앵무새는 사람의 말을 할 줄 아는 새다. 그러므로 '앵'鸚 자에 '어릴 영嬰' 자를 쓴 것은 어린 앵무새를 말하고, '무'鵡 자에 '어미 모母' 자를 쓴 것은 늙은 앵무새를 말한다."

또 이런 평을 달았다: "앵무새는 앵두를 머금고 있는 것을 좋아한다. 그래서 앵두나무에 유의하여 '영'嬰 자를 써서 음과 뜻을 겸한 것이다. '무'鵡 자는 '무'武로도 쓰는데, 그 걸음걸이를 귀히 여겼으니, 새의 걸음걸이와는 다르다."

영재泠齋 유득공柳得恭은 이런 평을 붙였다: "앵무새는 사람의 말을 할 줄 아는 새로, 영리하고 슬기로운 것이 여자에 더욱 가깝다. 그러므로 그 글자 속에 '어릴 영嬰' 자가 들어 있는데, '영'은 계집애를 이른다. 또 그 글자 속에 '어미 모母' 자가 들어 있는데, '모'는 늙은 부인을 이른다. 어린 앵무새든 늙은 앵무새든 모두 여자와 비슷함을 말한 것이다."

형암공은 또 다음과 같은 비批를 달았다: "부처는 앵무를 '견숙가'甄叔迦라 하고, 진조국震朝國에선 '진길료'秦吉了라 부른다고 했는데, 모두 사람의 성명姓名 같으니 매우 기이하다."

我王考炯庵公評 『不離飛鳥編』: "鸚鵡[2]人語鳥也. 故鸚傅以嬰, 言其穉也; 鵡傅以母, 言其老也." 又曰: "鸚善含櫻桃, 故省木而以嬰意兼聲也. 嬰或以武, 貴其武, 異鳥武也." 柳泠齋

---

1) 이 비평은 누가 한 것인지 알 수 없다.
2) 鵡 원문에는 "鴨"으로 되어 있으나 오기이다.

<u>得恭</u>評曰:"鸚鵡者人語鳥而巧惠尤近女子者也. 故以嬰, 嬰者孩女之稱也; 以母, 母者老婦之稱也. 言老少皆似女子." <u>炯庵公</u>又批曰:"佛語嬰武甄叔迦, <u>震朝國</u>呼秦吉了, 皆人姓而名, 亦甚奇."

역문풀이

견숙가甄叔迦: 불교 설화에 등장하는 보석으로, 견숙가 나무에서 열리는 붉은색의 화려한 보석이라고 한다. 뿔처럼 솟은 앵무새의 털처럼 붉다 하여 앵무보鸚鵡寶라고도 한다. 한편 불교에서 앵무새를 달리 이르는 말로도 쓴다.

진조국震朝國: 인도에서 중국을 이르는 말.

✿『종북소선』의 평

〖 미비 〗

· 꿈을 그림으로 그릴 수 있겠는가? 그 컴컴함을 그리려 하면 하나의 혼돈보渾沌譜가 되고, 그 텅 비어 있음을 그리려 하면 하나의 무극도無極圖가 되고 말 것이다. 부득불 잠든 사람 하나를 그릴 수밖에 없어 시험 삼아 작은 붓으로 정수리 위에 한 가닥 빛 기운을 그려 넣었는데, 시작 부분은 가늘고 끝 부분은 둥글어서 마치 날리는 비단 같기도 하고, 하늘하늘한 연기 같기도 하고, 둘둘 말린 뿔 같기도 하고, 늘어진 젖 같기도 해, 하늘하늘, 살랑살랑, 반짝반짝, 어둑어둑하였다. 그러고 나서 신령스러운 분홍빛과 기이한 초록빛과 슬기로운 흰빛과 묘한 먹빛으로 꿈속의 잠든 사람을 빛 기운 속에 그려 넣었는데, 슬픔과 기쁨, 영예와 치욕 등 일체의 것을 그에 맞게 그렸다.

석가모니가 가부좌를 틀고 앉았는데 미간眉間에서 빛이 뿜어져 나와 그 속에 작은 석가모니가 있어 마치 꽃받침같이 마치 과일 씨앗같이 고요히 빛 기운 가운데 앉아 있고, 절뚝거리는 철괴鐵拐의 손가락 끝에서 기氣가 나오는데, 그 속에 작은 철괴가 있어 마치 파리 날개 같고 개미허리 같은데 빛 가운데 서 있거늘, 비로소 부처니 신선이니 하는 게 뭔지 알겠다. 그림 속의 꿈 역시 똑같이 하나의 환상이다. 세계는 텅 빈 것인데, 빛 기운으로 가득 차 있다.

지하에 또 하나의 세계가 있다면 지상에 가부좌하고 앉아 있는 이가 지하의 석가모니가 아닌 줄 어찌 알 것이며, 절름발이가 지하의 철괴가 아닌 줄을 어찌 알겠는가? 또 그 슬픔, 기쁨, 영예, 치욕 등 일체의 것이 지하에서 잠자는 사람의 것이 아닌 줄 어찌 알겠는가? 하늘에 또 하나의 세계가 있다면 그곳 중생들도 지상의 사람들이 부처요 신선이라고 부르는 존재의 정수리와 미간과 손가락 끝에서 나오는 빛 기운 속의 어른거리는 형상이 아닌 줄을 어찌 알겠는가? 그래서 나는 빛 기운 바깥으로 나가 그 끝을 찾아서는, 거기에 반드시 있을 구멍에다 큰 유리를 대고 그 속을 몰래 훔쳐보고 싶다.[1]

夫夢可画乎![2] 欲其暗, 卽一渾[3]沌譜, 欲其空, 卽一無極圖. 不得不画一睡人, 試以輕筆, 添一縷炋[4]氣於頂門上, 本纖末圓, 如颺帛、如裊烟、如卷角、如垂乳, 綑綑、蕩蕩、炯炯、幽幽. 於是以靐[5]紅、幻綠、慧粉、悟墨, 画所睡人於炋[6]氣[7]中, 悲歡[8]榮辱一切云爲, 各肖其事. 牟尼趺[9]而眉閒吐炋,[10] 有小牟尼, 如花跗如果核, 凝然坐于炋[11]中; 鋧拐跛[12]而指端嘘[13]氣, 有小鋧拐, 如蠅翼如螘[14]腰, 頹然立于氣中, 始知夫佛也仚[15]也. 画之夢也, 同[16]一幻也, 世界虗[17]空, 炋[18]氣彌滿. 地下如有一世界, 地上之趺[19]者, 安知非地下之牟尼乎? 跛者,[20] 安知非地下之鋧拐乎? 悲歡榮辱一切云爲者, 安知非地下之睡人乎? 天上亦[21]有一世界, 其爲衆生, 安知非地上之人之佛之仚[22]之頂門之眉閒之[23]指端之炋[24]氣之所現映[25]乎? 於是吾欲超脫于[26]炋[27]氣之外, 尋其端焉,[28] 必有[29]竅焉, 傅以大玻璨,[30] 闖然[31]窺之也.

---

1) 이 평은 『시가점등』에도 있다.
2) **夫夢可画乎** 『시가점등』에는 이 앞에 "評曰"이 더 있다.
3) 渾 『시가점등』에는 "混"으로 되어 있다.
4) 炋 『시가점등』에는 "光"으로 되어 있다.
5) 靐 『시가점등』에는 "靈"으로 되어 있다.
6) 炋 『시가점등』에는 "光"으로 되어 있다.
7) 氣 『시가점등』에는 이 뒤에 "之"가 더 있다.
8) 歡 『시가점등』에는 "懽"으로 되어 있다.
9) 趺 『시가점등』에는 이 뒤에 "坐"가 더 있다.
10) 炋 『시가점등』에는 "光"으로 되어 있다.
11) 炋 『시가점등』에는 "光"으로 되어 있다.
12) 跛 『시가점등』에는 이 뒤에 "足"이 더 있다.
13) 嘘 『시가점등』에는 "噓"로 되어 있다.
14) 螘 『시가점등』에는 "蟻"로 되어 있다.
15) 仚 『시가점등』에는 "仙"으로 되어 있다.
16) 同 『시가점등』에는 "仝"으로 되어 있다.
17) 虗 『시가점등』에는 "虛"로 되어 있다.
18) 炋 『시가점등』에는 "光"으로 되어 있다.
19) 趺 『시가점등』에는 이 뒤에 "坐"가 더 있다.
20) **跛者** 『시가점등』에는 "地上之跛行者"로 되어 있다.
21) 亦 『시가점등』에는 "若"으로 되어 있다.
22) 仚 『시가점등』에는 "仙"으로 되어 있다.
23) **眉閒之** 『시가점등』에는 없다.
24) 炋 『시가점등』에는 "光"으로 되어 있다.
25) 映 『시가점등』에는 이 뒤에 "者"가 더 있다.
26) 于 『시가점등』에는 "乎"로 되어 있다.
27) 炋 『시가점등』에는 "光"으로 되어 있다.
28) **端焉** 『시가점등』에는 없다.
29) **必有** 『시가점등』에는 없다.
30) **傅以大玻璨** 『시가점등』에는 "傅之以一片大玻璃"로 되어 있다.
31) **然** 『시가점등』에는 이 뒤에 "而"가 더 있다.

혼돈보混沌譜: '혼돈 그림'이라는 뜻. '혼돈'은 천지 만물이 형성되기 직전의 어둑어둑하여
　　분별이 되지 않는 상태를 이르는 말.

무극도無極圖: '무극無極을 표현한 도상'이라는 뜻. '무극'은 우주만물의 시원을 이르는 말로,
　　형용도 없고 시작과 끝도 없다.

철괴鐵拐: 중국 전설상의 여덟 신선 가운데 하나인 이철괴李鐵拐를 말한다. 이철괴는 산발한
　　머리와 때가 낀 얼굴로 다리를 절뚝이며 쇠로 만든 지팡이를 짚고 다녔다고 한다. 연암
　　의 「광문자전」廣文者傳에 거지 광문廣文이 '철괴무'鐵拐舞를 잘 추었다는 내용이 보인다.

夫夢可畫乎: 이덕무의 「심계자心溪子의 긴 편지 말미에 쓰다」(書心溪子長牘尾: 『청장관전서』 권4
　　수록)라는 글에 "況夢可畵乎哉"라는 구절이 보인다.

一睡人~如颺帛如裊烟如卷角如垂乳: 『열하일기』 권14에 수록된 「환희기」幻戲記에 "有一睡
　　人, 側臥牀上, 傍無一物, 以手撐耳, 頂門出氣, 裊裊如煙, 本纖末圓, 形如垂乳"라는 구절
　　이 보인다.

凝然: 고요히 명상에 잠겨 있는 모습.

頹然: 방종하여 거리낌 없는 모습.

▐ 권점과 방비 ▌

- ①의 "爾之不言, 烏雅何異? 爾言不曉, 我則夷矣"에 청점이 찍혀 있다.
- ②의 "我平生夢, 夢食不飽~夢力不强, 夢呼不聲"에 "나비꿈 이야기, 파초잎으로 덮어 숨
  겨 둔 사슴 이야기, 괴안국槐安國에 다녀온 이야기, 메조밥 지을 동안의 꿈 이야기가 신기하
  고 환상적이지 않은 건 아니지만, 이 글이 나온 뒤로는 모두 싱거운 게 되고 말았군"(胡蝶、蕉
  鹿、槐安、黃粱等語, 非不譎幻, 而此文出後擧皆如喫木札)이라는 방비가 붙어 있다.
- ②의 "我平生夢, 夢食不飽~旂旋麾簾, 輜車百輪"에 청권이 쳐져 있다.
- ②의 "肩披橡葉, 腰褌屃皮"에 청점이 찍혀 있다.
- ②의 "明日明夕, 而蹔還歸"에 "정말 오늘 하는 말을 듣는 것 같아"(丁寧如聞今日語)라는
  방비가 붙어 있다.
- ②의 "我歸我家"에 청점이 찍혀 있다.
- ②의 "乍喜入門, 而復悵然~何在何无, 徵信有漸"에 청권이 쳐져 있고, 이 구절 가운데

"久坐細聲, 暗謂家人"에 "자고신紫姑神이 내려온 것 같았을 테지"(如降紫姑神)라는 방비가 붙어 있다.

- ②의 "子孫妻妾, 暫別離捨, 則不認識, 汝則何戀"에 청점이 찍혀 있다.
- ②의 "旣云苦行, 此生不樂, 旣云往生, 此死可知"에 청점이 찍혀 있고, "억지로 한 말이 아니라 참으로 정곡을 찌른 말일세"(非勒語, 眞正打破)라는 방비가 붙어 있다.
- ②의 "茶毗揚灰, 何免到燒~緣何此世, 不識前生"에 청권이 쳐져 있다.
- ②의 "或曰~則是博士占其靈慧而能言也"에 청점이 찍혀 있다.
- ③의 "至今十八年矣"에 "낙서洛書의 나이와 조응되는구먼"(應洛書之季)이라는 방비가 붙어 있다.
- ③의 "博士之徵, 其在是乎"에 청점이 찍혀 있다.

역문풀이

나비꿈 이야기: 『장자』「제물론」齊物論에 보이는 내용으로, 장자莊子가 나비가 되어 날아다니는 꿈을 꾸고 깨어나 자신이 꿈에 나비가 된 것인지 나비가 꿈에 자신이 된 것인지 분간하지 못하겠다고 말한 일을 가리킨다.

파초잎으로 덮어 숨겨 둔 사슴 이야기: 『열자』列子「주목왕」周穆王에 보이는 다음 내용을 가리킨다: 정鄭나라의 어떤 사람이 나무를 하러 갔다가 사슴을 잡았다. 그는 남이 그것을 못 보게 파초잎으로 덮어 숨겨 두었다. 그러나 곧 숨긴 자리를 잊어버리고는 사슴을 숨긴 일이 꿈이라고 생각하여 길을 가며 그 사실을 중얼거리며 말했다. 그러자 곁에 있던 사람이 그 말을 듣고는 사슴을 찾아 훔쳐갔다.

괴안국槐安國에 다녀온 이야기: 『이문록』異聞錄 등에 보이는 다음 내용을 가리킨다: 당唐나라 순우분淳于棼이 홰나무 아래에서 잠이 들었다. 그는 꿈에 괴안국에 가서 부마가 되고 높은 벼슬을 하사받는 등 부귀영화를 누렸다. 꿈에서 깨어 보니 홰나무 아래에 큰 개미집이 있었다.

메조밥 지을 동안의 꿈 이야기: 심기제沈旣濟의 전기소설傳奇小說「침중기」枕中記에 보이는 내용으로, 당唐나라의 도사道士 여옹呂翁이 곤궁한 신세를 탄식하는 노생盧生을 위해 메조밥을 짓는 짧은 시간 동안 부귀영화를 누리는 꿈을 꾸게 해 주었던 일을 가리킨다.

자고신紫姑神: '측간厠間 신'을 말한다. 자녀紫女라는 여인이 어떤 이의 첩이 되었는데 정실의 질투로 늘 측간 청소를 하다가 분하여 죽고 말았다. 이에 후대에 자녀紫女를 측신厠神이라 부르게 되었고, 그가 죽은 날에 측간에 제사를 지내고 점을 치는 풍습이 생겼다.

원문풀이

靈幻: 靈幻. 이 비평 용어는 『연암집』 권2에 수록된 「주공塵公의 사리탑 명銘」(塵公塔銘)에 대
한 『시가점등』의 수비首批에도 보인다.

喫木札: 무미無味, 곧 맛이 없다는 뜻.

『 말비 』

• 심계心溪는 이 글을 읽고서 "이 글은 흘러간 구름과 떠나간 용처럼 아무 종적蹤迹이 없
다"라고 했는데, 나는 무릎을 치며 제대로 봤다고 여겼다.

  心溪讀此文以爲: "歸雲逝龍, 了無踪跡", 余擊節以爲知言.[32]

역문풀이

심계心溪: 이광석李光錫의 호. 이광석은 이덕무의 족질族姪로, 자字는 여범汝範 또는 복초復初
이다. 젊어서부터 이덕무와 교유하여 교분이 깊었으며 박제가, 유득공 등 연암 주변의
인물과도 어울렸다. 이덕무의 문집 『청장관전서』에는 이덕무가 이광석에게 보낸 편지가
여러 편 실려 있으며, 이광석의 시에 화답한 시라든가 이광석의 시에 대한 평評 등 이광
석과 관련된 글이 여럿 보인다.

원문풀이

擊節: 무릎을 친다는 뜻.

知言: 남의 말이나 글의 시비是非 혹은 정사正邪를 파악하여 이해함.

---

32) **心溪讀此文~余擊節以爲知言** 『시가점등』에는 "又評曰 '如歸雲, 如逝龍, 无踪迹"(또 평하기를 "흘러간 구름처럼,
떠나간 용처럼 종적이 없다")으로 되어 있다.

🏵 김택영의 수비

- 기이하고 환상적이다.[33]

  奇幻.

- 『초록빛 앵무새의 모든 것』은 이상국李相國 서구書九가 엮은 책이다.[34]

  本經李相國書九所作.

- 이 글은 도가道家와 불가佛家의 문체를 섞어 써서 몹시 기괴하고 정도正道를 따르고 있지 않지만, 대문장가에게는 쓰지 못할 것이란 없고, 대문호에게는 없는 것이 없다는 점을 알 수 있다.[35]

  此篇雜用道﹑釋家文體, 雖奇奇怪怪, 不由正軌, 而亦可知大筆之無所不可﹑大家之無所不有.

원문풀이

相國: 재상宰相을 지칭하는 말. 이서구는 우의정을 지낸 바 있다.

---

33) 이 평은 창강초편본에 있다.
34) 이 평은 창강중편본과 승계본에 있다.
35) 이 평은 창강중편본과 승계본에 있다.

『초록빛 앵무새의 모든 것』 서문

낙서洛瑞가 초록빛 앵무새를 얻었는데 말을 할 듯하면서도 말을 하지 않고, 말을 알아들을 듯하면서도 말을 알아듣지 못하였다. 그래서 낙서가 새장 곁에서 울며 말했다.

"니가 말을 못하면 까마귀와 뭐가 다르겠니? 니 말을 알아듣지 못하는 건 내가 조선 사람이어서겠지?"

그러자 갑자기 앵무새가 말을 알아듣고 말을 하게 되었다. 이에 낙서가 『초록빛 앵무새의 모든 것』이라는 책을 엮고 나에게 서문을 청하였다.

나는 언젠가 흰 앵무새 꿈을 꾼 적이 있다. 나는 박수를 불러다가 내가 이런 꿈을 꾸었다는 말을 하면서 해몽을 해 보라고 하며 이런 말을 했다.

"나는 말일세, 평소에 꿈을 꾸는데, 꿈에서는 먹어도 배부르지 않고, 꿈에서는 마셔도 취하지 않으며, 꿈에서는 나쁜 냄새를 맡아도 더럽지 않고, 꿈에서는 향기를 맡아도 향긋하지 않으며, 꿈에서는 힘을 주어도 힘이 들어가지 않고, 꿈에서는 소리를 쳐도 소리가 안 나더구먼. 어떤 땐 용龍이 하늘을 날기도 하고, 어떤 땐 봉황, 기린, 귀신, 괴상한 동물 따위가 막 치달리면서 앞서거니 뒤서거니 하데. 눈이 넷인 신장神將이 보이기도 하는데 입이 등에 붙어 있고, 이빨로는 칼을 물고 있으며, 손에도 눈이 있고, 눈과 귀는 쬐그맣고 입과 코는 큼직하더구먼. 어떤 땐 넓은 바다에 거센 물결이 일기도 하고, 푸른 산이 불타기도 하고, 어떤 땐 해와 달과 별이 내 몸을 에워싸기도 하고, 어떤 땐 천둥번개가 무섭고 두려워 땀을 삘삘 흘리기도 하고, 어떤 땐 맑은 하늘로 올라가 빛나는 구름 위에 타기도 하고, 어떤 땐 아홉 층 누대樓臺에 날아오르는데, 그곳은 아름다운 단청으로 채색되어 있고 유리로 된 창이 있으며, 아름다운 여인들이 눈웃음을 짓고, 간드러진 노랫소리가 맑게 울려 퍼지며, 피리와 젓대가 함께 연주되더구먼. 어떤 땐 몸이 매미 날개처럼 가벼워져 나뭇잎에 착 달라붙기도 하고, 어떤 땐 지렁이와 싸우기도 하고, 어떤 땐 개구리와 함께 울기도 하고, 어떤 땐 담장을 뚫고 들어가는데 그 안에 너른 집이 있기도 하고, 어떤 땐 귀빈이 되어 온갖 깃발이 펄럭펄럭 나부끼는 속에 커다란 파초선芭蕉扇을 받친 경쾌한 수레 백 대의 행렬 속에 있기도 하다네. 무슨 망상妄想이 이렇게 터무니없나?"

박수가 큰소리로 말했다.

"온몸에 소름이 돋는다. 죄과罪過가 두렵다. 너는 잘 생각해 봐라. 네가 만약 단丹을 수련하면 숨을 쉴 때 진기眞氣를 들이마셔 음식을 먹지 않아도 될 것이요, 가족이 점점 싫어져 집도 필요 없게 될 것이다. 그러니 바위굴에 살면서 처자妻子도 버리고 벗들과도 이별한 채 하루아침에 몸이 가벼워져 어깨에 상수리나무 잎을 걸치고 허리에 호랑이 가죽을 두르고서는 아침이면 창해滄海에 노닐고 저녁이면 곤륜산崑崙山에서 노닐다가 그 이튿날 낮이나 밤에 잠시 돌아오는데, 어떤 땐 천 년이 경과하고 어떤 땐 팔백 년이 경과한다. 이렇게 오래 살면 그 이름을 신선神仙이라 하는데, 이렇게 되면 어떻겠나?"

나는 얼른 마다하며 말했다.

"그것도 하나의 망상일세. 천 년과 팔백 년을 아침저녁으로 노니는 사이에 다 보내다니 어찌 그리 짧단 말인가? 내가 불로장생한들 누가 나를 다시 볼 것이며, 어떤 친구가 살아 있어 나를 알아보겠는가? 만일 운이 좋아 살던 집이 남아 있고, 마을도 옛날 그대로고, 자손이 번창하여 8대나 9대 심지어 10대까지 이르렀다 할지라도 내가 집에 돌아가면 문을 들어설 때 잠깐 기뻤다가 이내 슬퍼질 걸세. 망연히 앉았다가 작은 목소리로 집안사람에게 넌지시 뒷동산의 배나무와 부뚜막의 솥들과 집안의 패물 가운데 뭐는 남아 있고 뭐는 없어졌다고 말해 그 말이 점점 맞아들어가면, 자손들은 크게 화를 내며 웬 노망든 늙은이냐, 웬 미친 영감이냐, 웬 주정뱅이냐 하면서 다가와 나를 욕보이고 작대기로 나를 쫓아내고 몽둥이로 나를 몰아낼 테니 내가 뭘 할 수 있겠나? 나를 증명할 서류가 없으니 관아에 소송하면 뭐 하겠나? 비유컨대, 내 꿈과 같아서 나는 내 꿈을 꾸지만 남은 내 꿈을 꾸지 않으니 누가 내 꿈을 믿어주겠나?"

박수가 큰소리로 말했다.

"온몸에 소름이 돋는다. 죄과가 두렵다."

그러더니 큰 자비심을 발하여 탄식하며 말했다.

"실은 네 말이 딱 맞다. 너도 알다시피 자손과 처첩妻妾은 잠시만 떨어져 있어도 너를 알아보지 못할 테니 네가 뭣 땜에 연연하겠느냐? 서방西方에 어떤 나라가 있는데 그 세계는 큰 낙원이다. 네가 고행苦行을 하여 각고刻苦의 수양을 하면 그 나라에 극락왕생極樂往生해 삼재三災를 벗어나고, 지옥에 떨어져 뼈가 줄에 쓸리거나 몸이 불에 타는 형벌을 받지 않을 것이니 그 이름을 부처라 하는데, 이렇게 되면 어떻겠나?"

나는 얼른 마다하며 말했다.

"이것도 하나의 망상일세. '왕생'往生이라 했으니 이미 죽었다는 말 아닌가? 다비茶毗를 하여 재를 날려 보냈는데 어떻게 뼈가 줄에 쓸리거나 몸이 불에 타는 것을 면한다는 건가? 현재의 즐거움을 버리고 고행을 하면서 내세來世를 기다린다고 하지만 어둑어둑하고 캄캄한 그곳이 극락極樂인 줄 누가 알겠는가? 만약 내세가 있고 그 세계가 낙원임을 안다면 어째서 현세現世에서는 전생前生을 알지 못한단 말인가?"

이 이야기를 듣고 혹자는 이렇게 말했다.

"박수의 말은 신선과 부처를 이른 게 아닐세. 신선은 신령스럽고 부처는 지혜로운데, 앵무새는 바로 이 두 가지 덕성을 다 지녔으니, 이 때문에 박수는 자네의 꿈에 대해 '신령스럽고 지혜로워 말을 잘한다'는 풀이를 한 걸세. 그대의 문장은 앞으로 계속 발전하겠구먼."

쯧쯧! 이 일이 있고서 이제 18년이다. 나의 도道는 날로 졸렬해지고 문文은 더 나아지지 못했으며, 어리석은 마음과 망상은 꿈을 꾸지 않아도 또한 깨닫게 된다. 지금 이 『초록빛 앵무새의 모든 것』을 보니 앵무새의 둥근 혀와 앞뒤가 나뉜 발가락은 완연히 꿈에서 본 것과 같고, 성품이 신령스러워 사람의 말을 묘하게 잘 알아듣고, 지혜로워 구슬을 굴리듯 말을 또르르 하니 참으로 신선이요 부처라 할 만하다. 박수의 해몽은 앵무새의 이런 점을 말한 것이었으리라.

'염재'라는 집의 기문

念齋記*

[1]　　　송욱宋旭이 취해서 자다가 아침나절이 되어서야 잠이 깼다. 누운 채 들으니 소리개가 울고 까치가 깍깍거리고 수레 지나가는 소리와 말발굽 소리가 요란했으며 울타리 아래서는 절구 찧는 소리, 부엌에서는 설거지하는 소리가 들렸고 노인과 아이가 떠들고 웃는 소리, 계집종과 사내종이 음성을 높여 말하는 소리며 헛기침 소리가 들려왔다. 무릇 방문 밖의 일은 소리로 모두 분간이 되는데 유독 자신의 소리만 들리지 않았다. 송욱은 몽롱한 정신으로 이렇게 중얼거렸다.

"집안사람들이 모두 있는데 어째서 나만 없는 거지?"

그러고는 죽 살펴보니, 저고리는 옷걸이에 걸려 있고, 바지는 횃대에 있고, 갓은 벽에 걸려 있고, 허리띠는 횃대 끝에 매달려 있고, 책상 위엔 책이 있고, 가야금은 눕혀져 있고, 거문고는 세워져 있고, 거미줄은 들보에 처져 있고, 쉬파리는 들창에 붙어 있었다. 무릇 방안의 물건들은 모두 그대로 있는데 오직 자기 모습만은 보이지 않는 것이었다. 얼른 일어나 자던 곳을 살펴보니 남쪽으로 베개를 놓고 자리를 깔았는데 이불 속만 보일 뿐이었다. 이에 '아이구! 송욱이가 발광해 홀딱 벗고 나갔구나' 하는 생각이 들자 몹시 슬프고 불쌍하여 한편으로는 나무라고 한편으로는 웃다가 마침내 그 의관을 갖고 가서 입혀 주려고 온 거리를 두루 찾

본서에서 검토하는, 이 작품이 수록된 주요한 이본은 다음과 같다: 『종북소선』, 자연경실본, 계서본, 한씨문고본, 승계본, 영남대본, 용재문고본, 망창창재본 갑.

＊ 念齋記　　『종북소선』에는 "念哉堂記"로 되어 있다.

아다녔지만 송욱은 보이지 않았다.

宋旭醉宿, 朝日乃醒. 臥而聽之, 鳶嘶鵲吠, 車馬喧囂, 杵鳴籬[1]下, 滌器廚中, 老幼叫笑, 婢僕叱咳.[2] 凡戶外之事, 莫不辨之, 獨無[3]其聲. 乃語朦朧曰: "家人俱在, 我何獨無?"[4] 周目而視, 上衣在楎, 下衣在椸, 笠掛[5]其壁, 帶懸[6]椸頭, 書帙[7]在案, 琴[8] 橫瑟立, 蛛絲縈樑,[9] 蒼蠅附牖.[10] 凡室中之物, 莫不俱在, 獨不自見. 急起而立, 視其寢 處, 南枕而席, 衾見其裡.[11] 於是謂旭發狂, 裸體而去, 甚悲憐[12]之, 且罵[13]且笑.[14] 遂抱 其衣冠, 欲往衣之, 遍[15]求諸道, 不見宋旭.

역문풀이

염재念齋: 신광직申光直(1738~1794)의 당호堂號. 신광직의 자는 숙응叔凝 혹은 계우季雨이고, 호는 염재 혹은 주성酒聖이다. 『연암집』 권7에 수록된 「먼 곳에 있는 스승에게 배우러 떠 나는 계우에게 주는 글」(贈季雨序)과 "들으니 족하足下께서는 계우와 절교했다고 하시니, 이게 무슨 일입니까?"(僕聞足下絶季雨, 此何事也)라는 내용으로 시작되는 『연암집』 권6의 「중관仲觀에게 보낸 편지」(與仲觀)에 '계우'에 대한 언급이 보인다. 「중관에게 보낸 편지」 와 「치규稚圭에게 보낸 편지」(與稚圭)라는 글에는 '백우'伯雨라는 인물에 대한 언급이 있 는데, 계우의 형으로 짐작된다. 한편 홍대용洪大容의 『담헌서』湛軒書에도 '염재' 곧 신광 직이 등장한다. 「화산花山으로 떠나는 민낭경閔朗卿에게 준 글」(贈閔朗卿送花山序)에 의하

---

1) 籬　한씨문고본과 용재문고본에는 "櫨"로 되어 있다.
2) 咳　한씨문고본과 용재문고본에는 "欬"으로 되어 있다.
3) 無　한씨문고본과 용재문고본에는 "无"로 되어 있다.
4) 無　한씨문고본에는 "无"로 되어 있다.
5) 掛　한씨문고본과 용재문고본에는 "挂"로 되어 있다.
6) 懸　한씨문고본과 용재문고본에는 "縣"으로 되어 있다.
7) 帙　한씨문고본과 용재문고본에는 "裹"로 되어 있다.
8) 琴　망창창재본 갑에는 "琹"으로 되어 있다.
9) 樑　한씨문고본과 용재문고본에는 "梁"으로 되어 있다.
10) 牖　『종북소선』, 자연경실본, 계서본, 승계본, 용재문고본에는 "牅"으로 되어 있다.
11) 裡　『종북소선』에는 이 뒤에 "復臥而視, 不見其立"이 더 있다. 『종북소선』, 계서본, 승계본, 영남대본, 용재문고본에 는 "裏"로 되어 있다. 한씨문고본에는 "理"로 되어 있으나 오기이다.
12) 憐　한씨문고본에는 "怜"으로 되어 있다.
13) 罵　한씨문고본과 용재문고본에는 "傌"로 되어 있다.
14) 甚悲憐之, 且罵且笑　『종북소선』에는 없다.
15) 遍　한씨문고본과 용재문고본에는 "徧"으로 되어 있다.

면 담헌은 염재를 따라 노닐며 민낭경이라는 인물과 교유했다고 한다. 담헌은 염재가 사람을 알아보는 식견이 있어 평생에 남을 허여하는 일이 적었으나 민낭경의 사람됨만은 늘 칭찬했다고 했다. 담헌의 시 중에 「신염재 광직光直의 시에 차운하다」(次申念齋光直韻: 『담헌서』에는 '光'이 '先'으로 되어 있으나 오식誤植임)와 「신염재와 함께 시를 지어 박연암 지원에게 주다」(與申念齋賦, 贈朴燕巖趾源)라는 작품이 있는 것으로 보아, 신광직은 연암 주변의 인물과 교유가 깊었던 것으로 보인다. 「신염재 광직의 시에 차운하다」에 "성남의 거사居士 마음이 편찮아서 / 베옷 입고 읊조리며 다니네그려"(城南居士心不樂, 布衣素帶吟且行)라는 구절로 미루어 보아 신광직은 도성 남쪽에 거주했던 듯하다.

송욱宋旭: 박지원이 창작한 9전九傳의 하나인 「마장전」馬駔傳에 나오는 인물. 조탑타趙闒拕, 장덕홍張德弘과 함께 당시 사대부들의 위선적인 벗 사귐을 풍자하고, 헌옷에 떨어진 갓 차림으로 짐짓 미친 체하며 거리를 돌아다닌 것으로 서술되어 있다. 18세기 연암 당대에 실존했던 인물로 보인다.

횃대: 옷을 걸도록 방안에 매달아 둔 막대.

원문풀이

楎휘: 횃대의 세로나무.

椸이: 횃대의 가로나무.

번역의 동이

1-1   이에 아이구~보이지 않았다

▪ 아마 송욱이가 미친증을 일으키어 벌거벗은 채로 나가 버렸나부다고 생각하니 몹시 슬프고 가엾었다. 푸념도 하며 어이없는 웃음도 웃으면서 그를 찾아 입히려고 옷갓을 안고 암만 길거리로 싸다녔건만 마침내 찾아 내지 못하였다. 홍기문, 『박지원 작품선집 1』, 288면

▪ 송욱이 미쳐서 벌거벗은 채로 나가 버렸나 보다고 생각하니, 너무나 슬프고도 가여웠다. 혀를 차다 보니, 웃음도 나왔다. 그를 찾아서 입히려고 옷과 관을 싸안고 길거리를 돌아다녔지만, 끝내 송욱을 찾을 수가 없었다. 리가원·허경진, 『연암 박지원 산문집』, 75면

▪ 그제야 송욱이 발광을 하여 벌거벗은 몸으로 집을 나가버렸다고 여기고는 몹시도 슬프고 불쌍한 생각이 들어 욕도 했다가 웃음을 터뜨리기도 했다. 이윽고 송욱의 의관을 챙겨 가지고 그를 찾아 입히려고 이길 저길을 두루두루 찾았으나 송욱은 보이지 않았다. 김혈조, 「그렇다면 도로 눈을 감고 가시오」, 297~298면

▪ 이에 송욱이가 발광이 나서 벌거벗은 몸으로 나갔구나 하며 몹시 슬퍼하고 불쌍히 여겨, 나무라고 또 비웃다가 마침내 그 의관을 끌어안고, 가서 옷을 입혀주려고 길에서 두루 찾아다녔지만 송욱은

보이지 않았다. 정민, 『비슷한 것은 가짜다』, 204면

■   이에 '송욱이 미쳐서 발가벗은 몸으로 집을 나갔구나!'라고 생각하고는 매우 슬퍼하고 불쌍히 여겼다. 한편으로 나무라기도 하고 한편으론 비웃기도 하다가, 마침내 의관衣冠을 안고서 그에게 찾아가 옷을 입혀주려고 온 길을 다 찾아다녔으나 송욱은 보이지 않았다. 신호열·김명호, 『연암집 하』, 92~93면

[2]   마침내 동대문 밖의 장님을 찾아가서 점을 봤더니 장님은 이렇게 말하며 점을 치는 것이었다.

"서산대사님이 갓끈을 끊고 구슬을 흩어 저 올빼미를 불러다 보랍신다!"

엽전이 잘 굴러가다가 문지방에 부딪쳐 멈추자, 점쟁이는 그것을 쌈지 속에 넣으며 이렇게 말했다.

"주인이 나가 돌아다니니 객이 묵을 곳이 없구나. 아홉을 잃었으되 하나는 남았으니 이레 뒤에는 돌아오겠구나. 이 점괘가 매우 길吉하니 응당 장원급제할 괘로다."

송욱은 몹시 기뻐하며 매번 과거시험 때마다 유건儒巾을 쓰고 나가 답안지에 스스로 권점圈點을 치고는 큰 글씨로 높은 등수를 써 넣었다. 그래서 한양 속담 중에 반드시 이루지 못할 일을 두고 '송욱이 과거 보기'라고 한다.

군자가 이 얘기를 듣고 이렇게 논평하였다.

"미치긴 미쳤으나 선비로다! 이 사람은 과거시험을 보긴 했어도 과거시험에 뜻을 둔 사람은 아니다."

　　　遂占之東郭之瞽者, 瞽者占之曰: "西山大師, 斷纓散珠, 招彼訓狐,[1] 爰計算[2]之." 圓者善走, 遇閾則止, 囊錢而賀曰: "主人出遊, 客無[3]旅依. 遺九存一, 七日乃歸.' 此辭大吉, 當占上科." 旭大喜,[4] 每設科試士, 旭必儒巾而赴之, 輒自批其券,[5] 大[6]

---

1) **訓狐**　승계본에는 "訓鵑, 僞鵑之別名"('훈호'는 올빼미의 또다른 이름이다)라는 첨지가 붙어 있다.
2) **算**　『종북소선』, 자연경실본, 승계본, 영남대본에는 "筭"으로 되어 있다. 계서본, 한씨문고본, 용재문고본, 망창창재본 갑에는 이 글자가 빠져 있고, 그 자리에 "缺"이라는 세주가 있다.
3) **無**　한씨문고본과 용재문고본에는 "无"로 되어 있다.
4) **喜**　용재문고본에는 "善"으로 되어 있다.
5) **券**　『종북소선』에는 "卷"으로 되어 있다.

書高等. 故漢陽諺, 事之必無[7]成者, 稱'宋旭應試'.[8] 君子聞之, 曰: "狂則狂矣, 士乎哉! 是赴擧而不志乎擧者也."

역문풀이

서산대사님이 갓끈을~불러다 보랍신다: 서산대사의 신령이 점쟁이로 하여금 그렇게 시킨
　　다는 말.

아홉을 잃었으되 하나는 남았으니: 당시의 과거시험에 대한 연암의 생각이 드러난 구절이다.
　　이와 관련하여 『연암집』권5에 수록된 「북쪽에 사는 이웃이 과거에 합격한 일을 축하함」
　　(賀北隣科)에 다음의 내용이 보인다: "요행僥倖을 일러 '만에 하나'라고 하지요. 어제 과거
　　시험을 보러 온 선비들이 최하 수만 명은 되었는데, 합격자로 이름이 불린 사람은 겨우
　　스물이었으니 만분의 일이라 할 만하외다. 시험장 문에 들어설 때 서로 밟고 밟혀 죽거
　　나 다치는 이가 무수히 많고, 형제가 서로를 부르며 찾아다니다가 만나게 되면 죽다가
　　살아난 사람을 만나기라도 한 듯이 손을 부둥켜 잡으니, 시험장에서 죽은 사람이 '열에
　　아홉'이라 할 만하외다. 지금 족하께선 열에 아홉이 당하는 죽음을 면한 데다 만에 하나
　　가 얻는 명예를 얻으셨거늘, 저는 만분의 일이 얻는 합격의 영예를 축하하기에 앞서 족
　　하께서 다시는 열에 아홉이 죽는 위험한 시험장에 들어가지 않게 된 것을 마음속으로 경
　　축하외다. 의당 즉시 가서 축하해야 할 일이나 저 또한 '열에 아홉'에 끼었던 무리인지
　　라 지금 누워서 신음하며 몸이 조금 나아지기만 기다리고 있사외다."

권점圈點: 시나 문장의 잘 된 부분에 표시하는 동그라미와 방점旁點. 원문에는 "批"로 되어 있
　　는데, 원래 '비'는 평어評語를 가리키는 말이다. 조선 후기의 문헌에서는 '비'가 '권점'
　　을 가리키는 말로 쓰이기도 했다. 여기서 말한 '비'는 평어가 아니라 권점으로 이해된다.

원문풀이

訓狐: 올빼미.

遺九存一: 『연암집』권5에 실린 「북쪽에 사는 이웃이 과거에 합격한 일을 축하함」(賀北隣科)
　　에 다음의 내용이 보인다: "凡言僥倖, 謂之萬一. 昨日擧人, 不下數萬, 而唱名纔二十, 則

---

6) 大　『종북소선』에는 이 앞에 "而"가 더 있다.
7) 無　한씨문고본과 용재문고본에는 "无"로 되어 있다.
8) 試　용재문고본에는 "誠"으로 되어 있으나 오기이다.

可謂萬分之一. 入門時, 相蹂躪, 死傷無數, 兄弟相呼喚搜索, 及相得, 握手如逢再生之人, 其去死也, 可謂十分之九. 今足下能免十九之死, 而乃得萬一之名, 僕於衆中, 未及賀萬分之一榮擢, 而暗慶其不復入十分九之危場也. 宜卽躬賀, 而僕亦十分九之餘也, 見方委臥呻楚, 容候少閒."

上科: 갑제甲第, 즉 장원급제를 말한다.

儒巾: 사인士人, 성균관학생, 생원 등의 유생儒生이 도포나 창의蒼衣와 함께 쓰던 두건.

君子聞之, 曰: 이 구절은 『춘추좌전』春秋左傳의 서술법을 원용한 것이다. 『춘추좌전』에서는 어떤 기사記事 다음에 '君子曰'이라 하고 논평을 가하는 형식을 취한다.

번역의 동이

2-1　서산대사님이 갓끈을~불러다 보랍신다

- 서산대사(西山大師)가 갓끈을 끊고 구슬을 흩어서 저 부엉이를 불러다가 길한가 흉한가를 알아내랍신다. 288면
- 서산대사(西山大師)가 갓끈을 끊고 구슬을 흩어서, 저 올빼미를 불러다 알아내랍신다. 리가원·허경진, 75면
- 서산대사(西山大師)가 갓끈을 끊고 구슬을 흩어서 저 수리부엉이를 불러다가 길흉을 알아내랍신다. 김혈조, 298면
- 서산대사(西山大師)께서 갓끈을 끊어 구슬을 흩으셨구나. 저 올빼미를 불러다가 헤아려보게 하자꾸나. 정민, 204면
- 서산대사(西山大師)가 갓끈이 끊겨 염주가 흩어졌구나. 저 부엉이를 불러다가 헤아려 보게 하자꾸나. 신호열·김명호, 93면

2-2　주인이 나가~묵을 곳이 없구나

- 주인은 어디로 멀리 나갔고 손님은 몸을 쉴 곳이 없도다. 홍기문, 288면
- 주인은 노닐러 나갔고, 손님은 쉴 곳이 없소. 리가원·허경진, 75면
- 주인이 유람길을 떠나게 되어 손님이 의탁하여 쉴 수 없구나. 김혈조, 298면
- 주인은 놀러 나갔고, 객은 깃들어 쉴 곳이 없구나. 정민, 204면
- 주인은 여행을 나가고 나그네는 여의(旅衣)가 없구나. 신호열·김명호, 93면

2-3　미치긴 미쳤으나~사람은 아니다

- 미치광이는 미치광이라고 하더라도 선비다운 사람이구나! 이것은 과거를 보거 다니면서도 과거에는 뜻이 없는 것이다. 홍기문, 289면
- 미치긴 미쳤지만, 선비답구나! 그는 과거를 보러 다니지만, 과거에는 뜻이 없는 것이다. 리가원·허경진, 75~76면

- 미쳤다고 한다면 미쳤다고 할 수 있을 것이나, 참으로 선비로구나! 그는 과장에는 갔지만 과거시험에 뜻을 두지 않은 사람이로다. 김혈조, 298면
- 미치긴 미쳤지만 선비로구나! 이는 과거에 나가긴 해도 과거에 뜻을 두지는 않은 것이다. 정민, 204면
- 미치긴 미쳤으나 역시 선비답구나. 이러한 행동은 과거에 응시하면서도 과거에 뜻을 두지 않은 것이다. 신호열·김명호, 93면

③ 　　계우季雨는 성품이 소탕疏宕하고, 술 마시고 호방하게 노래하기를 좋아해서 스스로 '주성'酒聖이라고 했다. 그는 겉모습은 근엄하나 속이 허술한 사람을 보면 더럽게 여겨서 마치 토할 것처럼 하였다. 나는 이런 그를 이렇게 놀렸다.

"술에 취해 '성'聖을 일컫는 건 미친 걸 숨기려는 걸 테죠. 만일 술에 취한 게 아닌데도 '생각'을 하지 않는다면 그건 큰 미치광이에 가깝지 않겠소?"

계우는 서글픈 모습으로 한참 있더니 이렇게 말했다.

"그대 말이 맞구려."

마침내 당호堂號를 '염재'念齋라 짓고는 나에게 그 기문記文을 부탁하였다. 이에 나는 송욱의 이야기를 써서 그를 권면한다. 대저 송욱은 미치광이이기는 하지만 스스로 힘쓴 사람이라 할 것이다.

　　季雨[1]性疎宕, 嗜飮豪歌, 自號'酒聖'. 視世之色莊而內荏者, 若浼而哇之. 余戲之曰: "醉而稱聖, 諱狂也. 若乃不醉而罔念, 則不幾近於大狂乎?" 季雨[2]愀[3]然[4]爲間, 曰: "子之言, 是也." 遂名其堂[5]曰'念齋',[6] 屬余記之. 遂書宋旭之事以勉之. 夫旭, 狂者也, 亦以自勉焉.

---

1) **季雨** 『종북소선』에는 "叔凝"으로 되어 있다.
2) **季雨** 『종북소선』에는 "叔凝"으로 되어 있다.
3) **愀** 『종북소선』에는 "憮"로 되어 있다.
4) **然** 한씨문고본과 용재문고본에는 "狀"으로 되어 있다.
5) **堂** 용재문고본에는 "齋"로 되어 있다.
6) **齋** 『종북소선』에는 "哉"로 되어 있다.

역문풀이

계우季雨: 신광직의 자字.

만일 술에 취한~가깝지 않겠소: 『서경』書經 「다방」多方의 "성인聖人이라도 생각하지 않으면 미치광이가 되고, 미치광이라도 생각한다면 성인이 된다"(惟聖罔念作狂, 惟狂克念作聖)라는 구절을 염두에 두고 한 말. 여기서 '생각'이란 스스로를 반성함을 이르는 말이다.

송욱은 미치광이이기는~사람이라 할 것이다: 앞에 나오는 군자의 논평에서 알 수 있듯 연암은 송욱이 비록 미치광이이긴 하나 과거시험장에서의 그의 태도는 맑음(淸)을 보여주는 것으로 이해했던 듯하다. 연암이 당대 과거시험의 모순과 불의不義에 대해서 지극히 비판적인 태도를 취했음을 염두에 둔다면 과거시험을 희화화하는 송욱의 기행奇行이 연암에게는 인상적으로 보였을 수 있다.

원문풀이

色莊: 겉으로만 엄숙한 체하는 것을 이르는 말. 『논어』 「선진」先進에 다음의 내용이 보인다: "子曰: '論篤是與, 君子者乎? 色莊者乎?'" 공자는 겉으로 점잖은 체하면서 실제로는 위선적인 인간을 '향원'鄕愿이라 불렀으며, 이런 종류의 인간보다는 '광사'狂士, 즉 뜻이 커서 현실에 자기 몸을 맞추지 못하고 기행과 미친 짓을 일삼는 이들에게 더 큰 기대를 품었다.

內荏: 겉으로는 엄숙하고 강직한 체하나 실제 그 마음속은 견실하지 못한 것을 이르는 말로, 대개 소인들이 그렇다고 한다. 『논어』 「양화」陽貨에 다음의 내용이 보인다: "子曰: '色厲而內荏, 譬諸小人, 其猶穿窬之盜也與?'"

若乃不醉而罔念: 이 구절 가운데 '若'은 '자네'라는 뜻.

번역의 동이

3-1   술에 취해~가깝지 않겠소
- 술에서 성인이라고 일컫는다는 것은 미치광이란 말을 뒤쪽으로 하는 것일세. 자네가 술을 취하지 않고서도 아무런 생각을 하지 않는다면 좀더 큰 미치광이로 될 것이 아니겠는가? 홍기문, 289면
- 술에 취해서 성인(聖人)이라고 일컫는다면, 미치광이라는 말을 피하며 하는 것이나 마찬가질세. 만약 자네가 술에 취하지 않고도 아무런 생각을 하지 않는다면, 더 큰 미치광이에 가깝게 되지 않겠나? 리가원·허경진, 76면
- 술에 취해 성인이라 일컬음은 미친 것을 숨기기 위함이리라. 만약 취하지 않고서도 모든 생각을 끊을 수 있다면 좀더 큰 미치광이에 가깝게 되지 않겠나. 김혈조, 298면

- 술 취해 성인(聖人)이라 자칭하는 것은 미친 것을 감추려는 것일세. 자네가 취하지 않고서도 생각이 없게 되면 거의 큰 미치광이의 경지에 가깝게 되지 않겠나? 정민, 205면
- 술에 취하고서 자신을 성인이라 일컫는 것은 '미친 것'〔狂〕을 숨긴 것이거니와, 그런데 심지어 취하지 않고서도 반성하지 않는다면 '큰 미치광이'〔大狂〕에 가깝지 않겠는가. 신호열·김명호, 94면

3-2 　 이에 나는 송욱의~사람이라 할 것이다

- 드디어 송욱의 이야기를 써서 주어 그로하여금 노력케 하거니와 대개 송욱이란 미치광이니 나도 또한 노력코자 하는 바다. 홍기문, 289~290면
- 그래서 송욱의 이야기를 써 주어, 그더러 힘쓰도록 권면하였다. 송욱은 미치광이지만, 또한 스스로 힘쓴 자다. 리가원·허경진, 76면
- 송욱의 일을 기록해서 그로 하여금 노력하게 하거니와, 무릇 송욱 같은 미치광이도 사실은 자기 스스로 노력하는 사람이리라. 김혈조, 299면
- 마침내 송욱의 일을 써서 그를 권면한다. 대저 송욱은 미친 사람이다. 또한 이로써 나 스스로를 권면해 본다. 정민, 205면
- 이에 송욱의 일을 써서 그를 권면하는 바이다. 저 송욱은 미치광이기는 하지만 그 또한 스스로 노력한 자이다. 신호열·김명호, 94면

念哉堂記

1 宋旭醉宿, 朝日乃醒. 臥而聽之, 鳶嘶鵲吠, 車馬喧囂, 杵鳴籬下, 滌器廚中, 老幼叫笑, 婢僕叱咳. 凡戶外之事, 莫不辨之, 獨無其聲. 乃語朦朧曰: "家人俱在, 我何獨無?" 周目而視, 上衣在楎, 下衣在椸, 笠掛其壁, 帶懸椸頭, 書帙在案, 琴橫瑟立, 蛛絲縈樑, 蒼蠅附牖. 凡室中之物, 莫不俱在, 獨不自見. 急起而立, 視其寢處, 南枕而席, 衾見其裏, 復臥而視, 不見其立. 於是謂旭發狂, 裸體而去. 遂抱其衣冠, 欲往衣之, 遍求諸道, 不見宋旭.

2 遂占之東郭之瞽者, 瞽者占之曰: "西山大師, 斷纓散珠, 招彼訓狐, 爰計算之." 圓者善走, 遇閾則止, 囊錢而賀曰: "'主人出遊, 客無旅依. 遺九存一, 七日乃歸.' 此辭大吉, 當占上科." 旭大喜, 每設科試士, 旭必儒巾而赴之, 輒自批其卷, 而大書高等. 故漢陽諺, 事之必無成者, 稱'宋旭應試'. 君子聞之, 曰: "狂則狂矣, 士乎哉! 是赴擧而不志乎擧者也."

3 叔凝性疎宕, 嗜飮豪歌, 自號酒聖. 視世之色莊而內荏者, 若浼而哇之. 余戲之曰: "醉而稱聖, 諱狂也. 若乃不醉而罔念, 則不幾近於大狂乎?" 叔凝憮然爲間, 曰: "子之言, 是也." 遂名其堂曰'念哉', 屬余記之. 遂書宋旭之事以勉之. 夫旭, 狂者也, 亦以自勉焉.

❀『종북소선』의 평

【 미비 】

- 수수께끼를 하나 내볼까? "금고金膏, 수벽水碧, 석록石綠, 공청空靑, 슬슬瑟瑟, 말갈靺鞨, 화제火齊, 목난木難도 이것의 신령함을 비유하기에는 부족하지. 수정 쟁반 안에 교주鮫珠가 가득하고 초록빛 유리병에 과금瓜金이 가득 쌓여 있는 모습으로도 이것의 영롱함을 비유하기에는 부족하지. 푸른 연잎에 물방울이 또르르 구르고 빗방울이 구슬처럼 이리저리 튀며 소리를 내는 것으로도 이것의 자유자재함을 비유하기에는 부족하지. 아름다운 무지개의 초록빛과 주홍빛으로도 이것의 현란한 광채를 비유하기에는 부족하지. 왕씨王氏, 장씨張氏, 이씨李氏, 유씨劉氏, 오吳나라 사람, 초楚나라 사람, 갑, 을, 병, 정, 이런 사람, 저런 사람, 아무개, 아무개, 이 사람, 저 사람, 그 누군들 냄새나는 똥주머니 안에 이걸 간직하지 않은 이가 없지. 그러나 잡으려 해도 잡을 곳이 없고, 그리려 해도 그림자조차 없다가 눈 깜짝할 사이에 훌쩍 달아나지. 눈과 귀가 그 색과 소리를 뒤쫓고 입과 코가 그 맛과 냄새를 뒤쫓아 보아도 마치 매가 응구鷹鞲를 벗어나 하늘을 빙빙 돌며 내려오지 않는 듯하고, 말이 호랑이의 추격을 벗어나 훌쩍 내달려 돌아오지 않는 듯하지. 위로는 석가모니를 방문하고 아래로는 미륵보살을 찾아, 잠시 도솔천兜率天에 올랐다가 홀연 염부주閻浮洲로 돌아오지. 여든한 가지 고난을 순식간에 지나고, 사백네 가지 병을 순식간에 겪지. 이것을 환히 드러내는 자는 성인聖人이요, 이것을 잘 지키는 자는 현인賢人이요, 이것에 어두운 자는 어리석은 사람이요, 이것을 잃은 자는 미치광이지. 이게 무어게?"

송욱이 머리를 끄덕거리며 이렇게 노래한다.

> 옛날에 내가 그걸 갖고 있어서
> 환히 알았는데
> 지금은 잃어 버려

까맣게 잊었네.

지금 다시 그걸 찾아나서

거의 얻었네.

얻고서 그 이름 알아

밝히게 되었으니

나는 장차 성인聖人이 되겠군!

謎曰: "金膏水碧, 石綠空靑, 瑟瑟䩢韉, 火齊木難, 不足喩其空靈也. 水晶槃中, 鮫泣盈盈, 琉璃綠甁, 瓜金滿貯, 不足喩其透脫也. 靑荷溜滑, 雨汞跳鳴, 不足喩其圓活也. 美人之虹, 暈綠圍紅, 不足喩其幻耀也. 王張李劉, 吳儂楚傖, 阿甲阿乙, 阿丙阿丁, 那位這箇, 那厮這們, 某也某也, 彼哉彼哉, 誰不藏渠, 臭皮袋中, 把之無柄, 描之無影, 瞥然之間, 倏忽善逃, 眼竅耳竅, 出逐色聲, 口竅鼻竅, 出逐味香, 如鷹離䩨盤旋不下, 如馬脫虎騰踏不返, 上訪釋迦, 下尋彌勒, 暫登兜率, 倏降閻浮. 八十一難, 俄然而度, 四百四病, 俄然而經, 明之者聖, 守之者賢, 昏之者愚, 失之者狂, 是怎麼物?" 宋旭搖頭而謠曰: "昔我有之, 了然知之. 今我失之, 窅然忘之. 今更求之, 求之庶得. 得且知名, 仍以明之, 吾且其爲聖人歟!"

역문풀이

금고金膏: 도교의 선약仙藥. 옥고玉膏라고도 한다.

수벽水碧: 도교의 선약. 수옥水玉 또는 벽옥碧玉이라고도 한다.

석록石綠: 공작석孔雀石. 공작새의 날개 빛깔과 같은 초록색 보석.

공청空靑: 비취색 보석.

슬슬瑟瑟: 페르시아에서 나는 벽옥색 보석.

말갈䩢韉: 홍말갈紅䩢韉이라고도 한다. 말갈 특산의 붉은색 보석.

화제火齊: 화제주火齊珠를 말한다. 자금색紫金色을 띤 옥의 일종.

목난木難: 벽옥색 보석.

교주鮫珠: 전설에서 교인鮫人(인어)의 눈물이 변하여 이루어진다는 진주.

과금瓜金: 황금을 이른다.

냄새나는 똥주머니: 사람의 몸을 비유적으로 표현한 말.

응구鷹䩨: 매를 부릴 때 팔소매에 차는 가죽 띠.

도솔천兜率天: 미륵보살의 정토淨土. 장차 부처가 될 보살이 사는 곳으로, 석가도 현세에 태어나기 전에 도솔천에 머물며 수행했다고 한다.

염부주閻浮洲: 불교에서 수미산 남쪽에 있다는 대주大洲로, 인간 세상에 해당한다.

여든한 가지 고난: 팔십일난八十一難. 『서유기』西遊記에서 삼장법사 일행이 인도까지 가는 동
안 겪는 81가지 고난.
사백네 가지 병: 불교에서 말하는 사백사병四百四病. 불교에서는 땅, 물, 불, 바람의 네 요소
가 조화를 이루지 못하여 사람의 몸에 병이 생긴다고 본다. 하나의 요소마다 101가지씩
총 404가지의 병이 있다고 한다.
머리를 끄덕거리며: 알겠다는 표시.
옛날에 내가 그걸~거의 얻었네: 마음과 관련하여 『맹자』「고자」告子 상上에 다음 구절이 보
인다. "잡으면 있고 놓으면 없어지며, 나가고 들어옴에 정해진 때가 없고 그 향하는 곳
을 알 수 없는 것이란 오직 사람의 마음을 두고 이르는 말이리라."(操則存, 舍則亡, 出入無
時, 莫知其鄉, 惟心之謂與.)

원문풀이

鮫泣: 교루鮫淚, 곧 교주鮫珠.
美人之虹: 미인홍美人虹, 곧 무지개를 말한다.
吳儂楚傖: '吳儂'(오농)은 소주蘇州를 중심으로 한 강소성江蘇省 일대의 '오'吳 지방 사람들을
가리키는 말. 오 지방 사람들이, 자기 자신은 '아농'我儂, 다른 사람은 '거농'渠儂 혹은
'타농'他儂이라 칭하는 등 호칭에 '儂' 자를 자주 사용한다고 해서 생긴 말이다. '楚傖'
(초창)은 다른 지방 사람들이 초나라 사람을 가리킬 때 쓰는 말이다. 『연암집』 권8의 「우
상전」虞裳傳에 '吳儂'이라는 말이 보이고, 『연암집』 권3의 「어떤 사람에게 보낸 편지」(與
人)에 '吳傖楚儂'이라는 말이 보인다.
那位這箇, 那厮這們: '那位'·'這箇'·'那厮'·'這們'은 모두 '이 사람' 혹은 '이런 사람'이라는
뜻의 백화白話.
臭皮袋: 사람의 몸 안에 불결한 것이 들어 있다고 해서, 사람의 몸을 비유적으로 표현한 말.
취피낭臭皮囊이라고도 한다.

〖 권점과 방비 〗

- 1의 "宋旭醉宿, 朝日乃醒. 臥而聽之"에 청점이 찍혀 있다.
- 1의 "鳶嘶鵲吠, 車馬喧囂~老幼叫笑, 婢僕叱咳"에 묵권이 쳐져 있다.
- 1의 "凡戶外之事, 莫不辨之, 獨無其聲"에 청점이 찍혀 있다.
- 1의 "乃語矇矓曰, 家人俱在, 我何獨無"에 청점이 찍혀 있고, "마음으로 이해해야 할 대
목이군, 알지 못 쾌라! 붓이 춤추고 먹이 뛰노는군"(神解處, 不知筆舞墨蹈)이라는 방비가 붙어

있다.

- ①의 "周目而視, 上衣在輝~蛛絲縈樑, 蒼蠅附牖"에 묵권이 쳐져 있다.
- ①의 "凡室中之物, 莫不俱在~急起而立, 視其寢處"에 청점이 찍혀 있다.
- ①의 "南枕而席, 衾見其裏~遍求諸道, 不見宋旭"에 묵권이 쳐져 있다.
- ②의 "遂占之東郭之瞽者, 瞽者占之曰"에 청점이 찍혀 있고, "글을 이어 나가는 데 힘이 있군"(接續有力)이라는 방비가 붙어 있다.
- ②의 "西山大師, 斷纓散珠~圓者善走, 遇國則止"에 청색 첨권이 쳐져 있다.
- ②의 "囊錢而賀曰~七日乃歸"에 묵권이 쳐져 있다.
- ②의 "此辭大吉, 當占上科"에 "비위를 맞추는 점쟁이가 늘 하는 소리지"(譽卜例談)라는 방비가 붙어 있다.
- ②의 "狂則狂矣, 士乎哉! 是赴擧而不志乎學者也"에 묵권이 쳐져 있고, "또한 의론을 붙여 개연히 크게 탄식하는 소리를 내는군"(又接議論, 慨然有太息聲)이라는 방비가 붙어 있다.
- ③의 "醉而稱聖, 諱狂也"에 청점이 찍혀 있다.
- ③의 "夫旭, 狂者也, 亦以自勉焉"에 묵권이 쳐져 있고, "짧은 말로 끝맺음해 문득 정채와 힘이 있군"(短語結尾, 頓生精力)이라는 방비가 붙어 있다.

원문풀이

神解: '신회'神會와 같은 의미로, 눈이 아니라 마음으로, 글자가 아니라 뜻으로 이해해야 한다는 말.

⟦ 말비 ⟧
- 예부터 마음을 잃은 일에 관한 비유가 많았지만, 이것이 가장 실감난다.
  古多失心之喩, 而此最實際.

'염재'라는 집의 기문

송욱宋旭이 취해서 자다가 아침나절이 되어서야 잠이 깼다. 누운 채 들으니 소리개가 울고 까치가 깍깍거리고 수레 지나가는 소리와 말발굽 소리가 요란했으며 울타리 아래서는 절구 찧는 소리, 부엌에서는 설거지하는 소리가 들렸고 노인과 아이가 떠들고 웃는 소리, 계집종과 사내종이 음성을 높여 말하는 소리며 헛기침 소리가 들려왔다. 무릇 방문 밖의 일은 소리로 모두 분간이 되는데 유독 자신의 소리만 들리지 않았다. 송욱은 몽롱한 정신으로 이렇게 중얼거렸다.

"집안사람들이 모두 있는데 어째서 나만 없는 거지?"

그러고는 죽 살펴보니, 저고리는 옷걸이에 걸려 있고, 바지는 횃대에 있고, 갓은 벽에 걸려 있고, 허리띠는 횃대 끝에 매달려 있고, 책상 위엔 책이 있고, 가야금은 눕혀져 있고, 거문고는 세워져 있고, 거미줄은 들보에 처져 있고, 쉬파리는 들창에 붙어 있었다. 무릇 방안의 물건들은 모두 그대로 있는데 오직 자기 모습만은 보이지 않는 것이었다. 얼른 일어나 자던 곳을 살펴보니 남쪽으로 베개를 놓고 자리를 깔았는데 이불 속만 보일 뿐이었다. 이에 '아이구! 송욱이가 발광해 홀딱 벗고 나갔구나' 하는 생각이 들자 몹시 슬프고 불쌍하여 한편으로는 나무라고 한편으로는 웃다가 마침내 그 의관을 갖고 가서 입혀 주려고 온 거리를 두루 찾아다녔지만 송욱은 보이지 않았다.

마침내 동대문 밖의 장님을 찾아가서 점을 봤더니 장님은 이렇게 말하며 점을 치는 것이었다.

"서산대사님이 갓끈을 끊고 구슬을 흩어 저 올빼미를 불러다 보랍신다!"

엽전이 잘 굴러가다가 문지방에 부딪쳐 멈추자, 점쟁이는 그것을 쌈지 속에 넣으며 이렇게 말했다.

"주인이 나가 돌아다니니 객이 묵을 곳이 없구나. 아홉을 잃었으되 하나는 남았으니 이레 뒤에는 돌아오겠구나. 이 점괘가 매우 길吉하니 응당 장원급제할 괘로다."

송욱은 몹시 기뻐하며 매번 과거시험 때마다 유건儒巾을 쓰고 나가 답안지에 스스로 권점圈點을 치고는 큰 글씨로 높은 등수를 써 넣었다. 그래서 한양 속담 중에 반드시 이루지 못할 일을 두고 '송욱이 과거 보기'라고 한다.

군자가 이 얘기를 듣고 이렇게 논평하였다.

"미치긴 미쳤으나 선비로다! 이 사람은 과거시험을 보긴 했어도 과거시험에 뜻을 둔 사람은 아니다."

계우季雨는 성품이 소탕疏宕하고, 술 마시고 호방하게 노래하기를 좋아해서 스스로 '주성'酒聖이라고 했다. 그는 겉모습은 근엄하나 속이 허술한 사람을 보면 더럽게 여겨서 마치 토할 것처럼 하였다. 나는 이런 그를 이렇게 놀렸다.

"술에 취해 '성'聖을 일컫는 건 미친 걸 숨기려는 걸 테죠. 만일 술에 취한 게 아닌데도 '생각'을 하지 않는다면 그건 큰 미치광이에 가깝지 않겠소?"

계우는 서글픈 모습으로 한참 있더니 이렇게 말했다.

"그대 말이 맞구려."

마침내 당호堂號를 '염재'念齋라 짓고는 나에게 그 기문記文을 부탁하였다. 이에 나는 송욱의 이야기를 써서 그를 권면한다. 대저 송욱은 미치광이이기는 하지만 스스로 힘쓴 사람이라 할 것이다.

먼 곳에 있는 스승에게 배우러 떠나는 계우에게 주는 글
贈季雨序

[1]　　　사도師道가 사라진 지 오래니, 공자孔子가 돌아가신 후 맹자孟子 이래로 누구도 사도師道를 자처하지 못했다. 입으로 '우리 스승'이 어떻고 입으로 '누구의 제자'라고 말하는 이들도 그 스승의 훌륭함을 진정으로 알지 못하여 그 도道를 믿는 것이 독실하지 못했고, 도道를 온전히 믿지 못하니 스승을 존경할 수 없었던 것이다.

　　　師道廢久矣. 自仲尼歿,[1] 而孟子已[2]下, 皆未[3]得以師道自居. 彼曰師·曰弟子云爾者, 未必眞知其師之賢,[4] 則信道[5]未必篤, 道旣不足以必信, 則師斯不足以爲尊矣.

역문풀이

계우季雨: 신광직申光直(1738~1794)의 자字. 신광직의 또다른 자는 숙응叔凝이고, 호는 염재念　齋·주성酒聖이다. 『연암집』 권7에 수록된 「'염재'念齋라는 집의 기문」(念齋記)에 이 인물

본서에서 검토하는, 이 작품이 수록된 주요한 이본은 다음과 같다: 『병세집』, 『흠영』, 『겸헌만필』 갑, 『연암산고』, 한씨문고본, 승계본, 영남대본, 용재문고본, 망창창재본 갑, 망창창재본 을.

1) **歿**　『흠영』과 망창창재본 갑에는 "沒"로 되어 있다.
2) **已**　망창창재본 갑에는 "以"로 되어 있다.
3) **未**　『흠영』에는 "不"로 되어 있다.
4) **賢**　용재문고본에는 "賢"으로 되어 있다.
5) **未必眞知其師之賢, 則信道**　『병세집』에는 없다.

에 대한 언급이 보인다. 그 글에 의하면, 계우는 성품이 소탈하여 술을 즐기고 노래를 호기롭게 부르면서 '주성'酒聖이라고 자호自號한 인물로, 자신이 거처하는 방을 염재念齋라 이름한 후 연암에게 기문記文을 청한 바 있다.

원문풀이

師道廢久矣: 한유韓愈의 「사설」師說에 "嗚呼! 師道之不傳久矣"라는 구절이 보인다.

仲尼: 공자의 자字.

번역의 동이

1-1　　입으로 '우리 스승'이~없었던 것이다

· 저 '스승'이니 '제자'니 하고 말하는 사람들이 반드시 그 스승의 어짊을 참으로 안다고는 할 수 없으니, 그렇다면 도를 믿는 것이 반드시 돈독하다고는 할 수 없다. 도가 이미 반드시 믿을 만한 것이 못 된다면, 스승도 존숭할 만한 존재가 되지 못할 것이다. 신호열·김명호, 「연암집 중」, 18면

② 　　공자는 제자를 부를 때 반드시 '삼參아' '회回야' '사賜야' '상商아' '적赤아' '유由야' '옹雍아'라고 이름을 불렀으며, '너'라고 지칭하였다. 대저 이름을 막 부르고 '너'라고 지칭하는 것은 자제로부터 머슴과 종에 이르기까지 모두 그렇게 할 수 있다. 그래서 공자께서 돌아가셨을 때 제자들은 복服을 입어야 하는지 말아야 하는지를 결정하지 못하고 있었는데, 자공子貢이 다음과 같이 말하였다.

"예전에 안연顔淵이 죽었을 때, 스승님께서는 마치 자식을 잃은 듯 여기셨으나 복을 입지는 않으셨다. 그러니 이제 우리 제자들도 아버지를 잃은 듯 여기되 복을 입지는 말아야 한다."

이와 같았으니 스승과 제자의 사이가 부자지간父子之間 같았음을 어찌 믿지 않을 수 있겠는가? 안연의 아버지가 공자에게 타고 다니시던 수레를 팔아 안연의 곽槨을 마련해 줄 것을 요청했으나 공자께서 이를 수락하지 않은 것과, 제자들이 안연의 장례를 후히 치르자 공자께서 한탄하신 것은, 제자를 자식과 같이 여기셨기 때문이다. 한편, 자기 자식인 백어伯魚에게 시詩와 예禮 외에 다른 것은 일러 주지 않으셨던 것은 자식을 제자와 같이 여기셨기 때문이다.

孔子呼門弟子, 必稱參、回、賜、商、赤、由、雍而爾汝之. 夫斥名而爾汝者, 自子弟逾下, 而至厮役僕隷, 擧得而施之也.[1] 門[2]人疑孔子服, 子貢曰: "昔子喪顔淵, 若喪子而無服, 今門人若喪父而無服." 門人之於師猶父子然, 其不信矣乎! 請車則不許, 厚葬則歎, 欲其同乎子也; 詩、禮之外, 未有異聞, 欲其同乎門人也.[3]

역문풀이

삼參: 증자曾子(기원전 506~436)의 이름. 성姓은 증曾, 이름은 삼參, 자는 자여子輿이다. 공자의 제자였던 증점曾點의 아들로서 효성이 지극했다.

회回: 안연顔淵(기원전 521~481)의 이름. 공자가 가장 아꼈던 제자로, 성은 안顔, 이름은 회回, 자는 자연子淵이다. 학문과 덕이 높았고 안빈安貧의 삶을 산 것으로 유명하다.

사賜: 자공子貢(기원전 520~456)의 이름. 성은 단목端木, 이름은 사賜, 자는 자공이다. 언변이 뛰어나고 이재理財에 밝았다. 공자 사후死後 위衛나라에서 벼슬을 했다.

상商: 자하子夏(기원전 507~?)의 이름. 성은 복卜, 이름은 상商, 자는 자하이다. 문학에 뛰어났으며『시경』詩經과『춘추』春秋 등 공자의 편서編書도 그를 통해 후대에 전해졌다고 한다.

적赤: 공서화公西華(기원전 509~?)의 이름. 성은 공서公西, 이름은 적赤, 자는 자화子華이다. 예절에 밝았다.

유由: 자로子路(기원전 542~480)의 이름. 성은 중仲, 이름은 유由, 자는 자로 또는 계로季路이다. 공자 제자 중 최연장자로, 용맹하고 직선적인 성품의 소유자였다.

옹雍: 중궁仲弓(기원전 522~?)의 이름. 성은 염冉, 이름은 옹雍, 자는 중궁이다. 공자는 그를 군주가 될 수 있는 성품의 소유자라고 평가한 적이 있다.

공자께서 돌아가셨을 때~입지는 말아야 한다: 공자의 제자들은 스승이 돌아가신 후 무덤가에서 3년을 시묘侍墓했으며, 자공은 3년이 지나 다른 문인들이 돌아간 후에도 공자의 묘 곁에서 3년을 더 거처했다. 이 내용은『예기』「단궁」檀弓 상上에 보인다.

---

1) **孔子呼門弟子~擧得而施之也** 『병세집』에는 "孔子呼門弟子, 必稱參、回、賜、商、赤、由、雍而爾汝之也者, 魯之方音, 此待子弟之道, 弟子者, 子弟也"로 되어 있다. 『병세집』의 이 구절에는 착오가 있는 듯하다. '魯之方音'이라는 네 글자는 '此待子弟之道' 뒤에 와야 문리文理가 닿는 것으로 여겨진다.
2) **門** 『병세집』에는 이 앞에 "故"가 더 있다.
3) **請車則不許~欲其同乎門人也** 『병세집』에는 없다. 한편『겸헌만필』갑에는 주점이 찍혀 있다.

안연顔淵이 죽었을 때: 공자는 안연이 죽자 하늘이 자신을 버렸다며 몹시 애통해 했다. 이 사실은 『논어』 「선진」에 보인다.

안연의 아버지는~수락하지 않은 것: 안연이 죽었을 때 안연의 아버지인 안로顔路는 공자에게 그 수레를 팔아 자식의 곽槨(외관)을 마련해 줄 것을 청했는데, 공자는 자신의 친아들인 백어伯魚가 죽었을 때 곽을 만들어 주지 않았던 사실을 들어 이를 거절하였다. 백어가 죽을 당시 공자는 벼슬에 있었기 때문에 대부大夫의 예禮에 따라 수레를 타고 다녀야 했으므로 수레를 팔지 않았다. 안연이 죽었을 때 공자는 이미 벼슬에서 물러나 있었지만 대부의 반열에 있었기에 안연에게도 같은 방식의 예를 적용했던 것이다. 공자가 아들에게 했던 것과 마찬가지로 안연을 위해서도 수레를 팔지 않았던 것은 안연을 자식과 같이 생각했다는 의미가 된다. 관련 내용이 『논어』 「선진」에 보인다.

제자들이 안연의~한탄하신 것: 안연이 죽었을 때 제자들이 공자의 만류에도 불구하고 장사를 후히 지내자 공자가 이를 한탄한 일을 가리킨다. 관련 내용이 『논어』 「선진」에 보인다.

자기 자식인~일러주지 않으셨던 것: 진항陳亢이 공자의 아들인 백어가 공자의 제자들과는 달리 공자에게서 뭔가 특별한 것을 배울 것이라고 의심하여 백어에게 "그대는 뭔가 특별한 걸 들었을 테지요?"라고 묻자 백어가 "아닙니다. 시詩와 예禮 두 가지 말고는 들은 게 없어요"라고 답한 일을 가리킨다. 관련 내용이 『논어』 「계씨」季氏에 보인다.

원문풀이

爾汝: 상대를 낮추어 부르는 말. '너' '자네' 정도의 의미이다.

厮役: 종, 하인.

門人疑孔子服~今門人若喪父而無服: 『예기』 「단궁」 상上에 다음 내용이 보인다: "孔子之喪, 門人疑所服. 子貢曰: '昔者夫子之喪顔淵, 若喪子而無服, 喪子路亦然, 請喪夫子若喪父而無服.'"

請車則不許: 『논어』 「선진」에 다음 내용이 보인다: "顔淵死, 顔路請子之車以爲之槨. 子曰: '才不才, 亦各言其子也. 鯉也死, 有棺而無槨. 吾不徒行以爲之槨. 以吾從大夫之後, 不可徒行也.'"

厚葬則歎, 其同乎子也: 『논어』 「선진」에 다음 내용이 보인다: "顔淵死, 門人欲厚葬之, 子曰: '不可.' 門人厚葬之. 子曰: '回也視予猶父也, 予不得視猶子也. 非我也, 夫二三子也.'"

詩禮之外~欲其同乎門人也: 『논어』 「계씨」에 다음 내용이 보인다: "陳亢問於伯魚曰: '子亦有異聞乎?' 對曰: '未也. 嘗獨立, 鯉趨而過庭. 曰: 「學詩乎?」 對曰: 「未也.」 「不學詩, 無以言.」 鯉退而學詩. 他日又獨立, 鯉趨而過庭. 曰: 「學禮乎?」 對曰: 「未也.」 「不學禮, 無以

立.」鯉退而學禮. 聞斯二者.' 陳亢退而喜曰: '問一得三, 聞詩, 聞禮, 又聞君子之遠其子也.'"

번역의 동이

2-1　대저 이름을~할 수 있다
- 무릇 이름을 바로 부르면서 너나들이하는 것은 자제(子弟)로부터 더 아래로 부리는 종이나 하인들에게까지도 모두 쓰는 말이다. 신호열·김명호, 18~19면

2-2　예전에 안연顔淵이~않을 수 있겠는가
- "옛날에 부자(夫子)께서 안연(顔淵)의 상(喪)을 당했을 때 아들의 상을 당한 것같이 하였으나 복은 입지 않았으니, 지금 문인들도 부친의 상을 당한 것같이 하되 복은 입지 말도록 하자." 하였다. 문인이 스승에 대해서 아비와 자식 관계같이 했으니 어찌 도를 믿지 않고서 그렇게 되겠는가. 신호열·김명호, 19면

③　맹자는 제자弟子의 이름을 부르지 않고, 반드시 '그대'라고 지칭했다. '그대'는 상대방을 높이는 말로, 친구로부터 임금, 공경公卿, 아버지, 스승에 이르기까지 쓸 수 있는 말이다. 제자를 이렇게 부른 것은 벗을 대하는 도리로 제자를 대했음을 뜻한다.

공자의 일흔 제자가 그 스승을 요순堯舜보다 낫다고 말하고도 참람僭濫되지 않은 것은 저들이 스승을 진정으로 알고 그 도道를 깊이 믿어, 그 스승에 비하면 일월日月도 크다 할 수 없고, 태산도 높다 할 수 없으며, 하해河海도 깊다 할 수 없다고 여겼기 때문이다.

만장萬章과 공손추公孫丑의 무리들은 재주와 식견이 낮아 스승을 진정으로 알고 그 도를 깊이 믿는 것이 부족했기 때문에, 그 스승을 높인다고 하면서도 겨우 그 스승을 관중管仲이나 안자晏子의 무리에 견줄 뿐이었다. 그래서 맹자는 제자들의 질문에 답은 하되, 일찍이 자신의 뜻을 그들에게 말한 적이 없었다. 스승을 알지 못하고 그 도를 믿지 않을진댄 그 스승은 길 가다 만난 사람과 다를 바 없으니, 길 가는 사람을 붙들고 '너'라고 말하는 것도 있을 수 없는 일이거늘, 하물며 어찌 사도師道를 자처할 수 있겠는가? 비록 그러하나 맹자는 일찍이 사도師道에 엄

격하여 진상陳相이 한 일을 꾸짖고 조교曹交를 문하門下에 받지 않았으며, 공자의 일흔 제자들이 스승에게 심복心服한 것을 찬탄하지 않은 적이 없었다. 항상 천하의 영재를 얻어 그들을 가르칠 것을 생각하고, 또 사람들이 스승 노릇하길 좋아하는 걸 우려했으니, 쉽게 남의 스승이 되려고 하지 않았음이 분명하다.

孟子未嘗名門弟子, 必稱子. 子者, 尊之之辭, 由敵已上, 可以至君、公、父、師, 施之門人, 則此友與[1]友之道也.[2] 七十子之徒, 有稱其師賢於堯、舜而不爲僭,[3] 彼旣眞知而深信,[4] 則日月不足以爲大, 泰山不足以爲高, 河海不足以爲深.[5] 萬章、公孫丑之徒, 才識下, 未足[6]眞知而深信, 則極尊其師, 不過乎管仲、晏子之流.[7] 故孟子於門人, 有問則答, 未嘗言其志.[8] 旣不能知且信, 則其與[9]塗塗[10]異者幾希矣. 執塗[11]之人而爾汝之, 且不可, 又況敢以師[12]道居乎?[13] 雖然, 孟子[14]嘗嚴於師道,[15] 責陳相、絶曹[16]交. 蓋未嘗不歎息於七十子之服孔子也, 嘗[17]思得天下之英才而敎育之,[18] 又患人之好爲師, 其不欲[19]輕師於人, 亦明矣.[20]

---

1) 與 영남대본에는 "与"로 되어 있다.
2) 由敵已上~則此友與友之道也 『병세집』에는 "此友與友之道也"로 되어 있다.
3) 而不爲僭 『병세집』에는 없고, 한씨문고본과 용재문고본에는 "而爲僭"으로 되어 있다.
4) 有稱其師賢於堯舜而不爲僭, 彼旣眞知而深信 『겸헌만필』 갑에는 주점이 찍혀 있다.
5) 彼旣眞知而深信~河海不足以爲深 『병세집』에는 "彼旣眞知篤信, 則天地不足以爲大, 日月不足以爲高, 河海不足以爲深矣"로 되어 있다.
6) 未足 『병세집』에는 "不足以"로 되어 있다.
7) 未足眞知而深信~不過乎管仲晏子之流 『겸헌만필』 갑에는 주점이 찍혀 있다.
8) 故孟子於門人~未嘗言其志 『겸헌만필』 갑에는 주점이 찍혀 있다.
9) 與 영남대본에는 "与"로 되어 있다.
10) 途 한씨문고본과 용재문고본에는 "道"로 되어 있다.
11) 途 한씨문고본과 승계본에는 "道"로 되어 있다.
12) 師 망창창재본 갑에는 이 뒤에 "師"가 더 있으나 연자衍字이다.
13) 旣不能知且信~又況敢以師道居乎 『병세집』에는 없다. 한편 『겸헌만필』 갑에는 이 대목 중의 "執塗之人而爾汝之~又況敢以師道居乎"에 주점이 찍혀 있다.
14) 孟子 『병세집』에는 없다.
15) 雖然, 孟子嘗嚴於師道 『겸헌만필』 갑에는 주점이 찍혀 있다.
16) 曹 『병세집』, 『연암산고』, 한씨문고본, 승계본에는 "曺"로 되어 있다.
17) 嘗 『병세집』에는 이 앞에 "故"가 더 있다.
18) 敎育之 『병세집』에는 없다.
19) 欲 『흠영』에는 "能"으로 되어 있다.
20) 其不欲輕師於人, 亦明矣 『겸헌만필』 갑에는 주점이 찍혀 있다.

역문풀이

공자의 일흔 제자: 『사기』史記 「공자 세가」孔子世家에 의하면 공자의 삼천 제자 중에 육예六藝를 통달한 이는 일흔두 명이었다고 한다.

공자의 일흔 제자가~참람僭濫되지 않은 것: 공자의 제자 재아宰我가 "공자의 도는 요순堯舜보다 훨씬 낫다"라고 한 말이 『맹자』 「공손추」公孫丑 상上에 보인다. 한편, 맹자는 "재아宰我와 자공子貢과 유약有若이 그 지혜가 족히 성인을 알 만하며, 설사 그들의 지혜가 낮다고 하더라도 좋아하는 사람에게 아첨하는 데는 이르지 않았다"라고 했는데, 이 말 역시 『맹자』 「공손추」 상上에 보인다.

만장萬章과 공손추公孫丑: 맹자의 제자들이다.

그 스승을 높인다고~견줄 뿐이었다: 공손추가 맹자에게 "제나라에서 요직要職을 담당한다면 관중管仲과 안자晏子의 공적을 이룰 수 있겠습니까"라고 질문하자, 맹자가 "증서曾西 같은 이조차 자신을 관중에게 비기는 것을 불쾌해했는데 나를 고작 관중이나 안자에 견주느냐"라며 힐난한 일을 이른다. 이 내용은 『맹자』 「공손추」 상上에 보인다.

진상陳相이 한 일을 꾸짖고: 일찍이 진상은 자기가 배운 유학의 도를 버리고 농가農家인 허행許行에게 수학하여 그의 설說을 좇았다. 맹자는 진상과의 대화 중에 이를 비판한 바 있다. 또 맹자는 진상이 스승을 저버리고 허행에게 수학한 일을 꾸짖었다. 이 내용은 『맹자』 「등문공」 상上에 보인다.

조교曹交를 문하門下에 받지 않았으며: 조曹나라 군주의 아우인 조교가 요순의 도에 관해 맹자와 문답하고, 관사館舍를 빌려 문하에서 수업하기를 희망하자 맹자는 예禮가 지극하지 못하고 도를 구하는 마음이 독실하지 못하다고 여겨 거절하고 돌려보냈다. 이 내용은 『맹자』 「고자」告子 하下에 보인다.

공자의 일흔 제자들이~않은 적이 없었다: 맹자는 기뻐하며 스승에게 심복心服한 예로 공자의 일흔 제자를 들고 있다. 관련 내용이 『맹자』 「공손추」 상上에 보인다.

항상 천하의~가르칠 것을 생각하고: 맹자는 군자의 세 가지 즐거움으로 부모가 모두 생존해 계시고 형제가 무고한 것, 하늘과 인간에 부끄럽지 않은 것, 천하의 영재를 얻어 교육하는 것을 들었다. 이 내용은 『맹자』 「진심」盡心 상上에 보인다.

원문풀이

敵: 항례抗禮할 수 있는 사람, 즉 벗을 말한다.

七十子之徒: 『사기』 「공자 세가」에 다음 구절이 보인다. "孔子以詩、書、禮、樂教, 弟子蓋三千焉, 身通六藝者七十有二人."

七十子之徒, 有稱其師賢於堯舜而不爲僭: 『맹자』「공손추」상上에 다음 구절이 보인다: "宰我
、子貢、有若智足以知聖人, 汚不至阿其所好. 宰我曰: '以予觀於夫子, 賢於堯、舜遠矣.' 子
貢曰: '見其禮而知其政, 聞其樂而知其德. 由百世之後, 等百世之王, 莫之能違也. 自生民
以來, 未有夫子也.' 有若曰: '豈惟民哉? 麒麟之於走獸, 鳳凰之於飛鳥, 太山之於邱垤, 河
海之於行潦, 類也. 聖人之於民, 亦類也. 出於其類, 拔乎其萃, 自生民以來, 未有盛於孔子
也.'"

萬章公孫丑之徒~不過乎管仲晏子之流: 『맹자』「공손추」상上에 다음 구절이 보인다: "公孫
丑問曰: '夫子當路於齊, 管仲、晏子之功, 可復許乎?' 孟子曰: '子誠齊人也, 知管仲、晏子而
已矣. 或問乎曾西曰:「吾子與子路孰賢?」曾西蹴然曰:「吾先子之所畏也.」曰:「然則吾子
與管仲孰賢?」曾西艴然不悅曰:「爾何曾比予於管仲? 管仲得君, 如彼其專也; 行乎國政, 如
彼其久也; 功烈, 如彼其卑. 爾何曾比予於是?」' 曰: '管仲、曾西之所不爲也, 而子爲我願
之乎?' 曰: '管仲以其君霸, 晏子以其君顯. 管仲、晏子猶不足爲與?' 曰: '以齊王, 由反手
也.'"

責陳相: 『맹자』「등문공」상上에 다음 구절이 보인다: "陳相見許行而大悅, 盡棄其學而學焉.
陳相見孟子, 道許行之言曰: '滕君則誠賢君也. 雖然, 未聞道也. 賢者與民並耕而食, 饔飧
而治. 今也滕有倉廩府庫, 則是厲民而以自養也, 惡得賢?' 孟子曰: '(…) 然則治天下獨可
耕且爲與? 有大人之事, 有小人之事, 且一人之身, 而百工之所爲備, 如必自爲而後用之, 是
率天下而路也. 故曰:「或勞心, 或勞力. 勞心者治人, 勞力者治於人.」治於人者食人, 治人
者食於人, 天下之通義也. (…) 吾聞用夏變夷者, 未聞變於夷者也. 陳良, 楚産也, 悅周公、
仲尼之道, 北學於中國, 北方之學者, 未能或之先也, 彼所謂豪傑之士也. 子之兄弟事之數
十年, 師死而遂倍之!'"

絶曹交: 『맹자』「고자」하下에 다음 구절이 보인다: "曹交問曰: '人皆可以爲堯、舜, 有諸?' 孟
子曰: '然.' '交聞「文王十尺, 湯九尺」, 今交九尺四寸以長, 食粟而已, 如何則可?' 曰: '奚
有於是? 亦爲之而已矣. 有人於此, 力不能勝一匹雛, 則爲無力人矣, 今曰舉百鈞, 則爲有力
人矣. 然則舉烏獲之任, 是亦爲烏獲而已矣. 夫人豈以不勝爲患哉? 弗爲耳. 徐行後長者,
謂之弟, 疾行先長者, 謂之不弟, 夫徐行者, 豈人所不能哉? 所不爲也. 堯、舜之道, 孝弟而已
矣. 子服堯之服, 誦堯之言, 行堯之行, 是堯而已矣; 子服桀之服, 誦桀之言, 行桀之行, 是桀
而已矣.' 曰: '交得見於鄒君, 可以假館, 願留而受業於門.' 曰: '夫道, 若大路然, 豈難知哉?
人病不求耳. 子歸而求之, 有餘師.'"

蓋未嘗不歡息於七十子之服孔子也: 『맹자』「공손추」상上에 다음 구절이 보인다: "孟子曰:
'以力假仁者霸, 霸必有大國; 以德行仁者王, 王不待大. 湯以七十里, 文王以百里. 以力服

人者, 非心服也, 力不瞻也, 以德服人者, 中心悅而誠服也, 如七十子之服孔子也. 『詩』云: 「自西自東, 自南自北, 無思不服.」此之謂也.'"

嘗思得天下之英才而教育之: 『맹자』「진심」상上에 다음 구절이 보인다: "孟子曰: '君子有三樂, 而王天下不與存焉. 父母俱存, 兄弟無故, 一樂也; 仰不愧於天, 俯不怍於人, 二樂也; 得天下英才而教育之, 三樂也. 君子有三樂, 而王天下不與存焉.'"

又患人之好爲師: 『맹자』「이루」상上에 "孟子曰: '人之患, 在好爲人師'"라는 말이 보인다.

번역의 동이

3-1　　공자의 일흔 제자가~여겼기 때문이다

* 공자의 70명의 제자들 중에 제 스승을 요순(堯舜)보다 어질다고 칭송하는 자가 있어도, 참람되이 여기지 않았다. 그가 스승의 어짊을 참으로 알고 그 도를 깊이 믿었다면, 해와 달도 크다고 할 만한 것이 되지 못하고, 태산(泰山)도 높다고 할 만한 것이 되지 못하며, 강과 바다도 깊다고 할 만한 것이 되지 못했을 것이다. 신호열·김명호, 20면

3-2　　항상 천하의~않았음이 분명하다

* 일찍이 맹자는 천하의 영재를 얻어 교육할 것을 생각했지만, 또 사람들이 남의 스승되기를 좋아하는 것을 근심하였으니, 그가 경솔하게 남에 대해 스승 노릇을 하고자 아니 한 것 역시 분명하다. 신호열·김명호, 21~22면)

4　　　지금 계우는 겨우 약관弱冠의 나이로 험한 길을 멀다 않고 폐백을 품고 책상자를 짊어진 채 스승을 찾아가 배우고자 하니, 나는 그 선생이 영재를 얻어 가르칠 것을 생각하시는 분이라는 것과 가벼이 남의 스승이 되려고 하시지 않는 분이라는 걸 알겠다. 내 말을 반드시 명심해 먼저 선생께 예물을 드린다면, 선생도 응당 답이 있으실 것이다. 이에 글을 써서 계우에게 준다.

　　　　今季雨, 年纔弱冠,[1] 不遠道路[2]之險, 抱棗脯負書笈,[3] 徃從乎其師,[4] 吾知先生必思得英才而教育[5]之也, 又不欲輕師於人人也. 其必以吾說, 先贄於先生, 則先生宜有以[6]答也. 遂書而贈之.[7]

역문풀이

약관弱冠: 20세. 남자가 관례冠禮를 하는 나이를 이른다.

폐백: 원문은 "棗脯"(조포)이다. 원래 '대추와 마른 고기'란 뜻인데, 여기서는 스승에게 배움
을 구할 때 가져가는 폐백을 가리킨다. 『예기』「곡례」曲禮 하下에 의하면 천자는 검은 기
장으로 빚은 술을, 제후諸侯는 옥을, 경卿은 새끼 양을, 대부大夫는 기러기를, 사士는 꿩
을, 서인庶人은 베를, 부인婦人은 과일, 말린 고기, 대추, 밤 등을 폐백으로 삼았다.

번역의 동이

4-1　　　내 말을 반드시~답이 있으실 것이다

▪ 　아마도 틀림없이 나의 이 말로써 먼저 그 선생님께 예물 삼아 올릴 터인데 선생님께서도 의당 답
이 있으실 것이다. 신호열·김명호, 22면

---

1) **年纔弱冠**　『병세집』에는 없다.
2) **路**　『병세집』에는 "塗"로 되어 있다.
3) **抱棗脯負書笈**　『병세집』에는 "負書笈抱棗脯"로 되어 있다.
4) **往從乎其師**　『병세집』에는 "往從于雲坪, 盖將以師之也"로 되어 있다.
5) **育**　『병세집』에는 없다.
6) **以**　『병세집』에는 없다.
7) **今季雨~遂書而贈之**　『흠영』에는 없다.

『병세집』의 원문

贈季雨序

1 師道廢久矣. 自仲尼歿, 而孟子已下, 皆未得以師道自居. 彼曰師、曰弟子云爾者, 未必篤, 道旣不足以必信, 則師斯不足以爲尊矣.

2 孔子呼門弟子, 必稱參、回、賜、商、赤、由、雍而爾汝之也者, 魯之方音, 此待子弟之道, 弟子者, 子弟也. 故門人疑孔子服, 子貢曰: "昔子喪顏淵, 若喪子而無服, 今門人若喪父而無服." 門人之於師猶父子然, 其不信矣乎!

3 孟子未嘗名門弟子, 必稱子. 子者, 尊之之辭, 此友與友之道也. 七十子之徒, 有稱其師賢於堯、舜, 彼旣眞知篤信, 則天地不足以爲大, 日月不足以爲高, 河海不足以爲深矣. 萬章、公孫丑之徒, 才識下, 不足以眞知而深信, 則極尊其師, 不過乎管仲、晏子之流. 故孟子於門人, 有問則答, 未嘗言其志. 雖然, 嘗嚴於師道, 責陳相絶曺交. 盖未嘗不歎息於七十子之服孔子也, 故嘗思得天下之英才, 而又患人之好爲師, 其不欲輕師於人, 亦明矣.

4 今季雨, 不遠道塗之險, 負書笈抱棗脯, 徃從于雲坪, 盖將以師之也. 吾知先生必思得英才而敎之也, 又不欲輕師於人人也. 其必以吾說, 先贄於先生, 則先生宜有答也. 遂書而贈之.

🏵 박영철본의 말비

- 공자와 맹자는 그 살았던 시대가 불과 백여 년밖에 차이가 나지 않지만, 사제지간師弟之間의 정의情誼는 치수淄水와 면수澠水의 물맛처럼 판연히 다르다. 나는 이 글을 읽으면서 세도世道가 갈수록 낮아지는 것을 탄식하지 않은 적이 없다.[1]

  孔與[2]孟不過百餘年,[3] 師弟間契誼, 判若[4]淄、澠.[5] 余讀斯文, 未嘗不歎[6]世道之趣下也.

역문풀이

공자와 맹자는~나지 않지만: 맹자는 요순堯舜의 도道가 요순이 죽은 후 오백 년 뒤에 탕왕湯王으로 이어지고, 탕왕이 죽은 후 오백 년 뒤에 문왕文王에게로 이어지며, 문왕이 죽은 후 오백 년 뒤에 공자에게로 이어져 왔다고 보고, 자신과 공자는 백여 년의 상거相距에 지나지 않음에도 불구하고 그 도가 제대로 이어지지 못하고 있음을 한탄하였다. 관련 내용이 『맹자』 「진심」 하下에 보인다.

치수淄水와 면수澠水의~판연히 다르다: '치수'와 '면수'는 지금의 산동성山東省에 있는 하천들로 그 근원이 서로 다르다. 제환공齊桓公의 신하였던 역아易牙는 맛을 잘 판별하였는데 치수와 면수를 섞어 놓아도 그 물맛을 보면 어느 것이 치수고 어느 것이 면수인지 금방 알아낼 수 있었다고 한다.

---

1) 이 평은 『겸헌만필』 갑, 한씨문고본, 승계본, 영남대본, 용재문고본, 망창창재본 갑, 망창창재본 을에도 있다.
2) 與 『겸헌만필』 갑, 영남대본, 용재문고본에는 "与"로 되어 있다.
3) 年 『겸헌만필』 갑에는 "秊"으로 되어 있다.
4) 若 용재문고본에는 "官"으로 되어 있으나 오기이다.
5) 澠 한씨문고본, 승계본, 영남대본, 용재문고본, 망창창재본 갑, 망창창재본 을에는 "渑"으로 되어 있다.
6) 歎 『겸헌만필』 갑, 한씨문고본, 영남대본, 용재문고본에는 "嘆"으로 되어 있다.

원문풀이

孔與孟不過百餘年: 『맹자』「진심」하下에 다음 구절이 보인다: "孟子曰: '由堯﹑舜至於湯, 五百有餘歲, 若禹﹑皐陶, 則見而知之, 若湯, 則聞而知之; 由湯至於文王, 五百有餘歲, 若伊尹﹑萊朱, 則見而知之, 若文王, 則聞而知之; 由文王至於孔子, 五百有餘歲, 若太公望﹑散宜生, 則見而知之, 若孔子, 則聞而知之. 由孔子而來, 至於今, 百有餘歲, 去聖人之世, 若此其未遠也, 近聖人之居, 若此其甚也, 然而無有乎爾, 則亦無有乎爾.'"

번역의 동이

▪ 공자와 맹자는 100여 년밖에 차이가 나지 않지만, 사제 간의 친분이 치수(淄水)와 승수(澠水)같이 판이하였다. 나는 이 글을 읽으면서 세상의 도의가 날로 하락한 것을 한탄하지 않은 적이 없다. 신호열·김명호, 22면

먼 곳에 있는 스승에게 배우러 떠나는
계우에게 주는 글

　사도師道가 사라진 지 오래니, 공자孔子가 돌아가신 후 맹자孟子 이래로 누구도 사도師道를 자처하지 못했다. 입으로 '우리 스승'이 어떻고 입으로 '누구의 제자'라고 말하는 이들도 그 스승의 훌륭함을 진정으로 알지 못하여 그 도道를 믿는 것이 독실하지 못했고, 도道를 온전히 믿지 못하니 스승을 존경할 수 없었던 것이다.

　공자는 제자를 부를 때 반드시 '삼參아' '회回야' '사賜야' '상商아' '적赤아' '유由야' '옹雍아'라고 이름을 불렀으며, '너'라고 지칭하였다. 대저 이름을 막 부르고 '너'라고 지칭하는 것은 자제로부터 머슴과 종에 이르기까지 모두 그렇게 할 수 있다. 그래서 공자께서 돌아가셨을 때 제자들은 복服을 입어야 하는지 말아야 하는지를 결정하지 못하고 있었는데, 자공子貢이 다음과 같이 말하였다.

　"예전에 안연顔淵이 죽었을 때, 스승님께서는 마치 자식을 잃은 듯 여기셨으나 복을 입지는 않으셨다. 그러니 이제 우리 제자들도 아버지를 잃은 듯 여기되 복을 입지는 말아야 한다."

　이와 같았으니 스승과 제자의 사이가 부자지간父子之間 같았음을 어찌 믿지 않을 수 있겠는가? 안연의 아버지가 공자에게 타고 다니시던 수레를 팔아 안연의 곽槨을 마련해 줄 것을 요청했으나 공자께서 이를 수락하지 않은 것과, 제자들이 안연의 장례를 후히 치르자 공자께서 한탄하신 것은, 제자를 자식과 같이 여기셨기 때문이다. 한편, 자기 자식인 백어伯魚에게 시詩와 예禮 외에 다른 것은 일러 주지 않으셨던 것은 자식을 제자와 같이 여기셨기 때문이다.

　맹자는 제자弟子의 이름을 부르지 않고, 반드시 '그대'라고 지칭했다. '그대'는 상대방을 높이는 말로, 친구로부터 임금, 공경公卿, 아버지, 스승에 이르기까지 쓸 수 있는 말이다. 제자를 이렇게 부른 것은 벗을 대하는 도리로 제자를 대했음을 뜻한다.

　공자의 일흔 제자가 그 스승을 요순堯舜보다 낫다고 말하고도 참람僭濫되지 않은 것은 저들이 스승을 진정으로 알고 그 도道를 깊이 믿어, 그 스승에 비하면 일월日月도 크다 할 수 없고, 태산도 높다 할 수 없으며, 하해河海도 깊다 할 수 없다고 여겼기 때문이다.

　　만장萬章과 공손추公孫丑의 무리들은 재주와 식견이 낮아 스승을 진정으로 알고 그 도를 깊이 믿는 것이 부족했기 때문에, 그 스승을 높인다고 하면서도 겨우 그 스승을 관중管仲이나 안자晏子의 무리에 견줄 뿐이었다. 그래서 맹자는 제자들의 질문에 답은 하되, 일찍이 자신의 뜻을 그들에게 말한 적이 없었다. 스승을 알지 못하고 그 도를 믿지 않을진댄 그 스승은 길 가다 만난 사람과 다를 바 없으니, 길 가는 사람을 붙들고 '너'라고 말하는 것도 있을 수 없는 일이거늘, 하물며 어찌 사도師道를 자처할 수 있겠는가? 비록 그러나 맹자는 일찍이 사도師道에 엄격하여 진상陳相이 한 일을 꾸짖고 조교曹交를 문하門下에 받지 않았으며, 공자의 일흔 제자들이 스승에게 심복心服한 것을 찬탄하지 않은 적이 없었다. 항상 천하의 영재를 얻어 그들을 가르칠 것을 생각하고, 또 사람들이 스승 노릇하길 좋아하는 걸 우려했으니, 쉽게 남의 스승이 되려고 하지 않았음이 분명하다.

　　지금 계우는 겨우 약관弱冠의 나이로 험한 길을 멀다 않고 폐백을 품고 책상자를 짊어진 채 스승을 찾아가 배우고자 하니, 나는 그 선생이 영재를 얻어 가르칠 것을 생각하시는 분이라는 것과 가벼이 남의 스승이 되려고 하시지 않는 분이라는 걸 알겠다. 내 말을 반드시 명심해 먼저 선생께 예물을 드린다면, 선생도 응당 답이 있으실 것이다. 이에 글을 써서 계우에게 준다.

필세 이야기
筆洗說

⑴　골동 그릇을 팔려고 내놨지만 3년이 되도록 팔지 못한 자가 있었다. 재질은 투박하니 돌이었다. 술잔인가 하면 겉은 비뚤하고 안으로 말렸으며 기름때가 그 빛을 가리고 있었다. 온 나라 사람 가운데 아무도 돌아보는 이가 없었으며 부귀가富貴家를 전전하면서 값은 더욱 떨어져 고작 수백 푼밖에 안 되게 되었다. 그러던 어느 날 누가 그걸 서군徐君 여오汝五에게 갖다 보여 주었다. 여오는 이렇게 말했다.

"이건 붓 빠는 그릇이야. 이 돌은 중국 복주福州 수산壽山의 오화석갱五花石坑에서 나는 것으로 옥에 버금가며 옥돌과 마찬가지지."

그러더니 값의 고하도 묻지 않고 그 자리에서 팔천 푼을 내주었다. 그리고 나서 그 때를 닦아 내니 예전의 투박해 보이던 것이 둥근 꽃무늬에다 쑥잎과 같은 청록색을 띠었으며, 비뚤고 말린 모양은 흡사 가을 연蓮이 시들면서 잎사귀가 말린 것과 같았다. 이리하여 마침내 국중國中의 명기名器가 되었다.

여오는 이렇게 말했다.

"천하의 물건 중 그릇 아닌 게 어디 있겠는가! 그 쓰일 곳에 쓰는 것이 중요할 따름일세. 무릇 붓이 먹을 머금어 부레가 굳으면 뭉텅하게 되기 쉬우므로 항상 먹물을 씻어내 부드럽게 해 주어야 하거늘, 그래서 이것이 붓 빠는 그릇이 된 거지."

有鬻古器而三年[1]不售者, 質頑然石也. 以爲飮器也, 則外竄而內卷, 垢膩之掩其光也. 遍國中未有顧之者, 更歷貴富家, 價愈益下至數百. 一日有持而示徐君汝五者, 汝五曰: "此筆洗也. 石産於[2]福州[3]壽山 五花石坑, 次玉而如珉者也." 不問値[4]高下, 立與[5]八千. 刮其垢, 而昔之頑然者, 乃石之暈而艾葉綠也; 形之窊且卷者, 如秋荷之枯而卷其葉也. 遂爲國中之名器. <u>汝五</u>曰: "天下之物, 其有不器者乎! 顧所以用得其當耳.[6] 夫毫之含墨, 膠固則易禿, 常滌[7]其墨而柔之, 此其器之爲筆洗也."

역문풀이

수백 푼: 몇 냥에 해당한다. 1푼은 100분의 1냥이다.

서군徐君 여오汝五: 서상수徐常修(1735~1793)를 말한다. '여오'는 그 자字다. 또다른 자는 백오伯五이고, 호는 관재觀齋·기공旂公이며, 본관은 달성이다. 서명창徐命昌의 서자로, 1774년(영조 50) 생원시에 급제하여 종8품 벼슬인 광홍창 봉사廣興倉奉事를 지냈다. 연암 일파의 한 사람으로, 연암을 비롯해 이덕무·박제가·유득공 등과 친밀하게 지냈다. 시詩·서書·화畵에 모두 조예가 있었으며, 특히 음률에 밝아 그의 퉁소 연주는 국수國手의 수준이었다고 전한다. 서화書畵·골동骨董에 대한 감식안이 높아 당대에 그 방면의 제1인자로 꼽혔다.

복주福州: 중국 복건성福建省 일대.

수산壽山: 복건성 민후현閩侯縣의 북쪽에 있는 산. 질 좋은 옥돌이 산출되는 곳으로 유명하다.

오화석갱五花石坑: 수산壽山으로부터 10여 리쯤 떨어진 곳에 있는 채석장. 이곳에서는 황색, 백색, 회색, 녹색, 갈색의 곱돌이 산출되는데,『복주부지』福州府志에 따르면 그 중 쑥빛의 녹색 돌이 가장 구하기 힘들다고 한다.

부레: 물고기를 삶아서 얻은 아교 성분의 액체. 옛날에는 소나무를 태워 만든 그을음에다 부레를 섞어서 먹을 만들었다.

그릇: 여기서 그릇은 단지 실용적 물건으로서의 기물器物만이 아니라 쓸 만한 것을 통칭하는

본서에서 검토하는, 이 작품이 수록된 주요한 이본은 다음과 같다:『흠영』,『겸헌만필』갑,『연암산고』, 한씨문고본, 승계본, 영남대본, 용재문고본, 망창창재본 갑, 망창창재본 을.

1) **年** 『겸헌만필』갑에는 "季"으로 되어 있다.
2) **於** 한씨문고본과 용재문고본에는 빠져 있다.
3) **州** 한씨문고본과 용재문고본에는 이 뒤에 "州"가 더 있으나 연자衍字이다.
4) **値** 승계본에는 "價"로 되어 있다.
5) **與** 승계본과 영남대본에는 "与"로 되어 있다.
6) **天下之物~顧所以用得其當耳** 『겸헌만필』갑에는 주점이 찍혀 있다.
7) **滌** 용재문고본에는 "條"로 되어 있으나 오기이다.

비유적 의미도 내포하고 있다. 이를테면 '그 사람은 그릇이다'라고 할 때의 그런 그릇의 의미를 내포하고 있다.

원문풀이

頑然: 단단하고 울퉁불퉁한 모양. 흔히 돌이나 바위를 형용하는 말로 쓴다.

暈: 돌에 나 있는 둥근 꽃무늬花文石를 말한다.

번역의 동이

1-1 재질은 투박하니~가리고 있었다

▪ 질(質)이 검질긴 듯한 돌이었다. 술잔〔飮器〕이라 하려 해도 겉이 비틀어졌고 안쪽으로 말려들었으며 때 기름에 빛깔이 덮여 있었다. 이익성, 「朴趾源」, 103면

▪ 그 바탕은 툭박진 돌이었다. 술잔으로 쓰자 해도 겉이 비뚤어지고 안쪽으로 말려들었으며 기름때가 본래의 광택을 가리고 있었다. 김혈조, 「그렇다면 도로 눈을 감고 가시오」, 243면

▪ 그 바탕은 딱딱한 것이 돌이었는데, 술잔으로나마 쓰려 해도 밖은 낮고 안이 말려 있는 데다, 기름때가 그 빛을 가리고 있었다. 정민, 「비슷한 것은 가짜다」, 307면

▪ 그릇의 재질은 투박스러운 돌이었다. 술잔이라고 보기에는 겉이 틀어지고 안으로 말려들었으며, 기름때가 끼어 광택을 가리고 있었다. 신호열·김명호, 「연암집 중」, 113면

1-2 그 자리에서 팔천 푼을 내주었다

▪ 그 자리에서 8천을 주었다. 이익성, 103면

▪ 그 자리에서 8천을 주었다. 김혈조, 243면

▪ 그 자리에서 8천을 주었다. 정민, 307면

▪ 즉석에서 8천을 내주었다. 신호열·김명호, 114면

1-3 그러고 나서~말린 것과 같았다

▪ 그리고 돌의 때를 긁어내니, 그 검질기게 보이던 것이 이에 돌 무늬로서 쑥 잎처럼 푸르고, 모양이 비틀어지고 말려든 것은, 가을 연(蓮)이 마르면서 잎사귀가 말려든 것과 같은 것이어서 이익성, 103면

▪ 돌의 기름때를 닦아내니, 이전에 툭박지게 보이던 것이 그제서야 돌의 무늬가 생기고 푸른 빛을 띠었다. 비뚤어지고 말려든 모양은 가을날 연잎이 마르면서 그 잎을 말아놓은 것과 같았다. 김혈조, 243면

▪ 그 때를 벗겨내자 앞서 딱딱하던 것은 바로 돌의 무늬결이었고, 쑥색을 띤 초록빛이었다. 형상이 낮고 또 말려있던 것은 마치 가을 연잎이 시들어 그 잎새가 말려진 것과 같았다. 정민, 307면

▪ 그러고는 때를 긁어내니, 예전에 투박스럽게 보였던 것은 바로 물결 모양의 무늬가 있고 쑥잎처럼 새파란 돌이었다. 비틀어지고 끝이 말려든 모양은 마치 말라서 그 잎이 또르르 말린 가을의 연꽃과 같았다. 신호열·김명호, 114면

1-4　천하의 물건~중요할 따름일세

* 천하의 물(物)에 기구(器具)로 안 되는 것이 어찌 있겠는가, 적당하게 쓰기에 있다. 이익성, 103면
* 천하의 물건 가운데 그릇으로 쓰지 못할 것이 뭐가 있겠는가? 그 적당한 용처를 얻어 사용하기에 달렸을 뿐이다. 김혈조, 243면
* 천하의 물건이 그릇으로 하지 못할 것이 어디 있겠는가? 생각건대 그 마땅함을 얻어야 쓰이는 것일 뿐이다. 정민, 308면
* 천하의 물건치고 하나의 그릇이 아닌 것이 어디 있겠는가. 다만 꼭 맞는 곳에 사용할 따름이다. 신호열·김명호, 114면

2　대저 골동서화에는 수장가收藏家와 감상가感賞家의 두 부류가 있는데, 감상할 줄 모르면서 무턱대고 수장만 하는 이는 부유하긴 하나 자기의 귀만을 믿는 자이고, 감상능력은 뛰어나나 수장할 처지가 못 되는 이는 가난하긴 해도 자신의 눈을 저버리지 않는 자이다. 우리나라에는 간혹 수장가가 있다고 할지라도 서적은 건양建陽에서 나온 방각본坊刻本이요, 서화는 금창金閶에서 만들어 낸 가짜 따위일 뿐이다. 밤색이 도는 향로를 곰팡이가 피었다며 갈아서 깨끗이 하고자 하는가 하면, 장경지藏經紙는 때가 탔다면서 물로 씻으려 들고, 조잡한 물건을 보고 값을 높게 치는가 하면 진귀한 물건은 버려두고 수장하지 못하니 또한 슬플 따름이다.

신라 선비는 당나라에 건너가 국자감國子監에 입학하였고 고려 사람은 원나라에 유학 가 과거에 급제했으므로 안목을 툭 틔우고 가슴을 열 수 있어서 감상학感賞學 또한 당세에 성대할 수 있었다. 본조本朝가 들어선 지 삼사백 년이 되자 풍속은 더욱 비루해져 비록 해마다 연경燕京을 오가지만 들여오는 것은 썩은 약재나 거친 명주가 고작이다. 우虞나라와 하夏나라, 은殷나라와 주周나라의 옛 그릇과 종요鐘繇와 왕희지王羲之, 고개지顧愷之와 오도자吳道子의 진품이 언제 한 번이라도 압록강을 건너온 적이 있었던가!

夫書畵[1]古董, 有收藏鑑賞二家. 無鑑[2]賞而徒收藏者, 富而只信其耳者也; 善乎鑑[3]賞而不能收藏[4]者, 貧而不負其眼者也. 東方雖或有收藏家, 而載籍則建陽之坊刻, 書畵[5]則金閶之贗本爾. 栗皮之鑪以爲黴而欲磨, 藏經之紙以爲浣[6]而欲洗, 逢濫惡則高其值, 遺珍秘而不能藏, 其亦可哀也已. 新羅之士, 朝唐而入國學, 高麗之人, 遊[7] 元而登制科, 能拓眼而開胸,[8] 其於鑑[9]賞之學,[10] 蓋亦彬彬於當世矣. 國朝以來, 三四 百年, 俗益鄙野, 雖歲通于燕, 而乃腐敗之藥料, 麤疏之絲絹[11]耳. 虞、夏、殷、周之古器, 鍾、王、顧、吳之眞蹟, 何嘗一渡乎鴨水哉!

역문풀이

골동: 원문은 "古董"이다. '고동'은 진귀하고 희귀한 옛 물건을 일컫는 말인데, 후대에 '골
동'骨董이라는 말이 '고동'과 같은 의미로 사용되게 되었다. 원래 골동은 자잘하고 잡다
한 사물이나 진부한 지식, 판에 박은 내용 따위를 가리키는 말이었지만, 명대明代 이래
고기古器를 가리키는 말로도 쓰이게 되었다.

수장가收藏家: 서화나 골동품의 수집을 취미로 하는 사람, 즉 컬렉터를 말한다.

감상가感賞家: 서화나 골동품에 대한 감식력이 있는 사람을 가리킨다.

자기의 귀만을 믿는 자: 남의 말, 즉 남이 평가하는 말에 의거해 골동품을 수집하는 사람을
가리킨다.

자신의 눈을 저버리지 않는 자: 자신의 안목에 따라 골동품을 감상하는 사람을 말한다.

건양建陽에서 나온 방각본坊刻本: '건양'은 지금의 섬서성 장안현長安縣 일대를 가리키는데,
원대元代 이후 이곳에서 서적이 활발히 유통, 매매되었다. '방각본'이란 민간에서 상업
적으로 출판한 책을 관본官本이나 서숙본書塾本과 구별해서 일컫는 말이다. 방각본 중에
가장 유명한 것으로는 북송대北宋代 건양의 마사서림본麻沙書林本, 남송대南宋代 임안臨安
의 목친방본睦親坊本과 행도방본行都坊本을 꼽는다. 방각본은 대체로 관본에 비해 조잡한
것이 많다.

---

1) **畵** 『겸헌만필』 갑에는 "画"로 되어 있다.
2) **鑑** 『겸헌만필』 갑에는 "鑒"으로 되어 있다.
3) **鑑** 『겸헌만필』 갑에는 "鑒"으로 되어 있다.
4) **無鑑賞而徒收藏者~善乎鑑賞而不能收藏** 『겸헌만필』 갑에는 주색 첨권이 쳐져 있다.
5) **畵** 『겸헌만필』 갑, 한씨문고본, 용재문고본에는 "画"로 되어 있다.
6) **浣** 망창창재본 갑에는 "浣"으로 되어 있다.
7) **遊** 한씨문고본과 용재문고본에는 "游"로 되어 있다.
8) **胸** 『연암산고』에는 "胷"으로 되어 있다.
9) **鑑** 『겸헌만필』 갑과 『연암산고』에는 "鑒"으로 되어 있다.
10) **學** 한씨문고본과 용재문고본에는 빠져 있다.
11) **絹** 한씨문고본과 용재문고본에는 "絹"으로 되어 있다.

금창金閶에서 만들어 낸 가짜: '금창'은 강소성江蘇省 소주蘇州를 가리킨다. 18세기 무렵 소주가 상업도시로 성장하면서 직업 화가들이 대거 출현하여 대중적 요구에 부응하는 그림을 제작하기 시작했던바, 여기서 말하는 '가짜'란 소주의 상업 화가들이 그린 모본摹本을 가리키는 것으로 추정된다.

밤색이 도는 향로: 향로가 오래돼서 은은한 밤색 빛깔이 도는 것이 상품上品의 향로이다.

장경지藏經紙: 중국에서 제조된 종이의 하나로, 명주실로 만든, 광택이 나는 견고한 황색의 종이를 말한다. 절강성 해염현海鹽縣 금률사金栗寺의 대장경大藏經이 이 종이에 필사된 데서 '장경지'라 불리게 되었다. 이 장경지는 소주蘇州 승천사承天寺에서 제조되었다고 한다.

감상학感賞學: 골동서화의 감식과 관련된 학문을 말한다.

우虞나라: 순舜 임금이 세웠다고 전해지는 나라인 당우唐虞를 가리킨다.

종요鍾繇: 위魏나라의 서예가로 예서隸書, 해서楷書, 행서行書에 뛰어났다. 특히 왕희지王羲之가 그의 서체를 존경했다고 한다.

왕희지王羲之: 동진東晉의 서예가로 '서성'書聖이라 일컬어진다. 자字는 일소逸少이고, 우군右軍 벼슬을 하여 흔히 '왕우군'王右軍으로 불린다. 예서隸書의 대가였고, 한漢·위魏의 비문을 연구하여 해서, 행서·초서草書의 서체를 완성함으로써 예술로서의 서예의 위치를 확립하였다.

고개지顧愷之: 동진東晉의 화가이자 회화이론가로 '화성'畵聖이라 일컬어진다. 인물화에 능했으며 전신傳神의 중요성을 논한 화론畵論으로도 유명하다.

오도자吳道子: 당나라의 화가. 현종玄宗이 총애하여 도현道玄이라는 이름을 지어주었기에 '오도현'吳道玄이라고도 한다. 불화佛畵와 도석화道釋畵에 뛰어나 사원의 벽화를 창작하는 데 일생을 바쳤다.

원문풀이

載籍: 서적.

黴미: 곰팡이가 핀다는 뜻.

彬彬: 문채와 바탕이 함께 갖추어져 찬란하고 훌륭한 모양.

번역의 동이

2-1   대저 골동서화에는~저버리지 않는 자이다

· 대저 서화고동(書畵古董)에 대해, 수장(收藏)하는 사람과 감상(鑑賞)하는 사람의 두 길이 있다. 감

상할 줄은 모르면서 한갓 수장하는 자는 부유해서 얻어들은 제 귀만 믿는 자이다. 감상은 잘하면서 능히 수장하지 못하는 자는, 가난하기는 해도 그 안식(眼識)은 저버리지 않는 자이다. 이익성, 104면

- 무릇 서화 골동(書畵古董)에는 수장하는 사람과 감상하는 사람 두 부류가 있다. 감상할 줄은 모르면서 한갓 수장만 하는 사람은 부유하여 많이 수장했다는 소리를 듣기 위해 자신의 귀만 믿는 자이다. 감상은 잘하면서도 수장할 수 없는 사람은 가난하기는 해도 자신의 눈을 저버리지 않는 자이다. 김혈조, 244면

- 대저 서화(書畵)와 골동은 수장하는 자와 감상하는 자 두 종류가 있다. 감상하는 안목은 없으면서 한갓 수장만 하는 자는 돈만 많아 단지 그 듣는 대로 믿는 자이고, 감상하는 안목은 뛰어나지만 능히 수장하지 못하는 자는 가난해도 그 눈을 저버리지 않는 자이다. 정민, 308면

- 무릇 서화나 골동품에는 수장가가 있고 감상가가 있다. 감상하는 안목이 없으면서 한갓 수장만 하는 자는 돈은 많아도 단지 제 귀만을 믿는 자요, 감상은 잘하면서도 수장을 못 하는 자는 가난해도 제 눈만은 배신하지 않는 자이다. 신호열·김명호, 114면

2-2 밤색이 도는~슬플 따름이다

- 율피색(栗皮色) 화로를 곰팡이 피었다 해서 갈아없애고자 하고, 장경지본(藏經紙本)을 더러워졌다 해서 씻고자 한다. 엉터리 물건을 보고 그 값을 올리며, 진품(珍品)은 버려두고 능히 수장하지 못하니, 그 또한 슬플 뿐이다. 이익성, 104면

- 밤톨 껍질 같은 빛깔의 화로를 곰팡이가 피었다고 여겨 갈아 없애려 하고, 대장경이나 경전의 종이가 더러워졌다 해서 씻으려 한다. 엉터리 물건을 보고는 값을 올리며, 진품은 버려두고 수장할 줄 모르니 그 또한 슬플 뿐이다. 김혈조, 244면

- 밤껍질 빛깔의 청동 화로에 곰팡이가 피었다고 갈아버리려고 하고, 장경(藏經)의 종이가 더럽다고 씻어내려 한다. 엉터리 나쁜 물건을 만나서는 그 값을 높게 주고, 보배로운 물건은 버려두어 수장할 줄 모르니 그 또한 슬퍼할 만할 따름이다. 정민, 308면

- 율피색(栗皮色) 화로를 곰팡이가 피었다고 여겨 긁어내려 하고, 장경지(藏經紙)를 더럽혀졌다고 여겨 씻어서 깨끗이 만들려고 한다. 조잡한 물건을 만나면 높은 값을 쳐주고, 진귀한 물건은 버리고 간직할 줄 모르니, 그 또한 슬픈 일일 따름이다. 신호열·김명호, 114~115면

3 근세의 감상가로는 상고당尙古堂 김씨金氏를 일컫는다. 그러나 그에게는 재기와 의취意趣가 없으니 충분히 훌륭하지는 않다. 대개 김씨는 감상학을 처음으로 연 공이 있으며, 여오는 묘경妙境을 꿰뚫어보는 식견이 있어 뭐든지 과안過眼하기만 하면 진위眞僞를 판별해 내고 겸하여 재기와 의취도 갖추었으니 훌륭한 감상가라 하겠다.

여오는 천성이 총명하여 문장에 능하고 작은 글씨의 해서楷書도 잘 쓰며 소미小米의 발묵법潑墨法을 잘 구사하는 데다 음악에도 두루 통하였다. 봄가을 한가한 날이면 뜰에 물을 뿌려 깨끗이 소제한 뒤 향을 사르며 차 맛을 품평하였다. 여오는 언젠가 집안이 가난하여 골동서화를 수장하지 못함을 탄식했으며, 또한 시속時俗에서 골동서화를 완상하길 좋아하는 자신에 대해 입방아를 찧는 것을 두려워하여 울적해 하며 나에게 이렇게 말한 적이 있다.

"완물상지玩物喪志한다고 나를 꾸짖는 자들이 어찌 나를 진정으로 안다고 할 수 있겠습니까! 감상이란 시교詩敎와 같지요. 곡부曲阜에 있는 공자의 신발을 보고 감발하지 않는 자가 있겠습니까? 점대漸臺에서 죽은 왕망王莽의 울두熨斗를 보고 누가 경계하지 않겠습니까?"

나는 여오를 이렇게 위로하였다.

"감상이란 구품중정九品中正의 학문이지요. 옛날 허소許劭는 착한 자와 사특한 자를 품평함이 경수涇水와 위수渭水의 청탁淸濁처럼 분명했건만, 당시에 그를 알아주는 자가 있었단 얘기를 들어본 적이 없습니다. 지금 그대는 감상에 조예가 깊어 버려진 그릇들 사이에서 이것을 알아봐 빛을 보게 할 수 있었습니다. 아! 하지만 그대는 그 누가 알아준단 말입니까!"

近世鑑[1]賞家, 號稱尙古堂 金氏, 然無才思, 則未盡美矣. 蓋金氏有開創[2]之功, 而汝五有透妙[3]之識, 觸目森羅, 卞[4]別眞贗, 兼乎才思, 而善鑑[5]賞者也. 汝五性聰慧, 能文章, 工小楷, 兼善小米潑墨之法, 旁通律呂. 春秋暇日, 汎掃庭宇, 焚[6]香品茗. 嘗歎家貧而不能收藏, 又恐流俗從而噪之, 則顧鬱鬱謂余曰: "誚我以玩物喪志者, 豈眞知我哉! 夫鑑[7]賞[8]者, 『詩』之敎也. 見曲阜之履, 而豈有不感發者乎? 見漸臺之斗, 而豈有不懲創者乎?"[9] 余乃慰之曰: "鑑[10]賞[11]者, 九品中正之學也.[12] 昔許劭品藻淑慝,

---

1) 鑑 『겸헌만필』 갑과 『연암산고』에는 "鑒"으로 되어 있다.
2) 創 『겸헌만필』 갑, 『연암산고』, 한씨문고본, 승계본, 영남대본, 용재문고본, 망창창재본 갑, 망창창재본 을에는 "刱"으로 되어 있다.
3) 妙 『겸헌만필』 갑에는 "玅"로 되어 있다.
4) 卞 영남대본에는 "辨"으로 되어 있다.
5) 鑑 『겸헌만필』 갑, 『연암산고』, 영남대본, 용재문고본에는 "鑒"으로 되어 있다.
6) 焚 승계본에는 "棽"으로 되어 있다.
7) 鑑 『겸헌만필』 갑, 『연암산고』, 영남대본, 용재문고본에는 "鑒"으로 되어 있다.
8) 賞 한씨문고본에는 "賫"으로 되어 있으나 오기이다.

判若<u>涇</u>、<u>渭</u>, 而未聞當世能知許<u>劭</u>者也. 今<u>汝五工</u>於<u>鑑</u>[13]賞, 而能識拔此器於衆棄之中. 嗚呼! 知<u>汝五</u>者, 其誰歟!"[14]

역문풀이

상고당尙古堂 김씨金氏: 조선 후기의 화가이자 수장가인 김광수金光遂(1699~1770)를 말한다. '상고당'은 그의 호다. 이조판서 김동필金東弼의 아들로, 본관은 상주尙州이며 자는 성중 成仲이다.

과안過眼: 눈으로 봄.

해서楷書: 한문 서체의 하나. 후한後漢의 왕차중王次仲이 예서를 변화시켜 쓰기 시작한 것으로, 한 점 한 획을 독립하여 방정方正하게 쓰는 것이 특징이다.

소미小米의 발묵법潑墨法: '소미'는 미불米芾의 아들인 미우인米友仁(1074~1153)을 가리킨다. 아버지인 미불은 '대미'大米라 칭했고, 미우인은 '소미'라 칭했다. 여기서 '소미의 발묵법'이란, 미우인이 습윤한 강남江南의 산수를 표현하기 위해 즐겨 구사했던 선염渲染(바림, 즉 물감이 번지게 하는 기법)과 젖은 먹점을 말한다.

완물상지玩物喪志: 애호하는 사물에 침혹하여 올바른 본성을 잃는 것을 이르는 말이다. 이 말은 원래 『서경』書經에 나오는데, 송대에 신유학자新儒學者들은 심성 수양을 특히 강조하면서 도학 이외에 사물에 대해 이런저런 취미를 갖는 것을 이 말로 경계하거나 비판하였다. 심지어는 글을 외는 것이나 박식함, 나아가 시문詩文의 창작조차도 '완물상지'라고 보기까지 하였다.

시교詩教: 공자는 『시경』詩經을 편찬하면서 『시경』의 시를 통해 교훈적 의미를 제시하고자 했다고 한다. 이와 관련하여 『논어』에는 "시는 사람의 마음을 감발하게 할 수 있고 정치의 득실을 살필 수 있다"(詩, 可以興, 可以觀)라고 한 공자의 말이 보인다.

곡부曲阜에 있는 공자의 신발: 산동성 곡부에 있는 공자묘孔子廟에는 공자의 수레와 의복, 서적 등이 보존되어 있었다고 한다. 일찍이 사마천司馬遷은 공자묘에 남아 있는 여러 유품

---

9) **夫鑑賞者~而豈有不懲創者乎** 『겸헌만필』 갑에는 주점이 찍혀 있다.

10) **鑑** 『겸헌만필』 갑과 『연암산고』에는 "鑒"으로 되어 있다.

11) **賞** 한씨문고본에는 "甞"으로 되어 있으나 오기이다.

12) **鑑賞者, 九品中正之學也** 『겸헌만필』 갑에는 주점이 찍혀 있다.

13) **鑑** 『연암산고』에는 "鑒"으로 되어 있다.

14) **嗚呼! 知汝五者, 其誰歟** 『겸헌만필』 갑에는 주점이 찍혀 있다.

을 보고서 성인의 높은 덕을 칭송한 바 있다. 『사기』「공자 세가」孔子世家에 해당 내용이 보인다.

점대漸臺에서 죽은 왕망王莽의 울두威斗: 왕망이 신新나라를 세운 후 자신의 권위를 과시하기 위하여 북두성 모양의 '울두'를 만들어 가지고 다니며 폭정을 행하다가 훗날 장안의 '점대'에서 후한後漢의 유수劉秀에게 공격을 받아 살해되었던 것을 말한다.

감상이란 구품중정九品中正의 학문: '구품중정'은 위진남북조魏晉南北朝 때 관리를 등용하던 제도로, 지망자의 덕행과 재능에 따라 1품에서 9품까지 품계를 매겨 전형하던 것을 가리킨다. 여기서 감상을 '구품중정의 학문'이라고 한 것은, 감상학의 목적이 대상 작품의 우열을 가려 그 등급을 공정하게 나누는 데 있음을 말한 것이다.

허소許劭는 착한~청탁淸濁처럼 분명했건만: 후한後漢 때 허소許劭(150~195)란 인물이 향당鄕黨의 인물을 평론하기 좋아하여 매월 한 번씩 사람들을 평하였는데, 그 정확함이 마치 경수涇水의 탁함과 위수渭水의 맑음이 확연히 구분되는 것과 같았다고 한다.

원문풀이

玩物喪志: 『서경』주서周書「여오」旅獒에 "玩人喪德, 玩物喪志"라는 말이 보인다.

品藻: 품평.

涇渭: 경수涇水와 위수渭水. 경수는 흐리고 위수는 맑은바, '경위'란 인물의 청탁淸濁이나 사물의 진위眞僞, 시비是非를 가리킨다.

번역의 동이

3-1   근세의 감상가로는~훌륭하지는 않다

▪ 근세(近世) 감상가(鑑賞家)로서 상고당 김씨(尙古堂金氏)를 일컫는다. 그러나 재치〔才思〕가 없었은즉 진미(盡美)하지는 못했다. 이익성, 105면

▪ 근세의 감상가로서 상고당(尙古堂) 김광수(金光遂) 씨를 일컫는다. 그러나 그에겐 창조적 사고가 없으니 감상가로서 완전하다 할 수는 없다. 김혈조, 244면

▪ 근세의 감상가로는 상고당(尙古堂)의 김씨를 일컫곤 한다. 그러나 재사(才思)가 없고 보면 아름다움을 다하지는 못하는 법이다. 정민, 308면

▪ 근세의 감상가로는 상고당(尙古堂) 김씨(金氏)를 일컫는다. 그러나 재사(才思: 재기)가 없으니 완미(完美)하다고는 못 할 것이다. 신호열·김명호, 115면

3-2   여오는 언젠가~말한 적이 있다

▪ 집이 가난해서 능히 좋은 고동을 수장하지 못함을 탄식하였다. 또 속(俗)된 무리가 좇아 시끄러

울까 염려하여 답답해하면서 나에게 이르기를 이익성, 105면

- 집이 가난해서 좋은 골동품을 수장할 수 없음을 탄식하였고 더욱이 세속적인 무리들이 이를 두고 입방아를 찧어댈까 염려하였다. 그리하여 울울 답답해하면서 나에게 말했다. 김혈조, 245면

- 늘 집이 가난하여 수장할 수 없음을 한탄하였다. 또 세속에서 이를 가지고 시끄럽게 떠들어댈까 염려하여 답답해 하며 내게 말하였다. 정민, 309면

- 일찍이 집이 가난하여 수장하지 못하는 것을 못내 한탄했고, 또 시속의 무리들이 그로 인해 이러쿵저러쿵 말들을 할까 걱정하곤 하였다. 그 때문에 답답해하면서 내게 말하기를 신호열·김명호, 116면

3-3 곡부曲阜에 있는~경계하지 않겠습니까

- 곡부(曲阜)의 신발을 보고서 감발(感發)하지 않는 자가 어찌 있겠으며, 점대(漸臺)의 두성(斗星)을 보고 징창(懲創)하지 않는 자가 어찌 있겠는가. 이익성, 105면

- 곡부(曲阜)에 있는 공자의 신발을 보고서 감동되어 분발하지 않을 사람이 어디 있겠으며, 점대(漸臺)의 북두칠성을 보고 스스로 경계하지 않을 사람이 어디 있으랴? 김혈조, 245면

- 곡부(曲阜)의 신발을 보고서 어찌 느낌이 일어나지 않는 자가 있겠으며, 점대(漸臺)의 북두성을 보고서 어찌 경계하지 않는 자가 있겠는가? 정민, 309면

- 곡부(曲阜)의 신발을 보고서 어찌 감동하여 분발하지 않을 자가 있겠으며, 점대(漸臺)의 위두(威斗)를 보고서 어찌 반성하여 경계하지 않을 자가 있겠는가. 신호열·김명호, 116면

제가의
비평

박영철본의 말비

• 붓 빼는 그릇에 가탁하여 자신의 글을 알아주는 자가 없음을 스스로 슬퍼하였다.[1]
  借筆洗而自悼無人知自家文者.

---

1) 이 평은 『겸헌만필』 갑, 한씨문고본, 승계본, 영남대본, 용재문고본, 망창창재본 갑, 망창창재본 을에도 있다.

필세 이야기

골동 그릇을 팔려고 내놨지만 3년이 되도록 팔지 못한 자가 있었다. 재질은 투박하니 돌이었다. 술잔인가 하면 겉은 비뚤고 안으로 말렸으며 기름때가 그 빛을 가리고 있었다. 온 나라 사람 가운데 아무도 돌아보는 이가 없었으며 부귀가富貴家를 전전하면서 값은 더욱 떨어져 고작 수백 푼밖에 안 되게 되었다.

그러던 어느 날 누가 그걸 서군徐君 여오汝五에게 갖다 보여 주었다. 여오는 이렇게 말했다.

"이건 붓 빠는 그릇이야. 이 돌은 중국 복주福州 수산壽山의 오화석갱五花石坑에서 나는 것으로 옥에 버금가며 옥돌과 마찬가지지."

그러더니 값의 고하도 묻지 않고 그 자리에서 팔천 푼을 내주었다. 그러고 나서 그 때를 닦아 내니 예전의 투박해 보이던 것이 둥근 꽃무늬에다 쑥잎과 같은 청록색을 띠었으며, 비뚤고 말린 모양은 흡사 가을 연蓮이 시들면서 잎사귀가 말린 것과 같았다. 이리하여 마침내 국중國中의 명기名器가 되었다.

여오는 이렇게 말했다.

"천하의 물건 중 그릇 아닌 게 어디 있겠는가! 그 쓰일 곳에 쓰는 것이 중요할 따름일세. 무릇 붓이 먹을 머금어 부레가 굳으면 뭉텅하게 되기 쉬우므로 항상 먹물을 씻어내 부드럽게 해 주어야 하거늘, 그래서 이것이 붓 빠는 그릇이 된 거지."

대저 골동서화에는 수장가收藏家와 감상가感賞家의 두 부류가 있는데, 감상할 줄 모르면서 무턱대고 수장만 하는 이는 부유하긴 하나 자기의 귀만을 믿는 자이고, 감상능력은 뛰어나나 수장할 처지가 못 되는 이는 가난하긴 해도 자신의 눈을 저버리지 않는 자이다. 우리나라에는 간혹 수장가가 있다고 할지라도 서적은 건양建陽에서 나온 방각본坊刻本이요, 서화는 금창金閶에서 만들어 낸 가짜 따위일 뿐이다. 밤색이 도는 향로를 곰팡이가 피었다며 갈아서 깨끗이 하고자 하는가 하면, 장경지藏經紙는 때가 탔다면서 물로 씻으려 들고, 조잡한 물건을 보고 값을 높게 치는가 하면 진귀한 물건은 버려두고 수장하지 못하니 또한 슬플 따름이다.

　신라 선비는 당나라에 건너가 국자감國子監에 입학하였고 고려 사람은 원나라에 유학 가 과거에 급제했으므로 안목을 툭 틔우고 가슴을 열 수 있어서 감상학感賞學 또한 당세에 성대할 수 있었다. 본조本朝가 들어선 지 삼사백 년이 되자 풍속은 더욱 비루해져 비록 해마다 연경燕京을 오가지만 들여오는 것은 썩은 약재나 거친 명주가 고작이다. 우虞나라와 하夏나라, 은殷나라와 주周나라의 옛 그릇과 종요鐘繇와 왕희지王羲之, 고개지顧愷之와 오도자吳道子의 진품이 언제 한 번이라도 압록강을 건너온 적이 있었던가!

　근세의 감상가로는 상고당尙古堂 김씨金氏를 일컫는다. 그러나 그에게는 재기와 의취意趣가 없으니 충분히 훌륭하지는 않다. 대개 김씨는 감상학을 처음으로 연 공이 있으며, 여오는 묘경妙境을 꿰뚫어보는 식견이 있어 뭐든지 과안過眼하기만 하면 진위眞僞를 판별해 내고 겸하여 재기와 의취도 갖추었으니 훌륭한 감상가라 하겠다.

　여오는 천성이 총명하여 문장에 능하고 작은 글씨의 해서楷書도 잘 쓰며 소미小米의 발묵법潑墨法을 잘 구사하는 데다 음악에도 두루 통하였다. 봄가을 한가한 날이면 뜰에 물을 뿌려 깨끗이 소제한 뒤 향을 사르며 차 맛을 품평하였다. 여오는 언젠가 집안이 가난하여 골동서화를 수장하지 못함을 탄식했으며, 또한 시속時俗에서 골동서화를 완상하길 좋아하는 자신에 대해 입방아를 찧는 것을 두려워하여 울적해 하며 나에게 이렇게 말한 적이 있다.

　"완물상지玩物喪志한다고 나를 꾸짖는 자들이 어찌 나를 진정으로 안다고 할 수 있겠습니까! 감상이란 시교詩敎와 같지요. 곡부曲阜에 있는 공자의 신발을 보고 감발하지 않는 자가 있겠습니까? 점대漸臺에서 죽은 왕망王莽의 울두熨斗를 보고 누가 경계하지 않겠습니까?"

　나는 여오를 이렇게 위로하였다.

　"감상이란 구품중정九品中正의 학문이지요. 옛날 허소許劭는 착한 자와 사특한 자를 품평함이 경수涇水와 위수渭水의 청탁淸濁처럼 분명했건만, 당시에 그를 알아주는 자가 있었단 얘기를 들어본 적이 없습니다. 지금 그대는 감상에 조예가 깊어 버려진 그릇들 사이에서 이것을 알아봐 빛을 보게 할 수 있었습니다. 아! 하지만 그대는 그 누가 알아준단 말입니까!"

『형암이 글을 쓰고 도은이 글씨를 쓴 필첩』에 부친 서문

炯言桃筆帖序*

☐　　하찮은 기예技藝라 할지라도 모든 것을 잊고 전념한 뒤라야 성취할 수 있는 법이거늘, 하물며 큰 도道야 말할 나위가 있겠는가.

최흥효崔興孝는 온 나라에서 알아주는 명필名筆이었다. 그가 과거를 보러 갔을 때의 일이다. 답안지를 작성하는데, 어쩌다 한 글자가 왕희지王羲之의 글씨와 비슷하게 되었다. 그는 종일토록 앉아 그 글씨를 보다 차마 답안지를 내지 못하고 품에 안고 돌아왔다. 이 사람은 이익과 손해를 마음에 두지 않았다고 할 만하다.

이징李澄이 어렸을 적 일이다. 그가 다락에 올라가 그림 연습을 하고 있었는데, 집안에서는 이징이 어디 있는지 몰라 야단이었다. 사흘 만에 찾자 그 부친이 노하여 회초리로 때렸다. 이징은 울면서 그 떨어지는 눈물로 새 그림을 그렸다고 한다. 이 사람은 가히 그림에 몰두하여 영욕榮辱을 잊었다고 할 만하다.

학산수鶴山守는 우리나라에서 노래 잘 부르기로 이름난 사람이다. 산에 들어가 노래 연습을 했는데, 한 곡을 마칠 때마다 모래알을 하나씩 신발에 넣어 신발에 모래가 꽉 찬 뒤에야 집으로 돌아왔다. 언젠가 도적을 만난 일이 있었는데, 도적들이 그를 죽이려 하자 바람을 향해 노래를 불렀더니 도적떼 중에 감격하여 눈물을 흘리지 않는 자가 없었다고 한다. 이것이 이른바 '생사生死를 마음에 두지 않는다'는 경지이리라.

　　雖小技, 有所忘, 然[1]後能成, 而況大道乎? 崔興孝, 通國之善書者也. 嘗赴擧書卷,[2] 得一字類王羲之, 坐視終日, 忍不能捨, 懷卷[3]而歸, 是可謂得失不存於心耳. 李澄, 幼[4]登樓而習畵,[5] 家失其所在, 三日乃得, 父怒而笞之, 泣引淚而成鳥, 此可謂忘榮辱於畵[6]者也. <u>鶴山守</u>, 通國之善歌者也. 入山肆,[7] 每一闋, 拾沙投屨,[8] 滿屨[9]乃歸. 嘗遇盜, 將殺之, 倚風而歌, 群盜莫不感激泣下者, 此所謂 '死生不入於心'.

역문풀이

『형암炯菴이 글을 짓고 도은桃隱이 글씨를 쓴 필첩』(炯言桃筆帖): '형암'은 이덕무의 호號다. 형암이 지은 글이란 『형암의 자질구레한 말』(원제는 '炯菴叢言')을 가리킨다. 형암의 이 저술은 현재 독립된 책으로는 전하지 않는다. 아마도 이 저술은 일종의 청언집淸言集(선비로서의 유유자적한 삶의 자세나 세상에 대한 맑은 상념을 짤막짤막한 글에다 담아 놓은 책)이 아닌가 생각된다. 이 저술의 내용은 『청장관전서』靑莊館全書에 수록된 『이목구심서』耳目口心書에 수용되어 있지 않나 추측된다. '도은'이 누구의 호인지는 미상이다.

최흥효崔興孝: 조선 태종·세종 때의 문신이자 서예가로, 본관은 영천永川이고, 자는 백원百源이며, 호는 월곡月谷이다. 1411년(태종 11) 문과에 급제하여 승문원承文院 교리, 예문관 직제학直提學 등을 지냈다. 조선 초의 대표적인 서예가로 조맹부체趙孟頫體의 초서에 특히 뛰어났다. 「최참판 치운 비문」(崔參判致雲碑)이 전한다.

이징李澄: 17세기 초의 대표적인 화가로, 자는 자함子涵이며, 호는 허주虛舟이다. 도화서 화원으로, 주부主簿 벼슬을 지냈다. 종실宗室인 학림수鶴林守 이경윤李慶胤(1545~1611)의 서자庶子인데, 이경윤 역시 당대의 저명한 문인화가였다. 허균許筠은 산수화·인물화·영모화翎毛畵 등 모든 분야의 그림에 능한 이징을 "본국제일수"本國第一手('우리나라 제일의 화가'라는 뜻)라고 평가한 바 있다. 대표작으로 「연사모종도」煙寺暮鐘圖, 「노안도」蘆雁圖 등이

본서에서 검토하는, 이 작품이 수록된 주요한 이본은 다음과 같다: 『병세집』, 자연경실본, 계서본, 한씨문고본, 창강초편본 속집, 승계본, 영남대본, 용재문고본, 망창창재본 갑.

＊ 炯言桃筆帖序　저본에는 '桃'가 '挑'로 되어 있으나 저본 외의 모든 이본에는 "桃"로 되어 있는바, 이를 따른다.
1) 然　용재문고본에는 "狀"으로 되어 있다.
2) 卷　『병세집』, 한씨문고본, 창강초편본 속집, 승계본, 영남대본, 용재문고본, 망창창재본 갑에는 "券"으로 되어 있다.
3) 卷　『병세집』, 한씨문고본, 창강초편본 속집, 승계본, 영남대본, 용재문고본, 망창창재본 갑에는 "券"으로 되어 있다.
4) 幼　창강초편본 속집에는 "初"로 되어 있다.
5) 畵　용재문고본에는 "晝"로 되어 있으나 오기이다.
6) 畵　『병세집』과 한씨문고본에는 "画"로 되어 있다. 용재문고본에는 "晝"로 되어 있으나 오기이다.
7) 肆　『병세집』에는 "肆"로 되어 있고, 한씨문고본과 용재문고본에는 "隸"로 되어 있으며, 창강초편본 속집에는 "肆歌"로 되어 있다. 망창창재본 갑에는 "肆字下, 似漏歌字"('肆' 자 뒤에 '歌' 자가 누락된 듯하다)라는 두주가 있다.
8) 屨　창강초편본 속집에는 "履"로 되어 있다.
9) 屨　창강초편본 속집에는 "履"로 되어 있다.

전한다.

학산수鶴山守: 종실 인물이나 이름은 미상이다. '수'守는 종친부宗親府의 정4품 벼슬이다. 본
　　문의 이야기와 비슷한 이야기가 『어우야담』於于野譚에 보인다. 하지만 『어우야담』에는
　　'학산수'가 아니라 '단산수'丹山守로 되어 있다. 단산수는 태종太宗의 별자別子 익녕군益
　　寧君의 증손으로, 이름은 억순億舜이고, 자는 주경周卿이다. 학산수가 곧 단산수인지는 미
　　상이다.

원문풀이

卷: 시권試券. 과거 때 답안 글을 지어 내던 종이.

肄이: 익히다.

関결: 노래를 세는 단위. 노래 한 곡조를 '1결'이라고 한다.

入山肄~群盜莫不感激泣下者: 『어우야담』 권3에 비슷한 이야기가 실려 있다. 해당 대목을
　　옮기면 다음과 같다: "於嘉靖中, 有丹山守者, 宗室人也, 善吹玉笛, 有名聞. 因事之海西,
　　日暮, 至峽中, 有賊十餘人, 挾弓矢當路, 掠輜重及丹山守而去. 入山谷數十里, 而見彩幕葳
　　蕤, 徒衆各執供具, 持兵戟而衛擁, 中有一大將, 朱冠錦袍, 箕踞紅椅上. 時海西賊林巨正,
　　擁兵橫行, 官軍失捕, 王人遇害, 所謂大將者, 卽巨正也. 其卒捕得行路人, 入告, 巨正令跪
　　之地, 問: '若名爲誰?' 曰: '宗室人丹山守也.' 巨正笑曰: '爾是善吹玉笛者丹山守耶?' 曰:
　　'然.' 曰: '爾行李有玉笛耶?' 曰: '有之.' 巨正使左右進盃盤, 悉陸海珍羞, 擧金觴屬之, 令
　　取玉笛吹之. 丹山守, 不得已吹兩三聲, 巨正愀然掩涕. 盖朝家捕盜甚急, 雖延數月之命, 自
　　知終不免也, 聞其腔調甚悲, 不勝悲激於中. 曲罷, 連勸四五盃, 以不能辭. 巨正命騎卒, 護
　　送谷口."

死生不入於心: 『장자』莊子 외편外篇 「전자방」田子方에 다음의 구절이 보인다: "百里奚爵祿不
　　入於心, 故飯牛而牛肥, 使秦穆公忘其賤, 與之政也. 有虞氏死生不入於心, 故足以動人."

번역의 동이

1-1　　　하찮은 기예技藝라~말할 나위가 있겠는가

· 비록 조그만 기교라도 모든 것을 잊고 덤벼야 성공할 수 있다. 더구나 큰 도(道)겠는가? 홍기문, 『박
지원 작품선집 1』, 214면

· 비록 조그만 기예라 하더라도 모든 것을 잊고 골몰해야 성공할 수 있을 터인데 더구나 큰 도에 있
어서랴! 김혈조, 「그렇다면 도로 눈을 감고 가시오」, 58면

· 아무리 작은 기예(技藝)라 할지라도 다른 것을 잊어버리고 매달려야 이루어지는 법인데 하물며

큰 도(道)에 있어서랴. 신호열·김명호, 『연암집 하』, 81면

1-2   그가 과거를 보러~않았다고 할 만하다

▪   일찍이 과거를 보러 가서 글을 쓰다가 그 중의 한 자가 왕희지(王羲之)와 같게 되자 하루 종일 들여다보고 앉았다가 차마 그 글을 바치지 못하여 품에 품고 돌아왔다. 이렇게쯤 되면 딴 일이 이롭고 해로운 것은 전혀 마음 속에 두지 않는 것이다. 홍기문, 214~215면

▪   일찍이 과거시험을 보러 가서 답지를 쓰다가 그 중의 한 글자가 꼭 왕희지(王羲之)의 글씨와 같게 되자 종일토록 들여다보고 앉았다가 차마 그 글자를 버릴 수 없어 답지를 품안에 품고 돌아왔다. 이쯤 되면 과거 합격에 대한 득실은 전혀 마음속에 두지 않는 사람이라 말할 수 있으리라. 김혈조, 58면

▪   일찍이 과거에 응시하여 시권(試卷)을 쓰다가 그중에 글자 하나가 왕희지(王羲之)의 서체와 비슷한 것을 발견하고는, 종일토록 들여다보고 앉았다가 차마 그것을 버릴 수가 없어 시권을 품에 품고 돌아왔다. 이쯤 되면 '이해득실 따위를 마음속에 두지 않는다'고 이를 만하다. 신호열·김명호, 81면

1-3   그 부친이 노하여~잊었다고 할 만하다

▪   그의 아버지가 화가 나서 볼기를 쳤더니 울어서 떨어지는 눈물을 가지고 새를 그리고 있었다. 이렇게쯤 되면 그림 이외에는 영예도 모욕도 모르는 사람이다. 홍기문, 215면

▪   아버지가 화가 나서 볼기를 쳤더니 그는 울면서 떨어지는 눈물을 찍어서 새를 그리고 있었다. 이쯤 되면 그림 이외에는 영욕을 잊은 사람이라 말할 수 있으리라. 김혈조, 58면

▪   부친이 노하여 종아리를 때렸더니 울면서도 떨어진 눈물을 끌어다 새를 그리고 있었다. 이쯤 되면 '그림에 온통 빠져서 영욕(榮辱)을 잊어버렸다'고 이를 만하다. 신호열·김명호, 81~82면

1-4   산에 들어가~않는다는 경지이리라

▪   산 속에 들어가서 노래 공부를 할 적에 한 곡조를 부르고는 나무신 속에 모래 한 알씩을 던져서 그 나무신이 모래로 가득 찬 후에야 집으로 돌아왔다. 한 번은 도적을 만나서 죽게 되었는데 바람결에 따라 노래를 불렀더니 도적들도 모두 심회가 울적해져서 눈물을 흘리지 않는 자가 없었다. 홍기문, 215면

▪   입산하여 노래를 익힐 적에 한 곡조를 마치고는 나막신 속에 모래 한 알씩 넣어서 모래가 가득 차서야 집으로 돌아왔다. 일찍이 도적을 만나서 장차 죽게 되었는데 바람결에 가락을 맞추어 노래를 불렀더니 도적떼들이 모두 심회가 울적해져서 눈물을 흘리지 않는 자가 없었다. 이 정도 되면 생사쯤이야 전연 마음속에 두지 않는 사람이라 말할 수 있으리라. 김혈조, 58~59면

▪   그가 산속에 들어가 소리를 익힌 적이 있었는데, 매양 한 가락을 마치면 모래를 주워 나막신에 던져서 그 모래가 나막신에 가득 차야만 돌아왔다. 일찍이 도적을 만나 장차 죽게 되었는데, 바람결에 따라 노래를 부르자 뭇 도적들이 모두 감격하여 눈물을 흘리지 않는 자가 없었다. 이쯤 되면 '죽고 사는 것을 마음속에 두지 않는다'고 이를 만하다. 신호열·김명호, 82면

2️⃣　　　나는 이 이야기를 처음 들었을 때 탄식하며 이렇게 말했었다.
"큰 도道는 이미 오래전에 사라져 버렸다! 나는 여자를 좋아하는 것만큼이나 어진 사람을 좋아하는 이를 여태껏 본 적이 없다. 그렇건만 앞의 세 사람은 자신의 기예를 위해 목숨을 바쳐도 좋다고 생각했다. 아아! 이는 '아침에 도道를 들으면 저녁에 죽어도 좋다'는 태도가 아닌가."

　　　　吾始聞之, 歎1)曰: "夫大道散, 久矣! 吾未見好賢如好色者也. 彼以爲技足以易其生. 噫! 朝聞道, 夕死可也."2)

역문풀이

나는 여자를~본 적이 없다: 『논어』「자한」子罕에서 따온 말이다.
아침에 도道를~죽어도 좋다: 『논어』「이인」里仁에 나오는 말이다.

원문풀이

吾未見好賢如好色者也: 『논어』「자한」에서 따온 말. 『논어』에는 '賢'이 "德"으로 되어 있다.
朝聞道, 夕死可也: 『논어』「이인」에 나오는 말. 『논어』에는 '也'가 "矣"로 되어 있다.

번역의 동이

2-1　　　그렇건만 앞의~태도가 아닌가
▪　　　그런데 저 사람들은 기교를 위해서 생명도 바쳐야 할 것으로 알고 있는 것이다. 아하! 아침 나절에 도만 들으면 저녁 때 죽어도 좋다는 격이다. 홍기문, 215면
▪　　　그런데 저 사람들은 기예(技藝)를 위해서 자신의 생명도 바쳐야 할 것으로 알고 있는 것이다. 아아! 아침 나절에 도를 들으면 저녁 때 죽어도 좋다고 했던 공자의 말과 같은 경지이다. 김혈조, 59면
▪　　　그런데 저들은 기예를 위해서라면 자기의 목숨마저도 바꿀 수 있다 여겼으니, 아! 이것이 바로 아침에 도를 들으면 저녁에 죽어도 좋다는 것이로구나. 신호열·김명호, 82면

---

1) 歎　한씨문고본, 창강초편본 속집, 용재문고본에는 "嘆"으로 되어 있다.
2) 也　한씨문고본과 용재문고본에는 "矣"로 되어 있다.

③   도은桃隱이 『형암의 자질구레한 말』에 들어 있는 13개의 격언을 붓글씨로 써서 한 권의 첩帖을 만들고는 나에게 서문을 써 달라고 하였다. 이 두 사람은 아마도 오로지 내면에 마음을 쓰는 이들일 테지. 이 두 사람은 아마도 예藝에 노니는 이들일 테지. 두 사람이 생사生死와 영욕榮辱을 잊고서 이러한 경지에 이른 것이라고 한다면, 그 공들임은 혹 지나치다고 해야 하지 않을까? 만일 두 사람이 생사와 영욕을 잊을 수 있다면, 도道와 덕德을 위해 그렇게 하기를 바란다.

    桃隱書『炯菴[1]叢言』[2]凡十三則, 爲一卷, 屬余叙[3]之, 夫二子專用心於內者歟? 夫二子游[4]於藝者歟? 將二子忘死生榮辱之分而至此, 其工也, 豈非過歟? 若二子之能有忘, 願相忘[5]於道德也."

역문풀이

예藝에 노니는: 공자孔子가 한 말이다. '예'藝는 육예六藝, 곧 예禮·악樂(음악)·사射(활쏘기)·어御(말 타기)·서書(서예)·수數(수학)를 말한다. 공자는 『논어』「술이」述而에서 "도道에 뜻을 두고, 덕德을 굳게 지키며, 인仁에 의지하고, 예藝에 노닌다"라고 하였다.

도道와 덕德: 『논어』「술이」에 "도道에 뜻을 두고, 덕德을 굳게 지키며, 인仁에 의지하고, 예藝에 노닌다"라는 말이 보인다.

원문풀이

則: '조'條와 같은 말. '13칙'은 13개의 조문條文이라는 뜻.

游於藝: 『논어』「술이」에 나오는 "志於道, 據於德, 依於仁, 游於藝"에서 따온 말이다.

번역의 동이

3-1   이 두 사람은 아마도 예藝에 노니는 이들일 테지

---

1) 菴   『병세집』과 자연경실본에는 "庵"으로 되어 있다.
2) 言   한씨문고본과 용재문고본에는 "書"로 되어 있다.
3) 叙   창강초편본 속집, 영남대본, 용재문고본에는 "敍"로 되어 있다.
4) 游   『병세집』, 한씨문고본, 창강초편본 속집, 용재문고본에는 "遊"로 되어 있다.
5) 忘   용재문고본에는 빠져 있다.

- 저 두 사람은 기술에 유의하는 사람이냐? 홍기문, 216면
- 아니면 기예에 노니는 사람들인가? 김혈조, 59면
- 육예(六藝) 속에서 노니는 사람인가? 신호열·김명호, 82면

3-2   두 사람이 생사生死와~해야 하지 않을까
- 두 사람이 죽고 살고 영예롭고 욕되고 그런 구별을 다 잊어버리고 이렇게까지 정교한 데 이르는 것은 어째 과한 일이 아닐 수 있는가? 홍기문, 216면
- 장차 두 사람이 생사와 영욕의 갈림길을 다 잊어버리고 이렇게까지 정교한 데 이르려고 할진댄 어찌 지나친 것이 아닐 수 있는가? 김혈조, 57면
- 그것이 아니고 이 두 사람이 사생(死生)과 영욕(榮辱)의 분별을 잊어버리고 이와 같이 정교한 경지에 이르렀다면 어쩌면 지나친 것이 아니겠는가. 신호열·김명호, 82~83면

3-3   만일 두 사람이~그렇게 하기를 바란다
- 만약에 두 사람이 능히 모든 것을 잊어버릴 수 있다면 도덕을 위해서 잊어버리라. 홍기문, 216면
- 만약에 두 사람이 능히 잊어버릴 것이 있다면 원컨대 서로 도(道)와 덕(德)조차 잊을 수준에 이르게 하라. 김혈조, 57면
- 만약 이 두 사람이 무언가를 위해 다른 모든 것을 잊을 수 있다면, 도와 덕 속에서 서로를 잊고 지내기 바란다. 신호열·김명호, 83면

🏵 김택영의 수비

- 간략하지만 여운이 길다.[1]

  簡永.

---

1) 이 평은 창강초편본 속집에 있다.

『형암이 글을 쓰고 도은이 글씨를 쓴 필첩』에 부친 서문

하찮은 기예技藝라 할지라도 모든 것을 잊고 전념한 뒤라야 성취할 수 있는 법이거늘, 하물며 큰 도道야 말할 나위가 있겠는가.

최흥효崔興孝는 온 나라에서 알아주는 명필名筆이었다. 그가 과거를 보러 갔을 때의 일이다. 답안지를 작성하는데, 어쩌다 한 글자가 왕희지王羲之의 글씨와 비슷하게 되었다. 그는 종일토록 앉아 그 글씨를 보다 차마 답안지를 내지 못하고 품에 안고 돌아왔다. 이 사람은 이익과 손해를 마음에 두지 않았다고 할 만하다.

이징李澄이 어렸을 적 일이다. 그가 다락에 올라가 그림 연습을 하고 있었는데, 집안에서는 이징이 어디 있는지 몰라 야단이었다. 사흘 만에 찾자 그 부친이 노하여 회초리로 때렸다. 이징은 울면서 그 떨어지는 눈물로 새 그림을 그렸다고 한다. 이 사람은 가히 그림에 몰두하여 영욕榮辱을 잊었다고 할 만하다.

학산수鶴山守는 우리나라에서 노래 잘 부르기로 이름난 사람이다. 산에 들어가 노래 연습을 했는데, 한 곡을 마칠 때마다 모래알을 하나씩 신발에 넣어 신발에 모래가 꽉 찬 뒤에야 집으로 돌아왔다. 언젠가 도적을 만난 일이 있었는데, 도적들이 그를 죽이려 하자 바람을 향해 노래를 불렀더니 도적떼 중에 감격하여 눈물을 흘리지 않는 자가 없었다고 한다. 이것이 이른바 '생사生死를 마음에 두지 않는다'는 경지이리라.

나는 이 이야기를 처음 들었을 때 탄식하며 이렇게 말했었다.

"큰 도道는 이미 오래전에 사라져 버렸다! 나는 여자를 좋아하는 것만큼이나 어진 사람을 좋아하는 이를 여태껏 본 적이 없다. 그렇건만 앞의 세 사람은 자신의 기예를 위해 목숨을 바쳐도 좋다고 생각했다. 아아! 이는 '아침에 도道를 들으면 저녁에 죽어도 좋다'는 태도가 아닌가."

도은桃隱이 『형암의 자질구레한 말』에 들어 있는 13개의 격언을 붓글씨로 써서 한 권의 첩帖을 만들고는 나에게 서문을 써 달라고 하였다. 이 두 사람은 아마도 오로지 내면에 마음을 쓰는 이들일 테지. 이 두 사람은 아마도 예藝에 노니는 이들일 테지. 두 사람이 생사生死

와 영욕榮辱을 잊고서 이러한 경지에 이른 것이라고 한다면, 그 공들임은 혹 지나치다고 해야 하지 않을까? 만일 두 사람이 생사와 영욕을 잊을 수 있다면, 도道와 덕德을 위해 그렇게 하기를 바란다.

『북학의』서문
北學議序

[1]　묻고 배우는 데는 다른 방법이 없다. 모르는 게 있으면 길가는 사람이라
도 붙잡고 물어야 한다. 하인이 나보다 한 자라도 더 알면 하인에게도 일단 배워
야 한다. 내가 남만 못한 것이 부끄러워 나보다 나은 사람에게 묻지 않는다면 평
생 고루하고 어찌할 수 없는 상태에 머물게 된다.

순舜 임금은 농사짓고, 그릇 굽고, 물고기 낚는 일에서부터 황제의 직무에 이르기
까지 남에게 배우지 않은 것이 없었다. 공자孔子는 "나는 젊을 적에 미천하여 여
러 가지 험한 일에 능하였다"라고 하였으니, 역시 농사짓고, 그릇 굽고, 고기 낚
는 유類의 일을 했던 것이다. 비록 순 임금과 공자처럼 성스럽고 재예才藝가 뛰어
난 분들이라 할지라도 사물과 접촉해 기술을 창안해 내고, 일에 임해 도구를 제
작할라치면 시간도 부족하고 생각이 궁한 때도 있었을 터이다. 그러니까 순 임금
과 공자가 성인이 된 것은 바로 남한테 잘 묻고 잘 배운 때문이라고 할 수 있다.

　　學問之道無[1]他,[2] 有不識, 執塗之人而問之可也.[3] 僮僕[4]多[5]識我一字, 姑學
汝[6]矣,[7] 恥己之不若人而不問勝己, 則是終身自錮於固陋無[8]術之地也. 舜自耕[9]稼、陶、
漁,[10] 以至爲帝, 無[11]非取諸人. 孔子曰: "吾少也賤, 多能鄙[12]事", 亦耕[13]稼、陶、漁[14]之
類是也. 雖以舜、孔子之聖且藝, 卽物而刱巧, 臨事而製器, 日猶不足, 而智有所窮. 故
舜與[15]孔子之爲聖, 不過好問於人, 而善[16]學之者也.

역문풀이

『북학의』北學議: 박제가朴齊家(1750~1805)가 1778년 사은사謝恩使 채제공蔡濟恭(1720~1799)을 따라 청나라의 연경燕京(북경)에 다녀온 후에 쓴 책. 내편內篇과 외편外篇으로 이루어져 있는데, 내편에서는 청나라의 제도와 기물器物, 풍속 등을 조선과 비교하며 논의하였고, 외편에서는 주로 농업과 통상通商 등의 개혁을 주장하는 논설을 펼쳤다. '북학'北學은 중국의 남쪽 변방인 초楚나라 사람 진량陳亮이 주공周公과 공자孔子의 도道를 흠모하여 중국의 북쪽으로 가서 배웠다는 데서 유래하는 말로, 여기서는 후진적 조선이 중국 곧 청나라의 선진 문물을 배워 익혀야 함을 뜻한다. 연암이 「『북학의』서문」을 쓴 때는 1781년이다.

순舜 임금은~않은 것이 없었다: 순 임금은 황제가 되기 전에 역산歷山에서 농사를 짓고, 하빈河濱에서 그릇을 굽고, 뇌택雷澤에서 고기잡이를 했다고 한다.

원문풀이

無術: '어찌할 수 없다'라는 뜻.

自耕稼陶漁~無非取諸人: 『맹자』「공손추」상上에 나오는 구절이다.

吾少也賤, 多能鄙事: 『논어』「자한」子罕에 나오는 구절이다. 『논어』에는 "吾少也賤, 故多能鄙事"로 되어 있다.

본서에서 검토하는, 이 작품이 수록된 주요한 이본은 다음과 같다: 『정유집』, 동양문고본 『북학의』, 규장각본 『북학의』, 『연암산고』, 자연경실본, 계서본, 한씨문고본, 창강초편본 속집, 창강중편본, 승계본, 영남대본, 용재문고본, 망창창재본 갑.

1) 無 한씨문고본과 용재문고본에는 "无"로 되어 있다.
2) 他 한씨문고본과 용재문고본에는 "佗"로 되어 있다.
3) **學問之道無他~執塗之人而問之可也** 창강중편본에는 묵점이 찍혀 있다.
4) 僕 규장각본 『북학의』에는 "美"으로 되어 있다.
5) 多 『연암산고』에는 "을"로 되어 있다.
6) **僮僕多識我一字, 姑學汝** 창강중편본에는 묵권이 쳐져 있다.
7) 矣 저본과 여타의 『연암집』 이본에는 없으나, 『정유집』, 동양문고본 『북학의』, 규장각본 『북학의』에 의거하여 보충해 넣었다.
8) 無 한씨문고본과 용재문고본에는 "无"로 되어 있다.
9) 耕 『연암산고』에는 "畊"으로 되어 있다.
10) 漁 한씨문고본과 용재문고본에는 "戱"('漁'와 소字)로 되어 있다.
11) 無 한씨문고본과 용재문고본에는 "无"로 되어 있다.
12) 鄙 계서본에는 "鄸"로 되어 있다.
13) 耕 『연암산고』에는 "畊"으로 되어 있다.
14) 漁 한씨문고본과 용재문고본에는 "戱"로 되어 있다.
15) 與 동양문고본 『북학의』, 영남대본, 용재문고본에는 "与"로 되어 있다.
16) 善 『연암산고』에는 "譱"으로 되어 있다.

卽物: '물物에 나아가다'라는 뜻.

번역의 동이

1-1 　　　비록 순 임금과~있었을 터이다

▪　비록 순임금이나 공자와 같이 거룩하고 재주 많은 분으로서도 물건을 보고서 기술을 생각해 내며 일에 당해서 기구를 만들자면 시간도 부족하고 지혜도 모자랐을 것이다. 홍기문, 『박지원 작품선집 1』, 205~206면

▪　비록 순과 공자같이 거룩하고 재주있는 분으로서도 물건을 보고서 기술을 창안해 내며 일에 당하여 기구를 제작해 내자면 시간도 부족하고 지혜에도 한계가 있을 터이었다. 이동환, 『한국의 실학사상』, 247~248면

▪　비록 순과 공자의 성(聖)스러움과 재주로서도 물(物)을 접해서 솜씨를 연구하기 시작하고, 일을 임해서 기구(器具)를 만들려고 했더라면 날마다 힘을 다해도 부족할 것이며 지혜(智慧)도 막히는 바가 있었을 것이다. 이익성, 『朴趾源』, 145면

▪　순임금이나 공자처럼 아무리 거룩하고 재주 있는 사람들일지라도 물건을 보고서 기술을 만들어 내며 일에 부딪칠 때마다 기구를 만들어 내었다면, 시간도 모자라고 지혜도 막혔을 것이다. 리가원·허경진, 『연암 박지원 산문집』, 24~25면

▪　비록 순임금과 공자같이 거룩하고 재주 많은 분으로서도 실제 사물에 나아가 기능을 창안하고, 일에 맞닥뜨려서 기구(器具)를 만들자면 시간도 부족하고 지혜도 막히는 바가 있었을 것이다. 김혈조, 『그렇다면 도로 눈을 감고 가시오』, 117면

▪　아무리 순임금과 공자같이 성스럽고 재능 있는 분조차도, 사물에 나아가 기교를 창안하고 일에 임하여 도구를 만들자면 시간도 부족하고 지혜도 막히는 바가 있었을 것이다. 신호열·김명호, 『연암집 하』, 65~66면

2　　　우리나라 선비들은 구석에 붙은 땅에서 태어나 기질이 편협하다. 중국 땅을 밟아 보지도, 중국 사람을 만나 보지도 못한 채, 태어나서 늙고 병들어 죽을 때까지 자기 땅을 벗어나는 일이 없다. 그래서 학의 다리가 길고 까마귀의 색이 검은 것처럼 각자 천분天分을 지키고, 우물 안 개구리나 밭 두더지처럼 제가 사는 곳밖에 모른다. 예禮는 소박한 것이 좋다고 말하고, 누추함을 검소함이라고 생각한다. 이른바 사士·농農·공工·상商은 근근이 명목만 남아 있고, 편리하게 사용하

여 백성의 생활을 윤택하게 해줄 수 있는 도구는 날이 갈수록 형편없어지고 있다. 여기에는 다른 이유가 없다. 묻고 배울 줄 몰라서 이렇게 된 것이다.

　　　吾東之士,[1] 得偏[2]氣[3]於一隅之土,[4] 足不蹈函[5]夏之地, 目未見中洲[6]之人, 生老病死, 不離疆[7]域, 則鶴[8]長、[9]烏黑,[10] 各守其天, 蛙[11]井、蚡田,[12] 獨信其地.[13] 謂禮寧野,[14] 認陋爲儉. 所謂四[15]民, 僅[16]存名目, 而至[17]於利用厚生之具, 日趨困窮.[18] 此無[19]他,[20] 不知學問之過[21]也.

역문풀이

우리나라 선비들은~기질이 편협하다: 연암의 다른 글인 「『중국인 벗들과의 우정』에 써 준 서문」(會友錄序)에 비슷한 말이 보인다. "삼한三韓 서른여섯 도회지에 노닐다 동쪽으로 가

---

1) 士　창강중편본에는 "人"으로 되어 있다.
2) 偏　용재문고본에는 "徧"으로 되어 있다..
3) 氣　한씨문고본과 용재문고본에는 "烝"로 되어 있다.
4) **得偏氣於一隅之土**　창강초편본 속집과 창강중편본에는 빠져 있다.
5) 函　규장각본『북학의』에는 "圅"으로 되어 있다.
6) 洲　『연암산고』와 계서본에는 "州"로 되어 있다.
7) 疆　망창창재본 갑에는 "壃"으로 되어 있다.
8) 鶴　『연암산고』에는 "鵠"으로 되어 있고, 용재문고본에는 "雀"으로 되어 있다.
9) 長　『정유집』, 동양문고본『북학의』, 규장각본『북학의』에는 "脛"으로 되어 있다.
10) 黑　동양문고본『북학의』와 규장각본『북학의』에는 "羿"로 되어 있다.
11) 蛙　『정유집』, 동양문고본『북학의』, 규장각본『북학의』, 『연암산고』, 자연경실본, 계서본, 승계본, 영남대본에는 "鼃"로 되어 있고, 용재문고본과 망창창재본 갑에는 "鼀"로 되어 있다.
12) 蚡田　『정유집』에는 "鼅枯"로 되어 있고, 동양문고본『북학의』와 규장각본『북학의』에는 "鼅枝"로 되어 있다.
13) 獨信其地　용재문고본에는 "獨言信其天"으로 되어 있다.
14) 謂禮寧野　『연암산고』, 자연경실본, 계서본, 승계본, 영남대본, 용재문고본, 망창창재본 갑에는 빠져 있다. 이 중 자연경실본, 계서본, 승계본, 망창창재본 갑에는 전문全文의 끝에 "獨信其地下, 有缺文四字"('獨信其地' 아래에 네 글자가 빠져 있다)라는 세주가 있는데, 자연경실본에는 "下注当刪"(이 주는 삭제되어야 한다)이라는 첨지가 붙어 있고, 승계본에는 "其地下, 當有'謂禮寧野'四字"('其地' 아래에 '謂禮寧野'라는 네 글자가 있어야 한다)라는 첨지가 붙어 있으며, 용재문고본에는 네 글자에 해당하는 자리가 비어 있다. 한편 규장각본『북학의』에는 "野"가 "埜"로 되어 있다.
15) 四　『연암산고』에는 "士"로 되어 있고, "士字疑四字"('士' 자는 '四' 자로 의심된다)라는 두주가 있다.
16) 僅　한씨문고본과 용재문고본에는 "菫"으로 되어 있다.
17) 至　용재문고본에는 "立"으로 되어 있다.
18) 日趨困窮　『정유집』, 동양문고본『북학의』, 한씨문고본, 승계본, 영남대본, 용재문고본, 망창창재본 갑에는 "日趨於困窮"으로 되어 있고, 규장각본『북학의』, 『연암산고』, 계서본, 창강초편본 속집, 창강중편본에는 "日趨於困窮"으로 되어 있다.
19) 無　한씨문고본과 용재문고본에는 "无"로 되어 있다.
20) 他　한씨문고본과 용재문고본에는 "佗"로 되어 있다.
21) 過　『정유집』에는 "道"로 되어 있다.

동해를 굽어보면 바다는 하늘과 맞닿아 가없는데 이름난 산과 높다란 봉우리가 그 사이에 솟아 있어 백 리 이어진 들이 드물고 천 호戶 되는 고을이 없으니, 그 땅덩어리가 참으로 좁다 하겠다. 옛날의 이른바 양자楊子, 묵자墨子, 노자老子, 부처와 같은 유類도 아니건만 네 가지 의론이 존재하고, 옛날의 이른바 사士·농農·공工·상商도 아니건만 네 가지 신분이 존재한다. 단지 그 숭상하는 바가 같지 않아서일 뿐이건만 서로 헐뜯는 의론을 펼쳐 진秦나라와 월越나라가 소원한 것보다 더 소원하고, 그 처한 바가 달라서일 뿐이건만 신분에 차등을 둠이 중화中華와 오랑캐를 구분하는 것보다 더 엄격하다. 그리하여 그 의론이 다름을 꺼려, 이름은 들어 알고 있으면서도 친구 하지는 아니하고, 지체가 다름에 구애되어, 서로 접촉은 하면서도 감히 벗 삼으려고는 않는다. 그 사는 마을이 같고 종족이 같으며 언어와 의관衣冠이 나와 저 사이에 별로 다른 것이 없건만 서로 친구 하지 않으니 서로 혼인인들 하겠는가? 서로 벗을 삼지 않으니 더불어 도道를 꾀할 수 있겠는가? 이 네 가지 의론과 네 가지 신분이 아득히 수백 년 동안 사람들을 진나라와 월나라, 중화와 오랑캐의 관계처럼 만들었으나 지붕을 맞대고 담장을 나란히 한 채 생활하고 있다. 그 습속이 어찌 이리 편협할까!'

사士·농農·공工·상商은~남아 있고: 연암은 사·농·공·상 각각의 역할과 책무를 중시하였다. 그런데 당시 조선 사회는 농·공·상이 황폐화되어 나라와 백성이 어려움을 겪고 있다고 보았다. 이는 연구를 통해 농·공·상의 이용후생利用厚生(기술의 이용을 통해 백성의 삶을 윤택하게 한다는 말)을 꾀해야 할 사士가 그 사회적 책무를 방기한 데 이유가 있다고 보았다. 바로 여기서 '사'士의 책무에 대한 자각이 싹터 나오며 이것이 실학을 낳게 된다. '사'士의 역할에 대한 연암의 남다른 자각은 근대적 지식인의 사회적 역할을 상기시킨다.

편리하게 사용하여~해줄 수 있는: 원문은 "利用厚生"이다. '이용후생'은 생활에 편리한 물건과 제도를 만들어 백성의 삶을 풍족하게 한다는 의미이다. 상공업 중심의 개혁론을 주장했던 홍대용, 박지원, 박제가 등은 이용후생학파利用厚生學派로 불리기도 한다. '이용후생'에 대한 강조는 연암의 다른 글인 「『홍범우익』洪範羽翼에 부친 서문」(洪範羽翼序: 『연암집』 권1 수록)에도 보인다.

원문풀이

函夏: 『한서』漢書 「양웅전」揚雄傳의 "以函夏之大漢兮, 彼曾何足與比功"이라는 구절에 대해 안사고顔師古는 "函夏, 函諸夏"('함하'는 전 중국을 포함한다)라는 주석을 붙였다. 여기에서 유래하여, '함하'는 중국 전국全國을 뜻하는 말로 쓴다.

生老病死: 불경佛經에 나오는 말이다.

鶴長: 『장자』「변무」駢拇에 "鳧脛雖短, 續之則憂; 鶴脛雖長, 斷之則悲"라는 구절이 보인다.

烏黑: 『장자』「천운」天運에 "夫鵠不日浴而白, 烏不日黔而黑. 黑白之朴, 不足以爲辯"이라는 구절이 보인다.

蛙井: 『장자』「추수」秋水에 "井鼃, 不可以語於海者, 拘於虛也"라는 구절이 보인다.

禮寧野: 『논어』「팔일」八佾에 "禮, 與其奢也寧儉"이라는 구절이 보인다.

利用厚生: 이 말의 첫 번째 용례는 『서경』우서虞書「대우모」大禹謨의 다음 구절에 보인다: "德惟善政, 政在養民, 水火金木土穀惟修, 正德利用厚生惟和. 九功惟敍, 九敍惟歌, 戒之用休, 董之用威, 勸之以九歌, 俾勿壞."

此無他, 不知學問之過也: 단락 □ 서두의 "學問之道無他"라는 구절과 호응한다.

번역의 동이

2-1 우리나라 선비들은~벗어나는 일이 없다

- 우리 나라의 선비들은 구석진 한 모퉁이에서 편협한 기풍으로 버릇이 굳어진 데다가 발로 중국 땅을 밟지도 못하고 눈으로 중국 사람을 보지도 못하고 나서 늙어 병들어서 죽기까지 국경 밖을 나가지 못했은즉 학의 다리가 길고 까마귀의 빛이 검은 것은 다 각각 제 천분으로 인정하고 우물 안의 개구리와 밭둑의 쥐는 모든 세상을 제 환경으로만 알고 있다. 홍기문, 206면

- 우리 나라 인사들은 외진 지역에서 편협한 기질을 타고 났는데다 중국의 땅을 밟아보지도 못하고, 중국의 인사들을 만나보지도 못하고, 나서 늙고 병들어 죽을 때까지 국경 안을 떠나본 적이 없다. 그런즉 학은 그 긴 다리를, 까마귀는 그 검은 빛깔을 각자 천분으로 지켜 살아가듯이 생태의 그 기질을 천분으로 알고서 살아가고 있으며, 우물안의 개구리와 밭두둑의 두더지가 오로지 그들의 세상밖에 모르고 살아가듯이 자기들의 환경만이 전부인 양 믿고 살아가고 있다. 이동환, 248면

- 우리 동국(東國) 선비들은 세상 한모퉁이 땅에 났으므로 한쪽으로 치우친 기질(氣質)을 타고났다. 발은 화하(華夏, 중국)땅을 밟아보지 못하고 눈으로는 중국사람을 보지 못했다. 태어나서 늙고 병들어 죽을 때까지 이 나라 강토를 떠나본 적이 없었다. 그런즉 학(鶴)의 다리가 길고 까마귀 날개가 검은 것처럼 각각 타고난 천품(天稟)을 변하지 못하고 개구리가 우물 안에 있듯, 두더지가 밭흙을 뒤지듯, 유독 그 땅만을 지켜왔다. 이익성, 145~146면

- 우리 나라 사람들은 외진 곳에서 편협한 기질을 타고난데다, 중국 땅을 밟아 보지 못하고, 중국 사람들을 만나 보지도 못하였다. 태어나서 늙고 병들어 죽을 때까지, 국경 안을 떠나 본 적이 없다. 그래서 학의 긴 다리나 까마귀의 검은 빛깔처럼, 자기의 천분을 지키며 살아왔다. 우물 안의 개구리와 밭두둑의 두더쥐처럼 자기의 땅이 전부라고 믿어 왔다. 리가원·허경진, 25면

- 우리나라 선비들은 세상의 구석진 한모퉁이 땅에서 편협한 기질을 타고나 발로 중국 땅을 밟아보지 못하고 눈으로는 중국의 인사들을 보지 못한 채 생로병사할 때까지 이 나라, 이 강토를 벗어나본 적이 없다. 그러하니 마치 학의 다리가 길고 까마귀 날개가 검은 것이 제 잘난 멋으로 여기듯 각각 타

고난 천품이려니 하여 지키고 않았고, 우물 안의 개구리와 밭둑의 두더지가 제 사는 곳에만 갇혀 있듯 자기 사는 곳이 제일인 양 믿고 않았다. 김혈조, 117~118면

- 우리나라 선비들은 한쪽 구석 땅에서 편벽된 기운을 타고나서, 발은 대륙의 땅을 밟아 보지 못했고 눈은 중원(中原)의 사람을 보지 못했고, 나고 늙고 병들고 죽을 때까지 제 강역(疆域)을 떠나 본 적이 없다. 그래서 학의 다리가 길고 까마귀의 빛이 검듯이 각기 제가 물려받은 천성대로 살았고, 우물의 개구리나 밭의 두더지마냥 제가 사는 곳이 제일인 양 여기고 살아왔다. 신호열·김명호, 66면

2-2 이른바 사士·농農·공工·상商은~형편없어지고 있다

- 선비, 농삿군, 공장바치, 장사치의 구별도 이름만이 있을 뿐이니 물건을 리용해서 생활에 유익케 하는 제구는 날을 따라 더 못해질 수 밖에 없다. 홍기문, 206면

- 이른바 사(士)·농(農)·공(工)·상(商)이란 소업(所業)의 종류도 그 명목만 겨우 있을 뿐, 이용(利用)·후생(厚生)의 재구(材具)에 이르러서는 날로 궁곤해지고 있다. 이동환, 248면

- 이른바, 사·농·공·상 사민(四民)이란 것도 겨우 명목만 남았을 뿐, 이용하고 후생(厚生)하는 물자는 날마다 궁핍해지기만 한다. 이익성, 146면

- 이른바 사(士)·농(農)·공(工)·상(商)이라는 네 부류도 그 명목만 겨우 있을 뿐이지, 이용·후생의 도구에 이르러서는 날로 곤궁해지고 있다. 리가원·허경진, 25면

- 이른바 사(士)·농(農)·공(工)·상(商)의 사민이란 것도 겨우 명목만 남았고, 이용후생(利用厚生)하는 도구는 하루가 다르게 곤궁해질 수밖에 없다. 김혈조, 118면

- 이른바 사민(四民: 사士·농農·공工·상商)이라는 것도 겨우 명목만 남아 있고 이용후생(利用厚生)의 도구는 날이 갈수록 빈약해져만 갔다. 신호열·김명호, 66면

③ 만약 묻고 배우려 한다면 중국을 놔두고 누구한테 묻고 배우겠는가? 그런데도 사람들은 "지금 중국의 주인은 오랑캐다"라고 말하면서 그들에게 배우기를 부끄러워하고, 중국의 옛 문물까지 함께 싸잡아 얕잡아 보고 무시한다. 저들이 변발辮髮에 좌임左衽을 하고 있는 것은 사실이지만, 저들이 점거하고 있는 땅이 어찌 삼대三代 이래 한나라, 당나라, 송나라, 명나라의 그 중국이 아니겠으며, 그 땅에 사는 사람들이 어찌 삼대 이래 한나라, 당나라, 송나라, 명나라 사람의 후예가 아니겠는가. 또한 설령 오랑캐라 할지라도 그들이 지닌 법과 제도가 훌륭하다고 한다면 그들에게 가 그들을 스승으로 섬기며 배워야 옳겠거늘, 하물며 그 규모의 광대함과 마음씀씀이의 정밀함, 예악禮樂의 웅장함과 문장의 찬란함이 여전

히 삼대 이래 한나라, 당나라, 송나라, 명나라 고유의 문물을 간직하고 있음에랴! 저들과 비교해 보면 정말 우리가 나은 건 하나도 없는데, 그저 상투를 틀고 있답시고 천하에 잘난 체하며 "지금의 중국은 옛날의 중국이 아니다"라고 말하고 있다. 그 산천은 노린내가 난다고 헐뜯고, 그 인민은 짐승 같다고 욕하고, 그 언어는 사람의 말이 아니라고 모함하면서, 중국 고유의 좋은 법과 훌륭한 제도까지 함께 싸잡아 배척한다면 대관절 어디에서 본받아 행할 것인가?

如將學問, 舍中國而何? 然[1]其言曰: "今之主中國者, 夷[2]狄也." 恥學焉, 幷與[3]中國之故常而鄙夷[4]之. 彼誠薙髮、左袵,[5] 然[6]其所據[7]之地, 豈非三代以來漢、唐、宋、明之函[8]夏乎; 其生乎[9]此土之中者, 豈非三代以來漢、唐、宋、明之遺黎乎? 苟使法良而制美, 則固將進夷[10]狄而師之, 況其規模[11]之廣大, 心法[12]之精微, 制作之宏遠,[13] 文章之煥爀,[14] 猶存三代以[15]來漢、唐、宋、明固有之故常哉? 以[16]我較彼, 固無[17]寸長, 而獨以[18]一撮之結,[19] 自賢於天下曰: "今之中國, 非古之中國也." 其山川則罪之以[20]腥羶, 其人民[21]則辱之以[22]犬羊, 其言語則誣之以[23]侏離,[24] 幷[25]與[26]其中國固有之良法美制而攘斥

---

1) **然** 용재문고본에는 "狀"으로 되어 있다. 한편 『정유집』, 동양문고본 『북학의』, 규장각본 『북학의』에는 이 뒤에 "而"가 더 있다.
2) **夷** 한씨문고본과 용재문고본에는 "㢴"로 되어 있다.
3) **與** 동양문고본 『북학의』, 『연암산고』, 영남대본, 용재문고본에는 "与"로 되어 있다.
4) **夷** 한씨문고본과 용재문고본에는 "㢴"로 되어 있다.
5) **袵** 『정유집』에는 "袵"으로 되어 있다.
6) **然** 용재문고본에는 "狀"으로 되어 있다.
7) **據** 『정유집』에는 "居"로 되어 있다.
8) **函** 규장각본 『북학의』에는 "圅"으로 되어 있다.
9) **乎** 『정유집』, 동양문고본 『북학의』, 규장각본 『북학의』, 『연암산고』, 자연경실본, 계서본, 한씨문고본, 승계본, 영남대본, 용재문고본, 망창창재본 갑에는 "于"로 되어 있다.
10) **夷** 용재문고본에는 "㢴"로 되어 있다.
11) **模** 한씨문고본과 용재문고본에는 "摹"로 되어 있다.
12) **法** 동양문고본 『북학의』, 규장각본 『북학의』, 『연암산고』, 계서본, 한씨문고본, 창강초편본 속집, 창강중편본, 승계본, 영남대본, 용재문고본, 망창창재본 갑에는 "術"로 되어 있다.
13) **遠** 용재문고본에는 "達"로 되어 있다.
14) **爀** 망창창재본 갑에는 "赫"으로 되어 있다.
15) **以** 용재문고본에는 "目"로 되어 있다.
16) **以** 용재문고본에는 "目"로 되어 있다.
17) **無** 용재문고본에는 "无"로 되어 있다.
18) **以** 용재문고본에는 "目"로 되어 있다.
19) **結** 한씨문고본과 용재문고본에는 "髻"로 되어 있다. 한편 『연암산고』에는 "結字疑髻字"('結' 자는 '髻' 자로 의심된다)라는 두주가 있다.
20) **以** 용재문고본에는 "目"로 되어 있다.

之, 則亦將何所倣而行之耶?[27]

역문풀이

변발辮髮: 머리카락의 일부를 밀고 남은 부분을 땋아 늘어뜨리는 중국 북방민족의 머리 보양.

좌임左衽: 왼쪽에서 옷섶을 여민다는 뜻. 한족漢族은 오랑캐들의 상의가 오른쪽 앞섶이 왼쪽 앞섶을 덮는다고 하여 이런 말을 썼는데, 이 말은 흔히 오랑캐의 복식을 빌어 오랑캐를 야만시하는 말이다. 한족 중심의 사고, 즉 중화주의中華主義가 이 말 속에 스며 있다.

저들이 변발辮髮에 좌임左衽을: 이하의 '저들'은 모두 만주족滿洲族을 가리킨다.

삼대三代 이래~송나라 명나라: '삼대'는 중국 고대의 왕조인 하夏·은殷·주周 세 나라를 말한다. 삼대와 한나라·당나라·송나라·명나라는 모두 한족漢族의 나라이다.

그저 상투를 틀고 있답시고: 변발을 하지 않았다는 말이다. 연암의 「허생전」許生傳 중 허생이 이완李浣 대장을 꾸짖는 대목에서도 상투에 대한 언급이 보인다. 해당 대목을 제시하면 다음과 같다: "이른바 사대부란 것들은 대체 무어냐? 오랑캐 땅에서 태어났으면서 자칭 '사대부'라 일컬으니, 참으로 어리석지 않으냐? 위아래로 새하얀 옷을 입으니 이는 상복喪服이요, 머리털은 송곳처럼 틀어 묶으니 이는 남만南蠻 오랑캐의 상투인데, 그러면서 무슨 예법을 말한다는 게냐? (…) 지금 대명大明을 위해 청나라에 복수하고자 한다면서 머리털 하나를 아까워하고, 장차 말 달리고 칼을 휘두르고 창을 찌르고 활을 당기고 돌을 날려야 할 터인데 소매 넓은 옷을 바꿔 입지 않으려 하면서 이게 모두 예법 때문이라고 여긴다는 게냐?"(所謂士大夫, 是何等也? 産於彛、貊之地, 自稱曰士大夫, 豈非駁乎? 衣袴純素, 是有喪之服, 會撮如錐, 是南蠻之椎結也, 何謂禮法? … 乃今欲爲大明復讐, 而猶惜其一髮, 乃今將馳馬、擊釖、刺鎗、弥弓、飛石, 而不變其廣袖, 自以爲禮法乎?)

노린내: 원문은 "腥羶"(성전)이다. 한족이 중국의 북방 이민족을 야만시할 때 일컫는 말이다. 중국 북방의 이민족은 양을 많이 사육한바 양고기 및 양유로 만든 요구르트를 즐겨 먹

---

21) **人民** 계서본에는 "民人"으로 되어 있고, 용재문고본에는 "人物"로 되어 있다.

22) **以** 용재문고본에는 "目"로 되어 있다.

23) **以** 용재문고본에는 "目"로 되어 있다.

24) **離** 망창창재본 갑에는 "儷"로 되어 있다.

25) **幷** 동양문고본 『북학의』와 규장각본 『북학의』에는 "倂"으로 되어 있다.

26) **與** 동양문고본 『북학의』, 『연암산고』, 영남대본, 용재문고본에는 "与"로 되어 있다.

27) **耶** 동양문고본 『북학의』에는 "邪"로 되어 있다.

었다. 그래서 노린내가 난다고 야유한 것이다. 역시 한족 중심의 사고가 이 단어에 들어 있다. 조선 사대부들은 별 자각 없이 한족의 시선이 내재화되어 있는 이 말을 따라 썼다.

원문풀이

故常: 옛 법도나 상례常例, 관습을 이르는 말. 이 글에서는 구체적으로 '양법'良法과 '미제'美制로 풀이되고 있다.

心法: 의장意匠(물건을 만들 때 형상·색채·모양 따위를 여러 가지로 궁리하는 일)을 말한다.

制作: 예악禮樂을 말한다.

侏離: 뜻이 통하지 않는 남방 오랑캐의 소리를 이르는 말이다. 이 단어를 포함해 이 글 중의 '薙髮'(치발)·'左袵'·'腥羶'·'犬羊' 등의 단어에는 전부 중화주의적 시선이 내장되어 있다. 조선 사대부들은 이를 자각하지 못한 채 이 단어들을 그대로 썼다. '아류亞流 중화주의' 내지 '복제複製 중화주의'라 이를 만하다.

번역의 동이

3-1   그런데도 사람들은~얕잡아보고 무시한다

· 오직 그들의 말에는 지금 중국을 통치하는 것이 오랑캐라 배우는 것도 부끄럽다고 하면서 중국의 전래해 오는 문화까지 야만으로 보아버리고 있다. 홍기문, 206면

· 그러나 그들은 '지금 중국을 통치하고 있는 자들은 이적(夷狄)이다'고 하여 배우기를 수치스럽게 여기고, 중국의 전래해 오는 문화까지 같이 몰아서 야만시하고 있다. 이동환, 248면

· 그러나 그들은, "지금 중국을 주장하는 자는 오랑캐이니 배우기가 부끄럽다." 하면서 중국의 옛 제도마저 아울러 더럽게 여기며 업신여긴다. 이익성, 146면

· 그러나 그들은 이렇게 말한다. "지금 중국을 다스리는 자들은 오랑캐다." 그래서 저들에게 배우기를 부끄럽게 여기고, 중국에 전해 오는 문화까지 야만스럽게 생각한다. 리가원·허경진, 25면

· 그러나 그들은 말한다. 지금 중국을 다스리는 사람은 되놈이라고. 그들 되놈에게 배우기를 부끄럽게 여길 뿐 아니라, 중국에서 전해오는 문화제도까지 싸잡아서 더럽고 야만적인 것으로 업신여긴다. 김혈조, 118면

· 그렇지만 그들의 말을 들어보면 "지금의 중국을 차지하고 있는 주인은 오랑캐들이다" 하면서 배우기를 부끄러워하여, 중국의 옛 법마저도 다 함께 얕잡아 무시해 버린다. 신호열·김명호, 66면

3-2   또한 설령 오랑캐라~간직하고 있음에랴

· 만약에 그 법이 좋고 제도가 훌륭한 것이라면 오랑캐라도 받들어서 선생으로 모시려든 더구나 그 광대한 규모와 정미한 심법과 심원한 제작과 빛나는 문장에는 아직도 삼대 이래 한, 당, 송, 명의 고유한 문화를 보전해 오는 것이랴? 홍기문, 206~207면

▪ 진실로 법이 좋고 정도가 훌륭한 것이라면 이적(夷狄)이라 하더라도 나아가 스승으로 모셔야 할 텐데, 하물며 그 광대한 규모, 정미한 심법(心法), 굉원(宏遠)한 제작(制作), 빛나는 문채에 아직도 하·은·주 3대 이래 한·당·송·명의 고유한 전래 문화가 보존되어 있음에야. 이동환, 248면

▪ 진실로 법이 좋고 제도(制度)가 아름다우면 오랑캐의 것이라도 높여서 스승으로 해야 할 참인데, 하물며 그 규모의 광대함과 심법(心法)의 정미(精微)함과 제작(制作)의 굉원(宏遠)함과 문장(文章)의 환혁(煥爀)함에 아직도 삼대 이래 한·당·송·명의 고유했던 옛 제도가 남았음이랴. 이익성, 146면

▪ 참으로 법이 좋고 제도가 훌륭하다면, 오랑캐에게 나아가서라도 스승으로 모셔야 한다. 하물며 그 광대한 규모, 정미한 심법(心法), 굉원(宏遠)한 제작, 혁혁한 문장에 아직도 하·은·주 이래 한·당·송·명의 고유한 전래 문화가 보존되어 있음에랴. 리가원·허경진, 26면

▪ 만약 법이 좋고 제도가 훌륭하다면 정말 오랑캐의 것이라도 기준으로 삼고 따라야 할 터인데, 하물며 그 광대한 규모, 정미한 심성학(心性學), 굉원(宏遠)한 예악(禮樂), 찬란한 문장(文章)에 아직도 삼대 이래 한·당·송·명의 고유한 옛 제도가 남았음에 있어서랴? 김혈조, 118면

▪ 진실로 법이 훌륭하고 제도가 아름다울진대 장차 오랑캐에게라도 나아가 배워야 하는 법이거늘, 하물며 그 규모의 광대함과 심법(心法)의 정미(精微)함과 제작(制作)의 굉원(宏遠)함과 문장(文章)의 찬란함이 아직도 삼대 이래 한, 당, 송, 명의 고유한 옛법을 보존하고 있음에랴. 신호열·김명호, 66면

④　내가 연경燕京에서 돌아오자 재선在先이 자기가 쓴 『북학의』北學議 내편內篇과 외편外篇을 보여주었다. 재선은 나보다 먼저 연경에 갔었다. 그는 농사짓는 일, 양잠, 목축, 성곽, 주택, 선박, 수레에서부터 기와와 대자리, 붓과 자에 이르기까지 눈으로 확인하고 마음으로 헤아려 보지 않은 게 없었다. 눈으로 보지 못한 것이 있으면 반드시 물어봤고, 마음으로 이해되지 않는 것이 있으면 반드시 배웠다. 이제 이 책을 한 번 펴 보니 내가 쓴 『열하일기』熱河日記와 조금도 어긋남이 없어 마치 한 사람이 쓴 것 같았다. 그래서 그는 즐거운 마음으로 이 책을 내게 보여준 것이며, 나 역시 흐뭇해서 사흘 동안 읽으면서도 지겨운 줄을 몰랐던 것이다.

아, 이렇게 두 책의 내용이 같게 된 것이 어찌 우리 두 사람이 중국의 문물을 직접 보았기 때문만이겠는가? 우리는 예전부터 비 내리는 지붕 아래, 눈 쌓이는 처마 밑에서 함께 연구하고, 술이 거나해지고 등불의 심지가 다할 때까지 토론했거늘, 중국에 간 건 그걸 눈으로 한 번 확인한 데 불과하다. 문제는 우리의 연구 결

과를 남에게 이야기할 수 없다는 사실이다. 사람들은 분명 믿지 않을 것이기 때문이다. 믿지 않으면 분명 우리에게 화를 낼 텐데, 화 잘 내는 성품은 편협한 기질에서 나오는 것이요, 믿지 못하는 원인은 중국이 오랑캐의 산천이라고 욕하는 데 있는 것이다.

余自燕還, 在先[1]爲示其『北學議』內外二編.[2] 盖在先[3]先余入燕者也. 自農蚕、[4] 畜牧、城郭、宮室、舟車, 以[5]至瓦、簟、筆、[6]尺之制, 莫不目數而心較, 目有所未至, 則必問焉; 心有所未諦, 則必學焉. 試一開卷, 與[7]余日錄, 無[8]所齟齬, 如出一手. 此固所以樂而[9]示余,[10] 而余之所欣然[11]讀之三日而不厭[12]者也. 噫! 此豈徒吾二人者得之於目擊而後然[13]哉? 固嘗[14]研於雨屋、雪簷[15]之下, 抵掌於酒爛[16]燈灺之際, 而乃一驗[17]之於[18]目爾. 要之, 不可以語人, 人固不信矣.[19] 不信則固將[20]怒我, 怒之性, 由[21]偏[22]氣, 不信之端,[23] 在罪[24]山川.[25]

---

1) 在先　『정유집』, 동양문고본『북학의』, 규장각본『북학의』에는 "楚亭"으로 되어 있다. 한편 창강초편본 속집에는 이 뒤에 "朴齊家字"라는 세주가 있다.
2) 編　규장각본『북학의』, 한씨문고본, 용재문고본에는 "篇"으로 되어 있다.
3) 在先　『정유집』, 동양문고본『북학의』, 규장각본『북학의』에는 "楚亭"으로 되어 있다.
4) 蚕　『정유집』, 동양문고본『북학의』, 계서본, 한씨문고본, 창강초편본 속집, 창강중편본, 승계본, 영남대본, 용재문고본에는 "蠶"으로 되어 있다.
5) 以　용재문고본에는 "目"로 되어 있다.
6) 筆　자연경실본, 계서본, 승계본, 영남대본에는 "笔"로 되어 있고, 망창창재본 갑에는 "筆"로 되어 있다.
7) 與　동양문고본『북학의』, 『연암산고』, 영남대본, 용재문고에는 "与"로 되어 있다.
8) 無　한씨문고본과 용재문고본에는 "无"로 되어 있다.
9) 而　동양문고본『북학의』, 규장각본『북학의』, 『연암산고』, 자연경실본, 한씨문고본, 계서본, 승계본, 영남대본, 용재문고본, 망창창재본 갑에는 "以"로 되어 있다.
10) 此固所以樂而示余　『정유집』에는 "此固所以示余"로 되어 있다.
11) 然　용재문고본에는 "狀"으로 되어 있다.
12) 厭　한씨문고본과 용재문고본에는 "猒"으로 되어 있다.
13) 然　용재문고본에는 "狀"으로 되어 있다.
14) 嘗　『연암산고』, 자연경실본, 계서본, 한씨문고본, 승계본, 영남대본, 용재문고본, 망창창재본 갑에는 "當"으로 되어 있다.
15) 簷　자연경실본, 계서본, 한씨문고본, 승계본, 영남대본, 용재문고본, 망창창재본 갑에는 "檐"으로 되어 있다.
16) 爛　한씨문고본, 창강초편본 속집, 창강중편본, 용재문고본에는 "闌"으로 되어 있다.
17) 驗　동양문고본『북학의』와 규장각본『북학의』에는 "譣"으로 되어 있다.
18) 於　규장각본『북학의』에는 없다.
19) 矣　창강초편본 속집과 창강중편본에는 빠져 있다.
20) 固將　창강초편본 속집과 창강중편본에는 빠져 있다.
21) 由　창강중편본에는 "在"로 되어 있다. 한편 승계본에는 "由一作在"(어떤 본에는 '由'가 '在'로 되어 있다)라는 첨지가 붙어 있다.
22) 偏　용재문고본에는 "徧"으로 되어 있다.
23) 端　한씨문고본과 용재문고본에는 "耑"으로 되어 있다.
24) 在罪　창강중편본과 승계본에는 "罪在"로 되어 있다.

역문풀이

내가 연경燕京에서 돌아오자: 연암은 1780년(정조 4) 청나라 건륭제乾隆帝의 일흔 번째 생일을
맞아 진하별사進賀別使 정사正使에 임명된 삼종형三從兄 박명원朴明源의 자제군관子弟軍官
(사신의 자제 가운데 사신을 수행하며 보좌하는 사람) 자격으로 연경에 다녀왔다.

재선在先: 박제가의 자字.

재선은 나보다 먼저 연경에 갔다: 박제가는 1778년 사은겸진주사謝恩兼陳奏使의 일원으로
이덕무李德懋와 함께 연경에 다녀온 뒤 『북학의』를 저술하였다. 이후에도 박제가는 1790
년에 두 차례, 1801년에 한 차례 더 연경을 방문하였다.

농사짓는 일~자에 이르기까지: 앞 단락 ③에서 말한 중국의 '좋은 법과 훌륭한 제도'(良法美
制)에 대한 구체적인 서술에 해당한다.

대자리: 대오리를 결어 만든 자리, 즉 죽석竹席을 말한다.

원문풀이

抵掌: 손바닥을 치며 열띠게 이야기한다는 뜻.

由偏氣: 이 말은 단락 ②의 "得偏氣於一隅之土"와 호응한다.

在罪山川: 이 구절은 단락 ③의 "其山川則罪之以腥羶"과 호응한다.

번역의 동이

4-1   아 이렇게~보았기 때문만이겠는가

- 아하! 이것은 언제 우리들 두 사람이 모두 눈으로 친히 보고 나서야 비로소 그렇게 된 것이냐? 홍
기문, 208면
- 아하! 이것이 어찌 우리 두 사람이 목격하고 나서야 비로소 그렇게 된 것이랴. 이동환, 249면
- 아아, 이것이 어찌 우리 두 사람의 눈으로 직접 본 끝에 깨친 것이었으랴. 이익성, 147면
- 아아, 이 어찌 우리 두 사람이 중국을 목격하고 나서야 비로소 그렇게 되었으랴. 리가원·허경진, 27면
- 아하! 이것이 어찌 우리 두 사람이 눈으로 직접 보고 나서 그렇게 된 것이랴? 김혈조, 119면
- 아, 이것이 어찌 우리 두 사람이 눈으로만 보고서 그렇게 된 것이겠는가. 신호열·김명호, 67면

4-2   문제는 우리의~있는 것이다

- 어쨌거나 남들에게 이야기할 수 없으니 남들이 믿지 않을 것이요 믿지 않으면 의례히 우리에게

---

25) **怒之性~在罪山川**   창강초편본 속집에는 빠져 있다. 『정유집』, 동양문고본 『북학의』, 규장각본 『북학의』에는 이 뒤
에 "辛丑重陽日, 朴趾源燕巖父撰"이라는 구절이 있다.

골을 낼 것이다. 골을 잘 내는 성품은 편협한 기풍에서 나오는 것이며 우리를 얼른 믿지 않는 원인은 환경의 탓이다. 홍기문, 208면

▪ 요컨대 남들에게 이야기하지 말 것이다. 남들은 필시 믿지 않으리라. 믿지 않을 땐 우리를 보고 성을 낼 것이다. 성을 잘 내는 성품은 편협한 기질에서 연유하고, 우리의 이야기를 선뜻 믿지 않는 단초(端初)는 지금의 중국의 산천을 비린내와 누린내가 난다고 헐뜯는 등의 태도에 있다. 이동환, 249면

▪ 그러나 이것을 남에게 다 말할 수 없고 또 사람들이 믿어주지도 않을 것이다. 믿지 않으면 나를 미워할 터인데 미워하는 성품은 치우친 기질에 연유하고 믿지 않는 시초는 중국 산천을 탓하는 데에 있는 것이다. 이익성, 147면

▪ 요컨대 남들에게 이야기하지 말라. 남들은 반드시 믿지 않을 것이다. 믿지 않게 되면, 우리에게 성낼 것이다. 성내는 성품은 편협한 기질에서 말미암고, 믿지 않는 까닭은 산천의 기질 탓이다. 리가원·허경진, 27면

▪ 어쨌거나 이것을 남들에게 말할 수 없으니 남들도 믿어주지 않을 것이다. 믿으려 하지 않는다면 으레 우리에게 화를 내리라. 화를 내는 성품은 편협된 기질에서 연유하는 것이며, 믿으려 하지 않는 근본 원인은 환경 탓이다. 김혈조, 119면

▪ 요컨대 이를 남들에게 말할 수가 없으니, 남들은 물론 믿지를 않을 것이고 믿지 못하면 당연히 우리에게 화를 낼 것이다. 화를 내는 성품은 편벽된 기운을 타고난 데서 말미암은 것이요, 그 말을 믿지 못하는 원인은 중국의 산천을 비린내 노린내 난다고 나무란 데 있다. 신호열·김명호, 67~68면

🏵 김택영의 수비

- 『북학의』는 박제가가 지은 책이다.[1]

本議<u>朴齊家</u>所作.

- 선생이 고작 일개 문인이었다면 시대를 근심하고 세상을 걱정한 게 이토록 지극했겠는
가?[2]

若曰先生只一文人, 則安能憂時、憫[3]俗, 至於此極?

---

1) 이 평은 창강중편본과 승계본에 있다.
2) 이 평은 창강중편본과 승계본에 있다.
3) 憫   승계본에는 "悶"으로 되어 있다.

『북학의』 서문

묻고 배우는 데는 다른 방법이 없다. 모르는 게 있으면 길가는 사람이라도 붙잡고 물어야 한다. 하인이 나보다 한 자라도 더 알면 하인에게도 일단 배워야 한다. 내가 남만 못한 것이 부끄러워 나보다 나은 사람에게 묻지 않는다면 평생 고루하고 어찌할 수 없는 상태에 머물게 된다.

순舜 임금은 농사짓고, 그릇 굽고, 물고기 낚는 일에서부터 황제의 직무에 이르기까지 남에게 배우지 않은 것이 없었다. 공자孔子는 "나는 젊을 적에 미천하여 여러 가지 험한 일에 능하였다"라고 하였으니, 역시 농사짓고, 그릇 굽고, 고기 낚는 유類의 일을 했던 것이다. 비록 순 임금과 공자처럼 성스럽고 재예才藝가 뛰어난 분들이라 할지라도 사물과 접촉해 기술을 창안해 내고, 일에 임해 도구를 제작할라치면 시간도 부족하고 생각이 궁한 때도 있었을 터이다. 그러니까 순 임금과 공자가 성인이 된 것은 바로 남한테 잘 묻고 잘 배운 때문이라고 할 수 있다.

우리나라 선비들은 구석에 붙은 땅에서 태어나 기질이 편협하다. 중국 땅을 밟아 보지도, 중국 사람을 만나 보지도 못한 채, 태어나서 늙고 병들어 죽을 때까지 자기 땅을 벗어나는 일이 없다. 그래서 학의 다리가 길고 까마귀의 색이 검은 것처럼 각자 천분天分을 지키고, 우물 안 개구리나 밭 두더지처럼 제가 사는 곳밖에 모른다. 예禮는 소박한 것이 좋다고 말하고, 누추함을 검소함이라고 생각한다. 이른바 사士·농農·공工·상商은 근근이 명목만 남아 있고, 편리하게 사용하여 백성의 생활을 윤택하게 해줄 수 있는 도구는 날이 갈수록 형편없어지고 있다. 여기에는 다른 이유가 없다. 묻고 배울 줄 몰라서 이렇게 된 것이다.

만약 묻고 배우려 한다면 중국을 놔두고 누구한테 묻고 배우겠는가? 그런데도 사람들은 "지금 중국의 주인은 오랑캐다"라고 말하면서 그들에게 배우기를 부끄러워하고, 중국의 옛 문물까지 함께 싸잡아 얕잡아 보고 무시한다. 저들이 변발辮髮에 좌임左衽을 하고 있는 것은 사실이지만, 저들이 점거하고 있는 땅이 어찌 삼대三代 이래 한나라, 당나라, 송나라, 명나라의 그 중국이 아니겠으며, 그 땅에 사는 사람들이 어찌 삼대 이래 한나라, 당나라, 송나라, 명나라 사람의 후예가 아니겠는가. 또한 설령 오랑캐라 할지라도 그들이 지닌 법과 제도가 홀륭하다고 한다면 그들에게 가 그들을 스승으로 섬기며 배워야 옳겠거늘, 하물며 그 규모의 광대함과 마음씀씀이의 정밀함, 예악禮樂의 웅장함과 문장의 찬란함이 여전히 삼대 이래 한나라, 당나라, 송나라, 명나라 고유의 문물을 간직하고 있음에랴!

저들과 비교해 보면 정말 우리가 나은 건 하나도 없는데, 그저 상투를 틀고 있답시고 천하에 잘난 체하며 "지금의 중국은 옛날의 중국이 아니다"라고 말하고 있다. 그 산천은 노린내가 난다고 헐뜯고, 그 인민은 짐승 같다고 욕하고, 그 언어는 사람의 말이 아니라고 모함하면서, 중국 고유의 좋은 법과 홀룽한 제도까지 함께 싸잡아 배척한다면 대관절 어디에서 본받아 행할 것인가?

내가 연경燕京에서 돌아오자 재선在先이 자기가 쓴 『북학의』北學議 내편內篇과 외편外篇을 보여주었다. 재선은 나보다 먼저 연경에 갔었다. 그는 농사짓는 일, 양잠, 목축, 성곽, 주택, 선박, 수레에서부터 기와와 대자리, 붓과 자에 이르기까지 눈으로 확인하고 마음으로 헤아려 보지 않은 게 없었다. 눈으로 보지 못한 것이 있으면 반드시 물어봤고, 마음으로 이해되지 않는 것이 있으면 반드시 배웠다. 이제 이 책을 한 번 펴 보니 내가 쓴 『열하일기』熱河日記와 조금도 어긋남이 없어 마치 한 사람이 쓴 것 같았다. 그래서 그는 즐거운 마음으로 이 책을 내게 보여준 것이며, 나 역시 흐뭇해서 사흘 동안 읽으면서도 지겨운 줄을 몰랐던 것이다.

아, 이렇게 두 책의 내용이 같게 된 것이 어찌 우리 두 사람이 중국의 문물을 직접 보았기 때문만이겠는가? 우리는 예전부터 비 내리는 지붕 아래, 눈 쌓이는 처마 밑에서 함께 연구하고, 술이 거나해지고 등불의 심지가 다할 때까지 토론했거늘, 중국에 간 건 그걸 눈으로 한 번 확인한 데 불과하다. 문제는 우리의 연구 결과를 남에게 이야기할 수 없다는 사실이다. 사람들은 분명 믿지 않을 것이기 때문이다. 믿지 않으면 분명 우리에게 화를 낼 텐데, 화잘 내는 성품은 편협한 기질에서 나오는 것이요, 믿지 못하는 원인은 중국이 오랑캐의 산천이라고 욕하는 데 있는 것이다.

『영재집』 서문

冷齋集序*

①   석수장이가 각수장이에게 이렇게 말했다누먼.

"천하의 물건 중 돌보다 견고한 건 없지. 헌데 난 그 단단한 돌을 쪼개고 깎아 내지. 용 모양의 머리장식에 거북 모양의 받침이 달린 비석을 무덤 앞에 세워서 영원토록 없어지지 않게 한 건 다 내 공이지."

그러자 각수장이가 이렇게 대꾸했다지.

"닳아 없어지지 않고 오래가게 하는 덴 새기는 것보다 더 나은 게 없지. 거룩한 사람이 훌륭한 행적을 남겨 군자가 그 비명碑銘을 짓는다 한들 나의 공이 아니면 비석을 얻다 쓰겠는가?"

     匠石謂剖厥氏曰: "夫天下之物, 莫堅於石. 爰伐其堅, 斷而斲之, 螭首龜趺,[1] 樹之神道, 永世不騫,[2] 是我之功也." 剖厥氏曰: "久而不磨者, 莫壽於刻. 大人有行, 君子銘之, 匪余攸工, 將焉用碑?"

본서에서 검토하는, 이 작품이 수록된 주요한 이본은 다음과 같다: 자연경실본, 계서본, 한씨문고본, 승계본, 영남대본, 용재문고본, 망창창재본 갑.

* 冷齋集序   저본에는 "冷齋集序"로 되어 있으나, 자연경실본, 계서본, 한씨문고본, 승계본, 영남대본, 용재문고본, 망창창재본 갑에 의거하여 바로잡는다.

1) **趺**   용재문고본에는 "趺"로 되어 있다.
2) **騫**   승계본에는 "蹇"으로 되어 있다.

역문풀이

『영재집』冷齋集: 조선 후기의 문인이자 실학자인 유득공柳得恭(1749~1807)의 시문집으로, 15
권 4책이다. '영재'는 유득공의 호다.

원문풀이

刳劂氏: 각수장이, 즉 돌이나 나무에 글자를 새기는 장인.

螭首龜趺: '螭首'(이수)는 비석의 머리에 용이 서린 모양을 새긴 것이고, '龜趺'(귀부)는 거북
모양으로 된 비석의 받침돌을 말한다. 조선시대의 신도비神道碑는 일반적으로 이런 양식
을 취하고 있다. '신도비'란 신도神道에 세운 비석으로 종2품 이상의 고관의 무덤에 한
하여 세울 수 있었다.

神道: 묘소의 진입로.

번역의 동이

1-1   용 모양의~내 공이지

▪ 꼭대기에는 룡틀임을 하고 밑바닥에는 거북으로 괴고 무덤 앞에 세워서 영구히 그의 사적을 알려
주고 있는 것이 바로 내 공로일세. 홍기문, 『박지원 작품선집 1』, 219면

▪ 꼭대기에는 용틀임을 조각하고 밑바닥에는 거북으로 괴서 무덤 앞에 세우면 영영세세(永永世世)
토록 뽑히지 않게 되니 이것은 바로 내 공로일세. 김혈조, 『그렇다면 도로 눈을 감고 가시오』, 39면

▪ 용틀임을 머리에 얹고 바닥에는 거북을 받쳐, 무덤 길목에 세워 영원히 없어지지 않도록 하는 것
은 바로 나의 공로이다. 정민, 『비슷한 것은 가짜다』, 244면

▪ 이수(螭首)와 귀부(龜趺)를 만들어 신도(神道)에 세우고 영원히 없어지지 않도록 하는 것은 바로
나의 공이니라. 신호열·김명호, 『연암집 하』, 87면

1-2   거룩한 사람이~얻다 쓰겠는가

▪ 큰 사람에게 높은 행적이 있어서 점잖은 글로 썼다고 하더라도 내가 들지 않고야 빗돌을 다듬어
서는 무엇한단 말인가? 홍기문, 219면

▪ 고관대작에게 높은 행적이 있어서 군자들이 묘비명을 썼다고 하더라도 나의 새기는 공이 없다면
장차 어떻게 비석을 만들꼬? 김혈조, 39면

▪ 훌륭한 사람이 업적이 있어 군자가 묘갈명을 짓는다 해도 내가 다듬어 새기지 않는다면 어찌 비
석을 세울 수 있겠는가? 정민, 244면

▪ 위대한 인물의 훌륭한 행적에 대하여 군자가 비명(碑銘)을 지어 놓았다 하더라도 나의 공력이 들
어가지 않으면 장차 그 빗돌을 어디에다 쓰겠는가. 신호열·김명호, 87면

2　　마침내 두 사람은 '무덤님'보고 우열을 가려 달라고 했다나. '무덤님'은 아무 소리도 없었고 세 번이나 불렀지만 세 번 다 응답이 없었다는구먼. 이때 그 옆에 있던 문무석文武石이 껄껄 웃으며 이렇게 말했다는군.

"한쪽은 천하에서 가장 견고한 것이 돌이라 하고, 다른 한쪽은 마멸되지 않고 오래가기론 새김질이 제일이라고 하지만, 돌이 과연 그렇게 단단하다면 어떻게 깎아서 비석을 만들겠으며, 만일 새긴 것이 마멸되지 않는다고 한다면 글자를 대체 어떻게 새긴단 말인가? 깎고 새기고 할 수 있는 것이라면, 부뚜막을 만드는 자가 가져다가 솥 괴는 이맛돌로 쓰지 않는다고 어찌 장담할 수 있겠는가?"

　　　　遂相與[1]訟之於馬鬣子, 馬鬣子寂然[2]無[3]聲, 三呼而三不應. 於是石翁仲, 啞然[4]而笑, 曰: "子謂天下之至堅者, 莫堅乎石, 久而不磨者, 莫壽乎刻也. 雖然,[5] 石果堅也, 斷而爲碑乎, 若可不磨也, 惡能刻乎? 旣得以斷而刻[6]之, 又安知築竈[7]者不取之以爲安鼎[8]之題乎?"

역문풀이

무덤님: 무덤을 의인화한 말.

문무석文武石: 지체 높은 사람의 무덤 앞에 세우는, 문관文官 혹은 무관武官의 형상을 한 돌. 문관의 모양을 한 돌을 문석인文石人이라 하고, 무관의 모양을 한 돌을 무석인武石人이라 한다.

솥 괴는 이맛돌: 아궁이 위의 앞에 가로로 걸쳐 놓은 긴 돌. 솥을 걸치는 데 쓴다.

원문풀이

馬鬣子: 마렵馬鬣 곧 봉분封墳을 의인화한 말.

---

1) 與　용재문고본에는 "与"로 되어 있다.
2) 然　용재문고본에는 "狀"으로 되어 있다.
3) 無　한씨문고본과 용재문고본에는 "无"로 되어 있다.
4) 然　용재문고본에는 "狀"으로 되어 있다.
5) 然　용재문고본에는 "狀"으로 되어 있다.
6) 刻　한씨문고본과 용재문고본에는 "斷"으로 되어 있다.
7) 竈　계서본에는 "竃"로 되어 있다.
8) 鼎　자연경실본과 계서본에는 "鼑"으로 되어 있다.

石翁仲: 석인石人, 즉 무덤 앞에 세우는, 사람 모양의 돌.

啞然액연: 껄껄 웃는 모습.

번역의 동이

2-1   깎고 새기고~장담할 수 있겠는가

- 이제 쪼개기도 하고 새기기도 했으니 이 다음 구들쟁이가 가져다가 부엌의 이맛돌로 쓰지 않는다는 것을 어떻게 안다는 말인가? 홍기문, 220면
- 이미 쪼개기도 하고 새길 수 있을진댄 이 다음에 구들장이가 비석을 가져다가 부엌의 솥을 괴는 돌로 쓰지 않으리라는 것을 어떻게 알 수 있단 말인가? 김혈조, 39면
- 하마 깎아서 이를 새겼으니, 또 어찌 구들장 놓는 자가 이를 가져다가 가마솥 없는 머릿돌로 만들지 않을 줄 알겠는가? 정민, 245면
- 그것을 깎아서 새길 수 있는 이상 부엌을 만드는 사람이 가져다가 솥을 앉히는 이맛돌로 쓰지 않으리라 어찌 장담하겠는가. 신호열·김명호, 88면

3   양자운揚子雲은 옛것을 좋아하는 선비로서 옛 글자체의 하나인 기자奇字를 많이 알고 있었지. 그가 한창 『태현경』太玄經을 저술하고 있을 때 이 이야기를 듣고는 서글픈 낯빛이 되더니 크게 한숨지으며 이렇게 말했다더군.
"후유! 오烏야! 너는 알아 둬라. 문무석이 넌지시 깨우치는 말을 들은 자는 장차 나의 이 책을 장독 덮는 종이로 쓰려 할 테지."

     揚[1]子雲, 好古士也, 多識奇字. 方艸[2]『太玄』, 愀然[3]變[4]色易容, 慨然[5]太息曰: "嗟乎, 烏! 爾其知之. 聞石翁仲之風者, 其將以『玄』覆醬瓿乎!"

---

1) 揚   자연경실본, 계서본, 한씨문고본, 용재문고본에는 "楊"으로 되어 있으나 오기이다.
2) 艸   계서본, 승계본, 망창창재본 갑에는 "草"로 되어 있다.
3) 然   용재문고본에는 "肰"으로 되어 있다.
4) 變   용재문고본에는 "變"으로 되어 있다.
5) 然   용재문고본에는 "肰"으로 되어 있다.

역문풀이

양자운揚子雲: 양웅揚雄(기원전 53년경~기원후 18년)을 말한다. '자운'은 그의 자다. 본문의 내용
과 관련된 일화가 『한서』漢書 「양웅전」揚雄傳 하下에 보인다: 양웅이 만물의 근원과 천지
의 운행원리에 대해 논한 『태현경』을 짓자 동시기의 학자 유흠劉歆은 이를 두고 "근래의
경학을 공부하는 이들은 작록爵祿을 받아 이익을 누리는 자이건만 오히려 『주역』周易도
잘 모르거늘 『태현경』을 어찌 알겠는가? 후대의 사람이 이 책을 장독 덮개로 쓰지 않을
까 걱정이다"라고 말했다.

기자奇字: 고문古文, 전서篆書, 예서隸書, 무전繆篆, 충조蟲鳥와 더불어 한漢나라 여섯 서체書體
중 하나다. 『한서』 「양웅전」 하下에 따르면 양웅이 이 서체에 능했다고 한다. 여섯 서체
중 고문古文은 과두서蝌蚪書를 말한다. '과두'란 올챙이를 뜻하는 말인데, 글자의 획이 올
챙이 같으므로 붙은 이름이다. '무전'繆篆은 꼬불꼬불한 체의 전자篆字를 말한다. '충조'
蟲鳥는 조충서鳥蟲書 혹은 충서蟲書라고도 하는데 글자의 모양이 새와 벌레 모양이기에
붙은 이름이다. 이 글자는 흔히 기旗에 사용되었다.

『태현경』太玄經: 양웅이 쓴 책으로, 『주역』과 비슷한 체재로 지어졌다. '현'玄은 천지만물의
기원을 말하며, '태'太는 그것의 공력을 말한다. 양웅의 저서로 『태현경』·『법언』法言 등
이 있는데, 그는 비록 당대에는 자기가 쓴 책의 진가를 알아보는 사람이 없을지라도 후
대에 반드시 그런 사람이 있으리라고 기대하며 책을 쓴다고 했다.

오鳥: 양웅의 아들 양오揚鳥를 말한다. 일곱 살에 『태현경』을 읽을 만큼 신동이었으나 아홉
살에 요절했다.

『태현경』太玄經을 저술하고~쓰려 할 테지: 이 대목은 연암이 양웅의 고사를 토대로 상상력
을 발휘하여 지어낸 이야기다.

원문풀이

奇字: 『한서』 「양웅전」 하下에 양웅이 '奇字'에 대해 가르쳤다는 기록이 보인다: "劉棻嘗從
雄學作奇字."

以『玄』覆醬瓿: 『한서』 「양웅전」 하下 및 『태현경』 「육적술현」陸績述玄에 다음 내용이 보인다:
"人希至其門, 時有好事者, 載酒肴從游學, 而鉅鹿·侯芭常從雄居, 受其『太玄』·『法言』焉.
劉歆亦觀之, 謂曰: '雄空自苦, 今學經者, 有祿利, 然尙不能明『易』, 又如『玄』何? 吾恐後人
用覆醬瓿.' 雄笑而不應."(「양웅전」 하) "昔揚子雲述『玄經』, 而劉歆觀之, 謂曰: '雄空自苦,
今學經者, 有祿利, 然尙不能明『易』, 又如『玄』何? 吾恐後人用覆醬瓿.' 雄笑而不應."(「육적
술현」)

번역의 동이

3-1   양자운揚子雲은 옛것을~이렇게 말했다더군

- 양자운(揚子雲)은 고전을 좋아하던 선비다. 괴벽한 글자를 많이 알고 있으며 그 때 막 태현경(太玄經)을 저작하고 있었다. 서운해서 낮빛까지 고치더니 개연히 탄식하면서 말하기를 홍기문, 220면
- 양자운(揚子雲)은 고전을 좋아하던 선비여서 괴벽한 글자를 많이 알고 있었다. 『태현경』이라는 책을 저술하다가 갑자기 근심이 들어 얼굴색이 바뀌었다. 슬퍼 탄식하면서 말하기를 김혈조, 40면
- 양자운(揚子雲)은 옛것을 좋아하는 선비로 기이한 글자를 많이 알았다. 그때 마침 『태현경』(太玄經)을 초하고 있다가 정색을 하고 얼굴빛을 고치더니만 개연히 크게 탄식하며 말하였다. 정민, 245면
- 양자운(揚子雲)은 옛것을 좋아하는 사람으로서 기자(奇字)를 많이 알았다. 한창 『태현경』(太玄經)을 저술하다가 이 말을 듣고 얼굴빛이 변하더니, 개연히 크게 탄식하기를 신호열·김명호, 88면

3-2   휴우 오烏야~쓰려 할 테지

- 아하! 그 누가 알리? 돌사람의 허풍을 들은 사람은 내 태현경으로 장항아리를 싸겠구나! 홍기문, 220면
- 아아! 슬프도다. 오(烏, 양자운의 아들)야, 너는 알아두어라. 돌사람이 암시한 충고를 들은 사람은 내 『태현경』의 종이로 간장 항아리를 덮겠구나. 김혈조, 40면
- 아! 어찌 알리오? 돌 사람의 허풍을 들은 자는 장차 나의 『태현경』을 가지고 장독대 덮개로 덮겠구나! 정민, 245면
- 아! 오(烏)야, 너는 알고 있어라. 석옹중의 풍자를 들은 사람들은 장차 이 『태현경』을 장독의 덮개로 쓰겠지. 신호열·김명호, 88면

④   나의 이야기를 듣고 있던 사람들이 모두 크게 웃었다.
봄날, 『영재집』에 쓴다.

　　　　聞者皆大笑. 春日, 書之『泠[1]齋集』.

---

1) 泠　저본, 계서본, 한씨문고본, 승계본, 용재문고본에는 "冷"으로 되어 있으나, 자연경실본, 영남대본, 망창창재본 갑에 의거하여 바로잡는다.

『영재집』 서문

석수장이가 각수장이에게 이렇게 말했다누먼.

"천하의 물건 중 돌보다 견고한 건 없지. 헌데 난 그 단단한 돌을 쪼개고 깎아 내지. 용 모양의 머리장식에 거북 모양의 받침이 달린 비석을 무덤 앞에 세워서 영원토록 없어지지 않게 한 건 다 내 공이지."

그러자 각수장이가 이렇게 대꾸했다지.

"닳아 없어지지 않고 오래가게 하는 덴 새기는 것보다 더 나은 게 없지. 거룩한 사람이 훌륭한 행적을 남겨 군자가 그 비명碑銘을 짓는다 한들 나의 공이 아니면 비석을 얻다 쓰겠는가?"

마침내 두 사람은 '무덤님'보고 우열을 가려 달라고 했다나. '무덤님'은 아무 소리도 없었고 세 번이나 불렀지만 세 번 다 응답이 없었다는구먼. 이때 그 옆에 있던 문무석文武石이 껄껄 웃으며 이렇게 말했다는군.

"한쪽은 천하에서 가장 견고한 것이 돌이라 하고, 다른 한쪽은 마멸되지 않고 오래가기론 새김질이 제일이라고 하지만, 돌이 과연 그렇게 단단하다면 어떻게 깎아서 비석을 만들겠으며, 만일 새긴 것이 마멸되지 않는다고 한다면 글자를 대체 어떻게 새긴단 말인가? 깎고 새기고 할 수 있는 것이라면, 부뚜막을 만드는 자가 가져다가 솥 괴는 이맛돌로 쓰지 않는다고 어찌 장담할 수 있겠는가?"

양자운揚子雲은 옛것을 좋아하는 선비로서 옛 글자체의 하나인 기자奇字를 많이 알고 있었지. 그가 한창 『태현경』太玄經을 저술하고 있을 때 이 이야기를 듣고는 서글픈 낯빛이 되더니 크게 한숨지으며 이렇게 말했다더군.

"후유! 오烏야! 너는 알아 둬라. 문무석이 넌지시 깨우치는 말을 들은 자는 장차 나의 이 책을 장독 덮는 종이로 쓰려 할 테지."

나의 이야기를 듣고 있던 사람들이 모두 크게 웃었다.

봄날, 『영재집』에 쓴다.

『녹천관집』 서문
綠天館集序

[1] 　　옛글을 본떠 글을 짓기를 거울이 사물을 비추듯이 그렇게 한다면 옛글과 비슷하달 수 있을까? 거울에는 좌우가 서로 반대로 비치는데 어찌 비슷하달 수 있겠는가. 물이 사물을 비추듯이 그렇게 한다면 비슷하달 수 있을까? 위아래가 거꾸로 보이는데 어찌 비슷하달 수 있겠는가. 그림자가 형체를 따르듯 그렇게 한다면 비슷하달 수 있을까? 한낮에는 조그맣다가 해질녘엔 장대만 하게 되는데 어찌 비슷하달 수 있겠는가. 그림으로 사물을 재현하듯 그렇게 한다면 비슷하달 수 있을까? 길을 가는 이는 꿈쩍도 않고 말을 하는 이는 소리를 안 내니 어찌 비슷하달 수 있겠는가.

　　倣古爲文, 如鏡之照形, 可謂似也歟? 曰: 左右相反, 惡得而似也. 如水之寫形, 可謂似也歟? 曰: 本末倒見, 惡得而似也.[1] 如影之隨形, 可謂似也[2]歟? 曰: 午陽則侏儒ᆞ僬僥,[3] 斜日則龍[4]伯ᆞ防風,[5] 惡得而似也. 如畵[6]之描[7]形, 可謂似也[8]歟? 曰: 行者不動, 語者無[9]聲,[10] 惡得而似也.

본서에서 검토하는, 이 작품이 수록된 주요한 이본은 다음과 같다: 『병세집』, 『자문시하인언』, 자연경실본, 계서본, 한씨문고본, 창강초편본, 승계본, 영남대본, 용재문고본, 망창창재본 갑.

1) **倣古爲文~本末倒見, 惡得而似也**　『자문시하인언』에 수록된 「수초연암집서」手鈔燕巖集序에 『녹천관집』 서문의 전문이 실려 있다. 다만 『자문시하인언』에는 이 구절이 "倣古爲文, 如鏡之照形, 如水之寫形, 可謂似歟? 曰: 左右相反, 本末倒見, 惡得而似也"로 되어 있고, 그 중 '左右相反, 本末倒見'에 묵점이 찍혀 있다.
2) **也**　『자문시하인언』에는 없다.
3) **侏儒僬僥**　『자문시하인언』에는 "僬僥侏儒"로 되어 있다.

역문풀이

『녹천관집』綠天館集: 이서구李書九의 문집. '녹천관'綠天館은 이서구가 살았던 집의 이름이다. 이서구는 이 집에 살 때 쓴 글들을 모아 『녹천관집』으로 엮었던 듯한데, 이 문집은 현재 전하지 않는다. 다만 그가 10대 후반에서 20대 초반까지에 걸쳐 쓴 시들을 모은 『강산초집』薑山初集에 「녹천관의 늦봄」(綠天館春晩)이라는 시가 실려 있어 참고가 된다. 한편 중국 명말明末의 문인인 섭유성葉有聲이 자신의 문집에 '녹천관집'이라는 이름을 붙인 바 있다.

원문풀이

綠天: '파초'의 별칭.

侏儒: 난쟁이. '侏'와 '儒'는 모두 난쟁이라는 뜻.

僬僥초요: 고대 중국의 문헌에 전하는 전설상의 소인국. 『열자』列子 「탕문」湯問에 "초요국僬僥國은 중주中州에서 동쪽으로 40만 리 떨어진 곳에 있으며, 그 사람들의 키는 1척尺 5촌寸이었다"(從中州以東四十萬里, 得僬僥國, 人長一尺五寸)라고 했다. 한편 『국어』國語 「노어」魯語 하下에는 "초요국 사람들의 키는 3척이다"(僬僥氏長三尺)라는 구절이 보인다.

龍伯: 고대 중국 신화에 나오는 거인국의 이름. 발해渤海 동쪽에 신령한 다섯 산이 있었는데, 용백국龍伯國 사람 가운데 하나가 이 산을 침범하여 다섯 산을 떠받치고 있던 열다섯 마리의 자라 가운데 여섯 마리를 낚아가 버렸다 한다. 이에 천제天帝가 노하여 용백국을 축소하고 그 백성도 축소했으나, 복희伏羲와 신농神農의 시대에 이르기까지 그 나라 사람들의 키는 그래도 수십 장丈이나 되었다고 한다. 『열자』「탕문」에 다음 내용이 보인다: "渤海之東不知幾億萬里, 有大壑焉. (…) 其中有五山焉, 一曰岱輿, 二曰員嶠, 三曰方壺, 四曰瀛洲, 五曰蓬萊. (…) 五山之根, 無所連著, 常隨潮波上下往還, 不得暫峙焉. 仙聖毒之, 訴之於帝, 帝恐流於西極, 失羣聖之居, 乃命禺疆使巨鼇十五舉首而戴之. (…) 龍伯之國, 有大人, 舉足不盈數步而暨五山之所, 一釣而連六鼇, 合負而趣, 歸其國, 灼其骨以數.

---

4) 龍 『병세집』에는 "龒"으로 되어 있다.

5) 午陽則侏儒僬僥, 斜日則龍伯防風 『자문시하인언』에는 묵점이 찍혀 있다.

6) 晝 『병세집』에는 "画"로 되어 있다.

7) 描 『자문시하인언』에는 "摸"로 되어 있다.

8) 也 『자문시하인언』에는 없다.

9) 無 한씨문고본과 용재문고본에는 "无"로 되어 있다.

10) 行者不動, 語者無聲 『자문시하인언』에는 묵점이 찍혀 있다.

是岱輿、貝嶠二山, 流於北極, 沈於大海, 仙聖之播遷者, 巨億計. 帝憑怒, 侵減龍伯之國
使阨, 侵小龍伯之民使短. 至伏義、神農時, 其國人猶數十丈."

防風: 고대 중국의 부족이었던 왕망씨汪芒氏의 족장 이름. 옛날 우禹 임금이 회계산會稽山에
군신群神을 소집하였을 때 방풍이 늦게 도착하자 우 임금이 그를 죽였는데 그의 뼈마디
가 수레를 가득 채웠다고 한 것으로 보아 기골이 장대한 거인이었던 듯하다. 『국어』「노
어」하下에 다음 내용이 보인다: "吳伐越, 墮會稽, 獲骨焉, 節專車. 吳子使來好聘, 且問之
仲尼, 曰：'無以吾命.' 賓發幣於大夫及仲尼, 仲尼爵之. 既徹俎而宴, 客執骨而問曰：'敢問
骨何爲大?' 仲尼曰：'丘聞之, 昔禹致羣神於會稽之山, 防風氏後至, 禹殺而戮之, 其骨節專
車, 此爲大矣.'（…）客曰：'防風何守也?' 仲尼曰：'汪芒氏之君也, 守封、嵎之山者也, 爲漆
姓. 在虞、夏、商爲汪芒氏, 於周爲長狄, 今爲大人.'"

번역의 동이

1-1 　　　옛글을 본떠~안 내니 어찌 비슷하달 수 있겠는가

* 　옛사람을 모방해서 글 짓기를 거울에 물건이 비치듯 하면 같다고 할 만한가? 본물건과는 좌우의
방향이 뒤틀리는 것을 어떻게 같다고 하랴? 물에 물건이 나타나듯 하면 같다고 할 만한가? 본물건과
는 우아래가 꺼꾸로 되는 것을 어떻게 같다고 하랴? 그러면 그림자가 물건을 따라 다니듯 하면 같다고
할만 한가? 한낮에는 난쟁이, 땅딸보로 되었다가 해가 기운 뒤에는 키다리, 꺽정이로 되는 것을 어떻
게 같다고 하랴? 그러면 그림으로 물건을 그리듯 하면 같다고 할 만한가? 다니는 것도 움직이지 못하
고 말하는 것도 소리가 없으니 어떻게 같다고 하랴? 홍기문, 『박지원 작품선집 1』, 216~217면

* 　고인을 모방해서 글을 쓰기를 마치 거울에 물건이 비치듯이 하면 같다고 할 만할까? 실체와는 좌
우가 상반되니 어떻게 같다고 할 수 있겠는가. 마치 물건이 물에 비치듯이 하면 같다고 할 만할까? 아
래 위가 거꾸로 나타나니 어떻게 같다고 할 수 있겠는가. 그러면 마치 그림자가 실체를 따르듯이 하면
같다고 할 만할까? 한낮에는 난장이·땅딸보가 되었다가 해가 기울 무렵에는 키다리·꺽다리가 되니
어떻게 같다고 할 수 있겠는가. 또 그러면 마치 그림으로 물건의 형상을 본뜨듯이 하면 같다고 할 만
할까? 걸어다니는 것은 움직이지 않고, 말하는 것은 아무 소리가 없이 되니 어떻게 같다고 할 수 있겠
는가. 이동환, 『한국의 실학사상』, 265면

* 　옛 체(體)를 본해서 글짓기를, 거울〔鏡〕에 물형(物形) 비치듯 하면 같다고 이를 만할까. 실체(實
體)와 좌우(左右)가 서로 반대되는데 어떻게 같아지겠는가. 물에 물형 비치듯 하면 같다고 이를 만할
까. 실체의 위아래가 거꾸로 보이는데 어떻게 같아지겠는가. 그림자가 물형 따르듯 하면 같다고 이를
만할까. 한낮에는 난쟁이로 되었다가 저녁나절에는 키다리로 되는데 어떻게 같아지겠는가. 그림으로
물형을 묘사하듯 하면 같다고 이를 만할까. 다니던 것이 움직이지 않고 말하던 것이 소리없는데 어떻
게 같아지겠는가. 이익성, 『朴趾源』, 152면

* 　옛 것을 모방하여 글을 짓되 거울이 형상을 비추듯 한다면 닮았다고 말할 수 있을까? 실체의 좌

우가 서로 반대되니 어떻게 닮았다 할 수 있으랴! 물이 형상을 베껴내듯 한다면 닮았다고 말할 수 있을까? 밑과 꼭대기가 뒤집혀 나타나니 어찌 닮았다 할 수 있으랴! 그림자가 물체를 따라다니듯 한다면 닮았다고 말할 수 있을까? 한낮에는 난쟁이로 되었다가 해가 기울어질 때는 키다리가 되니 어찌 닮았다 할 수 있으랴! 그림이 형상을 그리듯 한다면 닮았다고 말할 수 있을까? 다니는 사람은 움직이지 않고 말하는 사람은 목소리가 없으니 어찌 닮았다 할 수 있으랴! 김혈조, 『그렇다면 도로 눈을 감고 가시오』, 83면

- 옛것을 본떠 글을 지음을 마치 거울이 형상을 비추듯 하면 비슷하다 할 수 있을까? 좌우가 서로 반대로 되니 어찌 비슷함을 얻으리요. 그렇다면 물이 형체를 그려내듯 한다면 비슷하다고 말할 수 있을까? 본말이 거꾸로 보이니 어찌 비슷하다 하리오. 그림자가 형상을 따르듯 할진대 비슷하다 할 수 있을까? 한낮에는 난장이 땅달보가 되고, 저물녘에는 꺽다리 거인이 되니 어찌 비슷하다 하겠는가. 그림이 형체를 묘사하듯 한다면 비슷하다 할 수 있을까? 길 가는 자가 움직이지 않고, 말하는 자는 소리가 없으니 어찌 비슷함을 얻겠는가. 정민, 『비슷한 것은 가짜다』, 105~106면

- 옛글을 모방하여 글을 짓기를 마치 거울이 형체를 비추듯이 하면 '비슷하다'고 하겠는가? 왼쪽과 오른쪽이 서로 반대로 되는데 어찌 비슷할 수 있겠는가. 그렇다면 물이 형체를 비추듯이 하면 '비슷하다'고 하겠는가? 뿌리와 가지가 거꾸로 보이는데 어찌 비슷할 수 있겠는가. 그렇다면 그림자가 형체를 따르듯이 한다면 '비슷하다'고 하겠는가? 한낮이 되면 난쟁이(侏儒僬僥)가 되고 석양이 들면 키다리(龍伯防風)가 되는데 어찌 비슷할 수 있겠는가. 그림이 형체를 묘사하듯이 한다면 '비슷하다'고 하겠는가? 걸어가는 사람이 움직이지 않고 말하는 사람이 소리가 없는데 어찌 비슷할 수 있겠는가. 신호열·김명호, 『연암집 하』, 84면

[2]　　그렇다면 끝내 비슷하게 될 수 없는 것일까? 그런데 대체 뭣 때문에 비슷하게 되고자 하는가? 비슷한 것을 추구해 봤자 그게 진짜는 아니다. 천하의 서로 같다는 것들을 가리켜 말하기를 '꼭 닮았다'고 하고, 구별하기 어려운 것들을 가리켜 말하기를 '진짜에 가깝다'고 하지만, '진짜' 어쩌고 하고 '닮았다' 어쩌고 할 때 그 말에는 이미 가짜와 다름이 전제되어 있는 것이다. 그러므로 천하에는 이해하기 어려워도 배울 수 있는 것이 있고, 몹시 다르면서도 서로 비슷한 것이 있나니 각국의 말이 달라도 통역으로 뜻을 통할 수 있고, 전서篆書·주서籒書·예서隸書·해서楷書가 비록 그 글자체는 달라도 문장은 이룰 수 있다. 어째서인가? 형체는 달라도 그 마음은 같기 때문이다. 이렇게 본다면 '마음이 닮았다'는 것은 속뜻에 대해 하는 말이고 '모습이 닮았다'는 것은 외형에 대해 하는 말이다.

曰: 然[1]則終不可得而似歟? 曰: 夫何求乎似也? 求似者, 非眞也.[2] 天下之所謂相同者, 必稱酷肖, 難辨者, 亦曰逼眞, 夫語眞語肖之際, 假與[3]異在其中矣.[4] 故天下有難解而可學, 絶異而相似者, 鞮、象、寄、譯,[5] 可以通意, 篆、籀、隸、楷[6] 皆[7]能成文. 何則? 所異者形, 所同者心故耳.[8] 繇[9]是觀之, 心似者志意也, 形似者皮毛也.

역문풀이

각국의 말이~통할 수 있고: 과거 중국인들은 자신을 중심에 놓고 사방의 이민족을 동이東夷·서융西戎·남만南蠻·북적北狄으로 칭하였으며, 이러한 동서남북 이민족의 언어를 통역하는 직책으로 각각 기寄·적제狄鞮·상象·역譯이라는 통역관을 두었다.

전서篆書: 한문 서체의 하나. 대전大篆과 소전小篆의 두 가지가 있는데, 여기서는 소전小篆을 말한다.

주서籀書: 한문 서체의 하나. 소전의 전신으로, 보통 대전大篆이라 일컫는다. 갑골문과 금석문 등 고체古體를 정비하고 필획을 늘려 만들었다.

예서隸書: 한문 서체의 하나. 진시황秦始皇 때 정막程邈이 소전을 간략히 하여 만든 것으로, 한漢나라 이후에 널리 사용되었다.

'마음이 닮았다'는 것은 속뜻에 대해 하는 말: 이는 동아시아 회화론繪畵論의 핵심적 개념인 '신사'神似와 연결된다고 여겨진다.

'모습이 닮았다'는 것은 외형에 대해 하는 말: 이는 동아시아 회화론에서 '형사'形似와 연결된다고 여겨진다. 요컨대 연암은 글쓰기에서 옛 문학가를 모방하여 그 외양을 본뜰 것이 아니라 그 창작정신이라든가 상상력을 배워야 함을 강조하고 있다 하겠다.

---

1) **然**　용재문고본에는 "狀"으로 되어 있다.
2) **曰夫何求乎似也~非眞也**　『자문시하인언』에는 묵점이 찍혀 있다.
3) **與**　용재문고본에는 "与"로 되어 있다.
4) **夫語眞語肖之際, 假與異在其中矣**　『자문시하인언』에는 묵권이 쳐져 있다.
5) **鞮象寄譯**　승계본에는 "西鞮、南象、東寄、北譯, 皆譯也"(서쪽의 제鞮, 남쪽의 상象, 동쪽의 기寄, 북쪽의 역譯은 모두 통역관이다)라는 첨지가 붙어 있다.
6) **楷**　계서본에는 "揩"로 되어 있다.
7) **皆**　용재문고본에는 "可"로 되어 있다.
8) **故天下有難解而可學~所同者心故耳**　『자문시하인언』에는 묵점이 찍혀 있다.
9) **繇**　『자문시하인언』, 『병세집』, 한씨문고본, 창강초편본, 용재문고본에는 "由"로 되어 있다.

원문풀이

鞮象寄譯: 중국을 기준으로, 서쪽·남쪽·동쪽·북쪽 이민족의 언어를 통역하는 통역관을 칭하는 말. 『예기』「왕제」王制에 다음 구절이 보인다: "中國夷蠻戎狄, 皆有安居、和味、宜服、利用、備器. 五方之民, 言語不通, 嗜欲不同, 達其志, 通其欲, 東方曰寄, 南方曰象, 西方曰狄鞮, 北方曰譯."

번역의 동이

2-1　　　형체는 달라도~하는 말이다

- 다른 것은 외형이요 같은 것은 내용이기 때문이다. 이렇게 본다면 내용이 같다는 것은 뜻과 의견이요 외형이 같다는 것은 털과 겉껍질인 것이다. 홍기문, 217면
- 서로 다른 것은 형식이요, 같은 것은 내용이기 때문이다. 이를 통해 본다면 내용상 같다는 것은 정신이요, 형식상 같다는 것은 외피(外皮)인 것이다. 이동환, 266면
- 다른 것은 형식(形式)이고 같은 것은 내용이기 때문이다. 이를 말미암아서 본다면 내용이 같다는 것은 지의(志意)이고 형식이 같다는 것은 피모(皮毛)이다. 이익성, 153면
- 다른 것은 외형적인 모양이고 같은 것은 내용이기 때문이다. 이렇게 본다면 내용이 같다는 것은 사람의 뜻과 의취이고, 외형적 모양이 같다는 것은 피부와 머리카락이다. 김혈조, 84면
- 다른 것은 겉모습이고, 같은 것은 마음이기 때문일 뿐이다. 이로 말미암아 보건대, 마음이 비슷한 것〔心似〕은 뜻이고, 겉모습이 비슷한 것〔形似〕은 피모(皮毛)일 뿐이다. 정민, 106면
- 외형은 서로 다르지만 내심은 서로 같기 때문이다. 이로 말미암아 보건대, '마음이 비슷한 것'(心似)은 내면의 의도라 할 것이요 '외형이 비슷한 것'(形似)은 피상적인 겉모습이라 하겠다. 신호열·김명호, 85면

3　　　이씨李氏의 자제 낙서洛瑞는 나이가 열여섯으로 나에게서 배운 지 몇 년이 되었다. 영묘한 마음이 일찍부터 열렸고 총혜聰慧함이 구슬과 같다. 하루는 자신의 『녹천관집』綠天館集 원고를 가져와서는 나에게 이렇게 물었다.

"있잖습니까, 제가 글을 지은 지는 겨우 몇 년밖에 되지 않습니다만 제 글로 인해 남이 성을 내는 일이 많았습니다. 조금 새로운 말이 한 마디 나오거나 기이한 글자가 하나 보이기만 하면 금방 '누가 옛날에 이렇게 쓴 적이 있는가?' 하고 물어보는 것이었습니다. 없다고 대답하면 버럭 성을 내며 '어찌 감히 이렇게 글을 쓰

나!'라고 꾸짖었습니다. 아이고, 옛날에 있었다면 제가 왜 다시 하겠습니까? 선생님, 이 점에 대해 가르쳐 주시기 바랍니다."

李氏子洛瑞,[1] 年十六,[2] 從不侫[3]學有年矣. 心靈[4]夙開, 慧識如珠.[5] 曾携[6]其綠天之稿, 質于不侫[7]曰: "嗟乎![8] 余[9]之爲文, 纔數歲矣, 其犯人之怒, 多矣. 片言[10]稍新, 隻[11]字涉奇, 則輒問 '古有是否', 否則怫[12]然[13]于色, 曰: '安敢乃爾?'[14] 噫! 於古有之, 我何更爲?[15] 願夫子有以[16]定之也."

역문풀이

낙서洛瑞: 이서구의 자字.

원문풀이

怫然: 발끈 화를 내는 모양.

乃爾: '곧 이와 같다'라는 뜻. 여기서 '爾'는 '如此'라는 뜻.

번역의 동이

3-1   조금 새로운 말이~가르쳐 주시기 바랍니다

---

1) **子洛瑞** 영남대본에는 묵권이 쳐져 있다. 한편 『자문시하인언』과 『병세집』에는 "瑞"가 "書"로 되어 있다.
2) **年十六** 『자문시하인언』에는 없다.
3) **侫** 창강초편본과 영남대본에는 "佞"으로 되어 있다.
4) **靈** 용재문고본에는 "霛"으로 되어 있다.
5) **心靈夙開, 慧識如珠** 『자문시하인언』에는 없다.
6) **携** 『자문시하인언』, 창강초편본, 용재문고본에는 "攜"로 되어 있다.
7) **侫** 창강초편본과 영남대본에는 "佞"으로 되어 있다.
8) **乎** 『병세집』과 한씨문고본에는 "呼"로 되어 있다.
9) **余** 용재문고본에는 "汝"로 되어 있으나 오기이다.
10) **言** 『자문시하인언』, 『병세집』, 한씨문고본, 창강초편본, 승계본, 영남대본, 망창창재본 갑에는 "語"로 되어 있다.
11) **隻** 『자문시하인언』에는 "一"로 되어있다.
12) **怫** 『자문시하인언』에는 "艴"로 되어 있다.
13) **然** 용재문고본에는 "狀"으로 되어 있다.
14) **爾** 용재문고본에는 "尒"로 되어 있다.
15) **輒問古有是否~我何更爲** 『자문시하인언』에는 묵점이 찍혀 있다.
16) **有以** 『자문시하인언』에는 이 두 글자가 없다. 한편 용재문고본에는 "以"가 "似"로 되어 있으나 오기이다.

• 한 마디만 조금 새롭고 한 글자만 다소 신기해 보이는 것이 있으면 반드시 옛날에도 이렇게 쓴 례가 있느냐고 따지고 없다고 하면 곧 풀풀하니 성을 내면서 어찌 감히 그렇게 쓰냐고 합니다. 옛날에 이미 그렇게 쓴 것이 있다고 하면 제가 또 그렇게 되풀이할 맛이 어디 있겠습니까. 이것은 선생님이 어떻게 정해 주십시오. 홍기문, 217~218면

• 한 귀절만 조금 새롭고 한 글자만 다소 특이해 보이는 것이 있어도 반드시 '고인의 글에 이런 것이 있더냐'고 따져 묻습니다. 없다고 하면 매우 성을 내면서 '어떻게 감히 그렇게 쓰느냐?'고 합니다. 고인의 글에 그런 것이 이미 있다면 내가 뭣 때문에 다시 또 그렇게 쓰겠습니까? 선생님께서 이 문제에 대해 어떤 판정을 내려 주십시오. 이동환, 266면

• 한마디 말이 조금 새롭고 한 글자가 기이하게 보이면, 문득 예전에도 이런 것이 있었던가 하고 묻습니다. 없다고 하면 얼굴빛이 발끈하면서, 어찌 감히 그렇게 하느냐 합니다. 아아, 옛글에 있는 것이라면 제가 무엇하러 다시 하겠습니까. 부자(夫子, 선생님)께서 판정(判定)있으시기를 원합니다. 이익성, 153면

• 한 마디라도 조금 새롭고 한 글자라도 기이하게 보이면, 문득 옛날 글에도 이런 것이 있었던가 하고 묻습니다. 없다고 대답하면 그만 얼굴빛이 발끈하면서, 네가 어찌 감히 그런 글을 쓰느냐고 꾸짖습니다. 아아! 옛 글에 있다면 제가 무엇하러 다시 쓰겠습니까? 선생님께서 판정해주시기 바랍니다. 김혈조, 84면

• 한마디 말만 새롭고 한 글자만 이상해도 문득 '옛날에도 이런 것이 있었느냐?' 하고 묻습니다. 아니라고 하면 낯빛을 발끈하며 '어찌 감히 이 따위를 하는 게야?' 합니다. 아아! 옛날에도 있었다면 제가 무엇하러 다시 합니까? 원컨대 선생님께서 말씀해주십시오. 정민, 106면

• 한 마디라도 조금 새롭다던가 한 글자라도 기이한 것이 나오면 그때마다 사람들은 '옛글에도 이런 것이 있었느냐?'고 묻습니다. '그렇지 않다'고 대답하면 발끈 화를 내며 '어찌 감히 그런 글을 짓느냐!'고 나무랍니다. 아, 옛글에 이런 것이 있었다면 제가 어찌 다시 쓸 필요가 있겠습니까. 선생님께서 판정해 주십시오. 신호열·김명호, 85면

④ 나는 손을 모아 이마에 대어 세 번 절을 하고는 꿇어앉아 이렇게 말했다. "지당한 말일세. 결딴난 학문을 다시 일으킬 수 있겠어. 창힐蒼頡이 문자를 창조할 때 어디 옛것을 본떴던가? 안연顔淵은 배우길 좋아했지만 저서 같은 건 남기지 않았네. 만일 옛것을 좋아하는 이로 하여금 창힐이 문자를 창조하던 때를 생각하게 하고 안자顔子가 펼치지 못한 뜻을 저술하게 한다면 문장이 비로소 바르게 될 걸세.

자네는 나이가 어리니 남이 성을 내거든 공손하게 사과하고 이렇게 말하게나. '널리 배우지 못해 옛것을 미처 상고하지 못했습니다.'

그래도 질문을 그치지 않고 여전히 화를 풀지 않거든 송구스러워 하며 이렇게 대답하게. '『서경』書經의 「은고」殷誥와 『시경』詩經의 대아大雅·소아小雅도 삼대三代 때에는 그 당시의 글이었고, 이사李斯와 왕희지王羲之의 서체書體도 진秦나라와 동진東晉 당시에는 시속時俗의 글자체였답니다'라고 말일세."

不佞[1]攢手加額, 三拜以跪,[2] 曰: "此言甚正, 可興絶學. 蒼[3]頡造字, 倣於何古?[4] 顏淵好學, 獨[5]無[6]著書. 苟使好古者, 思蒼[7]頡造字之時,[8] 著顏子未發之旨, 文始正矣. 吾子年少耳, 逢人之怒, 敬而謝之, 曰: '不能博學, 未攷於古矣.' 問猶不止, 怒猶未解, 曉曉然[9]莟[10]曰:[11] '殷誥·周雅, 三代之時[12]文, 丞相·右軍, 秦·晋之俗筆.'"[13]

역문풀이

세 번 절을~이렇게 말했다: 『서경』 「대우모」大禹謨와 『맹자』 「공손추」 하下에 따르면 우 임금은 좋은 말을 들으면 절을 했다고 한다. 이서구가 한 말이 훌륭하다고 생각하여 거기에 경의를 표한 것이다.

결딴난 학문: 원문은 "絶學"인데, '끊긴 학문'이라고 직역할 수도 있겠으나 여기서는 특히 조선의 학문이 황폐화된 것을 가리킨다고 보아 이렇게 번역하였다.

「은고」殷誥: '은'殷은 중국 고대의 왕조인 상商을 가리킨다. '고'誥는 『서경』에 수록된 글의 한

---

1) 佞　창강초편본과 영남대본에는 "佞"으로 되어 있다.
2) 三拜以跪　『자문시하인언』에는 없다.
3) 蒼　한씨문고본과 용재문고본에는 "倉"으로 되어 있다.
4) 古　용재문고본에는 "故"로 되어 있다.
5) 獨　계서본에는 "狪"으로 되어 있다.
6) 無　한씨문고본과 용재문고본에는 "无"로 되어 있다.
7) 蒼　한씨문고본과 용재문고본에는 "倉"으로 되어 있다.
8) 時　용재문고본에는 "旹"로 되어 있다.
9) 然　용재문고본에는 "狀"으로 되어 있다.
10) 莟　용재문고본에는 "莟"으로 되어 있다.
11) 蒼頡造字~曉曉然莟曰　『자문시하인언』에는 묵점이 찍혀 있다.
12) 時　용재문고본에는 "旹"로 되어 있다.
13) 殷誥周雅~秦晋之俗筆　『자문시하인언』에는 묵권이 쳐져 있다.

양식으로, 어떤 사안을 신민臣民에게 널리 알린다는 뜻이다. 「은고」란 은나라 때 씌어진 '고'를 말하는데, 현재 전하는 '은고'로는 『서경』의 「탕고」湯誥가 있다. 한편 『서경』에서 '고'로써 편명을 삼은 예는 이외에도 「중훼지고」仲虺之誥·「대고」大誥·「강고」康誥 등이 더 있다.

대아大雅·소아小雅: 『시경』의 분류 명칭. 『시경』의 시는 '풍'風·'아'雅·'송'頌으로 삼분되는데, '풍'은 각국의 민요이고, '아'는 궁중에서 연주하던 아악雅樂의 가사이며, '송'은 제례祭禮에서 연주하던 음악의 가사다. 한편 '아'는 다시 대아大雅와 소아小雅로 구분되는데, 주희朱熹의 『시경집전』詩經集傳에 따르면 전자는 조회朝會의 음악이고 후자는 향연饗宴의 음악이다.

삼대三代: 중국 고대의 왕조인 하夏·은殷·주周 세 나라를 말한다.

그 당시의 글: 원문은 "時文"인데 '금문'今文이라고도 한다. '고문'古文과 대비되는 말이다.

이사李斯: 진시황 때의 승상으로, 대전大篆을 간략하게 하여 소전小篆을 만들고 그 당시까지 여러 지방에서 쓰이던 각종 글자체를 정리, 통일했다고 한다.

원문풀이

曉曉然: 두려워하는 모양.

周雅: 『시경』의 대아와 소아를 말한다.

丞相: 진시황 때의 승상이었던 이사李斯를 가리킨다.

右軍: 왕희지를 가리킨다. 우군장군右軍將軍을 지낸 바 있어 흔히 '왕우군'王右軍으로 불린다.

번역의 동이

4-1   『서경』書經의 「은고」殷誥와 ~라고 말일세

▪ 서경(書經)에서 나오는 글들은 삼대 적의 시속 글이요 리 사(李斯)와 왕 희지(王羲之)도 다 각각 자기 시대의 속된 글씨였다고 하게. 홍기문, 218면

▪ '『서경』(書經)『시경』(詩經)의 글도 삼대(三代) 시대의 시속 문장이요, 이사(李斯)와 왕희지(王羲之)의 글씨도 진(秦)·진(晉) 시대의 시속 글씨였다'고. 이동환, 266면

▪ 은고(殷誥, 서경)와 주아(周雅, 시경)는 삼대(三代)적 시속(時俗) 글이고, 승상(丞相)과 우군(右軍)은 진·진(秦晉) 때 시속 글씨였다고 대답하게. 이익성, 153~154면

▪ '『서경』과 『시경』은 하(夏)·은(殷)·주(周) 당시의 문장이었고, 이사(李斯)나 왕희지(王羲之)의 글씨도 그가 살던 시대의 속된 필체였습니다'라고. 김혈조, 84면

▪ '『서경』(書經)의 「은고」(殷誥)와 「주아」(周雅)는 삼대(三代) 적의 당시 글이고, 이사(李斯)와 왕희지(王羲之)도 진(秦)나라와 진(晉)나라의 시속 글씨였습니다'라고 말이다. 정민, 107면

▪   '은고(殷誥)와 주아(周雅)는 하(夏)·은(殷)·주(周) 삼대(三代) 당시에 유행하던 문장이요, 승상(丞相) 이사(李斯)와 우군(右軍) 왕희지(王羲之)의 글씨는 진(秦)나라와 진(晉)나라에서 유행하던 속필(俗筆)이었습니다'라고 대답하거라. 신호열·김명호, 86면

⬚1⬚ 倣古爲文, 如鏡之照形, 如水之寫形, 可謂似歟? 曰: 左右相反, 本末倒見, 惡得而似也. 如影
之隨形, 可謂似歟? 曰: 午陽則僬僥、侏儒, 斜日則龍伯、防風, 惡得而似也. 如畫之摸形, 可謂
似歟? 曰: 行者不動, 語者無聲, 惡得而似也.

⬚2⬚ 曰: 然則終不可得而似歟? 曰: 夫何求乎似也? 求似者, 非眞也. 天下之所謂相同者, 必稱酷
肖, 難辨者, 亦曰逼眞, 夫語眞語肖之際, 假與異在其中矣. 故天下有難解而可學, 絶異而相
似者, 鞮、象、寄、譯, 可以通意, 篆、籒、隷、楷, 皆能成文. 何則? 所異者形, 所同者心故耳. 由是
觀之, 心似者志意也, 形似者皮毛也.

⬚3⬚ 李氏子洛書, 從不佞學有年矣. 嘗攜其綠天之稿, 質于不佞曰: "嗟乎! 余之爲文, 纔數歲矣,
其犯人之怒, 多矣. 片語稍新, 一字涉奇, 則輒問'古有是否', 否則艴然于色, 曰: '安敢乃
爾?' 噫! 於古有之, 我何更爲? 願夫子定之也."

⬚4⬚ 不佞攢手加額, 曰: "此言甚正, 可興絶學. 蒼頡造字, 倣於何古? 顔淵好學, 獨無著書. 苟使
好古者, 思蒼頡造字之時, 著顔子未發之旨, 文始正矣. 吾子年少耳, 逢人之怒, 敬而謝之,
曰: '不能博學, 未攷於古矣.' 問猶不止, 怒猶未鮮, 曉曉然笞曰: '殷誥、周雅, 三代之時文,
丞相、右軍, 秦、晉之俗筆.'"

김택영의 수비

- 묘한 뜻이다.[1]
  妙旨.

---

1) 이 평은 창강초편본에 있다.

『녹천관집』 서문

옛글을 본떠 글을 짓기를 거울이 사물을 비추듯이 그렇게 한다면 옛글과 비슷하달 수 있을까? 거울에는 좌우가 서로 반대로 비치는데 어찌 비슷하달 수 있겠는가. 물이 사물을 비추듯이 그렇게 한다면 비슷하달 수 있을까? 위아래가 거꾸로 보이는데 어찌 비슷하달 수 있겠는가. 그림자가 형체를 따르듯 그렇게 한다면 비슷하달 수 있을까? 한낮에는 조그맣다가 해질녘엔 장대만 하게 되는데 어찌 비슷하달 수 있겠는가. 그림으로 사물을 재현하듯 그렇게 한다면 비슷하달 수 있을까? 길을 가는 이는 꿈쩍도 않고 말을 하는 이는 소리를 안 내니 어찌 비슷하달 수 있겠는가.

그렇다면 끝내 비슷하게 될 수 없는 것일까? 그런데 대체 뭣 때문에 비슷하게 되고자 하는가? 비슷한 것을 추구해 봤자 그게 진짜는 아니다. 천하의 서로 같다는 것들을 가리켜 말하기를 '꼭 닮았다'고 하고, 구별하기 어려운 것들을 가리켜 말하기를 '진짜에 가깝다'고 하지만, '진짜' 어쩌고 하고 '닮았다' 어쩌고 할 때 그 말에는 이미 가짜와 다름이 전제되어 있는 것이다. 그러므로 천하에는 이해하기 어려워도 배울 수 있는 것이 있고, 몹시 다르면서도 서로 비슷한 것이 있나니 각국의 말이 달라도 통역으로 뜻을 통할 수 있고, 전서篆書·주서籀書·예서隸書·해서楷書가 비록 그 글자체는 달라도 문장은 이룰 수 있다. 어째서인가? 형체는 달라도 그 마음은 같기 때문이다. 이렇게 본다면 '마음이 닮았다'는 것은 속뜻에 대해 하는 말이고 '모습이 닮았다'는 것은 외형에 대해 하는 말이다.

이씨李氏의 자제 낙서洛瑞는 나이가 열여섯으로 나에게서 배운 지 몇 년이 되었다. 영묘한 마음이 일찍부터 열렸고 총혜聰慧함이 구슬과 같다. 하루는 자신의『녹천관집』綠天館集 원고를 가져와서는 나에게 이렇게 물었다.

"있잖습니까, 제가 글을 지은 지는 겨우 몇 년밖에 되지 않습니다만 제 글로 인해 남이 성을 내는 일이 많았습니다. 조금 새로운 말이 한 마디 나오거나 기이한 글자가 하나 보이기만 하면 금방 '누가 옛날에 이렇게 쓴 적이 있는가?' 하고 물어보는 것이었습니다. 없다고 대답하면 버럭 성을 내며 '어찌 감히 이렇게 글을 쓰나!'라고 꾸짖었습니다. 아이고, 옛날에 있었다면 제가 왜 다시 하겠습니까? 선생님, 이 점에 대해 가르쳐 주시기 바랍니다."

나는 손을 모아 이마에 대어 세 번 절을 하고는 꿇어앉아 이렇게 말했다.

"지당한 말일세. 결딴난 학문을 다시 일으킬 수 있겠어. 창힐蒼頡이 문자를 창조할 때 어디 옛것을 본떴던가? 안연顏淵은 배우길 좋아했지만 저서 같은 건 남기지 않았네. 만일 옛것을 좋아하는 이로 하여금 창힐이 문자를 창조하던 때를 생각하게 하고 안자顏子가 펼치지 못한 뜻을 저술하게 한다면 문장이 비로소 바르게 될 걸세. 자네는 나이가 어리니 남이 성을 내거든 공손하게 사과하고 이렇게 말하게나. '널리 배우지 못해 옛것을 미처 상고하지 못했습니다.' 그래도 질문을 그치지 않고 여전히 화를 풀지 않거든 송구스러워 하며 이렇게 대답하게. '『서경』書經의 「은고」殷誥와 『시경』詩經의 대아大雅·소아小雅도 삼대三代 때에는 그 당시의 글이었고, 이사李斯와 왕희지王羲之의 서체書體도 진秦나라와 동진東晉 당시에는 시속時俗의 글자체였답니다'라고 말일세."

중옥에게 보낸 답장 1

答仲玉

① 　　귓속말은 듣지 말 일이며, 이야기를 한 다음 '이 이야기는 남에게 발설하지 마세요'라고 당부해야 할 이야기라면 애시당초 이야기하지 말 일이외다. 남이 알까 걱정하면서 왜 말을 하고 왜 듣는단 말입니까? 이미 말해 놓고는 다른 사람한테는 말하지 말라고 당부하는 건 그 사람을 의심하는 것이며, 의심하면서 말하는 것은 지혜롭지 못한 일이외다.

　　　　附耳之言, 勿聽焉; 戒洩之談, 勿言焉. 猶恐人知, 奈何言之,[1] 奈何聽之? 既言而復戒, 是疑人也; 疑人而言之, 是不智也.[2]

역문풀이

중옥仲玉: 미상.

번역의 동이

1-1　　귓속말은 듣지~지혜롭지 못한 일이외다

본서에서 검토하는, 이 작품이 수록된 주요한 이본은 다음과 같다: 계서본, 한씨문고본, 창강초편본, 창강중편본, 승계본, 영남대본, 용재문고본, 망창창재본 갑, 망창창재본 을.

1) **奈何言之**　　창강중편본에는 빠져 있다.
2) **猶恐人知~是不智也**　　창강중편본에는 묵점이 찍혀 있다.

- 귀에 대고 하는 말은 듣지를 말고, 절대 남에게 말하지 말라고 하며 할 얘기라면 하지를 말 일이오. 남이 알까 염려하면서 어찌 말을 하고 어찌 듣는단 말이오. 이미 말을 해놓고 다시금 경계한다면 이는 사람을 의심하는 것인데, 사람을 의심하면서 말하는 것은 어리석은 일이라 하겠소. 정민, 『미쳐야 미친다』, 225~226면

- 귀에 대고 속삭이는 말은 애초에 듣지 말아야 할 것이요, 발설 말라 하면서 하는 말은 애초에 하지 말아야 할 일이니, 남이 알까 두려운 일을 무엇 때문에 말하며 무엇 때문에 들을 까닭이 있소? 말을 이미 해 놓고 다시 경계하는 것은 상대방을 의심하는 일이요, 상대방을 의심하고도 말하는 것은 지혜롭지 못한 일이오. 신호열·김명호, 『연암집 중』, 397면

중옥에게 보낸 답장 1

 귓속말은 듣지 말 일이며, 이야기를 한 다음 '이 이야기는 남에게 발설하지 마세요'라고 당부해야 할 이야기라면 애시당초 이야기하지 말 일이외다. 남이 알까 걱정하면서 왜 말을 하고 왜 듣는단 말입니까? 이미 말해 놓고는 다른 사람한테는 말하지 말라고 당부하는 건 그 사람을 의심하는 것이며, 의심하면서 말하는 것은 지혜롭지 못한 일이외다.

중옥에게 보낸 답장 2
答仲玉 (二)

☐　　　장공예張公藝가 쓴 ‘참을 인忍’ 자 백 개는 필경 활법活法이 아니외다. 장공예가 9대의 친족과 한집에 산 것과 같은 일을 당唐나라 대종代宗은 능히 해 냈거늘, 대종이 뭐라고 했습니까? “바보나 귀머거리가 아니고서는 어른 노릇을 할 수 없다”라고 하지 않았습니까. 그러니 이 어찌 활법이겠습니까? 아버지는 아버지답고 자식은 자식다워야 하며, 형은 형답고 아우는 아우다워야 하며, 지아비는 지아비답고 지어미는 지어미다워야 하며, 어른은 어른답고 어린이는 어린이다워야 하며, 사내종은 사내종답고 여종은 여종다워야 할 것이외다. 지금 「인재기」忍齋記를 지으며 이 뜻을 끼워 넣으려 하거늘 어떨지 모르겠사외다. 깨우쳐 주시기 바랍니다.

　　　張公藝百忍字, 終非活法. 張公之九世, 唐 代宗能之, 何以言之? “不痴不聾, 不作阿翁.” 然則那是活法? 曰: 父父子子, 兄兄弟弟, 夫夫婦婦, 長長幼幼, 奴奴婢婢耳. 今作「忍齋記」, 欲攙[1]入此意, 未知如何. 示破.

본서에서 검토하는, 이 작품이 수록된 주요한 이본은 다음과 같다: 계서본, 한씨문고본, 승계본, 영남대본, 용재문고본, 망창창재본 갑, 망창창재본 을.

1) **攙잠**　　계서본, 한씨문고본, 용재문고본, 망창창재본 갑, 망창창재본 을에는 “攝”(섬)으로 되어 있다.

역문풀이

장공예張公藝가 쓴~백 개: '장공예'는 당나라 수장壽張 사람으로, 9대代의 친족이 한집에서 살면서도 화목함을 유지한 것으로 유명하다. 당나라 고종高宗(재위 649~683)이 직접 그 집을 방문하여 비결을 묻자 그는 '참을 인忍' 자만 백여 개 써서 바쳤고, 고종은 그에 감동하여 눈물을 흘리며 비단을 하사하였다고 한다.

활법活法: 원래 송대宋代의 시론詩論에서 나온 말로, 법도를 지키더라도 법도에 구속되지는 않는 학시 원리學詩原理(시 학습의 원리)를 가리키는 말. 여기서는 '참된 원칙이나 방법'을 뜻하는 말로 쓰였다.

어른 노릇: 여기서 '어른'의 원문은 "阿翁"으로, 할아버지라는 뜻이다.

당唐나라 대종代宗은~하지 않았습니까: '대종'(재위 762~779)은 당나라 제8대 황제이다. 그는 딸 승평공주昇平公主를 공신功臣 곽자의郭子儀의 아들 곽애郭曖에게 시집보냈다. 어느 날 곽애가 아내와 말다툼을 하다가 그만 "너는 네 아버지가 천자天子라는 걸 믿고 이러느냐! 우리 아버지도 천자가 될 뻔했지만 하지 않은 거다!"라고 하자 승평공주는 몹시 화가 나 대궐로 달려가서는 대종에게 고해바쳤다. 그러자 대종은 사위의 말이 맞다며 딸을 타일러 돌려보냈다. 곽자의가 이 소식을 듣고 대종에게 용서를 빌자 대종은 "속담에도 '바보나 귀머거리가 아니고서는 집안 어른 노릇을 하기 힘들다'고 했지요. 아녀자가 규방에서 한 말인데 무어 들을 게 있소?'라고 하였다.

원문풀이

張公藝百忍字:『구당서』舊唐書 권188에 해당 내용이 보인다: "鄆州 壽張人張公藝, 九代同居. (…) 貞觀中特敕吏加旌表, 麟德中高宗有事泰山路過鄆州, 親幸其宅, 問其義由, 其人請紙筆, 但書百餘忍字, 高宗爲之流涕, 賜以縑帛."

不痴不聾, 不作阿翁:『자치통감』資治通鑑 권224에 해당 내용이 보인다: "郭曖嘗與昇平公主爭言, 曖曰: '汝倚乃父爲天子邪! 我父薄天子不爲.' 公主恚奔車, 奏之, 上曰: '此非汝所知, 彼誠如是. 使彼欲爲天子, 天下豈汝家所有邪!'慰諭令歸. 子儀聞之, 囚曖, 入待罪. 上曰: '鄙諺有之,「不癡不聾, 不爲家翁.」兒女子閨房之言, 何足聽也?'子儀歸, 杖曖數十."

父父子子~奴奴婢婢:『주역』周易 가인괘家人卦에 "家人, 女正位乎內, 男正位乎外. 男女正, 天地之大義也. 家人有嚴君焉, 父母之謂也. 父父、子子、兄兄、弟弟、夫夫、婦婦而家道正, 正家而天下定矣"라는 구절이 있다.

示破: 미욱함을 깨치어 보여준다는 뜻.

번역의 동이

1-1 　　장공예張公藝가 쓴~어찌 활법이겠습니까

▪ 　　장공예(張公藝)의 참을 인(忍) 자 백 자는 끝내 활법(活法)이 되지 못하오. 장공예의 9대 동거(同居)를 당(唐)나라 대종(代宗)이 능히 해냈으니, 무어라 말하여 그리되었소? "어리석지 않고 귀먹지 않으면 가장 노릇을 하기 어렵다"고 하였소. 그렇다면 어느 것이 활법이겠소? 신호열·김명호, 『연암집 중』, 398면

1-2 　　아버지는 아버지답고~깨우쳐 주시기 바랍니다

▪ 　　그것은 바로 애비는 애비 노릇 하고 아들은 아들 노릇 하고 형은 형 노릇 하고 동생은 동생 노릇 하고 남편은 남편 노릇 하고 아내는 아내 노릇 하고 어른은 어른 노릇 하고 어린이는 어린이 노릇 하고 남종은 남종 구실 하고 여종은 여종 구실 하는 것뿐이오. 이번에 「인재기」(忍齋記)를 지으면서 이런 내용을 삽입하고자 하는데, 어떨는지 모르겠소. 고견을 밝혀 주시오. 신호열·김명호, 398~399면

중옥에게 보낸 답장 2

　장공예張公藝가 쓴 '참을 인忍' 자 백 개는 필경 활법活法이 아니외다. 장공예가 9대의 친족과 한집에 산 것과 같은 일을 당唐나라 대종代宗은 능히 해 냈거늘, 대종이 뭐라고 했습니까? "바보나 귀머거리가 아니고서는 어른 노릇을 할 수 없다"라고 하지 않았습니까. 그러니 이 어찌 활법이겠습니까? 아버지는 아버지답고 자식은 자식다워야 하며, 형은 형답고 아우는 아우다워야 하며, 지아비는 지아비답고 지어미는 지어미다워야 하며, 어른은 어른답고 어린이는 어린이다워야 하며, 사내종은 사내종답고 여종은 여종다워야 할 것이외다. 지금 「인재기」忍齋記를 지으며 이 뜻을 끼워 넣으려 하거늘 어떨지 모르겠사외다. 깨우쳐 주시기 바랍니다.

중옥에게 보낸 답장 3
答仲玉 (三)*

1 어제는 우리가 달을 저버린 것이 아니라 달이 우리를 저버렸사외다. 세상의 무슨 일인들 저 달과 같지 않겠습니까?

한 달 서른 날 중 큼지막한 때도 있고 자그마한 때도 있거늘 초하루와 초이틀은 시꺼매 안 보이다가 초사흗날에야 겨우 손톱자국만 하게 보이는데 그나마 초저녁에 살짝 보일 뿐이외다. 초나흗날에는 갈고리 같고 초닷새에는 미인의 아미 같사외다. 초엿새엔 활과 같은데 빛이 아직 널리 비치진 않습니다. 초이레부터 열흘까지는 비록 빗과 같지만 반쪽은 여전히 비어 있고, 열하루와 열이틀, 열사흗날엔 변송汴宋의 산하山河처럼 오吳와 촉蜀 등 강남江南을 차례로 점차 평정하여 모두 판도版圖에 집어넣었으나 운雲과 연燕이 요遼나라에 함락당해 금사발이 끝내 이지러지게 된 것과 같사외다. 열나흗날엔 마치 곽분양郭汾陽의 팔자처럼 오복五福을 모두 갖추었지만 다만 한 귀퉁이에 어조은魚朝恩이 달라붙어 있어 두려워하고 근신해야 하는 것과 같으니 흠결이 있다 할 거외다. 그렇다면 거울처럼 둥근 것은 보름날 저녁 하루밖에 없는데, 때로는 보름이 옮겨져 16일이 되기도 하고 또 때로는 월식이 있거나 달 가장자리에 흐릿한 기운이 뻗치기도 하며 또 때로는 시커먼 구름이 뒤덮기도 하고 또 때로는 모진 바람이 불고 세찬 비가 쏟아져, 어제처럼 사람의 뜻을 저상沮喪케 하기도 하외다.

우리는 오늘부터 마땅히 송宋나라 때의 인물을 본받고 곽분양이 복을 아꼈던 일을 희구해야 하겠사외다.

昨日, 非吾輩負月, 月負吾輩也. 世間甚事, 摠[1]非彼月耶. 一月三十日, 有大有小, 一日二日, 旁魄而已, 三日菫[2]如爪痕, 而猶爲落照所射, 四日如鉤, 五日如美人眉, 六日如弓, 光輝未敷, 自弦至旬, 雖云如梳, 虛圈猶醜.[3] 十一二三, 如汴宋之山河, 吳、蜀 江南, 次第漸平, 盡入版圖,[4] 而雲、燕[5]陷遼, 金甌終缺. 十四如汾陽之身命, 五福俱全, 惟是一邊[6]旁着魚朝,[7] 恐懼[8]戒謹, 乃缺陷事耳. 然則正圓如鏡, 不過十五一夕, 或移望在六, 或薄蝕、暈珥, 或頑雲掩罩, 或甚風疾雨, 沮敗人意如昨日耳. 吾輩從今, 當效宋朝之人物, 正希汾陽之惜福, 可耳.[9]

역문풀이

시꺼매 안 보이다가: 원문은 "旁魄"(방백)이다. '방백'은 사백死魄과 방사백旁死魄을 의미한다. '사백'은 달빛이 소멸한 음력 초하룻날을 가리키는 말이다. '백'魄은 달의 검은 윤곽을 가리키는 말인바, '사백'은 달의 검은 부분이 줄어들기 시작한다는 뜻이고, '생백'生魄은 달의 검은 부분이 생겨난다는 뜻으로 음력 16일을 가리킨다. '방사백'은 사백의 다음날인 음력 초이튿날을 말한다. 달은 이 이틀 동안은 보이지 않고 음력 초사흘 무렵에야 비로소 보인다.

변송汴宋: 중국 송나라를 가리키는 말. 변주汴州는 지금의 하남성河南省 개봉시開封市에 해당하는 지역으로, 일찍이 북송北宋의 수도가 이곳에 있었다.

오吳와 촉蜀 등 강남江南: '강남'은 중국 양자강揚子江 남쪽 지역을 가리킨다. '오'는 양자강 하류인 강소성江蘇省 일대에 해당하는 지역이고, '촉'은 양자강 상류인 사천성四川省 지

본서에서 검토하는, 이 작품이 수록된 주요한 이본은 다음과 같다: 계서본, 한씨문고본, 『동문집성』, 승계본, 영남대본, 용재문고본, 망창창재본 갑, 망창창재본 을.

＊ 答仲玉三 『동문집성』에는 "答仲玉書"로 되어 있다.
1) **摠** 『동문집성』에는 "揔"으로 되어 있고, 계서본, 한씨문고본, 승계본, 영남대본, 용재문고본, 망창창재본 갑, 망창창재본 을에는 "摠"으로 되어 있다.
2) **菫** 『동문집성』에는 "厪"으로 되어 있다.
3) **醜** 『동문집성』에는 "魄"으로 되어 있으나 오기이다.
4) **圖** 망창창재본 을에는 "图"로 되어 있다.
5) **雲燕** 『동문집성』에는 "燕雲"으로 되어 있다.
6) **邊** 『동문집성』에는 "違"으로 되어 있다.
7) **魚朝** 『동문집성』에는 "魚朝恩"으로 되어 있다.
8) **懼** 『동문집성』에는 "惧"로 되어 있다.
9) **耳** 『동문집성』에는 "乎"로 되어 있다.

역이다.

운雲과 연燕: '운'은 운주雲州로서 중국 산서성山西省 북부 대동시大同市 일대에 해당하고,
'연'은 연주燕州로서 북경北京 일대에 해당한다. 요遼나라는 화북華北 지방에 이 두 지역
을 포함한 16개의 주州(보통 '연운燕雲 16주'라 함)를 두어 한족漢族을 지배하고 북송北宋에
압박을 가했다. 개봉에 있던 북송의 황제는 매년 세폐歲幣를 지급하겠다는 맹약을 맺음
으로써 요나라의 침략을 중지시켰다.

금사발이 끝내 이지러지게 된 것: '금사발'의 원문은 "金甌"인데 강토가 온전히 지켜짐을 비
유하는 말이다. 따라서 '금사발이 이지러졌다'는 것은 국가가 외침을 받았음을 의미한
다. 북송은 세폐를 바치며 요나라의 침략을 중지시키다가 결국에는 금金나라의 공격으
로 원래의 수도인 개봉을 포기하고 항주杭州로 천도하여 남송南宋을 건립하였다.

곽분양郭汾陽의 팔자: '세상의 부귀와 공명을 한 몸에 지닌 좋은 팔자'라는 뜻. '곽분양'은 당
나라의 명장名將 곽자의郭子儀를 말한다. 곽자의는 현종玄宗 때 안녹산安祿山의 난亂을 토
벌하는 등 많은 공을 세워 분양왕汾陽王에 봉해졌다. 곽자의가 부귀와 공명 등 오복五福
을 다 구비하였다 하여 '곽분양의 팔자'라는 말이 생겼다.

어조은魚朝恩: 당나라 때의 환관. 대종代宗 때 발호하며 곽분양을 모함했으나 결국 죽임을 당
했다.

때로는 보름이 옮겨져 16일이 되기도 하고: 달력상의 음력 보름은 실제의 망望(만월)과 반드
시 일치하지는 않으며, 그 앞뒤로 하루 정도의 차이가 생길 수 있다.

송宋나라 때의 인물을 본받고: 위에서 언급된 열하루와 열이틀, 열사흗날의 달에 대한 비유
를 말한다.

곽분양이 복을 아꼈던 일을 희구해야: 위에서 언급된 열나흗날의 달에 대한 비유를 말한다.
여기서 '곽분양이 복을 아꼈다'는 것은 곽분양이 부귀공명을 누리면서도 스스로 삼가고
근신했기에 한 말이다.

원문풀이

旁魄: '死魄'과 '旁死魄'을 함께 일컫는 말로 쓰인 듯하다.

醜: 여기서는 '추하다'라는 뜻이 아니고 '대등하다'라는 뜻으로 쓰였다.

薄蝕: 부분일식이나 부분월식을 일컫는 말. 여기서는 후자에 해당한다.

暈珥: 달의 좌우 테두리에 생기는 흐릿한 기운을 가리키는 말로, 흔히 좋지 않은 징조로 받
아들여졌다.

惜福: 부귀를 누리면서도 삼가고 근신하여 복을 길이 누리도록 하는 것.

번역의 동이

1-1　　한 달 서른 날~비치진 않습니다

· 　한 달은 서른 날, 큰 달도 있고 작은 달도 있지. 1일이나 2일은 테두리만 보일 뿐이라네. 3일에는 겨우 손톱자국만 해지지만 그래도 저녁볕에 비치기는 하지. 4일에는 갈고리만 해지고, 5일에는 미인의 눈썹 같아진다네. 6일에는 활과 같지만, 광휘가 활시위처럼 퍼지지는 못한다네. 정민, 「미쳐야 미친다」, 224면

· 　한 달이라 서른 날에도 큰달이 있고 작은달도 있으니, 초하룻날과 초이튿날은 방백(旁魄)일 따름이며, 초사흗날에는 겨우 손톱 흔적만 하되 그래도 낙조(落照) 때에는 빛을 발하며, 초나흗날이면 갈고리만 하고 초닷샛날이면 미인의 눈썹만 하고 초엿샛날이면 활만 하되 빛은 아직 넓게 퍼지지 못하고, 신호열·김명호, 「연암집 중」, 400면

1-2　　초이레부터 열흘까지는~있다 할 거외다

· 　10일이 되면 비록 빛 같다고 말할 만은 해도, 빈 테두리는 여전히 보기가 싫네. 11, 12, 13일에는 마치 남송(南宋)의 산하와 같아 오촉강남(吳蜀江南)이 차례대로 점차 평정되어 모두 판도 속으로 들어오지만, 운연(雲燕)은 요(遼)에게 함락되어 금사발이 마침내 이지러진 것과 같지. 14일은 곽분양(郭汾陽)의 운수가 오복을 두루 갖추었으나, 다만 한 구석에 환관 어조은(魚朝恩)이 찰싹 붙어 있어 염려하고 경계함과 같으니 이것이 결함이 될 뿐이라네. 정민, 224면

· 　칠팔일로부터 열흘에 이르면 비록 얼레빗만 하나 빈 둘레가 여전히 보기 싫고, 열하루, 열이틀, 열사흘이면 변송(汴宋)의 산하(山河)처럼 오(吳)·촉(蜀)·강남(江南)이 차례로 평정되어 판도에 들어오는데 운주(雲州)와 연주(燕州)가 요(遼)에 함락되어 국토가 끝내는 이지러진 모습을 지닌 것과 같고, 열나흘이면 마치 곽분양(郭汾陽)의 운수가 오복(五福)을 다 갖추었으나 다만 한편으로 옆에 달라붙은 어조은(魚朝恩) 때문에 두려워하고 조심해야 했던 것이 한 가지 결함인 것과 같지요. 신호열·김명호, 400~401면

1-3　　때로는 보름이~저상沮喪케 하기도 하외다

· 　혹 보름이 옮겨가 16일에 있기도 하고, 엷은 월식이 둥글게 무리지기도 하지. 그렇지 않으면 짙은 구름에 덮이거나, 세찬 바람과 소낙비로 마치 어제처럼 사람의 뜻을 어그러뜨리기도 한다네. 정민, 224면

· 　그나마 달이 가장 둥근 때가 열엿새로 옮겨지거나 혹은 살짝 월식(月蝕)이 되든지 달무리가 지거나 혹은 먹구름에 가려지거나 혹은 모진 바람과 세찬 비가 내려 어제처럼 사람들을 낭패하게 만들지요. 신호열·김명호, 401면

중옥에게 보낸 답장 3

어제는 우리가 달을 저버린 것이 아니라 달이 우리를 저버렸사외다. 세상의 무슨 일인들 저 달과 같지 않겠습니까?

한 달 서른 날 중 큼지막한 때도 있고 자그마한 때도 있거늘 초하루와 초이틀은 시꺼매 안 보이다가 초사흗날에야 겨우 손톱자국만 하게 보이는데 그나마 초저녁에 살짝 보일 뿐이외다. 초나흗날에는 갈고리 같고 초닷새에는 미인의 아미 같사외다. 초엿새엔 활과 같은데 빛이 아직 널리 비치진 않습니다. 초이레부터 열흘까지는 비록 빗과 같지만 반쪽은 여전히 비어 있고, 열하루와 열이틀, 열사흗날엔 변송汴宋의 산하山河처럼 오吳와 촉蜀 등 강남江南을 차례로 점차 평정하여 모두 판도版圖에 집어넣었으나 운운雲과 연燕이 요遼나라에 함락당해 금 사발이 끝내 이지러지게 된 것과 같사외다. 열나흗날엔 마치 곽분양郭汾陽의 팔자처럼 오복五福을 모두 갖추었지만 다만 한 귀퉁이에 어조은魚朝恩이 달라붙어 있어 두려워하고 근신해야 하는 것과 같으니 흠결이 있다 할 거외다. 그렇다면 거울처럼 둥근 것은 보름날 저녁 하루밖에 없는데, 때로는 보름이 옮겨져 16일이 되기도 하고 또 때로는 월식이 있거나 달 가장자리에 흐릿한 기운이 뻗치기도 하며 또 때로는 시커먼 구름이 뒤덮기도 하고 또 때로는 모진 바람이 불고 세찬 비가 쏟아져, 어제처럼 사람의 뜻을 저상沮喪케 하기도 하외다.

우리는 오늘부터 마땅히 송宋나라 때의 인물을 본받고 곽분양이 복을 아꼈던 일을 희구해야 하겠사외다.

중옥에게 보낸 답장 4
答仲玉 (四)

[1]　　　말세末世에 사람을 사귈 땐 마땅히 말이 간결하고 기운이 침중하며 성품이 졸박拙朴하고 뜻이 검약한가를 봐야 할 거외다. 계교가 뛰어난 사람을 사귀어선 안 되고 야심이 큰 사람을 사귀어선 안 됩니다. 세상에서 쓸 만하다 하는 사람은 필시 쓸모없는 사람이며, 세상에서 쓸모없다고 말하는 사람이 필시 쓸 만한 사람이외다. 온 세상이 안락하고 고을에 일이 없어 참으로 쓰일 만하더라도 어찌 달갑게 재기才氣를 보이고 정신을 떨치어 가벼이 남에게 드러내 보이겠습니까? 저 갑옷 입고 말 타는 일은 얼핏 용감해 보이지만 실은 늙은이의 판에 박인 일에 불과하고, 한사코 육십만 대군을 요청하는 일은 얼핏 겁쟁이처럼 보이지만 실은 지사智士의 깊은 계책이외다.

　　　末世交人, 當看言簡而氣沈, 性拙而志約[1]者, 絶有心計之人不可交, 志意廣張[2]不可交. 世所謂可用之人, 是必無用之人; 世所謂無用之人, 是必有用之人. 天下安樂, 鄕井無故, 眞若可用, 亦安肯披露才氣, 抖擻精神, 輕示於人耶? 彼被[3]甲上馬似勇, 而乃老人例習; 固請六十萬似怯,[4] 而乃智士深謀.[5]

본서에서 검토하는, 이 작품이 수록된 주요한 이본은 다음과 같다: 계서본, 한씨문고본, 창강초편본, 창강중편본, 승계본, 영남대본, 용재문고본, 망창창재본 갑, 망창창재본 을.

1) **約**　　한씨문고본과 용재문고본에는 "納"으로 되어 있으나 오기이다.
2) **志意廣張**　　창강중편본에는 "志意廣張之人"으로 되어 있다.
3) **被**　　승계본에는 "披"로 되어 있다.

갑옷 입고~일에 불과하고: 전국시대 조趙나라의 장군 염파廉頗의 고사를 두고 한 말이다. 『사기』「염파·인상여 열전」廉頗藺相如列傳에 다음 내용이 보인다: 염파는 노년에 장군으로 임명되지 못하자 분을 품고 조나라를 떠나 위魏나라에 몸을 맡기고 있었다. 어려움에 처한 조나라에서는 다시 염파를 기용할 생각으로 사신使臣을 보내 그가 쓸모가 있는지 살펴보게 했는데, 염파와 원수지간인 곽개郭開라는 자가 사신에게 뇌물을 주어 염파를 모함하도록 했다. 염파는 조나라 사신 앞에서 밥 한 말과 고기 열 근을 먹고 갑옷을 입고 말에 뛰어올라 아직도 자신이 쓸모 있음을 보였으나, 사신은 조나라로 돌아가 "염장군은 늙었음에도 식사를 잘했습니다. 그러나 신과 같이 앉아 있는 동안에도 자주 변을 지리곤 했습니다"라고 아뢰었다. 이에 조나라 왕은 염파가 늙었다 여기고 결국 부르지 않았다.

한사코 육십만~깊은 계책이외다: 진시황 때의 장군 왕전王翦의 고사를 말한다. 『사기』「백기·왕전 열전」白起王翦列傳에 다음 내용이 보인다: 초楚나라를 공략하는 데 군사가 얼마나 필요한가 하는 진시황의 물음에 젊은 장수 이신李信은 20만 명이 필요하다고 한 반면 늙은 장수 왕전은 최소한 60만 명은 되어야 한다고 대답했다. 이에 진시황은 왕전에게 "장군도 이제 늙었구려. 무엇을 그리 겁내시오"라고 하며 이신과 몽염蒙恬에게 병력 20만을 주어 초나라의 형荊 땅을 공격하게 했으나 패하고 말았다. 그러자 진시황은 왕전에게 사과하며 나아가 싸울 것을 명했고 왕전은 결국 60만 대군을 이끌고 초나라를 공격하여 대승을 거두었다.

抖擻두수: 원래 '손으로 물건을 들어 턴다'는 뜻인데, 여기서는 '떨치거나 분발한다'는 뜻으로 쓰였다.

1-1　　　　말세末世에 사람을~사귀어선 안 됩니다

---

4) 刦　저본에는 "刦"으로 되어 있으나 계서본, 한씨문고본, 창강초편본, 창강중편본, 영남대본, 용재문고본, 망창창재본 갑, 망창창재본 을에는 "刦"으로 되어 있는바, 이를 따른다.
5) 謀　한씨문고본, 영남대본, 용재문고본, 망창창재본 갑, 망창창재본 을에는 이 글자가 빠져 있고, "缺"이라는 세주가 있다.

- 말세에 처하여 사람을 사귈 때는 마땅히 상대방의 말이 간략하고 기운이 차분하며 성품이 소박하고 뜻이 검약한가를 살펴보아야 하며, 절대로 마음속에 계교(計巧)를 지닌 사람은 사귀어서는 안 되고 뜻이 허황된 사람은 사귀어서는 아니 되지요. 신호열·김명호, 『연암집 중』, 402면

1-2 온 세상이~드러내 보이겠습니까

- 천하가 안락하고 향리에 아무런 사고가 없는데, 참으로 쓸모 있는 사람이라면 무엇 때문에 재기(才氣)를 드러내고 정신을 분발하면서까지 경솔히 남에게 보여 주려고 애쓸 까닭이 있겠소. 신호열·김명호, 402면

중옥에게 보낸 답장 4

　　말세末世에 사람을 사귈 땐 마땅히 말이 간결하고 기운이 침중하며 성품이 졸박拙朴하고
뜻이 검약한가를 봐야 할 거외다. 계교가 뛰어난 사람을 사귀어선 안 되고 야심이 큰 사람
을 사귀어선 안 됩니다. 세상에서 쓸 만하다 하는 사람은 필시 쓸모없는 사람이며, 세상에서
쓸모없다고 말하는 사람이 필시 쓸 만한 사람이외다. 온 세상이 안락하고 고을에 일이 없어
참으로 쓰일 만하더라도 어찌 달갑게 재기才氣를 보이고 정신을 떨치어 가벼이 남에게 드러
내 보이겠습니까? 저 갑옷 입고 말 타는 일은 얼핏 용감해 보이지만 실은 늙은이의 판에 박
인 일에 불과하고, 한사코 육십만 대군을 요청하는 일은 얼핏 겁쟁이처럼 보이지만 실은 지
사智士의 깊은 계책이외다.

창애에게 보낸 답장 1
答蒼厓 (一)

1   보내 주신 글 묶음을 양치질하고 손을 씻은 다음 정중하게 읽고서는 무릎 꿇고 사룁니다. 문장은 참으로 기이합니다만 사물의 명칭에 빌려온 것이 많고 말이 딱 들어맞지 않으니 이게 옥에 티라 하겠사외다. 노형을 위해 한번 제 읽은 소감을 말씀드리겠습니다.

문장을 짓는 데에는 방법이 있거늘 이는 송사하는 사람이 증거를 가지고 있어야 하고 도붓장사가 물건 팔 때 소리를 외치는 것과 같사외다. 비록 사리事理가 분명하고 옳다 해도 증거가 없다면 어떻게 이길 수 있겠습니까? 그러므로 글 짓는 사람은 경전 여기저기서 인용하여 자기의 뜻을 밝혀야 하는 거외다. 『대학』大學의 경문經文은 성인聖人이 한 말씀을 현인賢人이 받들어 기술한 것이니 그보다 더 믿을 만한 것이 없겠건만, 저 「강고」康誥를 인용하여 "능히 덕을 밝힌다"라고 했고, 또 「제전」帝典을 인용하여 "능히 큰 덕德을 밝힌다"라고 했사외다.

벼슬 이름과 땅 이름은 다른 나라의 것을 빌려 써서는 안 되는 법이니, 땔나무를 지고 다니며 소금 사라고 외친다면 종일 다닌들 한 묶음도 팔지 못할 거외다. 모든 황제의 도읍지를 다 '장안'長安이라 부르고, 모든 시대의 삼공三公을 무조건 '승상'丞相이라고 일컫는다면 이름과 실상이 뒤죽박죽되어 도리어 속되고 추하게 될 거외다. 이것은 이름만 같은 가짜 진공陳公이 좌중을 놀라게 하거나, 추녀가 서시西施 흉내를 내어 얼굴을 찡그리는 일과 같을 것입니다. 그러므로 글 짓는 사람은 아무리 그 명칭이 추하더라도 그것을 꺼려서는 안 되고 그 실상이 아무리 속되더라도 그것을 숨기지 말아야 합니다. 맹자孟子께서 "성姓은 같이 쓰는 것이지만 이름은 자기만의 것이다"라고 하신바, 이 어법을 흉내 낸다면 '글자는 같이 쓰는 것이지만 문장은 자기만의 것이다'라고 할 수 있습니다.

寄示文編, 漱口洗手, 莊讀以跪曰, 文章儘奇矣, 然名物多借, 引據未襯, 是爲主瑕. 請爲老兄復之也. 文章有道, 如訟者之有證, 如販夫之唱貨. 雖辭理明直, 若無他證, 何以取勝? 故爲文者, 雜引經傳, 以明己[1]意. 聖作而賢述, 信莫信焉, 其猶曰: "「康誥」曰: '克[2]明德.'" 其猶曰: "「帝典」曰: '克明峻德.'" 官號地名, 不可相借. 擔柴而唱鹽,[3] 雖終日行道,[4] 不販一薪. 苟使皇居帝都, 皆稱長安, 歷代三公, 盡號丞相, 名實混淆, 還爲俚穢, 是卽驚座之陳公, 效顰之西施.[5] 故爲文者, 穢不諱名, 俚不沒迹.[6] 孟子曰: "姓所同也, 名所獨也." 亦唯曰: "字所同, 而文所獨也."[7]

역문풀이

창애蒼厓: 유한준兪漢雋(1732~1811)의 호. 유한준의 본관은 기계杞溪이고, 자는 만천曼倩 혹은 여성汝成이며, 또다른 호는 저암著庵이다. 초명初名은 한경漢炅이었다. 1768년(영조 44) 진사시에 합격하여 김포 군수 등을 거쳐 벼슬이 형조참의刑曹參議에 이르렀다. 당대의 문인이자 서예가로 이름 높았던 유한지兪漢芝의 사촌형으로, 문장뿐 아니라 서화에도 뛰어난 재능을 지녔다고 한다. 당시 화가들의 그림에 그가 쓴 제발문題跋文이 자주 눈에 띈다. 문집인 『자저』自著가 전한다.

글 묶음: 원문은 "文編"인데, 써 놓은 글을 책으로 엮은 것을 이르는 말이다.

『대학』大學의 경문經文: 주희朱熹에 따르면 『대학』은 그 맨 앞에 한 단락의 경문이 나오고, 그에 이어 이 경문을 부연설명하는 열 단락의 전문傳文이 나온다. '경문'은 공자孔子의 말을 증자曾子가 기술한 것이고, '전문'은 증자의 생각을 그 문인이 기술한 것이라고 한다.

성인聖人: 공자를 말한다.

본서에서 검토하는, 이 작품이 수록된 주요한 이본은 다음과 같다: 계서본, 한씨문고본, 창강초편본, 창강중편본, 승계본, 영남대본, 용재문고본, 망창창재본 갑, 망창창재본 을.

1) 己　　승계본과 망창창재본 갑에는 "其"로 되어 있다.
2) 克　　저본 및 여타의 모든 이본에는 "明"으로 되어 있으나 『대학』大學 전문傳文에 의거하여 바로잡는다.
3) 鹽　　계서본, 한씨문고본, 승계본, 영남대본, 용재문고본, 망창창재본 갑, 망창창재본 을에는 "塩"으로 되어 있다.
4) 道　　한씨문고본, 영남대본, 용재문고본에는 "塗"로 되어 있다.
5) 施　　창강중편본에는 이 뒤에 "也"가 더 있다.
6) 爲文者~俚不沒迹　　창강중편본에는 묵점이 찍혀 있다.
7) 字所同, 而文所獨也　　창강중편본에는 묵점이 찍혀 있다.

현인賢人: 공자의 제자인 증자를 말한다.

「강고」康誥를 인용하여~밝힌다라고 했사외다: 「강고」와 「제전」은 모두 『서경』書經의 편명이다. 「강고」의 "능히 덕을 밝힌다"라는 말과 「제전」의 "능히 큰 덕을 밝힌다"라는 말은 『대학』 맨 첫 단락의 전문傳文에 나온다. 『대학』에서 「강고」와 「제전」의 이 말을 인용한 것은 경문의 첫머리에 나오는 "大學之道, 在明明德"(대학의 도는 명덕을 밝힘에 있으며)에서 '明明德'의 근거를 밝히기 위해서다.

장안長安: 전한前漢, 수隨나라, 당唐나라의 수도 이름.

삼공三公: 가장 높은 세 가지 벼슬을 가리키는데, 그 구체적인 내용은 시대마다 다르다. 주周나라 때는 태사太師·태부太傅·태보太保를, 전한前漢 때는 승상丞相·태위太尉·어사대부御史大夫를, 후한後漢 때는 태위太尉·사도司徒·사공司公을 이르는 말이었다.

이름만 같은~놀라게 하거나: 『한서』漢書 「유협전」遊俠傳에 나오는 다음의 고사를 말한다: 한나라 때 제후 진준陳遵은 명망이 높아서 사람들에게 존경을 받았다. 당시 그와 동명이인인 협객이 있었는데, 그 협객이 어디를 가면 사람들은 그 이름 때문에 제후 진준으로 오인하여 깜짝 놀랐다고 한다. 그래서 그를 '진경좌'陳驚座(좌중을 놀라게 하는 진준)라고 불렀다고 한다.

추녀가 서시西施~찡그리는 일: 『장자』莊子 「천운」天運에 나오는 다음의 고사를 말한다: 춘추 시대 월越나라의 절세미녀인 서시가 심장병이 있어 언제나 가슴에 손을 댄 채 미간을 찌푸리고 다녔다. 그 모습을 본 이웃 마을의 추녀가 서시의 찡그린 얼굴이 예쁘다고 여겨 자기도 가슴에 손을 대고 미간을 찡그리며 마을을 돌아다녔다. 그러자 마을 사람들은 추녀의 모습을 보기 싫어 집 밖으로 나오지 않거나 다른 곳으로 떠났다고 한다.

원문풀이

「康誥」曰克明德: 「강고」는 『서경』 주서周書의 편명이다. 『대학』 전문傳文의 제1장에 "「康誥」曰: '克明德'"이라는 말이 보인다.

「帝典」曰克明峻德: 「제전」은 『서경』 요전堯典을 말한다. 『대학』 전문의 제1장에 "「康誥」曰: '克明德.' 「太甲」曰: '顧諟天之明命.' 「帝典」曰: '克明峻德, 皆自明也'"라는 말이 보인다.

驚座之陳公: 『한서』 권92의 「유협전」에 다음 내용이 보인다: "時列侯有與遵同姓字者, 每至人門, 曰陳孟公, 坐中莫不震動, 旣至而非, 因號其人曰陳驚坐云."

效矉之西施: 『장자』 「천운」에 다음 내용이 보인다: "西施病心而矉其里, 其里之醜人見之而美之, 歸亦捧心而矉其里. 其里之富人見之, 堅閉門而不出, 貧人見之, 挈妻子而去走. 彼知矉美, 而不知矉之所以美."

孟子曰～名所獨也:『맹자』「진심」하下에 다음의 구절이 보인다: "曾晳嗜羊棗, 而曾子不忍食羊棗. 公孫丑問曰: '膾炙與羊棗孰美?' 孟子曰: '膾炙哉!' 公孫丑曰: '然則曾子何爲食膾炙而不食羊棗?' 曰: '膾炙所同也, 羊棗所獨也. 諱名不諱姓, 姓所同也, 名所獨也.'"

번역의 동이

1-1　　『대학』大學의 경문經文은～밝힌다라고 했사외다

- 성인이 시작했고 어진이가 계승했으니 그보다 더 미더운 일이 없건만 그래도 고전을 인용해서 『강고(康誥)에서 이르기를 맑은 덕을 밝힌다고 하였다.』고 하고 또 그래도 고전을 인용해서 『제전(帝典)에서 이르기를 능히 큰 덕(德)을 밝힌다고 하였다.』고 하였습니다. 홍기문, 『박지원 작품선집 1』, 407면

- 공자가 짓고 자사(子思)가 설명하여 만들어졌다는 『대학』(大學)이란 책은 더할 수 없이 믿음직한 내용이건만, 그래도 『서경』의 「강고」(康誥)에서 '명명덕(明明德)'이란 말과 「요전」(堯典)에서 '극명준덕(克明峻德)'이란 말을 각각 인용하여 명덕(明德)이란 말뜻을 설명했습니다. 김혈조, 『그렇다면 도로 눈을 감고 가시오』, 90면

- 성인(聖人)께서 지으시고 현인(賢人)이 풀이하셨으니 이보다 더 미덥겠습니까만, 그래도 오히려 "「강고」(康誥)에 말하기를 '밝은 덕을 밝히라'고 했다"고 하고, "「제전」(帝典)에 이르기를, '높은 덕을 환히 밝히라'고 했다"고 하는 것입니다. 정민, 『비슷한 것은 가짜다』, 114면

- 『대학』(大學)은 성인(聖人)이 짓고 현인(賢人)이 이를 계술(繼述)하였으니, 이보다 더 미더울 게 없소. 그런데도 『서경』(書經)의 「강고」(康誥)에서 '극명덕'(克明德)을 인용하고 또 제전帝典(「요전」堯典)에서 '극명준덕'(克明峻德)을 인용하여 명명덕(明明德)의 뜻을 밝히고 있소. 신호열·김명호, 『연암집 중』, 375~376면

창애에게 보낸 답장 1

보내 주신 글 묶음을 양치질하고 손을 씻은 다음 정중하게 읽고서는 무릎 꿇고 사룁니다. 문장은 참으로 기이합니다만 사물의 명칭에 빌려온 것이 많고 말이 딱 들어맞지 않으니 이게 옥에 티라 하겠사외다. 노형을 위해 한번 제 읽은 소감을 말씀드리겠습니다.

문장을 짓는 데에는 방법이 있거늘 이는 송사하는 사람이 증거를 가지고 있어야 하고 도붓장사가 물건 팔 때 소리를 외치는 것과 같사외다. 비록 사리事理가 분명하고 옳다 해도 증거가 없다면 어떻게 이길 수 있겠습니까? 그러므로 글 짓는 사람은 경전 여기저기서 인용하여 자기의 뜻을 밝혀야 하는 거외다. 『대학』大學의 경문經文은 성인聖人이 한 말씀을 현인賢人이 받들어 기술한 것이니 그보다 더 믿을 만한 것이 없겠건만, 저 「강고」康誥를 인용하여 "능히 덕을 밝힌다"라고 했고, 또 「제전」帝典을 인용하여 "능히 큰 덕德을 밝힌다"라고 했사외다.

벼슬 이름과 땅 이름은 다른 나라의 것을 빌려 써서는 안 되는 법이니, 땔나무를 지고 다니며 소금 사라고 외친다면 종일 다닌들 한 묶음도 팔지 못할 거외다. 모든 황제의 도읍지를 다 '장안'長安이라 부르고, 모든 시대의 삼공三公을 무조건 '승상'丞相이라고 일컫는다면 이름과 실상이 뒤죽박죽되어 도리어 속되고 추하게 될 거외다. 이것은 이름만 같은 가짜 진공陳公이 좌중을 놀라게 하거나, 추녀가 서시西施 흉내를 내어 얼굴을 찡그리는 일과 같을 것입니다. 그러므로 글 짓는 사람은 아무리 그 명칭이 추하더라도 그것을 꺼려서는 안 되고 그 실상이 아무리 속되더라도 그것을 숨기지 말아야 합니다. 맹자孟子께서 "성姓은 같이 쓰는 것이지만 이름은 자기만의 것이다"라고 하신바, 이 어법을 흉내 낸다면 '글자는 같이 쓰는 것이지만 문장은 자기만의 것이다'라고 할 수 있습니다.

창애에게 보낸 답장 2
答蒼厓 (二)

그 본분으로 돌아가야 함이 어찌 문장에만 해당하는 일이겠습니까! 일체의 만사가 다 그렇사외다. 화담花潭 선생이 밖에 나가셨다가 제 집을 못 찾아 길에서 울고 있는 사람을 보고 물었답니다.

"너는 왜 우느냐?"

그러자 이렇게 대답했다는군요.

"저는 다섯 살 때 장님이 되어 지금 스무 해가 되었습니다. 아침에 집을 나섰는데 갑자기 세상 만물이 환히 보이는 게 아니겠습니까. 그래서 기뻐서 돌아가려는데 길이 여러 갈래고 집들이 똑같아서 도무지 제 집을 분간할 수가 없사옵니다. 그래서 울고 있습니다."

이에 선생이 이렇게 말했답니다.

"내가 네게 돌아가는 길을 가르쳐 주마. 네 눈을 감으면 네 집이 보이리라."

마침내 장님은 눈을 감고 지팡이를 더듬어 발길 따라가서 자기 집에 이르렀다고 합니다. 소경이 눈을 뜨자 길을 못 찾은 건 다름 아니라 눈앞에 외물外物의 모습이 보이자 슬픔과 기쁨의 감정이 작용해서이니, 이것을 바로 망상妄想이라고 하는 거외다. 지팡이를 더듬어 발길 따라가는 것, 이것이 우리가 분수를 지키는 비결이요, 집으로 돌아가는 요체要諦일 거외다.

還他本分, 豈惟[1]文章! 一切種種萬事摠[2]然. 花潭出遇失家而泣於塗[3]者, 曰: "爾奚泣?" 對曰: "我五歲而瞽, 今二十年矣. 朝日出往,[4] 忽見天地萬物淸明, 喜而欲歸, 阡陌多歧,[5] 門戶相同, 不辨我家, 是以泣耳." 先生曰: "我誨若歸. 還閉汝眼, 卽便爾家." 於是閉眼扣相, 信步卽到. 此無他, 色相顚倒, 悲喜爲用, 是爲妄想.[6] 扣相信步, 乃爲吾輩守分之詮諦, 歸家之證印.

역문풀이

화담花潭: 서경덕徐敬德(1489~1546)의 호. 조선 중기의 철학자로 기일원론氣一元論을 주장하였다.

망상妄想: 불교용어로서, '분별'이라고도 한다. 삼라만상의 모양과 이름을 분별하는 심식心識을 이른다. 이 분별은 헛된 것이고 참되지 못하다.

원문풀이

阡陌천맥: 흔히 길을 일컫는 말로 쓴다. 남북으로 난 길을 '阡'이라 하고 동서로 난 길을 '陌'이라 한다.

色相: 외물의 형상. 불교에서 '색'色이란 스스로 생멸변화함과 동시에 다른 것에 장애가 되는 존재를 이르는 말이다.

詮諦전제: '해석' 혹은 '설명'이라는 뜻. 또 '도리'라는 뜻도 된다. 여기서는 후자의 뜻으로 썼다.

證印: 불교 용어로 '인가'印可와 같은 말. 사승師僧이 제자가 도를 깨친 것을 인정하는 것을 이르는 말. 여기서는 '요체' 혹은 '비결' 정도의 뜻으로 쓰였다.

번역의 동이

1-1 소경이 눈을 뜨자~감정이 작용해서이니

▪ 이것은 다름이 아니라 빛과 형체가 꺼꾸로 되고 슬픔과 기쁨이 쌩이질을 하는 까닭입니다. 홍기문,

본서에서 검토하는, 이 작품이 수록된 주요한 이본은 다음과 같다: 계서본, 한씨문고본, 창강초편본, 창강중편본, 승계본, 영남대본, 용재문고본, 망창창재본 갑, 망창창재본 을.

1) 惟 망창창재본 갑에는 "唯"로 되어 있다.
2) 摠 계서본, 한씨문고본, 승계본, 영남대본, 용재문고본, 망창창재본 을에는 "揔"으로 되어 있고, 창강중편본에는 "總"으로 되어 있다.
3) 塗 한씨문고본에는 "道"로 되어 있다.
4) 徃 창강중편본에는 "行"으로 되어 있다.
5) 歧 창강초편본에는 "岐"로 되어 있다.
6) 想 한씨문고본과 용재문고본에는 "相"으로 되어 있다.

- 이것은 다른 이유 때문이 아닙니다. 빛과 형체가 거꾸로 되고, 슬픔과 기쁨이 서로 부리기 때문입니다. 리가원·허경진, 『연암 박지원 산문집』, 66면

- 이는 다른 까닭이 아닙니다. 색깔과 모양에 정신이 뒤죽박죽 바뀌고, 슬픔과 기쁨에 마음이 쓰여서 김혈조, 『그렇다면 도로 눈을 감고 가시오』, 15면

- 눈 뜬 소경이 길을 잃은 것은 다름이 아니라 색상(色相)이 뒤바뀌고 희비(喜悲)의 감정이 작용했기 때문입니다. 신호열·김명호, 『연암집 중』, 378면

1-2   지팡이를 더듬어~요체要諦일 거외다

- 지팡이를 뚜닥거리며 걸음을 걷는대로 가는 것은 우리들이 분수를 지키는 요지요 집을 찾아 가는 비결입니다. 홍기문, 409면

- 지팡이를 짚어 가며 발걸음 가는 대로 따라가는 것이 바로 우리들이 분수를 지키는 요체요, 집을 찾아가는 비결입니다. 리가원·허경진, 66면

- 지팡이를 두드리며 익숙한 걸음걸이로 걷는 것, 그것은 바로 우리가 우리의 본분을 지키는 이치요, 집으로 돌아가는 증인(證印)입니다. 김혈조, 15~16면

- 지팡이로 더듬고 발길 가는 대로 걸어가는 것이 바로 우리들이 분수를 지키는 전제(詮諦)요, 제 집으로 돌아가는 증인(證印)이 되는 것이오. 신호열·김명호, 378면

창애에게 보낸 답장 2

그 본분으로 돌아가야 함이 어찌 문장에만 해당하는 일이겠습니까! 일체의 만사가 다 그렇사외다. 화담花潭 선생이 밖에 나가셨다가 제 집을 못 찾아 길에서 울고 있는 사람을 보고 물었답니다.

"너는 왜 우느냐?"

그러자 이렇게 대답했다는군요.

"저는 다섯 살 때 장님이 되어 지금 스무 해가 되었습니다. 아침에 집을 나섰는데 갑자기 세상 만물이 환히 보이는 게 아니겠습니까. 그래서 기뻐서 돌아가려는데 길이 여러 갈래고 집들이 똑같아서 도무지 제 집을 분간할 수가 없사옵니다. 그래서 울고 있습니다."

이에 선생이 이렇게 말했답니다.

"내가 네게 돌아가는 길을 가르쳐 주마. 네 눈을 감으면 네 집이 보이리라."

마침내 장님은 눈을 감고 지팡이를 더듬어 발길 따라가서 자기 집에 이르렀다고 합니다. 소경이 눈을 뜨자 길을 못 찾은 건 다름 아니라 눈앞에 외물外物의 모습이 보이자 슬픔과 기쁨의 감정이 작용해서이니, 이것을 바로 망상妄想이라고 하는 거외다. 지팡이를 더듬어 발길 따라가는 것, 이것이 우리가 분수를 지키는 비결이요, 집으로 돌아가는 요체要諦일 거외다.

창애에게 보낸 답장 3
答蒼厓 (三)

1　　우리 마을에 나에게 천자문을 배우는 아이가 있는데, 소리 내어 읽기를 싫어하기에 꾸짖었더니 이렇게 말하더이다.

"하늘을 보면 푸른데, 하늘 천天 자는 푸르지 않지 않습니까? 그래서 읽기가 싫사옵니다."

이 아이의 총명함이 창힐蒼頡을 기죽일 만하외다.

　　里中孺子, 爲授千字文. 呵其厭[1]讀曰: "視天蒼蒼, 天字不碧, 是以厭[2]耳." 此兒聰明, 餒煞[3]蒼頡.

역문풀이

창힐蒼頡: 중국 고대의 전설적인 제왕인 황제黃帝의 사관史官. 새와 짐승의 발자국을 본떠 처음으로 문자를 만들었다고 전한다.

본서에서 검토하는, 이 작품이 수록된 주요한 이본은 다음과 같다: 계서본, 한씨문고본, 창강초편본, 창강중편본, 승계본, 영남대본, 용재문고본, 망창창재본 갑, 망창창재본 을.

1) 厭　계서본, 한씨문고본, 영남대본, 용재문고본, 망창창재본 갑, 망창창재본 을에는 "猒"으로 되어 있다.
2) 厭　망창창재본 갑과 망창창재본 을에는 "猒"으로 되어 있다.
3) 煞　한씨문고본과 용재문고본에는 "然"으로 되어 있고, 창강초편본과 창강중편본에는 "殺"로 되어 있다.

원문풀이

餒煞: 여기서 '餒'(뇌)는 '굶주리다'의 뜻이 아니라, '낙담케 하다' '의기소침하게 하다' '기죽이다'라는 뜻이다. '煞'(살)은 어세를 강하게 하는 조자助字로, '殺'과 통한다. 이 '뇌살'이라는 단어는 다분히 백화적 뉘앙스를 풍기는 말이다.

蒼頡: 『설문해자』說文解字 자서自序에 다음 구절이 보인다: "黃帝之史官倉頡, 見鳥獸蹏迒之迹, 知分理之可別異也, 初造書契."

번역의 동이

1-1　　　우리 마을에～싫어하기에 꾸짖었더니

* 마을의 꼬맹이에게 천자문을 가르치는데, 그 읽기 싫어함을 꾸짖자 정민, 『비슷한 것은 가짜다』, 112면
* 마을의 어린애에게 『천자문』(千字文)을 가르쳐 주다가, 읽기를 싫어해서는 안 된다고 나무랐더니
신호열·김명호, 『연암집 중』, 379면

창애에게 보낸 답장 3

우리 마을에 나에게 천자문을 배우는 아이가 있는데, 소리 내어 읽기를 싫어하기에 꾸짖었더니 이렇게 말하더이다.

"하늘을 보면 푸른데, 하늘 천天 자는 푸르지 않지 않습니까? 그래서 읽기가 싫사옵니다."

이 아이의 총명함이 창힐蒼頡을 기죽일 만하외다.

창애에게 보낸 답장 4
答蒼厓 (四)

1   어제 아드님이 찾아와 글 짓는 법에 대해 묻기에 이렇게 말했사외다.
"예禮가 아니면 보지 말고, 예가 아니면 듣지 말며, 예가 아니면 움직이지 말고,
예가 아니면 말하지 말게나!"
그랬더니 시무룩한 표정으로 돌아가더군요. 아침저녁 문안 때 그 말을 않던가요?

       昨日, 令胤來問爲文, 告之曰: "非禮勿視, 非禮勿聽, 非禮勿動, 非禮勿言."
頗不悅而去. 不審定省之際, 言告否?

역문풀이

아드님 : 유한준의 아들 유만주兪晚柱(1755~1788)를 가리킨다. 유만주의 자는 백취伯翠, 호는
     통원通園이다. 저서로 13년간 쓴 일기인 『흠영』欽英이 있다.

원문풀이

令胤: 남의 아들을 높여 부르는 말.
非禮勿視~非禮勿言: 『논어』 「안연」顏淵에 다음 내용이 보인다. "顏淵曰: '請問其目.' 子曰:
     '非禮勿視, 非禮勿聽, 非禮勿言, 非禮勿動.' 顏淵曰: '回雖不敏, 請事斯語矣.'"

본서에서 검토하는, 이 작품이 수록된 주요한 이본은 다음과 같다: 계서본, 한씨문고본, 창강초편본, 승계본, 영남대본, 용
재문고본, 망창창재본 갑, 망창창재본 을.

定省: '昏定晨省'의 준말. 저녁에는 부모의 잠자리를 살피고, 아침에는 부모의 밤새 안부를
묻는다는 뜻. 『예기』「곡례」曲禮 상上에 다음 구절이 보인다: "凡爲人子之禮, 冬溫而夏?,
昏定而晨省, 在醜夷不爭."

번역의 동이

1-1   그랬더니 시무룩한~말을 않던가요

- 자못 기뻐하지 않고 돌아가더군요. 모르겠습니다만 아침 저녁 문안을 여쭐 적에 이 말을 하던가
요? 정민, 『비슷한 것은 가짜다』, 116면
- 자못 좋아하지 않는 기색을 하고 떠나더군요. 혼정신성(昏定晨省)의 즈음에 혹시 고합디까? 신호
열·김명호, 『연암집 중』, 380면

창애에게 보낸 답장 4

어제 아드님이 찾아와 글 짓는 법에 대해 묻기에 이렇게 말했사외다.

"예禮가 아니면 보지 말고, 예가 아니면 듣지 말며, 예가 아니면 움직이지 말고, 예가 아니면 말하지 말게나!"

그랬더니 시무룩한 표정으로 돌아가더군요. 아침저녁 문안 때 그 말을 않던가요?

창애에게 보낸 답장 5
答蒼厓 (五)

① 저물녘 용수산龍首山에 올라 기다렸으나 그대는 오시지 않고, 강물은 동쪽에서 흘러와 그 가는 곳이 보이지 않았사외다. 밤 깊어 달빛에 배를 띄워 돌아오는데, 정자 아래 늙은 나무가 허여니 사람처럼 서 있기에 그대가 거기에 먼저 와 있는가 의심했사외다.

> 暮登龍首山, 候足下不至. 江水東來, 不見其去. 夜深泛月而歸, 亭下老樹, 白而人立, 又疑足下先在其間也.

역문풀이

용수산龍首山: 개성 근교에 이 이름의 산이 있다. 한편 용산 근처 한강변의 용두봉龍頭峰을 가리키지 않나 하는 의심도 든다. '용두봉'은 봉우리 모양이 용의 머리 같다고 해서 붙여진 이름이다. 누에가 머리를 든 모양 같다고 해서 '잠두봉'蠶頭峰이라고도 한다. 지금의 절두산切頭山이 곧 그것인데, 인근에 양화진을 끼고 있어 당시 풍류객들이 즐겨 찾던 명승지였다.

본서에서 검토하는, 이 작품이 수록된 주요한 이본은 다음과 같다: 계서본, 한씨문고본, 창강초편본, 승계본, 영남대본, 용재문고본, 망창창재본 갑, 망창창재본 을.

번역의 동이

1-1   밤 깊어~있는가 의심했사외다

▪ 밤이 이슥하여 달이 떠오길래 정자 아래로 돌아왔지요. 늙은 나무가 희뿌연데 사람이 서 있길래, 나는 또 그대가 나보다 먼저 그 사이에 와 있는가 생각했었다오. 정민, 『비슷한 것은 가짜다』, 221면

▪ 밤이 깊어 달빛 비친 강물에 배를 띄워 돌아와 보니, 정자 아래 고목나무가 하얗게 사람처럼 서있기에 나는 또 그대가 거기에 먼저 와 있는가 의심했었다오. 신호열·김명호, 『연암집 중』, 381면

창애에게 보낸 답장 5

저물녘 용수산龍首山에 올라 기다렸으나 그대는 오시지 않고, 강물은 동쪽에서 흘러와 그 가는 곳이 보이지 않았사외다. 밤 깊어 달빛에 배를 띄워 돌아오는데, 정자 아래 늙은 나무가 허여니 사람처럼 서 있기에 그대가 거기에 먼저 와 있는가 의심했사외다.

창애에게 보낸 답장 6

答蒼厓 (六)

1   '선비'란 궁유窮儒의 별호가 아니외다. 종이가 있어야 그림을 그릴 수 있는 것과 마찬가지로 천자天子에서 서인庶人에 이르기까지 모두 선비라 할 것이외다. 저 치들이 제 스스로 '명망 있는 벼슬아치'니 '말라빠진 선비'니 하고 일컫는 것은 평소 과거시험장을 들락거리며 이익을 꾀한 탓에 스스로를 혐오하고 업신여기기 때문이지요. 천자이되 선비가 아닌 이는 주전충朱全忠 한 사람밖에 없사외다. 조자환曹子桓 같은 이는 낙양洛陽의 뛰어난 선비요, 환경도桓敬道는 강좌江左의 명망 있는 선비라 할 것이외다.

士非窮儒之別號. 譬如繪事而後素, 則自天子達於庶人, 皆士也. 彼自名[1]官、疲餒士稱者, 平生乾沒於場圍之間, 自憎自侮故耳. 天子而非士者, 惟朱全忠一人. 若曹子桓 東京之秀才, 桓敬道 江左之名士耳.

역문풀이

궁유窮儒: 곤궁한 유생이라는 뜻.

서인庶人: 일반적으로 서민을 뜻하는 말이지만, 여기서는 벼슬을 못한 선비, 즉 포의布衣를 가

본서에서 검토하는, 이 작품이 수록된 주요한 이본은 다음과 같다: 계서본, 한씨문고본, 창강초편본, 창강중편본, 숭계본, 영남대본, 용재문고본, 망창창재본 갑, 망창창재본 을.

1) **名**　창강중편본과 숭계본에는 이 뒤에 "達"이 더 있다.

리키는 말로 쓰인 게 아닌가 한다.

천자天子에서 서인庶人에~선비라 할 것이외다: 『연암집』 권10에 수록된 「본래의 선비」(原士)에 선비에 대한 연암의 인식이 잘 드러나 있다. 관련 내용은 다음과 같다: "대저 선비란 아래로는 농민이나 공인工人과 나란히 하고 위로는 왕王이나 공경公卿과 벗한다. 지위로 말한다면 농민이나 공인과 다르지 않지만, 그 덕으로 말한다면 왕이나 공경도 평소 섬기는 대상이다. (…) 천자는 본래 선비다. 본래 선비라고 한 것은 그 근본을 두고 한 말이니, 그 작위는 천자나 그 바탕은 선비다. 그러므로 작위에는 높고 낮음이 있지만 선비라는 바탕이 변화하는 건 아니며, 지위에는 귀함과 천함이 있지만 선비라는 바탕이 바뀌는 건 아니다."(夫士下列農工, 上友王公, 以位則無等也, 以德則雅事也. … 天子者, 原士也. 原士者, 生人之本也. 其爵則天子也, 其身則士也. 故爵有高下, 身非變化; 位有貴賤, 士非轉徙也.)

주전충朱全忠: 생몰년 852~912년. 본명은 주온朱溫이다. 당나라 말기 황소黃巢의 난에 가담하여 그 부장部將이 되었다. 그러나 형세의 불리함을 간파하고 관군에 항복하여 당나라 희종僖宗으로부터 전충全忠이라는 이름을 하사받은 뒤 황소의 잔당과 그 밖의 군웅을 평정하여 그 공으로 양왕梁王에 봉해지고 각지의 절도사節度使를 겸하는 등 화북華北 제일의 실력자가 되었다. 그 후 소종昭宗을 살해하고 애제哀帝를 세웠으며, 급기야 907년에는 애제로부터 제위를 빼앗아 당나라를 멸망시키고 양梁나라를 세웠다. 여기서 주전충이 천자이되 선비가 아니라고 한 것은 그가 독서를 하지 않아 학식이 없었기 때문이다.

조자환曹子桓: 위魏나라 문제文帝인 조비曹丕(187~226)를 말한다. '자환'은 그의 자字다. 한漢나라의 헌제憲帝를 옹립하고 화북華北을 평정한 조조曹操는 제위에 오르지 않았으나, 그 아들인 조비는 헌제에게서 제위를 빼앗아 국호를 위魏라 정하고 스스로 황제가 되었다. 아우 조식曹植과 함께 당대의 유수한 문인文人으로 명성이 높았다.

환경도桓敬道: 환현桓玄(369~404)을 말한다. '경도'는 그의 자다. 동진東晉 말기에 안제安帝의 왕위를 찬탈하여 동진을 멸하고 초楚나라를 세웠다. 왕희지의 필체를 특히 좋아하여 왕희지와 그의 아들 왕헌지王獻之의 글씨를 항상 옆에 두고 감상하면서 즐겼다고 한다.

강좌江左: 중국 강동江東 지방 양자강 유역으로, 동진東晉의 수도인 건강建康이 있던 지역을 가리킨다.

원문풀이

繪事而後素: 『논어』 「팔일」八佾에 다음 내용이 보인다: "子夏問曰: '巧笑倩兮, 美目盼兮, 素以爲絢兮. 何謂也?' 子曰: '繪事後素.'"

乾沒간몰: '이익을 꾀하다' '요행으로 이익을 얻다'라는 뜻. '乾'은 물건을 미리 사 놓아 이익을 보는 것을, '沒'은 손해를 보는 것을 뜻하는 말.

번역의 동이

1-1　　　저 치들이~업신여기기 때문이지요
▪　　저들이 스스로 벼슬할 만하다고 자부하면서도 지치고 굶주린 선비라고 일컬어지는 것은, 평생 과거 시험장에서 요행수를 노리다가 스스로 증오하고 스스로 업신여긴 때문이지요. 신호열·김명호, 「연암집 중」, 382면

창애에게 보낸 답장 6

'선비'란 궁유窮儒의 별호가 아니외다. 종이가 있어야 그림을 그릴 수 있는 것과 마찬가지로 천자天子에서 서인庶人에 이르기까지 모두 선비라 할 것이외다. 저 치들이 제 스스로 '명망 있는 벼슬아치'니 '말라빠진 선비'니 하고 일컫는 것은 평소 과거시험장을 들락거리며 이익을 꾀한 탓에 스스로를 혐오하고 업신여기기 때문이지요. 천자이되 선비가 아닌 이는 주전충朱全忠 한 사람밖에 없사외다. 조자환曹子桓 같은 이는 낙양洛陽의 뛰어난 선비요, 환경도桓敬道는 강좌江左의 명망 있는 선비라 할 것이외다.

창애에게 보낸 답장 7
答蒼厓 (七)

1   그대는 짐을 풀고 안장을 내려야 할 거외다. 내일 비가 올 것 같으니까요. 시냇물이 흐르고 물 냄새가 비릿하며, 섬돌 위로 개미떼가 와글와글 몰려들고, 황새가 울며 북쪽으로 날아가고, 안개가 서려 땅에 퍼지고, 별똥별이 서쪽으로 흐르고, 바람이 동쪽에서 불어오니 말이외다.

足下其稅裝卸鞍. 來日其雨. 泉鳴水腥, 堦潮螘陣, 鸛鳴入北, 烟盤走地, 星矢西流, 占風自東.

본서에서 검토하는, 이 작품이 수록된 주요한 이본은 다음과 같다: 계서본, 한씨문고본, 창강초편본, 창강중편본, 승계본, 영남대본, 용재문고본, 망창창재본 갑, 망창창재본 을.

✿ 김택영의 수비

- 『역림』易林과 비슷하다.[1]
  似『易林』.

역문풀이

『역림』易林: 전한前漢 때 초연수焦延壽가 찬撰한 역서易書. 64괘卦를 다른 64개의 괘와 대응하
여 4096괘를 만든 다음, 그 각각에 대체로 사언사구四言四句의 주사繇辭(점괘를 풀이한 말)
를 붙여 놓았다. '주사'의 내용은 비, 바람, 춥고 따뜻함 등 기상 변화를 징후로 삼아 일
상생활과 관련된 일을 점치는 것이 주를 이룬다.

---

1) 이 평은 창강초편본에 있다.

창애에게 보낸 답장 7

그대는 짐을 풀고 안장을 내려야 할 거외다. 내일 비가 올 것 같으니까요. 시냇물이 흐르고 물 냄새가 비릿하며, 섬돌 위로 개미떼가 와글와글 몰려들고, 황새가 울며 북쪽으로 날아가고, 안개가 서려 땅에 퍼지고, 별똥별이 서쪽으로 흐르고, 바람이 동쪽에서 불어오니 말이외다.

창애에게 보낸 답장 8
答蒼厓 (八)

1 나무 심고 꽃모종 내는 일은 마땅히 저 진晉나라 사람의 글씨처럼 글자를 억지로 배열하지 않았는데도 줄이 절로 딱 맞는 것처럼 해야 하겠지요.

　　　種樹蒔花, 當如晋人之筆, 字不苟排, 而行自1)踈直.

역문풀이

진晉나라 사람: 왕희지를 가리킨다.

원문풀이

當如晋人之筆~而行自踈直: 『연암집』 권7에 수록된 「벗의 국화시菊花詩 두루마리에 적다」(題友人菊花詩軸) 중에 이와 유사한 구절이 보인다. "如晉人之筆字, 不苟排而行自疎, 直若其黃白相對, 便失天趣."

본서에서 검토하는, 이 작품이 수록된 주요한 이본은 다음과 같다: 계서본, 한씨문고본, 승계본, 영남대본, 용재문고본, 망창창재본 갑, 망창창재본 을.

1) **自**　용재문고본에는 "且"로 되어 있다.

창애에게 보낸 답장 8

    나무 심고 꽃모종 내는 일은 마땅히 저 진晉나라 사람의 글씨처럼 글자를 억지로 배열하지 않았는데도 줄이 절로 딱 맞는 것처럼 해야 하겠지요.

창애에게 보낸 답장 9
答蒼厓 (九)

① 　　정옹鄭翁은 술을 많이 마시면 마실수록 그 필치가 더욱 굳세어져, 커다란 점은 공만 하고 먹물 방울은 튀어 왼쪽 뺨에 떨어지곤 하나니, '南' 자의 오른쪽 다리 획이 종이를 지나 자리에까지 뻗치자 붓을 던지고 껄껄 웃더니만 유유히 용호龍湖를 향해 떠났는데 지금 어디에 있는지 찾을 수가 없사외다.

　　　鄭翁飮逾豪而筆逾健, 其大點如毬, 墨沫飛落左頰, 南字右脚, 過紙歷席, 擲筆笑, 悠然向龍湖去, 今不可尋矣.[1]

역문풀이

정옹鄭翁: 정철조鄭喆祚(1730~1781)를 말한다. 정철조의 자는 성백誠伯이고, 호는 석치石癡이며, 본관은 해주海州이다. 소북小北 집안으로, 공조판서를 지낸 정운유鄭運維(1704~1772)의 아들이다. 김원행金元行의 문인으로, 문과에 급제하여 지평持平과 정언을 지냈다. 김석문金錫文(1658~1735), 홍대용洪大容(1731~1783) 등과 함께 18세기 주목할 만한 자연과학자 중 한 사람이다. 그림에도 뛰어나 정조正祖의 초상화를 그린 바 있다.

본서에서 검토하는, 이 작품이 수록된 주요한 이본은 다음과 같다: 계서본, 한씨문고본, 창강초편본, 창강중편본, 승계본, 영남대본, 용재문고본, 망창창재본 갑, 망창창재본 을.

1) **鄭翁飮逾豪而筆逾健~今不可尋矣**　　창강중편본에는 묵점이 찍혀 있다.

용호龍湖: 용산강 일대를 말한다.

번역의 동이

1-1　　　정옹鄭翁은 술을~더욱 굳세어져

▪ 　정옹(鄭翁)은 술이 거나해질수록 붓이 더욱 굳세어졌었지요. <small>정민, 『비슷한 것은 가짜다』, 187면</small>

▪ 　정옹(鄭翁)은 술을 많이 마실수록 필흥(筆興)이 더욱 도도하여 <small>신호열·김명호, 『연암집 중』, 386면</small>

창애에게 보낸 답장 9

    정옹鄭翁은 술을 많이 마시면 마실수록 그 필치가 더욱 굳세어져, 커다란 점은 공만 하고 먹물 방울은 튀어 왼쪽 뺨에 떨어지곤 하나니, '南' 자의 오른쪽 다리 획이 종이를 지나 자리에까지 뻗치자 붓을 던지고 껄껄 웃더니만 유유히 용호龍湖를 향해 떠났는데 지금 어디에 있는지 찾을 수가 없사외다.

『문단의 붉은 기』에 부친 인

騷壇赤幟引*

[I]   글을 잘 짓는 사람은 병법을 잘 아는 사람이다. 비유컨대 글자는 병사이고, 뜻은 장수다. 제목은 적국敵國에 해당하고, 고사故事와 전거典據는 전장戰場의 보루이다. 글자를 묶어 구절을 만들고 구절을 엮어 단락을 이루는 것은 대오隊伍로 진陣을 만드는 것과 같고, 운韻으로 소리를 맞추고 수사修辭로 글을 빛나게 하는 것은 징이나 북, 깃발 따위와 같다. 조응照應은 봉화에 해당하고, 비유는 날랜 기병騎兵이며, 억양반복은 힘을 다해 끝까지 싸워 적을 죄다 죽이는 것이고, 제목을 격파해 결론을 맺는 것은 먼저 적진에 쳐들어가 적을 사로잡는 것이며, 함축을 귀하게 여기는 것은 늙은 병사를 포로로 하지 않는 것이고, 여운을 남기는 것은 군대를 돌이켜 개선하는 것이다.

    善爲文者, 其知兵乎. 字譬則士也, 意譬則將也. 題目者, 敵國也[1]; 掌故者, 戰場墟壘[2]也; 束字爲句, 團句成章, 猶隊伍行陣[3]也; 韻以聲之, 詞[4]以耀之, 猶金鼓旌[5]旗

본서에서 검토하는, 이 작품이 수록된 주요한 이본은 다음과 같다: 『겸헌만필』 갑, 『영대정집』 갑, 『영대정집』 을, 『연암고략』, 『하풍죽로당집』 갑, 『하풍죽로당집』 을, 『백척오동각집』 갑, 『백척오동각집』 을, 자연경실본, 계서본, 한씨문고본, 『동문집성』, 승계본, 용재문고본, 망창창재본 갑, 망창창재본 을.

* **騷壇赤幟引**   『겸헌만필』 갑에는 "騷壇赤幟引"으로 되어 있다.
1) **字譬則士也~敵國也**   『겸헌만필』 갑에는 주점이 찍혀 있다.
2) **壘**   『하풍죽로당집』 갑에는 "壘"로 되어 있으나 오기이다.
3) **陣**   『겸헌만필』 갑에는 "陳"으로 되어 있다. '陳'과 '陣'은 통한다.
4) **詞**   용재문고본에는 "詩"로 되어 있으나 오기이다.

也; 照應者, 烽堠⁶⁾也; 譬喩⁷⁾者, 遊騎⁸⁾也⁹⁾; 抑揚反復¹⁰⁾者, 鏖戰撕¹¹⁾殺也; 破題而結束者, 先登而擒敵¹²⁾也; 貴含蓄¹³⁾者, 不禽二毛也; 有餘音者, 振旅而凱旋也.¹⁴⁾

역문풀이

『문단의 붉은 기』: 연암의 처남 이재성李在誠(1751~1809)이 우리나라 역대 과거문장 중 뛰어난 것을 모아 10권으로 묶은 책으로, 원제목은 '소단적치'騷壇赤幟이다. '소단'은 지금의 문단文壇에 해당하는 말이고, '적치' 곧 '붉은 기'는 여기서 '전범'이라는 뜻이다. '붉은 기'는 본래 한나라의 한신韓信이 재빠른 기병으로 하여금 한나라의 붉은 깃발을 적진에 꽂게 하여 적군을 제압했던 고사에서 유래하는 말이다. 한나라는 오행五行 중 '화'火에 해당한다고 간주되어 붉은 깃발을 사용하였다. 『사기』史記 「회음후 열전」淮陰侯列傳에 다음의 내용이 보인다: 한신은 조趙나라를 침공하여 거짓으로 패주하며 조나라 대군을 멀리까지 유인해냈다. 한신은 그동안 한나라의 기병 2천 명으로 하여금 조나라의 진지에 들어가 진지 안에 꽂혀 있던 조나라 깃발을 모두 뽑고 붉은색의 한나라 깃발을 꽂아 두게 했다. 조나라 군대는 한신의 군대를 물리치지 못하고 진지로 돌아왔으나 자신들의 진지에 꽂혀 있는 한나라 깃발을 보고 이미 진지를 빼앗겼다고 여겨 혼란에 빠졌고, 한신의 군대는 이 틈을 타 조나라 군대를 전멸하였다. 연암은 이 책 이름 중 '붉은 기'라는 말에 특히 유의하여 처음부터 끝까지 글쓰기를 병법에 견주어 서술하고 있다.

인引: 문체의 한 가지. '서'序와 같은 종류의 글인데, 혹 '서'보다 간단하다.

조응照應: 글에서 앞의 구절과 뒤의 구절이 형식에 있어서나 의미에 있어서 서로 호응되게 하는 것을 일컫는 말.

억양반복: 문장 수사법의 하나로, 한 번 올리면 한 번 내리고, 한 번 내리면 다시 한 번 올려,

---

5) **旌** 『하풍죽로당집』 갑, 『하풍죽로당집』 을, 『백척오동각집』 갑, 자연경실본, 『동문집성』, 용재문고본에는 "旋"으로 되어 있다.

6) **堠** 저본에는 "堠"으로 되어 있으나 저본 이외의 모든 본에는 "堠"로 되어 있는바, 이를 따른다.

7) **喩** 『겸헌만필』 갑, 『영대정집』 갑, 『영대정집』 을, 『하풍죽로당집』 갑, 『백척오동각집』 을에는 "諭"로 되어 있다.

8) **遊騎** 승계본에는 "游擊"으로 되어 있다.

9) **照應者~遊騎也** 『겸헌만필』 갑에는 주색 첨권이 쳐져 있다.

10) **復** 한씨문고본, 용재문고본, 망창창재본 을에는 "覆"으로 되어 있다.

11) **撕** 『동문집성』과 승계본에는 "厮"로 되어 있다. '厮'와 '撕'는 통한다.

12) **敵** 『동문집성』에는 "賊"으로 되어 있다.

13) **蓄** 승계본에는 "畜"으로 되어 있다.

14) **有餘音者, 振旅而凱旋也** 『겸헌만필』 갑에는 주색 첨권이 쳐져 있다.

문장에 파란波瀾이 있고 기복이 있게 만드는 것. 이 수사법을 구사하면 문장이 평면성을 탈피해 생동감이 있게 된다.

제목을 격파해: '파제'破題, 곧 글의 제목이 가지는 의미를 풀이하거나 석명釋明하는 것. 특히 과문科文(과거시험의 답안 글)에서는 이 '파제'에 치력하여 고금의 온갖 고사와 전거를 동원하는 식으로 글을 썼다.

원문풀이

騷壇: 문원文苑 혹은 예원藝苑. 지금의 문단文壇에 해당하는 말.

赤幟: 붉은 깃발. 『사기』 「회음후 열전」에 다음의 내용이 보인다. "韓信 (…) 夜半傳發, 選輕騎二千人, 人持一赤幟, 從閒道萆山而望趙軍, 誠曰: '趙見我走, 必空壁逐我, 若疾入趙壁, 拔趙幟, 立漢赤幟.' 令其裨將傳飱, 曰: '今日破趙會食!' 諸將皆莫信, 詳應曰: '諾.' 謂軍吏曰: '趙已先據便地爲壁, 且彼未見吾大將旗鼓, 未肯擊前行, 恐吾至阻險而還.' 信乃使萬人先行, 出, 背水陳. 趙軍望見而大笑. 平旦, 信建大將之旗鼓, 鼓行出井陘口, 趙開壁擊之, 大戰良久. 於是, 信·張耳詳棄鼓旗, 走水上軍. 水上軍開入之, 復疾戰. 趙果空壁爭漢鼓旗, 逐韓信·張耳. 韓信·張耳已入水上軍, 軍皆殊死戰, 不可敗. 信所出奇兵二千騎, 共候趙空壁逐利, 則馳入趙壁, 皆拔趙旗, 立漢赤幟二千. 趙軍已不勝, 不能得信等, 欲還歸壁, 壁皆漢赤幟, 而大驚, 以爲漢皆已得趙王將矣, 兵遂亂, 遁走, 趙將雖斬之, 不能禁也. 於是, 漢兵夾擊, 大破虜趙軍, 斬成安君泜水上, 禽趙王歇."

掌故: 옛일이나 전거.

章: 여기서는 '단락'이라는 뜻.

隊伍: '隊'는 100명 혹은 200명으로 이루어진 군대. '伍'는 5인으로 이루어진 군대.

金鼓: 징과 북. 전투에서 전진을 명령할 때는 징을, 멈춤을 명령할 때는 북을 사용했다.

旌: 천자天子가 사기를 고무할 때 쓰던 깃발로, 깃대 끝에 소꼬리를 달아 날리게 한 것.

旗: 호랑이와 곰을 그려 넣은 붉은 기.

結束: 문장의 결미結尾를 일컫는 말.

二毛: 반백半白의 머리라는 뜻으로, 흔히 노인을 가리킨다.

振旅: 군대가 대오를 정비해 돌아오는 것을 이르는 말.

번역의 동이

1-1   제목은 적국敵國에~깃발 따위와 같다

▪ 제목은 적국이요 옛일이나 옛이야기는 전쟁장의 보루(堡壘)다. 글자를 묶어서 구(句)로 만들고 구

를 합해서 장(章)을 이루는 것은 대렬을 지어 행진하는 것과 같으며 성운(聲韻)으로써 소리를 내고 문채(文彩)로써 빛을 내는 것은 북, 종, 깃발 등과 같은 것이다. 홍기문, 『박지원 작품선집 1』, 303면

- 제목(題目)은 적국(敵國)이고 장고(掌故)는 전장(戰場)의 진(陣)터이다. 글자를 묶어서 글 구를 만들고 글 구를 뭉쳐서 문장을 이룩함은 대오(隊伍)를 꾸며서 행진(行陣)하는 것과 같다. 음운(音韻)으로써 소리나게 히고 사율(詞律)로써 빛나게 함은 금고(金鼓)·정기(旌旗)와 같다. 이익성, 『朴趾源』, 91면

- 제목은 적국(敵國)이고 전고(典故)와 고사는 전장의 보루이다. 글자를 묶어서 구(句)를 만들고, 구를 묶어 문장을 만듦은 대오를 편성하여 행진하는 것과 같다. 음으로 소리를 내고 문채(文彩)로 빛을 내는 것은 징과 북을 치고 깃발을 휘두르는 것과 같다. 김혈조, 『그렇다면 도로 눈을 감고 가시오』, 87면

- 제목이라는 것은 적국이고 전장(典掌) 고사(故事)는 싸움터의 진지이다. 글자를 묶어 구절이 되고, 구절을 엮어 문장을 이루는 것은 부대의 대오(隊伍) 행진과 같다. 운(韻)으로 소리를 내고, 사(詞)로 표현을 빛나게 하는 것은 군대의 나팔이나 북, 깃발과 같다. 정민, 『비슷한 것은 가짜다』, 189면

- 제목이란 적국이요, 고사(故事)의 인용이란 전장의 진지를 구축하는 것이요, 글자를 묶어서 구(句)를 만들고 구를 모아서 장(章)을 이루는 것은 대오를 이루어 행군하는 것과 같다. 운(韻)에 맞추어 읊고 멋진 표현으로써 빛을 내는 것은 징과 북을 울리고 깃발을 휘날리는 것과 같으며 신호열·김명호, 『연암집 상』, 129면

1-2 억양반복은 힘을 다해~돌이켜 개선하는 것이다

- 억양반복(抑揚反覆)이라는 것은 백병전(白兵戰)과 육박전(肉迫戰)에 해당하고 제목을 끌어 내고 결속을 짓는다는 것은 적진에 먼저 뛰여 들어 적을 생포(生捕)하는 데 해당하고 함축(含蓄)을 귀중히 여긴다는 것은 적의 로폐병(老廢兵)을 사로잡지 않는 데 해당하고 여운이 있게 한다는 것은 기세를 떨치여서 개선하는 데 해당한 것이다. 홍기문, 303~304면

- 억양(抑揚)을 반복하는 것은 힘을 다해 싸워서 시살(廝殺)하는 것이고, 파제(破題)해서 결속(結束)하는 것은 앞장서서 적을 사로잡는 것이다. 함축(含蓄)을 귀히 여김은 이모(二毛)를 사로잡지 않는 것이고, 여음(餘音)있게 함은 군사를 인솔해서 개선(凱旋)하는 것이다. 이익성, 91면

- 억양 반복은 육박전을 하여 처죽이는 것에 해당하고, 파제(破題)를 하고 결속(結束)하는 것은 먼저 적진에 뛰어들어 적을 사로잡는 것에 해당한다. 함축을 귀하게 여김은 늙은 병사를 사로잡지 않는 것이고, 여운을 남기는 것은 군사를 떨쳐 개선하는 것이다. 김혈조, 87면

- 억양반복이라는 것은 끝까지 싸워 남김 없이 죽이는 것이고, 제목을 깨뜨리고 나서〔破題〕 다시 묶어 주는 것은 성벽을 먼저 기어 올라가 적을 사로잡는 것이다. 함축을 귀하게 여긴다는 것은 반백의 늙은이를 사로잡지 않는 것이고, 여음이 있다는 것은 군대를 떨쳐 개선하는 것이다. 정민, 189~190면

- 억양반복(抑揚反復)이란 맞붙어 싸워 서로 죽이는 것이요, 파제(破題)한 다음 마무리하는 것은 먼저 성벽에 올라가 적을 사로잡는 것이요, 함축을 귀하게 여기는 것이란 반백의 늙은이를 사로잡지 않는 것이요, 여운을 남기는 것이란 군대를 정돈하여 개선하는 것이다. 신호열·김명호, 129~130면

2　　　대저 장평長平의 군사는 용감함이 옛날과 달라진 것이 없고, 그가 소지한 활이며 창이며 과戈며 연鋋의 날카로움이 전날과 변함이 없건만, 염파廉頗가 거느릴 때에는 적에게 이길 수 있었으나, 조괄趙括이 대신하자 모두 포로가 되어 생매장당했다. 그러므로 병법을 잘 구사하는 자는 내버릴 병졸이 없고, 글을 잘 짓는 자는 쓰지 못할 글자가 없는 법이다. 유능한 장수를 얻기만 한다면 괭이·곰방메·가시나무·창자루가 모두 강한 무기가 될 수 있고, 천을 찢어 장대에 매달아 깃발로 삼아도 그 정채精彩가 새롭기만 하다. 사리에 맞기만 하다면 집안사람들이 늘 쓰는 말을 학교에서 가르쳐도 좋고, 동요나 속담을 『이아』爾雅에 넣어도 좋다. 그러므로 글이 훌륭하지 못한 것은 글자 탓이 아니다.

　　　夫長平之卒, 其勇㥦, 非異於昔時也; 弓矛戈鋋, 其利鈍, 非變於前日也. 然而廉頗將之, 則足以制勝; 趙括代之, 則足以自坑. 故善爲兵者, 無可棄之卒; 善爲文者, 無可擇之字.[1] 苟得其將, 則鉏櫌棘矜, 盡化勁悍, 而裂幅揭竿, 頓新精彩矣. 苟得其理, 則家人常談, 猶列學官, 而童謳[2]里諺, 亦屬『爾雅』矣.[3] 故文之不工, 非字[4]之罪也.

역문풀이

장평長平의 군사는~생매장당했다: 춘추전국시대에 진秦나라가 조趙나라를 공격했다. 조나라의 장수 염파는 싸움에 응하지 않고 굳게 성을 지켰다. 초조해진 진나라는 염파가 싸움을 두려워한다는 소문을 퍼뜨려서 염파를 모함했다. 조나라에서는 염파를 해임하고 조괄趙括을 장군으로 삼았는데, 조괄은 병서兵書에 적힌 대로 고지식하게 전투를 벌이다가 결국 장평長平에서 진나라 장수 백기白起에게 대패하고 말았다. 이 전투에서 조나라 군사 40만 명이 구덩이를 파고 생매장당했다. 『사기』「염파·인상여 열전」廉頗藺相如列傳에 해당 고사가 보인다.

과戈: 끝이 두 가닥으로 된 창. 끝이 세 가닥으로 된 창(삼지창)은 '극'戟이라고 한다.

연鋋: 작은 창.

---

1) 善爲兵者~無可擇之字　『겸헌만필』갑에는 주점이 찍혀 있고, 『백척오동각집』을에는 묵점이 찍혀 있다.
2) 謳　계서본에는 "驅"로 되어 있으나 오기이다. 용재문고본에는 "謠"로 되어 있다.
3) 苟得其將~亦屬『爾雅』矣　『겸헌만필』갑에는 주점이 찍혀 있다.
4) 字　『겸헌만필』갑에는 "文"으로 되어 있다.

『이아』爾雅: 기원전 2세기경 주周나라의 주공周公이 지었다고 전해지는, 중국에서 가장 오래
된 자서字書(글자를 풀이한 책). 13경의 하나이다.

원문풀이

夫長平之卒~則足以自坑: 『사기』「염파·인상여 열전」에 다음의 내용이 보인다: "秦與趙兵
相距長平, (…) 秦數敗趙軍, 趙軍固壁不戰, 秦數挑戰, 廉頗不肯. 趙王信秦之間, (…) 趙王
因以括爲將, 代廉頗. 趙括旣代廉頗, 悉更約束, 易置軍吏. 秦將白起聞之, 縱奇兵, 詳敗走,
而絶其糧道, 分斷其軍爲二, 士卒離心. 四十餘日, 軍餓, 趙括出銳卒自博戰, 秦軍射殺趙
括, 括軍敗, 數十萬之衆, 遂降秦, 秦悉阬之, 趙前後所亡, 凡四十五萬."

學官: 교관 혹은 학교를 뜻하는 말인데, 여기서는 후자를 가리킨다.

번역의 동이

2-1　대저 장평長平의 군사는~생매장당했다

- 대체 장평(長平)의 군사는 날래고 비겁한 것이 지난 때보다 달라진 것 아니요 활이나 각종의 창
도 날카롭고 무딘 것이 전날보다 변한 것이 아니언만 렴 파(廉頗)가 거느리고 나서서는 승전하다가 조
괄(趙括)로 대신되어서는 몰사죽음을 면치 못했다. 홍기문, 304면
- 대저 장평(長平)군사는 그 용맹함과 겁약(㤼弱)함이 옛적과 다르지 않고, 궁모(弓矛)·과연(戈綖)
은 그 날카로움과 무딘 것이 전일과 변함이 없다. 그런데 염파(廉頗)가 거느리면 승리하기에 족하고,
조괄(趙括)이 대신하면 제가 죽을 구덩이를 파기에 족할 뿐이다. 이익성, 91~92면
- 무릇 장평(長平) 땅에서 파묻혀 죽은 조(趙)나라 10만 군사는 그 용맹과 비겁함이 지난날과 달라
진 것이 아니고, 활과 창 들도 그 날카로움과 무딘 것이 전날에 비해 변함이 없었다. 그런데도 염파(廉
頗)가 거느리면 적을 제압하여 승리하기에 충분했고, 조괄(趙括)이 대신하면 자신이 죽을 구덩이를 파
기에 족할 뿐이었다. 김혈조, 87면
- 대저 장평의 군사가 그 용감하고 비겁함이 지난날과 다름이 없고, 활·창·방패·짧은 창의 예리하
고 둔중함이 전날과 변함이 없건만, 염파(廉頗)가 거느리면 제압하여 이기기에 족하였고, 조괄(趙括)
이 대신하자 스스로를 파묻기에 충분하였다. 정민, 190면
- 무릇 장평(長平)의 병졸은 그 용맹이 옛적과 다르지 않고 활과 창의 예리함이 전날과 변함이 없
었지만, 염파(廉頗)가 거느리면 승리할 수 있고 조괄(趙括)이 거느리면 자멸하기에 족하였다. 신호열·김
명호, 130면

2-2　유능한 장수를~새롭기만 하다

- 만약에 적당한 장수만 얻는다면 호미, 곰방메, 기타 농기의 빈 자루만 가지고도 무서운 무기로 사
용할 수 있고 옷자락을 찢어서 작대기 끝에 달아도 훌륭한 깃발로 되며 홍기문, 304면

- 진실로 훌륭한 장수를 만나면 호미·고무래·가시랑이·창자루도 굳세고 사나워지며, 기폭을 찢어서 낚싯대에 달아도 정채(精彩)가 갑자기 새로워진다. 이익성, 92면
- 진실로 훌륭한 장수를 만나면 호미·고무래·가시랑이·창자루를 가지고도 굳세고 사나운 무기로 쓸 수 있고, 헝겊을 찢어 장대에 매달아도 아연 훌륭한 깃발의 정채를 띠게 된다. 김혈조, 87~88면
- 진실로 그 장수를 얻는다면 호미·곰방메·가시랑이·창자루로도 모두 굳세고 사나운 군대가 될 수 있고, 천을 찢어 장대에 매달아도 정채가 문득 새롭다. 정민, 190면
- 진실로 좋은 장수를 만나면 호미자루나 창자루를 들어도 굳세고 사나운 병졸이 되고, 헝겊을 찢어 장대 끝에 매달더라도 사뭇 정채(精彩)를 띤 깃발이 된다. 신호열·김명호, 130면

3 　글자와 구절의 아속雅俗(우아함과 속됨)을 평하고 편篇과 장章의 고하를 논하는 치들은 모두 병법에서의 임기응변과 변통變通을 통한 승리를 알지 못하는 자들이다. 이는 비유컨대 용감하지 못한 장수가 마음속에 아무런 계책도 품고 있지 못한 격이다. 그리하여 갑자기 글 제목을 받으면 흡사 우뚝 선 견고한 성벽을 마주한 것 같고, 눈앞의 필묵筆墨이 맥을 못 춤은 마치 산 위에 있는 초목까지 모두 적으로 오인하여 지레 기가 꺾여 버림과 같으며, 가슴속에 외워 두었던 것들이 하나도 생각이 나지 않음은 마치 병졸들이 다 죽어 사막의 원숭이와 학이 되어 버린 것과 같다. 그러므로 글 쓰는 사람의 걱정거리란 늘 스스로 길을 잃어 요령을 얻지 못하는 데 있는 것이다.

대저 길이 분명하지 않으면 한 글자도 쓰기가 어려워 늘 끙끙대는 병통이 생기고, 요령을 얻지 못하면 에워싼 것이 비록 촘촘하다 할지라도 허술할 우려가 있다. 비유컨대 항우項羽가 음릉陰陵에서 길을 잃자 명마인 추騅가 나아가지 못한 것과 같고, 또 위청衛靑이 무강거武剛車로 빙 둘러쌌지만 선우單于가 여섯 마리 말이 끄는 수레를 타고 달아나 버린 것과 같다. 진정 한마디 말로 요령을 드러낼 수 있다면 그것은 마치 눈 오는 밤에 채주蔡州의 성을 기습하여 함락한 것과 같고, 한 조각 말로 핵심을 드러내 보일 수 있다면 그것은 마치 3경에 곤륜관崑崙關을 탈환한 것과 같으니, 글 짓는 방법이 이와 같아야 지극하다 할 것이다.

　　彼評字句之[1]雅俗、論篇章之高下者, 皆不識合變之機而制勝之權者也. 譬如不勇之將, 心無定策,[2] 猝然臨題, 屹如堅城,[3] 眼前之筆墨, 先[4]挫於山上之草[5]木, 而胸裏[6]之記誦, 已化爲沙中之猿鶴矣.[7] 故爲文者, 其患常在乎自迷蹊逕未得要領. 夫[8]蹊逕之不明, 則一字難下, 而常病其遲澁[9]; 要領之未得, 則周匝雖密, 而猶患[10]其疎[11]漏.[12] 譬如陰陵失道而名雖不逝, 剛[13]車重圍而六騾已遁矣.[14] 苟能單辭而挈[15]領, 如雪夜之入蔡, 片言而抽綮, 如三鼓而奪關, 則爲文之道, 如此而至矣.

역문풀이

편篇: 하나의 작품 전체를 일컫는 말.

장章: 단락을 가리키는 말. 옛날의 글쓰기에서는 단락 구분을 매우 엄격하고 용의주도하게 했다.

산 위에 있는~기가 꺾여 버림: 전진前秦의 왕 부견苻堅이 100만 군대를 이끌고 동진東晉의 장군 사현謝玄과 전투를 벌였는데, 처음에는 적병의 수효가 얼마 안 되는 줄 알고 얕잡아 보다가 적의 대군이 나타나 공세를 펼치자 놀라서 부근에 있는 팔공산八公山의 초목까지도 전부 적군으로 보았다는 고사를 말한다. 『진서』晉書에 해당 내용이 보인다.

사막의 원숭이와 학: 전사戰死한 병사를 일컫는 말. 주周나라 목왕穆王이 남쪽을 정벌하러 갔다가 병사들이 전멸했는데, 죽은 병사 중 군자君子는 원숭이와 학이 되고 소인小人은 벌

---

1) 之 　계서본에는 "也"로 되어 있으나 오기이다.
2) 策 　『겸헌만필』 갑에는 "算"으로 되어 있다.
3) 不勇之將~屹如堅城 　『백척오동각집』 을에는 묵점이 찍혀 있다.
4) 先 　『동문집성』에는 "已"로 되어 있다.
5) 草 　『하풍죽로당집』 갑에는 "艸"로 되어 있다.
6) 裏 　『백척오동각집』 을, 한씨문고본, 『동문집성』, 망창창재본 갑에는 "裡"로 되어 있다.
7) 眼前之筆墨~已化爲沙中之猿鶴矣 　『겸헌만필』 갑에는 주색 첨권이 쳐져 있고, 『백척오동각집』 을에는 묵점이 찍혀 있다.
8) 夫 　『동문집성』에는 "未"로 되어 있으나 오기이다.
9) 澁 　『겸헌만필』 갑, 『하풍죽로당집』 갑, 『하풍죽로당집』 을, 『백척오동각집』 갑, 『동문집성』에는 "澀"으로 되어 있고, 『백척오동각집』 을에는 "濇"으로 되어 있다.
10) 患 　『겸헌만필』 갑에는 "恐"으로 되어 있다.
11) 疎 　『동문집성』에는 "遺"로 되어 있다.
12) 蹊逕之不明~而猶患其疎漏 　『백척오동각집』 을에는 묵권이 쳐져 있다.
13) 剛 　『동문집성』에는 "則"으로 되어 있으나 오기이다.
14) 譬如陰陵失道而名雖不逝, 剛車重圍而六騾已遁矣 　『겸헌만필』 갑에는 주점이 찍혀 있고, 『백척오동각집』 을에는 묵점이 찍혀 있다.
15) 挈 　한씨문고본과 용재문고본에는 "絜"로 되어 있다.

레와 모래가 되었다는 고사에서 나온 말이다. 『수서』隋書 주注와 『포박자』抱朴子에 해당 내용이 보인다.

항우項羽가 음릉陰陵에서~추騅가 나아가지 못한 것: 초나라의 항우가 한나라와의 전투에서 대패하여 음릉까지 쫓겨오게 되었다. 진퇴양난의 지경에 처하자 항우는 자신이 타고 다니던 '추'騅라는 이름의 말이 제 아무리 명마라 할지라도 나아갈 곳을 잃었다고 한탄한 바 있다. 『사기』「항우 본기」項羽本紀에 해당 고사가 보인다.

위청衛靑이 무강거武剛車로~달아나 버린 것: 한나라 장군 위청이 흉노와 싸울 때 무강거(덮개가 있는 수레)를 빙 둘러 진영을 만들어 흉노를 포위했는데, 사세가 불리하다고 판단한 흉노의 왕 선우가 여섯 마리 말이 이끄는 수레를 타고 수백 기병과 함께 한나라의 포위를 뚫고 달아난 일이 있다. 『사기』「위장군·표기 열전」衛將軍驃騎列傳에 해당 고사가 보인다.

눈 오는 밤에 채주蔡州의 성을 기습하여 함락한 것: 당나라 덕종德宗 때 회서淮西의 채주에서 오원제吳元濟가 반란을 일으켰는데 오랫동안 토벌하지 못하고 있었다. 그러던 중 이소李愬가 오원제의 휘하에 있던 장수 이우李佑를 사로잡아 그가 가르쳐준 계책을 써서 대설이 내린 밤중에 채주 성을 공격하여 오원제를 사로잡았다. 『구당서』舊唐書 권133 「이소전」李愬傳에 해당 내용이 보인다. 여기서는 핵심이 되는 요점을 포착한다는 의미로 이 고사를 썼다.

3경에 곤륜관崑崙關을 탈환한 것: 북송北宋의 명장 적청狄靑(1008~1057)이 농지고儂智高가 점령하고 있던 곤륜관을 탈환한 일을 말한다. 곤륜관은 광서성廣西省 옹녕현邕寧縣 동북쪽에 있던 험준한 요새를 말한다. 『송나라 명신 언행록』宋名臣言行錄에 다음 내용이 보인다: 북송 인종仁宗 때 농지고는 베트남 동북부에서 반란을 일으키고 중국의 광주廣州에 침입하여 곤륜관을 점거하고 있었다. 적청은 농지고의 군대를 격퇴하고자 출정하여 진을 치고 열흘 동안 싸움에 나서지 않겠다는 뜻을 밝히더니 정월 대보름밤 장수들에게 잔치를 베풀고 그 이튿날은 군관들에게 잔치를 베풀었다. 잔치 중에 적청은 병을 핑계하여 잠시 자리를 빠져나왔고 군관들은 새벽까지 잔치를 즐기고 있었는데, 홀연 이날 밤 3경에 적청이 곤륜관을 탈환했다는 낭보가 전해졌다. 농지고가 적청 군대의 실정을 탐지하고 방심한 사이에 적청이 정예부대를 이끌고 급습하여 곤륜관을 탈환했던 것이다. 여기서는 '돌연 핵심을 포착해 보임'을 비유하는 말로 썼다.

원문풀이

合變: 응변應變.

制勝: '승리를 꾀하다'라는 뜻.

權: 권도權道, 곧 정도正道가 아니라 상황에 따라 수시변통하는 도리를 일컫는 말.

先挫於山上之草木: 『진서』晉書 재기載記 권146 「부견」苻堅 하下에 다음 기사가 보인다: "堅與苻融登城而望王師, 見部陣齊整, 將士精銳, 又北望八公山上草木, 皆類人形, 顧謂融曰: '此亦勁敵也, 何謂少乎!' 憮然有懼色."

沙中之猿鶴: 『수서』隋書 주注에 다음 구절이 보인다: "按『抱朴子』, 周穆王南征, 一軍盡化, 君子爲猿鶴, 小人爲沙蟲." 『포박자』「석체」釋滯의 해당 구절은 다음과 같다: "三軍之衆, 一朝盡化, 君子爲鶴, 小人成沙."

一字難下: '下'는 여기서 '쓰다'의 뜻.

陰陵失道而名騅不逝: 『사기』「항우 본기」에 다음 내용이 보인다: "項王軍壁垓下, 兵少食盡, 漢軍及諸侯兵, 圍之數重. 夜聞漢軍四面皆楚歌, 項王乃大驚曰: '漢皆已得楚乎? 是何楚人之多也!' 項王則夜起, 飮帳中. 有美人名虞, 常幸從; 駿馬名騅, 常騎之. 於是項王, 乃悲歌忼慨, 自爲詩曰: '力拔山兮氣蓋世, 時不利兮騅不逝. 騅不逝兮可奈何, 虞兮虞兮奈若何!' 歌數闋, 美人和之. 項王泣數行下, 左右皆泣, 莫能仰視."

剛車重圍而六騾已遁矣: 『사기』「위장군·표기 열전」에 다음 내용이 보인다: "元狩四年春, 上令大將軍靑、驃騎將軍去病, 將各五萬騎、步兵轉者踵軍數十萬, 而敢力戰深入之士, 皆屬驃騎. 驃騎始爲出定襄, 當單于, 捕虜言單于東, 乃更令驃騎出代郡, 令大將軍出定襄. (…) 適値大將軍軍出塞千餘里, 見單于兵陳而待. 於是大將軍, 令武剛車自環爲營, 而縱五千騎往當匈奴. 匈奴亦縱可萬騎. 會日且入, 大風起, 沙礫擊面, 兩軍不相見, 漢益縱左右翼繞單于. 單于視漢兵多, 而士馬尙彊, 戰而匈奴不利, 薄莫, 單于遂乘六騾, 壯騎可數百, 直冒漢圍西北馳去. 時已昏, 漢、匈奴相紛挐, 殺傷大當. 漢軍左校捕虜言單于未昏而去, 漢軍因發輕騎, 夜追之, 大將軍軍, 因隨其後, 匈奴兵, 亦散走. 遲明, 行二百餘里, 不得單于." '六騾'가 「위장군·표기 열전」에는 "六羸"(육라)로 되어 있다.

雪夜之入蔡: 『구당서』 권133 「이소전」에 다음 내용이 보인다: "元和十一年, 用兵討蔡州 吳元濟. (…) 愬抗表自陳, 願於軍前自效. (…) 遂檢校左散騎常侍兼鄧州刺史、御史大夫, 充隨唐鄧節度使. 十月, 將襲蔡州. (…) 十日夜, 以李祐率突將三千爲先鋒, 李忠義副之, 愬自帥中軍三千, 田進誠以後軍三千殿而行. (…) 是日, 陰晦雨雪, 大風裂旗旆, 馬慄而不能躍, 士卒苦寒, 抱戈僵仆者, 道路相望. (…) 愬 (…) 促令進軍, 皆謂必不生還. (…) 夜半, 雪愈甚. 近城有鵝鴨池, 愬令驚擊之, 以雜其聲. 賊恃吳房、朗山之固, 晏然無一人知者. 李祐、李忠義, 坎墉而先登, 敢銳者從之, 盡殺守門卒而登其門, 留擊柝者. 黎明, 雪亦止, 愬入, 止元濟外宅."

三鼓而奪關: '三鼓'는 3경(밤 11시에서 1시 사이)과 같은 말이다. '關'은 곤륜관을 가리킨다. 『송나라 명신 언행록』 '적청狄青 무양공武襄公' 조에 다음 내용이 보인다: "青宣撫廣西時, 智高守崑崙關, 青至賓州, 値上元節, 令大張燈燭, 首夜宴將佐, 次夜宴從軍官, 三夜饗軍校. 首夜樂飲徹曉, 次夜二鼓時, 青忽稱疾, 暫起如内, 久之, 使人諭孫元規令暫主席行酒, 少服藥乃出, 數使勸勞坐客. 至曉, 客未敢退, 忽有馳報者, 云: '是三鼓, 青已奪崑關矣!'"

번역의 동이

3-1　　글자와 구절의~알지 못하는 자들이다

- 저 자구(字句)가 우아하다 비속하다 평하고 문장이 높다거나 낮다거나 의논하는 무리는 모두 구체적 경우에 따라 전법이 변해야 하고 그 경우에 타당한 변통성에 의해서 승리가 얻어진다는 것을 모르는 사람이다. 홍기문, 304면
- 저 자구(字句)의 전아(典雅)함과 저속(低俗)함을 평하고, 편장(篇章)의 고상(高尚)함과 하급(下級)임을 논하는 자는 모두 합변(合變)하는 기틀과 제승(制勝)하는 권모(權謀)를 모르는 것이다. 이익성, 92면
- 자구(字句)의 아속(雅俗)을 평하고, 편장(篇章)의 고하(高下)만을 논하는 자는 실제의 상황에 따라 전법을 변화시켜야 승리를 쟁취하는 꾀인 줄 모르는 사람들이다. 김혈조, 88면
- 저 글자나 구절의 우아하고 속됨을 평하고, 편(篇)과 장(章)의 높고 낮음을 논하는 자는 모두 합하여 변하는 기미〔合變之機〕와 제압하여 이기는 저울질〔制勝之權〕을 알지 못하는 자이다. 정민, 190~191면
- 대저 자구(字句)가 우아한지 속된지나 평하고 편장(篇章)의 우열이나 논하는 자들은 모두 변통의 임기응변과 승리의 임시방편을 모르는 자들이다. 신호열·김명호, 130면

3-2　　이는 비유컨대 용감하지~학이 되어 버린 것과 같다

- 비유해 말하자면 용감치 못한 장수가 속으로 아무런 료량도 없이 갑자기 적의 군은 성벽에 부닥친 것이나 마찬가지로 글 지을 줄 모르는 사람이 속으로 아무런 료량도 없이 갑자기 글 제목을 만났다고 하자. 산 우의 풀과 나무까지 적병으로 보이는 바람에 붓과 먹이 다 결단나고 머리 속에 기억하고 있던 것조차 이렇게 상하고 저렇게 폐해서 남는 것이 없으리라. 홍기문, 304~305면
- 비유하면 용맹없는 장수가 마음 속에 정해둔 계책(計策)도 없는데, 갑자기 글 제목(題目)을 만나면 우뚝한 것이 견고한 성(城) 같아 보인다. 눈앞에 붓과 먹이 먼저 산 위에 서 있는 초목(草木)에 기세가 꺾이고, 가슴 속에 기억하며 외던 것이 벌써 모래밭 원학(猿鶴)으로 되어버린다. 이익성, 92~93면
- 비유하자면 용맹하지 못한 장수가 마음속에 아무런 계책(計策)도 없다가 갑자기 적을 만나면 견고한 성을 맞닥뜨린 것과 같다. 눈앞의 붓과 먹이 꺾임은 마치 산 위의 초목을 보고 놀라 기세가 꺾인 군사처럼 될 것이고, 가슴속에 기억하며 외던 것은 마치 전장에서 죽은 군사가 산화하여 모래밭의 원숭이나 학으로 변해버리듯 모두 흩어질 것이다. 김혈조, 88면
- 비유컨대 용감하지도 않은 장수가 마음에 정한 계책도 없이 갑작스레 제목에 임하고 보니, 아마

득하기 굳센 성과 같은지라, 눈앞의 붓과 먹은 산 위의 풀과 나무에 먼저 기가 꺾여 버리고, 가슴 속에 외웠던 것들은 벌써 사막 가운데 원숭이와 학이 되고 마는 것과 같다. 정민, 191면

- 비유하자면 용감하지 못한 장수가 마음에 미리 정해 놓은 계책이 없는 것과 같아서, 갑자기 어떤 제목에 부딪치면 우뚝하기가 마치 견고한 성을 마주한 것과 같으니, 눈앞의 붓과 먹이 산 위의 초목을 보고 먼저 기가 질려 버리고 가슴속에 기억하고 외우던 것이 이미 모래 속의 원학(猿鶴)이 되어 버린 다. 신호열·김명호, 131면

3-3 　　대저 길이 분명하지~허술할 우려가 있다

- 길을 잃어 버리고 나면 글자 하나도 어떻게 쓸 줄을 몰라서 붓방아만 찧게 되며 요령을 잡지 못 하면 겹겹으로 두르고 싸고 해놓고서도 오히려 허술치 않은가 겁을 내는 것이다. 홍기문, 305면

- 대저 계경(蹊逕)을 밝히지 못하면 한 글자도 쓰기 어려워서 항상 더디고 깔깔함이 병통이고, 요령 을 깨치지 못하면 둘레는 비록 촘촘하더라도 오히려 그 엉성하고 새는 것이 걱정이다. 이익성, 93면

- 무릇 논리가 분명하지 못하면 글자 하나도 써내려가기 어려워 항상 붓방아만 찧게 되며, 요령을 깨치지 못하면 겹겹으로 두르고 싸면서도 오히려 허술하지 않은가 걱정하는 것이다. 김혈조, 88면

- 대저 갈 길이 분명치 않으면 한 글자도 내려 쓰기가 어려울 뿐 아니라 항상 더디고 껄끄러운 것 이 병통이 되고, 요령을 얻지 못하면 두루 헤아림을 비록 꼼꼼히 하더라도 오히려 그 성글고 새는 것 을 근심하게 된다. 정민, 191면

- 무릇 갈 길이 밝지 못하면 한 글자도 하필(下筆)하기가 어려워져서 항상 더디고 깔끄러움을 고민 하게 되고, 요령을 얻지 못하면 두루 얽어매기를 아무리 튼튼히 해도 오히려 허술함을 걱정하게 된다. 신호열·김명호, 131면

3-4 　　진정 한마디 말로~지극하다 할 것이다

- 한 마디의 말을 가져서도 요점만 꽉 잡게 되면 그 마치 적의 아성(牙城)으로 질풍 같이 쳐 들어가 는 것이요 반 쪽의 말을 가져서도 요지를 능히 표시하면 그 마치 적의 힘이 다할 때를 기다렸다가 드디어 그 진지를 함락시키는 것으로 된다. 글 짓는 묘리는 바로 이것으로써 최상이다. 홍기문, 305면

- 진실로 간단한 문사(文辭)로 요령을 들면, 눈 오는 밤 채(蔡)에 들어감과 같고, 조각 말로 계(綮) 를 뽑으면 북을 세 번 치자 관(關)을 빼앗음과 같다. 그런즉 문장 만드는 방도를 이와 같이 하면 지극 하다. 이익성, 93면

- 한 마디의 말로도 요령을 잡게 되면 적의 아성으로 질풍같이 돌격하는 것과 같고, 한 조각의 말로 써도 핵심을 찌른다면 마치 적군이 탈진하기를 기다렸다가 그저 공격신호만 보이고도 요새를 함락시 키는 것과 같다. 글짓는 묘리는 이렇게 히여야 성취할 수 있을 것이다. 김혈조, 88면

- 진실로 능히 말이 간단하더라도 요령만 잡게 되면 마치 눈 오는 밤에 채(蔡) 성을 침입하는 것과 같고, 토막 말이라도 핵심을 놓치지 않는다면 세 번 북을 올리고서 관(關)을 빼앗는 것과 같게 된다. 글을 하는 도가 이와 같다면 지극하다 할 것이다. 정민, 192면

- 진실로 한 마디 말로 정곡을 찌르기를 눈 오는 밤에 채주(蔡州)에 쳐들어가듯이, 한 마디 말로 핵 심을 뽑아내기를 세 차례 북을 올려 관문을 빼앗듯이 할 수 있어야 하니, 글을 짓는 방도가 이 정도는

④ 나의 벗 이중존李仲存이 우리나라 사람이 쓴 역대의 과문科文을 모아 10권으로 엮고 책이름을 『문단의 붉은 기』라 하였다. 아아! 여기 모아 놓은 것들은 모두 승리한 군대들이며 백번 싸워서 이긴 결과들이다. 비록 그 체재와 격식이 서로 다르고 정밀한 것과 거친 것이 섞여 있지만, 저마다 승리할 수 있는 전술을 갖추고 있어 공격하여 함락하지 못한 성이 없으며, 날카로운 창과 예리한 칼날은 무기고武器庫같이 삼엄한바 때에 맞추어 적을 제압함이 매양 병법의 요체에 들어맞으니, 이를 계승하여 장차 글 짓는 자들은 이 방법을 따라야 하리라. 반초班超가 서역西域을 평정한 공으로 정원후定遠侯에 봉해진 것이라든가 두헌竇憲이 선우單于를 격파하고 연연산燕然山에 올라 비석에다 전공을 새긴 일도 이 방법을 따른 데 있으리라, 이 방법을 따른 데 있으리라. 그렇기는 하나 방관房琯이 썼던 수레 전법은 이전 사람의 전법을 본받았음에도 패하였고, 우후虞詡가 아궁이 수를 늘린 것은 옛 병법과 반대로 한 것이지만 승리하였으니, 임기응변하여 융통성을 발휘함은 '상황'의 문제이지 '법'의 문제가 아니다.

友人李仲存, 集東人古今科體, 彙爲十卷, 名之曰『騷壇赤幟[1]』. 嗚呼![2] 此皆得勝之兵而百戰之餘也.[3] 雖其體格不同, 精粗雜進, 而各有勝籌,[4] 攻無堅城, 其銛鋒利刃, 森如武庫, 趨[5]時制敵, 動合兵機, 繼此而爲文者, 率此道也. 定遠之飛食, 燕然之勒銘, 其在是歟! 其在是歟! 雖然, 房琯[6]之車戰, 效跡於前人而敗; 虞詡之增竈, 反機於古法而勝, 則所以合變之權, 其又在時而不在法也.[7]

---

1) 幟 『겸헌만필』 갑에는 "熾"로 되어 있다.
2) 呼 『동문집성』에는 "乎"로 되어 있다.
3) **此皆得勝之兵而百戰之餘也** 『겸헌만필』 갑에는 주점이 찍혀 있다.
4) 籌 『겸헌만필』 갑에는 "算"으로 되어 있다.
5) 趨 『겸헌만필』 갑, 『영대정집』 갑, 『영대정집』 을에는 "鶵"로 되어 있고, 『백척오동각집』 갑과 『동문집성』에는 "趍"로 되어 있다.
6) 琯 『겸헌만필』 갑, 『영대정집』 갑, 『영대정집』 을, 『연암고략』, 『하풍죽로당집』 갑, 『하풍죽로당집』 을, 『백척오동각집』 을, 계서본, 한씨문고본, 승계본, 용재문고본, 망창창재본 갑, 망창창재본 을에는 "綰"으로 되어 있으나 오기이다.

역문풀이

이중존李仲存: 연암의 처남이자 지기였던 이재성李在誠을 말한다. '중존'은 그의 자字다.

과문科文: 과문에도 몇 가지 종류가 있는데 여기서는 아마도 책문策文을 가리키지 않나 짐작
되지만 확실치는 않다.

반초班超가 서역西域을~정원후定遠侯에 봉해진 것: 『후한서』後漢書 「반초 열전」班超列傳에 나
오는 말로, 반초는 머리는 호랑이 모양이고 턱은 제비 모양이어서 날아서 고기를 먹을
상相에 해당된다고 했다. 그는 서역을 평정한 공으로 정원후定遠侯에 봉해졌다.

두헌竇憲이 선우單于를 격파하고~전공을 새긴 일: 『후한서』 「두융 열전」竇融列傳에 다음 내
용이 보인다: 한나라 장수 두헌이 북방 흉노의 선우와 계락산稽落山이라는 곳에서 싸워
대승을 거두었다. 두헌은 승리한 뒤 연연산에 올라 비석에 전공을 새기게 하였는데, 반
고班固에게 그 명銘을 짓게 하였다. '연연산'은 지금의 몽골인민공화국 경내의 항애산杭
愛山에 해당한다.

방관房琯이 썼던~본받았음에도 패하였고: 『구당서』 「방관 열전」房琯列傳에 다음의 내용이
보인다: 안녹산安祿山의 난 때 재상으로 있던 방관은 병법을 좀 안다고 자신하여 몸소 함
양咸陽 부근의 진도사陳濤斜라는 곳에서 수레로 진을 치고 적과 싸웠다. 원래 이 전법은
춘추시대에 쓰던 것으로, 방관은 이에 의거해 우거牛車(소 수레) 2천 대를 가운데 두고 그
좌우에 기마병과 보병을 포진하게 하였다. 그러나 적군이 순풍을 이용해 먼지를 일으키
며 소란을 일으키자 소들이 놀라 동요했고, 그 틈을 타 적군이 우거를 향해 불붙은 짚을
던지자 수레와 인마가 모두 불타고 말았다. 결국 방관의 군대는 크게 패하여 살상당한 자
가 4만 명이고 생존한 자는 불과 수천이었다. 원래 수레 전법은 광활한 평원에서 써야 하
는데, 방관은 수레를 쓰기에 부적합한 지형에서 이 병법을 구사했기에 패배했던 것이다.

우후虞詡가 아궁이 수를 늘린 것: 후한後漢 안제安帝(재위 107~125) 때의 명장 우후의 군대가
무도武都(감숙성甘肅省의 현 이름)를 침입한 강족羌族(중국 서쪽의 감숙성 일대를 근거지로 삼던
민족)에게 쫓기게 되었을 때 우후는 군사들이 밥을 해 먹은 아궁이 수를 실제보다 더 많
이 만든 다음 이동함으로써 구원병이 이른 것처럼 보이게 하는 속임수 전술을 구사한 적
이 있다. 이 고사는 『후한서』 「우후 열전」虞詡列傳에 보인다. 이는 전국시대의 손빈孫臏
이 병력이 줄어든 것처럼 보이도록 아궁이 수를 줄이며 이동하여 적을 방심하게 만든 뒤
대승을 거둔 전술을 역이용한 것이다. 손빈의 고사는 『사기』 「손자·오기 열전」孫子吳起

---

7) **房琯之車戰~其又在時而不在法也**　『겸헌만필』 갑에는 주점이 찍혀 있다.

286

列傳에 보인다.

상황: 원문은 "時"인데, 여기서는 '처한 상황' 혹은 '그때그때의 상황'을 이른 말이다.

법: 정법定法, 즉 정해져 있는 원리나 법도를 이르는 말. 여기서는 정해져 있는, 글 쓰는 법식을 이른다.

원문풀이

兵機: '용병의 요체' 혹은 '병법의 요지'라는 뜻.

定遠之飛食: 『후한서』 권47의 「반초 열전」에 다음 구절이 보인다. "(班超)家貧, 常爲官傭書以供養, 久勞苦, 嘗輟業投筆歎曰: '大丈夫無它志略, 猶當效傅介子·張騫, 立功異域, 以取封侯, 安能久事筆硏閒乎?' 左右皆笑之, 超曰: '小子安知壯士志哉!' 其後行詣相者, 曰: '祭酒, 布衣諸生耳, 而當封侯萬里之外.' 超問其狀, 相者指曰: '生燕頷虎頸, 飛而食肉, 此萬里侯相也.'"

燕然之勒銘: 『후한서』 권23의 「두융 열전」에 다음 구절이 보인다. "(竇憲)與北單于戰於稽落山, 大破之, 虜衆崩潰, 單于遁走, 追擊諸部, 遂臨私渠比鞮海. 斬名王已下萬三千級, 獲生口馬牛羊橐駝百餘萬頭. 於是溫犢須·日逐·溫吾·夫渠王柳鞮等八十一部率衆降者, 前後二十餘萬人. 憲·秉〔耿秉〕遂登燕然山, 去塞三千餘里, 刻石勒功, 紀漢威德, 令班固作銘."

房琯之車戰: 『구당서』 권111의 「방관 열전」에 다음 내용이 보인다. "琯分爲三軍, 遣楊希文, 將南軍, 自宜壽入, 劉悊, 將中軍, 自武功入, 李光進, 將北軍, 自奉天入. 琯自將中軍, 爲前鋒, 十月庚子, 師次便橋. 辛丑, 二軍先遇賊於咸陽縣之陳濤斜, 接戰, 官軍敗績. 時琯用春秋車戰之法, 以車二千乘, 馬步夾之. 旣戰, 賊順風揚塵鼓譟, 牛皆震駭, 因縛芻縱火焚之, 人畜撓敗, 爲所傷殺者四萬餘人, 存者數千而已."

虞詡之增竈: 『후한서』 권58의 「우후 열전」에 다음 내용이 보인다. "羌寇武都, 鄧太后以詡有將帥之略, 遷武都太守, 引見嘉德殿, 厚加賞賜. 羌乃率衆數千, 遮詡於陳倉·崤谷, 詡卽停軍不進, 而宣言上書請兵, 須到當發. 羌聞之, 乃分鈔傍縣, 詡因其兵散, 日夜進道, 兼行百餘里, 令吏士各作兩竈, 日增倍之, 羌不敢逼. 或問曰: '孫臏減竈, 而君增之, 兵法日行不過三十里, 以戒不虞, 而今日且二百里, 何也?' 詡曰: '虜衆多, 吾兵少, 徐行, 則易爲所及, 速進, 則彼所不測. 虜見吾竈日增, 必謂郡兵來迎, 衆多行速, 必憚追我. 孫臏見弱, 吾今示彊, 勢有不同故也.'"

번역의 동이

4-1 날카로운 창과 예리한~따른 데 있으리라

▪ 그 날카로운 창끝과 예리한 칼날은 무기 창고와 같이 삼엄했고 시기에 좇아 적을 제압하는 것은 번번이 군대를 지휘하는 묘리에 들어맞는 것이다. 이들을 계승해서 글을 짓는 사람도 대체로 이런 길이 있을 뿐이다. 반초(班超)가 서역(西域)의 여러 나라를 진압한 것이나 두헌(竇憲)이 연연산(燕然山)에다가 전공을 새긴 것도 또한 이런 길을 좇아 나간 것이 아니겠는가? 이런 길을 좇아 나간 것이 아니겠는가? 홍기문, 306면

▪ 그 날카로운 창과 예리한 칼날이 무고(武庫)같이 무섭고 시기에 따라 적을 제어(制御)하여 움직이는 대로 병기(兵機)에 맞는데, 이를 잇달아서 문장을 하는 자는 죄다 이 길을 따른다. 정원(定遠)이 날면서 고기를 먹고, 연연산(燕然山)에 명(銘) 새김이 여기에 있었던가. 그 여기에 있었던가. 이익성, 93~94면

▪ 그 날카로운 창과 예리한 칼날은 무기고같이 삼엄하며, 시기에 따라 적을 제압함은 군대를 지휘하는 묘리에 부합한다. 이를 계승하여 문장을 지을 사람은 모두 이 길을 따르리라. 반초(班超)가 서역 50여 국을 정복한 것이나 두헌(竇憲)이 연연산(燕然山)에 전공을 새긴 것도 그 방법은 이런 것이 아니었겠는가? 김혈조, 89면

▪ 그 날카로운 칼끝과 예리한 날은 삼엄하기가 마치 무고(武庫)와 같아, 때에 따라 적을 제압하여 움직임이 군대의 기미에 맞으니, 이를 이어 글 하는 자가 이 방법을 따른다면, 정원(定遠)의 비식(飛食)과 연연산(燕然山)에 공을 적어 새기는 것이 그 여기에 있을 것이다. 정민, 193면

▪ 그 예리한 창끝과 칼날이 삼엄하기가 무기고와 같고, 때에 맞춰 적을 제압하는 것이 늘 병법에 맞는다. 앞으로 글을 하는 자들이 이 길을 따라간다면, 정원후(定遠侯)의 비식(飛食)과 연연산(燕然山)에 명(銘)을 새긴 것이 아마 여기에 있을 것인저, 여기에 있을 것인저! 신호열·김명호, 132~133면

4-2 임기응변하여 융통성을~문제가 아니다

▪ 그러면 구체적 경우에 따라 변하는 전법은 그 중요성이 경우에 있는 것이요 법에 있는 것은 아니다. 홍기문, 306면

▪ 그런즉 합치하고 변경하는 권모는 또한 그 때[時]에 있고 법에 있음은 아니다. 이익성, 94면

▪ 그러므로 상황에 따라 전법을 구사하는 것은 또한 그 시점이 중요한 것이지 고정된 전법에 달려 있는 것은 아니다. 김혈조, 89면

▪ 합하여 변화하는 저울질이란 것은 때에 달린 것이지 법에 달린 것은 아니다. 정민, 193~194면

▪ 그 변통하는 방편은 역시 때에 있는 것이요, 법에 있지는 아니한 것이다. 신호열·김명호, 133면

박영철본의 말비

- 필묵이 예리하고 자구가 비등飛騰하니 예원藝垣의 염파廉頗와 이목李牧이다.[1]

  筆犀墨利, 字飛句騰, 藝垣中頗·牧.

- 세상에서 이르기를 글제를 풀이하여 그에 딱 맞게 쓰는 글을 과문科文이라 하는데, 납도 섞여 있고 쇠도 섞여 있는바, 비록 겉으로는 정련되어 있는 듯하지만 속으로는 기실 조잡하다. 진실로 십분 글제를 풀이하여 십분 글제에 딱 맞게 쓰고 한 글자도 부화浮華한 말이나 허튼 말이 없다면 이것이 곧 득의한 고문古文의 상승上乘이라 할 것이다.[2] ─중존仲存

  世謂文之照題緊襯者, 爲科擧之文,[3] 則殽鉛雜[4]鐵,[5] 外若[6]精鍊, 而內實有殽恕處.[7] 苟能十分照顧, 十分緊襯, 無一字浮辭漫語, 便是得意古文之上乘.[8] ─仲存[9]

- 주제를 제시하고 말을 엮기를 울요자尉繚子가 병법을 논한 것이나 정불식程不識이 군대를 지휘한 것과 같이 한다면 마땅히 과문科文의 상승上乘이 될 터이다. 모든 글이 이와 같다

---

1) 이 평은 『영대정집』 갑, 『영대정집』 을, 『연암고략』, 『하풍죽로당집』 을, 『백척오동각집』 갑, 자연경실본, 계서본, 한씨문고본, 승계본, 용재문고본, 망창창재본 갑, 망창창재본 을에도 있다.
2) 이 평은 『영대정집』 을, 『연암고략』, 『하풍죽로당집』 을, 『백척오동각집』 갑, 자연경실본, 계서본, 한씨문고본, 승계본, 용재문고본, 망창창재본 갑, 망창창재본 을에도 있다.
3) 科擧之文 『영대정집』 갑에는 "科文而科文"으로 되어 있다.
4) 雜 계서본에는 "親"으로 되어 있으나 오기이다.
5) 鐵 『하풍죽로당집』 을에는 "鉄"로 되어 있고, 한씨문고본, 용재문고본, 망창창재본 갑, 망창창재본 을에는 "鏃"로 되어 있다. 계서본과 승계본에는 "錢"으로 되어 있으나 오기이다.
6) 若 한씨문고본과 용재문고본에는 "差"로 되어 있으나 오기이다.
7) 有殽恕處 『하풍죽로당집』 을에는 "浮浪"으로 되어 있다.
8) 得意古文之上乘 『하풍죽로당집』 을에는 "得意之古文"으로 되어 있다.
9) 仲存 저본에는 없으나 『영대정집』 을과 『백척오동각집』 갑에 의거하여 보충해 넣었다.

면 어찌 온 세상 사람들을 감복시키지 않겠는가.[10] ─낙서洛瑞

命意綴文,[11] 如尉繚子之談兵、程不識之行師, 當爲功令之上乘. 篇篇若[12]此, 豈不使擧世心
折![13] ─洛瑞[14]

역문풀이

예원藝垣: 예원藝苑. 지금의 문단文壇에 해당하는 말.

염파廉頗와 이목李牧: 모두 전국시대 조나라의 뛰어난 장군.

그에 딱 맞게 쓰는 글: 과거시험의 답안 글은 주어진 시제試題(시험제목)를 요리조리 잘 풀이
하여 그에 꼭 맞게 글을 쓸 것이 요구된다.

상승上乘: 최고 경지.

울요자尉繚子: 울요尉繚를 말한다. 전국시대의 위魏나라 혜왕惠王 때 사람으로, 상앙商鞅의 학
문을 했으며 귀곡자鬼谷子의 제자였다. 저서로 『울요자』尉繚子가 있다. 병가兵家는 손자
孫子와 오기吳起 이래 울요를 꼽는다.

정불식程不識: 한나라 문제文帝 때의 무장武將. 한나라 초의 유명한 장수 이광李廣과 더불어 흉
노를 쳤는데, 이광은 군사를 간이簡易하게 다룬 데 반해 정불식은 엄하게 다루어 함께 이
름이 높았다. 효경제孝景帝 때 대중대부大中大夫를 지냈다.

낙서洛瑞: 이서구李書九의 자字.

원문풀이

犀: '예리하다'라는 뜻.

緊襯: '꼭 맞다' '꼭 끼다'라는 뜻의 백화白話.

矣涉: '矣'은 '與' '關' '涉'의 뜻. '恕'는 '느슨하다'라는 뜻.

照顧: '비추다'라는 뜻인데, 여기서는 '풀이하다'라는 의미.

命意: '주제를 제시하다'라는 뜻.

綴文: '綴辭'의 뜻. 말을 꾸미고 다듬는 것을 뜻하는 말이다. 구체적으로 말해, 고사故事를 동

---

10) 이 평은 『영대정집』 갑, 『영대정집』 을, 『연암고략』, 『하풍죽로당집』 을, 『백척오동각집』 갑, 자연경실본, 계서본, 한씨
문고본, 승계본, 용재문고본, 망창창재본 갑, 망창창재본 을에도 있다.

11) 文 『하풍죽로당집』 을에는 "辭"로 되어 있다.

12) 若 『영대정집』 갑과 『하풍죽로당집』 을에는 "如"로 되어 있다.

13) **篇篇若此, 豈不使擧世心折** 『하풍죽로당집』 을에는 없다.

14) **洛瑞** 저본에는 없으나 『영대정집』 을과 『백척오동각집』 갑에 의거하여 보충해 넣었다.

원하거나 대구對句를 맞추거나 형식미에 힘쓰거나 표현을 다듬거나 하는 행위 일체를 가리킨다.

功令: 공령문功令文. 과문科文의 별칭.

心折: '심복'心服의 뜻.

번역의 동이

• 붓과 먹이 날카롭고 글자와 글귀가 날고 뛴다. 이야말로 문예계의 염파(廉頗)와 이목(李牧)이라 하겠다.

세상의 이른바 '글제를 고려하여 거기에 꼭 들어맞게 지은 글'이란 것으로 과거(科擧)를 위한 글을 짓게 되면, 동전을 주조하는 데 납이 섞이고 철이 섞여서 겉으로는 마치 정련(精鍊)된 것 같지만, 속을 보면 실은 경박하고 부실한 것과 같다. 진실로 충분히 고려하고 충분히 꼭 들어맞도록 하여 한 글자도 겉도는 말이나 두서없는 말이 없게 할 수 있다면, 이야말로 득의한 고문(古文) 중에서도 상승(上乘)일 것이다.

주제를 결정하여 글을 엮기를 『울료자』(尉繚子)에서 병법을 말할 때나 정불식(程不識)이 군대를 출동할 때처럼 한다면 당연히 공령문(功令文)의 상승이 될 것이다. 편(篇)마다 이와 같다면 어찌 온 세상 사람들로 하여금 심복하게 하지 않겠는가. 신호열·김명호, 133~134면

❀『영대정집』갑의 비평

〖미비〗

• 박영철본의 세 번째 말비와 같다.

〖원점과 방비〗

• ⑪의 "善爲文者, 其知兵乎"에 "주제를 내건 것이, 글자를 수놓은 원수의 깃발처럼 당당하여 볼 만하다. 이 구절 이하는 전쟁의 도구며 갑옷과 무기며 군수품이며 성 공격용 수레며 화기火器 등이 각각 정연하게 갖추어져 있고 저마다 대오를 이루어 한 곳도 허술한 데가 없군"(揭題, 如繡字元帥,[15] 堂堂可見.[16] 此以下, 用兵之具, 介伏輜重, 衝車火器, 件件整備, 各有部伍, 無一面虧

---

15) 帥 『영대정집』 을,『하풍죽로당집』 을,『백척오동각집』 갑에는 이 뒤에 "旗"가 더 있다.

16) 堂堂可見 『영대정집』 을과 『백척오동각집』 갑에는 "風動麟颭, 龍蛇震蕩"으로 되어 있고,『하풍죽로당집』 을에는 "風動翻颭, 龍蛇震蕩"으로 되어 있다.

踈)이라는 방비가 붙어 있고, 주권朱圈이 쳐져 있다.

- ①의 "字譬則士也, 意譬則將也~詞以燿之, 猶金鼓旌旗也"에 주점이 찍혀 있다.
- ①의 "照應者, 烽堠也~有餘音者, 振旅而凱旋也"에 주권이 쳐져 있다.
- ②의 "夫長平之卒, 其勇㤼~故善爲兵者, 無可棄之卒"에 "이 구절은 '글을 잘 짓는 자는 쓰지 못할 글자가 없는 법이다'라는 아래 구절과 짝을 이뤄 날랜 기병奇兵이 되어서 최선두에서 길을 여는군"(此一枝, 配下 '善爲文者' 一句, 爲遊騎, 最初啓行)이라는 방비가 붙어 있고, 주점이 찍혀 있다.
- ②의 "善爲文者, 無可擇之字"에 주점이 찍혀 있다.
- ②의 "苟得其將, 則鉏耰棘矜~而裂幅揭竿, 頓新精彩矣"에 "계속해서 군중軍中의 전령傳令을 발해 앞으로 전진하고 있군"(陸續傳發)이라는 방비가 붙어 있고, 주점이 찍혀 있다.
- ②의 "苟得其理, 則家人常談~而童謳里諺, 亦屬『爾雅』矣"에 "딱 맞게 권도權道를 잘 써서 승리로 이끄는구먼"(中權制勝)이라는 방비가 붙어 있고, 주점이 찍혀 있다.
- ②의 "故文之不工, 非字之罪也"에 주점이 찍혀 있다.
- ③의 "彼評字句之雅俗·論篇章之高下者, 皆不識合變之機而制勝之權者也"에 "이 구절 이하는 허허실실虛虛實實, 정정기기正正奇奇의 수법으로 상대를 헤아려 알맞게 대응하며 임기응변하고 있으니, 용병의 묘를 깊이 터득했으며 용병을 잘하지 못하는 폐단을 깊이 알고 있군"(此以下,[17] 虛虛實實, 正正奇奇, 亮[18]彼處己, 臨機應變, 深得用兵之妙, 深知不善用兵之弊)이라는 방비가 붙어 있고, 주점이 찍혀 있다.
- ③의 "譬如不勇之將, 心無定策"에 주점이 찍혀 있다.
- ③의 "猝然臨題, 屹如堅城~而胸裏之記誦, 已化爲沙中之猿鶴"에 주권이 쳐져 있다.
- ③의 "蹞邅之不明, 則一字難下~譬如陰陵失道而名雖不逝, 剛車重圍而六騾已遁矣"에 주점이 찍혀 있다.
- ③의 "苟能單辭而挈領, 如雪夜之入蔡~則爲文之道, 如此而至矣"에 "적을 사로잡아 개선하는군"(禽敵凱旋[19])이라는 방비가 붙어 있고, 주점이 찍혀 있다.
- ④의 "其銛鋒利刃, 森如武庫, 鍚時制敵, 動合兵機"에 주점이 찍혀 있다.
- ④의 "雖然, 房琯之車戰~則所以合變之權, 其又在時而不在法也"에 "맨 후위後衛에 있는 부대로군. 이 한 대목이 없어선 안 되지, 교만과 나태에 빠지는 병을 고쳐 주니까"(殿後. 不可

---

17) **此以下** 『백척오동각집』 갑에는 없다.
18) **亮** 『영대정집』 을, 『하풍죽로당집』 을, 『백척오동각집』 갑에는 "量"으로 되어 있다.
19) **禽敵凱旋** 『하풍죽로당집』 을에는 없다.

無此一着, 濟其得勝而驕惰之患)라는 방비가 붙어 있고, 주권이 쳐져 있다.

역문풀이

전쟁의 도구: 원문은 "用兵之具"이다. 본문의 내용을 볼 때 보루(=성), 징, 북, 깃발 따위를 가리킨다.

화기火器: 화약을 사용하는 무기, 즉 총이나 대포 등을 이르는 말.

기병奇兵: 전쟁할 때 '정'正과 '기'奇 두 종류의 군사가 있으니, '정'은 정규군을, '기'는 유격대를 이른다.

이 구절 이하: 단락 ③ 전체를 가리킨다.

허허실실虛虛實實: 허실虛實의 계략을 써서 싸우는 법을 말한다. '허실의 계략'이란 혹은 허虛하고 혹은 실實함을 이른다. '허'는 거짓을, '실'은 참을 뜻하는바 '허허실실'은 다른 말로 '진진가가'眞眞假假라고도 한다. 단락 ③은 문장에 대해 한 말과 전쟁에 대해 한 말(즉, 글 쓰는 법에 대한 메타포)이 착종되어 있는바 전자가 '실'實이라면 후자는 '허'虛가 된다.

정정기기正正奇奇: 상대의 전법이 '정'正(정통의 전법)이냐 '기'奇(정통의 전법과 어긋한 변격 혹은 파격의 전법)냐에 따라 '정'과 '기'를 자유자재로 구사하여 싸우는 법. 여기서는 문장작법에 대해 직접 말해 놓은 부분이 '정'에 해당하고, 그것을 전쟁과 관련해 비유적으로 말해놓은 부분이 '기'에 해당한다. 요컨대 '허허실실'의 '허'는 '기'에, '실'은 '정'에 대응한다.

원문풀이

介仗: 갑옷과 병기兵器. '仗'은 활, 창, 검 등 병기의 총칭.

輜重치중: 군수품을 이르는 말. '輜'는 군수품을 싣는 수레를 뜻하는 말이고, '重'은 짐을 뜻하는 말.

衝車: 견고한 성이나 진지를 공격할 때 쓰던 수레. 쇠로 덮인 수레의 전후좌우 면으로 성벽 등을 세게 부딪쳐 공격한다.

陸續: 계속됨. 끊임없이 이어짐.

傳發: 전령傳令을 내어 군대를 출발시키는 것.

中權: 권도權道, 곧 상황에 따라 수시변통하는 도리를 알맞게 쓰다.

殿後: 맨 뒤. 군대의 맨 뒤에서 적군의 추격을 막는 군대.

量彼處己: '彼'는 병법을, '己'는 글쓰기를 가리킨다.

- 박영철본의 첫 번째 말비, 두 번째 말비와 같다.

✿『영대정집』을의 비평

【 권점과 방비 】

- ①의 "善爲文者, 其知兵乎"에 "주제를 내건 것이, 글자를 수놓은 원수의 깃발이 바람에 펄럭이고, 칼과 창이 진동하는 듯하군"(揭題, 如繡字元帥旗, 風動翻颭, 龍蛇震蕩)이라는 방비가 붙어 있다.

- ①의 "題目者, 敵國也~詞以耀之, 猶金鼓旌旗也"에 "이 구절 이하는 전쟁의 도구며 갑옷과 무기며 군수품이며 성 공격용 수레며 화기火器 등이 각각 정연하게 갖추어져 있고 저마다 대오를 이루어 한 곳도 허술한 데가 없군"(此以下, 用兵之具, 介仗輜重, 衝車火器, 件件整備, 各有部伍, 無一面虧踈)이라는 방비가 붙어 있다.

- ①의 "照應者, 烽堠也, 譬諭者, 遊騎也"에 주점이 찍혀 있다.

- ①의 "破題而結束者, 先登而擒敵也~有餘音者, 振旅而凱旋也"에 주점이 찍혀 있다.

- ②의 "夫長平之卒, 其勇怯~故善爲兵者, 無可棄之卒"에 "이 구절은 '글을 잘 짓는 자는 쓰지 못할 글자가 없는 법이다'라는 아래 구절과 짝을 이뤄 날랜 기병奇兵이 되어서 최선두에서 길을 여는군"(此一枝, 配下 '善爲文者' 一句, 爲遊騎, 最初啓行)이라는 방비가 붙어 있다.

- ②의 "善爲兵者, 無可棄之卒, 善爲文者, 無可擇之字"에 주권이 쳐져 있다.

- ②의 "苟得其將, 則鉏耰棘矜~而裂幅揭竿, 頓新精彩矣"에 "계속해서 군중軍中의 전령傳令을 발해 앞으로 전진하고 있군"(陸續傳發)이라는 방비가 붙어 있다.

- ②의 "苟得其理, 則家人常談~而童謳里諺, 亦屬『爾雅』矣"에 "딱 맞게 권도權道를 잘 써서 승리로 이끄는구면"(中權制勝)이라는 방비가 붙어 있다.

- ③의 "彼評字句之雅俗、論篇章之高下者, 皆不識合變之機而制勝之權者也"에 "이 구절 이하는 허허실실虛虛實實, 정정기기正正奇奇의 수법으로 상대를 헤아려 알맞게 대응하며 임기응변하고 있으니, 용병의 묘를 깊이 터득했으며 용병을 잘하지 못하는 폐단을 깊이 알고 있군"(此以下, 虛虛實實, 正正奇奇, 量彼處己, 臨機應變, 深得用兵之妙, 深知不善用兵之弊)이라는 방비가 붙어 있다.

- ③의 "譬如不勇之將, 心無定策, 猝然臨題, 屹如堅城"에 주점이 찍혀 있다.

- ③의 "眼前之筆墨, 先挫於山上之草木, 而胸裏之記誦, 已化爲沙中之猿鶴"에 주권이 쳐져

있다.
- ③의 "蹊逕之不明, 則一字難下~則周匝雖密, 而猶患其踈漏"에 주점이 찍혀 있다.
- ③의 "譬如陰陵失道而名雖不逝, 剛車重圍而六騶已遁矣"에 주권이 쳐져 있다.
- ③의 "苟能單辭而挈領, 如雪夜之入蔡~則爲文之道, 如此而至矣"에 "적을 사로잡아 개선하는군"(禽敵凱旋)이라는 방비가 붙어 있다.
- ④의 "雖然, 房琯之車戰~則所以合變之權, 其又在時而不在法也"에 "맨 후위後衛에 있는 부대로군. 이 한 대목이 없어선 안 되지, 교만과 나태에 빠지는 병을 고쳐 주니까"(殿後. 不可無此一着, 濟其得勝而驕惰之患)라는 방비가 붙어 있고, "所以合變之權, 其又在時而不在法也"에 주점이 찍혀 있다.

【 말비 】
- 박영철본의 말비와 같다.

✵ 『연암고략』의 비평

【 방비 】
- ②의 "夫長平之卒, 其勇惻~故善爲兵者, 無可棄之卒"에 "이 구절은 '글을 잘 짓는 자는 쓰지 못할 글자가 없는 법이다'라는 아래 구절과 짝을 이뤄 날랜 기병奇兵이 되어서 최선두에서 길을 여는군"(此一枝, 配下 '善爲文者' 一句, 爲遊騎, 最初啓行)이라는 방비가 붙어 있다.
- ②의 "苟得其將, 則鉏耰棘矜~而裂幅揭竿, 頓新精彩矣"에 "계속해서 군중軍中의 전령傳令을 발해 앞으로 전진하고 있군"(陸續傳發)이라는 방비가 붙어 있다.
- ②의 "苟得其理, 則家人常談~而童謳里諺, 亦屬『爾雅』矣"에 "딱 맞게 권도權道를 잘 써서 승리로 이끄는구먼"(中權制勝)이라는 방비가 붙어 있다.
- ③의 "苟能單辭而挈領, 如雪夜之入蔡~則爲文之道, 如此而至矣"에 "적을 사로잡아 개선하는군"(禽敵凱旋)이라는 방비가 붙어 있다.
- ④의 "雖然, 房琯之車戰~則所以合變之權, 其又在時而不在法也"에 "맨 후위後衛에 있는 부대로군. 이 한 대목이 없어선 안 되지, 교만과 나태에 빠지는 병을 고쳐 주니까"(殿後. 不可無此一着, 濟其得勝而驕惰之患)라는 방비가 붙어 있다.

- 박영철본의 말비와 같다.

❁ 『하풍죽로당집』 을의 비평

【 방비와 미비 】

- ①의 "善爲文者, 其知兵乎"에 "주제를 내건 것이, 글자를 수놓은 원수의 깃발이 바람에 펄럭이고, 칼과 창이 진동하는 듯하군"(揭題, 如繡字元帥旗, 風動翻颭, 龍蛇震蕩)이라는 방비가 붙어 있다.

- ①의 "題目者, 敵國也~有餘音者, 振旅而凱旋也"에 "이 구절 이하는 전쟁의 도구며 갑옷과 무기며 군수품이며 성 공격용 수레며 화기火器 등이 각각 정연하게 갖추어져 있고 저마다 대오를 이루어 한 곳도 허술한 데가 없군"(此以下, 用兵之具, 介仗輜重, 衝車火器, 件件整備, 各有部伍, 無一面虧跌)이라는 방비가 붙어 있다.

- ②의 "夫長平之卒, 其勇怯~故善爲兵者, 無可棄之卒"에 "이 구절은 '글을 잘 짓는 자는 쓰지 못할 글자가 없는 법이다'라는 아래 구절과 짝을 이뤄 날랜 기병奇兵이 되어서 최선두에서 길을 여는군"(此一枝, 配下 '善爲文者' 一句, 爲遊騎, 最初啓行)이라는 방비가 붙어 있다.

- ②의 "苟得其將, 則鉏耰棘矜~而裂幅揭竿, 頓新精彩矣"에 "계속해서 군중軍中의 전령傳令을 발해 앞으로 전진하고 있군"(陸續傳發)이라는 방비가 붙어 있다.

- ②의 "苟得其理, 則家人常談~而童謳里諺, 亦屬『爾雅』矣"에 "딱 맞게 권도權道를 잘 써서 승리로 이끄는구먼"(中權制勝)이라는 방비가 붙어 있다.

- ③의 "彼評字句之雅俗、論篇章之高下者, 皆不識合變之機而制勝之權者也"에 "이 구절 이하는 허허실실虛虛實實, 정정기기正正奇奇의 수법으로 상대를 헤아려 알맞게 대응하며 임기응변하고 있으니, 용병의 묘를 깊이 터득했으며 용병을 잘하지 못하는 폐단을 깊이 알고 있군"(此以下, 虛虛實實, 正正奇奇, 量彼處己, 臨機應變, 深得用兵之妙, 深知不善用兵之弊)이라는 방비가 붙어 있다.

- ④의 "房琯之車戰, 效跡於前人而敗~則所以合變之權, 其又在時而不在法也"에 "맨 후위後衛에 있는 부대로군"(殿後)이라는 방비가 붙어 있고, "이 한 대목은 없어선 안 된다. 교만과 나태에 빠지는 병을 고쳐 주니까"(不可無此一着, 濟其得勝而驕惰之患)라는 미비가 붙어 있다.

- 박영철본의 말비와 같다.

✿『백척오동각집』 갑의 비평

【 권점과 방비 】

- ①의 "善爲文者, 其知兵乎"에 "주제를 내건 것이, 글자를 수놓은 원수의 깃발이 바람에 펄럭이고, 칼과 창이 진동하는 듯하군"(揭題, 如繡字元帥旗, 風動繡馘, 龍蛇震蕩)이라는 방비가 붙어 있고, 묵권이 쳐져 있다.
- ①의 "字譬則士也, 意譬則將也"에 묵점이 찍혀 있다.
- ①의 "題目者, 敵國也~有餘音者, 振旅而凱旋也"에 "이 구절 이하는 전쟁의 도구며 갑옷과 무기며 군수품이며 성 공격용 수레며 화기火器 등이 각각 정연하게 갖추어져 있고 저마다 대오를 이루어 한 곳도 허술한 데가 없군"(此以下, 用兵之具, 介伏輜重, 衝車火器, 件件整備, 各有部伍, 無一面齟跦)이라는 방비가 붙어 있다.
- ①의 "束字爲句, 團句成章~破題而結束者, 先登而擒敵也"에 묵점이 찍혀 있다.
- ①의 "貴含蓄者, 不禽二毛也; 有餘音者, 振旅而凱旋也"에 묵권이 쳐져 있다.
- ②의 "夫長平之卒, 其勇恸~故善爲兵者, 無可棄之卒"에 "이 구절은 '글을 잘 짓는 자는 쓰지 못할 글자가 없는 법이다'라는 아래 구절과 짝을 이뤄 날랜 기병奇兵이 되어서 최선두에서 길을 여는군"(此一枝, 配下 '善爲文者' 一句, 爲遊騎, 最初啓行)이라는 방비가 붙어 있다.
- ②의 "然而廉頗將之, 則足以制勝~善爲文者, 無可擇之字"에 묵점이 찍혀 있다.
- ②의 "苟得其將, 則鉏耰棘矜~而裂幅揭竿, 頓新精彩矣"에 "계속해서 군중軍中의 전령傳令을 발해 앞으로 전진하고 있군"(陸續傳發)이라는 방비가 붙어 있고, 묵점이 찍혀 있다.
- ②의 "苟得其理, 則家人常談~而童謳里諺, 亦屬『爾雅』矣"에 "딱 맞게 권도權道를 잘 써서 승리로 이끄는구먼"(中權制勝)이라는 방비가 붙어 있고, 묵점이 찍혀 있다.
- ②의 "故文之不工, 非字之罪也"에 묵점이 찍혀 있다.
- ③의 "彼評字句之雅俗、論篇章之高下者, 皆不識合變之機而制勝之權者也"에 "이 구절 이하는 허허실실虛虛實實, 정정기기正正奇奇의 수법으로 상대를 헤아려 알맞게 대응하며 임기응변하고 있으니, 용병의 묘를 깊이 터득했으며 용병을 잘하지 못하는 폐단을 깊이 알고 있군"(此以下, 虛虛實實, 正正奇奇, 量彼處己, 臨機應變, 深得用兵之妙, 深知不善用兵之弊)이라는 방비가 붙어 있다.

- ③의 "眼前之筆墨, 先挫於山上之草木, 而胸裏之記誦, 已化爲沙中之猿鶴"에 묵점이 찍혀 있다.
- ③의 "蹊逕之不明, 則一字難下~譬如陰陵失道而名騅不逝, 剛車重圍而六騾已遁矣"에 묵점이 찍혀 있다.
- ③의 "苟能單辭而挈領, 如雪夜之入蔡~則爲文之道, 如此而至矣"에 "적을 사로잡아 개선하는군"(禽敵凱旋)이라는 방비가 붙어 있고, 묵점이 찍혀 있다.
- ④의 "此皆得勝之兵而百戰之餘也~其在是歟, 其在是歟"에 묵점이 찍혀 있다.
- ④의 "雖然, 房琯之車戰~則所以合變之權, 其又在時而不在法也"에 "맨 후위後衛에 있는 부대로군. 이 한 대목이 없어선 안 되지, 교만과 나태에 빠지는 병을 고쳐 주니까"(殿後. 不可無此一着, 濟其得勝而驕惰之患)라는 방비가 붙어 있고, 묵권이 쳐져 있다.

〖 말비 〗

- 필묵이 예리하고 자구가 비등飛騰하니 예원藝垣의 염파廉頗와 이목李牧이다.
  筆犀墨利, 字飛句騰, 藝垣中頗·牧.

- 세상에서 이르기를 글제를 풀이하여 그에 딱 맞게 쓰는 글을 과문科文이라 하는데, 납도 섞여 있고 쇠도 섞여 있는바, 비록 겉으로는 정련되어 있는 듯하지만 속으로는 기실 조잡하다. 진실로 십분 글제를 풀이하여 십분 글제에 딱 맞게 쓰고 한 글자도 부화浮華한 말이나 허튼 말이 없다면 이것이 곧 득의한 고문古文의 상승上乘이라 할 것이다. —중존仲存
  世謂文之照題緊襯者, 爲科擧之文, 則鈆鉛雜鐵, 外若精鍊, 而內實有羑恕處. 苟能十分照顧, 十分緊襯, 無一字浮辭漫語, 便是得意古文之上乘. —仲存

- 주제를 제시하고 말을 엮기를 울요자尉繚子가 병법을 논한 것이나 정불식程不識이 군대를 지휘한 것과 같이 한다면 마땅히 과문科文의 상승上乘이 될 터이다. 모든 글이 이와 같다면 어찌 온 세상 사람들을 감복시키지 않겠는가. —낙서洛瑞
  命意綴文, 如尉繚子之談兵·程不識之行師, 當爲功令之上乘. 篇篇若此, 豈不使擧世心折! —洛瑞

- 『필진도』筆陣圖의 변화무쌍한 조화를 보는 듯하며, 황석공黃石公의 우익右翼으로 삼음직하다. 적을 제압하여 승리함은 마복자馬服子의 틀에 맞춘 전술을 깨뜨리기에 족하고, 기책奇策을 내어 상황에 맞게 대처함은 봉절도封節度의 오합지졸을 꺾기에 족하다.

298

『筆陣圖』之幻化, 黃石公之羽翼. 決勝制敵, 足以破馬服子膠柱之學; 出奇應變, 足以摧封節度市募之師.

- 나는 늘 '이 어른은 우리나라의 기재奇才가 아니라 세계의 기재다!'라고 여겨 왔지만, 그 글의 신묘함이 이런 경지에 이를 줄이야!

  愚常謂: '此老非東國奇才, 乃天下奇才也', 神於文至此!

역문풀이

『필진도』筆陣圖: 동진東晉의 위부인衛夫人이 지었다고 전하는, 필법을 논한 책. 왕희지王羲之가 이 책 뒤에 종이·붓·먹·연적을 각각 진진·칼·갑옷·성지城池에, 창작의식과 붓놀림을 각각 장수와 전법에 비유하는 글을 붙인 바 있다.

황석공黃石公: 장량張良에게 병서兵書를 전수했다고 하는 진秦나라 말의 은사. 병법의 고수로 알려져 있다.

마복자馬服子: 조괄趙括을 말한다. 부친 조사趙奢가 마복군馬服君에 봉해졌기에 붙은 호칭이다.

봉절도封節度: 당나라 현종玄宗 때 절도사節度使를 지낸 봉상청封常淸(?~755)을 말한다. 안녹산安祿山의 난이 일어나자 봉상청은 범양 절도사范陽節度使가 되어 낙양洛陽을 수비하는 임무를 맡았는데, 낙양에서 열흘 동안 6만 군사를 모아 대적했으나 급히 시정市井에서 모집한 오합지졸로 안록산의 군대를 감당하지 못하고 거듭 패하여 낙양을 잃고 말았다. 『구당서』 권104 「봉상청 열전」封常淸列傳에 해당 내용이 보인다.

기책奇策: 병법, 즉 전쟁교본에 없는 전술을 이른다.

원문풀이

膠柱: 膠柱鼓瑟.

封節度市募之師: 『구당서』 권104 「봉상청 열전」에 다음 내용이 보인다: "時祿山已叛, 玄宗言: '兇胡負恩之狀, 何方誅討?' 常淸奏曰: '祿山領兇徒十萬, 徑犯中原, 太平斯久, 人不知戰. 然事有逆順, 勢有奇變, 臣請走馬赴東京, 開府庫, 募驍勇, 挑馬箠渡河, 計日取逆胡之首懸於闕下.' 玄宗方憂, 壯其言, 翌日, 以常淸爲范陽節度, 俾募兵東討. 其日, 常淸乘驛赴東京召募, 旬日得兵六萬, 皆傭保市井之流. 乃斫斷河陽橋, 於東京爲固守之備. 十二月, 祿山渡河, 陷陳留, 入罌子谷, 兇威轉熾. (……) 賊大軍繼至, 常淸退入上東門, 又戰不利, 賊鼓譟於四城門入, 殺掠人吏. 常淸又戰於都亭驛, 不勝, 退守宣仁門, 又敗.'"

🏵 계서본의 말비

- 박영철본의 말비와 같다.

『문단의 붉은 기』에 부친 인

글을 잘 짓는 사람은 병법을 잘 아는 사람이다. 비유컨대 글자는 병사이고, 뜻은 장수다. 제목은 적국敵國에 해당하고, 고사故事와 전거典據는 전장戰場의 보루이다. 글자를 묶어 구절을 만들고 구절을 엮어 단락을 이루는 것은 대오隊伍로 진陣을 만드는 것과 같고, 운韻으로 소리를 맞추고 수사修辭로 글을 빛나게 하는 것은 징이나 북, 깃발 따위와 같다. 조응照應은 봉화에 해당하고, 비유는 날랜 기병騎兵이며, 억양반복은 힘을 다해 끝까지 싸워 적을 죄다 죽이는 것이고, 제목을 격파해 결론을 맺는 것은 먼저 적진에 쳐들어가 적을 사로잡는 것이며, 함축을 귀하게 여기는 것은 늙은 병사를 포로로 하지 않는 것이고, 여운을 남기는 것은 군대를 돌이켜 개선하는 것이다.

대저 장평長平의 군사는 용감함이 옛날과 달라진 것이 없고, 그가 소지한 활이며 창이며 과戈며 연鋋의 날카로움이 전날과 변함이 없건만, 염파廉頗가 거느릴 때에는 적에게 이길 수 있었으나, 조괄趙括이 대신하자 모두 포로가 되어 생매장당했다. 그러므로 병법을 잘 구사하는 자는 내버릴 병졸이 없고, 글을 잘 짓는 자는 쓰지 못할 글자가 없는 법이다. 유능한 장수를 얻기만 한다면 괭이·곰방메·가시나무·창자루가 모두 강한 무기가 될 수 있고, 천을 찢어 장대에 매달아 깃발로 삼아도 그 정채精彩가 새롭기만 하다. 사리에 맞기만 하다면 집안 사람들이 늘 쓰는 말을 학교에서 가르쳐도 좋고, 동요나 속담을 『이아』爾雅에 넣어도 좋다. 그러므로 글이 훌륭하지 못한 것은 글자 탓이 아니다.

글자와 구절의 아속雅俗(우아함과 속됨)을 평하고 편篇과 장章의 고하를 논하는 치들은 모두 병법에서의 임기응변과 변통變通을 통한 승리를 알지 못하는 자들이다. 이는 비유컨대 용감하지 못한 장수가 마음속에 아무런 계책도 품고 있지 못한 격이다. 그리하여 갑자기 글 제목을 받으면 흡사 우뚝 선 견고한 성벽을 마주한 것 같고, 눈앞의 필묵筆墨이 맥을 못 춤은 마치 산 위에 있는 초목까지 모두 적으로 오인하여 지레 기가 꺾여 버림과 같으며, 가슴속에 외워 두었던 것들이 하나도 생각이 나지 않음은 마치 병졸들이 다 죽어 사막의 원숭이와 학이 되어 버린 것과 같다. 그러므로 글 쓰는 사람의 걱정거리란 늘 스스로 길을 잃어 요령을 얻지 못하는 데 있는 것이다.

대저 길이 분명하지 않으면 한 글자도 쓰기가 어려워 늘 낑낑대는 병통이 생기고, 요령을 얻지 못하면 에워싼 것이 비록 촘촘하다 할지라도 허술할 우려가 있다. 비유컨대 항우項羽가 음릉陰陵에서 길을 잃자 명마인 추騅가 나아가지 못한 것과 같고, 또 위청衛青이 무강거武剛車로 빙 둘러쌌지만 선우單于가 여섯 마리 말이 끄는 수레를 타고 달아나 버린 것과 같다. 진정 한마디 말로 요령을 드러낼 수 있다면 그것은 마치 눈 오는 밤에 채주蔡州의 성을 기습하여 함락한 것과 같고, 한 조각 말로 핵심을 드러내 보일 수 있다면 그것은 마치 3경에 곤륜관崑崙關을 탈환한 것과 같으니, 글 짓는 방법이 이와 같아야 지극하다 할 것이다.

나의 벗 이중존李仲存이 우리나라 사람이 쓴 역대의 과문科文을 모아 10권으로 엮고 책 이름을 『문단의 붉은 기』라 하였다. 아아! 여기 모아 놓은 것들은 모두 승리한 군대들이며 백번 싸워서 이긴 결과들이다. 비록 그 체재와 격식이 서로 다르고 정밀한 것과 거친 것이 섞여 있지만, 저마다 승리할 수 있는 전술을 갖추고 있어 공격하여 함락하지 못한 성이 없으며, 날카로운 창과 예리한 칼날은 무기고武器庫같이 삼엄한바 때에 맞추어 적을 제압함이 매양 병법의 요체에 들어맞으니, 이를 계승하여 장차 글 짓는 자들은 이 방법을 따라야 하리라. 반초班超가 서역西域을 평정한 공으로 정원후定遠侯에 봉해진 것이라든가 두헌竇憲이 선우單于를 격파하고 연연산燕然山에 올라 비석에다 전공을 새긴 일도 이 방법을 따른 데 있으리라, 이 방법을 따른 데 있으리라. 그렇기는 하나 방관房琯이 썼던 수레 전법은 이전 사람의 전법을 본받았음에도 패하였고, 우후虞詡가 아궁이 수를 늘린 것은 옛 병법과 반대로 한 것이지만 승리하였으니, 임기응변하여 융통성을 발휘함은 '상황'의 문제이지 '법'의 문제가 아니다.

대은암에서 주고받은 시들에 부친 서문
大隱巖唱酬詩序*

[1]　　　무인년戊寅年(1758) 12월 14일에 국지國之랑 의지誼之랑 원례元禮와 함께 밤에 백악白岳 동쪽 기슭에 올라 대은암大隱巖 아래에 벌여 앉았다. 얼어붙은 계곡물 위로 물이 흐르다 다시 겹쳐 얼어 얼음층이 겹겹으로 두텁게 쌓였는데, 얼음 밑의 그윽한 물소리가 돌돌 졸졸 들려왔다. 달빛은 싸늘하고 눈빛은 으늑하여 고요한 정경에 마음이 편안해졌다. 마주보고 웃으며 농지거리를 주고받다가 즐거워서 시를 화답하였다.

　　　　　戊寅十二月十四日, 與國之‧誼之‧元禮, 夜登白岳¹⁾之²⁾東麓, 列坐大隱岩³⁾下. 澗冰⁴⁾溜漏,⁵⁾ 蹲蹲累積, 冰⁶⁾底幽泉, 琮琤蕭瑟, 月嚴雪玄,⁷⁾ 境靜神夷, 相視笑諧, 樂而

본서에서 검토하는, 이 작품이 수록된 주요한 이본은 다음과 같다: 『겸헌만필』 갑, 『연암산고』, 한씨문고본, 창강초편본 속집, 승계본, 영남대본, 용재문고본, 망창창재본 갑, 망창창재본 을.

* **大隱巖唱酬詩序**　　저본에는 '巖'이 "菴"으로 되어 있으나 한씨문고본, 창강초편본 속집, 승계본, 영남대본, 용재문고본, 망창창재본 갑, 망창창재본 을에 의거하여 바로잡는다. 용재문고본에는 '序'가 '書'로 되어 있으나 오기이다.
1) **岳**　　한씨문고본에는 "嶽"으로 되어 있다.
2) **之**　　한씨문고본과 용재문고본에는 "山"으로 되어 있다.
3) **岩**　　한씨문고본, 창강초편본 속집, 승계본, 영남대본, 용재문고본, 망창창재본 을에는 "巖"으로 되어 있다.
4) **冰**　　『연암산고』, 한씨문고본, 승계본, 용재문고본에는 "氷"으로 되어 있고, 창강초편본 속집과 망창창재본 갑에는 "水"로 되어 있다.
5) **漏**　　창강초편본 속집에는 "滴"으로 되어 있다.
6) **冰**　　『연암산고』, 한씨문고본, 창강초편본 속집, 용재문고본에는 "氷"으로 되어 있다.
7) **月嚴雪玄**　　『겸헌만필』 갑에는 주색 첨권이 쳐져 있다.

和詩.

역문풀이

대은암大隱巖: 북악산 남쪽 기슭에 있는 바위. 남곤南袞이 이 부근에 집을 짓고 살며 박은朴 誾·이행李荇과 자주 모여 노닐었다. 어숙권魚叔權의 『패관잡기』稗官雜記에 의하면, 박은 은 남곤이 승지承旨가 된 뒤 자주 어울릴 수 없게 되자 주인이 알아주지 않는다는 뜻에 서 이 바위에 '대은'大隱이라는 이름을 붙였다고 한다.

국지國之: 이구영李耈永(1736~1787)의 자字. 이구영의 본관은 한산韓山으로, 이양중李養重의 아 들이고, 김상숙金相肅(1717~1792)의 맏사위다. 1753년(영조 29) 진사시에 합격하여 마전 현감麻田縣監, 사옹원 첨정司饔院僉正 등을 지냈다.

의지誼之: 이서영李舒永(1736~1800)의 자. 이서영은 본관이 한산이며, 이화중李華重의 아들이 다. 1774년(영조 50) 진사시에 합격하여 서흥도호부사瑞興都護府使를 지냈다.

원례元禮: 한문홍韓文洪(1736~1792)의 자. 본관은 청주이다. 1765년(영조 41) 진사시에 합격하 여 함흥 판관, 장성 도호부사長城都護府使 등을 지냈다. 젊은 시절 북한산 봉원사奉元寺 등 지에서 연암과 함께 과거 공부를 했다.

백악白岳: 북악산北岳山. 경복궁 북쪽, 인왕산 동쪽에 있다.

무인년戊寅年 12월~벌여 앉았다: 이희천李羲天(1738~1771)의 문집 『석루유고』石樓遺稿에 실 린 「화백록시서」和白麓詩序에 의하면, 1758년 겨울 어느 밤에 연암과 이희천, 이희천의 당숙 이서영, 이희천의 족숙族叔 이구영이 당시 대은암에 임시로 거처하고 있던 한문홍 을 방문하여 시회詩會를 벌였다고 한다. 다섯 사람이 수창한 시를 묶고 연암과 이희천이 각각 서문을 붙였던 것인데, 연암은 훗날 이희천의 불행한 죽음 이후 이 글에서 이희천 의 이름을 뺀 듯하다.

원문풀이

大隱巖: 어숙권의 『패관잡기』 권2에 다음 내용이 보인다. "南止亭 袞家于白嶽麓, 其北園有泉 石之勝, 朴翠軒 誾, 每與李容齋 荇, 携酒往遊. 止亭以承旨, 晨入夜歸, 輒不得偕, 翠軒戲 名其巖曰 '大隱', 瀨曰 '萬里'. 蓋巖未爲主人所知, 所以爲大隱, 而瀨若在萬里之遠云爾."

蹲蹲: 빽빽이 모인 모양. 여기서는 두껍게 쌓인 모양.

琤琤: 옥과 옥이 부딪는 소리. 여기서는 물이 흐르는 소리를 형용한 말.

蕭瑟: 물이 흐르는 소리를 형용한 말.

번역의 동이

1-1 얼어붙은 계곡물~졸졸 들려왔다

- 시냇물이 얼어 붙은 우에 덧얼어 붙어 얼음덩이가 층층이 쌓인 가운데도 얼음 밑으로부터는 물 흐르는 소리가 졸졸 들리여 왔다. 홍기문, 『박지원 작품선집 1』, 183면
- 시냇물이 얼어붙은 위에 덧얼어붙어 얼음이 층층이 쌓였는데, 얼음 밑에서 물 흐르는 소리가 졸졸 들렸다. 리가원·허경진, 『연암 박지원 산문집』, 84면
- 시냇물이 얼어붙은 위에 덧얼어붙어 얼음덩이가 층층이 쌓인 가운데도 얼음 밑에 갇힌 샘에서 졸졸 물 흐르는 소리가 소슬하게 들려왔다. 김혈조, 『그렇다면 도로 눈을 감고 가시오』, 69면
- 시냇물 언 것이 똑똑 떨어져 새어 나오면서 층층이 얼어서 쌓여 있고, 얼음 밑의 그윽한 샘에서는 옥이 부딪듯 맑은 소리가 쓸쓸하게 들렸다. 신호열·김명호, 『연암집 중』, 31면

2 그러다가 탄식하며 이렇게 말하였다.

여기는 저 옛날 남곤南袞 사화士華가 살던 집터인데, 그와 노닐던 박은朴誾 중열仲說은 일국의 이름난 선비였다. 박은은 꼭 대은암에서 술을 마셨고 시 짓는 일은 미상불 남곤과 함께했다. 그 당시 이곳에서 이루어진 문장과 교유의 성대함은 가히 한 시대의 빼어난 이들을 망라했다 이를 만하건만 수백 년이 흐르는 동안 옛사람의 빼어난 자취가 모두 흔적도 없이 사라져 알 수 없게 됐거늘 하물며 남곤 같은 자랴! 이제 그 무너진 담장과 버려진 집터에서 개연慨然히 배회하는 것은 흥망성쇠가 있음을 슬퍼함과 동시에 선과 악이 닳아 없어지지 않음을 아는 까닭이다. 지금 원례元禮가 여기에 우거寓居하면서 노래하고 즐거워하며 호방하게 술 마심은 박은과 엇비슷하거늘, 시냇물과 솔바람에는 아직도 예전의 여운이 있다.

　　　　已而歎曰: "此昔南袞 士華之遺址, 而朴誾 仲說, 一國之名士也. 仲說之飮酒, 必於大隱之巖,[1) 而[2)其[3)賦詩也, 未嘗不與士華相屬也. 當是時也, 文章交遊[4)之盛, 可謂極一代之選流, 而數百年之間, 前人之勝[5)迹,[6) 皆已湮滅而不可知, 則而[7)况於袞者乎![8) 今其頹垣廢址之間, 慨然而爲之躊[9)踏者, 悲盛衰之有時, 而知善惡之不可磨也. 今元禮[10)寓居於[11)此, 歌嬉[12)傾倒, 殆將軒輊[13)仲說, 而澗流松風, 尙有餘韻.[14)

역문풀이

남곤南袞 사화士華: 연산군·중종 때의 문신 남곤(1471~1527)을 말한다. '사화'는 그의 자字이
고, 호는 지정止亭 또는 지족당知足堂이며, 본관은 의령宜寧이다. 갑자사화甲子士禍(1504)
때 평안도 양덕陽德으로 유배되었다가 중종 때 중용되어 대사헌·대제학大提學·이조판서
를 역임했으며, 1519년 심정沈貞 등의 훈구파勳舊派 문신과 기묘사화己卯士禍를 일으켜 조
광조趙光祖를 위시한 신진사류新進士類를 숙청한 뒤 좌의정·영의정을 지냈다. 죽은 뒤 문
경文敬이라는 시호를 받았으나 명종 때 사림파士林派의 탄핵을 받아 관작과 함께 삭탈당
했다. 당대의 문장가들로부터 조선 전기를 대표하는 문장가로 높이 평가받았으나, 말년
에 손수 자신의 원고를 불살랐기에 오늘날에는 「유자광전」柳子光傳 등의 몇몇 시문만 흩
어져 전할 뿐이다. 외손 송인宋寅이 세간에 전하는 남곤의 문을 모아 『지정집』止亭集을
편찬했다고 하나 역시 전하지 않는다.

박은朴誾 중열仲說: 연산군 때의 문신 박은(1479~1504)을 말한다. '중열'은 그의 자이고, 호는
읍취헌挹翠軒이며, 본관은 고령高靈이다. 홍문관 수찬修撰으로 있으면서 유자광柳子光·성
준成俊 등의 권신을 탄핵하다가 오히려 파직되었다. 연산군에게 누차 직언하여 미움을
받던 중, 연산군이 밤늦도록 사냥한 일이 잘못이라 간언한 일로 갑자사화 당시에 동래東
萊에 유배되었다가 다시 의금부로 끌려와 참수형을 당했다. 1506년(중종 1) 신원伸寃되어
도승지都承旨에 추증追贈되었다. 조선 전기를 대표하는 빼어난 시인으로, 문집 『읍취헌
유고』挹翠軒遺稿가 전한다.

개연慨然히: '개연'은 '서글퍼하다, 비감에 잠기다'라는 뜻과 '비분강개하다, 잘못된 일에 대
하여 마음이 북받쳐 오르다'라는 두 가지 뜻을 가지고 있다. 여기서는 두 가지 의미가 복

---

1) 巖   용재문고본에는 "岩"으로 되어 있다.
2) 而   승계본에는 "而字當刪"('而' 자는 빼야 한다)라는 첨지가 붙어 있다.
3) 其   승계본과 망창창재본 갑에는 이 뒤에 "所"가 더 있다.
4) 遊   한씨문고본과 용재문고본에는 "游"로 되어 있다.
5) 人之勝   망창창재본 갑에는 "勝遊之"로 되어 있다.
6) 迹   창강초편본 속집에는 "跡"으로 되어 있다.
7) 而   창강초편본 속집에는 빠져 있다.
8) 而況於衰者乎   『겸헌만필』 갑에는 주점이 찍혀 있다.
9) 躇   창강초편본 속집에는 "蹰"로 되어 있다.
10) 禮   용재문고본에는 "德"으로 되어 있다.
11) 於   승계본과 망창창재본 갑에는 "于"로 되어 있다.
12) 嬉   용재문고본에는 "娛"로 되어 있다.
13) 輕   용재문고본과 망창창재본 을에는 "輊"으로 되어 있으나 오기이다.
14) 澗流松風, 尙有餘韻   『겸헌만필』 갑에는 주점이 찍혀 있다.

합된 감정 상태를 뜻한다.

원문풀이

極一代之選流: '極'은 '다하다'라는 뜻이고, '選流'는 '선발된 우수한 인물'이라는 뜻.

傾倒: 여기서는 '술 마시다'라는 의미.

軒輊: 높고 낮음. 우열優劣. 본래 '軒'은 수레의 앞이 들린 모양을, '輊'는 수레의 앞이 숙여진 모양을 이르는 말이다.

번역의 동이

2-1 그 당시 이곳에서~남곤 같은 자랴

- 그 당시 박 은은 글로 보나 교유로 보나 한때의 일등 가는 인물이었건만 수백년 지나는 동안에 그 자취가 인멸해버려서 아무 것도 알 수 없이 되었거니 더구나 남 곤과 같은 자랴? 홍기문, 183면
- 당시에 박은은 글로 보나 교유로 보나 한 시대에 으뜸 가는 인물이었건만, 수백 년 지나는 동안에 옛 사람들의 자취가 다 없어져 버려 하나도 알 수 없게 되었다. 그러니 남곤 같은 자야 말해서 무엇하랴. 리가원·허경진, 85면
- 당시 중열은 문장으로 보나 교유로 보나 그 성대함이 한 시대에 일등 가는 인물이었건만, 수백 년 지나는 동안에 훌륭한 자취가 인멸되어버려서 아무것도 알 수 없이 되었거니와 하물며 남곤과 같은 사람에 있어서랴? 김혈조, 69면
- 이 당시에 문장과 교유과 융성하여, 관리로 선발된 그 시대의 우수한 인재들을 망라하였다고 할 만했으나, 수백 년이 지나는 사이에 앞사람들의 명승고적은 모두 이미 묻히고 사라져서 알 수 없게 되었으니, 그렇다면 더군다나 남곤 같은 자에 있어서랴. 신호열·김명호, 32면

③ 아아! 남곤과 박은 두 사람이 여기서 노닐던 때 그 의기의 성대함이란 정말 어떠했겠는가! 통음痛飮하여 크게 취해서는 속마음을 토로하며 서로의 손을 잡고 탄식할 적에 그 기세는 산을 무너뜨릴 만하고 그 언변은 막힌 강줄기를 탁 트이게 할 만했겠거늘, 천고의 역사를 논하며 군자와 소인의 구별을 엄중하게 하지 않았을 리 있겠는가!

그러나 박은은 연산군燕山君 때 간언하다 죽었다. 그랬기에 그가 지은 시가 많지

않은 것이 아니로되 사람들은 외려 그 시가 적다고 한스러워 하거늘, 지금도 그의 시를 읽으면 늠름히 뜻이 굳세어짐을 생각하게 된다. 반면 남곤은 북문北門에서 사화士禍를 일으켜 올바른 군자의 무리를 죽게 만들었다. 그랬기에 남곤은 죽기 직전 자신의 원고를 모조리 불사르며 이렇게 말했다.

"내 글을 전한들 누가 보려 들겠는가!"

이로써 보건댄, 문장이라든가 기이한 교유는 참으로 하나의 여사餘事일 따름이니 그 사람의 어질고 못남과 무슨 상관이 있겠는가마는, 군자의 경우 후세 사람들은 그 자취를 흠모해 전하는 글이 많지 않음을 한스러이 여기는 반면, 소인의 경우 스스로 제 글을 없애는 데도 겨를이 없거늘 하물며 남이야 어떤 태도를 취하겠는가!

嗚¹⁾呼! 當二子之遊²⁾於此也, 其意氣之盛, 顧何如³⁾哉! 劇飲大醉, 兩⁴⁾相吐露, 握手歔欷, 氣可以崩山岳, 辯可以決河漢, 尙論千古, 顧何嘗不嚴於君子小人之辨哉!⁵⁾ 然而仲說諫死於燕山之朝, 而其爲詩也, 不爲不多, 然尙恨其少,⁶⁾ 至今讀其詩, 凜凜乎 想有以立也. 袞啓禍北門, 斬艾正類, 而袞之將死, 悉焚⁷⁾其藁曰: '使藁傳者, 孰肯觀之 哉!' 由是觀之, 文章奇遊,⁸⁾ 信一餘事爾,⁹⁾ 何與於其人之賢不肖, 而在君子則來者慕其 迹, 後世尙恨其傳之不多也, 而在小人則猶且自削之不暇也, 而況於他人乎!"¹⁰⁾

역문풀이

남곤은 북문北門에서~죽게 만들었다: '북문'은 경복궁의 북문인 신무문神武門을 가리킨다.
　　남곤·심정 등의 훈구대신勳舊大臣이 밤에 몰래 신무문으로 들어가 중종을 만나고 기묘

---

1) 嗚　창강초편본 속집에는 "竭"로 되어 있으나 오기이다.
2) 遊　한씨문고본, 승계본, 영남대본, 용재문고본, 망창창재본 을에는 "游"로 되어 있다.
3) 何如　한씨문고본과 용재문고본에는 "如何"로 되어 있다.
4) 兩　창강초편본 속집에는 "而"로 되어 있다.
5) 顧何嘗不嚴於君子小人之辨哉　『겸헌만필』 갑에는 주점이 찍혀 있다.
6) 其爲詩也, 不爲不多, 然尙恨其少　『겸헌만필』 갑에는 주점이 찍혀 있다.
7) 焚　한씨문고본, 승계본, 영남대본, 용재문고본, 망창창재본 을에는 "棽"으로 되어 있다.
8) 遊　한씨문고본과 용재문고본에는 "游"로 되어 있다.
9) 爾　창강초편본 속집에는 "耳"로 되어 있다.
10) 在君子~況於他人乎　『겸헌만필』 갑에는 주점이 찍혀 있다.

사화를 일으켰기에 하는 말이다. 밤에 궁궐의 다른 문을 열기 위해서는 승지에게 알려야 하나 신무문만은 사약司鑰(궁궐문의 열쇠를 맡아보는 관리)이 따로 관리했던바,『연려실기술』燃藜室記述 권7 '기묘사화' 조에 중종이 밀지密旨를 내려 승지와 사관史官 몰래 신무문으로 남곤 등을 불러들였다는 기록이 보인다.

여사餘事: 여력餘力으로 하는 일, 그리 긴요하지 않은 일.

원문풀이

凜凜乎想有以立也: 이 구절 가운데 '立'은 '나약한 사람의 뜻을 굳건하게 해 주다'라는 뜻이다. 『맹자』「만장」하下와 「진심」하下의 "백이의 기풍을 들으면 어리석은 사람은 분별력이 생기고 나약한 사람은 분발하게 된다"(聞伯夷之風者, 頑夫廉, 懦夫有立志)라는 구절에서 뜻을 취한 것이다.

使藥傳者: 이 구절 가운데 '使'는 '설령' '설사'라는 뜻이며, '者'는 가정이나 양보의 의미를 가진 구절 뒤에 붙는 접미어이다.

번역의 동이

3-1　　통음痛飮하여 크게~않았을 리 있겠는가

▪ 실컷 술을 마시고 크게 술이 취해서 둘이 서로 속마음을 털어 놓을 때 손을 부둥켜 잡고 한숨을 지으면서 의기는 산도 무너뜨릴 만하고 변론은 강줄기도 터놓을 만하였을 것이려니와 그들이 천년 이래의 력사를 이야기하면서 점잖은 사람과 소인놈의 구별에 대해서는 어째서 엄격치 않았을 리가 있겠느냐? 홍기문, 184면

▪ 술을 맘껏 마시고 크게 취해서 서로 속마음을 털어놓았고, 손을 맞잡고서 한숨을 쉬기도 했었다. 그 기백이 산악도 무너뜨릴 만했고, 그 변론은 강물도 터놓을 만했다. 그러니 천 년 역사를 논하면서 군자와 소인을 분별하는 데 어찌 엄격하지 않았겠는가. 리가원·허경진, 85면

▪ 실컷 퍼마시고 대취하여 서로 속마음을 털어놓으며 얼싸안고 함께 흐느낄 때의 그 기세는 산도 무너뜨릴 만하고, 그 도도한 변론은 큰 강물을 터놓을 만하였으려니, 그들이 천고 이래의 역사와 인물을 논하며 군자와 소인의 구별을 어찌 엄격하게 하지 않았으랴? 김혈조, 70면

▪ 실컷 마시고 한껏 취하여 둘이 서로 속내를 다 털어놓고는 손을 맞잡고 길게 한숨지을 적에, 그 기개는 산악을 무너뜨릴 듯하고 그 언변은 황하나 한수(漢水)의 둑이 터진 듯하였을 것이니, 천고(千古)의 인물들을 논평할 적에도 어찌 군자와 소인의 구별에 엄하지 않은 적이 있었겠는가. 신호열·김명호, 32면

3-2　　지금도 그의 시를~굳세어짐을 생각하게 된다

▪ 지금 그의 시를 읽더라도 씩씩한 기운이 사람들로 하여금 동요할 수 없는 점을 느끼게 한다. 홍기

- 지금 그의 시를 읽더라도 늠름한 기상이 있어서 우뚝 선 모습을 연상케 한다. 리가원·허경진, 86면
- 오늘날에도 그의 시를 읽으면 늠름한 기상이 사람들을 곧추세우는 것이 있음을 느끼게 된다. 김혈
조, 70면
- 지금도 그의 시를 읽어보면 늠름하여 확고히 설 수 있었음을 상상케 한다. 신호열·김명호, 32면

④　　　우리가 지은 시는 무릇 몇 편이다. 중미仲美가 서문을 쓴다.

　　　詩凡幾篇. 仲美序.

역문풀이

중미仲美: 박지원의 자字.

🏵 김택영의 수비

- 영숙永叔의 풍운風韻이다.[1]
  永叔風韻.

역문풀이

영숙永叔: 구양수歐陽脩(1007~1072)의 자字. 구양수는 북송北宋의 문신으로, 호는 취옹醉翁 또
는 육일거사六一居士이다. 벼슬이 참지정사參知政事에 이르렀으며, 구법당舊法黨의 영수
로서 신법당新法黨의 영수였던 왕안석王安石과 대립하였다. 당송팔대가唐宋八大家의 한
사람으로서 송대宋代의 고문古文을 대표하는 문장가였다. 저술로『구양문충공집』歐陽文
忠公集이 전한다.

풍운風韻: 풍류와 운치.

---

1) 이 평은 창강초편본 속집에 있다.

대은암에서 주고받은 시들에 부친 서문

　　무인년戊寅年(1758) 12월 14일에 국지國之랑 의지誼之랑 원례元禮와 함께 밤에 백악白岳 동쪽 기슭에 올라 대은암大隱巖 아래에 벌여 앉았다. 얼어붙은 계곡물 위로 물이 흐르다 다시 겹쳐 얼어 얼음층이 겹겹으로 두텁게 쌓였는데, 얼음 밑의 그윽한 물소리가 돌돌 졸졸 들려왔다. 달빛은 싸늘하고 눈빛은 으늑하여 고요한 정경에 마음이 편안해졌다. 마주보고 웃으며 농지거리를 주고받다가 즐거워서 시를 화답하였다.

　　그러다가 탄식하며 이렇게 말하였다.

　　여기는 저 옛날 남곤南袞 사화士華가 살던 집터인데, 그와 노닐던 박은朴誾 중열仲說은 일국의 이름난 선비였다. 박은은 꼭 대은암에서 술을 마셨고 시 짓는 일은 미상불 남곤과 함께했다. 그 당시 이곳에서 이루어진 문장과 교유의 성대함은 가히 한 시대의 빼어난 이들을 망라했다 이를 만하건만 수백 년이 흐르는 동안 옛사람의 빼어난 자취가 모두 흔적도 없이 사라져 알 수 없게 됐거늘 하물며 남곤 같은 자랴! 이제 그 무너진 담장과 버려진 집터에서 개연慨然히 배회하는 것은 흥망성쇠가 있음을 슬퍼함과 동시에 선과 악이 닳아 없어지지 않음을 아는 까닭이다. 지금 원례元禮가 여기에 우거寓居하면서 노래하고 즐거워하며 호방하게 술 마심은 박은과 엇비슷하거늘, 시냇물과 솔바람에는 아직도 예전의 여운이 있다.

　　아아! 남곤과 박은 두 사람이 여기서 노닐던 때 그 의기의 성대함이란 정말 어떠했겠는가! 통음痛飮하여 크게 취해서는 속마음을 토로하며 서로의 손을 잡고 탄식할 적에 그 기세는 산을 무너뜨릴 만하고 그 언변은 막힌 강줄기를 탁 트이게 할 만했겠거늘, 천고의 역사를 논하며 군자와 소인의 구별을 엄중하게 하지 않았을 리 있겠는가!

　　그러나 박은은 연산군燕山君 때 간언하다 죽었다. 그랬기에 그가 지은 시가 많지 않은 것이 아니로되 사람들은 외려 그 시가 적다고 한스러워 하거늘, 지금도 그의 시를 읽으면 늠름히 뜻이 굳세어짐을 생각하게 된다. 반면 남곤은 북문北門에서 사화士禍를 일으켜 올바른 군자의 무리를 죽게 만들었다. 그랬기에 남곤은 죽기 직전 자신의 원고를 모조리 불사르며 이렇게 말했다.

"내 글을 전한들 누가 보려 들겠는가!"

이로써 보건댄, 문장이라든가 기이한 교유는 참으로 하나의 여사餘事일 따름이니 그 사람의 어질고 못남과 무슨 상관이 있겠는가마는, 군자의 경우 후세 사람들은 그 자취를 흠모해 전하는 글이 많지 않음을 한스러이 여기는 반면, 소인의 경우 스스로 제 글을 없애는 데도 겨를이 없거늘 하물며 남이야 어떤 태도를 취하겠는가!

우리가 지은 시는 무릇 몇 편이다. 중미仲美가 서문을 쓴다.

도화동에서 지은 시들을 적은 두루마리에 부친 발문
桃花洞詩軸跋

[1]　　대저 꽃이 피고 지는 것은 모두 바람과 비 때문이니 이로 본다면 바람과 비는 곧 꽃의 조맹趙盂인 셈이다. 필운대弼雲臺에서 살구꽃을 구경할 때, 이 도화동桃花洞에 복사꽃이 만발할 줄 어찌 알았으랴? 열흘도 되지 않아 필운대에 노닐던 사람들이 죄다 이 골짜기로 몰려온 것은 비유하자면 위기후魏其侯의 빈객賓客들이 위기후를 떠나 무안후武安侯를 섬긴 것과 같으니, 고귀한 복사꽃에게 어찌 괴로움과 설움이 없을 수 있겠는가? 유몽득劉夢得의 「현도관」玄都觀 시는 이와 같은 광경을 읊은 것일 터이다.

　　大凡花之開落, 皆緣風雨, 則風雨乃花之趙孟. 弼雲看杏之時, 安知有此洞桃花? 不過旬日, 弼雲遊人, 盡來此洞, 譬如魏其賓客, 去事武安, 安得無懊恨於生貴之桃花乎? 劉夢得「玄都」, 當作如是觀.

역문풀이

도화동桃花洞: 지금의 서울 성북동에 있었던 골짜기로, 동소문東小門과 숙정문肅靖門 사이에 있었다. 맑은 시냇물이 흐르고 그 주변에 복사나무가 즐비하여 봄마다 꽃구경하는 사람들이 밀려들었다 한다. 이곳에 어영청御營廳의 군병이 머무르고 있었으므로 북둔北屯이

본서에서 검토하는, 이 작품이 수록된 주요한 이본은 다음과 같다: 『겸헌만필』을, 숭계본, 영남대본.

라 부르기도 했다. 북둔의 복사꽃은 필운대의 살구꽃, 천연정天然亭의 연꽃, 흥인문興仁門 밖의 버드나무와 더불어 도성의 승경으로 손꼽혔다.

바람과 비는~조맹趙孟인 셈이다: 조맹이 남에게 벼슬을 주기도 하고 빼앗기도 했던 것처럼 바람과 비가 꽃을 피게도 하고 지게도 함을 가리키는 말. '조맹'은 춘추시대 진晉나라의 권세가로, 사람들에게 벼슬을 내려 주기도 하고 또 빼앗기도 하였다. 『맹자』「고자」상上에 "고귀하게 되고 싶어 하는 것은 사람마다 똑같은 마음이다. 사람마다 자기 내부에 귀한 것을 가지고 있지만 생각하지 않을 뿐이다. 남이 귀하게 여기는 것은 자기가 타고 나면서 지닌 귀함이 아니다. 조맹이 귀하게 여긴 것은 조맹이 천하게 할 수 있다"라는 구절이 보인다.

필운대弼雲臺: 인왕산 서쪽에 있었던 대臺. 이 부근은 산수의 풍광이 아름다웠고 특히 봄이면 살구꽃으로 뒤덮여 장관을 이루었다 한다. 현재 배화여자고등학교 안에 '弼雲臺'라고 새긴 바위가 남아 있다.

위기후魏其侯의 빈객賓客들이~무안후武安侯를 섬긴 것: '위기후'는 두영竇嬰, '무안후'는 전분田蚡을 말한다. 두영과 전분은 모두 한대漢代의 외척外戚이다. 두영은 오초吳楚의 난을 진압하는 데 공을 세워 등용되었고, 전분은 한나라 무제武帝 즉위 직후 태후太后의 인정을 받아 영달하게 되었다. 애초에 전분은 두영의 문객門客으로서 자식이나 손자처럼 그를 받들었으나, 태후와의 연고로 영달하여 무안후로 봉해지자 승상이 되려는 마음을 품고 스스로 빈객들을 불러모았다. 이에 권세와 이익을 좇는 선비와 관리들은 모두 두영을 떠나 전분에게 가게 되었다. 『사기』「위기·무안후 열전」魏其武安侯列傳에 해당 내용이 보인다.

유몽득劉夢得의 「현도관」玄都觀~읊은 것일 터이다: '유몽득'은 유우석劉禹錫(772~842)을 말한다. '몽득'은 그의 자字다. 당나라의 시인으로 백낙천白樂天 등과 교유하였다. '현도관'玄都觀은 중국 섬서성 장안현長安縣의 남쪽에 있었던 도관道觀으로, 한때 이곳에 복사나무가 대단히 많았다고 한다. 유우석은 현도관의 복사꽃을 소재로 두 편의 시를 지었다. 그 하나는 「원화元和 10년, 천자의 부름을 받아 낭주朗州에서 장안으로 왔을 때 꽃구경하는 군자들에게 장난삼아 지어 주다」(元和十年自朗州承召至京, 戲贈看花諸君子)이고 다른 하나는 「또 다시 현도관을 노닐며」(再遊玄都觀)인데, 그 내용은 각각 다음과 같다: "장안 대로의 먼지가 얼굴을 스치는데 / 사람들 저마다 꽃구경하고 돌아온다 말하네. / 현도관의 일천 그루 복사나무 / 이 모두 내가 떠난 후에 심은 거네."(紫陌紅塵拂面來, 無人不道看花回. 玄都觀裏桃千樹, 盡是劉郎去後栽.) "넓은 현도관 뜨락엔 이끼 반인데 / 복사꽃 싹 사라지고 유채 꽃만 피었네. / 복사나무 심은 도사 어디로 갔나? / 접때의 나는 다시 또 왔건만."(百畝中

庭半是苔, 桃花淨盡菜花開. 種桃道士歸何處? 前度劉郞今又來.) 여기서의 '「현도관」 시'는 이 두 시 중 첫 번째 시를 가리키는 듯한데, 이 시는 염량세태를 풍자하는 내용을 담고 있다. 유우석은 왕숙문王叔文이 주도한 정치 혁신에 참여했다가 실패한 후 낭주 사마朗州司馬로 좌천되어 9년간 지방을 전전하다가 814년에 장안으로 돌아왔는데, 이 시는 그때 쓴 것이다. 그러나 이 시가 위정자를 비꼰 것이라는 말이 나와 유우석은 다시금 지방으로 좌천되었다.

원문풀이

趙孟: 『맹자』「고자」 상上에 다음의 내용이 보인다: "欲貴者, 人之同心也. 人人有貴於己者, 不思耳. 人之所貴者, 非良貴也. 趙孟之所貴, 趙孟能賤之."

生貴: 고귀하게 태어남.

번역의 동이

1-1   필운대弼雲臺에서 살구꽃을~읊은 것일 터이다
▪ 필운동(弼雲洞)에서 살구꽃을 구경할 때는 어찌 이 골짜기의 복사꽃이 열흘을 넘지 않아서 필 줄을 알았겠는가. 필운동에 놀던 사람들이 모두 다 이 골짜기로 왔으니, 비하자면 위기후(魏其侯)의 빈객들이 무안후(武安侯)를 섬기자고 떠난 것과 같다. 어찌 나면서부터 고귀한 대접을 받는 복사꽃에 한을 품지 않을 수 있겠는가. 유몽득(劉夢得)의 현도관(玄都觀)도 응당 이렇게 살펴보아야 할 것이니라.
신호열·김명호, 「연암집 하」, 334~335면

② 희로애락의 감정이 일어나지 않은 상태를 중中이라 하고, 일어나되 모두 절도節度에 맞는 것을 화和라 하나니, 화和라는 것은 원기元氣가 충만하고 유행流行이 성대하여 마치 따뜻한 햇빛이 사해四海를 비추듯 한순간도 끊어짐이 없고 한 치도 빈 틈새가 없다. 지금 이 골짝에 오니 기氣가 충만하고 성대하여 중中과 화和가 가득한바, 복사나무 아닌 나무는 한 그루도 없고 꽃이 안 핀 가지는 하나도 없다. 나는 온후하고 고명高明해져 자기도 모르게 마음이 누그러지고 기운이 평온해진다. 이곳에 오지 않았다면 평소의 편협한 성미가 어찌 화락하게 될 수 있었겠는가? 고경일高景逸의 「우정」郵亭 시는 이러한 광경을 노래한 것일 터이다.

喜怒哀樂之未發, 謂之中, 發而皆中節, 謂之和, 和也者, 充滿絪縕, 盛大流行, 四[1]海涵[2]日煦, 無一息可斷, 無一虧[3]可隙. 今來此洞, 充滿盛大, 藹[4]然中和, 無一樹非桃, 無一枝不花, 溫厚高明, 不覺心降而氣平, 平生偏性, 安得不到此而融化乎? 高景逸「郵亭」, 當作如是觀.

역문풀이

고경일高景逸: 고반룡高攀龍(1562~1626)을 말한다. '경일'은 그의 자다. 명대明代의 학자로서, 간신인 위충현魏忠賢에게 반대한 일로 파직당한 이후 고헌성顧憲成과 더불어 동림당東林黨의 영수가 되었다. 나중에 위충현의 무리가 체포하려 하자 물에 뛰어들어 자살했다. 저서로 『고자유서』高子遺書가 전한다.

고경일高景逸의 「우정」郵亭 시: 미상.

원문풀이

喜怒哀樂之未發~謂之和: 『중용』中庸의 다음 구절에서 따온 말이다: "喜怒哀樂之未發, 謂之中, 發而皆中節, 謂之和, 中也者, 天下之大本也, 和也者, 天下之達道也. 致中和, 天地位焉, 萬物育焉."

絪縕인온: 만물을 생성하는 원기元氣가 왕성한 모양. 주로 기氣의 체體를 가리켜 한 말.

流行: 기가 작용하고 운동하여 우주와 삼라만상에 관철되는 것을 이르는 말. 기氣의 용用을 가리켜 한 말.

郵亭: 역참驛站의 객사客舍. '우관'郵館이라고도 한다.

번역의 동이

2-1   화和라는 것은~빈 틈새가 없다

▪ '화'란 것은 하늘과 땅 사이에 충만하고 자욱하며 성대하게 유행하여, 온 누리가 따뜻한 햇빛을 머금어 한 번의 숨도 끊어지지 않고 틈이 생길 만한 한 번의 모자람도 없는 것이다. 신호열·김명호, 335면

---

1) 四 『겸헌만필』을, 승계본, 영남대본에는 "如"로 되어 있다.
2) 涵 『겸헌만필』을과 영남대본에는 "涵"으로 되어 있다.
3) 虧 『겸헌만필』을과 영남대본에는 "虧"로 되어 있다.
4) 藹 『겸헌만필』을, 승계본, 영남대본에는 "靄"로 되어 있다.

2-2　　　복사나무 아닌 나무는~노래한 것일 터이다

▪　　한 나무도 복사 아닌 것이 없고 한 가지도 꽃이 피지 않은 것이 없어, 온후하면서도 빼어나게 환
해서 나도 모르는 새 마음이 가라앉고 기(氣)가 평온해지니, 평소의 편벽된 성품이 어찌 이에 이르러
누그러지지 않을 수 있겠는가. 고경일(高景逸)의 우정(郵亭)도 응당 이렇게 살펴보아야 할 것이니라.

신호열·김명호, 335면

③　　　언덕 위에서는 노래를 부르거나 음악을 연주하며 무리를 이루고 있는가
하면 담소하며 모여 앉아 있기도 했는데, 홀연 어떤 취한 사람이 통곡하면서 소
리소리 엄마를 부른다. 구경하는 사람들이 담장처럼 에워쌌건만 얼굴엔 부끄러
워하는 기색도 없었으며, 훌쩍훌쩍 흐느끼는 소리가 모두 가락에 맞았거늘 마음
이 우는 데 가 있으니 자연히 음률音律에 합치된 것이다. 만일 그 취한 사람이 복
사꽃을 보고 어머니가 그리워서 그랬다고 한다면 그건 틀린 말이다. 또 봄 경치
에 감회가 일어 자연히 슬픈 마음이 일어나 그랬다고 해도 역시 틀린 말이며, 또
한 효자가 어머니를 생각하매 어딜 가든 그렇지 않겠느냐고 하더라도 이 역시 틀
린 말이다. 이런 말들은 구경하는 사람들의 억측일 뿐 취한 사람의 진정眞情을 포
착한 것은 아니니, 모름지기 취한 사람에게 왜 그리 서러운지 물어볼 일이다. 취
한 사람은 무슨 일로 슬퍼한 것일까? 아난阿難이 오묘한 이치를 깨달아 미소를 지
은 것은 이와 같은 것을 보고서일 것이다.

堤上歌吹爲群, 歡¹⁾笑成隊, 忽有醉人慟哭, 聲聲呼母. 觀者如堵, 容無愧怍,
累²⁾欷掩抑, 咸中節奏,³⁾ 心專於哭, 自然合律. 若謂醉人看桃花思母, 非也; 又謂是感時
觸物, 自然興悲, 非也; 又謂孝子思母,⁴⁾ 隨處而然, 亦非也. 是乃觀者臆量耳, 非醉人
眞情, 須問醉人所慟. 醉人所慟何事? <u>阿難悟妙</u>⁵⁾發笑, 當作如是觀.

---

1) **歡** 『겸헌만필』 을, 숭계본, 영남대본에는 "懽"으로 되어 있다.
2) **累** 『겸헌만필』 을, 숭계본, 영남대본에는 "欷"로 되어 있다.
3) **奏** 『겸헌만필』 을, 숭계본, 영남대본에는 "湊"로 되어 있다.
4) **母** 『겸헌만필』 을과 영남대본에는 "慕"로 되어 있다.
5) **妙** 『겸헌만필』 을에는 "玅"로 되어 있다.

역문풀이

아난阿難이 오묘한~보고서일 것이다: '아난'은 석가의 제자 가운데 한 사람으로, '아난다'阿難陀라고도 한다. 석가를 모시면서 그의 말을 가장 많이 들었으므로 '다문제일'多聞第一이라 칭해진다. 석가가 죽은 후 가섭迦葉의 지휘 아래 불경의 편찬에 참가하여 큰 업적을 남겼다. 한편 이 구절은 '염화미소'拈花微笑의 고사를 가리키는 것이 아닐까 한다. 영산靈山에서 범왕梵王이 석가에게 설법을 청하며 연꽃을 바치자, 석가는 연꽃을 들어 대중들에게 보였다. 사람들은 그것이 무슨 뜻인지 깨닫지 못하였으나 가섭迦葉만은 참뜻을 깨닫고 미소를 지은 일이 그것이다. '염화미소'를 말한 것이라면 이 구절에 나오는 '아난'은 '가섭'의 잘못일 것이다.

원문풀이

累欷: 계속해서 흐느껴 욺. '絫欷'(누희)라고도 한다.
掩抑: 고개 숙이고 말없이 있음. 여기서는 흐느끼는 것을 뜻한다.

번역의 동이

3-1　　홀연 어떤 취한~합치된 것이다
▪ 갑자기 술 취한 사람이 통곡하며 말끝마다 제 어미를 불러 대고 있었다. 구경꾼이 담장을 두르듯 모여들었으나, 얼굴에는 부끄러운 빛 하나 없고 거듭 흐느끼는 소리의 억양이 모두 다 절주(節奏)에 들어맞았다. 이는 그의 마음이 우는 데 전념하여 자연히 음률에 들어맞은 것이다. 신호열·김명호, 335면

3-2　　모름지기 취한~슬퍼한 것일까
▪ 모름지기 취한 사람에게 무슨 일로 통곡하고 있는지 물어보아야 할 것이다. 신호열·김명호, 336면

3-3　　아난阿難이 오묘한~보고서일 것이다
▪ 아난(阿難)이 오묘한 이치를 깨닫고 미소를 지은 것도 응당 이렇게 살펴보아야 할 것이니라. 신호열·김명호, 336면

4　　　이날 경부敬夫가 몹시 취해 사언士彦의 노새를 거꾸로 타고 소나무 사이를 이리저리 내달리매, 일여逸如의 무리가 그 좌우에서 소리치며 노새를 껴안아 그걸로 웃고 즐거워했으며, 무관懋官과 혜보惠甫 또한 잔뜩 취하여 떠들썩한 웃음을 그치지 않았으니, 진탕 마시고 크게 취하여 즐거움이 지극했다고 할 만하다. 하지만 해가 저물자 서로 이끌고 저마다 재촉해 돌아가, 복사꽃 곁에서 호탕하게 자고 가는 이는 한 사람도 없었다. 아아! 어부가 나루를 찾지 못했다는 것은 이와 같은 광경을 말한 것일 터이다.

　　　是日敬夫尤醉, 倒騎士彦驢, 亂馳松樹間, 逸如輩左右呵擁, 以爲笑樂, 懋官、惠甫亦大醉, 哄笑不止, 可謂劇飮大醉, 樂亦極矣. 然而日暮相携, 人人催歸, 未有一客肆宕留宿桃花者. 嗚呼嘻噫! 漁夫迷津, 當作如是觀.

역문풀이

경부敬夫: '경보'敬甫가 아닌가 싶다. '夫'와 '甫'는 모두 남자의 미칭으로, 뜻이 서로 통한다. 『연암집』 권5에 「경보에게 보낸 편지」(與敬甫) 2편이 실려 있다.

사언士彦: 미상.

일여逸如: 김사희金思羲(1753~?)의 자字. 호는 이아탕주인爾雅宕主人이다. 이덕무와 친분이 있어, 이덕무가 만든 윤회매輪回梅를 사고, 또 그 윤회매를 소재로 시를 쓴 적이 있다고 한다. 『청장관전서』 권10의 「이아탕주인爾雅宕主人의 '윤회매'輪回梅 시 운韻에 화답하여 정이옥鄭耳玉에게 함께 보임」(和爾雅宕主人輪回梅韻, 兼示鄭耳玉)에 해당 내용이 보인다.

무관懋官: 이덕무의 자.

혜보惠甫: 유득공의 자.

어부가 나루를 찾지 못했다는 것: 이상향으로 들어가는 뱃길을 찾지 못했다는 말이다. 도연명의 「도화원기」桃花源記에 나오는 이야기로서 그 내용은 다음과 같다: 진晉나라 때 어떤 어부가 고기잡이를 나갔다가 길을 잃고 흘러가던 중 복사꽃이 만발한 숲을 만났는데, 그 숲이 끝나는 곳까지 시냇물을 따라가 보니 평화롭고 아름다운 마을이 있었다. 그 어부는 그곳에서 며칠을 지내다 돌아온 후 다시 그 마을을 찾아가려 했으나, 그곳으로 가는 뱃길을 끝내 찾지 못했다.

원문풀이

哄笑홍소: 입을 크게 벌리고 떠들썩하게 웃음.

번역의 동이

4-1 일여逸如의 무리가~할 만하다

▪ 일여(逸如)의 무리는 좌우에서 소리치고 둘러싸서 웃고 즐겼으며, 무관(懋官)과 혜보(惠甫) 또한 크게 취하여 너털웃음을 그칠 줄을 몰랐다. 가위 실컷 마시고 크게 취했다고 하겠으니 즐거움이 또한 극에 달했다. 신호열·김명호, 336면

4-2 아아 어부가~말한 것일 터이다

▪ 아, 슬프도다! 어부가 나루터를 찾지 못한 것도 응당 이렇게 살펴보아야 할 것이니라. 신호열·김명호, 336면

5 이에 관도도인觀桃道人이 게송偈頌을 짓는다.

> 내가 복사꽃 색을 보니까
> 환한 것이 마치 신神이 있는 듯하네.
> 복사꽃엔 또한 향기도 있어
> 바람 불면 사람에게 향을 뿜누나.
> 꽃봉오린 콩알만한 부처 같다면
> 잎은 휘어 마치 활과 같네.
> 향기와 색은 모두 형질形質에 속하나
> 생의生意는 저 공空에서 왔네.
> (결락)
> 시새지도 않고 화도 안 내니
> 정情이란 글자 알 리가 없지.

　　於是觀桃道人, 乃作偈語曰: "我見桃花色, 勃然如有神. 亦有桃花香, 臨風噴射人. 菩蕾如豆佛, 反葉學弨弓. 香色皆附質, 生意還從空. 缺. 不妬亦不嗔, 定不識情字."

역문풀이

향기와 색은~공空에서 왔네: '향기와 색'은 유형有形으로 기氣에 속한다면, '생의'生意는 천
　　지자연의 이치 내지 마음으로 무형無形에 속한다는 말. 신유학新儒學에서는 흔히 생의를
　　인仁과 결부하는바, 이 경우 인仁은 우주의 실체로서 만물에 관철된다. 이 점에서 여기
　　서 말하는 공空은 연기緣起의 개념과 관련된 불교의 공空이라는 개념과 다르다.

원문풀이

觀桃道人: 유우석의 시「또 다시 현도관을 노닐며」(再遊玄都觀)에 나오는 "種桃道士"라는 어
　　구를 패러디한 것으로 보인다.

번역의 동이

5-1　　　내가 복사꽃~알 리가 없지
▪　　복숭아꽃 빛깔을 내 처음 보니 / 발끈히 성낸 모습 생동하는 듯 / 복숭아꽃도 역시 향기가 있어 /
바람이 불면 사람 향해 뿜어 대네 / 꽃망울은 팥알만 한 불상 같고 / 뒤집힌 잎사귀는 느슨해진 활 같
네 / 향기와 빛깔 모두 형체에 덧붙은 것일 뿐 / 생명력은 도로 공(空)을 따라 사라지네 / ─원문 빠
짐─ / ─원문 빠짐─ / 투기 않고 앙탈도 부리잖으면 / 정(情)의 의미를 결코 모르고말고 신호열·김명호,
337면

✿『겸헌만필』을의 비평

〖 권점과 미비 〗

- □의 "風雨乃花之趙孟"에 묵색 첨권이 쳐져 있다.
- □의 "譬如魏其賓客～當作如是觀"에 묵권이 쳐져 있다.
- ②의 "和也者～無一虧可隙"에 묵점이 찍혀 있다.
- ②의 "平生偏性, 安得不到此而融化乎"에 묵점이 찍혀 있다.
- ②의 "高景逸「郵亭」, 當作如是觀"에 묵권이 쳐져 있다.
- ③의 "忽有醉人慟哭～自然興悲, 非也"에 묵점이 찍혀 있다.
- ③의 "須問醉人所慟. 醉人所慟何事"에 묵점이 찍혀 있다.
- ③의 "阿難悟妙發笑, 當作如是觀"에 묵권이 쳐져 있다.
- ④의 "嗚呼嘻噫"에 묵점이 찍혀 있다.
- ④의 "漁夫迷津, 當作如是觀"에 묵권이 쳐져 있다.
- ⑤의 "作偈語曰～定不識情字"에 "책 읽기를 좋아하고 가난을 달게 여기는 사람에게서
나온 글이다"(出好讀甘貧者)라는 미비가 붙어 있다.

〖 말비 〗

- 강가에 해 저무니 한 폭의 그림인데, 어부가 도롱이 쓰고 집으로 돌아가누나.

  江上晚來正堪畵, 漁翁被得一蓑歸.

도화동에서 지은 시들을 적은
두루마리에 부친 발문

　　대저 꽃이 피고 지는 것은 모두 바람과 비 때문이니 이로 본다면 바람과 비는 곧 꽃의 조맹趙孟인 셈이다. 필운대弼雲臺에서 살구꽃을 구경할 때, 이 도화동桃花洞에 복사꽃이 만발할 줄 어찌 알았으랴? 열흘도 되지 않아 필운대에 노닐던 사람들이 죄다 이 골짜기로 몰려온 것은 비유하자면 위기후魏其侯의 빈객賓客들이 위기후를 떠나 무안후武安侯를 섬긴 것과 같으니, 고귀한 복사꽃에게 어찌 괴로움과 설움이 없을 수 있겠는가? 유몽득劉夢得의 「현도관」玄都觀 시는 이와 같은 광경을 읊은 것일 터이다.

　　희로애락의 감정이 일어나지 않은 상태를 중中이라 하고, 일어나되 모두 절도節度에 맞는 것을 화和라 하나니, 화和라는 것은 원기元氣가 충만하고 유행流行이 성대하여 마치 따뜻한 햇빛이 사해四海를 비추듯 한순간도 끊어짐이 없고 한 치도 빈 틈새가 없다. 지금 이 골짝에 오니 기氣가 충만하고 성대하여 중中과 화和가 가득한바, 복사나무 아닌 나무는 한 그루도 없고 꽃이 안 핀 가지는 하나도 없다. 나는 온후하고 고명高明해져 자기도 모르게 마음이 누그러지고 기운이 평온해진다. 이곳에 오지 않았다면 평소의 편협한 성미가 어찌 화락하게 될 수 있었겠는가? 고경일高景逸의 「우정」郵亭 시는 이러한 광경을 노래한 것일 터이다.

　　언덕 위에서는 노래를 부르거나 음악을 연주하며 무리를 이루고 있는가 하면 담소하며 모여 앉아 있기도 했는데, 홀연 어떤 취한 사람이 통곡하면서 소리소리 엄마를 부른다. 구경하는 사람들이 담장처럼 에워쌌건만 얼굴엔 부끄러워하는 기색도 없었으며, 훌쩍훌쩍 흐느끼는 소리가 모두 가락에 맞았거늘 마음이 우는 데 가 있으니 자연히 음률音律에 합치된 것이다. 만일 그 취한 사람이 복사꽃을 보고 어머니가 그리워서 그랬다고 한다면 그건 틀린 말이다. 또 봄 경치에 감회가 일어 자연히 슬픈 마음이 일어나 그랬다고 해도 역시 틀린 말이며, 또한 효자가 어머니를 생각하매 어딜 가든 그렇지 않겠느냐고 하더라도 이 역시 틀린 말이다. 이런 말들은 구경하는 사람들의 억측일 뿐 취한 사람의 진정眞情을 포착한 것은 아니니, 모름지기 취한 사람에게 왜 그리 서러운지 물어볼 일이다. 취한 사람은 무슨 일로 슬퍼한 것일까? 아난阿難이 오묘한 이치를 깨달아 미소를 지은 것은 이와 같은 것을 보고서일 것이다.

　이날 경부敬夫가 몹시 취해 사언士彦의 노새를 거꾸로 타고 소나무 사이를 이리저리 내달리매, 일여逸如의 무리가 그 좌우에서 소리치며 노새를 껴안아 그걸로 웃고 즐거워했으며, 무관懋官과 혜보惠甫 또한 잔뜩 취하여 떠들썩한 웃음을 그치지 않았으니, 진탕 마시고 크게 취하여 즐거움이 지극했다고 할 만하다. 하지만 해가 저물자 서로 이끌고 저마다 재촉해 돌아가, 복사꽃 곁에서 호탕하게 자고 가는 이는 한 사람도 없었다. 아아! 어부가 나루를 찾지 못했다는 것은 이와 같은 광경을 말한 것일 터이다.

　이에 관도도인觀桃道人이 게송偈頌을 짓는다.

　　내가 복사꽃 색을 보니까
　　환한 것이 마치 신神이 있는 듯하네.
　　복사꽃엔 또한 향기도 있어
　　바람 불면 사람에게 향을 뿜누나.
　　꽃봉오린 콩알만한 부처 같다면
　　잎은 휘어 마치 활과 같네.
　　향기와 색은 모두 형질形質에 속하나
　　생의生意는 저 공空에서 왔네.
　　　　　(결락)
　　시새지도 않고 화도 안 내니
　　정情이란 글자 알 리가 없지.

해인사에서 주고받은 시들에 부친 서문

海印寺唱酬詩序*

□   경상도 관찰사觀察使 겸 순찰사巡察使 이공李公 태영泰永 사앙士昻이 관할 고을을 시찰하던 중 길이 가야산伽倻山에 접어들어 해인사에서 묵게 되었다. 선산 부사善山府使인 이채李采 계량季良, 거창 현령居昌縣令인 김유金鍒 맹강孟剛 및 내가 공을 마중하여 절 아래에서 만났는데, 세 사람 모두 공公과 같은 동네에서 산 친구들이었다. 차례로 인사를 올리자 공은 각자가 관할하고 있는 고을의 그 해 농사와 백성의 질고疾苦에 대해 물으셨다.

그러고 나서 공은 일어나 옷을 갈아입으신 후, 등불을 돋우게 하고 술자리를 마련하게 하여 예법에 구애됨이 없이 즐겁게 옛일을 말씀하셨다. 공은 영남의 일흔 두 고을을 다스리는 관찰사였음에도 자신이 높은 지위에 있다는 기색을 전혀 보이지 않으셨으며, 배석한 사람들도 자신이 천리 밖 영남에 있다는 사실을 잊고 있었다. 그리하여 문득 마치 나막신을 신고 평계平溪나 반지盤池에 나와 서로 어울려 노는 것 같았으니, 참으로 아름다운 일이었다.

     慶尙道[1]觀察使兼巡察使[2]李公泰永 士昻[3]行部, 路入伽倻,[4] 宿海印寺. 善山府使李采 季良、[5]居昌縣令金鍒 孟剛曁趾源,[6] 迓候會寺下, 皆公之里閈舊要. 以次叅

본서에서 검토하는, 이 작품이 수록된 주요한 이본은 다음과 같다: 『면양잡록』, 『연암고략』, 『연상각집』 갑, 『백척오동각집』 갑, 자연경실본, 계서본, 한씨문고본, 창강초편본, 창강중편본, 승계본, 영남대본, 용재문고본, 망창창재본 갑, 망창창재본 을.

* **海印寺唱酬詩序**   『백척오동각집』 갑에는 "海印寺唱酬序"로 되어 있다.

見,[7] 公[8]各[9]詢當邑[10]年成民之疾苦. 然後起更衣, 因剪燭命酒, 寬假禮數, 歡然道舊,[11] 殊不見其高牙大纛擁七十二州以自尊大, 而在列者, 亦不自覺其身在大嶺千里之外.[12] 怳然若履屐徵逐於<u>平溪</u>、<u>盤池</u>之間,[13] 甚盛事也.

역문풀이

해인사海印寺: 경상도 합천 가야산伽倻山에 있는 사찰로, 신라 애장왕哀藏王 때 창건되었다. 고려 팔만대장경판八萬大藏經板과 절 인근 홍류동紅流洞 일대의 아름다운 경관으로 유명하다. 연암은 『열하일기』의 「구외이문」口外異聞 '해인사' 조條에서 큰 절의 이름은 서로 답습하여 짓는 경우가 많은데 해인사는 이와 달리 중국의 절 이름을 본떠 지은 것이 아님을 밝힌 바 있다.

순찰사巡察使: 각 도道의 군비 태세를 살피던 직책으로, 대개 지방의 병권兵權을 가지고 있던 관찰사가 겸직하였다.

이공李公 태영泰永 사앙士昻: 영조·정조·순조 때의 문신 이태영李泰永(1744~1803)을 말한다. '사앙'은 그의 자字다. 본관은 한산韓山으로, 이산중李山重(1717~1775)의 아들이며, 『계서야담』溪西野談의 작자로 알려진 이희평李羲平(1772~1839)의 생부이다. 1772년(영조 48) 문

---

1) **慶尙道** 『면양잡록』에는 없고, 대신 "乙卯九月日"이라는 구절이 있다. 그 뒤에 두 칸을 비우고 "觀察使" 이하 구절이 나온다.

2) **慶尙道觀察使兼巡察使** 『면양잡록』에는 이 구절 상단에 "□□□□□改以今字, 或慶□□字, 或去之, 如何"('□□□□□'는 '今' 字로 고치든지 혹은 '慶□□'자로 고치든지 혹은 없애 버리는 것이 어떨)라고 기재되어 있는데 □ 부분은 떨어져나가 판독이 되지 않는다. 추정컨대 '□□□□□'는 '乙卯九月日'이고, '□□'는 '尙道'가 아닌가 생각된다.

3) **李公泰永士昻** 『면양잡록』에는 "韓山李公"으로 되어 있다. 이 구절 가운데 "昻"이 『연암고략』과 『연상각집』 갑에는 "仰"으로 되어 있다.

4) **倻** 창강중편본에는 이 뒤에 "山"이 더 있다.

5) **良** 영남대본에는 '亮'으로 되어 있다.

6) **趾源** 『백척오동각집』 갑에는 작은 글씨로 씌어 있다.

7) **見** 『연암고략』과 『연상각집』 갑에는 "謁"로 되어 있다.

8) **公** 『면양잡록』에는 이 글자 앞에 한 칸을 비웠으며, 이하 모든 "公" 자 앞에 한 칸을 비웠다. 『연암고략』과 『연상각집』 갑에는 이 글자가 없다.

9) **各** 『면양잡록』에는 없다.

10) **邑** 계서본에는 빠져 있다.

11) **歡然道舊** 『면양잡록』에는 "驪娛若平生"으로 되어 있고, 『연암고략』과 『연상각집』 갑에는 "歡然道故舊"로 되어 있으며, 『백척오동각집』 갑에는 "歡然道平生"으로 되어 있다.

12) **外** 『면양잡록』, 『연암고략』, 『연상각집』 갑, 『백척오동각집』 갑에는 "遠"으로 되어 있다.

13) **公各詢當邑年成民之疾苦~怳然若履屐徵逐於平溪盤池之間** 『면양잡록』에는 묵점이 찍혀 있다. 창강중편본에는 이 구절 가운데 "殊不見其高牙大纛擁七十二州以自尊大~怳然若履屐徵逐於平溪盤池之間"에만 묵점이 찍혀 있다.

과에 급제하여 경상도 관찰사, 공조참판, 대사간 등을 역임했다. 연암과 한동네에서 자라 절친한 사이였다.

이채李采 계량季良: 정조·순조 때의 문신 이채李采(1745~1820)를 말한다. '계량'은 그의 자이고, 호는 화천華泉이다. 본관은 우봉牛峯으로, 이재李縡(1680~1746)의 손자이다. 1774년(영조 50) 사마시司馬試에 합격하여 음죽 현감陰竹縣監, 호조참판, 한성부 좌우윤漢城府左右尹, 동지중추부사同知中樞府事 등을 지냈다. 문집으로 『화천집』華泉集이 전한다.

김유金鍒 맹강孟剛: 정조·순조 때의 문신 김유金鍒를 말한다. '맹강'은 그의 자다. 본관은 연안延安으로, 정조 때 교부敎傅와 임천군수林川郡守 등을 지낸 김재구金載久의 아들이다. 거창 현령, 안산 현감安山縣監, 별검別檢 등을 지냈다. 『연암집』 권2의 「족제 이원에게 보낸 편지」(與族弟彛源書)에서 연암과 김유가 나눈 교분의 일단을 확인할 수 있다.

내가 공을 마중하여: 이때 연암은 안의 현감安義縣監으로 있었다.

세 사람 모두~산 친구들이었다: 이태영, 이채, 김유, 박지원은 모두 서울 평계平溪의 같은 동네에서 살았던 오랜 친구이다.

영남의 일흔두 고을: 조선시대 경상도에 속해 있던 고을은 모두 일흔둘이었다.

평계平溪: 서울의 마포에 있었던 것으로 추정되는 시내 이름. 이태영의 집이 평계에 있었다. 또 연암의 처남 이재성李在誠도 한때 평계 부근에서 살았다. 연암은 열하熱河에 다녀온 이후, 평계 부근에 있던 이재성의 집과 연암협燕巖峽의 산방山房을 오가며 『열하일기』를 집필했었다.

반지盤池: 반송지盤松池를 말한다. 서지西池라고도 하는데, 독립문 북쪽에 있던 못이다. 연암은 반송지 부근에서 태어났으며, 이곳에서 유소년기를 보냈다.

원문풀이

年成: 그 해 농사의 풍흉豊凶.

剪燭: 심지를 잘라 불을 돋우는 일을 가리킨다.

寬假: '관대하게 한다'는 뜻. '假'는 원래 '용서하다'라는 뜻인데, 여기서는 '관대하다' 정도의 뜻.

禮數: 상대의 신분이나 지위에 따라 달라지는 예의 대우.

高牙大纛: 본래 장군의 본진本陣에 세우는 깃발을 말하는데, 여기서는 관찰사의 깃발을 가리키는 말로 썼다. '牙'는 깃대 위의 상아 장식이고, '纛'(독)은 기를 장식하는 쇠꼬리이다.

大嶺: 조령鳥嶺(새재) 혹은 죽령竹嶺을 가리킨다.

怳然: 황홀하거나 아득한 모양.

번역의 동이

1-1   마중하여 절 아래에서 만났는데

- 마중을 나와서 절에서 모였다. 홍기문, 『박지원 작품선집 1』, 178면
- 마중을 나갔다가 절 아래에서 만났다. 김혈조, 『그렇다면 도로 눈을 감고 가시오』, 71면
- 마중하기 위하여 절 아래 모이니 신호열·김명호, 『연암집 상』, 46면

1-2   세 사람 모두~옛일을 말씀하셨다

- 모두 리공과는 한 동리에서 친하게 지내던 사이라 차례차례 나가서 인사를 드리니 리공은 각각 그 고을에 대해서 년사의 형편과 백성들의 생활을 물어 본 다음 일어 나서 옷을 갈아 입고 촛불을 돋 우고 술상을 벌여 놓고 공식절차에 구애됨이 없이 즐겁게 옛날의 우정을 이야기하였다. 홍기문, 178면
- 모두 이공과는 같은 동리에서 친하게 지내던 사이여서 차례로 나가 인사를 드렸고, 이공은 각각 맡은 고을의 농사 형편과 백성들의 질고(疾苦)를 물어본 다음 일어나서 평복으로 갈아입었다. 이어 촛불을 돋우고 술상을 벌여놓고 공식 절차나 지위에 구애받지 않고 즐겁게 옛날의 우정을 이야기하였다. 김혈조, 71면
- 모두가 이공의 한동네 친구였다. 차례로 나아가 뵈자 공은 각각 소관 고을 농사의 풍흉(豊凶)과 백성의 질고를 묻고 나서 일어나 관복을 평복으로 갈아입었다. 이어 촛불을 돋우고 술을 내오라 하여 예의절차를 무시하고 반가이 지난날을 이야기하였다. 신호열·김명호, 46면

1-3   공은 영남의~잊고 있었다

- 높은 일산과 큰 깃발을 가져 일흔 두 고을을 다스림으로써 스스로 존엄성을 자랑하려는 기색을 볼 수 없는 동시에 한 자리에 같이 앉았는 사람들도 그 몸이 큰 고개를 넘어 천리 밖에 와서 있다는 것을 깨닫지 못하고 홍기문, 178면
- 관찰사는 높은 일산(日傘)과 큰 깃발을 가지고 경상도 일흔두 고을을 다스리는 신분이라는 것을 일체 티를 내지 않았으며, 한 자리에 앉아 있는 사람들 역시 자신이 영남 천리 밖에 와 있다는 것을 깨닫지 못하였다. 김혈조, 71면
- 공은 그 큰 깃발들 아래 경상도 일흔두 고을을 다스리는 높은 지위에 있음을 전혀 내세우지 않았고, 자리를 같이한 이들 역시 자신이 대령(大嶺 조령鳥嶺) 너머 천 리 밖에 있다는 것을 깨닫지 못한 채 신호열·김명호, 46면

②　　　다음날 공은 운자韻字를 내어 각각 율시律詩 두 편씩을 짓도록 하고 내게 그 서문을 쓰게 하셨다. 이에 나는 공에게 이렇게 아뢰었다.

"옛날 조남명曹南冥이 경상도 삼가三嘉로 돌아오는 길에 보은報恩의 성대곡成大谷에게 들렀더랍니다. 당시 그 고을 원님으로 있던 성동주成東洲가 자리를 함께했는데, 남명과는 초면이었습니다. 남명이 농으로 '형은 이 수령 벼슬을 참 오래도 하시는구려'라고 하자 동주는 대곡을 가리키며 웃으면서 말하기를 '바로 이분한테 붙잡혀 그렇게 되었지요. 그렇기는 하나 금년 팔월 보름에 해인사에서 달맞이를 할 건데 형께서는 오실 수 있을는지요'라고 하였습니다. 남명은 '좋소이다!' 하고 허락했답니다.

약속한 날이 되어 남명이 소를 타고 약속장소로 가는데 도중에 큰 비가 내렸습니다. 남명이 간신히 시내를 건너 절문에 들어서는데 동주는 이미 누각에 올라 도롱이를 막 벗는 참이었습니다. 아! 남명은 처사였고 동주도 그때는 이미 관직을 그만두었지만 두 사람이 밤새도록 나눈 이야기는 모두 백성들의 살림살이에 대한 것이었으니, 절의 중들은 지금까지도 이 일을 산중山中의 고사故事로 전하고 있지요.

　　　明日[1]公拈韻, 各賦二律, 命[2]趾源[3]序之. 趾源[4]復于公曰: "昔曹南冥[5]之還山也,[6] 歷訪成大谷于報恩, 時成東洲以邑倅在座, 與南冥[7]初面也. 南冥[8]戲之曰: '兄可謂耐久官也!' 東洲指大谷笑, 謝曰: '正爲此老所挽. 雖然, 今年八月十五日, 當待月海印寺, 兄能至否?' 南冥[9]曰: '諾!'[10] 至期,[11] 南冥[12]騎牛赴約, 道大雨, 僅渡前溪, 入寺門, 東洲已在樓上, 方脫蓑.[13] 噫! 南冥[14]處士也, 東洲時已去[15]官, 而盡[16]夜相語,[17]

---

1)　日　『면양잡록』에는 "朝"로 되어 있다.
2)　命　『면양잡록』에는 이 앞에 "因"이 더 있고, '命' 자 앞에 한 칸을 비웠다.
3)　趾源　『면양잡록』에는 이 뒤에 "以"가 더 있다. 『백척오동각집』 갑에는 "趾源" 두 글자가 작은 글씨로 씌어 있다.
4)　趾源　『백척오동각집』 갑에는 작은 글씨로 씌어 있다.
5)　冥　창강초편본과 용재문고본에는 "溟"으로 되어 있다.
6)　曹南冥之還山也　『면양잡록』에는 "曹南冥赴召, 其還山也"로 되어 있고, 이 구절 가운데 "召" 자 앞에 한 칸을 비웠다.
7)　冥　창강초편본과 용재문고본에는 "溟"으로 되어 있다.
8)　冥　창강초편본과 용재문고본에는 "溟"으로 되어 있다.
9)　冥　창강초편본과 용재문고본에는 "溟"으로 되어 있다.
10)　諾　『백척오동각집』 갑에는 "喏"로 되어 있다.
11)　期　『면양잡록』에는 "是"로 되어 있다.
12)　冥　창강초편본과 용재문고본에는 "溟"으로 되어 있다.

不離於[18]生民休戚,[19] 寺[20]僧至今相傳爲山中故事.[21]

역문풀이

각각 율시律詩~짓도록 하고: 이때 창수唱酬한 시가 이채李采의 『화천집』華泉集 권1에 「해인사에서 운韻을 정해 관찰사 이공 태영에게 바친다. 당시 거창 현령 김유와 안의 현감 박지원과 이진사李進士 도영道永이 함께 자리했다」(海印寺拈韻, 呈巡相李公泰永. 時居昌金使君鍒, 安義朴使君趾源, 李進士道永, 同會)라는 제목으로 실려 있다. 한편 『면양잡록』에는 당시에 연암이 지은 시 두 편이 제목 없이 실려 있다.

조남명曹南冥: 조식曹植(1501~1572)을 말한다. '남명'은 그의 호이고, 자字는 건중楗仲이며, 본관은 창녕昌寧이다. 20대 중반까지는 주로 서울에 거주하면서 성수침成守琛(1493~1564) 등과 교유하며 학문에 정진했고, 그 뒤로 처가가 있는 김해 탄동炭洞, 외가가 있는 삼가현三嘉縣, 지리산 덕산德山 등으로 거처를 옮기며 제자 양성에 힘썼다. 조식은 사화士禍를 경험하며 훈척勳戚 정치의 폐해를 절감했던바, 조정의 부름에 응하지 않고 평생 산림처사山林處士로 자처하였다. '실천궁행'實踐躬行을 중시하여 '경'敬과 함께 '의'義를 강조하며 현실 정치의 폐단을 시정하고자 노력했는데, 이러한 그의 학풍은 후대에 영남 유학자들의 의병활동으로 이어지기도 했다. 저술로 문집인 『남명집』南冥集과 편서인 『학기유편』學記類編이 전한다.

삼가三嘉로 돌아오는 길: 조식은 1548년에 외가이자 자신의 출생지인 삼가현三嘉縣 토동兎洞(지금의 경상남도 합천군 삼가면 외토리)으로 돌아와 계부당鷄伏堂과 뇌룡사雷龍舍를 짓고 살면서 강학講學에 힘썼다.

---

13) 籯 『면양잡록』, 『연암고략』, 『연상각집』 갑, 『백척오동각집』 갑에는 이 뒤에 "世所有「海印脫籯圖」, 乃李元靈畫也"(세상에 전하는 「해인탈사도」海印脫籯圖는 바로 이원령李元靈의 그림이다)라는 구절이 더 있으며, 『백척오동각집』 갑에는 "世所有「海印脫籯圖」, 乃李元靈畫也" 구절에 꺾쇠 표시가 되어 있다. 빼라는 표시가 아닌가 생각된다.

14) 冥 창강초편본과 용재문고본에는 "溟"으로 되어 있다.

15) 去 『면양잡록』과 『백척오동각집』 갑에는 "罷"로 되어 있다.

16) 盡 『면양잡록』에는 "終"으로 되어 있다.

17) 語 용재문고본에는 "夜"로 되어 있으나 오기이다.

18) 於 『면양잡록』에는 "乎"로 되어 있다.

19) 東洲時已去官~不離於生民休戚 『면양잡록』 상단에는 "□字去之"라고 기재되어 있다. '□'는 떨어져 나가 판독이 되지 않는데, 추정컨대 '已' 자가 아닌가 생각된다.

20) 寺 『면양잡록』에는 이 앞에 "則"이 더 있다.

21) 南冥處士也~寺僧至今相傳爲山中故事 『면양잡록』에는 묵점이 찍혀 있고, 이 구절 뒤에 "顧今共有民社之責, 而仰成于旬宣之地者, 夫豈淺鮮也哉"라는 구절이 더 있다.

성대곡成大谷: 성운成運(1497~1579)을 말한다. '대곡'은 그의 호이고, 자는 건숙健叔이며, 본관은 창녕이다. 중종 때 사마시에 합격했으나 1545년 중형仲兄 성우成遇(1495~1546)가 을사사화乙巳士禍로 화를 입자 처가가 있는 충청도 보은報恩 종곡鍾谷의 속리산 기슭에 대곡서실大谷書室을 짓고 은거하였다. 그 뒤 여러 차례 벼슬에 임명되었으나 나아가지 않았다. 조식과는 서울 장의동壯義洞(지금의 종로구 청운동 일대)에 살던 시절부터 벗으로 지내 평생 교유가 있었다. 성운은 「남명선생 묘갈」南冥先生墓碣을 짓기도 했고, 『남명집』에는 조식이 성운에게 보낸 시와 편지가 여러 편 실려 있다. 은둔생활에 관련된 시와 불교적 취향을 드러낸 시를 많이 남겼다. 문집으로 『대곡집』大谷集이 전한다.

성동주成東洲: 성제원成悌元(1506~1559)을 말한다. '동주'는 그의 호이고, 자는 자경子敬이며, 본관은 창녕이다. 서봉西峯 유우柳藕(1473~1537)의 문인으로 성리학性理學을 비롯하여 산경山經, 지지地誌, 의학醫學, 복술卜術 등에 정통했다. 말년에 유일遺逸로 천거되어 보은 현감報恩縣監을 지냈다. 문집으로 『동주유고』東洲遺槁가 전한다.

금년 팔월 보름: 1558년 8월 15일에 해당한다. 조식이 성운을 방문한 것은 1557년의 일인데 여기서 '금년'이라고 한 것은 착오인 듯하다.

시내: 가야산 입구에서 해인사에 이르는 계곡인 홍류동紅流洞의 시내를 말한다.

누각: 당시 해인사에 있었다고 하는 원음루圓音樓로 추정된다. 원음루는 1695년에 소실되었는데, 1824년에 다시 지어 구광루九光樓로 이름을 고쳤다.

원문풀이

老: 여기서는 '노인'이라는 뜻이 아니라 상대방을 높이는 말. '존장'尊丈보다는 낮고 '형'兄보다는 높은 말.

休戚: 기쁨과 근심. 여기서 '休'는 '편안하다' '좋다'의 의미.

번역의 동이

2-1　　옛날 조남명曹南冥이~돌아오는 길에
- 옛날 남명(南冥)이 고향으로 돌아 가는 길에 홍기문, 179면
- 옛날 조 남명(南冥 曹植)이 지리산으로 돌아가는 길에 김혈조, 71면
- 예전에 조남명(曹南冥)이 지리산으로 돌아가는 길에 신호열·김명호, 47면

2-2　　당시 그 고을~있을는지요라고 하였습니다
- 마침 성 동주(成東洲)가 그 고을 원으로서 그 자리에 와서 있었더랍니다. 남명이 동주와 초면이였으나 롱담으로 「로형은 참 한 벼슬 자리에 오래도 계시오그려」라고 말한즉 동주가 대곡을 가리키고

332

웃으면서 「이 늙은이에게 붙잡히여 그랬소만 금년 八월 보름날 내가 해인사에 가서 달이 떠오르는 것을 기다릴 것이니 로형이 그리로 오실 수 있겠소?」하고 대답하였답니다. 홍기문, 179면

- 마침 성 동주(東洲 成悌元)가 그 고을 수령으로서 그 자리에 있었다. 남명과 동주는 초면이었으나 남명이 "노형은 참으로 한 벼슬자리에 끈질기게도 오래 계시오그려"라고 농을 하니, 동주가 대곡을 가리켜 웃으며 "바로 이 늙은이에게 붙잡혀 그랬소만, 금년 8월 보름날 내가 해인사에 가서 달이 뜨기를 기다릴 것이니 노형이 그리로 오실 수 있겠소?"라고 말하였다. 김혈조, 71~72면

- 이때 그 고을 원이던 성동주(成東洲)가 자리를 함께하였는데 남명과는 초면이었습니다. 남명이 그를 놀리며 '형은 내구관(耐久官)이시군요' 하였습니다. 이에 동주는 대곡을 가리키며 웃으면서 사과하기를 '바로 이 늙은이가 붙들어서 그렇게 되었지요. 비록 그렇긴 하나 금년 팔월 보름에는 해인사에서 달이 뜨기를 기다릴 테니 형은 오실 수 있겠소?' 하기에 신호열·김명호, 47면

2-3 절의 중들은~전하고 있지요

- 이 절의 중들이 지금까지 옛이야기로 전해오고 있습니다. 홍기문, 179면
- 절의 중들 사이에서 지금까지 산중의 미담으로 전해오고 있다. 김혈조, 72면
- 그 절의 중들은 지금까지도 이 일을 서로 전해 산중의 고사(故事)가 되었습니다. 신호열·김명호, 47면

3 저는 해마다 관찰사를 마중하여 이 절에 왔는데 벌써 세 분의 관찰사를 거쳤으니 저 역시 이 수령 벼슬을 참 오래 했다고 할 만합니다. 달맞이 때 만나자는 약속을 한 것도 아니건만 거센 바람과 퍼붓는 비도 아랑곳 않고 매번 절문을 들어서면 약속도 없이 모이는 고을 수령이 항상 일고여덟은 됩니다. 절은 여관과 같고 승려들은 여관의 기생과 같으며, 시를 쓰라고 재촉하는 것은 장기를 어서 두라고 재촉하는 것 같고, 휘장은 구름처럼 펼쳐져 있고 퉁소소리와 북소리가 시끄럽게 울립니다. 설사 단풍과 국화가 어리비치고 산과 시내가 기이함을 다툰다고 한들 백성의 살림살이에 무슨 보탬이 되겠습니까? 그리하여 매번 누각에 오를 때마다 근심스레 옛 현인賢人의 비에 젖은 도롱이를 생각하지 않은 적이 없었으니, 이 이야기를 함께 기록하여 본받아야 할 산사山寺의 고사故事로 삼고자 합니다."

을묘년 9월 20일에 안의 현감 박지원 중미仲美가 서문을 쓴다.

趾源歲迎輜軒, 入此寺,[1] 已三更使, 亦可謂耐久官矣. 非有候月邂逅之約, 而不敢避甚風疾雨,[2] 每入寺門, 不期而會者, 常七八[3]邑, 梵宇如傳舍, 緇徒[4]如舘[5]妓, 臨場責詩, 如催博進, 供張如雲, 簫鼓啁轟.[6] 雖楓菊交映,[7] 流峙競奇,[8] 亦何補於生民之

休戚哉?⁹⁾ 每一登樓, 未嘗不愀¹⁰⁾然遐想于昔賢之雨簑也,¹¹⁾ 並錄此, 以備山寺掌故."¹²⁾

乙卯九月卄日,¹³⁾ 安義縣監朴趾源 仲美序.¹⁴⁾

역문풀이

벌써 세 분의 관찰사를 거쳤으니: 연암은 1791년 12월에 안의 현감에 제수되어 이듬해 1월에 부임했다. 연암이 부임할 당시의 경상도 관찰사는 정대용鄭大容(1749~1805)이었고, 그 뒤 조진택趙鎭宅(1746~?), 이태영이 경상도 관찰사를 지냈다.

여관의 기생: '여관'의 원문은 "舘"으로, 조선시대 공용 여행자에게 숙식을 제공하고 빈객賓客을 접대하기 위해 각 주현州縣의 대로大路에 50리마다 설치했던 국영 여관 시설을 말한다. '기생'은 바로 이 '관'舘에 소속된 기생을 말한다.

이 이야기: 조식과 성제원의 해인사 고사를 말한다.

---

1) **歲迎輶軒, 入此寺** 『면양잡록』에는 "入此寺, 迎輶軒"으로 되어 있다. 한씨문고본에는 이 구절 가운데 '輶'가 '醋'로 되어 있다.

2) **入此寺~而不敢避甚風疾雨** 『면양잡록』에는 묵점이 찍혀 있다.

3) **七八** 『면양잡록』, 『연암고략』, 『연상각집』 갑, 『백척오동각집』 갑에는 "六七"로 되어 있다.

4) **徒** 『연암고략』에는 "流"로 되어 있다.

5) **舘** 『면양잡록』, 『연암고략』, 『백척오동각집』 갑에는 "館"으로 되어 있다.

6) **供張如雲, 簫鼓啁轟** 『면양잡록』, 『연상각집』 갑, 『백척오동각집』 갑에는 없다.

7) **映** 『면양잡록』과 계서본에는 "暎"으로 되어 있다.

8) **流峙競奇** 『면양잡록』에는 "巖川競秀"로 되어 있다. 『백척오동각집』 갑에는 "流峙爭奇"로 되어 있다.

9) **梵宇如傳舍~亦何補於生民之休戚哉** 『면양잡록』에는 묵권이 쳐져 있다.

10) **愀** 『면양잡록』에는 "悄"로 되어 있다.

11) **非有候月邂逅之約~未嘗不愀然遐想于昔賢之雨簑也** 창강중편본에는 묵권이 쳐져 있다. 이 구절 가운데 "昔賢之雨簑也"가 『면양잡록』에는 "脫簑之圖"로, 『연암고략』에는 "脫蓑之圖"로 되어 있다.

12) **以備山寺掌故** 『면양잡록』에는 "以爲本山寺掌故"로 되어 있고, 이 구절 뒤에 "詩凡幾篇"(시는 무릇 몇 편이다) 네 글자가 더 있다.

13) **乙卯九月卄日** 『면양잡록』에는 없다. '卄'이 계서본에는 빠져 있고, 창강초편본과 창강중편본에는 "某"로 되어 있다.

14) **流峙競奇~安義縣監朴趾源仲美序** 『연상각집』 갑에는 "流峙競奇" 이하 이 구절 전체가 결락되어 있다. 『면양잡록』에는 '仲美'가 '美仲'으로 되어 있다. 한편 저본, 『연암고략』, 자연경실본, 계서본, 승계본, 영남대본, 용재문고본, 망창창재본 갑, 망창창재본 을에는 "安義縣監朴趾源仲美序" 뒤에 다음의 세주가 있다. "曺南冥, 名植; 成大谷, 名運; 成東洲, 名悌元. 俱徵士. 報恩, 縣名." 단, 『연암고략』에는 세주의 마지막 구절 "報恩, 縣名" 뒤에 "李元靈, 名麟祥"이라는 구절이 더 있다. 또 『면양잡록』에는 "安義縣監朴趾源仲美序" 뒤에 행을 바꾸어 연암이 지은 다음의 율시 두 편을 실었다: "終古嶺南都魯鄕, 觀風使者愆禪堂. 苔花金池千年淨, 錦樹紅流九曲長. 行部仁深瞻露冕, 催科政拙愧懷章. 休煩姓字鐫山骨, 人口爲碑俾可忘."; "共是爲官水竹鄕, 槐風荷露坐黃堂. 山氓歲熟風謠美, 隣倅詩成雅韻長. 禮數非專趨簿檄, 句宣聊自愛文章. 脫簑樓畔騎牛客, 憂樂由來肯遽忘." 이 가운데 제1수의 제3·4·7·8구와 제2수의 제1·2·5·6구에 묵점이 찍혀 있다. 이 시들은 『연암집』에는 실려 있지 않다.

334

을묘년: 1795년. 당시 연암은 59세였다.

원문풀이

輶軒·유헌: 칙사勅使가 타는 가마. 여기서는 관찰사의 가마를 말한다.

梵宇: 절.

傳舍: 여관.

緇徒: 승려. '치의'緇衣는 승려들이 입는 검은 옷을 말한다. 속인의 색을 '소'素라고 하는 것
　　과 대對가 되는 표현이기도 하다.

掌故: 고사故事.

번역의 동이

3-1　　저는 해마다~할 만합니다

▪　지원이 해마다 관찰사의 행차를 맞아서 이 절을 들어 왔는데 벌써 관찰사가 세 번 갈리였으니 한
벼슬 자리에서 과연 오래 있다고 할 만합니다. 홍기문, 179~180면

▪　내가 해마다 관찰사의 행차를 맞아서 이 절에 들어오기를 벌써 관찰사가 세 번 갈리었으니 나 역
시 한 벼슬자리에 끈질기게 눌러 있다고 말할 만하다. 김혈조, 72면

▪　지원이 해마다 감사의 행차를 맞아 이 절에 들었는데, 하마 세 번이나 감사가 바뀌었으니 나 역시
내구관이라 이를 만하다. 신호열·김명호, 47면

3-2　　절은 여관과~보탬이 되겠습니까

▪　절이 려관 집 같고 중이 기생 같고 시를 지으라고 독촉하는 것이 노름을 하자고 조르는 것 같고
차일을 치고 장을 두른 것이 구름 같고 북과 퉁소가 뚱땅 또 삐삐합니다. 아무리 국화와 단풍이 번갈
아 비치고 산 빛과 물결이 기이함을 다툰다고 한들 백성의 생활에야 그 무슨 도움이 되겠습니까? 홍기
문, 180면

▪　절집이 화려한 여관 같고 중들이 나긋나긋한 기생 같으며, 시를 지으라고 독촉하는 것이 장기 빨
리 두기를 재촉하는 듯하고, 차일을 치고 휘장을 두른 것이 구름 같고 북과 퉁소 소리가 시끌벅적하
며, 아무리 국화와 단풍이 서로 비추고 산빛과 물결이 기이함을 다툰다고 한들 도대체 백성의 생활문
제에 그 무슨 도움이 되랴? 김혈조, 72면

▪　절간은 여관처럼 즐비하고 승려는 기생처럼 많으며 모임 자리에서 시를 지으라 재촉하기를 마치
도박에 돈을 걸라고 독촉하듯 하고, 차일과 다담상은 구름 같고 퉁소 소리와 북소리 요란하니, 비록 단
풍과 국화가 어울려 비치고 산수가 절경을 자랑하나 민생 문제에 무슨 보탬이 되겠는가. 신호열·김명호,
48면

3-3　　이 이야기를~삼고자 합니다

- 이 이야기를 함께 기록해서 이 절의 사적을 알리려고 합니다. 홍기문, 180면
- 이 이야기를 함께 기록하여 가야산 해인사의 훌륭한 고사로 갖추어놓으려 한다. 김혈조, 72면
- 아울러 이를 기록하여 산사의 장고(掌故)에 대비하는 바이다. 신호열·김명호, 48면

박영철본의 말비

• 선비는 벼슬을 하든 재야에 있든 똑같다. 재야에 있더라도 백성들의 살림살이에 관심을 두지 않는다면 그런 자는 승려일 뿐이고, 벼슬을 하더라도 단풍과 국화와 바위와 시내를 가까이 하지 않는다면 그런 자는 노복일 뿐이다. 남명과 동주가 절에서 백성을 걱정한 것과 관찰사와 태수가 존귀한 관직에 있으면서 시를 지은 것은 정반대의 일이지만 그 뜻은 전혀 다를 게 없다.[1]

　士之出處一也. 處而不志乎生民休戚, 則髡緇而已矣; 出而無涉於楓菊巖泉[2], 則徒隸而已矣. 南冥·東洲之禪榻憂民, 按使·太守之官尊賦詩, 其事正[3]相反, 而其志則未始不同.

• 친구라고 해서 함부로 행동하지도 않고, 상관上官이라고 해서 비굴하게 아첨하지도 않았으니, 『시경』의 국풍國風과 같고 송頌과 같아 글뜻이 개절剴切하다.[4]

　不爲舊要而昵慢, 不爲上官而諂屈, 若風若頌, 文旨剴[5]切.

1) 이 평은 『면양잡록』, 자연경실본, 계서본, 한씨문고본, 승계본, 영남대본, 용재문고본, 망창창재본 갑, 망창창재본 을에도 있다. 『면양잡록』에는 작품 말미의 상단에 이 평이 기재되어 있다. 그 필체가 연암의 글씨인 것으로 보아 이 평은 연암 자신이 붙인 것이다. 『면양잡록』에 필사되어 있는 「海印寺唱酬詩序」의 필체는 연암의 것이 아니다. 아마도 연암이 누군가에게 필사시킨 것으로 보인다. 『면양잡록』에는 상단의 이 평이 말비로도 기재되어 있는데, 이 말비의 필체는 다른 사람의 것이다. 그리고 이 말비와 같은 필체로 이 평 바로 뒤에 "不爲舊要而昵慢, 不爲上官而諂屈, 若風若頌, 文旨剴切"이라는 또 다른 말비를 붙여 놓았다. 추정컨대 이 뒤의 말비를 붙인 사람이 상단에 기재된 연암의 평을 말비로 내려 적은 것으로 보인다.
2) 泉 『면양잡록』의 상단 평과 말비에는 "川"으로 되어 있다.
3) 正 『면양잡록』의 상단 평에는 이 뒤에 "似"가 더 있다.
4) 이 평은 『면양잡록』, 자연경실본, 한씨문고본, 승계본, 영남대본, 용재문고본에도 있다.
5) 剴 한씨문고본에는 "愷"로 되어 있다.

역문풀이

국풍國風과 같고 송頌과 같아: 『시경』은 국풍國風, 소아小雅, 대아大雅, 송頌으로 구성되어 있
　　는데, 이 중 '국풍'에는 풍간諷諫의 말이 많고, 제사 지낼 때의 악가樂歌인 '송'에는 훈계
　　의 말이 보인다.

개절剴切하다: 정성스레 옳은 도리로써 간諫한다는 뜻.

원문풀이

出處: '出'은 나아가 벼슬하는 것, '處'는 물러나 재야에 있는 것을 뜻한다.

徒隷: 종, 노복.

禪榻: 참선할 때 앉는 의자인데, 여기서는 '절'을 가리키는 말로 썼다.

✿ 김택영의 수비

· 여운이 길다.[6]

悠永.

· 글이 매우 아름다우면서도 잘못을 경계하여 바로잡으려는 뜻을 담고 있으니 여기서도
　권세와 위세威勢에 굴하지 않는 선생의 기개를 볼 수 있다.[7]

文極佳永而中含箴規, 亦可見先生不屈勢威之氣槩.

원문풀이

箴規: 잘못을 지적하여 바로잡게 하는 것.

---

6) 이 평은 창강초편본에 있다.
7) 이 평은 창강중편본과 승계본에 있다.

해인사에서 주고받은 시들에 부친 서문

경상도 관찰사觀察使 겸 순찰사巡察使 이공李公 태영泰永 사앙士昻이 관할 고을을 시찰하던 중 길이 가야산伽倻山에 접어들어 해인사에서 묵게 되었다. 선산 부사善山府使인 이채李采 계량季良, 거창 현령居昌縣令인 김유金鍒 맹강孟剛 및 내가 공을 마중하여 절 아래에서 만났는데, 세 사람 모두 공公과 같은 동네에서 산 친구들이었다. 차례로 인사를 올리자 공은 각자가 관할하고 있는 고을의 그 해 농사와 백성의 질고疾苦에 대해 물으셨다.

그러고 나서 공은 일어나 옷을 갈아입으신 후, 등불을 돋우게 하고 술자리를 마련하게 하여 예법에 구애됨이 없이 즐겁게 옛일을 말씀하셨다. 공은 영남의 일흔두 고을을 다스리는 관찰사였음에도 자신이 높은 지위에 있다는 기색을 전혀 보이지 않으셨으며, 배석한 사람들도 자신이 천리 밖 영남에 있다는 사실을 잊고 있었다. 그리하여 문득 마치 나막신을 신고 평계平溪나 반지盤池에 나와 서로 어울려 노는 것 같았으니, 참으로 아름다운 일이었다.

다음날 공은 운자韻字를 내어 각각 율시律詩 두 편씩을 짓도록 하고 내게 그 서문을 쓰게 하셨다. 이에 나는 공에게 이렇게 아뢰었다.

"옛날 조남명曺南冥이 경상도 삼가三嘉로 돌아오는 길에 보은報恩의 성대곡成大谷에게 들렀더랍니다. 당시 그 고을 원님으로 있던 성동주成東洲가 자리를 함께했는데, 남명과는 초면이었습니다. 남명이 농으로 '형은 이 수령 벼슬을 참 오래도 하시는구려'라고 하자 동주는 대곡을 가리키며 웃으면서 말하기를 '바로 이분한테 붙잡혀 그렇게 되었지요. 그렇기는 하나 금년 팔월 보름에 해인사에서 달맞이를 할 건데 형께서는 오실 수 있을는지요'라고 하였습니다. 남명은 '좋소이다!' 하고 허락했답니다.

약속한 날이 되어 남명이 소를 타고 약속장소로 가는데 도중에 큰 비가 내렸습니다. 남명이 간신히 시내를 건너 절문에 들어서는데 동주는 이미 누각에 올라 도롱이를 막 벗는 참이었습니다. 아! 남명은 처사였고 동주도 그때는 이미 관직을 그만두었지만 두 사람이 밤새도록 나눈 이야기는 모두 백성들의 살림살이에 대한 것이었으니, 절의 중들은 지금까지도 이 일을 산중山中의 고사故事로 전하고 있지요.

저는 해마다 관찰사를 마중하여 이 절에 왔는데 벌써 세 분의 관찰사를 거쳤으니 저 역시 이 수령 벼슬을 참 오래 했다고 할 만합니다. 달맞이 때 만나자는 약속을 한 것도 아니건만 거센 바람과 퍼붓는 비도 아랑곳 않고 매번 절문을 들어서면 약속도 없이 모이는 고을 수령이 항상 일고여덟은 됩니다. 절은 여관과 같고 승려들은 여관의 기생과 같으며, 시를 쓰라고 재촉하는 것은 장기를 어서 두라고 재촉하는 것 같고, 휘장은 구름처럼 펼쳐져 있고 퉁소소리와 북소리가 시끄럽게 울립니다. 설사 단풍과 국화가 어리비치고 산과 시내가 기이함을 다툰다고 한들 백성의 살림살이에 무슨 보탬이 되겠습니까? 그리하여 매번 누각에 오를 때마다 근심스레 옛 현인賢人의 비에 젖은 도롱이를 생각하지 않은 적이 없었으니, 이 이야기를 함께 기록하여 본받아야 할 산사山寺의 고사故事로 삼고자 합니다."

을묘년 9월 20일에 안의 현감 박지원 중미仲美가 서문을 쓴다.

장인 처사 유안재 이공 제문

祭外舅處士遺安齋李公文*

1 정유년丁酉年(1777) 6월 23일 정사丁巳에 사위인 반남潘南 박지원朴趾源이 삼가 맑은 술을 올리고 장인丈人 유안재遺安齋 이공李公의 영전에 울며 영결永訣합니다.

維歲[1])丁酉六月二十三[2])日丁巳, 外甥潘南 朴趾源, 謹以淸酌, 哭訣于外舅遺安齋 李公之靈曰:

역문풀이

처사處士: 벼슬하지 않은 선비.

유안재遺安齋 이공李公: 이보천李輔天(1714~1777)을 말한다. '유안재'는 그의 호이며, 본관은 전주이다. 농암農巖 김창협金昌協의 제자인 종숙부從叔父 이명화李明華의 문하에서 수학했고, 또한 농암의 제자로서 우암尤庵 송시열宋時烈을 존숭했던 기원杞園 어유봉魚有鳳의 사위가 되어 그 지도를 받는 등, 우암에서 농암으로 이어지는 학통을 충실히 계승한 산

본서에서 검토하는, 이 작품이 수록된 주요한 이본은 다음과 같다: 계서본, 한씨문고본, 창강초편본, 창강중편본, 승계본, 영남대본, 용재문고본, 망창창재본 갑, 망창창재본 을.

* **祭外舅處士遺安齋李公文**   창강초편본과 창강중편본에는 "祭外舅李公文"으로 되어 있다.
1) **維歲**   계서본, 창강초편본, 창강중편본, 승계본, 망창창재본 갑에는 "維歲次"로 되어 있다.
2) 三   망창창재본 갑에는 "四"로 되어 있다.

림처사였다. 아들 이재성李在誠(1751~1809)과 두 딸을 두었다. 연암은 장인 이보천에게 16세 무렵『맹자』를 배운 이래로 사상과 처세의 면에서 많은 영향을 받았다.

정사丁巳: 6월 23일에 해당하는 간지干支.

원문풀이

外舅: 장인丈人.

維歲: 간지干支를 따라서 정한 해의 차례. 제문의 첫머리에 쓰이는 관습적 표현으로, '유세차'維歲次라고도 한다.

2　　아아! 소자小子가 열여섯일 적에 선생의 문하에 들었으니 이제 스물여섯 해가 됩니다. 비록 어리석고 몽매하여 선생의 도道를 배울 수는 없었지만, 그래도 스스로 생각건대 좋아하는 자에게 잘 보이려고 아첨하여 선생을 부끄럽게 하는 데는 이르지 않은 게 아닌가 합니다. 이제 선생께서 먼 길 떠나시는 날에, 어찌 한마디 말을 하여 가없는 슬픔을 토로하지 않을 수 있겠습니까?

嗚呼! 小子年[1]十六, 入先生之門, 于今二十六年[2]矣. 雖愚鹵顓蒙, 未能學先生之道, 亦自以爲不至阿好以羞先生爾. 今於先生卽遠之日, 可無[3]一言以攄其無[4]窮之哀乎?

역문풀이

소자小子: 부모나 스승에 대하여 자신을 낮추어 일컫는 말. '소생'小生과 같은 말.

---

1) 年　한씨문고본에는 "秊"으로 되어 있다.

2) 年　한씨문고본에는 "秊"으로 되어 있다.

3) 無　한씨문고본과 용재문고본에는 "无"로 되어 있다.

4) 無　한씨문고본과 용재문고본에는 "无"로 되어 있다.

阿好: 자기가 좋아하는 사람에게 아첨한다는 말. 『맹자』「공손추」상上에 다음 구절이 보인
　　다: "宰我、子貢、有若, 智足以知聖人, 汙不至阿其所好."

3　　　아아!
　　　　처사處士로 생을 마감함을
　　　　세상에서는 수치로 여기니
　　　　저 비천한 무리들이
　　　　선비가 뭔지 어찌 알겠습니까?
　　　　이른바 선비란
　　　　뜻을 숭상하고 자기를 지키는 사람이니
　　　　유하혜柳下惠의 개결함과 이윤伊尹의 덤덤함도
　　　　이와 같을 뿐입니다.
　　　　이로써 보건댄
　　　　선비로 생을 마감함도
　　　　또한 어려운 일인가 합니다.
　　　　아아!
　　　　선생은 살아생전에
　　　　선비의 본분을 어기지 않고
　　　　예순네 해 동안
　　　　바르게 독서를 하셨습니다.
　　　　온축蘊蓄이 오래니 빛을 발하고
　　　　익히고 익혀 온아溫雅함이 드러났으며
　　　　배고파도 화락和樂하니 배부를 때와 같으셨고
　　　　절개 지키는 건 홀어미와 같으셨지요.
　　　　고고孤高해도 무리 떠나지 않으셨고
　　　　정직하여 남을 속이지 않았으며
　　　　말을 하면 정곡을 찔렀고

일을 처리함은 분명하셨죠.

마음은 빙호氷壺와 추월秋月 같아

안팎을 환히 비추셨지요.

비루한 세상의 썩은 선비는

선비가 절개 지키는 걸 부끄러이 여겼지요.

젊어서는 객기客氣와 부박함을 없앴고

만년엔 빼어남 감추셨으며

진실을 살피고 올바름을 실천하사

마음과 기운 편안하고 조화로웠으며

타고난 본연의 마음에다

삿된 마음 터럭만치도 붙이지 않으셨지요.

더러운 것 씻어 내셨으니

가라지 어찌 안 뽑아냈겠습니까?

처사로서 가난한 생활을 하든

제후로서 부귀를 누리든

더 낫지도 않고 더 못하지도 않은 것이

'사'士라는 한 글자 아니겠습니까.

명命이란 하늘에 매인 거고

때는 만날 수도 못 만날 수도 있나니

이를 분변할 자라야

비로소 공公의 뜻을 알겠지요.

嗚呼! 以士沒身, 世俗所**恥**, 彼以卑[1]賤, 惡能識**士**? 所謂士者, 尙志得**己**, 柳介莘囂, 不過如**是**. 由是觀之, 沒身以**士**, 亦云難**矣**.[2] 嗚呼! 先生存沒,[3] 不違士**也**, 六十四年,[4] 善讀書**者**. 積久光輝, 溫乎發**雅**, 樂飢若飽, 守節[5]如**寡**. 孤不離群, 貞不詭**物**.

1) **卑** 계서본, 한씨문고본, 창강초편본, 창강중편본, 승계본, 용재문고본, 망창창재본 갑, 망창창재본 을에는 "貧"으로 되어 있다.
2) **以士沒身~亦云難矣** 창강중편본에는 묵점이 찍혀 있다.
3) **沒** 승계본, 영남대본, 망창창재본 갑, 망창창재본 을에는 "歿"로 되어 있다.
4) **年** 한씨문고본에는 "季"으로 되어 있다.

發言破鵠, 制事截鐵. 氷[6]壺秋月, 外內洞澈. 陋世酸儒, 恥士一節.[7] 夙刊客浮, 晚韜[8] 英豪. 視眞[9]履坦,[10] 心降氣調. 所性之外, 不著[11]一毫.[12] 墨則斯浣, 粮豈不犧? 曲肱飮 水, 繫馬千駟, 旣無加損, 士之一字. 命有所定, 時有所値, 能辨此者, 始識公志.

역문풀이

유하혜柳下惠: 노魯나라의 대부大夫로, 이름은 전획展獲, 자字는 금금禽이다. '유하'는 식읍食邑 이름이고 '혜'는 시호이다. 유하혜는 나쁜 군주에게 벼슬하러 나가는 것을 꺼리지 않았 는데, 자신의 고결함이 타인에 의해 더럽혀지지 않음을 자신했기 때문이었다. 『맹자』 「공손추」 상上에 해당 내용이 보인다.

이윤伊尹: 은殷나라의 재상. 신莘 땅에서 농사를 지으면서 요순堯舜의 도를 즐거워하며 만족 하고 지내다가 탕왕湯王의 초빙을 받고는 기꺼이 벼슬에 나아가 선정을 펼쳤다.

온축蘊蓄: 공부나 학식이 쌓인 것.

빙호氷壺: '옥호빙심'玉壺氷心의 준말. 원래 '병 속에 둔 얼음'을 가리키는 말인데, 흔히 깨끗 하고 고결한 마음을 비유하는 말로 쓰인다.

타고난 본연의 마음: 본연지성本然之性, 즉 하늘로부터 부여받은 착한 마음.

가라지 어찌 안 뽑아냈겠습니까: 악한 마음, 즉 이욕利欲을 추구하는 사사로운 마음을 제거 했다는 말. '가라지'는 악을 비유한 말이다.

처사로서 가난한~한 글자 아니겠습니까: 『연암집』 권10에 수록된 「본래의 선비」(原士)에서 연암은 선비라는 기준으로 보면 처사와 제후가 우열 없는 선비라고 한 바 있다.

원문풀이

尙志: 뜻을 숭상한다는 말. 『맹자』 「진심」 상上에 다음 내용이 보인다: "王子墊問曰: '士何

---

5) **節** 용재문고본, 망창창재본 갑, 망창창재본 을에는 "莭"로 되어 있다.
6) **氷** 영남대본과 망창창재본 갑에는 "冰"으로 되어 있다.
7) **節** 승계본, 용재문고본, 망창창재본 갑, 망창창재본 을에는 "莭"로 되어 있다.
8) **韜** 계서본, 한씨문고본, 창강초편본, 승계본, 영남대본, 용재문고본, 망창창재본 갑, 망창창재본 을에는 "韜"로 되어 있다.
9) **眞** 창강초편본과 창강중편본에는 "直"으로 되어 있다.
10) **坦** 한씨문고본과 용재문고본에는 "垣"으로 되어 있으나 오기이다.
11) **著** 창강초편본과 창강중편본에는 "着"으로 되어 있다.
12) **毫** 용재문고본에는 "豪"로 되어 있다.

事?' 孟子曰: '尚志.' 曰: '何謂尙志?' 曰: '仁義而已矣. 殺一無罪, 非仁也; 非其有而取之, 非義也. 居惡在? 仁是也. 路惡在? 義是也. 居仁由義, 大人之事備矣.'"

得己: 자기의 뜻을 잃지 않는다는 말. 『맹자』「진심」상上에 다음 내용이 보인다: "孟子謂宋句踐曰: '子好遊乎? 吾語子遊. 人知之, 亦囂囂; 人不知, 亦囂囂.' 曰: '何如斯可以囂囂矣?' 曰: '尊德樂義, 則可以囂囂矣. 故士窮不失義, 達不離道. 窮不失義, 故士得己焉; 達不離道, 故民不失望焉. 古之人, 得志, 澤加於民, 不得志, 脩身見於世. 窮則獨善其身, 達則兼善天下.'"

柳介: 유하혜의 개결함. 『맹자』「공손추」상上에 다음 내용이 보인다: "柳下惠, 不羞汙君, 不卑小官. 進不隱賢, 必以其道. 遺佚而不怨, 阨窮而不憫. 故曰: '爾爲爾, 我爲我, 雖袒裼裸裎於我側, 爾焉能浼我哉?' 故由由然與之偕而不自失焉, 援而止之而止. 援而止之而止者, 是亦不屑去已."

莘囂신효: 신莘 땅 이윤伊尹의 자득自得함. '莘'은 지명으로, 이윤이 출사하기 전 은거하던 유신有莘을 말하는데, 여기서는 이윤을 지칭하는 말로 쓰였다. '囂'는 원래 '시끄럽게 떠들다'라는 뜻이나 '囂囂'(효효)라는 어구가 되면 '자득하여 욕심이 없다'는 뜻으로 쓰이므로 이와 같이 옮긴다. 『맹자』「만장」상上에 다음 구절이 보인다: "伊尹耕於有莘之野, 而樂堯·舜之道焉, 非其義也, 非其道也, 祿之以天下, 弗顧也, 繫馬千駟, 弗視也, 非其義也, 非其道也, 一介不以與人, 一介不以取諸人. 湯使人以幣聘之, 囂囂然曰: '我何以湯之聘幣爲哉? 我豈若處畎畝之中, 由是以樂堯·舜之道哉?'"

離群: '이군색거'離群索居의 준말. 동료들과 떨어져 외로이 산다는 말. 이는 노장적老莊的 은거 방식으로, 유가에서는 세상과 인연을 끊지 않는 은거 방식을 택해, 무리를 떠나 혼자 은거하는 노장적 태도를 비판하였다.

物: '남'을 가리킨다.

截鐵: '절철참정'截鐵斬釘의 준말. 확고부동함 혹은 단호함을 비유하는 말.

秋月: '추월한강'秋月寒江의 준말. 덕德이 있는 사람의 맑은 마음을 비유하는 말.

履坦: '평탄한 길을 가다'는 뜻. 『주역』이괘履卦의 두 번째 효爻의 효사爻辭에 "履道坦坦, 幽人貞吉"이라는 말이 보인다.

曲肱飮水: 가난한 처사의 생활을 가리키는 말. 『논어』「술이」에 다음 구절이 보인다: "飯疏食飮水, 曲肱而枕之, 樂亦在其中矣. 不義而富且貴, 於我如浮雲."

千駟: 4천 마리 말. '駟'(사)는 수레 끄는 네 마리 말이라는 뜻.

曲肱飮水~士之一字: 『연암집』권10에 수록된 「본래의 선비」(原士)에 다음 구절이 보인다: "天子者, 原士也. 原士者, 生人之本也, 其爵則天子也, 其身則士也. 故爵有高下, 身非變化

也; 位有貴賤, 士非轉徙也."

운자

원문에 진하게 표시된 부분이 운자韻字인데, 이 단락의 운자는 아래와 같다.

    恥, 士, 己, 是, 士, 矣: '紙' 운.

    也, 者, 雅, 寡: '馬' 운.

    物, 鐵, 澈, 節: '屑' 운. '物' 자는 원래 '物' 운인데, '物'은 '屑'과 통운通韻이다.

    豪, 調, 毫, 薅: '豪' 운. '調' 자는 원래 '蕭' 운인데, '蕭'는 '豪'와 통운이다.

    馹, 字, 値, 志: '寘' 운.

번역의 동이

3-1   처사處士로 생을 마감함을
- 선비로서 일생 마치는 걸 신호열·김명호, 『연암집 중』, 240면

3-2   저 비천한~어찌 알겠습니까
- 이를 비천하다 여기는 저들이 / 어찌 선비를 알 수 있으랴 신호열·김명호, 240면

3-3   이른바 선비란~이와 같을 뿐입니다
- 이른바 선비란 건 / 상지하고 득기하나니 / 유하(柳下)의 절개와 유신(有莘)의 자득(自得)도 / 이와 같은 데 불과한 것 신호열·김명호, 240면

3-4   온축蘊蓄이 오래니~홀어미와 같으셨지요
- 오랫동안 쌓인 빛이 / 온아(溫雅)하게 드러났지 / 배부른 듯이 굶주림을 즐기셨고 / 과부처럼 절개 지키셨네 신호열·김명호, 241면

3-5   정직하여 남을 속이지 않았으며
- 꼿꼿해도 남을 책하지 않으셨네 신호열·김명호, 241면

3-6   진실을 살피고~편안하고 조화로우셨네
- 진실만을 바라보고 탄탄대로 걸으시어 / 심기가 차분히 가라앉으셨지 신호열·김명호, 241면

3-7   더러운 것~안 뽑아 냈겠습니까
- 먹 묻으면 씻어 버리고 / 논의 잡초 어찌 아니 뽑으리 신호열·김명호, 242면

아아!

들보가 꺾임을 애통해 하고

저 너른 강한江漢을 그리워합니다.

술잔을 올려 한 번 통곡하나니

만사萬事가 이제 끝입니다.

선생의 모습 물려받은

아들 하나 있어

늘 고락을 같이 하며

서로 함께 이끌어

권면勸勉하고 다정히 지내며

제게 베푼 은혜에 보답코자 합니다.

아아!

그 옛날 어린 사위가

이제 백발이 되었거늘

지금부터 죽을 때까지

허물이 적도록 노력하겠습니다.

은덕을 베푸시고

굽어 살피소서.

심중心中의 말 쏟아 내나

혼령께선 아실는지.

아아, 슬프옵니다.

상향尙饗.

嗚呼! 梁¹⁾木之哀, 江、漢之思.²⁾ 奠斝一慟, 萬事已而. 眉宇之寄, 獨有庭芝, 歡戚造次, 庶共挈携, 不忘偲³⁾怡, 以報受知. 嗚呼! 昔日小婿,⁴⁾ 今亦白頭, 從今未死, 庶寡悔尤. 維⁵⁾德之愛, 願言冥酬,⁶⁾ 肝膈之寫, 靈或知不? 嗚呼哀哉! 尙饗.⁷⁾

---

1) 梁   창강초편본과 창강중편본에는 "樑"으로 되어 있다.
2) 思   용재문고본에는 "恖"로 되어 있다.
3) 偲   숭계본에는 "偲"로 되어 있다.
4) 婿   계서본과 망창창재본 을에는 "壻"로 되어 있다.

역문풀이

들보가 꺾임: 어진 이의 죽음을 가리키는 말. 원문은 "梁木"인데, '양목지최'梁木之摧를 줄여
  쓴 말이다. '양목지최'란 어진 사람이 죽거나 뜻을 이루지 못한 것을 말한다.

저 너른 강한江漢: 문왕文王의 너른 덕을 비유하는 말. '강'江(江水)과 '한'漢(漢水)은 중국의 강
  이름이다. 『시경』 주남周南 「한광」寒廣에 "한수는 넓어 / 헤엄쳐 갈 수 없고 / 강수는 길
  어 / 뗏목으로 갈 수 없네"(漢之廣矣, 不可泳思, 江之永矣, 不可方思)라는 구절이 보인다. 「모
  시서」毛詩序에서는 이 시를 문왕의 덕이 널리 미침을 읊은 것이라고 해석했다.

상향尚饗: 보잘것없지만 흠향歆饗하시라는 뜻. 제문의 말미에 관습적으로 쓰는 표현이다.

원문풀이

梁木: 대들보. 흔히 현인賢人의 비유로 쓰인다. 여기서는 '梁木之摧'의 줄임말.

奠斝전가: 술잔을 올린다는 뜻. 『시경』 대아大雅 「행위」行葦에 "或獻或酢, 洗爵奠斝"라는 말이
  보인다.

眉宇: 용모 혹은 자태. 여기서는 이보천의 모습을 지칭한다.

庭芝: '지란'芝蘭과 같은 말로, 훌륭한 자제子弟를 뜻한다. 여기서는 이보천의 아들 이재성을
  가리킨다.

偲怡시이: '偲偲'(시시)와 '怡怡'(이이)를 합친 말. '偲偲'는 자상히 권면勸勉한다는 뜻이며, '怡
  怡'는 화락和樂함을 뜻한다. 전자는 벗들 간의 사귐에, 후자는 형제 간의 관계에 해당한다.
  『논어』 「자로」子路에 다음 내용이 보인다: "子路問曰: '何如斯可謂之士矣?' 子曰: '切切偲偲,
  怡怡如也, 可謂士矣. 朋友, 切切偲偲, 兄弟, 怡怡.'"

受知: '지우知遇를 받는다'는 말.

冥酬: 고인故人이 음덕蔭德을 베푸는 것을 이르는 말.

운자

원문에 진하게 표시된 부분이 운자인데, 이 단락의 운자는 아래와 같다.

  思, 而, 芝, 携, 知: '支' 운. '携' 자는 원래 '齊' 운인데, '齊'는 '支'와 통운이다.

  頭, 尤, 酬, 不: '尤' 운.

---

5) **維** 창강초편본과 창강중편본에는 "惟"로 되어 있다.
6) **昔日小婿～願言冥酬** 창강중편본에는 묵점이 찍혀 있다.
7) **饗** 창강초편본과 창강중편본에는 "享"으로 되어 있다.

번역의 동이

4-1   들보가 꺾임을~강한江漢을 그리워합니다
- 대들보 부러진 슬픔에다 / 강한 같은 그리움으로 신호열·김명호, 242면

4-2   늘 고락을~보답코자 합니다
- 즐겁거나 슬프거나 잠깐 사이라도 / 바라건대 함께 손잡고 / 서로 책선하고 화기애애하여 / 알아주신 은혜 보답 잊지 않으리 신호열·김명호, 243면

4-3   심중心中의 말~혼령께선 아실는지
- 간장에서 쏟는 눈물 / 영령께서 아실는지 신호열·김명호, 243면

장인 처사 유안재 이공 제문

정유년丁酉年(1777) 6월 23일 정사丁巳에 사위인 반남潘南 박지원朴趾源이 삼가 맑은 술을 올리고 장인丈人 유안재遺安齋 이공李公의 영전에 울며 영결永訣합니다.

아아! 소자小子가 열여섯일 적에 선생의 문하에 들었으니 이제 스물여섯 해가 됩니다. 비록 어리석고 몽매하여 선생의 도道를 배울 수는 없었지만, 그래도 스스로 생각건대 좋아하는 자에게 잘 보이려고 아첨하여 선생을 부끄럽게 하는 데는 이르지 않은 게 아닌가 합니다. 이제 선생께서 먼 길 떠나시는 날에, 어찌 한마디 말을 하여 가없는 슬픔을 토로하지 않을 수 있겠습니까?

아아!
처사處士로 생을 마감함을
세상에서는 수치로 여기니
저 비천한 무리들이
선비가 뭔지 어찌 알겠습니까?
이른바 선비란
뜻을 숭상하고 자기를 지키는 사람이니
유하혜柳下惠의 개결함과 이윤伊尹의 덤덤함도
이와 같을 뿐입니다.
이로써 보건댄
선비로 생을 마감함도
또한 어려운 일인가 합니다.
아아!
선생은 살아생전에
선비의 본분을 어기지 않고

예순네 해 동안

바르게 독서를 하셨습니다.

온축蘊蓄이 오래니 빛을 발하고

익히고 익혀 온아溫雅함이 드러났으며

배고파도 화락和樂하니 배부를 때와 같으셨고

절개 지키는 건 홀어미와 같으셨지요.

고고孤高해도 무리 떠나지 않으셨고

정직하여 남을 속이지 않았으며

말을 하면 정곡을 찔렀고

일을 처리함은 분명하셨죠.

마음은 빙호氷壺와 추월秋月 같아

안팎을 환히 비추셨지요.

비루한 세상의 썩은 선비는

선비가 절개 지키는 걸 부끄러이 여겼지요.

젊어서는 객기客氣와 부박함을 없앴고

만년엔 빼어남 감추셨으며

진실을 살피고 올바름을 실천하사

마음과 기운 편안하고 조화로웠으며

타고난 본연의 마음에다

삿된 마음 터럭만치도 붙이지 않으셨지요.

더러운 것 씻어 냈으니

가라지 어찌 안 뽑아냈겠습니까?

처사로서 가난한 생활을 하든

제후로서 부귀를 누리든

더 낫지도 않고 더 못하지도 않은 것이

'사'士라는 한 글자 아니겠습니까.

명命이란 하늘에 매인 거고

때는 만날 수도 못 만날 수도 있나니

이를 분변할 자라야

비로소 공公의 뜻을 알겠지요.

아아!

들보가 꺾임을 애통해 하고

저 너른 강한江漢을 그리워합니다.

술잔을 올려 한 번 통곡하나니

만사萬事가 이제 끝입니다.

선생의 모습 물려받은

아들 하나 있어

늘 고락을 같이 하며

서로 함께 이끌어

권면勸勉하고 다정히 지내며

제게 베푼 은혜에 보답코자 합니다.

아아!

그 옛날 어린 사위가

이제 백발이 되었거늘

지금부터 죽을 때까지

허물이 적도록 노력하겠습니다.

은덕을 베푸시고

굽어 살피소서.

심중心中의 말 쏟아 내나

혼령께선 아실는지.

아아, 슬프옵니다.

상향尙饗.

이몽직 애사

李夢直哀辭

Ⅰ　무릇 사람이 목숨을 부지한다는 건 요행이라 할 만하지만 그렇다고 사람이 어이없게 죽지는 않는다. 어째선가? 하루 동안 위험에 노출되고 재난에 빠지는 일이 얼마나 되는지는 알 수 없다. 다만 그런 일이 순식간에 지나가버리는 데다 눈과 귀로 재빨리 알아채 피하거나 손발로 방어하는 까닭에 그런 사정을 자각하지 못할 뿐이다. 그래서 사람들은 느긋한 마음으로 편안히 다니며 밤새 근심하지 않는다. 만일 사람들이 생각지도 못한 재난이 닥칠지도 모른다는 근심을 늘 품고 있다면 걱정스럽고 두려울 터이니, 하루 종일 문을 닫아걸고 눈을 가리고 있다 한들 그 근심을 견디지 못할 것이다.

大凡人之生, 可謂倖矣, 而其死也非巧. 何者? 一日之中, 其所以觸危亡、犯患難者, 不知其有幾, 而特其倏忽於毫髮之際, 經過於頃刻之間, 而適有耳目之捷,[1] 手足之捍, 故自不覺其所以然者, 而夫人者, 亦能坦懷安行, 無終夕之慮也.[2] 誠使人人者, 常懷不虞之慮, 則懵然畏懼, 雖終日閉門掩目而處, 將不勝其憂爾.[3]

본서에서 검토하는, 이 작품이 수록된 주요한 이본은 다음과 같다: 『겸헌만필』을, 계서본, 한씨문고본, 창강초편본, 창강중편본, 『여한십가문초』, 승계본, 영남대본, 용재문고본, 망창창재본 갑, 망창창재본 을.

1) **捷**　망창창재본 갑에는 "棲"로 되어 있으나 오기이다.
2) **大凡人之生~無終夕之慮也**　『겸헌만필』을에는 묵점이 찍혀 있다.
3) **大凡人之生~將不勝其憂爾**　창강중편본에는 묵권이 쳐져 있다. 한편 『겸헌만필』을에는 "誠使人人者~將不勝其憂爾"에 묵권이 쳐져 있다.

역문풀이

이몽직李夢直: 이한주李漢柱(1749~1774)를 말한다. '몽직'은 그의 자字다. 이관상李觀祥의 아들로, 백부 이보상李普祥의 양자가 되어 온양溫陽에 살았다. 1774년 2월 남산에서 활쏘기 연습을 하다가 잘못 날아온 화살을 맞아 얼굴에 창상創傷을 입고 일주일 만에 숨졌다.

애사哀辭: 일찍 죽은 사람을 애도하는 글. 『문심조룡』文心雕龍에 따르면, 시호諡號를 지을 때 단명短命으로 죽었을 경우 '애'哀라 칭한다 했다. 일반적으로 애사는 산문으로 서술되는 서序와 운문 부분인 사辭로 구성되는데, '서'는 죽은 이의 생애와 그의 재능 및 사망 원인 등에 대해 서술하고, '사'는 죽은 이를 아깝게 여기며 애통해 하는 마음을 표현하거나 가족들을 위로하는 내용으로 이루어진다.

원문풀이

其死也非巧: 여기에 나온 '巧'는 이 글에서 첫 번째로 나오는 '巧' 자다. 이 글자는 이 글 전편에서 대단히 중요한 뉘앙스를 띤다.

終夕: 밤새도록. '終夜'와 같은 뜻.

不虞: 미처 생각하지 못한 일. 뜻밖의 재난.

번역의 동이

1-1   무릇 사람이~어째선가

- 대체로 사람이 살아간다는 것은 가위 요행이라고 할 수 있는데, 그 죽는 것이 공교롭지 않는 것은 무엇 때문인가? 이동환, 『국역 여한십가문초』, 182면
- 무릇 사람이 살아 있다는 것은 가히 요행이라 말할 만하다. 그럼에도 그 죽음이 공교롭지 않음은 무슨 까닭인가? 김혈조, 『그렇다면 도로 눈을 감고 가시오』, 264면
- 대범 사람의 삶은 요행이라 할 수 있는데도 그 죽음이 공교롭지 않게 여겨지는 것은 어째서인가? 신호열·김명호, 『연암집 중』, 248면

1-2   다만 그런 일이~근심하지 않는다

- 단지 깜빡하는 사이에 스쳐가고 잠깐 사이에 지나쳐가는 데에다 마침 귀와 눈의 민첩함과 손과 발의 막아줌이 있기 때문에 그렇게 되었던 까닭을 스스로 깨닫지 못하게 되고, 따라서 사람들도 또한 마음에 거리낌이 없이 마음대로 나다니고 당장 저녁에라도 무슨 일이 일어나지나 않을까 하는 따위의 근심이 없게 된 것이다. 이동환, 182면
- 그러나 단지 털끝만한 사이에 휙 지나가고 잠깐 사이에 지나쳐가는데다가 마침 귀와 눈의 민첩함과 손과 발의 막아줌이 있기 때문에 그렇게 되었던 까닭을 자각하지 못하게 된다. 그리하여 대부분의 사람들도 거리낌 없이 마음대로 나다닐 수 있고, 당장 오늘 저녁에라도 무슨 일이 일어나지나 않을까

하는 근심을 하지 않게 된다. 김혈조, 264면

- 다만 그것이 간발의 차이로 갑자기 스쳐가고 짧은 순간에 지나가 버리는 데다가, 마침 민첩한 귀와 눈, 막아 주는 손과 발이 있기 때문에 스스로 그렇게 되는 까닭을 깨닫지 못하는 것일 뿐이며, 사람들도 편안하게 생각하고 안심하고 행동하여 밤새 무슨 변고가 없을까 염려하지 않는다. 신호열·김명호, 248면

1-3   만일 사람들이~견디지 못할 것이다

- 진실로 만일 사람마다 항상 뜻밖에 무슨 변을 당하지나 않을까 하고 근심을 품기로 한다면 무참할 지경으로 두려움에 싸여 비록 종일 문을 걸어 닫고 눈을 감고 들어 앉아 있더라도 그 걱정을 감당해 내지 못할 것이다. 이동환, 182~183면

- 정말 사람들마다 항상 뜻밖의 무슨 변을 당하지 않을까 하고 근심을 품는다면 무참할 정도로 두려움에 싸여 비록 종일 문을 닫아걸고 눈을 감고 들어앉아 있다 하더라도 그 걱정을 다 견뎌내지 못할 것이리라. 김혈조, 264면

- 진실로 사람마다 늘 뜻하지 않은 변고를 당하게 될 것을 염려하게 한다면, 비참하도록 두려워서 비록 종일토록 문을 닫고 눈 가리고 앉아 있다 해도, 그 근심을 감당하지 못할 것이다. 신호열·김명호, 248면

2   옛날에 어떤 관상쟁이가 한 여자를 보고는 소한테 받히지 않도록 조심하라 하였는데, 그 여자는 어느 날 방문 앞에서 귀이개로 귀를 후비다 그만 방문이 귀에 세게 부딪히는 바람에 죽었다. 귀이개는 곧 쇠뿔로 만든 것이었다. 또 한 점쟁이가 어떤 사내의 운명에 대해 말하길 반드시 쇠를 먹고 죽을 것이라 했는데, 그 사나이는 어느 날 아침을 먹다가 수저가 폐 속으로 빨려 들어가는 바람에 죽고 말았다. 그 기이하게 들어맞고 기막히게 징험되는 것이 이와 같았다. 게다가 사고를 당하기 전에 조심하라고 재삼 당부까지 하지 않았던가. 그렇지만 쇠는 먹을 것이 아니고 소는 안방에서 기르는 것이 아니니 비록 명命을 아는 선비였다 할지라도 이런 일을 미리 헤아려 조심하기란 어려웠을 것이다.
아아! 군자는 아무도 듣지 않는 곳에서도 두려워하고 주의하며 아무도 보지 않는 곳에서도 조심하고 삼간다 하였으나, 이 어찌 소에 받히고 쇠를 먹는 이런 일을 지칭한 것이겠는가? 요컨대 높은 산에 오르지 말고 깊은 물가에 가지 말며 말을 삼가고 음식을 절제하며, 나의 한 생각 안에서 일어나는 일들을 경계한 것일 뿐이다. 바깥에서 오는 환난이야 대체 어쩌겠는가.

昔有望氣者, 相一女子, 戒牛觸, 嘗[1]臨戶鞱[2]挑, 戶激觸耳而死, 鞱則牛也. 又算[3]命者, 論一丈夫, 當食金而死, 嘗早食, 肺吸其匙而死. 其奇中巧驗如此, 而又未嘗不先事而丁寧戒囑. 然金非可食之物, 而牛非閨門之畜, 則雖知命之士, 難可逆[4]料而戒謹于此也.[5] 嗚呼! 君子恐懼乎其所不聞, 戒愼乎其所不覩,[6] 豈觸牛食金之謂哉? 要之, 不登高, 不臨深, 愼言語, 節飮食, 而戒吾一念之所內發耳. 其於外至之患, 亦復何哉?[7]

역문풀이

군자는 아무도~조심하고 삼간다: 『중용』에 다음의 구절이 있다: "도道란 잠시도 떠날 수 없는 것이다. 떠날 수 있다면 도가 아니다. 그러므로 군자는 아무도 보지 않는 곳에서 조심하고 삼가며 아무도 듣지 않는 곳에서도 두려워하고 주의한다. 숨어 있는 것보다 더 잘 보이는 것이 없고 감추어진 것보다 더 잘 드러나는 것이 없다. 그러므로 군자는 홀로 있을 때 삼간다."

원문풀이

望氣: 기운氣運을 보아 길흉의 조짐을 헤아리는 것.

算命: 운수를 점침.

奇中巧驗: 여기에 나온 '巧' 자는 이 글에서 두 번째로 나오는 '巧' 자다.

丁寧: 재삼 간절히 당부함.

戒囑: 경계하여 타이름. 훈계하여 정신을 가다듬게 함.

逆料: 여기서 '逆'은 '미리'라는 뜻이다.

---

1) 嘗 승계본에는 "常"으로 되어 있다.
2) 鞱 이 글자에 대해 창강중편본에는 "音滔, 取耳中垢之具也, 韓代所製"(음은 '도'이다. 귀지를 파내는 도구로, 한대韓代에 만들었다)라는 세주가 있고, 『여한십가문초』에는 "挑耳垢之具, 韓朝所製也. 音韜"(귀지를 파내는 도구로, 한조韓朝에 만들었다. 음은 '도'이다)라는 세주가 있으며, 승계본에는 "鞱音滔, 取耳垢之具, 我國所製"('鞱'의 음은 '도'이다. 귀지를 파내는 도구로, 우리나라에서 만들었다)라는 첨지가 붙어 있다.
3) 算 『겸헌만필』을, 계서본, 한씨문고본, 승계본, 영남대본, 용재문고본, 망창창재본 갑, 망창창재본 을에는 "筭"으로 되어 있다.
4) 逆 한씨문고본에는 "迸"으로 되어 있다.
5) 金非可食之物~難可逆料而戒謹于此也 『겸헌만필』을에는 묵점이 찍혀 있다.
6) 覩 창강초편본, 창강중편본, 『여한십가문초』에는 "睹"로 되어 있다.
7) 嗚呼~亦復何哉 창강중편본에는 묵점이 찍혀 있다.

恐懼乎其所不聞, 戒愼乎其所不覩:『중용』을 인용한 대목이다. 해당 구절은 다음과 같다: "道
也者, 不可須臾離也, 可離非道也. 是故君子, 戒愼乎其所不睹, 恐懼乎其所不聞. 莫見乎
隱, 莫顯乎微, 故君子愼其獨也."

번역의 동이

2-1   그 기이하게 들어맞고~당부까지 하지 않았던가

- 그 기이하게 맞히고 공교롭게 징험된 것이 이와 같은 데다, 또 미상불 일이 일어나기에 앞질러 분명히 얘기를 해주었던 것이다. 이동환, 183면
- 그 기이하게 적중하고 공교롭게 징험된 것이 이와 같은데다, 또한 아닌게아니라 사건이 벌어지기 앞서 거듭 조심시키고 부탁하지 않은 적이 없었다. 김혈조, 264~265면
- 그 신기하게 들어맞고 공교하게 증험된 것이 이와 같을 뿐만 아니라, 일을 당하기에 앞서 간곡하게 조심하라고 당부하지 않은 적도 없었다. 신호열·김명호, 249면

3   이몽직李夢直은 이름이 한주漢柱이며 본관은 덕수德水로서 충무공忠武公의 후손이다. 그의 선친인 절도사節度使 이관상李觀祥이 내 자형姉兄인 금오랑金吾郞 서중수徐重修 씨의 외삼촌인 관계로 몽직은 어릴 적부터 내 밑에서 수학하였다. 그의 매부인 박제운朴齊雲은 나이는 어려도 문장을 잘하는데 호는 초정楚亭이며 나와 좋이 지낸다. 몽직은 대대로 장수將帥를 배출한 가문의 사람으로 비록 무업武業에 종사하기는 하였지만 글 하는 선비를 좋아하여 늘상 초정을 따라 내게 와 노닐었다. 사람이 어려서는 예쁘장하더니 장성해서는 맑고 시원스러워 참 좋았다. 하루는 남산에서 활쏘기를 연습하다 잘못 날아온 화살에 맞아 죽었다. 죽었지만 아들도 없었다.

아아! 나라가 태평한 지 오래되었고 사방에 전쟁도 없건만, 장사壯士가 그만 화살을 맞아 죽다니, 그 어찌 어이없는 일이 아니겠는가. 대저 사람이 하루라도 목숨을 부지하는 건 정말 요행이라 할 만하다.

李夢直, 諱漢柱, 德水人, 忠武公之後也. 其考, 節度使諱觀祥, 與[1]吾姉[2]婿[3]徐金吾重修氏[4]爲內舅, 故夢直自其幼時從余學. 其妹婿[5]朴氏子齊雲, 年少能文章, 號曰楚亭, 與余善. 夢直世世將家, 雖從武業乎, 然喜文士, 常從楚亭遊於余. 爲人幼娟

好, 及旣壯,⁶⁾ 疎⁷⁾朗可喜. 一日, 習射南山中, 中荒矢死, 死又無子. 嗚呼! 國家昇平日久, 四境無金革可⁸⁾戰鬪⁹⁾之事, 而士之獨死乎鋒鏑之下者, 豈非巧¹⁰⁾歟? 夫人一日之生, 可謂倖矣.

역문풀이

충무공忠武公의 후손: 이몽직은 충무공 이순신李舜臣의 6대손이다.

절도사節度使: 조선시대의 외관직外官職으로, 각 도道의 육군을 지휘하는 병마절도사兵馬節度使(종2품)와 수군을 지휘하는 수군절도사水軍節度使(정3품)로 나뉜다.

이관상李觀祥: 생몰년 1716~1770년. 이몽직의 부친으로, 함경도 병마절도사를 지냈다. 박제가가 그를 위해 쓴 「외구外舅 이공李公 제문」祭外舅李公文이 『정유각집』貞蕤閣集 권3에 전한다.

금오랑金吾郎: 의금부 도사義禁府都事를 이르는 말.

서중수徐重修: 생몰년 1734~1812년. 자字는 성백成伯이고, 강화부江華府 경력經歷을 지냈다. 그는 연암의 둘째누이 반남 박씨潘南朴氏(1733~1809)와 결혼한바 연암에게는 자형姉兄이 된다. 연암이 그에게 쓴 「성백成伯에게 보낸 편지」(與成伯)가 『연암집』 권5에 실려 있다.

그의 매부인 박제운朴齊雲: 박제가를 말한다. '제운'은 박제가의 초명初名이다. 박제가는 이관상의 셋째딸과 혼인한바 이몽직에게는 매부가 된다. 한편 박제가가 쓴 「이몽직 제문」祭李夢直文이 『정유각집』 권3에 전한다.

죽었지만 아들도 없었다: 『덕수 이씨 세보』德水李氏世譜에는 이몽직이 1남 1녀를 두었던 것으로 되어 있다. 그 중 아들 이정수李正秀는 이몽직이 죽던 해인 1774년에 태어났다. 한편 박제가의 「이몽직 제문」에는 이몽직이 죽을 당시 그 아내의 태중에 아이가 있었음이 언

---

1) 與 　창강초편본, 창강중편본, 『여한십가문초』, 승계본에는 "於"로 되어 있다.

2) 姉 　한씨문고본과 용재문고본에는 "娣"로 되어 있다.

3) 婚 　『겸헌만필』 을과 계서본에는 "壻"로 되어 있다.

4) 氏 　창강초편본, 창강중편본, 『여한십가문초』에는 빠져 있다.

5) 婚 　망창창재본 갑에는 "婚"으로 되어 있으나 오기이다.

6) 壯 　한씨문고본과 용재문고본에는 "長"으로 되어 있다.

7) 疎 　『겸헌만필』 을과 계서본에는 "踈"로 되어 있다.

8) 可 　계서본, 한씨문고본, 창강초편본, 창강중편본, 『여한십가문초』, 승계본, 영남대본, 용재문고본, 망창창재본 갑, 망창창재본 을에는 빠져 있다.

9) 鬪 　창강초편본, 창강중편본, 『여한십가문초』에는 "鬭"로 되어 있다.

10) 嗚呼~豈非巧 　창강중편본에는 묵점이 찍혀 있다.

급되어 있는바 이 유복자가 이정수이다.

원문풀이

內舅: 외숙外叔.

雖從武業乎~常從楚亭遊於余: 박제가의 「이몽직 제문」에 다음 구절이 보인다. "夢直雖從事
　　於武業, 而被服如儒人, 喜文士, 樂從吾輩遊."

娟好: 곱고 아름답다는 뜻.

疎朗: 밝고 탁 트인 모습. 혹은 용모가 준수한 모습.

金革: 무기와 갑옷, 혹은 전쟁을 가리키는 말.

四境無金革可戰鬪之事: 박제가의 「이몽직 제문」에 다음 구절이 보인다. "不幸而遇金革戰鬪
　　之日, 值兩軍相當之際, 執干戈援枹鼓, 而死於敵, 如國傷者之爲, 則亦足以豎烈士之髮, 增
　　志士之氣也."

鋒鏑: 창끝과 화살촉.

士之獨死乎鋒鏑之下者: 박제가의 「이몽직 제문」에 다음 구절이 보인다. "一朝中流矢, 獨不
　　免爲鋒鏑之鬼者."

豈非巧歟: 여기에 나온 '巧'는 이 글에서 세 번째로 나오는 '巧' 자다.

번역의 동이

3-1　　　아아 나라가~요행이라 할 만하다

- 아아! 우리 나라가 태평 세월이 오래 되고 사방 변경에 전투할 일이라고는 없는데 장사가 홀로 활
촉 아래에서 죽다니 어찌 공교롭지 아니한가? 대저 사람이 하루하루 살아간다는 것이 가위 요행이라
하겠다. 이동환, 184면

- 슬프다! 나라가 태평한 지 오래이고, 사방 변경에는 전란으로 싸울 일이라고는 없는데도 장사가
홀로 활촉 아래에 죽는다는 것이 어찌 공교롭지 아니한가? 무릇 사람이 하루하루를 산다는 것이 정말
요행이라 말할 만하다. 김혈조, 265면

- 아, 국가가 태평을 누린 적이 오래라 사방에 난리가 없어 싸울 만한 일이 없는데도, 선비가 유독
창끝이나 살촉에 찔려 죽는다는 것은 어찌 공교로운 일이 아니겠는가. 신호열·김명호, 250면

4　이에 애사를 지어 저 전장戰場에서 죽은 장사壯士를 애도함으로써 몽직의 혼령을 위로한다.

　　　장사가 씩씩하게 전장에 이르니
　　　양군兩軍이 맞선 곳에 모래 바람 몰아친다.
　　　함성 서로 높지만 외려 소리 내지 않고
　　　입에 칼을 물고 창을 휘두르며 나아간다.
　　　뭇 칼날이 닥쳐도 눈 하나 깜빡 않고
　　　오른발로 디디고서 왼발 들어 차 버린다.
　　　임금 위해 온 힘을 다하나니
　　　얼굴과 목소리 사나운 건 미쳐서가 아니라네.
　　　아아! 전사한 지 오래건만 우뚝하니 선 채
　　　손에 화살 움켜쥐고 두 눈을 부릅떴네.
　　　자손에게 음덕陰德 내리고 그 고을은 정표旌表 되리니
　　　역사에 기록되어 꽃다운 이름 전하리라.

　　於是作辭, 以哀夫壯士之死於戰場者, 而以吊夢直[1]焉.[2] 辭曰: 士踊[3]躍兮赴戰塲, 風沙擊兮兩軍當. 聲厮暴兮還不颺, 口含釰兮前舞槍.[4] 目不瞬兮集衆鋩,[5] 踏右足兮左脚揚.[6] 竭[7]膂力兮爲君王, 容聲惡兮諒非狂.[8] 嗚呼! 死已久兮立不僵, 矢[9]猶握兮兩目張.[10] 蔭子孫兮表其鄉, 史書之兮流芬芳.

---

1) **於是作辭～而以吊夢直**　『겸헌만필』 을에는 묵점이 찍혀 있다.
2) **以哀夫壯士之死於戰場者～而以吊夢直焉**　창강중편본에는 묵권이 쳐져 있다.
3) **踊**　한씨문고본과 용재문고본에는 "勇"으로 되어 있다.
4) **槍**　용재문고본에는 "鎗"으로 되어 있다.
5) **鋩**　계서본에는 "釾"으로 되어 있다.
6) **聲厮暴兮還不颺～踏右足兮左脚揚**　『겸헌만필』 을에는 묵점이 찍혀 있다.
7) **竭**　한씨문고본과 용재문고본에는 "蝎"로 되어 있으나 오기이다.
8) **容聲惡兮諒非狂**　『겸헌만필』 을에는 묵권이 쳐져 있다. 한편 승계본에는 '狂'이 "誑"으로 되어 있다.
9) **矢**　창강초편본, 창강중편본, 『여한십가문초』에는 "手"로 되어 있다.
10) **士踊躍兮赴戰場～矢猶握兮兩目張**　창강중편본에는 묵권이 쳐져 있다.

역문풀이

정표旌表: 충신이나 효자 및 열녀의 어진 행실을 기리기 위해 마을 어귀에 붉게 칠한 문을 세
  우고 편액을 내리는 일.

원문풀이

踴躍: 펄쩍 뛰어 기세 좋게 나아가는 모양.

風沙擊兮兩軍當: 박제가의 「이몽직 제문」에 다음의 구절이 보인다. "値兩軍相當之際, 執干
  戈援枹鼓, 而死於敵, 如國傷者之爲, 則亦足以豎烈士之髮, 增志士之氣也."

厮시: '廝'와 같은 글자. 여기서는 '서로'라는 뜻으로 풀었다.

膂力여력: 완력腕力.

운자

원문에 진하게 표시된 부분이 운자인데, 이 단락의 운자는 아래와 같다.

  塲, 當, 颺, 槍, 鋩, 揚, 王, 狂, 僵, 張, 鄕, 芳: 모두 '陽' 운이다.

번역의 동이

4-1   이에 애사를~혼령을 위로한다

■ 이에 장사가 전장에서 죽은 경우를 슬퍼하는 내용으로 사(辭)를 지어서 몽직의 죽음을 조상한다.
이동환, 184면

■ 여기 애사(哀辭)를 지어 저 장사들이 전장에서 죽는 것을 애달피 여기고, 이로써 몽직의 죽음을
조상(弔喪)한다. 김혈조, 265면

■ 이에 애사를 지어 전장에서 죽은 장사(壯士)를 애도하고, 이로써 몽직의 죽음에 대해 조문하노라.
신호열·김명호, 250면

4-2   함성 서로 높지만~왼발 들어 차 버린다

■ 싸우는 소리 사납게 시근대나 드날려 가지는 않네. / 입에는 칼을 물고 앞에는 창이 날뛴다. / 뭇
칼날이 몰려 들어도 눈 깜박 않는구나. / 오른 발로 디디며 왼 다리를 휘두른다. 이동환, 184면

■ 그 소리 사납지만 드날려가지는 않네. / 입으로 칼을 물고 앞에는 창이 춤춘다. / 뭇 칼날이 모여
들어도 눈 하나 깜짝 않고 / 이 발로 밟아버리고 저 발로 날려버린다. 김혈조, 266면

■ 목소리가 쉬고 거칠어 도리어 고조되지 아니하고 / 입으로는 칼을 물고 전진하며 창 휘두르네 /
눈 한번 깜짝 않네 뭇 창끝이 몰려와도 / 오른발론 짓밟고 왼발을 날리누나 신호열·김명호, 250면

4-3   손에 화살 움켜쥐고 두 눈을 부릅떴네

- 손은 오히려 불끈 쥔 채 두 눈을 부릅떴네. 이동환, 184면
- 화살을 불끈 쥐며 부릅뜬 두 눈 김혈조, 265면
- 주먹 상기 쥐었어라 두 눈마저 부릅떴소 신호열·김명호, 251면

❀ 김택영의 수비

- 명언名言이다.[1]

  名言.

- 명銘이 몹시 예스럽고 씩씩하다.[2]

  銘尤古健.

- 의론議論이 투철하면서도 바르고, 사詞는 몹시 기이하다.[3]

  議論透正, 詞尤絶奇.

- 전장에서 죽은 장사壯士를 애도한 것은 기실 이몽직이 헛되이 비명非命에 죽은 것을 슬퍼한 것이다. 얼마나 역량이 대단하며 얼마나 함축이 풍부한가![4]

  哀壯士之戰死者, 實[5]哀夢[6]直之虛死於非命也. 何等力量, 何等含蓄!

역문풀이

명銘: 애사의 서序와 사辭 중 '사'를 가리킨다.

---

1) 이 평은 창강초편본에 있다.
2) 이 평은 창강초편본에 있다.
3) 이 평은 창강중편본과 승계본에 있다.
4) 이 평은 창강중편본과 승계본에 있다.
5) 實 승계본에는 "窵"로 되어 있다.
6) 夢 승계본에는 "多"으로 되어 있다.

이몽직 애사

무릇 사람이 목숨을 부지한다는 건 요행이라 할 만하지만 그렇다고 사람이 어이없게 죽지는 않는다. 어째선가? 하루 동안 위험에 노출되고 재난에 빠지는 일이 얼마나 되는지는 알수 없다. 다만 그런 일이 순식간에 지나가버리는 데다 눈과 귀로 재빨리 알아채 피하거나 손발로 방어하는 까닭에 그런 사정을 자각하지 못할 뿐이다. 그래서 사람들은 느긋한 마음으로 편안히 다니며 밤새 근심하지 않는다. 만일 사람들이 생각지도 못한 재난이 닥칠지도 모른다는 근심을 늘 품고 있다면 걱정스럽고 두려울 터이니, 하루 종일 문을 닫아걸고 눈을 가리고 있다 한들 그 근심을 견디지 못할 것이다.

옛날에 어떤 관상쟁이가 한 여자를 보고는 소한테 받히지 않도록 조심하라 하였는데, 그여자는 어느 날 방문 앞에서 귀이개로 귀를 후비다 그만 방문이 귀에 세게 부딪히는 바람에죽었다. 귀이개는 곧 쇠뿔로 만든 것이었다. 또 한 점쟁이가 어떤 사내의 운명에 대해 말하길 반드시 쇠를 먹고 죽을 것이라 했는데, 그 사나이는 어느 날 아침을 먹다가 수저가 폐 속으로 빨려 들어가는 바람에 죽고 말았다. 그 기이하게 들어맞고 기막히게 징험되는 것이 이와 같았다. 게다가 사고를 당하기 전에 조심하라고 재삼 당부까지 하지 않았던가. 그렇지만쇠는 먹을 것이 아니고 소는 안방에서 기르는 것이 아니니 비록 명命을 아는 선비였다 할지라도 이런 일을 미리 헤아려 조심하기란 어려웠을 것이다.

아아! 군자는 아무도 듣지 않는 곳에서도 두려워하고 주의하며 아무도 보지 않는 곳에서도 조심하고 삼간다 하였으나, 이 어찌 소에 받히고 쇠를 먹는 이런 일을 지칭한 것이겠는가? 요컨대 높은 산에 오르지 말고 깊은 물가에 가지 말며 말을 삼가고 음식을 절제하며, 나의 한 생각 안에서 일어나는 일들을 경계한 것일 뿐이다. 바깥에서 오는 환난이야 대체 어쩌겠는가.

이몽직李夢直은 이름이 한주漢柱이며 본관은 덕수德水로서 충무공忠武公의 후손이다. 그의 선친인 절도사節度使 이관상李觀祥이 내 자형姊兄인 금오랑金吾郎 서중수徐重修 씨의 외삼촌인 관계로 몽직은 어릴 적부터 내 밑에서 수학하였다. 그의 매부인 박제운朴齊雲은 나이는 어려도 문장을 잘하는데 호는 초정楚亭이며 나와 좋이 지낸다. 몽직은 대대로 장수將帥를 배출한 가문의 사람으로 비록 무업武業에 종사하기는 하였지만 글 하는 선비를 좋아하여 늘상 초정을 따라 내게 와 노닐었다. 사람이 어려서는 예쁘장하더니 장성해서는 맑고 시원스러워 참 좋았다. 하루는 남산에서 활쏘기를 연습하다 잘못 날아온 화살에 맞아 죽었다. 죽었지만 아들도 없었다.

아아! 나라가 태평한 지 오래되었고 사방에 전쟁도 없건만, 장사壯士가 그만 화살을 맞아 죽다니, 그 어찌 어이없는 일이 아니겠는가. 대저 사람이 하루라도 목숨을 부지하는 건 정말 요행이라 할 만하다.

이에 애사를 지어 저 전장戰場에서 죽은 장사壯士를 애도함으로써 몽직의 혼령을 위로한다.

장사가 씩씩하게 전장에 이르니
양군兩軍이 맞선 곳에 모래 바람 몰아친다.
함성 서로 높지만 외려 소리 내지 않고
입에 칼을 물고 창을 휘두르며 나아간다.
뭇 칼날이 닥쳐도 눈 하나 깜빡 않고
오른발로 디디고서 왼발 들어 차 버린다.
임금 위해 온 힘을 다하나니
얼굴과 목소리 사나운 건 미쳐서가 아니라네.
아아! 전사한 지 오래건만 우뚝하니 선 채
손에 화살 움켜쥐고 두 눈을 부릅떴네.
자손에게 음덕陰德 내리고 그 고을은 정표旌表 되리니
역사에 기록되어 꽃다운 이름 전하리라.

「이몽직 애사」 뒤에 적은 글

題李夢直哀辭後

[I] 　　　나는 내 친구 이사춘李士春이 죽고부터 다시는 남과 사귀고 싶지 않았다. 아울러 경조사도 폐하였다. 평소 친하게 지내던 벗인 유사경兪士京이나 황윤지黃 允之 같은 이들이 벼슬길에서 어려움을 만나 해도海島에 귀양 가 거의 죽게 되었 는데도 또한 편지 한 글자 써서 위로한 적이 없었다. 비록 남과 상종하는 일이 있 다 해도 이웃집에 물이나 불을 빌리러 가거나 가까운 일가친척을 방문하는 일이 고작이었다. 그래서 사람들이 자못 원망하고 화를 내고 꾸짖음과 책망을 보냈지 만 나는 감히 스스로 그 연유를 말할 수 없어 버려지거나 절교당하는 걸 감수했 으며 비록 나를 가리켜 미치광이에 바보라고 해도 원망하지 않았다.

　　　余自吾友李士春之死, 不欲與人更交, 並廢慶賀吊慰.[1] 平生親友之如[2]兪士京 、黃允之輩, 遭[3]罹奇險, 幾死海島, 而[4]亦未嘗以一字[5]相問. 雖[6]有[7]過從, 不過[8]比鄰水

본서에서 검토하는, 이 작품이 수록된 주요한 이본은 다음과 같다:『겸헌만필』을, 계서본, 한씨문고본, 승계본, 영남대본, 용재문고본, 망창창재본 갑, 망창창재본 을.

1) 並廢慶賀吊慰　　『겸헌만필』을에는 "並廢人間慶賀吊慰等事"로 되어 있다.
2) 如　　승계본에는 "於"로 되어 있다.
3) 遭　　『겸헌만필』을과 계서본에는 "遭"로 되어 있다.
4) 而　　『겸헌만필』을에는 없다.
5) 以一字　　승계본에는 "一字以"로 되어 있다.
6) 雖　　『겸헌만필』을에는 "時"로 되어 있다.
7) 有　　용재문고본에는 "不"로 되어 있으나 오기이다.
8) 過　　『겸헌만필』을에는 이 뒤에 "乎"가 더 있다.

火之所資, 一門緦⁹⁾服之內而已. 人頗怨怒, 誚責備至, 而亦不敢自言如此, 而甘心棄絶, 雖目之以狂顚不慧, 亦不怨也.¹⁰⁾

역문풀이

「이몽직 애사」 뒤에 적은 글: 원문에는 이런 제목 없이 이하의 글이 앞의 글 「이몽직 애사」
　　와 달리 한 칸씩 들여 기재되어 있다. 창강초편본, 창강중편본, 『여한십가문초』는 이 부
　　분을 떼어내 버리고 싣지 않았다. 연암의 아들인 박종채朴宗采가 저술한 『과정록』過庭錄
　　에는 "아버지는 「이몽직 애사」라는 글을 지었으며 그 끝에 발跋을 붙여 왜 그 작품을 지
　　었는지를 밝혔다"(作「李夢直哀辭」, 跋其後, 以發其所以作之意)라는 말이 보인다. 『과정록』에
　　서는 '발跋' 운운했지만 '발'이라는 문체는 책의 뒤나 서화의 권축卷軸 뒤에 붙이는 게 일
　　반적이다. 따라서 연암이 「이몽직 애사」 뒤에 글을 붙일 때는 발이 아니라 '제후'題後를
　　쓴다는 생각이었을 것이다. '제후'란 책은 물론이요, 특정 작품의 뒤에 붙여 그 작품을
　　쓰게 된 배경이나 연유 등을 밝히는 문체이기 때문이다. 이런 점을 고려할 때 「이몽직
　　애사」 뒤에 붙인 연암의 글은 '발'이라기보다 '제후'라고 보는 것이 합당하다. 또한 '발'
　　이나 '제후'는 그 대상이 된 작품(혹은 책)의 일부분이 아니다. 비록 대상이 된 작품과 깊
　　은 연관을 갖는 글임에는 분명하나 그 자체로 독립된 한 편의 글이다. 한유韓愈는 「구양
　　생 애사」歐陽生哀辭를 쓴 다음 따로 「'구양생 애사' 뒤에 적은 글」(題歐陽生哀辭後)을 지은
　　일이 있는데, 연암은 한유의 전례에 따라 이 제후를 통해 「이몽직 애사」에 담을 수 없었
　　던 자기 심중의 소회所懷를 피력했다.

이사춘李士春: 이희천李羲天(1738~1771)을 말한다. '사춘'은 그의 자字이고, 호는 석루石樓이
　　다. 이희천의 부친은 당대의 유명한 고사高士인 단릉丹陵 이윤영李胤永(1714~1759)이다.
　　연암은 20세 무렵 이윤영에게서 『주역』을 수학했으며 그를 존경하는 스승으로 섬겼다.
　　이윤영은 연암의 식견을 높이 사 망년우忘年友로 허여許與했으며 그의 아들 이희천으로
　　하여금 연암과 교유하게 했다. 1771년(영조 47) 이희천은 조선 왕조를 모독하는 내용이
　　들어 있는 중국 책인 『명기집략』明紀輯略을 소지하고 있었다는 혐의로 효수梟首당했다.

유사경兪士京: 유언호兪彦鎬(1730~1796)를 말한다. '사경'은 그의 자이고, 호는 즉지헌則止軒이

---

9) 緦　계서본에는 "偲"로 되어 있다.
10) 雖目之以狂顚不慧, 亦不怨也　『겸헌만필』을에는 없다.

다. 정조 때의 중신重臣으로 원래 벽파僻派였는데 정조의 즉위와 함께 시파時派로 입장을 바꾸었다. 정조의 총애를 받아 즉위 이듬해 이조참의로 발탁되었고, 후에 형조판서를 거쳐 좌의정에까지 올랐다. 연암의 절친한 벗으로 연암이 곤경에 처해 있을 때 물심양면으로 도와주었다. 문집으로 『연석』燕石이 전한다. 유언호는 1771년 산림 세력을 배척하는 영조의 정책에 반대하는 상소를 올렸다가 경상도 남해현南海縣에 유배된 적이 있다.

황윤지黃允之: 황승원黃昇源(1732~1807)을 말한다. '윤지'는 그 자다. 황승원은 젊은 시절 연암과 함께 과거 공부를 한 적이 있다. 강화 유수江華留守, 홍문관 제학提學, 이조판서 등의 벼슬을 역임했다. 그는 영조의 탕평책을 비판하여 벌을 받은 조영순趙榮順을 두둔하다가 1773년에 흑산도로 유배된 적이 있다.

원문풀이

題李夢直哀辭後: 원래 제목이 없지만 임의로 제목을 붙였다.

比鄰: 이웃.

水火: 물과 불, 혹은 일상생활에 없어서는 안 될 물건을 가리키는 말.

緦服: 시마복緦麻服. 상복의 한 종류로서 가는 삼베로 만들며 종증조從曾祖(증조부의 형이나 아우)나 삼종三從(8촌) 형제 등의 상사喪事에 석 달 동안 입는다. '시마복을 입는다'고 하면 촌수가 그리 멀지 않은 친족 사이를 뜻한다.

번역의 동이

1-1   비록 남과~일이 고작이었다

· 비록 오고 갈 일이 있어도 이웃에 물이나 불을 빌리러 가거나, 상복을 입어야 할 가까운 집안의 문상을 다니는 것에 지나지 않았다. 김혈조, 『그렇다면 도로 눈을 감고 가시오』, 266면

· 비록 왕래하는 일이 있다 해도, 가까운 이웃에 밥 지을 물과 불을 얻거나 시복(緦服) 이내의 집안 친척을 조문하는 것에 지나지 않았다. 신호열·김명호, 『연암집』, 251면

2   아마도 생각이란 생각은 모두 망상妄想이며 인연은 다 악연인가 보다. 생각을 하여 인연이 생기고, 인연이 생겨서 사귀게 되며, 사귀게 되어 친해지고, 친해져서 정이 드는데, 정이 든다는 것은 곧 원업冤業을 쌓는 일이다. 그 정든 사람들이 사춘士春처럼 참혹하고 몽직夢直처럼 어이없게 죽어야 한다면, 평생 즐거운

일은 얼마 없는 것이고, 결국 재앙과 우환, 죽음과 상실로 고통이 뼈에 사무칠 터이니, 이 어찌 망상과 악연이 모여들어 원업을 이룬 것이 아니겠는가.

蓋想皆妄想, 緣皆惡緣也. 想而緣, 緣而交, 交而親, 親而情, 情而乃寃[1]業也. 其死如士春之慘而夢直之巧, 則平生歡[2]樂無幾, 而乃其禍[3]患死喪, 痛楚刺骨, 玆豈非妄想惡緣湊爲寃[4]業耶.[5]

역문풀이

망상妄想: 분별하는 마음. 망녕되게 분별하여 여러 가지의 상相(삼라만상의 모양)을 취하는 것을 '망상'이라 한다. 『능엄경』楞嚴經 권4에 "망상이 스스로를 구속하는 것이 누에가 고치 만드는 것과 같다"라는 말이 보인다.

원업寃業: 과거 또는 전생에 뿌린 악의 씨. '업'業은 산스크리트어인 카르마Karma의 번역인데 신업身業, 구업口業, 의업意業의 세 가지가 있다. 카르마는 원래 '짓는다'라는 뜻인데, 입으로 짓는 말과 몸으로 짓는 행위와 뜻으로 짓는 생각이 선과 악을 쌓아 일체의 인연과 윤회가 스스로의 업에 의해 생긴다고 보는 것이 불교의 교리다.

번역의 동이

2-1   아마도 생각이란~쌓는 일이다

·   무릇 사람의 생각이란 모두 망상이요, 인연이란 모두 악연이다. 생각하면 인연이 생기고, 인연이 생기면 교제하게 되고, 교제하면 친하게 되고, 친하면 정이 생기고, 정이 생기면 곧 원통한 업보가 되는 것이다. 김혈조, 267면

·   대개 생각은 다 망상이요, 인연은 다 악연이다. 생각하는 데서 인연이 맺어지고, 인연이 맺어지면 사귀게 되고, 사귀면 친해지고, 친하면 정이 붙고, 정이 붙으면 마침내는 이것이 원업(寃業)이 되는 것이다. 신호열·김명호, 252면

---

1) 寃   『겸헌만필』을에는 "怨"으로 되어 있다.
2) 歡   『겸헌만필』을, 계서본, 한씨문고본, 영남대본, 용재문고본, 망창창재본 갑에는 "懽"으로 되어 있다.
3) 禍   계서본과 승계본에는 "祵"로 되어 있다.
4) 寃   『겸헌만필』을에는 "怨"으로 되어 있다.
5) 業耶   『겸헌만필』을에는 "業者耶"로 되어 있다. 한편 용재문고본에는 "耶"가 "也"로 되어 있다.

3 　　　만약 처음부터 몽직을 몰랐더라면 그가 죽었다는 말을 들었어도 이토록 몹시 마음이 아프고 참담하지는 않을 것이다. 몽직이 나를 따라 노닐 적에 비록 사춘과 나의 관계처럼 정의情誼가 깊고 두터운 건 아니었다 할지라도, 달 밝은 밤이나 눈이 소복이 내린 밤에는 문득 술을 한가득 가져와서는 거문고를 타고 그림을 품평하며 질탕하고 흥이 넘치게 놀았었다. 나는 고요히 지내는 생활에 익숙해 있었는데, 가끔 달밤에 쓸쓸히 거닐 때면 몽직이 어느새 와 있었고, 눈 내리는 걸 보다 불현듯 몽직을 생각하노라면 때마침 문 두드리는 소리가 들리고 몽직이 거기 서 있었다. 그러나 이젠 그런 일을 볼 수 없게 되었다. 나는 그의 아내에게 가 문상할 수 없는 처지라 이 애사를 지은바, 한창려韓昌黎가「구양생 애사」歐陽生哀辭를 스스로 글씨로 쓴 일을 본떠 한 통을 써서 초정楚亭에게 준다.

　　　若與夢直初不識面, 雖聞其死, 疚心慘懷,[1] 應不若此其甚也.[2] 夢直之[3]從余遊, 雖不如士春之情深誼厚, 而月明之夕、大雪之夜, 輒持多酒而來, 按琴評畫, 跌宕[4] 淋漓,[5] 余靜居習玆, 或步月怊悵, 則夢直已至矣, 見雪, 則輒思夢直, 而門外剝啄,[6] 果夢直矣. 今焉已矣.[7] 余旣不能哭吊于其室, 則爲作此辭, 而倣昌黎[8]之自書「歐陽生[9]哀辭」, 乃書一通, 以遺楚亭云.

역문풀이

한창려韓昌黎가「구양생 애사」歐陽生哀辭를~쓴 일: '한창려'는 당나라의 문장가 한유韓愈를 말한다. '창려'는 그 호이고, 자는 퇴지退之이다. 당송팔대가의 한 사람으로서 벗 유종원 柳宗元과 함께 고문古文을 창도한바, 그의 문장은 고문의 모범으로 알려져 있다. 문집으

---

1) 懷　망창창재본 을에는 "懷"으로 되어 있다.
2) **雖聞其死~應不若此其甚也**　『겸헌만필』을에는 "雖聞人來傳, 當不過一言嗟惜, 而應不爲驚心慘懷, 久而靡定也"로 되어 있다.
3) **夢直之**　『겸헌만필』을에는 "其"로 되어 있다.
4) 宕　용재문고본에는 "巖"으로 되어 있으나 오기이다.
5) 漓　계서본에는 "灘"로 되어 있다.
6) 啄　승계본과 망창창재본 을에는 "喙"로 되어 있으나 오기이다.
7) **按琴評畫~今焉已矣**　『겸헌만필』을에는 "飮博歌嬉, 顚倒淋漓, 過余, 纔一日而死"로 되어 있다.
8) 黎　승계본과 망창창재본 을에는 "藜"로 되어 있으나 오기이다.
9) 生　『겸헌만필』을에는 "詹"으로 되어 있다.

로 『창려선생집』昌黎先生集이 있다. '구양생'歐陽生은 중국 민월閩越(복건성) 출신의 문인 구양첨歐陽詹을 가리킨다. 그는 한유의 친구였는데, 한유는 그가 뜻을 펼치지 못하고 일찍 죽은 것을 애도하여 「구양생 애사」를 썼다. 한편 한유는 「구양생 애사」를 쓴 다음 「구양생 애사」 뒤에 적은 글」(題歐陽生哀辭後)을 따로 써서 「구양생 애사」를 짓게 된 사정을 밝힘과 아울러, 자신이 직접 「구양생 애사」를 두 통 붓으로 써서 친구인 최군崔羣과 고문을 좋아하는 문인인 유항劉伉에게 각각 주었음을 언급하였다.

원문풀이

月明之夕大雪之夜~跌宕淋漓: 『정유각집』 권3에 실려 있는 박제가의 「이몽직 제문」祭李夢直
    文에 다음 구절이 보인다: "每淸宵意到, 則自持壺酒, 不期而至, 淋漓得意然後去."

번역의 동이

3-1   몽직이 나를~서 있었다

▪ 몽직이 내게 와 교유한 것이 비록 이사춘처럼 정이 깊고 우의가 두텁진 못했지만, 그래도 달 밝은 저녁이나 큰눈이 내린 밤에 문득 술을 잔뜩 가지고 와서 가야금을 뜯고 그림을 품평하며 질탕하게 놀았다. 내가 조용히 거처하며 태연하게 앉았거나 혹 쓸쓸히 달밤을 거닐면 몽직이 이미 와 있었고, 눈 내리는 것을 보면 문득 몽직이 생각나고, 문 두드리는 소리가 나면 어김없이 몽직이었다. 김혈조, 267면

▪ 몽직이 나를 종유(從遊)한 것은 비록 사춘의 경우처럼 정이 깊고 교분이 두텁지는 못했지만, 그래도 달 밝은 저녁과 함박눈 내린 밤이면, 문득 술을 많이 가지고 와서 거문고를 퉁기고 그림을 평론하며 흠뻑 취하곤 했었다. 나는 고요히 지내면서 이런 생활에 익숙해 있었는데, 혹은 달빛 아래 거닐며 서글퍼하다 보면 몽직이 하마 이르렀고, 눈을 보면 문득 몽직을 생각하는데, 문밖에서 두드리는 소리가 났다 하면 과연 몽직이었다. 신호열·김명호, 252면

3-2   나는 그의 아내에게~초정楚亭에게 준다

▪ 내가 이미 그 아내에게 통곡과 조상을 할 수 없었으니 한유(韓愈)가 지은 「구양생애사」(歐陽生哀辭)를 본떠 여기 애사를 짓는다. 한 편을 베껴서 초정에게 보낸다. 김혈조, 267면

▪ 내가 그의 집에 가서 곡하고 조문하지 못할 형편이므로, 그를 위해 이 애사를 지어 저 옛날 한창려(韓昌黎)가 구양생(歐陽生)에 대한 애사를 손수 썼던 일을 본떠서, 드디어 한 통을 써서 초정에게 주는 바이다. 신호열·김명호, 252면

「이몽직 애사」 뒤에 적은 글

　　나는 내 친구 이사춘李士春이 죽고부터 다시는 남과 사귀고 싶지 않았다. 아울러 경조사도 폐하였다. 평소 친하게 지내던 벗인 유사경兪士京이나 황윤지黃允之 같은 이들이 벼슬길에서 어려움을 만나 해도海島에 귀양 가 거의 죽게 되었는데도 또한 편지 한 글자 써서 위로한 적이 없었다. 비록 남과 상종하는 일이 있다 해도 이웃집에 물이나 불을 빌리러 가거나 가까운 일가친척을 방문하는 일이 고작이었다. 그래서 사람들이 자못 원망하고 화를 내고 꾸짖음과 책망을 보냈지만 나는 감히 스스로 그 연유를 말할 수 없어 버려지거나 절교당하는 걸 감수했으며 비록 나를 가리켜 미치광이에 바보라고 해도 원망하지 않았다.

　　아마도 생각이란 생각은 모두 망상妄想이며 인연은 다 악연인가 보다. 생각을 하여 인연이 생기고, 인연이 생겨서 사귀게 되며, 사귀게 되어 친해지고, 친해져서 정이 드는데, 정이 든다는 것은 곧 원업冤業을 쌓는 일이다. 그 정든 사람들이 사춘士春처럼 참혹하고 몽직夢直처럼 어이없게 죽어야 한다면, 평생 즐거운 일은 얼마 없는 것이고, 결국 재앙과 우환, 죽음과 상실로 고통이 뼈에 사무칠 터이니, 이 어찌 망상과 악연이 모여들어 원업을 이룬 것이 아니겠는가.

　　만약 처음부터 몽직을 몰랐더라면 그가 죽었다는 말을 들었어도 이토록 몹시 마음이 아프고 참담하지는 않을 것이다. 몽직이 나를 따라 노닐 적에 비록 사춘과 나의 관계처럼 정의情誼가 깊고 두터운 건 아니었다 할지라도, 달 밝은 밤이나 눈이 소복이 내린 밤에는 문득 술을 한가득 가져와서는 거문고를 타고 그림을 품평하며 질탕하고 흥이 넘치게 놀았다. 나는 고요히 지내는 생활에 익숙해 있었는데, 가끔 달밤에 쓸쓸히 거닐 때면 몽직이 어느새 와 있었고, 눈 내리는 걸 보다 불현듯 몽직을 생각하노라면 때마침 문 두드리는 소리가 들리고 몽직이 거기 서 있었다. 그러나 이젠 그런 일을 볼 수 없게 되었다. 나는 그의 아내에게 가 문상할 수 없는 처지라 이 애사를 지은바, 한창려韓昌黎가 「구양생 애사」歐陽生哀辭를 스스로 글씨로 쓴 일을 본떠 한 통을 써서 초정楚亭에게 준다.

찾아보기

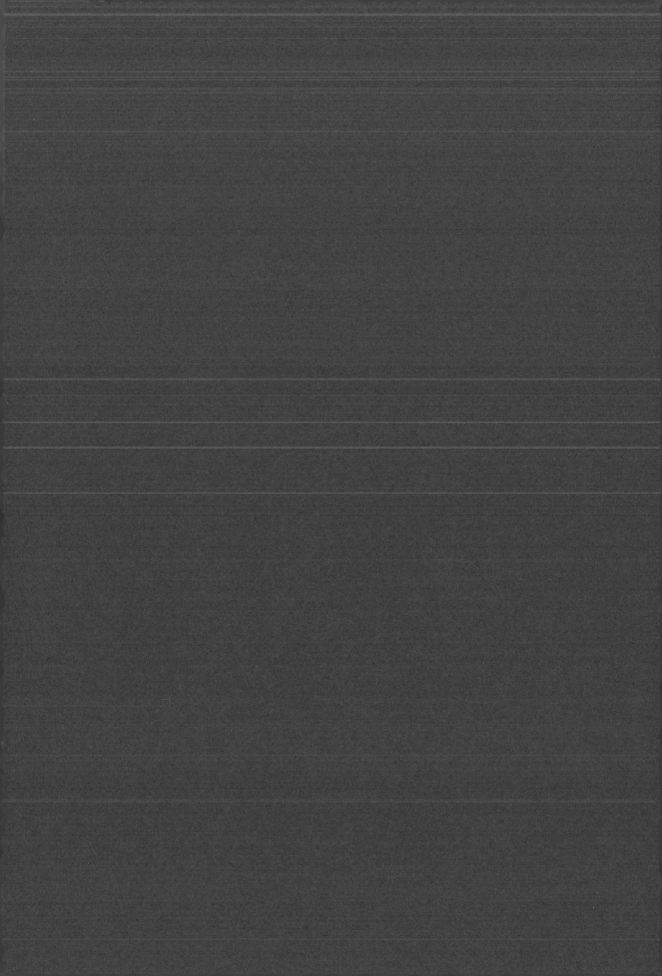